ELE INUNDOU O MUNDO

OBRAS DE SHELLEY PARKER-CHAN

Duologia do Imperador Radiante

Ela Se Tornou o Sol

Ele Inundou o Mundo

Shelley Parker-Chan

ELE INUNDOU O MUNDO

TRADUÇÃO DE
YONGHUI QIO
ANA BEATRIZ OMURO

ALTA BOOKS
GRUPO EDITORIAL
Rio de Janeiro, 2024

Ele Inundou o Mundo

ALTA NOVEL é um selo da EDITORA ALTA BOOKS do Grupo Editorial Alta Books (Starlin Alta e Consultoria Ltda.)

ISBN: 978-85-508-2262-4

Translated from original He Who Drowned the World. Copyright © 2023 by Shelley Parker-Chan. ISBN 9781250621825. This edition is published and sold by arrangement with Taryn Fagerness Agency and Sandra Bruna Agencia Literaria, SL. All rights reserved. PORTUGUESE language edition published by Starlin Alta Editora e Consultoria Ltda., Copyright © 2024 by Starlin Alta Editora e Consultoria Ltda.

Impresso no Brasil — 1ª Edição, 2024 — Edição revisada conforme o Acordo Ortográfico da Língua Portuguesa de 2009.

Dados Internacionais de Catalogação na Publicação (CIP)
(Câmara Brasileira do Livro, SP, Brasil)

Parker-Chan, Shelley
Ele inundou o mundo / Shelley Parker-Chan ; tradução Yonghui Qio Pan. -- Rio de Janeiro : Alta Books, 2024 .

Título original: He who drowned the world.
ISBN 978-85-508-2262-4

1. Ficção australiana I. Título.

24-220011 CDD-A823

Índices para catálogo sistemático:

1. Ficção : Literatura australiana A823

Eliane de Freitas Leite - Bibliotecária - CRB 8/8415

Produção Editorial: Grupo Editorial Alta Books
Diretor Editorial: Anderson Vieira
Editor da obra: Rodrigo de Faria e Silva
Vendas Governamentais: Cristiane Mutüs
Gerência Comercial: Claudio Lima

Coordenadora Editorial: Illysabelle Trajano
Produtoras da Obra: Beatriz de Assis & Viviane Corrêa
Tradução: Yonghui Qio Pan & Ana Beatriz Omuro
Copidesque: Leticia Carvalho
Revisão: Fernanda Lutfi
Diagramação: Joyce Matos

ALTA BOOKS
GRUPO EDITORIAL

Rua Viúva Cláudio, 291 — Bairro Industrial do Jacaré
CEP: 20.970-031 — Rio de Janeiro (RJ)
Tels.: (21) 3278-8069 / 3278-8419
www.altabooks.com.br — altabooks@altabooks.com.br
Ouvidoria: ouvidoria@altabooks.com.br

Editora **afiliada à:**

ASSOCIADO

Herói é quem deseja ser ele mesmo.

— José Ortega y Gasset

PRÓLOGO

China, 1356

No vigésimo terceiro ano do reinado de Toghon Temür, o décimo quinto grão-cã do Império Mongol do Grande Yuan, os mongóis sofreram tamanhas derrotas contra os inimigos internos do império que o controle da parte sul do território foi perdido.

Apenas um ano depois, o movimento rebelde do sul, conhecido pelo nome de Turbantes Vermelhos, chegou à beira da extinção graças aos formidáveis defensores do Yuan: o nobre mongol Esen-Temur, de Henan, e seu general eunuco Ouyang. No entanto, sob a liderança renovada de um jovem ex-monge, Zhu Chongba, os Turbantes Vermelhos não apenas sobreviveram, como também causaram tamanhas perdas a seus oponentes que o Yuan foi forçado a recuar.

Enquanto Esen-Temur e o General Ouyang se recompunham e buscavam o apoio da poderosa e leal família Zhang — comerciantes de sal que controlavam a costa leste —, Zhu Chongba avançava na hierarquia dos Turbantes Vermelhos. Lá, ele encontrou aliados — seu irmão por juramento, Xu Da, e sua esposa, Ma Xiuying —, assim como inimigos, incluindo alguns dos líderes do movimento. Impulsionados pelo sucesso contra o Yuan, e apesar das divisões internas, os renovados Turbantes Vermelhos conquistaram uma cidade após a outra no sul, o que culminou na tomada de Bianliang, a antiga capital imperial, na fronteira entre o norte e o sul.

Esen-Temur e o General Ouyang, trabalhando com a cooperação da família Zhang, almejavam reconquistar Bianliang para o Yuan. No entanto, à revelia de Esen-Temur, seu confiável companheiro de toda uma vida, o General Ouyang, fez um acordo secreto com a família Zhang. Com a assistência do General Zhang e do próprio irmão de Esen-Temur, o Senhor Wang Baoxiang, o traidor eunuco assassinou seu mestre em Bianliang e tomou-lhe o exército com o objetivo de marchar para a capital a fim de se vingar do assassino de seu pai: o grão-cã.

A traição perpetrada pelo General Ouyang contra o Yuan deu a Zhu Chongba a oportunidade de fazer o mesmo. Implacável, ele depôs o Primeiro-ministro e o Príncipe Radiante dos Turbantes Vermelhos, e assumiu o controle do movimento.

Zhu Chongba fez de Yingtian, às margens do Rio Yangzi, sua nova capital. Adotou um nome de ambição imperial, Zhu Yuanzhang; conferiu a si mesmo o título de Rei Radiante; e proclamou a posse do Mandato do Céu.

A família Zhang renunciou à sua lealdade ao Grande Yuan e proclamou a rica em recursos costa leste como seu reino independente, tendo a cidade murada de Pingjiang como capital.

O último sobrevivente dos antigos líderes dos Turbantes Vermelhos, o diplomático, mas brutal, Chen Youliang, fugiu da chacina em Bianliang e se estabeleceu em Wuchang, a oeste de Zhu Yuanzhang.

Ignorado por muitos, o Senhor Wang Baoxiang de Henan assumiu o título do irmão morto, o príncipe de Henan, e reclamou para si a maior propriedade do Grande Yuan.

Tal era o estado do mundo no octogésimo quinto ano do domínio dos cãs descendentes de Cublai Cã, o primeiro grão-cã e imperador fundador do eterno Império Mongol do Grande Yuan.

PARTE UM

1

FRONTEIRA DOS REINOS DE ZHU YUANZHANG E DA FAMÍLIA ZHANG

Oitavo mês, 1356

— Está claro que isso não requer extensa consideração — disse uma voz de mulher por trás da cortina de gaze esvoaçante da carruagem. — Por que não me dá sua resposta agora, Zhu Yuanzhang, e poupa o tempo de nós dois?

Mesmo ali, longe do mar, a planície aos pés da colina onde estava a carruagem ardia com o branco do sal, como se o reino da mulher transbordasse riquezas sem restrições. A escaldante cauda de tigre do verão no sul extinguira o lago raso que costumava separar os dois territórios. Acima dos exércitos, flâmulas tremulantes projetavam reflexos coloridos nos campos. Amarelo para o exército rebelde do Rei Radiante. Verde para a família de comerciantes Zhang, antes leal ao Império do Grande Yuan, que havia finalmente rompido com seus governantes mongóis naquela primavera e proclamado domínio sobre o sal e as rotas marítimas de transporte da costa leste.

Zhu Yuanzhang, com sua armadura de rei e mão de madeira douradas da mesma cor da grama sob os cascos de seu cavalo, viu os generais dos exércitos adversários caminhando na direção um do outro com cortesia deliberada. As sombras tímidas do meio-dia se projetavam na crosta rachada sob as botas.

Ao observador casual, pouco havia entre os dois generais que os diferenciasse. Dois capacetes alados no estilo nanren, dois conjuntos de armadura lamelar, cujo couro escuro absorvia o sol, e cabeças de leão nos ombros que refletiam a luz feito um espelho. Mas para Zhu, cujo general era seu irmão em tudo menos sangue, suas figuras distantes eram tão facilmente distinguíveis quanto dois rostos. Aquele era o corpulento Xu Da, cuja aparência não lembrava em nada a um monge, com a marcha vigorosa de um rapaz ávido por saborear o mundo. O outro era o General Zhang, de dimensões menores, mas que se portava com a confiança discreta de um homem cuja experiência de vida equivalia às de Zhu e de seu general somadas. Zhu sabia da rapidez com que o General Zhang agira após a separação da família do Yuan. No decorrer de apenas alguns meses, ele havia tomado todas as cidades remanescentes ao longo do sul do Grande Canal e transferido a capital da família Zhang para a cidade murada de Pingjiang na margem leste do lago Tai. Agora, tudo o que separava os Zhang no leste e o reino de Zhu no oeste era uma extensão de planícies na curva do majestoso Rio Yangzi em seu caminho rumo ao oceano.

— Renda-se a mim — disse a mulher por trás da cortina.

Sua voz tinha um tom rouco, grave e sedutor. Era uma voz reservada para um quarto fechado, aveludada com insinuações: que, embora fossem estranhos que haviam acabado de se conhecer, talvez estivessem a instantes de se tornarem tão íntimos quanto dois corpos poderiam ser. Era uma daquelas táticas que funcionavam apenas se o cálculo por trás dela permanecesse oculto. Zhu, que não apenas via isso, mas também se considerava em geral imune às urgências do desejo físico, ficou interessada ao sentir uma atração leve em resposta. Como alguém que carecia de feminilidade, nunca havia lhe ocorrido que esse atributo pudesse ser usado como uma arma. A novidade de tê-lo empunhado contra si a divertiu e impressionou quase que em igual medida.

Na planície, os dois generais curvaram as cabeças num gesto de respeito, transmitiram e receberam a mensagem formal de rendição e recuaram. Suas pegadas mancharam a terra como hematomas azulados atrás de ambos.

Zhu enfim se voltou para a interlocutora:

— Saudações à estimada Madame Zhang.

— Vejo que se recusa a usar meu título — disse a mulher, mordaz.

— Por que não deveria, se também recusa o meu? — devolveu Zhu.

A força das palavras a encheu de vitalidade. Era o deleite do poder misturado ao jogo, tão excitante para ela quanto o aroma de salmoura e o vento quente e selvagem que fazia suas flâmulas tremularem e a grama se curvar nas colinas. Num tom de igual mordacidade, ela acrescentou:

— Talvez minha rendição seja melhor destinada àquele que detém o verdadeiro título. Seu marido, o rei. Prefiro ser recebido pessoalmente por meu igual a discutir a questão com sua venerável esposa, que fala por trás de uma cortina de decoro.

A mulher soltou um riso polido.

— Não se preocupe. Sua rendição será transmitida corretamente. A reputação de meu marido pode precedê-lo, mas um homem fraco, quando bem dirigido, é a maior força de uma mulher. — Uma sombra ondulou contra a gaze, como se a mulher tivesse se aproximado. Sua voz baixa era um convite para que Zhu se abaixasse, deixasse que o ouvido chegasse tão perto daqueles lábios murmurantes que ela poderia sentir cada sílaba em sua pele, não fosse pela fina barreira entre as duas. — Não penso que seja um homem fraco, Zhu Yuanzhang. Mas sua posição é fraca. Que esperança pode ter contra o meu exército maior, contra meu general que foi tratado como igual até mesmo pelo temido General Ouyang do próprio Yuan?

"Dê-me sua rendição. Coloque suas forças sob meu comando. Em vez de esperar até que o Yuan envie seu Grande Conselheiro e seu exército central para nos derrubar, marcharemos até Dadu juntos. Conquistaremos a capital e o trono. E, quando meu marido for imperador, ele lhe concederá um título de sua escolha. Duque? Príncipe? Será seu."

— Quando as histórias forem escritas, um título desses decerto me apresentará a seus autores como um grande homem — respondeu Zhu, seca.

Os homens que ela e Madame Zhang haviam trazido até ali eram apenas uma demonstração de força. Aquilo era uma reunião, não uma batalha. Mas Zhu não tinha qualquer ilusão sobre sua situação. Seu exército, uma força dominada pela infantaria formada pelos antigos rebeldes dos Turbantes Vermelhos e alguns recrutas camponeses adicionais, mal tinha a metade do tamanho do exército profissional e bem-equipado dos Zhang. E, com exceção de sua capital, Yingtian, nenhuma da dúzia de cidades que ela dominava no sul se igualava sequer ao mais pobre dos centros econômicos ligados por canais da família Zhang. O desfecho de uma batalha seria evidente. Se as posições estivessem invertidas, Zhu teria se considerado a vencedora e exigiria rendição, assim como sua oponente fazia agora.

— É isso que quer? Ser grande? — murmurou Madame Zhang. Seu tom era tão suave quanto a carícia de dedos sobre a pele. — Então aceite-me, e deixe que eu faça isso acontecer.

Grandeza. Zhu a desejara durante toda a vida. Com uma certeza tão nítida quanto as sombras desenhadas sobre o sal, ela sabia que isso sempre seria tudo o que desejava. Ela se empertigou na sela e contemplou o domínio da família Zhang a leste. O vento que lhe açoitava o rosto, vindo daquele distante horizonte acobreado, parecia trazê-lo para perto; transformava aquela linha abstrata em algo palpável, algo ferozmente visceral. *Alcançável.* O pensamento encheu Zhu de uma alegria pungente. Parada e ao mesmo tempo sobranceira sobre a colina, ela teve a sensação curiosa de enxergar toda a trajetória de seu futuro estendida diante de si. De seu ponto estratégico lá em cima, podia ver que não havia qualquer obstáculo verdadeiro nesse caminho — apenas pequenos entraves que mal a afetariam em sua corrida determinada em direção a seu objetivo.

Com uma onda de prazer, ela disse à mulher sem rosto por trás da cortina:

— Não quero ser grande.

Ela saboreou a pausa enquanto a mente de Madame Zhang girava, perguntando-se o que teria entendido de errado a respeito do caráter de Zhu — onde sua sedução havia falhado.

O toco de braço de Zhu doía dentro da braçadeira apertada demais de sua mão de madeira. Mas o desconforto, assim como os efeitos diários de ser um homem de uma mão só num mundo de duas mãos, era apenas o custo de seu desejo, e Zhu era forte o bastante para suportá-lo. Era forte o bastante para suportar qualquer coisa, ou fazer qualquer coisa, em nome do que desejava.

— Neste caso… — começou Madame Zhang.

— Não quero ser grande — repetiu Zhu. Seu desejo era a luz do sol, uma imensidão que enchia cada parte de seu corpo sem exceção. Quem mais entendia o que era sentir algo de tamanha magnitude, desejar algo com toda a inteireza do ser, como ela? — Quero ser o maior.

Redemoinhos cristalinos e brilhantes varriam a superfície árida da planície. O sal da vida que, em tamanha concentração, se tornava o sal da morte.

— Entendo — disse Madame Zhang após um momento. Seu tom sedutor havia adquirido uma camada de desdém, e Zhu teve a imagem mental da porta de um cômodo privado sendo fechada a sua frente. — Esqueci-me do quão jovem é. Os jovens são sempre tão ambiciosos. Ainda não aprenderam os limites do que é possível.

Unhas pintadas tamborilaram na moldura interna da carruagem, sinalizando para o cocheiro. Quando o veículo se moveu, Madame Zhang disse:

— Nós nos falaremos de novo. Até lá, porém, permita que esta senhora mais experiente lhe diga uma coisa. Dirija os olhos a meu general lá embaixo. De que respeito ele carece do mundo a seu redor, por sua conduta, sua aparência, suas conquistas? O lugar natural de um homem como aquele é acima dos outros. Seria bom considerar seu próprio lugar natural, Zhu Yuanzhang. Se o mundo mal suporta olhar para um homem tão inepto quanto você, acha mesmo que o aceitaria no trono? Apenas um tolo arriscaria tudo pelo impossível.

Zhu observou a carruagem descer a colina. Se Madame Zhang soubesse da verdadeira extensão das carências físicas de Zhu — que, no que dizia respeito à anatomia masculina, incluía mais do que ombros largos ou uma mão direita —, sem dúvidas teria considerado que até mesmo suas atuais conquistas seriam impossíveis. Porém, quando se está determinado a desejar o impossível, há uma forma melhor de alcançá-lo. Com um ar de rebeldia irreverente, Zhu pensou: *mude o mundo, e faça dele possível.*

YINGTIAN

Um rei e uma rainha em passeio pelas dependências do palácio prosseguiam sem impedimentos, já que todos no caminho lhes davam passagem e se curvavam, mas a mera profusão de operários em todas as direções fez Zhu pensar em si mesma como um barco a atravessar uma lagoa entupida por ervas daninhas. Quando passaram por mais uma construção envolta por andaimes de bambu, ela disse, admirada:

— Nem passei tanto tempo fora. Você andou ocupada.

Sua esposa, Ma Xiuying, respondeu-lhe com um olhar de profunda indignação.

— É claro que andei ocupada. Quando você disse que queria um palácio novo que refletisse seu status, pensou que ele se construiria sozinho?

Não se tratava apenas da construção do palácio. Quando Zhu retornou à cidade, viu as fundações crescentes das novas muralhas de Yingtian, e atravessou avenidas banhadas de sol delineadas por árvores jovens que ainda demorariam décadas para fornecer sombra. O cheiro de serragem ao sol e a brisa sopravam sem obstáculos pelos canteiros de obras; o céu limpo que parecia maior e mais azul do que em qualquer outro lugar onde Zhu vivera: a possibilidade contida em toda aquela novidade a enchia de entusiasmo até os ossos.

— Por outro lado, parece que *você* viajou até a fronteira só para posar — acrescentou Ma.

O volume enorme de seu traje bordado de seda mal retardava seus passos. Como descendia de nômades semu e tinha pés tão grandes quanto os de um camponês, ela caminhava muito mais rápido do que as nobres nanren que com frequência eram vistas passeando por Yingtian debaixo de sombrinhas.

Zhu apertou o passo para acompanhá-la.

— Melhor posar do que os enfrentar. Coisa que Madame Zhang sabia tão bem quanto eu. Ela queria que eu me rendesse.

— O que faria sentido para vocês dois — disse Ma, ácida. — Então é claro que você recusou.

Porém, enquanto houvesse no mundo algo maior do que aquilo que Zhu possuía, ela sabia que o desejaria. Abrir mão desse desejo seria como parar de respirar.

— Faz sentido de acordo com aquela situação específica. Então o que eu preciso fazer é mudar a situação.

— Ah, é *só* isso — disse Ma. — Talvez você possa dobrar seu exército apenas com a força de vontade.

Zhu a encarou, os olhos brilhantes.

— Talvez eu possa! Mas vou precisar de sua ajuda.

Ma parou e lhe lançou um olhar intrigado.

— Minha ajuda?

— Por que a surpresa? Você é uma mulher muito competente — disse Zhu, indicando o caos contínuo e ruidoso por todos os lados. Ela passou a usar uma das línguas que aprendera no monastério (mas nunca praticara) e disse, com muitos erros: — Você fala uigur, não fala?

O rosto de Ma ficou inexpressivo de surpresa. Então ela riu e respondeu na mesma língua:

— Melhor do que você, ao que parece.

O uigur não era muito diferente do mongol, o que fez Zhu pensar no general eunuco Ouyang e em seu sotaque monótono e estranho ao falar han'er. Ela sempre achara aquele sotaque bastante desagradável, mas poderia ouvir o uigur de Ma o dia todo: havia algo puramente prazeroso em descobrir uma nova faceta de alguém que já conhecia tão bem.

— Já faz tantos anos. Pensei que talvez tivesse esquecido. — Ma voltou a falar em han'er. Tinha uma expressão nostálgica no rosto. — Quando eu vivia em Dadu, quando meu pai era general do exército central do Yuan, falávamos nosso idioma quipechaque em casa. Mas usávamos mongol com os mongóis e uigur com outros semu. Quando você sabe um desses três, fica fácil aprender os outros. Mas han'er é completamente diferente. Eu mal sabia uma palavra quando meu pai nos levou a Anfeng e me deu para os Guo.

Seu pai, que traíra o Yuan e se juntara à rebelião dos Turbantes Vermelhos em Anfeng, para depois ser vítima de traição pelos compatriotas rebeldes e abandonado para morrer sob a espada do General Ouyang. Zhu sentiu uma pontada de dor ao pensar na vida que Ma vivera antes de se conhecerem. Tudo o que havia sofrido. Ela notou que não conseguia lamentar muito pelas mortes do pai de Ma ou dos dois Guo: o Velho Guo e seu filho Pequeno Guo, o desafortunado noivo de Ma.

— Nenhum deles enxergava seus talentos — disse ela.

Ela percebeu que havia sido muito insensível quando um lampejo de dor cruzou o rosto de Ma. Sabia que Ma ainda sofria por eles. Não pelo que haviam sido para ela, ou pela forma como a tratavam, mas simplesmente como seres humanos. Mesmo depois de um ano de casamento, Zhu ainda achava misteriosa a compaixão de Ma. Quando estavam juntas, ela às vezes pensava poder entendê-la — até mesmo senti-la, como se estivesse sendo transmitida pela vibração do gentil coração de Ma contra o seu próprio —, mas, assim que se separavam, a sensação desaparecia como um sonho.

Zhu mudou de assunto. Passara a maior parte da vida tentando escapar do passado, e sentimentos desagradavelmente pegajosos como luto e nostalgia ainda a enchiam de um vago desejo de fugir.

— Pode encontrar cerca de uma dúzia de outros semu que sabem falar uigur? — pediu ela. — Mulheres também, se conseguir encontrá-las. E, aproveitando: alguns camelos.

Para sua satisfação, o pedido arrancou Ma de sua dor. Ela lançou para Zhu um olhar incrédulo.

— Quem não precisa de um camelo de vez em quando? Tenho certeza de que você tem alguma espécie de instalação ancestral cheia deles — disse Zhu, animada. — Também vou precisar de tantos rolos de seda quanto conseguir.

— Talvez você tenha uma instalação ancestral com a tartaruga que o botou como ovo! — exclamou Ma. — Certo: semus, camelos, seda. O sol, a lua e todos os pássaros que voam sobre o Rio Celestial. Quando você parte?

— Assim que possível. É uma marcha longa. Vou precisar pedir a Xu Da que comece a mobilizar as tropas imediatamente. Mas você entendeu uma coisa errado. — Um grupo de criadas do palácio passou apressado por elas, viu o Rei Radiante e sua consorte se aproximando e se lançou em prostrações. Zhu moveu os dedos num gesto benevolente para que se levantassem. — O certo é: *nós* partiremos em breve.

Ma franziu o cenho, confusa.

— Sou tão tolo quanto os Guo, a ponto de ignorar a mulher talentosa que tenho em minha própria casa? — Zhu sentiu um frisson de entusiasmo diante da própria audácia. — Faremos isso juntos.

A imagem de um rosto belo, frio como jade, surgiu em sua mente e despertou todos os seus sentidos com o sinistro reconhecimento de uma outra pessoa que não era nem uma coisa, nem outra. Seu toco de braço incomodou com a dor recordada.

— Zhu Yuanzhang — disse Ma, a voz baixa, consciente dos passantes que poderiam ouvi-la se referindo ao Rei Radiante de modo tão informal. — O que está planejando?

Zhu sorriu para ela.

— Preciso de um exército além daquele que já possuo. Então vamos até Bianliang para arranjar um.

Após uma longa pausa, Ma disse:

— O general eunuco…

— Não se preocupe…

— *Não* se preocupe?

— … não vou entrar na cova do tigre. Acredite ou não, aprendi algumas lições com o passado. — Zhu riu. — Esta será uma missão sem batalhas. Mas precisamos ser rápidos. Imagine-se no lugar dele: você passou a vida toda esperando e fingindo lealdade aos assassinos de sua família. Mas agora eles estão mortos, e você finalmente está em posição para se vingar da pessoa responsável por todo o seu sofrimento: o grão-cã. Você estaria desesperado para agir, não estaria?

"O único motivo pelo qual o General Ouyang já não deixou Bianliang é porque o grão-cã passa o verão em Shangdu e só retorna a Dadu em meados do outono. Mas, assim que ele souber que o grão-cã voltou, estará em marcha. Então precisamos chegar a Bianliang antes disso."

Com uma desconfiança profunda, Ma disse:

— Sem luta. Vai fazer a ele uma proposta como a que Madame Zhang lhe fez?

— Não exatamente. Mas será divertido, prometo.

Antes que Ma pudesse responder, houve um estrondo e uma nuvem de poeira subiu no céu onde um instante antes havia uma antiga construção.

— Que Buda nos preserve, parece pior do que antes — lamentou Ma enquanto tijolos caíam numa praça que já abrigava as estruturas de várias construções novas. — Tem certeza de que não poderíamos ter simplesmente preservado tudo?

O ar estava carregado de poeira de tijolo, pó amarelo e o familiar odor sombrio de pólvora. Por um instante, Zhu teve uma visão da futura Yingtian através daquela cortina poeirenta: uma reluzente metrópole de uma novidade tão ousada, deselegante e chocante que se ergueria como uma negação radical de tudo o que viera antes.

Sua marca no mundo renovado.

Ela se sentia eufórica com a velocidade: era como se estivesse correndo o mais rápido possível rumo àquele horizonte acobreado.

— Tenha fé, Yingzi. A cidade será magnífica.

2

BIANLIANG

Esen fora enterrado nas longas margens do Rio Amarelo. O gramado silvestre, salpicado com as últimas flores do verão, havia retomado o que séculos antes fora uma área cultivada. Foi o mais próximo que Ouyang conseguiu encontrar da estepe ancestral de Esen, com seu infindável mar de grama. Ao longe erguia-se uma cordilheira azul e irregular: não eram montanhas, mas a estrutura quebrada da muralha externa de Bianliang, arruinada havia muito. Quando Ouyang se ajoelhou no chão pantanoso ao lado da sepultura recém-lavada, sentiu-se afundar lentamente. No fim, tudo ao seu redor desapareceria da mesma forma: as muralhas de Bianliang, o túmulo de Esen, toda aquela paisagem selvagem. E ele… ele partiria antes de tudo isso.

Sua dor cresceu. Desde a morte de Esen, a dor não o deixara por um único momento. A cada suspiro, sentia uma pontada insuportável de pesar dilacerar o *Qi* que lhe atava o espírito à carne, aos ossos e aos órgãos, como se o próprio tecido de seu ser estivesse sendo rasgado. Mas a pior das dores o atingia em ondas, como agora. Ser pego era ser lançado a uma violenta tempestade de fogo — era estar preso numa agonia tão intensa que bloqueava o mundo externo e reduzia seu ser a nada além de uma mente em chamas, que se encolhia em si numa tentativa fútil e infindável de escapar.

Permaneceu ajoelhado, tremendo, ardendo. Por um momento, só conseguia pensar no quanto desejava que as águas amareladas se erguessem a seu redor, que lhe aplacassem a dor e lhe carregassem o corpo até o oceano. Mas era impossível. Mesmo dilacerado pela dor, sabia que só havia uma saída. Ele suportaria, embora não soubesse como, simplesmente porque precisava. Quando o verão chegasse ao fim e o grão-cã retornasse do Palácio de Verão para a capital, Ouyang marcharia até Dadu e teria sua vingança contra o homem que traçara seu destino e o de Esen nas páginas do mundo e lhes roubara a escolha de como viver e morrer. E, com o assassinato do grão-cã, esse último ato da vida de Ouyang, todas as coisas horríveis que ele fizera — tudo que sofrera — passaria a ter valido a pena.

Ele se levantou. Quando sua sombra encobriu a grama, um tremor a atravessou e fez as cotovias voarem para longe de seus ninhos. Mais ao longe, taboas balançavam contra o brilho fugaz da água cintilante. O sol estava quente o bastante para arrancar-lhes o cheiro acebolado, mas Ouyang podia sentir a mudança de estação. O verão estava quase no fim. Estava quase na hora.

Quando ele avistou a muralha interna e intacta de Bianliang, o sol já estava se pondo. Percebeu, de modo vago e sem preocupação, que passara a maior parte do dia fora.

— General Ouyang!

Um cavaleiro que estivera à sua espera aproximou-se da égua negra de Ouyang enquanto ele atravessava o portal. Ouyang encarou o homem, irritado pela intrusão. Dos seis comandantes nanren que haviam originalmente sido seus cúmplices na traição aos mongóis, restavam apenas três, sendo o Comandante Geng o menos memorável deles. Mesmo seu rosto, tão quadrado quanto o caractere de "nação", parecia menos uma marca de caráter individual do que o pronunciamento da causa dos comandantes: devolver o Grande Yuan ao domínio nativo. Assim como os outros comandantes, Geng abandonara as tranças mongóis e adotara um orgulhoso coque no estilo nanren. Ouyang se perguntava se eles estranhavam sua recusa em se desfazer das tranças. Não que ele se importasse com isso. Diferentemente deles, sua identidade nanren não podia ser salva. Parecia algo que lhe fora extirpado, junto com tudo o mais que constituía um homem.

A expressão suplicante de Geng aumentou a irritação de Ouyang.

— General, sobre a questão do Comandante Lin... — Para combinar com a nova liderança nanren do exército, ele falava han'er em vez de mongol. — Com todo o respeito, insisto fortemente que se reúna com ele para resolver a situação.

A urgência era estarrecedora. Ouyang sequer sabia ao certo qual de seus comandantes era Lin, muito menos por que ele deveria merecer atenção pessoal.

— Por que está me incomodando com essa história? Deixe que o Comandante Sênior Shao cuide disso.

Ouyang lembrou-se do destino de dois daqueles seis aliados na conspiração. Não estimava Shao, mas era capaz de apreciar como os métodos de seu subordinado ao lidar com pessoas problemáticas tendiam a eliminar o problema permanentemente.

Ele mal ouvia os protestos de Geng ao se aproximarem do quartel-general na residência do antigo governador do Yuan e apearem. Quando Ouyang atravessou o portão de madeira lascada, um cão de rua ergueu a cabeça e rosnou de leve.

Sabia a que o cão reagia, assim como sabia por que pássaros fugiam de sua sombra e chamas bruxuleavam quando passava.

Seus fantasmas.

Não podia vê-los, não como aqueles com o Mandato do Céu pareciam poder, mas estavam lá. Estavam sempre lá. Desde a morte de Esen, povoavam seus sonhos: os mortos do clã Ouyang em trajes brancos esfarrapados, encarando-o com os olhos escuros e vazios, esperando que ele os libertasse.

Numa chama de agonia, pensou: *em breve*.

O couro de cabra se partiu com facilidade sob a faca de Ouyang quando ele cortou uma tira para substituir as faceiras desgastadas de uma cabeçada. Uma pequena mesa, disposta a seu lado na cama, servia de apoio para as ferramentas e uma vela de cera de abelha. Consertar os acessórios de montaria era tarefa de um cavalariço, mas, à medida que a data de partida se aproximava, ele se via ocupado com tarefas simples na esperança de que o tempo passasse mais rápido.

Ele levou a faca à chama da vela. Era mais fácil frisar as linhas para a costura da tira marcando o couro com o dorso de uma lâmina aquecida. Ele encarava a chama minguante quando, numa repentina e terrível alquimia, os aromas da vela, do metal aquecido e do couro se fundiram numa memória — nem mesmo uma específica, pensou ele, cheio de angústia, mas a *sensação* de Esen. E, no instante em que ele a sentiu, a dor veio.

Era indescritível. Um instinto desesperado se apossou dele, nada além de um reflexo provocado pelo uivo irracional para que a dor cessasse; antes que soubesse o que estava fazendo, Ouyang arregaçou a estreita manga esquerda e encostou a lâmina aquecida na própria pele.

Isso doía. Ele encarou o braço numa agonia muda. Doía tanto que queimava o luto em sua mente até a única coisa lá dentro ser um urro branco e lancinante.

Mesmo antes de Ouyang se tornar um soldado, acostumado a todo tipo de sofrimento corporal, uma faca aquecida o transformara no que era. Ele conhecia aquela dor. Sabia que — diferentemente da outra — era uma à qual podia sobreviver. Ele arrancou a lâmina do pulso com um arquejo. Debaixo dela, em paralelo ao bracelete feito com as contas de cabelo de ouro e jade de Esen, sua pele exibia uma marca furiosa. Em vez de uma mente em chamas, ele era um corpo em chamas, e dentro desse corpo ele estava limpo de tudo que era e tudo que sentia.

Ele não sabia por quanto tempo havia se dispersado. Pareceu um longo tempo.

— *General.*

Ouyang virou-se num sobressalto. Shao estava à porta. Há quanto tempo estaria ali? A cabeçada jazia esquecida no colo de Ouyang. Ele cobriu a queimadura e o bracelete com a manga, sentindo uma vergonha obscura. A queimadura ainda ardia.

Shao entrou. Aparentemente, ele acreditava que, desde que dissesse "General" quando Ouyang se encontrasse de costas, isso já serviria de convite para entrar. Geng e o Comandante Chu, o outro aliado original da conspiração, o seguiram. Ouyang se levantou. Sem sua armadura, vulnerável em sua dor, parecia menos uma reunião e mais um confronto. De repente, ficou consciente da faca em sua mão.

— General Ouyang — disse Shao, sem fazer uma saudação. Seus olhos se voltaram para a faca. A boca, uma linha curva e amuada de reconhecimento irônico, lembrou a Ouyang um talho de espada. Mas Shao sempre mantinha essa expressão. Não significava que havia visto o que Ouyang estava fazendo. — Não recebeu minha mensagem?

Com um sobressalto, Ouyang recordou-se de ignorar um jovem soldado algum tempo antes. Quando fora isso? De manhã, talvez. Já era tarde.

— Você está aqui agora — disse ele, breve. — O que é?

— O Comandante Lin e sua equipe de engenharia não se apresentaram esta manhã. — A boca de Shao sempre ficava ligeiramente entreaberta quando ele parava de falar, como um peixe prestes a morder.

Fora Geng quem dissera alguma coisa outro dia sobre o Comandante Lin? Talvez tivesse sido Chu.

— E daí?

— E daí que o Comandante Lin, que pediu para encontrá-lo há três dias para discutir suas queixas, mas não recebeu uma audiência, agora desertou.

Ouyang fitou os olhos de Shao com desdém. Não tinha nenhum interesse em tratar de questões de equipe, e o desejo de ficar sozinho fazia com que se sentisse sufocado e furioso.

— Não há ainda outras três equipes de engenheiros? Não vejo qual é o problema.

Geng e Chu se mexeram, desconfortáveis, mas era preciso mais do que um tom de voz afiado para abalar Shao. Após um momento, ele disse:

— Esperar é difícil até para os melhores exércitos. O *seu* exército é composto de recrutas que acabaram de se envolver no assassinato a sangue frio de seus comandantes. Eles perderam a esperança de serem pagos. E agora viram uma centena de homens partirem. Acredite, lealdade não fará o restante deles ficar. — A frieza de sua resposta mascarou qualquer desprezo que ele sentisse a respeito do óbvio: que um eunuco como Ouyang mal conseguia conquistar o respeito de homens inteiros, que dirá a lealdade. — Se deseja que eles fiquem, precisa fazer com que valha a pena.

— A causa da libertação nanren do domínio mongol deveria bastar — respondeu Ouyang, firme.

Os cantos da boca de Shao se inclinaram ainda mais para baixo. Ele não era um grande entusiasta de causas.

— Por mais dedicados que sejam, não esqueça que eles são apenas homens comuns com famílias para sustentar — interveio Chu.

Ouyang achava-o extremamente irritante. Havia algo em seu rosto delicado e arredondado de marmota, em sua gentileza excessiva e na leveza exagerada de seus passos que despertava em Ouyang a necessidade de agir com violência.

— Lembra-se das enchentes no ano passado? — acrescentou Geng. — Quase todos os fazendeiros de Henan perderam a renda de um ano. Não foi tão ruim para nós que estávamos nas terras do príncipe de Henan, já que o Senhor Wang perdoou nossas dívidas. Mas em outros lugares o povo sofreu. Se puder dar a nossos homens algo que eles possam mandar a suas famílias, como ouro, seda ou sal, eles ficarão.

Ouyang lembrava-se vagamente de emprestar seus soldados a Wang Baoxiang para que cavassem valas. Supunha que o Senhor Wang era o príncipe de Henan agora. Com Esen e Ouyang fora de sua vida, não havia dúvidas de que ele estaria contando ouro e incitando seus camponeses a aumentarem cada vez mais a produtividade. A ideia de que o Senhor Wang pudesse estar feliz por conta de tudo o que havia acontecido deixava-lhe um gosto amargo na boca.

— Não importa. Não temos ouro. Nem seda, nem sal.

— Podemos arranjar — disse Shao, brusco. — Há várias cidades de Zhu Yuanzhang ao nosso alcance. Quando ele transferiu sua capital de Anfeng para Yingtian, deixou as periferias de seu domínio enfraquecidas. Podemos tomar essas cidades com facilidade e conseguir o que precisamos.

— E atrasar nossa marcha até Dadu? — retrucou Ouyang. — *Não.* — A ideia de esperar, de esperar *mais*, tomava-o de fúria. — Basta! Organize uma pequena tropa de cavalaria leve. Vá atrás desses desertores, esfole cada um deles e pendure seus cadáveres nas muralhas. Os homens precisam de um incentivo para não desertarem? Quem sabe isso os satisfaça.

Ele virou as costas para o grupo e se sentou. Ao levar a faca ao fogo, a chama da vela bruxuleou, já no fim do pavio. Quando a lâmina esquentou e ele pegou a tira de couro outra vez, os outros já haviam se retirado.

— Por que há telhas quebradas por todo lado? — vociferou Ouyang ao entrar no saguão que servia como centro de comando. Por alguma razão, os pátios frontais do complexo estavam repletos do que pareciam ser os destroços de um terremoto.

Shao, Geng e Chu interromperam uma discussão sigilosa.

— Respondendo à pergunta do general: os homens andam expressando gratidão pela nova decoração que o senhor espalhou pela cidade. Suponho que é mais fácil arremessar telhas do que pedras — disse Shao com falsa afabilidade.

O vento quente carregava um azedume oscilante para dentro do prédio, um cheiro de carniça, esgoto e fumaça, mas Ouyang tinha um estômago forte. Ele encarou Shao com um olhar firme.

— Ainda assim, não houve mais nenhuma deserção. Então eles captaram a mensagem.

— De fato — respondeu Shao, sarcástico. Então lançou um canudo com uma mensagem para Ouyang. — Acabou de chegar dos informantes no norte. O senhor ficará satisfeito.

O coração de Ouyang disparou com tanta força que ele quase derrubou o canudo ao retirar a carta de seu interior. Mal conseguiu focar por tempo suficiente para deixar que a caligrafia mongol confirmasse o que ele já sabia. "O grão-cã retornou do Palácio de Verão. Está de volta a Dadu." A intensidade de seus sentimentos levou sua voz àquele odiado tom agudo, mas ele percebeu que não mais se importava.

De alguma forma, havia se tornado aquele lunático desgraçado que vagava pelas ruas alheio ao desgosto de todos.

— É isto. Finalmente podemos deixar esta merda de cidade. Comandante Sênior Shao! Comece os preparativos para a partida.

Ele os deixou com a ordem, sentindo uma estranha leveza. Estar em movimento não diminuía o esforço necessário para suportar a dor, mas agora ele finalmente conseguia acreditar que o esforço teria um fim. Precisava apenas aguentar por mais algum tempo. Então teria seu alívio.

Ele não percebeu que Shao o havia seguido até ouvi-lo atrás de si.

— General.

Ele estava num longo trecho vazio do corredor. Virou-se, surpreso, e viu que Shao o encarava com ódio. Ouyang ficou desconcertado. Sempre desprezara Shao, a ponto de todas as interações entre os dois parecerem carregadas de má-fé, mas Shao sempre fingira aceitar Ouyang como seu superior. A retribuição explícita do desprezo era nova e perturbadora.

Shao disse, frio:

— Escute-me. Sei que não dá a mínima para sobreviver a Dadu, mas precisa deixar isso menos óbvio. Como acha que os homens vão reagir se perceberem que está numa missão suicida? Se o moral piorar ainda mais, não vamos sequer *chegar* até Dadu, muito menos perto do grão-cã. Quer ver o quão ruim a coisa está? Saia pelo portão frontal deste complexo agora mesmo e veja como eles reagem. Uma coisa eu garanto: eles não vão vibrar de alegria.

— Não preciso que vibrem por mim — retrucou Ouyang com uma fúria instantânea. — Preciso que me *obedeçam*. Já os fiz obedecer antes. Farei com que obedeçam outra vez. — Em vez de desviar o olhar em deferência, desta vez Shao o encarou de volta. O gesto de rebeldia encheu Ouyang do desejo repentino de partir para agressão. Ele teve vontade de forçar a obediência de Shao da mesma forma como a arrancava dos recrutas com um chicote. — Shao Ge, às vezes eu me pergunto. Você ainda não tem o Mandato, tem? Ele parece estar demorando. Acha que devo interpretar isso como um sinal de que preciso de outra pessoa como parceira nesta empreitada?

Ele e Shao nunca haviam falado explicitamente sobre o que Shao ganharia com a parceria. No entanto, pensou Ouyang com desgosto, isso não era bem um segredo.

Os lábios de Shao empalideceram.

— Não adianta blefar comigo. Sei o quanto precisa chegar a Dadu. Não ache que consegue fazer isso sem mim e este exército.

Ele encarou Ouyang de cima para baixo. Sem a influência niveladora de estar montado num cavalo, a diferença de altura entre os dois era notória. A expressão gélida de Shao fez Ouyang se lembrar da partida de *weiqi* que jogaram num dia chuvoso, a última vez que vira os comandantes Yan e Bai vivos. Quando eles manifestaram dúvidas a respeito do plano, Ouyang simplesmente os deixou partir, mas Shao teve as próprias ideias. Mesmo então ele não fora um dos homens de Ouyang, mas puramente de si.

A única coisa que suplantava a animosidade entre eles era o que ambos sabiam: que precisavam um do outro.

— No momento, eu estou no comando — disse Ouyang. — Obedeça-me e não teremos problemas. Prepare este exército para partir, mesmo que para isso você precise trucidar metade dos homens na frente da outra metade. — Ele não se deu ao trabalho de esconder o desprezo na voz. — E, quando chegarmos a Dadu, garantirei que consiga seu lugar no trono.

3

CAMBALIQUE (DADU)

— Então você é o novo príncipe de Henan. Devemos dizer, seu irmão se enquadrava melhor no que esperávamos.

Wang Baoxiang levantou-se, com delicadeza, de sua prostração, e viu uma repulsa familiar impelir os traços modorrentos do grão-cã. Era como um triunfo. Tudo no grão-cã resistia à ideia de perturbação, como se ele fosse um pedregulho a penetrar cada vez mais a colina ao longo dos anos. As bochechas pesadas do Filho do Céu repuxavam os olhos até as orelhas de lóbulos longos, que por sua vez arrastavam os olhos até os arcos caídos de suas tranças. Atrás de sua cabeça, dragões dourados bocejavam e se retorciam na madeira entalhada do trono.

A corte havia retornado a Cambalique e encontrado a capital sob as garras de um outono atipicamente quente. Nem mesmo os altos caibros do Salão do Grande Brilho conseguiam tornar a situação tolerável. A língua de Baoxiang era um deserto acre. O gosto do norte. Num ato de perversidade, ele decidira usar sua túnica preferida para sua primeira audiência diante da corte, uma extravagante provocação verde-alface que o pai odiava profundamente. Agora, o abraço invernal da peça fazia sua cabeça girar. No entanto, desmaiar diante do grão-cã pouco ajudaria em seu intento. Em vez disso, ele tirou o leque de dentro da manga e se abanou. Os painéis de prata nas paredes do grão-cã tremulavam de volta para ele. O metal texturizado produzia reflexos demais, como se mostrasse figuras pálidas que habitavam os cantos obscuros do salão.

Os olhos do grão-cã se fixaram nos gestos frouxos de Baoxiang ao se abanar. Sua expressão ficou mais azeda. Era a expressão que Baoxiang vira a vida toda nos rostos dos outros, como se sua própria pessoa fosse uma ofensa à dignidade. Como se o mero fato de sua obstinada e despudorada postura afeminada lhes inviabilizasse a honra.

Sua raiva cresceu. Ultimamente, desde — *acontecimentos* —, ele pensava na própria raiva como um permanente mar sombrio dentro de si, revolto e instável. Bastava uma única perturbação para que aquele potencial convergisse num tsunami de fúria e ódio. Era difícil imaginar por que não fora sempre assim. Ele amava o quão completamente a sensação sombria o agarrava. O quão avassaladora e fulminante era, e como jamais deixaria de sentir aquilo porque, diferentemente das outras emoções, essa era infinita e inexaurível. Ele se imaginou absorvendo o escárnio do grão-cã com os dentes à mostra num convite. *Vá em frente. Insulte-me.*

O grão-cã não era o único que o desprezava. Outros três rostos hostis encaravam-no das cadeiras um degrau abaixo do Trono do Dragão. Ele reconheceu o Grande Conselheiro, comandante do exército central do Grande Yuan, e a consorte preferida do grão-cã, a Senhora Ki. Ele mal era digno da atenção dos dois. Mas a terceira pessoa! Ele tinha a atenção *dela*. Seu ódio acertou Baoxiang em cheio. A imperatriz usava o imponente chapéu vermelho em coluna das damas mongóis e, sob sua sombra, o rosto de boneca da mulher prometia vingança. Não havia nada de poético naquela vingança. Era o tipo de ódio repulsivo que exigia que seu alvo fosse totalmente desmembrado, deixando-lhe as entranhas no chão.

Ele sabia que merecia tal ódio, mas mal se lembrava da causa. Ah, ele sabia o que havia *feito*: destruíra o irmão mais novo da imperatriz, Altan, e legara a toda a sua família o estigma da traição. Mas tudo o que ele tinha era a impressão distante de ter se divertido. Foi o que veio depois que ficou gravado em sua memória. Ser renegado. Acusado pelo assassinato do pai. Lançado, sem saber ou desejar — ao menos a princípio —, ao caminho que levou à morte do irmão.

Seu irmão. Isso era mais do que uma perturbação. A explosão da raiva sombria o engoliu por inteiro. Esen, o príncipe guerreiro perfeito. O epítome da cultura mongol em mente, corpo e espírito, que até a sua morte jamais vivenciara um momento de escárnio, rejeição ou qualquer coisa além do amor do mundo. Que amara o mundo em resposta, até mesmo seu próprio assassino, exceto pela pessoa em cuja perversidade ele acreditava sem dúvidas.

Baoxiang podia não ser culpado de parricídio, mas, ao chegar ao fim daquele caminho, já era tão perverso e desprezível quanto Esen sempre o julgara ser. Ele havia se provado inteiramente digno de ódio.

Ele gesticulou, ao que seu criado se apresentou com a águia dourada no punho. Sentia-se ébrio de raiva. Estava quase certo de que não o demonstrava.

— Grão-cã, este servo indigno ficaria honrado se Vossa Majestade aceitasse este presente tão inadequado! Por mais imprestável que deva lhe parecer, era o bem mais precioso de meu irmão Esen-Temur. Meu irmão amava imensuravelmente nosso Grande Yuan, e deu a própria vida em serviço a ele, então ouso esperar que a lembrança de sua lealdade possa agradar Vossa Majestade.

Com veneno repentino, a imperatriz disse:

— Os espólios de um morto para o grão-cã? — A ponta de seu chapéu de coluna atacava como um avestruz furioso. Apesar do título, ela era uma jovem mongol de aparência comum: rosto arredondado e bochechas rosadas, lábios pintados elegantemente de modo que a boca parecesse ainda mais comprimida do que já era. Todos sabiam que ela se tornara imperatriz por conta das contribuições de seu pai, o Governador Militar de Shanxi, aos cofres minguantes da capital, assim como todos sabiam que o grão-cã não lhe devotava favor algum, e continuava a preferir a Senhora Ki. — Os domínios do príncipe de Henan já foram ricos o suficiente para financiar exércitos. E agora você não pode sequer oferecer um presente adequado para o nosso grão-cã? — Seus olhos de víbora dissecaram o criado maltrapilho de Baoxiang. — Não me diga que conseguiu perder a fortuna de sua família junto com sua honra.

Houve uma mudança sutil no salão: a atenção de alguém, atraída pelo erro do inimigo. Um instante depois, a Senhora Ki se inclinou para frente e abriu um sorriso afetuoso para Baoxiang. Foi uma transformação atordoante: de repulsa arrogante a graciosidade pura, e Baoxiang não tinha qualquer ilusão de que a mudança tivesse alguma coisa a ver *consigo*.

— O príncipe de Henan oferece um presente deveras nobre — disse a favorita do grão-cã.

Seu mongol com sotaque de Goryeo era charmoso. Como mãe de um príncipe adulto, já deixara a juventude para trás, mas seu refinamento dava a Baoxiang a sensação de que, se ele desviasse o olhar, ela poderia assumir sua verdadeira forma não vista: uma pedra luminescente; um grou branco. Sob seu sorriso, a adaga de sua atenção estava voltada para a imperatriz:

— Qualquer pessoa insensível com recursos pode oferecer um item dispendioso. Mas esse é um presente de valor inestimável: um presente do coração.

Da porta veio a voz de um rapaz:

— A lealdade de Esen-Temur pode ter sido imensurável, mas será que podemos dizer o mesmo de seu bom senso? — Um nobre de ombros largos vestido com trajes de montaria de seda amarrotada adentrou o salão, lançando um olhar de repulsa a Baoxiang ao passar. — Só um idiota teria confiado àquela vadia de um eunuco manji o comando de seu exército. Ele teve o que mereceu. — O rapaz chegou ao trono e fez uma reverência apressada. — Saudações ao grão-cã. Saudações ao Grande Conselheiro. Saudações à imperatriz e à Senhora Ki.

O grão-cã olhava o jovem nobre com desdém. A imperatriz, esquecendo-se de Baoxiang, disse, venenosa:

— Que negócios importantes pode ter o Terceiro Príncipe, pergunto-me eu, para ousar deixar o grão-cã esperando a seu bel-prazer?

O Terceiro Príncipe, o único filho restante do grão-cã e herdeiro presuntivo, levantou-se sem pedir desculpas e afastou as tranças do rosto impecavelmente barbado. A curvatura acentuada de seus lábios lembrava a Baoxiang os rostos estranhamente cruéis das estátuas de Buda no estado vassalo de Cham ao sul. Estava notavelmente mais alto do que da última vez em que Baoxiang o vira, um ano e meio antes, na desastrosa Caçada de Primavera do grão-cã. Era agora um homem, não mais um garoto. Mas, como um garoto, ainda aguardava no limiar: pelo Mandato do Céu; pelo título de Príncipe Herdeiro. A chegada do Mandato do Terceiro Príncipe estava tão notavelmente atrasada que até os nobres das províncias cochichavam que isso devia significar que um príncipe respaldado pelos Céus ainda estava por nascer. A imperatriz era jovem, afinal.

A Senhora Ki mal olhou para o filho. Seus olhos acariciavam o grão-cã enquanto ela murmurava:

— Soube que o Terceiro Príncipe passou a manhã caçando. Tenho certeza de que o atraso foi apenas um reflexo de seus esforços para emular os êxitos do grão-cã nessa empreitada. Infelizmente, o grão-cã estabeleceu um padrão tão alto que é difícil para os outros o igualarem.

— É mesmo? — disse o grão-cã, a voz mais branda. — Não era nossa intenção dificultar a vida de um rapaz. Devemos mais é encorajar seus esforços. — Em voz mais alta, ele declarou: — Concedemos a águia de Esen-Temur ao filho da Senhora Ki, o Terceiro Príncipe!

Enquanto o Terceiro Príncipe sorria e se aproximava para afagar a águia encapuzada no pulso do criado, a Senhora Ki fez uma elegante reverência em seu assento. Mas ele não olhava para a águia. Olhava para Baoxiang. Havia nele uma hostilidade afetada que fez Baoxiang pensar num jovem veado a exibir seu primeiro par de chifres. O formigamento familiar do perigo o encheu de expectativa.

— Saudações ao Terceiro Príncipe — disse ele, curvando-se.

— Príncipe de Henan. — O escrutínio do Terceiro Príncipe se arrastou por Baoxiang, demorando-se com desprezo evidente em tudo que o desagradava: seu cabelo, com o coque no estilo nanren; seu nariz comprido e não mongol e as esguias bochechas barbeadas e lisas; a túnica elegante e as mãos delicadas de um estudioso. Baoxiang lembrou-se de quando aquela expressão o encontrou durante a Caçada de Primavera do grão-cã. Era quase a mesma expressão que outros rapazes lançavam a Baoxiang antes de machucá-lo. Mas não exatamente igual. Os olhos de menino com cílios longos do Terceiro Príncipe retornaram ao rosto de Baoxiang, brilhando de desgosto. — Eu me lembro de você.

Tenho certeza de que sim. As sombras dentro de Baoxiang se agitaram, satisfeitas. *Também me lembro de você.*

O Terceiro Príncipe deteve a mão que afagava as costas da ave. Os nós de seus dedos tinham a aparência desengonçada de alguém que ainda não havia chegado a sua forma final.

— Você é mesmo diferente de seu irmão. Mas estou certo de que não pode ser tão completamente inútil quanto dizem. Posso lhe pedir um favor, não posso? — Seus lábios cruéis e jovens sorriram com a expectativa de violência. — Segure a águia para mim enquanto eu calço a luva.

De repente, Baoxiang viu-se de volta aos estábulos do pai, com o Esen de doze anos depositando o açor-nortenho no pequeno punho enluvado de Baoxiang. Seu nariz estava cheio de poeira de palha e do cheiro poeirento de pelo seco regurgitado. Ele tentou controlar o medo, mas os movimentos repentinos da ave o assustavam num nível primitivo. Quanto mais apavorado ele ficava, mais a ave dançava em seu pulso numa raiva contida. Então ela tombou para trás e ficou pendurada de cabeça para baixo no emaranhado de avessadas, gritando num horror furioso. Ele pôde apenas ficar lá parado, trêmulo, enquanto Esen, ríspido de frustração, acalmava e soltava o pássaro. Fora sua própria tolice que mais o envergonhara. O fato de ter ousado esperar por consolo também, como se seu pavor pudesse ser tão importante para Esen quanto o de um pássaro.

— Estenda o braço — disse o Terceiro Príncipe, a voz branda.

Baoxiang, com os olhos baixos em deferência, sentiu uma pontada de desprezo. Era uma criança brincando de ser cruel, com a falta de consciência de uma criança a respeito da transparência de seus atos — e de como ser vista a tornava vulnerável. A satisfação de Baoxiang se acentuou, ganhou uma crueldade própria. *Eu o entendo.*

Ele estendeu o braço esquerdo. Não tinha nenhuma proteção além da manga de seda, mas qualquer protesto seria inútil. Nenhum deles interviria. Ele sabia que todos desejavam aquilo tanto quanto o Terceiro Príncipe: vê-lo ser punido simplesmente por *existir.*

A ave, agora naquele estranho novo poleiro, agarrou-o, alarmada. Suas garras eram tão grossas quanto os dedos de Baoxiang. Cada ponta perfurava-lhe a manga. Sem machucá-lo. Ainda não. Mas ele sabia que tipo de dano uma águia era capaz de causar com aquelas garras. Apesar de seus melhores esforços, ele sentiu os primeiros indícios do medo.

O Terceiro Príncipe tomou a luva do criado de Baoxiang e a calçou sem pressa. Ele observava Baoxiang abertamente, com intensidade, como se quanto maior o seu desgosto, mais fosse atraído pelo espetáculo que o outro proporcionava. Baoxiang tentou ignorar o movimento das garras da águia e a visão de seu bico aberto e ofegante. Sentia um suor frio se formar. O Terceiro Príncipe só queria assustá-lo, não o mutilar — mas saber disso não o impedia de sentir medo. Ele era fraco e medroso, e sentia vergonha de sua fraqueza e de seu pavor. Ele era tudo que pensavam a seu respeito. No entanto, debaixo do medo estava aquele oceano vasto e revolto de raiva sombria e crescente.

O Terceiro Príncipe, já com a luva, deixou-o tremer um pouco mais até habilmente retirar o pássaro da manga de Baoxiang. Seus olhos brilhavam, hostis.

— Muito obrigado. Este presente é perfeito para mim. Ah! — Ele olhou para os rasgos na manga de Baoxiang, fingindo surpresa. — Sua bela túnica foi arruinada. Que pena. Quando a substituir, talvez deva escolher uma cor que combine mais com você — disse ele, arrastando as palavras com prazer —, como *pêssego.*

Bichinha do pêssego mordido. A insinuação pairou no ar enquanto ele se afastava, sorrindo, com a águia de Esen no punho.

Oito furos ardiam no braço esquerdo de Baoxiang. Ele enfiou as mãos nas mangas, sentindo o coração desacelerar. Quando seu medo intenso se extinguiu, sua ausência fez o que jazia abaixo parecer ainda mais sombrio e denso do que antes.

— Príncipe de Henan. — O manto superior bordô do Grande Conselheiro, o mesmo usado pelos oficiais do Grande Yuan de todos os níveis, empalidecia diante de seu tom natural de autoridade. Todos sabiam que o Grande Conselheiro era o poder por trás do trono. — Seu presente é bem recebido. O que o traz à corte?

Era um retorno bem-vindo ao terreno de escolha de Baoxiang. Ele se curvou sobre as mãos dobradas e tossiu discretamente.

— Este servo espera servir em Cambalique em qualquer posição que promova os interesses de nosso glorioso império. Embora minhas habilidades sejam indignas de louvor, tenho certa experiência em administração. Antes da morte de meu irmão, fui o administrador da província de Henan.

Era um cargo digno de ostentação: o mais elevado na mais importante província do Grande Yuan, embora também uma ocupação estranha para o filho de um Príncipe de Sangue. No entanto, refletiu Baoxiang com amargura, como filho adotivo mestiço, ele tinha pouquíssimo daquele sangue para começo de conversa.

— Se o domínio do príncipe de Henan encontra-se numa situação financeira tão precária quanto os trajes de seu criado sugerem, não podemos considerar suas habilidades exatamente excepcionais — criticou a imperatriz. — Talvez sua ignorância se estenda ao fato de que cargos oficiais são preenchidos no começo do ano. Ou será que ele crê que, na ausência de uma vaga, possamos criar uma só para ele? — Seu escárnio carmim não deixava dúvidas sobre a probabilidade.

Depois de considerar por um momento, o Grande Conselheiro disse:

— Mas não surgiu uma vaga recente no Ministério da Receita? O cargo de vice-ministro?

Baoxiang sorriu por dentro, mas sem um pingo de humor.

— O Grande Conselheiro está só brincando. — A imperatriz encarou Baoxiang com um olhar penetrante. — Esse aí envergonha a corte só de estar diante de nós! Como poderíamos permitir que alguém assim seja o vice-ministro?

A Senhora Ki voltou-se graciosamente para o grão-cã. O grampo de fênix dourada em seu penteado, sinal da preferência do grão-cã, refletiu a luz.

— Vossa Majestade, o príncipe de Henan possui excelentes qualificações. De fato, se ele tivesse aparecido à procura de uma nomeação na época de costume, poderia ter sido elegível para uma posição de nível ainda mais alto. Ele é um Príncipe de Sangue, afinal. — Seu descarado exercício de influência sobre o grão-cã era chocante. Quando o Grande Yuan perdeu o acesso ao sal da família Zhang, a Senhora Ki saiu fortalecida: sua terra natal, Goryeo, era agora a principal fonte desse precioso recurso. O sorriso da Senhora Ki se dirigiu à imperatriz. — Decerto não devemos rejeitar aqueles que procuram promover a glória de nosso Grande Yuan.

O Grande Conselheiro olhou para o grão-cã, que gesticulou com a mão em concordância.

— Príncipe de Henan — disse o Grande Conselheiro. — A lealdade inabalável e o comprometimento por parte de sua família com a defesa de nosso Grande Yuan merecem meu respeito e minha gratidão. Embora meus sentimentos certamente não tenham passado de uma sombra dos seus, fiquei profundamente entristecido com a morte de Esen-Temur. Como você é incapaz de seguir os passos de seu irmão, poderá assumir o cargo de vice-ministro e honrar sua memória servindo ao Grande Yuan de acordo com suas habilidades.

A fúria abrupta de Baoxiang sobrepujou qualquer alegria pelo sucesso. O Grande Conselheiro ousava pensar que *entendia* como Baoxiang se sentia a respeito da morte de Esen.

Trêmulo de raiva, ele se curvou numa prostração de gratidão. Os cantos de sua visão pulsavam com o pálido lampejo que poderia ter sido um jogo de luzes contra as paredes de prata.

— Agradeço mil vezes ao Grande Conselheiro e ao grão-cã!

Num ímpeto de crueldade, ele desejou poder mostrar-lhes sua fúria: seu poder sombrio e fervilhante à medida que crescia contra os limites internos de ferro forjado de seu ser.

Se vocês vissem o que eu de fato senti e desejei, sua compaixão murcharia num instante.

— Estimado príncipe. — Seyhan, o secretário de Baoxiang, cumprimentou-o quando ele cruzou o umbral elevado do Salão do Grande Brilho e adentrou a colunata assombreada. Mesmo fora da luz direta do sol, o calor era avassalador. A túnica cor-de-alface de Baoxiang o cozinhava vivo. O salão, que constituía a parte frontal da residência do grão-cã, tinha vista para um conjunto de deslumbrantes praças de mármore branco, atravessadas por escadarias que levavam a todas as direções. O brilho causava-lhe dores de cabeça. Quando ele estremeceu, Seyhan semicerrou os olhos claros feito gelo e acrescentou em persa, sorrateiro: — Ou devo dizer vice-ministro?

— Graças a você — disse Baoxiang, no mesmo idioma. — Foi difícil?

— Um vice-ministro? De forma alguma.

Pensar em seu falecido antecessor não o perturbava. A ideia era tão abstrata quanto uma linha num livro de contabilidade: uma vida reduzida ao modesto número de táeis de ouro necessários para que fosse ceifada.

— Uma posição ministerial teria sido fácil o bastante e mais adequada a um Príncipe de Sangue — resmungou Seyhan. Ele era um homem semu da Corásmia, no extremo oeste, e sua barba escura colaborava para esconder um rosto composto de um conjunto desagradável de ângulos. Seu nariz de falcão flutuava livremente acima de quaisquer disfarces do tipo. Como homem de confiança de Baoxiang havia muito tempo, ele levava os insultos contra seu mestre para o lado pessoal. — Um vice-ministro não é ninguém.

Atravessaram a colunata a passos lentos. O calor exacerbava a exaustão de Baoxiang a ponto de causar-lhe náuseas. Sob o olhar escaldante do sol, os telhados da Cidade do Palácio reluziam numa mistura de vermelho-coral, verde-jaspe e lápis-lazúli. A beirada elevada de um muro embranquecido despontava atrás dos telhados. Cambalique, a capital construída por Cublai Cã como um monumento de seu triunfo, era uma cidade de cidades. Num primeiro momento, o viajante encontrava os extensos subúrbios de Cambalique com suas mansões, estalagens e bordéis. Em seguida vinha a gigantesca muralha da cidade com seus onze portões dotados de ameias, que continham a cidade externa. No coração da cidade externa ficava a Cidade Imperial, o bem-cuidado conjunto de parques e lagos da família imperial. Por fim, aninhada no interior *dessa* cidade, como a semente de um damasco, jazia a Cidade do Palácio com seus muros brancos, onde a residência do grão-cã se erguia cintilante num mar de mármore. Enquanto caminhava à sombra do palácio, a maior construção de todas as terras entre os quatro oceanos, Baoxiang pensou que a resposta apropriada seria fascínio. Em vez disso, ele achava a novidade do lugar repulsiva. As bandeiras azul-celestes do Grande Yuan tremulavam no topo do distante muro caiado. Não eram mais notáveis contra o céu nebuloso do que as miragens do calor.

Quando Baoxiang e Seyhan desceram até a praça, cruzaram com um grupo de criadas que caminhavam adiante de um palanquim carregado pelos eunucos de um harém. Estes o abaixaram e desaceleraram. A imperatriz lançou-lhe um olhar fulminante. Iluminado pelo reflexo da praça, seu rosto era tão branco quanto o de um fantasma rancoroso.

— Permita-me oferecer-lhe um conselho, príncipe de Henan. O palácio é um lugar muito diferente de sua provinciazinha miserável. Vá para casa antes que se arrependa.

Os eunucos a carregaram para longe. Os eunucos do palácio eram escravos de estados vassalos como Goryeo, não nanren, mas, com uma pontada de ódio, Baoxiang pensou no General Ouyang. Aquele cachorro desgraçado de um eunuco, objeto ingrato de mais amor e cuidado do que Baoxiang jamais tivera, que não sentira nada além de autocomiseração ao arruinar a vida de Baoxiang.

— Não é bom ter a imperatriz como inimiga. — As linhas de expressão do rosto de Seyhan se multiplicaram de preocupação. — Ela pode não ser a preferida, mas tem poder.

Baoxiang soltou um riso mórbido.

— Quanto tempo tenho para arranjar um guarda-costas até ela mandar gente atrás de mim? Semanas? Ou dias?

— Estimado príncipe — disse Seyhan, pálido e lúgubre. — Por que estamos aqui?

— Não acha que vim salvar o Grande Yuan de si mesmo?

A expressão que Seyhan lhe dirigiu transmitiu o que ele pensava a respeito disso.

— Tenho certeza de que o príncipe de Henan é mais do que capaz.

— Eles parecem mesmo acreditar que podem simplesmente ir até Madame Zhang e pedir-lhe que devolva o reino — disse Baoxiang, sarcástico.

É claro que o Grande Conselheiro ficara *entristecido* com a morte de Esen. Sem Esen e seu cãozinho traiçoeiro, Ouyang — sem o exército de Henan para manter o sul rebelde sob controle —, a única coisa que separava o Grande Yuan do colapso era o exército central do Grande Conselheiro: uma força que não se aventurava ao sul havia mais de uma década. Talvez o Grande Conselheiro intuísse o perigo no qual o império se encontrava. No entanto, ao relembrar a inércia do grão-cã e suas consortes em conflito, Baoxiang pensou que talvez o Grande Conselheiro fosse o único.

— Um vice-ministro não é ninguém — concordou ele. — Mas o jogador mais perigoso num jogo é aquele que ninguém sabe que está jogando.

Após uma pausa, Seyhan disse, com muito cuidado:

— E que jogo é esse, estimado príncipe?

Baoxiang teve um vislumbre daqueles rostos arrogantes acima de si, os quais jamais questionavam a suposição de que seu desprezo seria suficiente para fazê-lo murchar e desaparecer. Se ao menos soubessem como cada gota de sua antipatia alimentava o oceano sombrio dentro de Baoxiang, tornando-o mais profundo... Cheio de ódio, ele explodiu:

— Todos eles olham para mim e veem a pior coisa que são capazes de imaginar. Uma vergonha. Um deboche de tudo que os mongóis valorizam. *Mas eles não fazem ideia do quão pior eu vou ser.*

Ele percebeu que seu coração palpitava com força. Sua pretensão fora arranhar a superfície, mas cortara fundo demais; expusera sua repugnância para que qualquer um pudesse ver. A expressão de Seyhan adquiriu outra camada de cautela. Por dentro, ele estaria estremecendo. Baoxiang não o julgava. Quem estaria disposto a tocar na ferida visceral de outra pessoa, correndo o risco de contaminar-se?

Ele deu meia-volta, furioso de vergonha, e caminhou na direção do portão mais próximo para sair da Cidade do Palácio.

— Vamos procurar esse emprego pelo qual paguei tão caro.

O Ministério da Receita, como os outros ministérios e secretariados, ficava na cidade propriamente dita. Era no Corredor de Mil Pés, a ampla avenida que ligava a entrada principal da Cidade Imperial — o gigantesco Portão Chongtian, no lado sul — ao portão do meio na muralha sul de Cambalique. Para Baoxiang, cuja exaustão pintava o mundo com uma irritação comedida, a sede do ministério, com seus beirais azuis e suas cristas douradas, tinha a mesma atmosfera grosseira e recém-construída de todo o resto de Cambalique. Nos dois lados da avenida, as árvores-da-imperatriz, que lembravam chamas alaranjadas, eram a única parte da capital que parecia mais velha que os mongóis.

— Essas árvores não ficam bonitas por muito tempo. — Baoxiang pulou de susto. Um velhote mongol, com o manto superior bordô de um oficial e tranças grisalhas que saíam de um chapéu de musselina engomada com abas longas e estendidas para os lados, havia se aproximado em silêncio com botas de sola de pano. Num mongol com sotaque de Cambalique, ele disse: — Em uma semana, estaremos com folhas até os joelhos.

Baoxiang arriscou e se curvou rapidamente.

— Saudações ao honorável ministro.

— Príncipe de Henan. — O ministro da Receita assimilou o coque em estilo nanren de Baoxiang, enclausurado numa nuvem de filigranas de prata e preso com grampos com pontas de pérolas; a pele amarelada da insônia crônica; a túnica verde-alface e os sapatos da mesma cor. Debaixo da barba grisalha e rala, a expressão de deleite benigno do ministro não se alterou. Parecia uma condição permanente, como a carranca perene de Ouyang. — Nosso novo vice-ministro! Você é uma surpresa e tanto. Bem, entre. Já comeu? Está quente demais para esta época do ano, não acha? Não vejo um outono como este desde que tinha a sua idade. Vamos nos sentar, e pedirei a uma mocinha que nos traga aquela bebida apreciada no sul, aquela com mel e jujubas. Tão refrescante! Os nanren sabem mesmo lidar com o calor...

O ministro entrou mancando e tagarelando. Seu falatório deu a Baoxiang a impressão de que os oficiais da capital passavam os dias bebendo chá e fofocando, então ele ficou surpreso ao constatar que o interior do prédio era um espaço de trabalho agitado. Os dois passaram por uma biblioteca; por salas destinadas ao armazenamento de livros de contabilidade e salas para reclamações; por uma sala com criados a raspar tinta e outra de burocratas — todos homens semu, já que os nanren eram vetados do serviço civil —, que moviam as contas de seus ábacos com tanto vigor que o papel das janelas vibrava. Era igual a seu gabinete em Anyang. Ele sentiu uma pontada dolorosa de nostalgia. Mas as sombras já estavam dentro dele, e ele sabia que jamais poderia voltar atrás.

O ministro conduziu-o ao longo de uma passarela externa coberta e de alguns degraus até uma construção com fachada em treliça. Lá dentro ficava um gabinete privativo cavernoso com uma escrivaninha repleta de papéis e um número ameaçador de estantes instáveis.

O ministro não se sentou.

— Descanse por um momento! Este velho aqui bebeu muitas xícaras de chá, e a bexiga dele é fraca. — Seus olhos brilhavam enquanto ele mancava de volta para fora. — A experiência me diz para cuidar disso agora, para que possamos ficar à vontade depois.

Baoxiang olhou ao redor. A ventilação cruzada das portas nos dois lados da sala reduzia o calor, mas adicionava ao ar o cheiro forte de esterco animal seco e pão torrado. Depois dos arredores tranquilos dos domínios rurais do príncipe de Henan, a cidade era um choque.

Um livro de contabilidade jazia no topo da bagunça na mesa, como se tivesse sido manipulado a esmo junto com todo o resto e só tivesse acabado de frente para ele por coincidência. Baoxiang folheou o livro e sentiu um leve espasmo de surpresa ao ver as páginas de cálculos organizados, servindo de exemplo a ser seguido, e as páginas em branco que esperavam por sua resposta. Ele pensou no falatório tranquilizante do ministro e se perguntou quantos oficiais já haviam se sentado naquele lugar sem sequer tocar no livro.

— Você o encontrou! Não se preocupe muito. Ninguém passa nesse teste; o ministro o elabora para isso mesmo.

Uma criada havia aparecido ao seu lado com um jarro suado e xícaras do mesmo estilo, além de uma bandeja circular com vegetais cristalizados em cada compartimento. Ela lhe lançou um olhar alegre com as covinhas à mostra, como que antecipando seu pânico, depôs a bandeja numa mesa lateral bagunçada e saiu. Baoxiang encarou o teste e sentiu os lábios se curvarem sem demonstrar alegria.

O ministro voltou rapidamente — rápido demais para que o teste fosse justo. Enquanto mancava até sua cadeira, seus olhos se fixaram nas respostas de Baoxiang, que brilhavam, negras, em tinta molhada. Baoxiang viu o momento em que o desgosto do homem — porque, embora ele o tivesse disfarçado melhor do que os outros, *sentira* desgosto — deu lugar ao respeito.

Era um respeito que parecia um soco. Baoxiang passara a vida toda desejando ser respeitado, e não desprezado, por seus talentos. Agora era com essa facilidade que o conquistava? Ainda assim, era tarde demais.

— O senhor pensou que eu esperava conseguir um cargo sem assumir nenhuma de suas responsabilidades? — disse ele, mordaz.

O ministro o examinou.

— Ninguém espera que um nobre precise de um salário, muito menos que trabalhe por um. Ainda mais o príncipe de Henan, cujos domínios foram ricos o suficiente para prover a defesa do Grande Yuan contra os rebeldes do sul por décadas. Presumi que você era um incompetente que deixara toda aquela fortuna se esgotar. Mas você tem mesmo habilidades no fim das contas. Então por que deixou Henan, Wang Baoxiang?

As sombras dentro de Baoxiang cresceram sem se romper, como a água logo antes de ferver.

— Talvez eu só não quisesse ficar.

O rosto do ministro se suavizou.

— Ah. Seu pai e seu irmão. Foi uma pena.

Baoxiang ficou revoltado. Ele não queria gentileza. Não queria *pena*. Deixou sua repulsa endurecer, transformar-se em desprezo. Um ministro tolo e empático era exatamente o que ele precisava. Alguém que estivesse disposto a deixar de lado o desgosto em nome do talento de Baoxiang, que o considerasse útil.

— Sim — respondeu ele. — Uma grande pena.

O jarro se achava numa poça de condensação, que molhou as mãos de Baoxiang quando ele serviu duas xícaras. Havia imaginado que aquilo deveria ser uma bebida doce, mas o líquido não tinha gosto de nada. Ele o entornou.

O ministro se pôs de pé.

— Bem, que sorte foi você ocupar essa vaga! Já estou farto de nobres decorativos. Devo agradecer ao Grande Conselheiro por me mandar alguém que sabe o que está fazendo. Com tudo que vem acontecendo a nosso Grande Yuan, preciso da ajuda.

— É por isso que estou aqui — respondeu Baoxiang, educado. Por um momento, porém, os cantos da sala oscilaram, e a visão periférica ficou branca.

Seyhan o aguardava com os cavalos quando ele finalmente saiu. O sol, que pairava logo acima das ameias ocidentais de Cambalique, projetava-se através das pontas flamejantes das árvores-da-imperatriz e banhava as ruas de ouro.

Quando Baoxiang fez seu cavalo virar no Corredor de Mil Pés em direção à Cidade Imperial, Seyhan disse, surpreso:

— O senhor não quer ir até a casa?

O que Baoxiang sentia era sombrio demais para ser confundido com expectativa.

— Preciso ver outra pessoa.

— Um membro da família imperial? — Seyhan ergueu as sobrancelhas. — Estão à sua espera?

— Não exatamente.

A residência ficava numa reserva de caça na floresta ao extremo oeste da Cidade Imperial, com seu perfil sombreado pontuado por uma amoreira dourada que crescia num pátio interno. O chefe dos criados da residência os esperava entre os pilares de madeira do portão frontal. Quando o criado abriu a boca, Baoxiang disse, frio:

— Se ele ainda não estiver em casa, deixe-me entrar.

— De quem é esta residência? — perguntou Seyhan, de cenho franzido.

O criado respondeu:

— O Palácio das Bençãos Abundantes é a residência de Sua Alteza o Terceiro Príncipe.

Ao leste ficava o lago escuro que Baoxiang e Seyhan haviam atravessado por uma ponte de mármore. Uma colina coroada por um pagode erguia-se numa ilhota rochosa em seu centro. Dentro de suas muralhas, a Cidade Imperial tinha lagos, florestas e áreas de caça que rivalizavam com o mundo selvagem, mas nada daquilo parecia muito real. Na verdade, não era. Baoxiang sabia que tudo que seus olhos tocavam havia sido trazido de fora e moldado ao gosto da família imperial, desde a terra para a colina até os peixes no lago. O ar vibrava com o cantar das cigarras.

Baoxiang pensou na expressão do grão-cã ao olhar para o filho. Fora a coisa mais familiar do mundo. O ódio de um pai pelo próprio filho: não pelas coisas que fazia, mas pelas coisas que era. Sua expectativa ganhou um quê de sádico, que parecia se voltar tanto para si mesmo quanto para o Terceiro Príncipe. Ele pensou: *eu o entendo.*

Para Seyhan, cujo rosto sugeria que ele havia chegado a uma conclusão indesejada, Baoxiang disse:

— Espere aqui.

Os criados acenderam as lâmpadas ao redor deles enquanto Baoxiang aguardava no vestíbulo. Foi uma longa espera. Já estava escuro quando se ouviu um murmúrio do lado de fora e o Terceiro Príncipe entrou.

Por um momento terrível, Baoxiang viu Esen. Não Esen como era ao morrer, mas Esen antes de começar a participar de campanhas: um rapaz que ainda possuía o jeito desengonçado de um adolescente, o gingado pensado para conceder ao espectador o prazer de olhar.

Ele estremeceu e fez uma reverência.

— Saudações ao Terceiro Príncipe.

Em vez de retribuir a cortesia, o Terceiro Príncipe se jogou numa cadeira. Sua careta de desgosto não conseguiu esconder um interesse que incitou Baoxiang com tanta intensidade que ele sentiu uma pulsação interna em resposta, como o latejar de uma ferida.

— Já não nos cumprimentamos o suficiente hoje, príncipe de Henan? Ou por acaso você veio reclamar dos meus modos em minha primeira saudação? — O sorriso demorado em seus lábios em forma de arco sugeria que ele estava saboreando seu papel na humilhação de Baoxiang. — Não está grato por ter sido sua túnica e não seu braço?

Ali, no cruel palácio, era um presente encontrar alguém tão transparente. Com a voz suave como um toque, Baoxiang respondeu:

— Gostou de me ver com medo?

A expressão no rosto do Terceiro Príncipe vacilou. Um movimento tão breve que Baoxiang achava que o Terceiro Príncipe sequer havia percebido que seu corpo reconhecera a verdade.

— Gostar? Sinto repulsa ao ver um homem agir como você. Mas pelo menos estou disposto a lhe dar o que merece.

— E eu mereço isso só por sentir medo? — As palavras saíram mais amargas do que ele pretendera. O Terceiro Príncipe o desprezava por seu medo porque Baoxiang o carregava estampado no rosto. Mas o Terceiro Príncipe, no fundo de seu coração de vidro, onde ele pensava que ninguém enxergaria, tinha muito mais medo do que Baoxiang jamais tivera.

— Não se faça de idiota. — O Terceiro Príncipe ofegava. Mal podia esperar pelo prazer de trazer o sangue à tona, mesmo que com palavras. — Todos sabem a respeito do outro filho de Chaghan-Temur. O filho que se entrega a homens. Pobre Chaghan! Não conseguíamos entender como ele era capaz de tolerar a mancha que você deixou em sua própria casa. Pensávamos o pior dele por isso.

Seu olhar se fixou em Baoxiang, procurando sinais de estremecimento. Era tudo tão lamentável. O Terceiro Príncipe presumia que suas palavras machucariam, porque só conseguia imaginar o quanto doeria ouvir o mesmo dito a respeito de si mesmo.

Como todos odiavam Baoxiang por seus desejos desprezíveis — por tudo o que achavam que ele fazia com outros homens —, quando ele nunca tivera tais desejos?

— Vejo que minha reputação me precede — disse ele.

— Vai simplesmente ficar aí parado e aceitar o insulto? — O Terceiro Príncipe franziu a testa, incrédulo.

— Esperava que eu o enfrentasse? Se acha que alguma vez me importei com a honra de minha família, ou mesmo com a minha própria, não conhece a extensão completa de minha reputação. — A adrenalina era inteiramente vil. Era tão *fácil* ser o que todos queriam que ele fosse. — Por que eu deveria negá-la? É verdade.

A cor no rosto do Terceiro Príncipe não era tão intensa quanto a de Esen fora. Seu rubor se mostrava prontamente sob a barba bem-aparada. Baoxiang deu um passo na direção dele.

— Sou o que todos pensam que eu sou. E você sabia disso em Hichetu na Caçada de Primavera, não? Da primeira vez que me viu. Mesmo antes de ouvir o que diziam sobre mim.

— Basta olhar para você para saber o tipo de coisas que já fez. Que você *gosta* delas — respondeu o Terceiro Príncipe, ríspido.

— Sim. Sou mesmo desprezível desse jeito. — Era como se mil vozes do passado de Baoxiang estivessem falando por meio dele. Ele deixou que suas memórias alimentassem a fúria que sentia. — Pense em todos os atos vergonhosos, indignos, que qualquer homem normal repudiaria, e imagine quanto prazer devo sentir com eles. — Os olhos do Terceiro Príncipe estavam fixos nele. Estaria seu coração acelerado? O de Baoxiang estava tão calmo quanto sempre fora. Sua expectativa não tinha nada do entusiasmo que poderia ter feito seu coração bater mais rápido. Havia apenas a densidade sombria da raiva. Com a voz sedosa, ele continuou: — Pense no que eu devo querer ao vir até aqui.

Com um passo ágil, ele acabou com a distância entre os dois e repousou a mão no colo do Terceiro Príncipe.

O Terceiro Príncipe o encarou, os olhos arregalados de choque ao ser traído pelo próprio corpo sob o toque leve de Baoxiang. Este sentiu a adrenalina de uma vitória sádica. A humilhação devolvida a quem humilha. A sensação durou um instante. Então o Terceiro Príncipe se ergueu da cadeira e deu-lhe um soco no rosto.

De alguma forma, Baoxiang manteve o equilíbrio. Seus ouvidos zumbiam. Sua bochecha estava em chamas. Era a coisa mais familiar do mundo: mais um guerreiro a exercer sua supremacia física sobre ele enquanto ele cambaleava de dor. Não haviam todos tido sua vez? Primeiro seu pai, depois todos os guerreiros — todos eles, exceto Esen. *Isso* sim era uma ironia. Esen passara a vida toda treinando para machucar, mas nunca tivera que golpear Baoxiang para feri-lo.

Golpeei tão bem quanto fui golpeado no fim, irmão, quando o machuquei?

— Quer morrer? — cuspiu o Terceiro Príncipe.

Seu rubor dera lugar a manchas de raiva. Mas essa raiva era tão transparente quanto o resto dele: era o reflexo violento de alguém que precisava se convencer de que o que acontecera não era nada além da perversidade de Baoxiang; que ele mesmo não sentia nada, não queria nada. Enquanto aquilo fosse o desejo de Baoxiang, a vergonha de Baoxiang, não precisava ser real.

Não que isso fosse mudar alguma coisa. Ainda que o Terceiro Príncipe não reconhecesse suas inclinações, seu pai já olhava para ele e via algo que odiava.

Baoxiang se pôs de joelhos. O Terceiro Príncipe não se moveu.

A cortesã preferida de Baoxiang em Anyang era muito boa em poesia e o fazia rir, mas seu verdadeiro talento jazia noutro lugar. Ele se lembrava do toque gelado das mangas dela sobre sua pele enquanto ele sofria, esperando. O toque de borboleta e a cabeça baixa. Parecia ter acontecido em outra vida: um fragmento daquela vida serena, antes da ruptura.

Mesmo naqueles tempos, não havia sido uma vida serena. Ele deteve a melancolia por um momento, depois libertou-a na escuridão.

Sob as saias pregueadas do traje de montaria do Terceiro Príncipe, uma simples faixa matinha as roupas de baixo fechadas. Sob elas, a evidência do desejo. A estranheza da situação dava a Baoxiang uma sensação de distanciamento. Ele tinha a sensação de se ver do lado de fora, observando enquanto sua figura ajoelhada aos poucos se tornava indistinguível do que todos já pensavam dele.

O Terceiro Príncipe zombou:

— Olhe só para você, implorando para ser humilhado. Você é mesmo desprezível. Se eu encontrar você e um cachorro juntos na rua, devo chutar você primeiro.

Baoxiang ergueu os olhos para o rosto jovem e cruel, emoldurado pelas tranças de guerreiro que pendiam para frente, e mal conseguiu conter seu desprezo. Guerreiros tinham tanto orgulho da própria tolerância à dor física, mas não conseguiam suportar um instante da mesma vergonha que infligiam a Baoxiang sempre que podiam. Ele pensou, cruel: *quem isso torna mais forte?*

A faixa se desfez sem resistência.

— É verdade — disse ele. — Sou mesmo desprezível.

Do lado de fora, Seyhan ofereceu-lhe um lenço. Baoxiang pressionou-o contra o talho debaixo do olho conforme cavalgavam. O ferimento latejava em sincronia com seus lábios machucados. Foi só quando chegaram ao portão oeste da Cidade Imperial que Seyhan disse, num tom admiravelmente neutro:

— Então o filho do inimigo de meu inimigo é meu amigo. Será que ele o protegerá por isso?

— Por tocar a flauta uma vez? Não. — A tarefa em si não o excitara, mas a dor em seus lábios e mandíbula era tão satisfatória quanto qualquer conquista. — Mas ele vai. Ele é jovem, e estou lhe dando algo que ele nunca soube que poderia ter. Ele só precisa se acostumar a isso.

— Quanto tempo isso vai levar? — Seyhan parecia estar tentando calcular o grau exato das intenções assassinas da imperatriz, e as chances de Baoxiang sobreviver sem um protetor poderoso por uma, duas ou quatro semanas.

Baoxiang riu brevemente.

— Não faço a menor ideia.

Os dois exibiram os passes oficiais de madeira para os guardas do portão e cruzaram o fosso para voltar a Cambalique propriamente dita. Apesar da imensidão da cidade, suas avenidas eram tão retas e largas que, exceto pelos pontos onde a Cidade Imperial as interrompia, qualquer um que estivesse numa muralha tinha vista livre para a muralha oposta. Por mais agitada que fosse, a cidade devia ter sido duas, três vezes mais movimentada antes de ser sufocada pelo fechamento do Grande Canal por Madame Zhang. Era difícil imaginar.

A nova residência de Baoxiang era uma modesta habitação de um só pátio no distrito dos burocratas perto da muralha externa a oeste. O muro de tijolos sem charme da residência mantinha longe o clamor dos vendedores de comida na movimentada Rua do Portão Pingzhe. Os pés de caqui no pátio vazio ostentavam alguns frutos ainda meio verdes. No interior, a situação era ainda mais precária. Com exceção de alguns itens de uso pessoal, os únicos pertences que Baoxiang trouxera consigo eram os baús trancados que enchiam a sala principal.

Seyhan via os baús com insatisfação.

— O senhor tem uma sala cheia de táeis de ouro, e ainda assim vai nos fazer morar numa casa mais feia que a axila de um leproso.

Baoxiang entendia o sentimento. Sua residência em Anyang era um monumento perfeito ao seu bom gosto, cheia de móveis refinados, cerâmicas e pinturas. Ele deixara tudo isso para trás.

— Fique à vontade para gastar seu próprio salário se quiser mobiliá-la no estilo a que está acostumado.

Seyhan dirigiu-lhe um olhar azedo e saiu. O encontro de Baoxiang com o Terceiro Príncipe o lançara num estado de alerta temporário, mas agora, em meio às riquezas destiladas de sua propriedade, sua exaustão retornou com força total. Ele sabia que, mesmo que se deitasse na deprimente cama em estilo nortista da residência, e conseguisse cair no sono, este lhe seria arrancado momentos depois. Queria apenas uma noite de sono, mais do que jamais quisera qualquer outra coisa. As intermináveis noites insones o exauriram, e transformaram sua existência inteira num tormento.

A sala esfriou ao seu redor. Um sopro gelado familiar veio das paredes e fez os pelos de sua nuca se arrepiarem. De imediato, ele soube que Esen estava lá.

Ele deu meia-volta. O pulsar repentino de seu coração o deixou nauseado. A presença de Esen era sempre inconfundível, tão real e poderosa quanto sempre fora em vida, e todo o corpo de Baoxiang estremecia ao reconhecê-la.

Um punhado de fantasmas pairava atrás dele, suas formas delineadas em coronas brilhantes de pó. Seus olhos o encaravam sem ver por trás dos emaranhados de cabelo solto; os trapos brancos pendiam imóveis como os trajes de uma estátua. Baoxiang não se importava com *eles*. Examinou seus rostos mortos numa fúria infrutífera, procurando pelo fantasma que conhecia — aquele que se escondia dele.

Era tão enfurecedor quanto ter o sono arruinado repetidas vezes, a ponto de fazê-lo querer chorar.

— Sei que está aí! — gritou ele. Sua voz retornou para si, falhando pelo cansaço. Era isso que Esen fazia agora para torturá-lo. Quantas centenas de vezes Baoxiang sentira a pele se contrair ao redor dos ossos ao reconhecê-lo, quantas vezes se virara, com o coração apertado feito uma armadilha de polvo, cheio de temor e expectativa, sabendo que Esen estava atrás dele? Porém, sempre que ele se virava, o fantasma o rejeitava: demorando-se, provocando-o, onde ele não podia vê-lo.

O fantasma rompeu seu controle. Sua raiva explodiu até ele sentir que não passava de pele esticada ao redor de um núcleo sombrio. Aquela escuridão era seu novo coração, que se deleitava com sua vergonha e sua desgraça. Subiu-lhe a garganta e saiu pela boca latejante, rosnando para o fantasma.

— Você pensou que eu havia *acabado*? Pensou que a dor que eu lhe causei era retaliação suficiente? Você nunca teve imaginação nenhuma, irmão! Não faz ideia do quanto ainda vou machucá-lo.

A mão que ele estendeu, ligeiramente trêmula com a força de sua fúria, era esguia e pálida. A mão de um estudioso que ninguém jamais temera.

— Pense em tudo que eu sou, tudo que você odeia e condena. Pense em como minha existência indigna e vergonhosa mancha tudo que eu toco. Então veja eu me tornar a pessoa que todos veneram como a personificação de seu precioso império mongol. Veja eu me tornar o grão-cã, e levar ruína a todas as pessoas, todos os valores e todas as crenças pelas quais você viveu e morreu. *Veja eu destruir o mundo.*

Quando ele abriu a mão, o Mandato do Céu irrompeu dela com uma sensação sibilante de prazer puro e violento. A chama negra em sua palma não era luz, mas escuridão, e jorrava para fora dela até inundar o cômodo.

4

BIANLIANG

— As unidades de cerco estavam quase prontas, mas aí descobriram que alguns dos carros de equipamentos foram mantidos a céu aberto por engano e precisam de manutenção. Então levaremos mais três ou quatro dias — concluiu Chu, com as mãos unidas atrás das costas e uma expressão de nervosismo nos olhos. — Eles pedem respeitosamente ao general que compreenda a situação.

— Compreender um erro?

Ouyang andava de um lado para o outro sobre o assoalho lascado do centro de comando, seguido pelos olhares cautelosos dos comandantes. Tinha uma vaga ideia de que seria mais normal se sentar. Anos antes, numa visita ao Governador Militar Bolud em Shanxi, ele vira um tigre enjaulado. O animal havia arranhado a jaula com as patas mordidas e ensanguentadas. Na época, não dera muita importância à cena. Mas agora, pensou com amargor, ele entendia. Mesmo uma fera preferia a dor à infelicidade.

A partida inicial de um exército era sempre — *inevitavelmente* — uma dor de cabeça, o que Ouyang em teoria sabia depois de quinze anos no ramo. Agora, porém, cada atraso normal o enchia de uma fúria homicida.

— Encontre o homem responsável por esse *erro*, enrole-o num tapete e faça com que o resto de sua unidade o espanque até morrer. Então lhes dê dois dias para resolver o problema. Do contrário, farei com que o mesmo aconteça com todos eles.

Chu se retraiu e trocou olhares com Geng, do outro lado da mesa de planejamento. Shao, sentado à lateral com os braços cruzados e a boca ligeiramente aberta, permanecia inexpressivo. Não era feio, com sua pele sem manchas e seus olhos arredondados, mas o desgosto poderoso de Ouyang fazia com que a objetividade fosse impossível. Era como ser observado por uma carpa.

Para sua irritação, Shao se levantou e saiu da sala com ele ao final da reunião. Ouyang teria ficado perfeitamente satisfeito em não ter outra conversa com Shao até chegarem a Dadu, ou talvez até por mais tempo.

Ele parou e disse, breve:

— Precisa de algo, Comandante Sênior?

Shao dirigiu-lhe um olhar demorado, sem responder.

Ouyang girou no momento em que ouviu o som atrás de si, de espada em riste, mas era tarde demais. A corda já estava ao redor de seu pescoço.

A última coisa que viu antes de perder os sentidos foi o rosto de Shao, o desprezo à mostra.

Logo ao acordar, Ouyang se pôs de pé com dificuldade, movido pelo instinto de um soldado ferido de se levantar e fugir. Seu corpo não estava pronto. Uma dor dilacerante dentro de sua cabeça agarrou-o pelo tronco e apertou-o. Ele caiu, vacilando, e apoiou-se num só joelho. A parte animal de si retraiu-se de dor. Esta sabia que se mover só piorava as coisas; suplicava-lhe que ficasse imóvel para que a dor cessasse. Mas a outra parte de si — a parte que faria qualquer coisa para não pensar ou sentir — a recebia de bom grado. Ele se apoiou com um urro branco e se levantou.

A cela passara tanto tempo sem uso que havia perdido o cheiro de prisão. O chão de terra fina estava raspado nos trechos por onde ele fora arrastado. Havia paredes de tábuas nos dois lados, e uma porta com barras de ferro que dava para um corredor com parede de argila úmida. Então estava debaixo da terra. Ouyang tinha uma vaga noção de que a residência do governador abrigava o gabinete de polícia. Não havia se dado ao trabalho de visitar o lugar, mas é claro que Shao o havia feito. Shao sempre sabia onde esconder os corpos.

Shao Ge, aquele traidor. Uma emoção enfim rompeu a dor de cabeça de Ouyang. Era fúria pura. Mesmo que Shao discordasse de seus métodos, não era como se ele fosse *fracassar.* Como era possível fracassar na busca pelo próprio destino? Shao podia odiá-lo, mas a única coisa que precisava fazer era cerrar os dentes e cooperar. Ainda assim, por algum motivo incompreensível, ele estava *dificultando tudo.* A fúria de Ouyang cresceu até se mesclar à dor. Ele não sabia como sairia, mas, quando o fizesse, devolveria aquela dor para Shao até que ele gritasse.

A espera pareceu interminável. Depois de um longo tempo, ouviram-se passos no corredor. Ouyang se levantou, um pavio dentro de uma chama de agonia. Pelo menos Shao não lhe havia tirado a armadura. Ele conseguiu ficar ainda mais indignado diante da ideia de ser despido — *tocado* — enquanto estava inconsciente.

No momento em que Shao apareceu, ele explodiu:

— *Eu lhe teria dado o trono.*

Shao depositou a bandeja no chão. Seus lábios sérios estavam curvados para baixo.

— É essa a questão, não é? *Você* acredita nisso. Mas algo tem me incomodado. Se os rebeldes nanren têm o Mandato, por que ele não veio até mim, embora eu também possua um exército e a promessa do trono? — Ele lidava com a fúria de Ouyang com uma calma condescendente: o homem racional que se rebaixava para se dirigir a um histérico. — Você me *daria* o trono. Mas agora está claro para mim: você não pode. Olhe para este exército! Está à beira da desintegração sob o seu comando. Você teria derrubado nove sóis do céu por Esen-Temur, mas nunca se importou com ninguém por quem já foi de fato responsável. Quanto mais eu o observo, mais óbvio fica. Se eu quiser o trono, só vou conquistá-lo sem você. Então, general, entregue-me o exército e o deixarei partir.

Ouyang levou as mãos às barras da cela. O fato de que Shao não se moveu encheu-o de uma raiva incandescente.

— Como deixou os comandantes Yan e Bai partirem? — Sua voz era sempre rouca, resultado do hábito de forçar o timbre grave de um homem, mas ter sido sufocado aumentara a rouquidão em níveis grotescos. — Fodam-se você e dezoito gerações de seus ancestrais! Acha que pode *tirar minha vingança de mim*?

— Matei Yan e Bai porque precisava, não porque isso me agradava — respondeu Shao, frio. — Assim como não estou tirando sua vingança por despeito. E pense: embora não por suas mãos, o grão-cã ainda morrerá. Então tente enxergar isso pelo que é. Estou lhe dando a escolha de esquecer tudo isso. Partir. Viver.

Shao sempre entendera Ouyang bem o suficiente para machucar, mas nunca o suficiente para saber. A dor na cabeça de Ouyang não era o bastante para apaziguar a agonia pior: a dor que encerrava o mundo. Se ele não matasse o grão-cã, se desistisse de sua vingança antes de concretizá-la, então tudo o que havia sacrificado em seu nome — *tudo o que havia feito...*

O rosto de Shao era um retrato do desprezo.

— Se não me entregar o exército, terei de assumir o comando após sua lamentável morte. Com pesar, é claro. O que lhe dá duas opções. — Com um pé, ele empurrou a bandeja através da abertura na parte inferior da porta. — O caminho rápido é o seguinte: tente não sufocar com a própria língua como o pobre Comandante Bai. É melhor se não for *completamente* óbvio que eu o matei. Isso costuma reduzir a confiança na liderança de uma pessoa. — Seus olhos pousaram no pulso de Ouyang e sua boca se curvou num sorriso carregado de conhecimento odioso. — Cheguei a pensar em lhe dar uma faca para cortar os pulsos, já que você parece gostar tanto disso. Mas parecia uma péssima ideia lhe dar uma lâmina.

Ouyang pensou que nunca havia odiado alguém tanto quanto odiava Shao naquele momento. Ele pegou a bandeja e a arremessou nas barras. Foi só quando as tigelas de madeira pararam de quicar que ele percebeu que Shao já havia saído de seu alcance.

— Então vai ser do jeito lento. Não me importo de esperar. Tenho certeza de que serão alguns dias miseráveis. Mas você passou a vida inteira desfrutando da miséria, não? — Shao encarou Ouyang por mais um momento. — Farei uma prece para você quando tudo estiver terminado. Imagino que poucos eunucos tenham tido o privilégio de serem homenageados por um imperador.

Ele se virou para sair.

— Que sua próxima vida seja mais feliz, general.

— Declarem seu objetivo — disse um dos guardas do portão, em han'er, quando Zhu e Ma se aproximaram da muralha da cidade à frente da fila de camelos carregados.

Acima, os pináculos gêmeos da Torre Astronômica e do Pagode de Ferro erguiam-se contra o céu bronzeado do meio-dia. Os blocos claros da muralha cintilavam por trás de uma camada de calor exalado. Não havia dúvidas de que o exército de Ouyang continuava lá dentro. Por dez li em todas as direções, a cidade estava rodeada pelas manadas que acompanhavam qualquer exército mongol.

Cavalos, carneiros, bodes e bois pastavam a grama de pontas rosadas e arroxeadas, formando um tapete uniforme, com o brilho do rio dourado ao fundo em meio a juncos distantes.

Intrigada, Zhu observou o guarda do portão endireitar um pouco mais a postura quando Ma desenrolou do rosto o lenço de nômade do deserto. Ma tinha os traços largos comuns a uma mulher semu, mas havia uma luminosidade em seu olhar — uma tristeza nostálgica e conhecedora num rosto que deveria ser jovem demais para isso — que atingia o coração das pessoas, e que elas confundiam com beleza.

Ma contou a história em uigur, enquanto Zhu a traduzia para han'er: eram mercadores de seda vindos de Dadu, e Bianliang era uma parada regular num circuito comercial que os levava do norte até as regiões produtoras de seda no sul — a Pingjiang de Madame Zhang e a Yingtian de Zhu Yuanzhang —, seguindo pelo deserto rumo aos canados do oeste.

Presumindo que conseguissem entrar na cidade, o resto do plano era tão simples que Zhu nem estava mentindo quando disse que seria divertido. Tudo o que precisavam fazer antes de partir no dia seguinte era espalhar alguns dos inofensivos rolos de seda ao redor da cidade. Embora parecessem bastante normais, as camadas internas haviam sido embebidas numa mistura líquida explosiva inventada pelo engenheiro de Zhu, Jiao Yu. Quando o líquido estivesse seco o suficiente, o que aconteceria dentro de um ou dois dias, o tecido começaria a esfumaçar sozinho — e então queimaria.

Era difícil penetrar cidades muradas. Zhu não tinha armamento de cerco, e não tinha seis meses para exaurir Ouyang. No entanto, pensou ela com satisfação, se fosse possível tornar as condições no interior da cidade bem miseráveis, e bem rápido, não seria preciso esperar muito.

O guarda do portão voltou após uma inspeção dos camelos carregados.

— O general permite que mercadores legítimos fiquem por uma noite. Vocês serão escoltados até uma hospedaria designada, onde deverão ficar durante a estadia. Se não saírem amanhã antes do meio-dia, serão punidos.

Enquanto seguiam a escolta cidade adentro, Zhu vislumbrou as formas encouraçadas que pendiam das muralhas. Decerto nem *todas* eram os restos de mercadores atrasados. Se bem que, refletiu ela, estremecendo com um arrepio no toco de braço, Ouyang nunca tivera muito senso de humor quando se tratava de punições.

As sinetas tocavam as barrigas dos camelos enquanto os homens semu de Zhu os conduziam ao longo das ruas de terra macia de Bianliang. Nos séculos que se seguiram à queda da majestosa Dinastia Song, toda a grandeza de sua antiga capital dera lugar a ruínas. Casas deterioradas erguiam-se em meio a campos no que outrora devia ter sido o coração pulsante da cidade. Acácias choravam duchas de pequeninas folhas amarelas sobre as ruínas dos templos, e os pátios de muros quebrados das grandes mansões estavam cheios de barracas de comércio decrépitas. E onde quer que os olhos pousassem: soldados.

O exército de Ouyang ocupara cada espaço disponível dentro de Bianliang, como cogumelos que se alastravam por uma árvore caída. O lugar teria lembrado a Zhu de Anfeng, a antiga capital dos Turbantes Vermelhos, não fosse pelos cavalos. Zhu já havia visto a cavalaria de Ouyang, mas até então nunca tivera noção da quantia absurda de animais necessária para mantê-la. Para cada homem que via, devia haver cinco cavalos. Presos por cabos individuais a longas cordas esticadas acima, os robustos animais mongóis tinham cores sólidas, pintas ou manchas feito gatos. Comiam o feno espalhado na terra diante de si, erguiam as caudas e deixavam montinhos soltos de fezes para trás. Ouyang podia ter removido os mongóis de seu exército, mas ainda era um exército mongol.

— Alto lá! — Um soldado aproximou-se e interrompeu-os, quase fazendo Zhu, Ma e a fila de camelos colidir com a escolta. O soldado olhou para Ma e disse, firme e seco: — O general oferece suas saudações aos mercadores de seda de Dadu. Quando soube de sua presença na cidade, ficou interessado em conhecer tão estimados viajantes. Ele ficaria honrado se pudessem desfrutar de sua hospitalidade durante a estadia em Bianliang.

Ma, esquecendo-se de que não deveria entender han'er, olhou para Zhu, alarmada. A mente de Zhu chiava enquanto ela traduzia. *Ouyang* lhes estendera hospitalidade por curiosidade? Fosse qualquer outra pessoa, ela teria presumido que esta desejava informação: sobre Dadu ou as condições da estrada para o norte. Mas ela conhecia Ouyang — ou pensava que conhecia. Teria apostado que ele estaria envolto demais em suas próprias preocupações para notar a chegada do grupo a Bianliang, que dirá para querer falar com eles.

Era estranho. Mais do que isso, era um problema. Passar o início da noite debaixo do nariz de Ouyang faria com que percorrer a cidade para espalhar os rolos de seda fosse muito mais arriscado. E, embora Ouyang não conhecesse Ma, e provavelmente não fosse reconhecer nenhum dos homens semu de Zhu, havia um rosto no grupo que ele jamais esqueceria.

Zhu chamou a atenção de Ma e, em silêncio, indicou a carga do primeiro camelo. A voz de Ma revelou apenas um sutil traço de nervosismo quando ela disse:

— Como pode o general se rebaixar a estar na presença destes mercadores indignos? Por favor, aceite este humilde presente como um sinal de nossa estima em vez disso.

Depois de se atrapalhar brevemente com as fivelas do alforje, Zhu apanhou um dos rolos de seda ricamente bordada que usavam para permutas do dia a dia. Ela sabia que era arriscado. Aceitar suborno implicava a pena de morte num exército bem-disciplinado. Zhu pensou em como os homens de Ouyang haviam se atirado repetidas vezes em suas emboscadas no vale em Jining. Mesmo que houvesse sido mais por medo do que por amor, eles o haviam obedecido. E, de fato, quando Ma ofereceu o presente, os olhos do soldado demoraram-se nele com cobiça, mas tudo o que ele disse foi:

— O general ficará satisfeito em aceitar seu generoso presente pessoalmente.

Se continuassem a se recusar, levantariam suspeitas demais. Zhu podia ver que Ma estava tensa com aquele desvio do plano. Porém, embora Zhu soubesse por experiência própria o quão perigoso Ouyang podia ser — a mão decepada e as cicatrizes dos golpes de sua espada eram prova suficiente disso —, a ideia de vê-lo outra vez, antes do que ela vinha esperando, enchia-a de uma sensação que se confundia com entusiasmo. Ela não havia previsto aquela reviravolta, mas tudo ficaria bem. Desde que conseguisse evitar que Ouyang visse *seu rosto* — o que acrescentaria uma camada indesejada de dificuldade à situação —, elas conseguiriam passar pela reunião, e então Zhu poderia começar a resolver o problema de implantar os rolos de seda onde precisavam ficar.

Ela não fazia ideia de qual poderia ser a solução, mas sabia que *haveria* uma solução. Sempre havia.

Sem esperar que Ma falasse, ela disse, com a voz gentil:

— Estes mercadores indignos aceitam o convite do honorável general com gratidão. Por favor, mostre-nos o caminho.

Quando chegaram ao destino, Zhu havia conseguido trocar de lugar com o homem no final da fila de camelos. Com sorte, considerando os lenços que lhes cobriam os rostos, o soldado que os escoltava não notaria que o tradutor original de Ma havia sido rebaixado de repente.

Sentindo-se culpada, Zhu lembrou que havia prometido ficar ao lado de Ma durante todo o tempo que fossem passar em Bianliang. Porém, não havia outro jeito; além disso, Ma era perfeitamente capaz de lidar com uma refeição com Ouyang por conta própria. Ma havia mesmo morado em Dadu, então, se isso se revelasse o tema dos questionamentos de Ouyang, tudo o que ela precisaria fazer era responder honestamente. Tinha um raciocínio rápido o bastante para que Zhu confiasse que ela seria capaz de contornar qualquer outra situação. E, conhecendo Ouyang, Zhu não conseguia imaginar que ele ficasse na companhia de convidados por mais tempo do que o necessário para conseguir as informações de que precisava. Provavelmente seria uma refeição esquisita, mas pelo menos seria breve.

O quartel-general de Ouyang ficava num extenso complexo cercado por altas pereiras ornamentais, cujas copas tinham o topo salpicado de tons de vermelho e roxo, enquanto as metades inferiores ainda exibiam o verde do verão. A julgar pelo tamanho do prédio, Zhu imaginou que deveria ter sido a residência do governador de Yuan. Enquanto esperavam, seu entusiasmo misturou-se a um tremor no núcleo de seu *Qi*. Sempre houvera aquela estranha conexão entre ela e Ouyang quando se aproximavam, como a ressonância natural que ocorre entre duas substâncias semelhantes. Entre duas pessoas que não eram nem uma coisa, nem outra. Ela tinha a sensação de ansiar pela chegada dele não apenas com os olhos e ouvidos, mas com aquele aspecto interno que vivia se lançando ao mundo com o desejo de encontrar algo semelhante.

Uma figura de armadura atravessou o portão e, antes mesmo de Zhu ver o que havia de errado, ela o *sentiu*. Havia dedilhado uma corda e não recebeu como resposta uma vibração semelhante, apenas o ar parado de uma sala vazia. A altura daquela pessoa, a largura de seus ombros e a masculinidade de seus traços eram visíveis mesmo à distância: nada daquilo pertencia a Ouyang, cuja postura obscurecia a figura baixa e diminuta, e cujo rosto de mulher perdia a feminilidade e se tornava inclassificável quanto mais era observado. Aquele homem era um general, mas era um *homem*. E era um estranho.

De repente, tudo fez sentido. Ouyang, que jamais teria prestado atenção a uma caravana de mercadores, não prestara. Mas então, se Ouyang havia *de fato* inicialmente comandado o exército que tomara do príncipe de Henan, onde estava agora, e quem era esse outro nanren que se dizia general?

Embora devesse estar tão surpresa quanto Zhu, Ma prestou suas saudações com uma compostura admirável.

— Como devemos nos dirigir ao honorável general? Acreditávamos que as forças que ocupam Bianliang eram comandadas por um eunuco, mas claramente estávamos enganados.

O general desconhecido ergueu a mão para interromper a tradução. Em mongol, ele respondeu:

— Eu entendo uigur, mas terão de me perdoar por responder numa língua com a qual estou mais familiarizado. — A curva descendente de seus lábios dava-lhe uma expressão de cautela que fez os pelos da nuca de Zhu se arrepiarem de desconfiança. — Vocês não estavam enganados, mas, infelizmente, o General Ouyang está indisposto por conta de uma doença. Ele me instruiu, como seu braço-direito, a assumir o comando neste ínterim. O nome de minha família é Shao. — Ele fez uma pausa e continuou educadamente: — Como sem dúvida devem ter ouvido, o General Ouyang em breve nos levará para o norte rumo a Dadu. Eu estava me perguntando se nossos honoráveis convidados poderiam compartilhar notícias a respeito das condições atuais da cidade.

Era o motivo óbvio. No entanto, quando os olhos de Shao pousaram nos camelos carregados, Zhu notou seu brilho predatório e, instantânea e desagradavelmente, percebeu o verdadeiro interesse do general. Qualquer exército acampado longe de casa por meses a fio enfrentava enormes dificuldades financeiras, e o grupo de Zhu havia adentrado aquele meio com vários milhares de taéis em seda pura. *Ouyang* não teria se importado. Mas Shao nunca tivera qualquer intenção de honrá-los como convidados. Ele ia roubá-los.

Num segundo lampejo de entendimento, Zhu percebeu: Ouyang não estava doente. Shao o havia deposto, e ele já estava morto. O traidor, traído.

Ela franziu o cenho sob o lenço, desconcertada. Quando fugira de Ouyang naquela última vez em Bianliang, tivera certeza de que se encontrariam de novo. Parecera inevitável: uma continuação de como a força da semelhança entre os dois parecia sempre curvar os arcos de suas vidas ao encontro um do outro. O fato de ele ter morrido sem alcançar seu destino em Dadu parecia errado, como se o padrão familiar do mundo tivesse sido distorcido em algo que Zhu não mais reconhecia.

Mas não havia tempo para refletir. Zhu espantou a sensação de desconforto para focar o problema em questão. No que se tratava daquele novo General Shao, Zhu daria a ele a seda de bom grado, se não estivesse preocupada com o fato de que manter todos os rolos juntos só causaria um incêndio concentrado, em vez da conflagração generalizada na cidade de que ela precisava.

Sua outra preocupação significante era o que Shao faria com um grupo de comerciantes depois de lhes roubar os bens. Ouyang teria deixado que partissem. Com Shao, ela não tinha tanta certeza.

— Por favor, entrem e se refresquem após sua jornada — convidou Shao, cortês. Seus lábios cortados não correspondiam ao sentimento. — Meus homens descarregarão sua mercadoria e levarão seus animais para comer e beber.

— O general é generoso demais — disse Ma. Zhu percebeu que ela estava acreditando no interesse declarado por Shao. Ela não fazia ideia do novo perigo em que se encontrava. — Por favor, deixe que meu funcionário ajude seus homens a lidarem com os animais. Camelos são bastante diferentes de seus cavalos; suas mordidas podem ser desagradáveis. — Ela apontou para Zhu ao final da fila. Zhu, pequena e com jeito de menino, cujo rosto coberto mal arrancou um olhar de Shao quando ele assentiu com um breve aceno de cabeça.

Zhu viu Ma seguir Shao para dentro do complexo, sua beleza familiar e delicada renovada pelo lenço enrolado no pescoço. Por um momento, Zhu sentiu uma pontada ao pensar no que Ma poderia enfrentar até que ela encontrasse um jeito de resgatar a esposa. Estava bastante ciente de que Ma só havia concordado em participar porque Zhu lhe prometera que a viagem seria livre de riscos. Mas não adiantava se sentir mal a respeito disso. Zhu limpou a mente, satisfeita ao perceber a facilidade com que conseguia deixar de lado a distração. Um anseio efervescente expandiu-se em seu lugar. O que importava agora era agir para colocar o plano de volta nos trilhos o mais rápido possível, e garantir que ela fosse bem-sucedida em fazer o que havia vindo fazer.

Não havia dúvidas de que Zhu era tão prisioneira quanto os outros. Sob supervisão, ela e os camelos descarregados foram levados a um campo apinhado a certa distância da residência. O campo tinha montes esparsos que projetavam sombras compridas na terra tingida pelo pôr do sol. Ruínas, percebeu Zhu ao ver uma viga corroída que saía de uma das crostas duras de terra. Todas as partes do campo que não eram montes estavam ocupadas por tendas e soldados sentados, agachados, escarrando. Havia tantos cavalos que as cordas que os prendiam a postes se cruzavam contra o céu num abandono imprudente.

Os camelos abriram um espaço para si mesmos com suas meras presenças. Então, satisfeitos, sentaram-se feito uma cordilheira obstinada e se puseram a ruminar o pasto. Zhu recostou-se no flanco quente do animal mais próximo e contemplou a situação. O sol se pôs e as tendas, cavalos e montes se fundiram numa única sombra densa. Os guardas de Zhu haviam se reunido ao redor de uma fogueira próxima e grelhavam pão e pedaços de uma carne com cheiro forte em espetos. Mesmo com a conveniente escuridão, sua proximidade — e o número absurdo de outras pessoas no acampamento — fazia com que fosse impossível para Zhu esgueirar-se para longe sem ser vista.

Algo atravessou o ar e pousou na terra a seus pés.

— Ei, menino. Come aí.

Era um dos pães grelhados com um pouco de carne gordurosa no interior. Zhu apanhou-o, inspecionou-o e comeu-o, sem se constranger com o riso rouco dos guardas. Comida era comida. A cartilagem desmanchava-se entre seus dentes enquanto ela pensava. Tinha de voltar para a residência de Shao, encontrar e resgatar Ma e os outros, encontrar a seda e tirar todos eles dali. O tempo era vital. Não havia como alterar o tempo de ignição dos rolos e, uma vez que a queima começasse, não haveria volta. Um fio familiar de entusiasmo comprimiu-se em seu estômago. Ela cuspiu a cartilagem e se levantou. Se não havia como sair sem ser vista, então ela teria de fazê-lo sendo vista. E pensar no resto enquanto corria.

Quando os guardas lhe dirigiram o olhar, ela fez um gesto explicativo de se agachar. Assim que eles bufaram e voltaram a se concentrar em suas refeições, ela se dirigiu para trás dos camelos. Um montículo próximo era o suficiente para protegê-la de olhares curiosos do outro lado. Alguns passos adiante, uma floresta considerável de postes ancorava as extremidades das cordas que prendiam os animais. Zhu agachou-se e passou para o poste mais próximo. Uma rápida inspeção mostrou um emaranhado de linhas enfiadas nos entalhes na base do poste e amarrado no lugar. Zhu não tinha dedos suficientes para fazer nós. Mas tinha outra coisa.

Sua atual mão de madeira — esta simples em vez de revestida em ouro — fora feita por Jiao. Ele enchera as juntas dos dedos com pequeninas hastes de metal deslizantes, e unira cada dedo com um fio fino que os conectava à palma. Se girasse de leve o toco de braço em várias direções, Zhu conseguia fazer os dedos se moverem um pouco. Era desconfortável e não parecia particularmente real. Mas era uma presença suficientemente semelhante a uma mão para apaziguar a pior parte da repulsa das pessoas diante daquilo que mais temiam para si mesmas: a mutilação do precioso corpo que lhes fora concedido por seus ancestrais.

Zhu puxou a mão até a seção da palma deslizar para fora da espiga de metal que a conectava ao pulso. A espiga não era afiada em sua extensão, nem pontuda como uma sovela, mas parecia-se mais com um cinzel de ponteira achatada. Mas a ponteira achatada tinha um gume cortante o suficiente para ser útil. Zhu serrou os nós e viu as cordas acima se afrouxarem em resposta. Então voltou a encaixar a mão no pulso, aproximou-se cuidadosamente do primeiro camelo, tomou suas rédeas e esperou.

— Aquele ovo de tartaruga ainda não terminou de cagar? — Um guarda, irritado, contornou os camelos e levou um susto quando viu Zhu à espera ao lado do primeiro camelo. — Ei! O que...

Zhu chutou o camelo, incitando-o a se mover, e saltou.

Seu pé encontrou o joelho dobrado do camelo bem na hora, impulsionando-a para cima. Se ela não tivesse ficado tão focada em se ajeitar entre as corcovas vazias do camelo, talvez tivesse achado graça no gritinho horrorizado do guarda. Zhu sabia como era esquisito o movimento de um camelo: aquela estranha agitação de trás para frente enquanto o animal aos poucos se punha de pé, subindo e subindo e *subindo*.

Recuperando o foco, o guarda lançou-se sobre as rédeas do camelo. Era o que se faria para interromper um cavalo. Mas camelos não eram cavalos. O camelo de Zhu cuspiu no rosto do homem, guinchou e avançou sobre ele com os dentes à mostra.

O guarda mergulhou para fora do caminho, gritando por socorro.

A escuridão mergulhou em caos. Os outros camelos se puseram de pé, assustando os cavalos mais próximos, que descobriram que, quando puxavam as cordas que os prendiam, podiam simplesmente *continuar galopando*, e de repente o campo tornou-se uma torrente de animais alarmados e emaranhados a correr. Zhu agarrou-se à corcunda do camelo e evitou firmemente qualquer pensamento sobre quedas. Ela ofegava a cada passada brusca, e teve a sensação preocupante de pender para um lado. Seu coração martelava na garganta.

Soldados corriam junto da torrente, agitando os braços numa tentativa fútil de direcionar os animais sem serem atropelados. Alguns dos mais ágeis conseguiram montar, mas bastava que seus cavalos dessem uma olhada nos camelos alvoroçados para decidirem manter a distância. Zhu sabia que seu pequeno corpo se perderia na torrente — por um momento. Ela puxou as rédeas do camelo até estarem correndo na borda externa do bando e, quando passaram por uma estreita rua lateral, se atirou no ar.

A queda era muito maior do que a de um cavalo. Ela se espatifou, tombando e rolando até parar abruptamente diante da entrada de uma casa. Na rua principal, a torrente corria com os soldados em seu encalço.

Nenhum deles a viu cair. Zhu sentiu um desconforto nas costelas esquerdas, o que de alguma forma fez seu braço direito doer tanto que ela sibilou. Mas dor era apenas dor. Se esse era o preço que teria de pagar pelo que desejava, então ela o faria com prazer. Franzindo o cenho, ela se virou e correu pelas sombras das ruas deterioradas rumo à residência de Shao.

Zhu já estava prestes a vasculhar o terceiro prédio do complexo e ainda não se sentia nada próxima de encontrar seu grupo. Não fora difícil entrar no complexo, com os guardas do portão tirados de seus postos pelo absurdo espetáculo de cavalos e camelos a correr pelas ruas. Mas a residência era ainda maior do que aparentava quando vista da rua. Dúzias de construções ocupavam o interior de um labirinto de corredores e pátios. Para piorar as coisas, era uma base militar em estado de grande atividade às vésperas da partida: soldados e criados corriam incessantemente de um lado para o outro apesar do horário tardio.

Sentindo-se visível com seus trajes de mercador, Zhu esgueirava-se pelas sombras. Suas entranhas fervilhavam numa mistura de dor e entusiasmo. Era essa a parte que ela amava com fervor. O salto do qual não havia volta, a adrenalina vibrante de saber que todos os fios de ação convergiriam — *tinham* de convergir — com sucesso, mesmo que ela ainda não soubesse como. Era uma prece, e era fé, mas nada parecido com a devoção altruísta que aprendera como monge. Ela fervia de desejo. Estava cheia dele, e sua fé jazia em si mesma.

Zhu estava se esgueirando entre os corredores de colunas escuras ao longo da fachada de um prédio quando uma resposta ríspida a fez pular. Ela olhou para cima e viu um ponto de luz desabrochando sobre os telhados. Seu primeiro pensamento foi que se tratava de um sinalizador. Então ouviu outro som, depois outro, cada vez mais rápido até se mesclarem num único som estridente e ensurdecedor. Luzes piscantes brilhavam nas telhas escuras com o lustre do luar enquanto homens corriam aos gritos até os pátios, e o ar estava carregado de um odor sujo, acre e pungente familiar que fez Zhu pensar, de repente, nas mãos enegrecidas por resíduos de pólvora...

Não houve qualquer intervalo entre o pensamento e o momento em que ela se viu estatelada no meio da colunata, à distância de um corpo de onde estivera. Sua visão estava ofuscada e suas orelhas zumbiam numa nota aguda contínua. Telhas deslocadas escorregavam sobre os beirais dos telhados, caindo nos pátios, e no canto oposto do complexo um pilar de fogo erguia-se no céu noturno.

Zhu levantou-se com esforço, ofegante. Era como se cada um de seus pensamentos mais elevados lhe tivesse sido arrancado. Do outro lado do pátio, o papel da janela do prédio da frente pendia em tiras, as treliças esmagadas para dentro feito palitos de dente quebrados. Lá dentro, dois soldados atordoados ajudavam-se a ficar de pé. Apenas uma coisa poderia ter causado tamanho grau de destruição. *A seda.* Ela não conseguia imaginar o que poderia ter feito os rolos explodirem tão antes da hora. Talvez os homens de Shao os tivessem guardado perto de uma fonte de calor, ou num espaço apertado demais, ou talvez o tempo quente simplesmente os tivesse feito secar mais rápido do que Jiao estimara.

O vento noturno inclinava as labaredas, e suas pontas irregulares espalhavam manchas vermelhas sobre o muro do complexo numa chuva de faíscas tão densa quanto as de uma pedra de amolar. As faíscas caíam sobre solo fértil. As árvores de folhas crepitantes na rua logo foram salpicadas com pontos crescentes de vermelho. Alguns instantes depois, seus galhos estavam em chamas. Lâminas de fogo arrastavam-se até o topo de suas copas, onde o vento as balançava de um lado para o outro, derramando uma chuva de fogo nas casas de madeira abaixo. O peito de Zhu reluzia de triunfo. Tudo estava se desenrolando melhor do que ela poderia ter imaginado. Ela pedira fogo e recebera um apocalipse. Bianliang estava queimando.

O clamor dos soldados a correr pelo pátio arrancou Zhu de seus pensamentos. Ela ainda precisava encontrar Ma e os outros. Felizmente, era mais fácil movimentar-se pela cidade com o caos. Nenhum dos soldados prestava atenção nela enquanto Zhu passava por eles. Uma horripilante luz alaranjada enchia os corredores, e o papel aquecido das janelas produzia um aroma salgado e oleoso feito o vapor de uma panela wok. Zhu abria uma porta atrás da outra. Ninguém sequer notaria a fuga do grupo, considerando os acontecimentos. Era tudo tão divertido quanto ela dissera a Ma que seria, e o perigo fazia parte disso. A vida de Zhu pulsava com força por seu corpo, levando dor e entusiasmo a cada nervo, e ela vibrava com o próprio poder de manter-se viva. No momento, enquanto corria, sentia que talvez pudesse ficar viva para sempre.

Ela disparou corredor afora e adentrou outro pátio aberto. Os soldados pareciam ter controlado o fogo no interior do complexo, mas agora um rugido incessante tomava os muros: as construções em chamas de Bianliang. Séculos de história consumidos em cinzas brancas que flutuavam escuridão adentro, depois caíam tão densamente quanto neve. Cavalos guinchavam ao longe.

Zhu apertou o lenço sobre o rosto para se proteger das cinzas, então sentiu a primeira pontada de preocupação. Não era que ela *não fosse* encontrar Ma. Estava apenas levando mais tempo do que o esperado. Havia tantos prédios, e ela os vinha vasculhando a esmo na melhor das hipóteses.

Pense, ordenou a si mesma.

Agora que ela estava de pé, a dor em suas costelas havia migrado para o fundo do estômago. Era um incômodo nas profundezas de seu interior, ainda mais difícil de ignorar por estar alojado bem no centro de seu corpo. Arrastava-lhe as entranhas, puxando-as…

Ela sentiu um choque de reconhecimento. *Aquela dor.* Não era a dor de uma costela quebrada que se dirigia aos órgãos vitais, mas a dor familiar de algo que puxava as cordas do universo. E ela não a sentia desde a *última* vez em que estivera em Bianliang, enquanto fugia para se salvar de…

Ela girou e encarou uma pequena construção do outro lado do pátio. A porta encontrava-se escancarada.

Na escuridão de seu interior, ela distinguiu um borrão pálido. Rostos brancos e roupas brancas, e olhos vazios e sombrios.

Os fantasmas de Ouyang.

Zhu atravessou a porta, cautelosa. Ela não sabia qual fora o propósito original do cômodo, mas, assim como todo o resto, este era agora uma acomodação. Estrados de dormir estavam desarrumados devido à pressa com que seus ocupantes haviam saído na emergência, e capacetes e cabaças de água jaziam espalhados pelo chão. A sala estava vazia — de humanos. Os fantasmas flutuavam alguns passos mais ao fundo numa pequena configuração circular, como um cardume de peixes presos por uma rede invisível. Zhu percebeu, intrigada, que aqueles nas bordas externas haviam sido parcialmente engolidos pelo chão, de modo que apenas seus troncos estavam visíveis.

Um instante depois, ela gargalhou. Eles estavam parados *acima* de Ouyang. Ela estava vendo o topo de uma esfera de fantasmas. Nunca pensara na ideia de que, quando ele descansava, eles se agrupariam ao redor do eunuco como uma nuvem. Zhu contornou os fantasmas, sentindo um arrepio com sua frieza, e desviou dos detritos até alcançar a porta do outro lado do cômodo. O ar subterrâneo subia a escadaria de pedra. Ela cobriu firmemente o rosto com o lenço e desceu.

Ao pé da escadaria havia um pequeno vestíbulo com uma cadeira e um suporte para equipamentos de aparência desagradável que estavam, para o alívio de Zhu, cobertos de pó. Vozes elevadas ressoaram da ponta oposta do corredor. Zhu logo encontrou um esconderijo atrás da cadeira e espiou adiante. Tudo o que podia ver das celas era a longa fileira de barras que se prolongavam escuridão adentro.

Um único guarda ocupava o final do corredor, discutindo em han'er.

— Você não pode dar ordens ao General Shao! Ele é o general.

O homem tinha uma postura curvada, como se alguma parte primitiva de seu cérebro soubesse (e fortemente abominasse) do fato de que estava parado dentro de um círculo de fantasmas.

— Se a cidade está em chamas, então ele não está se saindo muito bem, está?

Com certa satisfação, Zhu sentiu um arrepio dos pés à cabeça ao reconhecer a voz distinta de Ouyang. Era ainda mais rouca do que ela se lembrava. E, pela primeira vez, o ódio nela contido não era dirigido a ela.

Uma explosão de gritos urgentes desceu as escadas, acompanhada do odor acre de madeira em chamas.

— Acha que isso está "sob controle"? — vociferou Ouyang. — Deixe-me sair, seu graveto coberto de merda.

O guarda enrijeceu e recuou um passo.

Num tom ameaçador, Ouyang disse:

— *Não ouse...*

Mas o guarda já estava correndo, passando pelo esconderijo de Zhu. A porta acima bateu uma vez, rude, como um ponto-final.

Ouyang cuspiu um ríspido xingamento mongol. Os fantasmas parados fora da cela ondularam, como se a força de sua fúria e de sua frustração os soprasse feito o vento na superfície da água.

Os olhos de Zhu ardiam. O cheiro de fumaça estava mais forte agora, e os fantasmas no final do corredor eram indistintos. Ela saiu do vestíbulo e correu pela fileira de celas. A primeira estava vazia, e a princípio ela pensou que a segunda também estava, até sua atenção ser atraída de volta com um horror irresistível. Havia um fantasma na cela, mas, diferentemente dos fantasmas comuns, cujos olhos negros eram vazios e desfocados, este fitava os dela com ódio e voracidade. Seus dentes eram pontiagudos e, ali parada, Zhu sentiu um arrepio nauseante atravessar-lhe o corpo como contrações de puro pavor.

De repente, ela pensou nas ferramentas de aparência desagradável perto da entrada. Em prisões, pessoas costumavam morrer de formas particularmente miseráveis — formas que não necessariamente deixariam cadáveres intactos para trás —, e parecia que, quando isso acontecia, aquele era o resultado. Um fantasma faminto, que desejava devorar. As histórias eram repletas de monstros assim, mas, até agora, Zhu nunca vira um. Ela desejou não ter visto.

Ela estremeceu violentamente e passou pelas terceira e quarta celas, que estavam vazias, mas no passo seguinte ela viu quem estava na quinta, e seu coração descompassou.

Ma correu para fora da multidão e pressionou o corpo contra as barras, chorando. O alívio de Zhu foi tão estranhamente visceral que, a princípio, ela pensou estar sentindo as costelas outra vez. O sentimento surpreendeu-a. Ela não achava que estivera tão preocupada.

O belo rosto de Ma estava sujo e manchado de lágrimas.

— Você veio.

— É claro que eu vim! — respondeu Zhu, indignada. Ela tomou a mão estendida de Ma e a apertou com ternura. — Eu me joguei de um camelo por você, Ma Xiuying. Um camelo! Você tem ideia de como os camelos são altos quando se precisa cair de um? Foi uma aventura. Os rolos de seda incendiaram o complexo, e agora o complexo incendiou a cidade. O plano funcionou perfeitamente!

A expressão de Ma dizia que ela não parecia concordar totalmente. Com certa hostilidade, ela disse:

— Por favor, tire-nos daqui, marido.

— Bem… — hesitou Zhu.

— Você não tem uma *chave*.

Ma parecia pronta para chorar de frustração.

— Ainda não — corrigiu Zhu.

A porta acima abriu-se com um estrondo outra vez, e Zhu mergulhou de volta no esconderijo. Não era o primeiro guarda que voltava, mas dois outros homens com armaduras: um de cabeça quadrada e o outro corpulento de bochechas rosadas, mas com um passo surpreendentemente feminino enquanto corria atrás do companheiro até a cela de Ouyang.

— Era o senhor quem deveria estar no comando, não Shao Ge. Olha só o que aconteceu — disse o de cabeça quadrada, breve.

Chaves chacoalharam. O outro guarda acrescentou:

— Nós nos manifestamos em seu favor na hora, mas os outros foram maioria. Aqui, trouxemos sua espada.

— Onde está Shao Ge agora? — Estranhamente, a voz de Ouyang carecia de gratidão ou alívio, como se ele considerasse o resgate uma ação natural do universo em vez de algo relacionado às pessoas que o haviam feito. Ele saiu da cela.

Zhu encarou-o, chocada. Esperava que ele estivesse desgrenhado, como de fato estava: sua armadura estava empoeirada, e suas tranças tinham fios soltos. Mas o *rosto*. O frio, inexpressivo e belo rosto de Ouyang sempre fora uma máscara perfeita de controle que apenas ela parecia capaz de penetrar. Agora, a energia que mantinha aquela máscara, fosse qual fosse, havia desaparecido. Ouyang, que sempre se importara tanto com o que os outros pensavam dele, parecia ter deixado de se importar. Sua expressão era um ricto de fúria e dor puras, e atingiu Zhu com o mesmo horror primitivo que a visão dos espasmos dos músculos de um homem esfolado. Era como se ele fosse outro fantasma faminto.

Ouyang marchou para fora da masmorra, segurando a espada com tanta firmeza que ela tremia ao seu lado. Os soldados que o resgataram o seguiram e, atrás deles, a longa procissão fúnebre de fantasmas.

Assim que eles se foram, Zhu correu até a cela de Ouyang, onde as chaves ainda pendiam do cadeado.

— Ah, ele é sempre tão útil! — exclamou ela, animada, destrancando a cela de Ma e envolvendo-a num breve abraço quando ela saiu. A pontada de preocupação desaparecera havia muito, então os soluços de alívio de Ma encheram-na de ternura. Ela saboreou o momento: era doce, cheio do prazer e da expectativa de saber que havia vencido, e restava apenas que o inevitável se desenrolasse. — Não chore, Yingzi. Tudo está bem quando acaba bem. Argh, mal posso esperar para tirar estas roupas! Ficaram tão cheias de pelo de camelo que estou cheirando ao interior de um odre. Vamos embora.

Ouyang abria caminho pelo caos do lado de fora. Não sabia se estava marchando ou cambaleando adiante como um homem com o abdômen ferido. O chão oscilava sob seus pés, ameaçando derrubá-lo a cada passo, e sua visão enchia-se de manchas e borrões. Quanto tempo havia passado naquela cela, sem comida ou água? Não importava, supunha ele. Tudo o que precisava era seguir em frente. Estava reduzido ao foco da dor em sua cabeça, e punha um pé na frente do outro, várias e várias vezes.

Estava vagamente ciente de ter perdido Geng e Chu ao longo do caminho. O mundo estava repleto de coisas bizarras: uma onda de soldados com baldes nas mãos; rajadas de vento quente que lhe lançavam brasas no rosto; um desconcertante som de rugido, como o da água a jorrar numa cachoeira, que parecia lhe comprimir tanto o nariz e a garganta quanto os ouvidos, até que ele ofegasse por ar. Sua consciência oscilante produziu o pensamento instável de que aquele desastre sob o comando de Shao poderia ter causado danos tão severos a seu exército que eles jamais conseguiriam chegar a Dadu. Mas era impossível. Ele não podia acreditar nisso.

A porta para a sala de comando achava-se aberta ao final do corredor. Ao entrar, cambaleante, ele teve um vislumbre desconexo dos rostos pálidos de seus comandantes voltados para si, as bocas abertas tão negras quanto os olhos dos fantasmas que ele via em seus sonhos.

A espada de Ouyang moveu-se para cima e encontrou osso. Era um ato reflexo tanto quanto o de um predador que sacode a cabeça para quebrar o pescoço de um pequeno animal. Ele não percebeu o que havia feito até ouvir Shao grunhir de agonia. Então o mundo voltou a entrar em foco e, por um momento, Ouyang pôde apenas se admirar: o gesto acontecera tão inconscientemente que era como se seu desejo tivesse se manifestado por meio de alguma força sobrenatural. Ouyang arrancou a espada do esterno de Shao. O corpo jorrou um fio carmesim ao cair, sua boca de carpa imóvel numa careta.

Os outros comandantes encaravam-no, horrorizados. Ele sabia o que estavam pensando. Pensavam que ele deveria ter ouvido Shao. Pensavam que ele deveria ter barganhado com a pessoa que lhe tentara roubar a vingança — a vingança pela qual ele havia pagado *com a vida de Esen*.

Eles não entendiam. Ele os odiava por isso, ainda mais do que odiava suas necessidades e exigências e seus olhares patéticos e desconfortáveis. Foi tomado pelo desejo feroz de machucá-los até que entendessem *de fato*. Precisava mesmo deles?

Em sua mente, viu a si mesmo, sozinho contra os defensores de Dadu. Lutando sem descanso, rasgado por espadas até não passar de uma massa crua e gritante que insistia em se arrastar adiante, sem nunca parar, até os dedos ensanguentados tocarem o trono. Ele imaginou o grão-cã a fitá-lo, horrorizado: o rosto esfolado e inumano de seu destino.

Por um momento, tudo pareceu completamente racional, como se a força de seu desejo pudesse subverter a mecânica do mundo e impeli-lo a se realizar.

— Diga aos homens que cessem os esforços para combater as chamas — ordenou ele, feroz.

Houve um longo silêncio. Após certo tempo, Chu disse em tom cauteloso:

— General. A cidade irá...

— Eu sei. Deixe-a queimar.

Ele não precisava de Bianliang. Precisava apenas de um exército. Precisava apenas de homens que morressem, dispostos ou não, pelo que ele precisava fazer.

Seus dedos doíam ao redor do cabo da espada. Sob a fina camada de sangue havia uma lâmina simples. Outros homens gravavam nomes ou frases significativas em suas espadas, mas Ouyang nunca o fizera. Como poderia tê-lo feito, quando sua espada era o instrumento de sua futura traição? Agora que estava livre para gravá-la, o gesto parecia não ter sentido. Tudo já havia acabado, e sua continuação não passava de um patético apêndice.

— Reúnam todos do lado de fora da cidade e finalizem os preparativos para a partida — ordenou ele. — Deixem para trás tudo o que não for essencial. Iniciamos a marcha para Dadu ao amanhecer.

Ouyang liderou suas tropas para fora de Bianliang, a cidade em chamas atrás de si. O vento noturno que alastrara as chamas havia abrandado. Uma coluna de fumaça se estendia pelo céu como se traçasse o curso de uma estrela cadente. No fim das contas, o incêndio ficara restrito ao núcleo mongol da cidade. Isso lhe deu a ideia de que a Bianliang arruinada havia sido queimada até os ossos, até as antigas muralhas externas que estavam ali antes do Yuan, antes do Liao, antes do Jin. Tudo o que os povos das estepes haviam trazido e construído fora devastado até restar apenas Esen, que jazia muito abaixo da relva lustrosa. Não haveria ninguém para varrer sua tumba e, quando Ouyang deixasse o mundo, não haveria ninguém que lembrasse onde Esen repousava. Seria sua última negligência para com a pessoa que havia amado.

— General! — Geng apareceu atrás dele. Embora Geng e Chu estivessem agora dividindo a função de braço-direito, Ouyang ainda tinha apenas uma noção vaga dos dois; nenhum deles tinha os fortes desejos pessoais que haviam deixado Shao em evidência. Provavelmente era uma coisa boa. Agora, Geng dizia com urgência: — Estamos sob ataque.

Sobressaltado, Ouyang fez seu cavalo dar meia-volta. No estado ainda enfraquecido em que se encontrava, o movimento fez sua cabeça girar. Primeiro confuso, depois horrorizado, ele viu uma onda negra de infantaria se aproximando do longo flanco exposto de suas tropas. Flâmulas amarelas tremulavam sobre a massa. A cor provocou um vazio desconcertante em seu cérebro. As flâmulas do Yuan eram azuis; os rebeldes dos Turbantes Vermelhos usavam vermelho; o exército do General Zhang, verde. Algo no mundo externo havia mudado enquanto ele passava o verão mofando no quarto. Ele agora via que o exército de flâmulas amarelas havia surgido do lado oposto da cidade. Deveria ter se aproximado durante a comoção da noite e esperado que Ouyang aparecesse. Mas ele não fazia ideia de quem poderia ser.

Ele gritou ordens furiosas aos comandantes da cavalaria. Todas as suas emoções haviam se mesclado numa pressão indistinta tão dilacerante que ele pensava que seria devastado por ela. Os comandantes *de fato* responderam às suas ordens. Mas foi a resposta de homens que já estavam exauridos por meses de espera, por punições, por serem arrancados da cama por chamas e gritos. Foram lentos — lentos demais. A tropa dianteira do exército agressor perfurou o débil escudo de flechas de sua cavalaria e atropelou-os a toda velocidade.

Ouyang sabia identificar uma linha de frente debilitada. Mas algo mais estava acontecendo. À medida que o exército de flâmulas amarelas avançava, seus comandantes gritavam ordens para os homens de Ouyang, os quais evitavam a intrusão feito o óleo de uma gota de sabão na água. Ouyang assistiu incrédulo quando seus homens pararam e apearam, depositando os arcos no chão. Eles estavam *se rendendo.*

A pressão interna era forte demais; ele estava sendo dilacerado. E agora sabia o que era aquela pressão. Era seu desespero, sua fúria e sua agonia, tudo isso transformado num único imperativo: *que ele não perdesse.* Ele se ouviu urrando enquanto disparava na direção da cavalaria desistente. Ele se lançou do cavalo e, num único golpe, decapitou o homem mais próximo, depois agarrou o seguinte pelo braço e empurrou-o na direção do inimigo.

— Levantem-se e continuem lutando, ou eu mesmo matarei vocês todos!

Ele não sabia o que viam em seu rosto, mas os homens ao redor dele pegaram as espadas às pressas e avançaram na direção correta. Nenhum deles chegou muito longe. Ele os viu cair, curvados sob o exército iminente como talos de grama. Então o exército alcançou-o.

Ele lutou com fúria, com pânico, com desespero total. Seu corpo estava fraco e febril. Era incisivo em dizer-lhe como quase morrera de desidratação apenas algumas horas antes. Mas o que era a dor corporal comparada à dor de sua mente? Ele rasgava um oponente, depois outro. Arriscou um olhar frustrado por cima do ombro à procura de seu cavalo. No momento em que voltou a olhar para frente, percebeu que o gesto fora um erro. Um semicírculo iminente do inimigo observava-o com apreensão. Estavam com medo, pensou Ouyang, o que o fez querer rir da cara deles. Deviam *mesmo* ter medo por ousarem ficar entre ele e seu destino. Um jovem comandante nanren com uma lança disse, conciso:

— Levem-no.

Os dois primeiros a se aproximarem caíram com facilidade. Então o restante precipitou-se sobre ele como uma onda. Ele foi derrubado por uma massa de homens, mesmo quando sua espada encontrou armaduras, depois carne. Seu rosto foi esmagado no chão. O homem logo acima dele gritava de agonia e horror. Seu sangue jorrava sobre a nuca de Ouyang como se estivesse sendo espremido pelo peso de todos os outros homens acima dos dois. Ele gritava como Ouyang queria gritar, mas o ar lhe havia sido tirado dos pulmões. Ele se debatia debilmente, arfando, sentindo os hematomas surgirem onde as bordas desalinhadas da própria armadura cravavam-lhe a pele. Estava tão impotente quanto os mortos, mas sem o alívio que estes possuíam. A cada instante ele sabia, terrivelmente, que ainda estava vivo, e que enquanto estivesse vivo precisava continuar tentando. Ele se debateu e lutou até os músculos falharem. Mesmo depois que isso aconteceu, os homens o mantiveram imóvel. O homem acima dele havia enfim parado de gritar.

O jovem comandante agachou-se ao lado de sua cabeça e disse, a voz carregada de uma fúria tomada pela dor:

— Seu desgraçado! Não precisava matá-los. Poderia ter simplesmente se rendido. — O nariz do rapaz era tão grande que parecia improvável que algum dia pudesse crescer o bastante para se adequar a ele, e suas orelhas projetavam-se para fora do capacete. Ouyang encarava além do rapaz, o olhar vazio, fitando o mundo ensanguentado. Quão jovem deveria ser, para ainda se importar com os homens que tombavam em batalha? Ele mesmo não conseguia se lembrar de alguma vez ter se importado. Por fim, o rapaz endireitou-se e disse para alguém fora do campo de visão de Ouyang: — Diga a ele que está feito.

Eles o ergueram depois disso. Ouyang pendia entre eles, exausto, com mechas de cabelo soltas numa cortina sobre o rosto, e o mundo além delas desbotou até virar um vazio branco.

Em certo momento, ficou consciente de uma figura parada diante dele. Uma figura pequena e familiar com um rosto feio sobre a armadura dourada. O sol nascente dourava-lhe a imagem por trás.

Ouyang estava exausto demais para conjurar o sentimento de ódio. Tudo o que tinha era a consciência dele.

— *Você.*

As mãos da figura fecharam-se com força diante do desrespeito.

— Eu — concordou o Rei Radiante. — Perdoe-me por mantê-lo imobilizado, mas parece-me sábio adotar uma postura cautelosa. — Seu rosto jovem não era terno, mas também não era cruel. Brilhava com um júbilo que Ouyang não conseguia entender. Não parecia ser um sentimento que vivenciara em toda a sua vida. — Eu gostaria de manter o braço e as pernas que me restam.

Zhu Chongba — esse era o nome dele, lembrou-se Ouyang. O monge. Ele havia ajoelhado aos pés de Ouyang, desamparado, com o sangue de sua vida jorrando de seu toco de braço. Se Ouyang não tivesse sido imobilizado, teria avançado na garganta de Zhu. Teria avançado — e depois teria caído, assim como Zhu caíra, de joelhos em meio ao sangue e a terra. Ele percebeu que havia uma misericórdia amarga e não intencional em ser contido.

— Não é nada pessoal — disse-lhe Zhu. — Os Zhang e eu nos tornamos vizinhos muito mais próximos do que gostaríamos. Não sou forte o bastante para derrotá-los sozinho. Então pensei: se eu somasse seus homens aos meus… — Ele deu de ombros. — Então aqui estou eu.

Ouyang levou um tempo para processar as palavras e, mesmo quando o fez, elas não fizeram sentido. Ele havia matado Shao, e isso deveria ter *consertado* tudo.

— Está roubando meu exército. — A agonia queimava em meio ao vazio de sua mente. — *Está roubando meu destino.*

Zhu encarou-o. Sob a testa larga, ele tinha uma boca austera e um queixo pontiagudo. A pele, tão livre de pelos quanto a de Ouyang, era tão amarronzada quanto a carapaça de um inseto. Era um rosto duro, mas que se suavizou por um momento.

— Não quero seu destino. Tenho o meu próprio. E não estou roubando seu exército. É apenas um empréstimo, para derrotar os Zhang. Assim que eu tiver feito isso, iremos para o norte até Dadu para derrotar o Grande Conselheiro e seu exército central, que já era seu plano de qualquer forma. Então, quando eu tiver o controle da capital, deixarei que mate o grão-cã. — O sol, que se erguera acima do capacete de ouro de Zhu, ofuscava os olhos de Ouyang. — Quanto tempo esperou por sua vingança? Você pode esperar mais um pouco.

Todos os dias — todas as horas, todas as batidas do coração — de Ouyang já eram insuportáveis. Ele foi tomado por uma descrença terrível ao pensar em quanto mais doeria esperar. Doeria mais do que Zhu jamais poderia entender, mais do que ele jamais poderia imaginar — porque o que estava acontecendo com Ouyang era o tipo de dor que ninguém jamais conseguiria compreender, ou acreditar, até vivenciar por conta própria. Ouyang sabia disso como ninguém. Ele sofrera e se preparara para o que teve de fazer a Esen, e embora cada momento daquela expectativa tivesse sido como uma morte, não passara de uma sombra do que era arder como ele ardia agora.

Ouyang sabia, com uma certeza que o reduzia a um único ponto incandescente de vergonha, que teria feito qualquer coisa naquele momento para recuperar seu exército. Se achasse que daria certo, teria ficado de joelhos e implorado pela compreensão de Zhu. Ele se arrastaria e se humilharia diante dos olhos dos dois exércitos, porque, quando comparada à sua dor, de que importava sua dignidade?

Mas ele não tinha poder nenhum e nada a oferecer, e sua dignidade era inútil para qualquer pessoa além de si mesmo.

— Sei que você me odeia por isso — disse Zhu. Ele não era nem cruel, nem gentil; seu rosto jovem sem dor brilhava com a esperança e a expectativa de alguém que jamais sequer sonhara que o futuro pudesse ser qualquer coisa além de bom. — Sei que não acredita que sou capaz de vencer. Mas eu vou, porque estou disposto a fazer o que for necessário. Espere só, general, e garantirei que terá o que deseja. Eu prometo.

PARTE DOIS

5

YINGTIAN

A figura achava-se ao lado da janela fechada por tapumes quando Ma entrou com uma bandeja. Guardas com espadas em riste seguiam em seu encalço. O quarto escuro e vazio tinha um cheiro tão forte de madeira nova que este anulava qualquer traço do mundo pungente do lado de fora. A primeira impressão que Ma teve da figura foi a de uma mulher nanren esguia e descalça, vestindo roupas de baixo brancas. O papel translúcido das janelas suavizava e difundia os feixes de luz do dia que passavam pelas frestas entre os tapumes, pintando barras amarelas nas pequenas mãos unidas da mulher, nas mechas soltas de seu cabelo.

Era estranha a separação entre imagem e realidade. Os pesadelos de Ma eram povoados pelo General Ouyang, o demoníaco general eunuco dos mongóis com sua armadura brilhante. A cada campanha ele aniquilava mais dos rebeldes de seu pai e chegava mais perto de Anfeng. Todos sabiam que o inevitável estava a caminho: que, quando ele atravessasse o vasto rio Huai e abrisse uma fenda de quatro *zhang*[1] de altura nas muralhas de lama de Anfeng, mataria todos eles.

Nenhum deles havia sido capaz de detê-lo, ou sequer atrasá-lo, nem mesmo seu pai.

Nenhum deles, exceto Zhu.

---

1 [N. da T.] Antiga unidade de medida chinesa correspondente a 3,58 metros.

Mas como ela poderia associar aquela história e aquele horror a esta figura que fora despida como uma mulher prestes a ser vendida como espólio de guerra? Quão vulnerável ela devia se sentir, com a intimidade dos pés descalços e do cabelo solto exposta a estranhos em vez de reservada a um amante? O olhar de Ma era uma violação.

A mulher virou-se da janela, o rosto obscurecido pelas mechas do cabelo. Ma sentiu um arrepio de desconforto. A forma como ela se *movia* — havia algo de errado nela, algo fora do lugar. A estranheza do movimento instigava um impulso temeroso de recuar, como se diante um predador na floresta ou de uma pessoa a gritar coisas estranhas na rua. A impressão de feminilidade não chegou a se romper, mas oscilou: um reflexo em águas inquietas.

Ma ofereceu a bandeja com uma bacia de água quente, sabão e um pano.

— Saudações ao honrado General Ouyang.

— Nenhum pente? Fico lisonjeado por temerem que eu use um. — Mesmo aquela rouquidão poderia ter sido a voz de uma mulher, áspera e desgastada pelo fumo ou alguma emoção que queimou com tanta força que não deixou rastros de si. Embora Ma tivesse usado mongol, o general respondeu em han'er. — No entanto, não tenho nenhuma experiência em lutar com pentes. Não sei se teria sido melhor do que nada.

Foi só então que Ma entendeu por que haviam removido a armadura, o cinturão, o manto externo, as meias e até os prendedores de cabelo do general. De repente, ela se deu conta dos dois guardas armados em seus flancos.

A mulher ajeitou o cabelo atrás da orelha com outro gesto ríspido. Um gesto, Ma percebeu de repente, muito cru e dissonante — que parecia despretensioso ao ponto da loucura — porque não era uma versão distorcida de feminilidade como ela havia interpretado instintivamente, mas um gesto desprovido de qualquer reflexo de feminilidade. Não era o gesto de uma mulher, mas o de um homem.

Então ele ergueu a cabeça e ela viu seu rosto.

— Uma navalha, por outro lado, poderia ser útil… mas acredito que tenho pouquíssimas chances de convencer alguém de que eu posso precisar de uma.

O General Ouyang era belíssimo, quase tão belo quanto sua reputação, mas seu rosto não era o de uma mulher. Ma lembrou-se da forma como a imagem de Zhu oscilava em sua mente numa duplicidade, numa dualidade. Ouyang tinha o porte de um homem, a mente e os maneirismos de um homem, e isso embebia o delicado desenho arredondado de sua testa, o refinamento sem sombras de sua pele, num entremeio. Não um entremeio transitório, como o dos meninos naquele momento de frágil delicadeza antes de se tornarem homens, mas um entremeio que era feroz e assustador por ser permanente, por ser outro; por ser completo em si mesmo.

Ele não aceitou a bandeja. Ela o viu reparar nos adereços de ouro de seu cabelo e no caro brocado metálico de sua túnica que ganhava tons de vermelho ou de aço a depender do movimento do tecido.

— Você não é uma criada. Veio ficar me encarando? Devo esperar um fluxo de visitantes, todos ansiosos por ver o exótico cativo? Talvez eu devesse planejar alguma coisa para mantê-los entretidos. — Ele olhou para os guardas de Ma. Sua expressão avaliadora fez o sangue de Ma gelar.

Ela firmou a postura.

— Vim porque queria vê-lo. Temos uma conexão pessoal. Sabe qual é?

— Uma garota semu que fala mongol e brinca de ser uma rainha rebelde — respondeu Ouyang com uma consideração afetada. — Você tem mesmo uma semelhança com seu pai. General Ma, certo? É difícil me lembrar de todos que já matei. Espero que não pretenda gastar saliva atrás de um pedido de desculpas.

As palavras doeram, mesmo que ela já estivesse esperando algo do tipo.

— Vim perdoá-lo — disse ela.

— Perdoar? — A princípio, ela pensou que Ouyang estava surpreso; ele falou com um tom leve. — Se essa é sua intenção, devo dizer-lhe o que fiz com ele. Quando encontrei seu pai no campo de batalha naquele dia, pus minha espada sob o braço dele e a passei pelas costelas, cortando-o no meio. Consegue imaginar isso? Era como o flanco cortado e aberto de um porco, com as pontas brancas das costelas à mostra. Ele ficou tão chocado! Tentou juntar as duas partes com as mãos. Mas ele não gritou, porque eu lhe havia cortado os pulmões. As artérias cortadas verteram todo o sangue no estômago dele, e ele começou a vomitar sangue. Então, quando já tinha vomitado todo o sangue do corpo, ele morreu: horrorizado e agonizante, enquanto eu assistia.

"E agora você está aqui. A filha, transformada na vadia de um rei-garoto, oferecendo não vingança, mas *perdão*, ao assassino do pai."

A leveza de sua voz se desfez. Ela nunca ouvira alguém falar com tamanho veneno antes.

— Por quê? — continuou Ouyang. — Sente pena de mim, o pobre eunuco forçado a matar o próprio povo em nome de seus cruéis mestres mongóis? Deve sentir mesmo pena, se é capaz de me perdoar mesmo com o espírito de seu pai clamando por justiça! Sente pena o suficiente para chupar meu pau, se eu tivesse um? Pena o suficiente para abrir as pernas para mim? É isso que as mulheres fazem, não é, desde que os assassinos de suas famílias sejam belos? Fico surpreso por meu rosto despertar tamanha admiração numa mulher, mas talvez, quando se tem um marido tão feio quanto o seu, até mesmo um meio-homem se mostra um avanço.

Era como se ela tivesse sido golpeada. Seus olhos ardiam com lágrimas tolas. Como ela podia ter acreditado naquela ilusão de uma mulher vulnerável? Esse *era* o monstro de sua imaginação, e olhava para ela da mesma forma que tantos homens olhavam: com ódio. Os olhos de Ouyang impunham-lhe vergonha por ela ser quem era: por ser alguém que ele considerava fundamentalmente incapaz de honra, piedade filial, lealdade e amor.

— Talvez *você* sinta pena — disse ele. Seus punhos estavam tão cerrados quanto garrão bovino ao entrar na água fervente. — Mas eu não sinto. Não me arrependo de nada disso.

O contraste entre a beleza de seu exterior e o horror dentro dele lembravam a Ma um casulo perolado de fios de seda: um esquife para a larva que fora fervida viva.

Ela havia conseguido conter as lágrimas, mas sua voz tremia de humilhação.

— Vejo que o general é de fato um homem, apesar da aparência. Vejo isso na forma como não demonstra nenhuma hesitação em me colocar em meu devido lugar. Já tive um noivo que costumava fazer a mesma coisa. Talvez eu devesse descrever o que aconteceu com ele, se pensa que não sei nada sobre tortura. Mas vejo que você acha que ter testemunhado tortura não é o suficiente. Só respeita o perdão de outros homens que já a praticaram — disse Ma, lançando as palavras nele. — Talvez para que vocês possam continuar consolando uns aos outros, dizendo que era o que precisavam fazer.

Não havia nada de belo em Ouyang quando ele disse, cruel:

— Saia daqui.

A pior parte de ficar fora da cidade era o acúmulo de papelada. Zhu lidava com ela à noite, em particular. Havia aprendido a escrever com a mão esquerda — com certa dificuldade —, mas descobriu que seus oficiais ficavam dolorosamente desconfortáveis só de vê-la fazer isso. Poucos eram audaciosos o bastante para encará-la, mas a natureza dessa atenção ficava evidente nos cutucões e nos olhares de soslaio: um fascínio de repulsa por seu corpo incompleto. Um corpo que ofendia os ancestrais; um corpo que ofendia seus olhos. Os oficiais lançavam-lhe olhares furtivos, depois disfarçavam com agradável censura. A mera existência de Zhu minava o respeito que tinham por ela. Suas dúvidas transformavam a realeza de Zhu em algo que ela era forçada a conquistar, várias e várias vezes.

Enquanto ela trabalhava, os criados abaixaram as cortinas de brocado da cama, tiraram as cinzas dos incensários e percorreram o quarto apagando as velas de cera branca. A luz sutil das lanternas remanescentes fazia os arredores do palácio parecerem aconchegantes e diminutos. Ma entrou e dispensou os criados e, depois de um tempo, aproximou-se com o rosto limpo e as roupas de baixo brancas, dizendo:

— Você deveria descansar.

Zhu afastou-se da escrivaninha com um suspiro enquanto Ma lhe desprendia o grampo de cabelo. Em seu tempo de monastério, a cabeça raspada de Zhu parecia-lhe uma parte tão inalterável de si mesma quanto seus olhos negros, mas agora ela tinha de admitir: em dias frios, ter cabelo fazia toda diferença. Embora fosse perfeitamente capaz de se despir sozinha, era bom sentir o zelo das mãos de Ma enquanto ela desatava o cinto e a túnica formal externa de Zhu. Ma trabalhou em silêncio por um tempo. Então, com o ar de alguém que vinha refletindo dolorosamente sobre alguma coisa, ela disse:

— O General Ouyang não é uma pessoa muito agradável.

— Você foi vê-lo? — Zhu perguntou-se o que Ma havia esperado de tal encontro. Ela mesma não havia ido vê-lo, tendo a forte sensação de que fazer isso seria arranjar problemas. — Não leve para o lado pessoal. Mesmo antes de eu o deixar mais mal-humorado do que nunca, ele já era do tipo raivoso. Não que ele não tenha motivos, mas não sei se ele era um indivíduo radiante mesmo *antes* de toda essa história de família assassinada e castração. — Com certa indignação, ela acrescentou: — Mesmo assim! Fico surpreso de você não o ter cativado; todos gostam de você.

— *Você* gosta de mim. — Ma tirou a túnica de Zhu e dobrou-a sobre os braços esticados do mancebo, onde ficaria pendurada a noite inteira e assustaria Ma sempre que ela se levantasse para usar o penico, mas não Zhu, que havia desenvolvido uma tolerância robusta a formas fantasmagóricas. — Muitas pessoas apenas quiseram me ter.

Mentalmente, Zhu enumerou as pessoas na vida de Ma que antes a viam como propriedade: seu noivo morto, seu pai morto, seus amigos mortos. Parecia cruel apontar a conexão. Em vez disso, ela brincou:

— Quando eu for imperador, essa será a primeira mudança que farei. Será lei: *todos* deverão gostar de você.

Ma não sorriu.

— Tome cuidado com ele, Yuanzhang.

Então ocorreu a Zhu que Ma andava incomodada desde Bianliang, como se o susto tivesse permanecido com ela apesar de tudo ter acabado bem. Ela estranhava o fato de Ma se agarrar às emoções mesmo muito depois de as ter sentido. A própria Zhu sentia medo às vezes, como qualquer pessoa, mas esse medo sempre acabava tão transfigurado nas emoções que o sucediam, fossem elas satisfação, vingança ou prazer, que ela mal conseguia se lembrar de qual fora a sensação. Ela tinha uma imagem de si mesma a contorcer-se pela vida, tão limpa quanto uma cobra após a troca de pele.

— Suponho que você não saiba disso — falou Ma quando se acomodaram na cama. — Mas há um jeito particular como alguns homens olham as mulheres, e eles as odeiam. Em geral eles também as desejam, mesmo que as odeiem. Mas, com o General Ouyang, havia apenas ódio. Era como se ele estivesse me transformando em nada só de olhar para mim.

Zhu nunca fora mulher, mas já fora uma garota. Ela conhecia muito bem a raiva e a vergonha de ser olhada, e odiada, e considerada nada, por conta do que era. Mesmo assim, disse:

— Tenho certeza de que, se eu me despisse na frente dele, ele não poderia me odiar mais do que já odeia. Enfim! Não há razão para se preocupar. A raiva dele pode estar queimando tão alto quanto dez mil *zhang*, mas, enquanto eu o mantiver longe de suas tropas, que mal ele pode fazer? Garantirei que as coisas continuem assim até ele estar diante da única pessoa no mundo que ele odeia mais que a mim. — Havia apenas uma luz fraca de lanterna dentro do dossel fechado. Ma ficava linda sob as sombras suaves. Sentindo-se inspirada, Zhu deslizou para mais perto da esposa sob as cobertas e acrescentou: — Além disso, a única pessoa a quem interessa saber o que há debaixo de minhas roupas é você.

— Espero que sim! — exclamou Ma, de repente indignada, e Zhu ficou satisfeita ao vê-la sorrir. — Só tente não ser perfurado outra vez para que Jiao Yu não precise dar mais uma olhada.

Zhu sentiu o poderoso desgosto de sempre ao pensar em Jiao: não tanto pelo fato de ele ter visto seu corpo inconsciente — ele *salvara* sua vida —, mas pela superioridade em seus olhos por saber a verdade ao encará-la mais tarde.

— Bem, não é como se ele pudesse descobrir *mais* do meu segredo — disse ela, aborrecida, e depois estendeu o braço para tocar Ma.

Ela e Ma estavam ambas ocupadas, e Jiao completamente esquecido, quando ouviram alguém tossir à porta.

— Rei Radiante, mil desculpas! O Comandante Sênior Chang está aqui para vê-lo. Ele diz que é urgente.

Zhu levantou-se e limpou a boca.

— Ah, Chang Yuchun, rei de aparecer na hora errada! Terei de deixá-la sozinha, Yingzi.

— Como ousa...!

Zhu aproximou-se para beijá-la.

— Ou espere por mim, é uma opção válida também.

Ela vestiu um manto e entrou descalça no corredor.

Chang Yuchun saudou-a com uma reverência que, embora adequadamente respeitosa, retinha petulância suficiente para lembrá-la de que ele a conhecia desde antes de Zhu se tornar rei, quando Yuchun era um ladrão de rua em Anfeng. Nesse ínterim, ele havia desabrochado como um jovem guerreiro ágil e atlético. Seu rosto até se adequara ao nariz grande e pontudo de águia — uma mudança que, se não o tornava belo, ao menos lhe dava uma aparência charmosamente incomum.

— Sinto interromper — disse Yuchun, sorrindo de um jeito que fez Zhu suspeitar de que ele havia escutado alguns dos gemidos mais altos de Ma. — Mas o senhor queria saber sobre os desdobramentos assim que eles acontecessem. Acabamos de ser informados: Madame Zhang proibiu todo comércio que ultrapasse seu território. Ela cortou nosso acesso a todos os fornecedores regulares de grãos e outros bens. Podemos encontrar alternativas para quase tudo de que precisamos, mas o problema é...

— O sal — concluiu Zhu.

Ela estava contrariada, mas não surpresa. Para Madame Zhang, cortar o recurso crucial que mantinha as cidades de Zhu habitadas, seus camponeses vivos e seu exército capaz de travar uma guerra era o passo seguinte óbvio naquela troca de hostilidades.

— Considerando que ela aumentou o preço do sal antes de embargá-lo, não temos reservas para alimentar nosso exército durante uma campanha de meses. O que imagino ser exatamente o que ela queria. Mas, agora que temos o exército do eunuco conosco, talvez possamos vencer rápido o bastante para que a quantidade limitada de sal não importe?

— Mesmo que pudéssemos provar sermos superiores ao General Zhang no campo de batalha assim tão rápido, ainda haveria a questão de tomar Pingjiang. Se passarmos meses em cerco só para ficar sem suprimentos antes de termos sucesso, e nesse meio-tempo todas as minhas cidades também ficarem sem sal, bem… — Seria uma catástrofe, talvez uma da qual fosse impossível se recuperar. Mas havia opções além da que Madame Zhang estava tentando forçá-los a escolher, desde que Zhu fosse audaciosa o bastante para usá-las. — Pensarei a respeito — declarou ela, com certo entusiasmo. — Mas, primeiro: deixe-me voltar a satisfazer minha esposa.

— Veja só — disse Zhu, enfiando a cabeça na cabine do barco de passeio ancorado. Em seguida, entrou e escolheu uma cadeira vazia ao redor da mesa — que agradável!

Havia algumas lanternas distantes sobre o lago — outros barcos de passeio que já haviam zarpado —, mas não muitas. Zhu gostava do lugar assim. Ela se enchia de encanto ao ver o vasto negrume do lago abrir-se sob a luz das estrelas e revelar um misterioso mundo de ilhotas azuis e cinzentas ligadas por estradas brancas de luar, a música sutil que flutuava sobre a água parecendo ter emergido do próprio universo.

As outras pessoas à mesa interromperam o jogo. As quatro estavam rosadas e alegres de vinho, com pilhas de conquistas ao lado dos cotovelos: grampos de cabelo, táeis de prata e quinquilharias de jade esculpida. Xu Da lançou a Zhu um olhar de questionamento irreverente, enquanto os olhares francos das três cortesãs assimilaram sua túnica simples, sua bolsa esfarrapada e a ausência de adornos de cabelo, e encontraram seu desejo. A julgar por seus trajes, as mulheres eram cortesãs de alta classe, mas sua compostura havia se desfeito: as mangas estavam arregaçadas de modo desleixado e elas, recostadas confortavelmente nas cadeiras. Ficava claro que Xu Da era um cliente favorito do estabelecimento.

— Irmão mais velho — disse uma das mulheres, em tom de repreensão sedutora. Xu Da riu e contornou a mesa, distribuindo peças, dando uma pilha para Zhu também.

— Veja como elas são mandonas — disse ele. — Você precisa de dinheiro para jogar.

— Já lhe dei tudo, aparentemente para que você faça amizade com mulheres de gostos caros — respondeu Zhu. Ela tirou alguns táeis da bolsa e jogou-os na mesa.

— Irmão mais velho, quem é esse? — perguntou uma das mulheres.

— O irmão *de verdade* — disse Zhu, deleitando-se com o descontentamento das cortesãs diante de sua presença. — O que, não dá para notar a semelhança?

— Que crueldade dos Céus conceder tamanha beleza a apenas um filho — disse Xu Da, com altivez, e gesticulou para que as mulheres começassem. — Devo ter conquistado algum mérito numa vida passada.

— E, pelo jeito como está o desperdiçando, vai ser tão baixinho e feio quanto eu na próxima — observou Zhu. Xu Da de fato ficava bonito com sua túnica azul-escura aristocrática, ou talvez fosse apenas uma reação por vê-lo sem armadura. Era estranho pensar no quanto os dois haviam chegado longe para dois monges. — Se bem que será mesmo mérito que está desperdiçando? — Ela ergueu as sobrancelhas. — Tantas mulheres, irmão mais velho. Um general que não tem nenhuma energia yang sobrando não vai se sair tão bem no campo de batalha.

O jogo deu a volta na mesa e ela dispôs suas peças, certificando-se de manter a mão de madeira bem escondida dentro da manga. Não havia muitos homens de apenas um braço por aí, e ela se divertia ao circular sem ser reconhecida na própria cidade.

— Gosto de acreditar que meu sêmen é um recurso infinito — disse Xu Da, piscando para as mulheres de um jeito que fez Zhu se lembrar do amigo cortejando todas as garotas num raio de cinco *li* do monastério. — De qualquer forma, veja só o eunuco: ele não tem sêmen nenhum, e é melhor em batalha do que todos nós, então não sei se isso é de fato tão vital quanto todos dizem.

— Bem, se você tem *tanto* assim para gastar… — Zhu lançou-lhe um olhar impassível de brincadeira. — É uma pena você não fazer o tipo de minha esposa. Eu bem que gostaria de ter herdeiros.

Ela viu uma abertura e enfiou suas peças debaixo das mãos estendidas de Xu Da e de duas das mulheres, rindo de suas expressões frustradas.

— Se quiser filhos bonitos, sou o homem certo — disse Xu Da, amigável. — Mas é verdade, sua esposa de fato parece preferir homens baixinhos que parecem mulheres. — Então, ele se recostou na cadeira, gargalhando alto. — Ah, o eunuco faz o tipo dela? Faz sim!

— Que tipo de ajuda é essa? — respondeu Zhu, exasperada. — Ele não é melhor do que eu para esse tipo de coisa. Além disso, há a pequena questão do quanto ele nos odeia.

Xu Da sorriu.

— Odeia *você*. Em comparação, acho que os sentimentos dele para comigo talvez sejam bastante positivos.

— *Relativamente falando*. Você sempre pode fazer um teste em termos absolutos. Basta visitá-lo e ver se ele o faz jorrar sangue de seus sete orifícios.

Ela bateu suas peças na mesa e comemorou, puxando a pilha de prêmios para si enquanto os outros chacoalhavam as cabeças e jogavam as peças restantes na mesa, derrotados.

Zhu e Xu Da deixaram as mulheres e subiram ao convés quando o barqueiro subiu a bordo e começou a recolher as cordas em preparação para a partida.

— Já soube? — perguntou Zhu. — Madame Zhang cortou nosso sal. O General Zhang já seria um oponente formidável antes e, se ele souber que estamos com poucos recursos, vai prolongar cada encontro para nos colocar sob ainda mais pressão. Se quisermos vencer, precisamos encontrar outra fonte. Quero ir atrás das reservas em Taizhou.

Aquela cidade, um dos últimos redutos remanescentes do Yuan no sul, era a região produtora de sal mais próxima: trezentos *li* a leste da cidade mais ao sul de Zhu.

A postura casual de Xu Da enganava a maior parte das pessoas, mas Zhu o conhecia como um segundo eu: mesmo na escuridão, podia sentir a atenção do amigo se aguçando.

— Vai abrir uma segunda frente ao sul só para conquistar Taizhou?

— Não posso manter duas frentes — respondeu Zhu, séria. — Não, quero tomar o sal do Yuan num golpe rápido. Isso nos ajudará a derrotar Madame Zhang, e então teremos nosso próprio suprimento permanente. Iremos juntos. Consegue formar uma equipe com uma dúzia de seus melhores homens para nos acompanhar?

— Certo — disse Xu Da. Seus lábios se curvaram para cima, audaciosos. — De manhã.

— Não vá gastar toda a sua energia — brincou Zhu, rindo, e saltou para as margens do lago quando o barqueiro começou a se afastar. — É uma longa viagem até o sul.

Após a visita da filha do General Ma, Ouyang não recebeu mais nenhum visitante. O cômodo onde era mantido era mais espaçoso do que a cela em Bianliang, e pelo menos ele não fora abandonado para morrer de sede, mas, em todos os aspectos que importavam — e, na verdade, havia apenas um —, era a mesma coisa. *Outra pessoa roubou-lhe o exército.* Ele descobriu que era inteiramente possível sufocar com a própria fúria e dor, sem jamais morrer por isso. Não que Ouyang *pudesse* morrer. Não podia, porque tinha de escapar e recuperar o controle de seu exército. E tinha de fazer isso antes que aquele monge desgraçado enfrentasse o General Zhang e perdesse.

Quanto tempo Zhu levaria para mobilizar dois exércitos para uma grande campanha? Talvez um mês. Qualquer que fosse o tempo, seria o suficiente. Tinha de ser. Ouyang teve um vislumbre da boca de carpa surpresa de Shao quando ele reclamou o que lhe pertencia. Com a explosão de uma sensação pura e pungente que não parecia dor, mas destino, ele pensou: *eu o fiz uma vez, e farei de novo.*

Porém, era difícil não entrar em pânico conforme os dias passavam sem sinal de quaisquer fraquezas aproveitáveis no cômodo em si, ou nos muitos guardas designados para mantê-lo lá dentro. Às vezes, nos piores momentos, ele se perguntava se Zhu já havia tirado seu exército de Yingtian sem que ele notasse. E se seu destino já houvesse sido extinto numa batalha distante, junto com as ambições fúteis do próprio Zhu? Ao mesmo tempo, ele tinha uma certeza: se isso acontecesse, ele *saberia.*

Mesmo em suas profundezas, ele não conseguia cogitar o que poderia lhe acontecer depois disso, se ele havia feito tudo aquilo em vão.

Estava sentado contra a parede quando, um instante antes da porta se abrir, um arrepio peculiar — *familiar* — percorreu-lhe o corpo. Era como se alguém tivesse estendido a mão e dedilhado uma corda dentro dele. Ouyang só percebeu que havia se posto de pé num salto e atravessado o cômodo quando espadas apareceram à sua frente. Ele se deteve onde estava, ofegante, sentindo-se como um cão de caça acorrentado impedido de perseguir o pequeno animal que desejava dilacerar.

— Eu poderia ter mandado que o matassem em qualquer momento antes de agora — observou seu captor. Sabiamente, ele havia se cercado de muito mais guardas do que a esposa trouxera para sua visita. Trajava uma túnica dourada que ia até o chão, com um grampo de cabelo igualmente dourado e a mão de ouro aparecendo sob a manga direita. O conjunto teria produzido uma aparência digna de rei, caso estivesse vestindo qualquer outra pessoa que não *ele.* — Não o fiz, porque não quero. Mas a verdade é: preciso de seu exército, não de você. Não me force a matá-lo.

— Zhu Chongba — cuspiu Ouyang.

— Não ouço esse nome há um bom tempo. Bem que eu lhe disse mesmo para gravá-lo, não? Logo antes de você fazer isso comigo. — Zhu ergueu a mão dourada, surpreendentemente sem raiva. — Mas nosso nome é Zhu Yuanzhang agora. — Ele fez um gesto casual ao usar o plural majestático.

Ouyang foi tomado de repulsa. A pequenez de Zhu, a magreza de seu pescoço e a tacanhez de seus ombros, a leveza de sua voz, o ultraje de seu corpo incompleto — como alguém assim ousava usar ouro e se julgar rei? Zhu não se parecia em nada com um líder. Não se parecia em nada com um governante. Era um objeto de desprezo que de alguma forma não captara a mensagem, julgando-se digno com base em nada além da crença descabida em si mesmo.

— Pode se intitular como quiser — sibilou Ouyang. — Isso não muda nada. Não vai vencer o General Zhang.

Com exceção do Grande Conselheiro do Yuan em Dadu, Zhang era o último grande general. *Ele* era tudo que um líder deveria ser — um homem que outros homens admiravam, diante do qual se ajoelhariam e pelo qual morreriam. O tipo de homem que personificaria a honra e a dignidade do povo nanren ao se sentar no trono. Ouyang podia visualizá-lo lá com facilidade. Diferentemente de Zhu.

— Por que está tão certo de que não posso? — perguntou Zhu. Ele estendeu a pequena mão de tez marrom, a palma para cima, num gesto que Ouyang reconheceu. Ele ouvira dizer que Zhu possuía o Mandato, mas ainda assim foi uma surpresa testemunhá-lo: a chama branca, quase transparente. Não exatamente radiante, pensou ele com desdém. Não iluminava o cômodo muito mais do que uma vela. — Isso não é prova suficiente de que posso cumprir o prometido?

Ouyang parecia ter perdido a capacidade de emitir mesmo a versão mais amarga de uma risada. O som saiu mais como um rosnado.

— Que tolo. O que isso significa? Os Zhang também têm o Mandato.

Ele sentiu uma satisfação vazia diante da surpresa evidente de Zhu.

— Interessante. — Zhu fechou a mão ao redor da chama. — Zhang Pote de Arroz tem o Mandato? Nunca teria imaginado, especialmente considerando o que as pessoas dizem sobre ele, mas ele de fato tem o apoio de Madame Zhang. Bem, não importa. O que é o Mandato, senão potencial? A primeira pessoa com o Mandato a se sentar no trono vence. E essa pessoa serei eu.

Ouyang podia ter surpreendido Zhu, mas, indignado, ele viu que não havia abalado nem um pouco a ridícula crença de Zhu em si mesmo.

— Não me entenda mal, general. Acredito em minhas capacidades, mas também não subestimo o General Zhang. É por isso que estou prestes a partir numa pequena viagem, para me certificar de que esteja na melhor posição possível antes de enfrentá-lo — disse Zhu. Seu olhar percorreu Ouyang, assimilando seu desespero desordenado. — Por alguma razão, enquanto planejava minha viagem, tive a sensação distinta de que você poderia fazer algo descabido em minha ausência. Não estou particularmente inclinado a voltar e descobrir que você incendiou a cidade e fugiu com seu exército. Eu teria de ir atrás de você, e isso seria muito irritante. — Ele fez uma pausa. — Vou levá-lo comigo.

Zhu pretendia afastá-lo ainda mais de seu exército. Não importava, Ouyang disse a si mesmo, embora seu coração se entristecesse. Ele encontraria uma oportunidade de escapar na estrada. Poderiam levá-lo até mesmo à entrada do Diyu, e ele ainda daria um jeito de voltar e fazer o que precisava fazer. Tinha de ser possível. Porque, se não fosse, por que outro motivo ainda estaria vivo? Por que ainda sentiria tanta dor? De repente, Ouyang não pôde mais suportar. Como se estivesse apenas dobrando os braços dentro das mangas, ele correu os dedos sobre a fileira de queimaduras na parte interna do antebraço esquerdo até encontrar a mais recente, onde cravou as unhas.

— Criadas estão a caminho com suas roupas. Elas o limparão. Tente não as matar, se não se importar; acho que Ma Xiuying sentiria falta delas. — O que era aquela expressão de questionamento penetrante no rostinho abominável de Zhu? Não havia nada que Zhu pudesse ver em Ouyang que ele fosse capaz de entender. Ninguém era capaz de entender o que ele sacrificara; o que sacrificaria, e continuaria sacrificando, para conseguir o que desejava.

— Não sou seu inimigo, general. Não estou fazendo isso para torturá-lo. Quanto antes eu fizer o que preciso fazer, mais cedo nós dois conseguiremos o que desejamos.

A força de ataque que partiu para o sul consistia em Zhu, sua equipe de treze homens dolorosamente jovens — todos com roupas sóbrias de viagem e cavalgando tão bem quanto se poderia esperar de camponeses que deviam ter visto um cavalo pela primeira vez três semanas antes —, o ligeiramente mais experiente general de Zhu, Xu Da, e o próprio Ouyang. Além de manter Ouyang sob a vigília constante de duplas alternadas de guardas, haviam lhe prendido os pulsos e o colocado num cavalo apático conduzido pelos guardas em revezamento. Sequer o deixaram segurar as rédeas. Parecia prudente, pensou Ouyang, cheio de ódio. Ele ansiava por sua espada. Não conseguia parar de se imaginar buscando-a, como se procurasse por uma parte de si mesmo que já não existia mais.

O plano era cruzar as planícies ao sul de Yingtian, depois atravessar as Montanhas Amarelas até os domínios de Zhu ao sul: Jinhua, notável por seus muitos centros de estudos confucionistas, e o assentamento de vale de Lishui. Depois disso, eles virariam a leste e adentrariam o território controlado pelo Yuan, depois chegariam à cidade de Taizhou no litoral, rica em sal. Percorreriam mil *li* em dez dias. Os homens de Zhu eram tão inúteis que nem perceberam como isso era vergonhoso. Mesmo com um único cavalo em vez de uma manada, Ouyang poderia ter percorrido aquela distância em menos da metade do tempo.

Zhu estava à frente do grupo com o General Xu. Ouyang fulminava suas costas com os olhos. Não conseguia desviar o olhar. Era tão irresistível quanto cutucar uma ferida. A cada *li* atravessado, seu anseio intensificava-se: pegar Zhu pelo pescoço magro e esfregá-lo no chão até ele virar uma mancha de sangue na terra a que pertencia. Desejava tanto isso que, se Zhu caísse morto bem naquele instante, ele acreditaria ter sido o culpado. Zhu, entretanto, trotava e galopava sem a menor preocupação. Parecia até ter esquecido que Ouyang estava lá.

Comiam nas selas. Ouyang estava acostumado a isso, mas estava menos acostumado ao que os nanren consideravam comida de viagem: cilindros de arroz dentro de folhas de lótus (desagradavelmente borrachudo quando frio) e pequenas massas arredondadas e duras recheadas com algum tipo de pasta de feijão horrivelmente adocicada. O alimento fazia mal ao estômago de Ouyang e, no início da tarde — embora ele tivesse tido o cuidado de recusar a água que havia passado de homem em homem —, sua bexiga estava ainda pior. Era um tormento familiar. Nos primeiros dias de uma campanha, antes de seu corpo se adaptar, ele sempre sentia cólicas na região inferior do abdômen, uma fulminante dor de cabeça causada pela desidratação e um ressentimento feroz de todos os homens que podiam pôr o pau para fora e mijar na beira da estrada enquanto Ouyang era forçado a esperar pela privacidade do anoitecer. Não era nem uma dor passageira como as queimaduras em seu pulso, mas uma angústia persistente que afligia seu corpo deplorável ainda mais profundamente do que antes.

Os campos planos logo ao sul de Yingtian deram lugar a uma paisagem mais seca e ligeiramente coberta quando, para a surpresa de Ouyang, Zhu deu meia-volta para cavalgar a seu lado na retaguarda do grupo. Ele agarrou a corda do cavalo de Ouyang e, com um aceno de cabeça, ordenou que a dupla de escolta trotasse adiante. Quando estavam fora de vista, Zhu parou às margens da estrada e moveu a cabeça para Ouyang num gesto universal: *apear.*

Ouyang instantaneamente esqueceu-se da dor de cabeça e da bexiga cheia. Por que Zhu o havia separado do grupo? Será que mudara de ideia e decidira que Ouyang era problemático demais para continuar vivo? Zhu carregava um pequeno sabre no lado direito do corpo — presumivelmente mais fácil de manejar do que a espada reta com a qual outrora lutara contra Ouyang —, embora não o tivesse desembainhado ainda. Quão competente seria ele com a mão esquerda? Sem dúvidas, proficiente o bastante para apunhalar um homem amarrado e desarmado. Ouyang flexionou os pulsos dentro da corda, procurando em vão por algum ponto fraco. Se conseguisse pegar a lâmina com a musculatura do ombro quando Zhu investisse contra ele, Ouyang teria a chance de acertá-lo com a cabeça, ou golpeá-lo no rosto com os punhos unidos...

— Apeie e fique bem ali — ordenou Zhu quando Ouyang não se moveu. Então, inexplicavelmente: — Tire as botas e meias e jogue-as para mim.

Quando Ouyang o encarou com venenosa incompreensão, Zhu suspirou:

— Não quero que saia correndo no momento que estiver fora de minha vista. Não sabe que ficar segurando o dia todo faz mal para os rins? Me dê suas botas. Há árvores ali atrás. Vá fazer o que precisa fazer.

Por um momento, Ouyang experimentou uma vergonha tão intensa que o mundo se afunilou diante dele. Ele não fazia ideia de por que sua situação única sequer ocorrera a Zhu, mas a ideia de que Zhu havia *pensado sobre seu corpo* — sobre suas necessidades e incapacidades — era infinitamente pior do que sofrer com a ignorância de todos os outros. A violação do gesto o fez tremer.

Ele apeou do cavalo, livrou-se das botas e meias e arremessou-as com ódio na direção de Zhu. Para sua tristeza, elas não o atingiram. Causa ainda maior de tristeza foi o fato de que Zhu não estava errado sobre as botas. Ouyang não era um camponês nanren imundo qualquer com sandálias de palha. Fora criado como mongol. Cavalgava em vez de caminhar em sinal de orgulho, e nunca ficara descalço fora de casa em toda a sua vida. Enquanto adentrava o bosque, pedras e gravetos afiados já incomodavam suas solas sensíveis. Seus pés queriam se recolher para se proteger da dor e dos danos. Ele os forçava a não o fazer.

Quando já estava a uma distância boa da entrada do bosque, ele se agachou e mijou, sentindo o costumeiro ódio pungente do corpo que era incapaz de fazer até mesmo a mais simples coisa que o corpo de um homem podia fazer. Ele se endireitou e ajeitou as roupas. Desatou a corda ao redor dos pulsos.

E então correu.

Enquanto Ouyang corria — tropeçava — pelo bosque, chegando à vastidão árida do outro lado, não era mais uma pessoa, mas uma chama: queimava de agonia. Com uma parte distante da mente, tinha consciência do ritmo anormal em que seu coração batia, da fadiga e da desidratação; de como seus pés esfolados deixavam um rastro sangrento na terra atrás de si. Mas nada disso importava. A dor o livrava de si. Não era mais seu corpo a cambalear pela planície, mas sua vontade incorpórea a empurrá-lo na direção de seu exército como uma assombração. O ambiente físico deixara de ser relevante. O brilho adiante podia ser o céu, ou um lago cintilante ou o sol do fim de tarde refletido por um trecho de calcário exposto. Era tudo a mesma coisa. Tudo um borrão. Um borrão que a certo ponto começou a girar ao redor dele, mesmo enquanto ele insistia adiante. E isso também não importava, até que, no passo seguinte, ele de repente foi pego pelo redemoinho. Ele girou e girou, o mundo se tornando uma mancha indistinguível, e então sumiu; tudo sumiu.

Quando voltou a si, estava escuro. O mundo estava estático, e ele também. O campo de estrelas foi coberto pela silhueta da cabeça de uma pessoa debruçada sobre ele.

— Só por curiosidade — disse o General Xu, amigável —, você estava mesmo pensando em correr até Yingtian?

Ouyang não podia sequer desviar o olhar em derrota. Sem a transcendência motivadora de sua dor, seu corpo se consolidara como uma prisão cinzenta. Estava esgotado demais para se mover ou pensar. Não conseguia emitir uma única resposta emocional. Apenas jazia ali, piscando.

— Se serve de consolo, você chegou mais longe do que qualquer um de nós pensava ser humanamente possível. O lado ruim é que agora precisamos voltar todo esse caminho. Tome, beba algo antes. — Ele segurou a cabeça de Ouyang para que ele pudesse beber a água morna sem se engasgar. Depois amarrou-lhe as mãos novamente, dizendo: — Se eu não fizesse isso e você por um milagre se recuperasse e roubasse meu cavalo, você faria de mim um idiota tão grande quanto fez *dele*. — Então deu-lhe tapinhas no ombro, como se reconfortasse um amigo — um gesto que Ouyang achou totalmente estranho, porque as pessoas ao seu redor em geral davam valor às próprias vidas —, e ergueu-o sem esforço aparente.

Abatido, Ouyang esperou pelo comentário inevitável a respeito de seu tamanho, mas o General Xu disse apenas:

— Depois que você passou a espada nele e decepou a mão dele naquela ocasião, tive de carregá-lo desse jeito. Ele quase morreu, sabe.

— *Queria que ele tivesse* — Ouyang conseguiu resmungar.

— Não sabe que pode jogar uma barata no fogo e ela ainda assim vai sobreviver? — O General Xu riu baixinho. Ele era alto, quase uma cabeça mais alto que Ouyang, com uma solidez que o distinguia dos garotos de cintura fina que compunham o resto da equipe de Zhu. Daquela estranha nova perspectiva, Ouyang assimilou seu nariz alto e o desenho nítido de suas maçãs do rosto. Com aquela beleza e o carisma fácil, era claramente dez vezes o homem que Zhu Yuanzhang jamais poderia sonhar ser. Ele colocou Ouyang com o rosto voltado para baixo atrás de sua sela, como se ele fosse um veado morto, amarrou-o e montou no cavalo. — Meu irmão é difícil de matar. Você não foi o primeiro a tentar.

Era apenas o começo do outono, mas a noite estava fria e o ar, parado. A estrada iluminada pelas estrelas era azul sob os cascos do cavalo. Cada passo do animal deixava Ouyang sem ar, e tanto sangue descera para sua cabeça que ela parecia correr o risco de explodir. Ele não conseguia se importar.

— Sabe como eu o conheci? — disse o General Xu após algum tempo. — Éramos noviços juntos, no Monastério de Wuhuang. Sim, aquele mesmo monastério que você incendiou. Eu já era noviço havia alguns anos quando ele chegou. A família dele não o queria. Eles o teriam deixado morrer, mas foram eles que morreram no fim das contas. Os monges também não o queriam a princípio. Crianças esfomeadas não chegavam a ser novidade de onde viemos. Elas apareciam aos montes no monastério, implorando para entrar. Os monges as deixavam lá fora até morrerem ou irem embora. Meu irmão foi o único que não fez nenhuma das duas coisas. Ele os venceu pelo cansaço com apenas determinação pura. Estava bem preparado para batalhar, sofrer, fazer e suportar qualquer coisa pelo que desejava. E sabe o que ele desejava? Que apenas lhe permitissem sobreviver. Ser alguma coisa em vez de ser nada. Não ter de morrer por ser quem era.

Havia algo de íntimo em estar sozinho com alguém na escuridão, mesmo que se tratasse de um estranho; em saber que seus pensamentos, o toque de sua voz, não se dirigiam a ninguém mais além de você.

— O motivo pelo qual o sigo é porque, dentre todas as pessoas que já conheci, ele é o único que, quando o mundo não lhe concedeu um lugar para existir como era, se recusou a aceitar isso e, em resposta, jurou mudar o mundo.

"Sei que você o odeia porque pensa que ele arruinou seu destino. Porque está convencido de que ele perderá, seja aqui em Taizhou ou contra o General Zhang, ou contra o Grande Conselheiro. Mas eu acredito que Zhu Yuanzhang é capaz de fazer o que ele diz que fará."

O General Xu não se parecia com nenhum monge que Ouyang já conhecera, mas falou com uma certeza serena que, pela primeira vez, o fez parecer um:

— Ele vencerá. Não apesar de quem é, mas por causa disso.

Taizhou era mais um grande vilarejo do que uma cidade, com um céu cinzento de tempestade e ruas úmidas e sulcadas pelas patrulhas a cavalo do Yuan. O vento crispava as flâmulas azul-claras ao longo das fortificações. Embora o vilarejo ocupasse as margens de um largo rio amarronzado, havia nele algo de não fluvial: um forte sabor mineral no ar que enchia Zhu de uma expectativa inexplicável por algo que ela não conhecia, que nunca havia encontrado antes.

Posar como uma trupe itinerante de artistas mascarados e fantasiados fez com que entrar na cidade sem alertar o Yuan fosse fácil o bastante. Enquanto os integrantes mais jovens da equipe saltitavam na rua diante da vibrante plateia de Taizhou, Zhu observava Ouyang parado nas laterais, rígido, com a máscara de demônio carrancudo que ela escolhera para ele. Haviam limpado e coberto seus pés esfolados — Zhu doara parte das ataduras que usava no peito e no toco de braço para a tarefa —, mas era surpreendente que ele pudesse sequer ficar de pé, quanto mais caminhar sem mancar como vinha fazendo. Não era como se ele fosse um leproso que não sentia dor, pensou Zhu. Cada parte de seu corpo irradiava agonia. Mas, em vez de se acovardar diante da sensação, como faziam as pessoas comuns, ele parecia estar se apoiando naquilo: não havia nenhuma separação entre Ouyang e seu sofrimento.

Pensar em quão longe ele havia ido — no que ele estava disposto e era capaz de fazer a si mesmo — deixava-a fascinada. Zhu sempre soube que ele desejava o próprio destino. Mas que pálida sombra da verdade isso fora! Ela foi tomada por uma ressonância de tamanha intensidade que era como se ela fosse um gongo golpeado pela primeira vez. Lá estava alguém que sabia como era desejar com todo o seu ser; que ardia com seu desejo; para quem não havia mais nada no mundo que pudesse ser mais importante.

Manter Ouyang vivo sempre fora um risco desnecessário. Sabe-se lá o que mais ele poderia tentar se ela cometesse outro erro — ou mesmo se não cometesse.

Ainda assim, ela não conseguia esquecer a sensação pungente de que havia algo errado que tivera quando pensou que ele estivesse morto. Era como um buraco no mundo onde antes havia algo. Um cânion no qual gritara, sem retorno de eco. Agora que ele estava ali, sua presença a enchia de um fascínio arrepiante: diante daquela pessoa que era como ela, que desejava tanto quanto ela.

A performance chegou ao fim. Quando o público se dispersou, Zhu pegou a tigela de moedas de cobre que havia coletado e entregou-a a Yuchun.

— Leve todos para aquela hospedaria por onde passamos, três ruas atrás, perto da árvore com flores roxas. Comam alguma coisa. Os generais e eu vamos dar uma olhada por aí e tentar descobrir a localização exata dos armazéns de sal.

— Não sei se isso é suficiente para comprar comida para uma pessoa, quanto mais treze — disse Yuchun, incerto. Ele dirigiu o olhar incerto para Ouyang, com suas mãos atadas e a máscara que cobria seus traços distintos. — Tem certeza de que quer se aventurar por aí em grupo? As pessoas vão pensar que vocês são uma daquelas piadas budistas sem sentido. Dois monges numa caminhada encontram um demônio...

— Não são piadas — corrigiu Zhu com severidade fingida —, são *koans instrucionais.*

— Viu só, este é o seu problema: as pessoas aprendem melhor quando se divertem...

— ... eu me certificarei de informar aos monges que um analfabeto pensa que a educação seria mais eficiente se fosse *divertida*...

Ainda aos risos, Zhu conduziu Xu Da e um taciturno Ouyang sem mancar ao longo da rua. As casas de Taizhou, com suas telhas deterioradas e cobertas de mexilhões, mostravam-se cada vez mais afastadas, sob faixas de nuvens tingidas, enquanto as árvores se reduziam a arbustos e gramíneas oscilantes, e então coroavam uma elevação arenosa e demarcavam o fim da área terrestre. Para além dali, porém, o mundo continuava numa vastidão que Zhu jamais vira. O rio desaguava num mar verde leitoso que poderia engolir mil rios semelhantes, e acima dele havia um céu ainda maior do que o grande céu das planícies onde ela havia nascido. Era maior do que ela jamais poderia ter imaginado. Era um céu sem escala. As pequenas manchas nele podiam ser pássaros ou dragões; as ilhas podiam estar tão próximas quanto seus dedos ou tão distantes quanto o horizonte. Seu coração saltou com o entusiasmo de ser uma humana a contemplar a própria existência em relação à vastidão dos Céus.

— O mar! — Zhu trocou um olhar de êxtase com Xu Da.

Tê-lo a seu lado a fez se lembrar de quando se sentavam no telhado do monastério quando garotos, contemplando o mundo lá embaixo. Desta vez, porém, ele não a deixaria para partir numa aventura enquanto ela se escondia de seu destino. O que jazia diante dos dois agora, e todas as outras novidades que o futuro tinha a oferecer, pertencia a eles, para que o vivenciassem juntos.

O longo trecho de costa perto da foz do rio era delineado por casebres decrépitos onde se servia comida a céu aberto. Homens comiam sentados em tocos, sem se incomodar com o fedor dos montes de cascas de caranguejo descartadas ali perto. Do lado de fora de um dos casebres, um homem que despejava vinho e molhos numa panela com caranguejos ainda vivos fez o demônio imobilizado se assustar quando eles passaram.

— Ele não consegue sair do personagem! — explicou Zhu com uma piscadela.

Após os casebres havia um punhado de barcos de pesca ancorados, e depois um templo colorido que era claramente a única estrutura na costa que recebia demãos regulares de tinta. A coleção costumeira de tipos deploráveis, banidos de entrar devido a suas várias doenças e deformidades, agrupava-se do lado de fora.

— Vamos perguntar aos monges se eles sabem onde ficam os armazéns — sugeriu Xu Da. Então, lembrando-se de com quem falava, corrigiu-se às pressas: — *Eu* pergunto. Vocês dois esperam aqui. — Ele subiu os degraus do templo e desapareceu lá dentro.

Zhu sentou-se, serena. Após um instante Ouyang imitou-a, sem dúvidas apenas porque seus pés doíam. Ela não sabia se ele ainda se ressentia por ser excluído dos templos por conta de sua mutilação. De sua parte, ela não se importava; já passara tempo demais em templos. Ao lado dos degraus, uma grande estátua de Guan Yin cumpria seu dever secundário como bodisatva dos pescadores. Zhu se perguntou se Ouyang sabia que Guan Yin havia sido um bodisatva masculino antes de ser transformada em uma entidade feminina. Talvez apenas monges soubessem disso.

Um grupo de pessoas que lembravam bandidos passou por eles. Havia nelas algo de estranho que Zhu não conseguiu identificar, até que, de repente, ela se deu conta:

— Mulheres!

Ouyang surpreendeu-a quando disse, a voz rouca:

— *Piratas*. — A julgar pela intensidade de seu desgosto, Zhu teria sido capaz de acreditar que piratas haviam pessoalmente mijado no vinho de Ouyang e o forçado a bebê-lo. — O líder é aquele degenerado, Fang Guozhen. — Zhu conhecia o nome: Fang, um líder militar independente, controlava um trecho da costa ao norte de

Taizhou. — Ele é ainda pior que Zhang Pote de Arroz. Vive cercado de mulheres. Não apenas em seu harém, mas conduzindo negócios e gerenciando suas atividades. — Ele quase cuspiu: — Ele até as emprega em seus navios.

Ma dissera que, quando o General Ouyang a olhou, tudo o que ela viu foi ódio. Zhu percebeu o que provocara a explosão de Ouyang. Seu ódio não se dirigia a piratas, mas a mulheres.

Zhu gostava de mulheres, mesmo que não se considerasse uma delas. Ainda assim, ela não gostava de como Ouyang havia tratado Ma. Porém, ao pensar no orgulho furioso e doloroso com que ele se portava — seu desafio frustrado de fazer com que o mundo enxergasse além de sua aparência e visse o homem que ele sabia ser —, ela sentiu uma pontada de empatia. Passara tempo suficiente rejeitando os aspectos femininos do próprio corpo para entender como aquele medo e o desprezo poderiam ter se transformado na rejeição indiscriminada de Ouyang ao feminino.

Quando as piratas se foram, Zhu voltou sua atenção às outras pessoas que perambulavam pelas dependências do templo. Seus olhos recaíram sobre um grupo de homens esfarrapados e mutilados que estavam agachados em círculo, apostando num duelo de grilos enquanto aguardavam seus parceiros de pesca saírem do templo, onde faziam preces por águas serenas. Monges, pensou Zhu, não eram os únicos que gostavam de fofocar.

— Se eu o deixar aqui por um momento, vai tentar voltar nadando para Yingtian só para me irritar?

— Não quero irritá-lo — disse Ouyang em tom ameaçador. Ela podia ver seus dentes expostos através do buraco da boca da máscara. Eram bem mais brancos e retos que quaisquer dentes nanren que ela já havia visto. Talvez isso tivesse algo a ver com a dieta mongol. — Quero arrancar suas tripas, recuperar meu exército e ir para Dadu.

Zhu encarou-o.

— É um mistério como você conseguiu executar uma traição tão épica, considerando que sempre diz exatamente o que está pensando. — Felizmente, Xu Da já estava voltando. A julgar por sua expressão, ela sabia que o amigo não tivera sorte com os monges. — Bem, então fique aqui com o General Xu enquanto eu vou fazer amizade com aqueles pescadores rabugentos. Enfim! Acho que você já foi útil o suficiente. Posso não saber nada sobre peixes ou sobre o mar, mas — ela balançou a mão de madeira na frente do rosto dele — veja quanta coisa já temos em comum.

— Eles a chamam de Ilha da Fortaleza. — Ouyang ouvia vagamente por trás da máscara enquanto Zhu se dirigia a seus homens no refeitório da hospedaria. Zhu fez uma pausa quando um dos funcionários trouxe tigelas fumegantes de uma sopa translúcida e oleosa com brotos de bambu fatiados e cerejas *goji*, depois continuou: — É uma daquelas ilhas rochosas que se vê da praia. O Yuan expulsou a comunidade de pescadores que vivia lá e instalou seus armazéns de sal ali. Eles fecharam todos os acessos com muros de contenção, então agora o único modo de entrar ou sair é o porto protegido onde eles mantêm a frota de transporte.

O General Xu levou uma tigela à boca, então estremeceu e depositou-a sobre a mesa outra vez com o olhar melancólico de alguém que sabia que deveria ter esperado a comida esfriar por mais tempo.

— Uma ilha? Não viemos preparados para isso.

— Infelizmente — concordou Zhu. — Os batedores que enviei não chegaram até aqui, então as informações que trouxeram eram de pessoas de fora de Taizhou. Quando eles disseram "um armazém na costa" e "perto de um porto", eu com certeza não esperava que fosse na costa do *continente*.

Mas que surpresa, pensou Ouyang, cheio de ódio, enquanto os pés encrustados e inflamados latejavam em sincronia com seu coração. A expedição ridícula de Zhu estava fadada ao fracasso antes mesmo de começar. Eles voltariam de mãos vazias para Yingtian, onde a falta de sal garantiria a derrota de Zhu para o General Zhang. Ouyang não teria escolha senão encontrar uma saída daquele cômodo fechado. Ele não sabia como — não ousava pensar em como, não diante do pânico sufocante que lhe subia a garganta ao se lembrar daquelas janelas vedadas e dos guardas cautelosos —, sabia apenas que *precisava*.

Zhu olhou para ele.

— Mesmo com essa máscara, sinto que está me fulminando com os olhos. *Aiya*, que desagradável! Isso me lembra de como precisávamos ficar sentados naquele salão com as estátuas de demônios para exercitar a consciência da morte.

Ele e o General Xu trocaram olhares e recitaram num sinistro uníssono:

— *Meu corpo, devorado por larvas; meu corpo, reduzido a um esqueleto manchado de sangue e sem carne, unido por tendões.*

Por um instante Ouyang viu um corpo, despojado da vida pulsante que ele conhecera e amara, reduzido a ossos ensanguentados na terra molhada. Sua dor espalhou-se como o óleo no qual alguém despeja uma concha de água. Ao sentir o princípio daquela perturbação excruciante, ele soube que a dor em seus pés não era suficiente para detê-la. Ele agarrou uma tigela de sopa, ergueu a máscara e entornou o líquido.

Era incandescente. Era como se ele tivesse pegado uma das pedras quentes de dentro de um bode assado e a colocado sobre a língua. A pele fina dentro de sua boca estava descamando. Uma tremenda onda de pressão interna esvaziou-o até ele sentir que a cabeça estava prestes a se desprender dos ombros. As memórias desapareceram; a profunda tristeza desapareceu; não havia mais nada de si além de uma agonia serena e singular.

Quando ele voltou a si, Zhu o estava encarando por sobre a mesa, pensativo, como se soubesse o que Ouyang havia feito e estivesse tentando entender por quê. Foi só depois de ajeitar a máscara no rosto que Ouyang enfim olhou para os outros ao redor da mesa.

— Os pescadores com quem falei faziam parte da comunidade que o Yuan expulsou, então eles conheciam bem a ilha. Aparentemente, a ilha inteira é de calcário, e é atravessada por túneis. Alguns dos túneis vão da superfície ao mar. Se pagarmos bem o suficiente, aqueles pescadores estão dispostos a nos levar em seus barcos até as entradas marítimas.

— Qual é o porém? — perguntou o General Xu. Ele bebericou a sopa, cauteloso.

— Ah, como você me conhece bem! — exclamou Zhu. — Sim, há um porém. O motivo pelo qual o Yuan não se importa com os túneis é porque eles acham que as entradas marítimas não podem ser acessadas. Elas ficam debaixo d'água.

— Posso estar errado — disse o General Xu após um instante —, mas ouvi dizer que o mar é bem profundo. Nunca nadei com água acima da cabeça, e acho que nenhum dos nossos também não. Também sei com toda certeza que *você* não sabe nadar, já que passou a infância inteira se recusando a se molhar. — Nem ele nem Zhu sorriram, mas havia um traço de sorriso no olhar que trocaram.

— Sei que parece difícil, mas é possível.

Para a incredulidade de Ouyang, nenhum deles se retraiu ou protestou; em vez disso, aproximaram-se. Como se confiassem que Zhu teria as respostas, apesar da impossibilidade evidente da situação.

Sereno, Zhu disse:

— Porque o General Ouyang vai ajudar.

6

CAMBALIQUE

O calor do outono já se tornara uma lembrança. Acima dos telhados curvados do Ministério, o céu tingia-se com uma aurora vítrea, como se uma geada no alto dos Céus, ainda por descer à terra, tivesse dado vida à superfície celestial assim como um forno transforma um esmalte em porcelana. Liberto dos detritos de mais uma noite de sono arruinada, Baoxiang sentiu sua exaustão abrandar. A aurora representava uma espécie de fracasso, mas ainda continha a promessa de todas as auroras: de que o dia adiante pudesse ser melhor. Em geral, ele conseguia se agarrar a esse otimismo até o início da tarde, quando este era esmagado pela constatação de que a noite viria outra vez.

O silêncio pairava nos longos corredores do Ministério. Dentro dos gabinetes, mãos invisíveis já haviam acendido os braseiros e preparado tinta fresca para as escrivaninhas. O gabinete de Baoxiang ficava no mesmo prédio que o do ministro, apenas algumas portas adiante. Ele se pôs a trabalhar. O fluxo era relaxante: números, cálculos, o estalo das contas do ábaco e as pinceladas…

Ele só percebeu que tinha adormecido quando o som o arrancou do sono. Soergueu-se com tamanha força que seus dentes bateram. Embora aquele mesmo som onírico lhe fraturasse o sono centenas de vezes por noite, ao acordar ele nunca conseguia se lembrar do que era. Conhecia apenas o sentimento que o acompanhava: uma inquietação tão intensa que o fazia estremecer e a boca secar.

— *Aigoo*, o senhor me assustou! — exclamou a criada.

Ele a encarou. A presença de outra pessoa, enquanto ele estava possuído pela inquietação, fazia com que se sentisse insano.

— Eu assustei *você*? — ele conseguiu dizer. — Como a cidade é diferente das províncias! Parece que aqui se espera que um príncipe se preocupe com os sentimentos das criadas.

Agir de acordo com o que se esperava dele era a melhor forma de *se* reconectar. Para seu alívio, seu coração agitado desacelerou. Ele segurava o pincel com uma força tão mortal que sua mão doía.

— O príncipe de Henan assustou tanto esta criada indigna que ela ousou esquecer que ele era o príncipe de Henan — respondeu a criada, a voz animada. Com atraso, ele a reconheceu como a criada sorridente de covinhas que conhecera durante o teste. — Mil desculpas por acordar o estimado príncipe, que ela confundiu com um dedicado oficial do Ministério da Receita!

A impertinência da mulher era revoltante. Ela ousava se intrometer em seu espaço e acusar *Baoxiang* de *assustá-la*; a criada desculpava-se sem a menor sinceridade. Agora depunha a bandeja que estava carregando sobre a escrivaninha, curvando-se para pegar uma xícara caída. O tecido de seu uniforme de adornos cor-de-rosa esticou-se sobre os quadris quando ela se ajoelhou, franzindo-se na curva da cintura. Baoxiang se pegou observando o perfil dela, que ajeitava uma mecha de cabelo atrás da orelha pequena. Então ocorreu-lhe que ela era exatamente o tipo de mulher brincalhona que ele costumava preferir, mas o pensamento apenas fez com que se sentisse doente de exaustão.

— Não pedi chá — disse ele, seco.

A criada se levantou com a xícara. Não eram apenas suas covinhas que ficavam à mostra quando ela achava graça em algo; tudo em suas bochechas se erguia num círculo absurdo.

— Perdoe-me, estimado príncipe. Parecia que o senhor precisava de chá. — Seu rosto largo era diferente do das outras criadas. Ela vinha de algum lugar a nordeste. Goryeo, talvez. — Trarei uma xícara limpa — disse ela, a voz gentil, e então saiu.

O corredor do lado de fora do gabinete encheu-se com a agitação costumeira de oficiais, criados e mensageiros. Passava do meio-dia, e Baoxiang estava no sétimo bule de chá quando alguém disse:

— Ah, a concentração da juventude!

Baoxiang notou o olhar benevolente do ministro fixo nele. Os trajes do homem estavam tão amarrotados quanto se ele tivesse dormido com eles, o que deixou Baoxiang ligeiramente envergonhado pelo ministro.

— E também a vista da juventude! Valorize-a enquanto a possui. Mal consigo me lembrar de como era não ter de grudar meu nariz às folhas. — Ele depôs uma pilha de livros de registro sobre a escrivaninha de Baoxiang. Para economizar espaço, haviam sido etiquetados com ideogramas em vez da escrita cursiva mongol. Baoxiang reconheceu os livros de contabilidade do ministro que eram sempre estritamente manuseados pelo ministro em pessoa, por segurança. — Deixe para cuidar desse relatório mais tarde. Sei que não terá problema algum para terminá-lo. Use sua força de jovem para carregar isto para mim.

Após uma pausa, Baoxiang disse:

— O ministro deve ser a primeira pessoa a presumir que tenho força.

Fora esse o tempo que levara para perceber que as palavras do ministro haviam sido proferidas como um fato e não como um insulto velado. Ele se sentia estranhamente vulnerável, como se tivesse trajado uma armadura com uma brecha fatal e, em vez de o apunhalar, o ministro tivesse se aproximado e lhe dado um tapinha afetuoso nos ombros.

— Os estudiosos têm uma força própria — explicou o ministro. — Já deu aulas para jovens guerreiros e os fez estudar por mais de uma hora? Como reclamam e choramingam! Ficam mais exauridos depois do estudo do que você ou eu se participássemos de uma batalha. — Seus olhos brilhavam. — Tenho certeza de que está bem acostumado a carregar livros para que seu braço não caia. Venha, tenho de participar da reunião do grão-cã com os ministros. Se partirmos agora, teremos tempo para uma caminhada antes. — Seu rosto enrugado tinha um ar conspiratório. — É a época perfeita para colher nozes e caquis frescos. Você é novo em Cambalique; já provou os caquis da cidade? Precisa provar!

Foi assim que Baoxiang se viu seguindo o ministro pelo Mercado da Cabeça de Carneiro, que ficava no lado leste de Cambalique e fora do caminho para a Cidade Imperial, com um para-sol em mãos e uma pilha monstruosamente pesada de livros-caixa — "Não os perca!" — na dobra do braço. O céu limpo tinha uma brancura que Baoxiang passara a associar ao norte, como se o sol estivesse brilhando por trás de um véu invisível que lhe roubava toda cor. Sob a intensa luz branca, o mercado fervilhava de atividade. Além dos animais que deram origem ao nome do mercado, havia tendas para livros, artigos religiosos, objetos decorativos, frutas para consumo próprio e frutas para oferendas, pornografia, pássaros canoros em gaiolas de vime, cabaças secas e entalhadas para conter grilos, rinhas de galo, árvores em miniatura e pedras em formatos interessantes para o jardim. O fedor dos animais misturava-se a aromas mais agradáveis: castanhas assadas, bolinhos cozidos no vapor, pães tostados e todo tipo de comida grelhada ou frita no óleo.

O ministro ia de tenda a tenda. Seu entusiasmo era tão embaraçoso quanto seus mantos amarrotados. Baoxiang, protegido da agitação dos consumidores pelo para-sol, observava-o de uma distância reservada. Sentiu uma pontada abrupta de luto. Não fazia muito tempo que deixara de nutrir aquela mesma faísca de interesse que encontrava alegria na beleza e na novidade. Não conseguia sequer lembrar qual era a sensação dessa faísca — apenas que ela desaparecera.

Uma vareta com formas amarronzadas apareceu sob seu nariz.

— Uma especialidade de minha terra natal! — exclamou o ministro. — Fígado de frango grelhado. Ah, este lugar tem de tudo!

O ministro comia enquanto caminhava, feito um camponês. Um fio de líquido translúcido escorria-lhe pelos bigodes. Então, com uma brusquidão que fez Baoxiang se retrair, ele parou e colocou a vareta na frente do rosto de Baoxiang.

— É tão delicioso! Você precisa provar.

— Eu não...

— Prove! — O ministro sorria como um idiota.

Com os livros e o para-sol, Baoxiang não tinha nenhuma mão livre. Relutante, ele curvou o pescoço e tirou um dos fígados da vareta com os dentes. Embora fingisse apreciar a iguaria, ela era tão insossa quanto qualquer coisa que comia ultimamente.

O ministro continuou a fitá-lo. Após um instante, ele disse:

— Apesar do que as pessoas podem pensar, você é um rapaz talentoso. Chegará longe, se me usar.

Baoxiang enrijeceu, sentindo um arrepio de vulnerabilidade.

— Não há motivo para surpresa! — exclamou o ministro. — Sei o que está fazendo.

O ministro podia se fazer de tolo, mas, se fosse um, jamais teria sobrevivido por tempo o bastante para se tornar um ministro. É claro que ficava atento àqueles que lhe adentravam a órbita para os próprios propósitos. *Tolo*, Baoxiang xingou a si mesmo. *O tolo foi você.*

O ministro deteve-lhe o protesto:

— É normal que rapazes ambiciosos se utilizem de quaisquer oportunidades disponíveis. — Tardiamente, Baoxiang percebeu que o homem dissera aquilo com *gentileza*. O ministro voltou a caminhar. — Sei que me superará. Não o ressinto por isso. O tempo de velhos como eu já passou. Estou dizendo que sei disso, e vou ajudá-lo.

Baoxiang correu atrás dele. Sentia-se tão perfurado quanto o fígado de frango. A coisa que ele pensara estar roubando estava lhe sendo dada como um presente. O fato dava-lhe um sentimento vulnerável de vergonha.

— Seja ambicioso, Wang Baoxiang — disse o ministro. Entre um passo e outro, os dois deixaram o distrito comercial do Mercado da Cabeça de Carneiro e adentraram a sombra fria das muralhas da Cidade Imperial. — Mas tenha cuidado. Não tome partido nos conflitos da família imperial. Já vi vezes o suficiente que, quando burocratas se envolvem nas políticas da corte, a coisa termina mal.

O sentimento de vulnerabilidade era doloroso, mas irrelevante. Muito antes de conhecer aquele velhote gentil, Baoxiang já havia agarrado o próprio destino com as duas mãos. Não havia como mudá-lo agora.

Eles cruzaram o fosso e foram autorizados a atravessar o portão vermelho da Cidade Imperial.

— Mas de que serve a ambição se não cuidar de sua saúde? — acrescentou o ministro. — Já superei homens mais talentosos pelo simples fato de me alimentar bem e dormir bem o suficiente para chegar a uma idade avançada. Lembre-se de descansar às vezes. Ouça música na companhia de belas mulheres. Tire um cochilo. Considere arranjar um passatempo!

— Bem que eu *gostaria* de cochilar — resmungou Baoxiang. Até pensar em dormir o deprimia. — Não trabalho o tempo todo. De vez em quando, eu pinto. — Sua mente vagou até o projeto disposto na desoladora casa alugada na Rua do Portão Pingzhe. — Ultimamente, tenho explorado a técnica de xilogravura. Ando tentando reproduzir a fisionomia de uma pessoa que encontrei algumas vezes. Ele tinha um rosto interessante.

— Um propósito admirável! Ah, quantas vezes já não desejei ter algum talento artístico. Infelizmente, não era para ser. Meus cavalos pareciam coelhos e meus coelhos pareciam faisões. Mas tenho algumas xilogravuras maravilhosas de um rapaz de Tianjin, vou lhe mostrar…

Eles cruzaram o último portão e adentraram a rua que seguia o perímetro interno da Cidade do Palácio. Duplas de guardas punham-se alertas a cada poucos *zhang*.

As altas muralhas brancas dos dois lados davam ao percurso um ar de trincheira, projetando sobre a fina areia branca uma teimosa sombra azulada.

Um grito de "Abram caminho!" veio de trás, e Baoxiang e o ministro saltaram para o lado enquanto uma liteira passava às pressas.

Era ocupada pela Senhora Ki, cujos ornamentos de ouro balançavam. Ela trazia no rosto uma expressão de concentração brutal que era completamente diferente da serenidade sedutora que usara na presença do grão-cã. Era chocante, como ver o crânio sob a pele. Mas, é claro: em geral, quando os homens viam as mulheres, elas estavam atuando. Baoxiang pensou em Madame Zhang e sua fachada imaculada. Mesmo sua cortesã favorita em Anyang, de quem havia ficado próximo, o surpreendera na primeira vez que lhe mostrou a verdadeira face. Antes disso, ele não fazia ideia de que ela pensava, sentia e desejava tão fortemente quanto ele.

— Prepare-se — comentou o ministro, pensativo, enquanto seguiam a liteira rumo ao Salão do Grande Brilho. — A Senhora Ki está com sangue nos olhos.

No Salão do Grande Brilho, a Senhora Ki destoava dos oficiais como uma pérola em meio a pedras. Nem mesmo na juventude teria sido considerada bela. Seu nariz era comprido demais, e as orelhas, proeminentes contra a massa esculpida de cabelo coroada com seu grampo de fênix. Sobrancelhas severas, pintadas num traço reto e masculino, acentuavam-lhe as pálpebras caídas. No entanto, sem a suavidade da juventude para esconder a estrutura de seus ossos e os longos tendões de seu pescoço, ela era um retrato de elegância severa. Não havia sinal da crueldade que Baoxiang vira nela mais cedo.

— Vossa Majestade, esta mulher ousa erguer a voz a respeito de importantes questões de estado. — O sorriso da Senhora Ki buscou o grão-cã em seu trono. — O traidor Zhang Shicheng e seu suposto reino não passam de uma inconveniência temporária. Por favor, não considere enviar o exército central a Pingjiang! Alimentá-lo com vossa atenção é mais do que ele merece. Deixe que ele e aqueles outros traidores manji lutem entre si até a extinção, e a harmonia retornará naturalmente ao Grande Yuan. Como poderia ser diferente, enquanto Vossa Majestade possuir o Mandato do Céu?

— Ela está argumentando *contra* combater a dissidência da família Zhang? — murmurou Baoxiang para o Ministro da Receita.

A ideia contrariava a razão. O Grande Yuan — norte, sul e sua constelação de estados vassalos — era como uma roda raiada a girar com enorme força. A perda de um único raio condenaria toda a roda ao fracasso. Mesmo Esen, que assumira como missão de vida o trabalho de reprimir as rebeliões no sul, sabia disso.

— Faz sentido, no caso dela — respondeu o ministro. — Pense: a imperatriz tem uma noite por mês com o grão-cã. Hoje é uma dessas noites. Quem garante que ela não conceberá um filho, desta vez ou na próxima? Se ela conseguir oferecer um herdeiro melhor do que o atual, isso será suficiente para superar a desgraça da família dela. Mas a Senhora Ki sabe que, enquanto os Zhang recusarem lealdade ao Grande Yuan e a capital depender do sal de Goryeo, ela não poderá ser descartada. — Num tom reflexivo, ele acrescentou: — A Senhora Ki nem sempre foi a favorita, sabe. Ele preferia a mãe dos dois príncipes mais velhos.

Dois príncipes que haviam morrido cedo, como muitas vezes acontecia às crianças, mas era impossível não se perguntar. Baoxiang lembrou-se da determinação que vira no rosto da Senhora Ki. Mulheres podiam desejar tanto quanto os homens, mas seus mundos eram mais estreitos. Seus desejos tinham de se adequar. A Senhora Ki não considerava o destino do Grande Yuan em suas decisões. Seu mundo era o palácio. Tudo que ela sabia era que precisava suplantar a ameaça da imperatriz contra sua maior fraqueza, que era a única coisa que ela não podia controlar.

No oceano de oficiais de chapéus pretos, era fácil ignorar a presença do Terceiro Príncipe com seu casaco de damasco preto. Os dragões bordados em prata faziam dele o espelho noturno dos mantos dourados do pai, como se ele fosse mesmo o Príncipe Herdeiro à espera de sua ascensão. A arrogância casual com a qual se portava parecia não se acanhar diante do desgosto do pai.

— Vossa Majestade! — O Grande Conselheiro tinha um tom de incredulidade. — Como podemos tolerar esta situação com Zhang Shicheng? Ele deve ser punido com uma ágil e decisiva ação militar. É inadmissível que aquele que governa o mundo não tome medidas contra os que ofendem sua pessoa e o próprio Céu. — Ele se ajoelhou de imediato, com a cabeça curvada e as mãos unidas em súplica, e gritou: — Grão-cã, por favor, considere o conselho deste velho guerreiro!

Os ministros e os oficiais que os acompanhavam gritaram num eco vigoroso:

— Vossa Majestade, por favor, considere!

Os incensários arredondados expeliam nuvens que quase escondiam o grão-cã, de cenho franzido sobre o trono. Baoxiang reconheceu o aroma de sândalo. Até mesmo aquele pequeno luxo acabaria em breve: era mais um produto do sul que só chegava a Cambalique por meio das graças de Madame Zhang.

Mesmo ajoelhado, o Grande Conselheiro detinha a atenção da sala. Bastaria um olhar para que um visitante visse onde pendia a balança de poder. A Senhora Ki, que sorria graciosamente com uma promessa de assassinato nos olhos caídos, também via. Com todos os ministros do lado do Grande Conselheiro, ela também não tinha chance de forçar-lhe a saída.

Baoxiang pensou, frio: *Mas agora você tem a mim.*

O Terceiro Príncipe observava em silêncio enquanto o grão-cã alternava os olhos entre sua mãe e o Grande Conselheiro. Ele parecia tão desinteressado quanto de costume, mas, à medida que os ministros sussurravam e a tensão crescia, seus punhos empalideciam num espasmo de vergonha. Apesar do ar de arrogância e prepotência do Terceiro Príncipe, ele sabia que a cena causada pela mãe era por sua causa. Porque ele não era Príncipe Herdeiro. Porque ele era inadequado.

— Grão-cã, por favor, dê-nos suas ordens! — exclamou o Grande Conselheiro.

As pálpebras pesadas do grão-cã contraíram-se de repente, como as de um velho ao se lembrar de que era sua vez num jogo de tabuleiro.

Ele gesticulou para que o Grande Conselheiro se levantasse.

— Como sempre, o Grande Conselheiro traz palavras sensatas. Como podemos...

A Senhora Ki soltou um gemido e desabou. Fez-se um silêncio perplexo enquanto os ministros absorviam o espetáculo da consorte caída e lamuriante; então a sala irrompeu em pandemônio. Baoxiang notou, por acaso, que a Senhora Ki havia tido o cuidado de cair de modo que o vestido a apresentasse da forma mais favorável: ela jazia em meio à seda ondulada como uma donzela num campo de cravos.

O Terceiro Príncipe correu ao auxílio da mãe para então deter-se, lívido, em resposta a alguma reprimenda. A Senhora Ki forçou-se a erguer o tronco, gemendo, e estendeu os braços para o grão-cã, que saiu em disparada do trono.

— Chamem o médico! — gritou o grão-cã, tomando as mãos brancas da Senhora Ki. Enquanto eunucos e oficiais corriam de um lado para o outro, o Grande Conselheiro levantou-se, ajeitou o uniforme com dois gestos irritados e saiu do salão. Não estava realmente enraivecido. A Senhora Ki não poderia protelar as coisas para sempre, e ele sabia que teria outras oportunidades.

O médico imperial entrou correndo com um cortejo de assistentes. Enquanto rodeavam sua mãe, o Terceiro Príncipe assistia à cena com uma expressão doentia e melancólica. Era a expressão de mágoa de uma criança ao ver o centro de seu mundo devotar atenção a outra pessoa; a expressão de um garoto que não conseguia deixar de desejar o amor da mãe, por mais que o homem que havia se tornado soubesse que jamais o teria.

— Se não é o príncipe de Henan! Por que está caminhando? Não sabe cavalgar?

Baoxiang virou-se com o som de cavalos se aproximando. O ministro havia se envolvido numa conversa, e agora ele se arrependia da decisão de voltar ao gabinete sozinho. O sol baixara no céu durante a audiência interrompida dos ministros com o grão-cã, e agora brilhava rútilo e frio sobre o quartzo cintilante da grande praça que levava ao Portão Chongtian e ao Ministério da Receita no lado de fora. O lugar estava repleto de vasos com árvores das montanhas, cujas folhas lembravam garras de caranguejos. Suas formas eram constritas por fios de arame de modo que seus galhos retorcidos não ultrapassassem a cintura de Baoxiang. Mesmo em miniatura, as árvores evocavam a paisagem árida e montanhosa da Caçada de Primavera do grão-cã. Para completar a imagem: o grupo de jovens guerreiros mongóis a perseguir sua presa. Os dragões no casaco com adornos de pelo de lontra do Terceiro Príncipe reluziam com o mesmo brilho desvanecido do sol do norte.

Baoxiang conhecia aquela dança. Quantos anos tinha naquele verão? Ainda usava o cabelo preso em tranças, então catorze, talvez. Quinze. O grupo de caça do pai já havia se espalhado pela floresta, e suas vozes vinham de todas as direções. Baoxiang deixou-se ficar para trás, taciturno e ressentido por ter sido arrancado de suas leituras. Foi só quando apeou do cavalo para buscar uma lebre que atingira que percebeu que não ouvia mais voz alguma. O chão coberto de folha de pinheiro seca estalava suavemente ao ser pisado.

Foi quando os amigos de Esen irromperam dos arbustos. Quatro rapazes, que trocaram olhares intensos entre si ao apear dos cavalos. Suas botas de suede tocavam o solo sem qualquer ruído. Baoxiang soube de imediato o que o futuro lhe reservava. Mas pior do que o presságio da dor era sua incapacidade de controlar a onda de medo que fazia suas mãos suarem e suas pernas tremerem. Durante a maior parte da vida, ele pensara que Esen e outros homens eram de alguma forma capazes de dominar o próprio medo, ao passo que ele não. Apenas recentemente descobrira: os outros não o sentiam como ele. Ah, eles *sentiam* medo. Mas não tinham consciência disso.

Eram nadadores numa forte corrente que nunca haviam notado, ou contra a qual nunca haviam lutado, mesmo que ela os puxasse de um lado ao outro.

Ele largou a lebre e ergueu o arco, que tremia, mas sua raiva fez do gesto a coisa mais fácil que já fizera.

Ele soltou a corda.

Acertar um alvo não tinha nada a ver com o foco no gesto de puxar a corda ou soltá-la. Era uma questão de desejo. Você não atirava — o tiro *acontecia*, porque você focava seu desejo no alvo, e seu corpo canalizava esse desejo. E agora, junto com o medo, Baoxiang sentia a força do desejo puro alimentada pela fúria. O desejo de acertar. De *ferir*.

Ele desejou, e a flecha obedeceu. Mas um guerreiro, diferentemente de um alvo de palha ou uma lebre, não ficava parado. A flecha atravessou o espaço onde o jovem guerreiro estivera, enterrando-se numa árvore.

Fez-se um silêncio enquanto os três rapazes de pé, e o quarto que havia se lançado ao chão, encaravam em choque a flecha que balançava. Era como se não conseguissem acreditar na reação desproporcional de Baoxiang. Porém, pensou ele, com um horror enfurecido, a reação *era* proporcional. Eles só não faziam a menor ideia de como era sentir medo.

Agora, dez anos depois, conforme outro grupo de guerreiros apeava e avançava sobre ele, Baoxiang deixou que enxergassem seu medo. Era uma performance, embora também fosse a verdade: ele tremia, e os livros-caixa umedeciam sob o braço. Ele sabia que a visão de seu medo dava aos rapazes a ilusão de estar no comando. Mas o que eles não percebiam era que os insultos que proferiam — o entusiasmo que sentiam na caçada — só eram novidades para eles. Baoxiang já fizera tudo aquilo antes. *Ele* estava no comando, porque sabia como tudo acabava.

Um dos jovens nobres empurrou Baoxiang no peito. Com leveza, com facilidade: um predador a brincar com a comida.

— Livros! Por que um homem precisa de tantos livros? Vai lê-los sob o luar em algum lugar?

Os outros se juntaram. Golpearam-no de leve, descobrindo as regras do jogo conforme o jogavam. Baoxiang sentiu o coração acelerar ao tropeçar. Quando se recuperou, seus olhos encontraram o Terceiro Príncipe. O rosto jovem e barbado tinha a expressão excitada de alguém a saborear o próprio poder: um caçador que, sabendo que pode chamar seus cães de volta, escolhe não o fazer. É claro que ele não os queria chamar de volta. Queria ver Baoxiang ser punido por seus desejos.

Os rapazes riram e aproximaram-se. Seus golpes ficaram mais violentos e dessa vez, quando Baoxiang perdeu o equilíbrio, caiu na praça com um urro. Os livros se espalharam na forma de um leque que parou aos pés do Terceiro Príncipe.

O Terceiro Príncipe agachou-se em direção ao livro. Apesar de ainda ter o corpo esguio e desengonçado de um adolescente, ele se movia com a confiança física perfeita de um guerreiro. Seu rosto tinha um brilho de interesse. Mas Baoxiang sabia que era o tipo de interesse que, sob os olhares dos amigos, resultaria em violência.

O Terceiro Príncipe tocou os caracteres na capa do livro.

— Não é nem poesia! Contabilidade. Que chatice.

Baoxiang conteve o primeiro comentário que lhe veio à mente: *Parabéns, você sabe ler.* Em voz alta, disse, seco:

— Não deveria ser tão surpreendente. Sou contador.

O Terceiro Príncipe corou. Sua respiração acelerou, embora ele sem dúvidas dissesse a si mesmo que era de desgosto.

— Não é só isso que você é.

Baoxiang estava intensamente ciente da própria vulnerabilidade. Viu que o Terceiro Príncipe havia extirpado os próprios desejos da memória do que acontecera entre os dois, de modo que o episódio se tornara apenas o resultado da perversão de Baoxiang. Ele havia imposto essa perversão ao Terceiro Príncipe — fizera o rapaz se sentir ameaçado e desconfortável, e agora este queria ferir a fonte desses sentimentos. Baoxiang entendia perfeitamente a expressão do Terceiro Príncipe. Queria o que todos queriam quando olhavam para ele: erradicar a coisa abominável que não se encaixava no mundo que haviam criado.

O Terceiro Príncipe trazia no polegar um anel de arqueiro feito de ônix. Tinha mãos grandes com dedos longos, calejadas pelo manejo da espada e do arco. Mãos feitas para machucar.

Porém, para a surpresa de Baoxiang, a violência não veio. Quando Baoxiang se virou para seguir a direção do olhar do Terceiro Príncipe, viu que uma liteira se aproximava.

A imperatriz fitou-os com desprezo. Sua boca pequena retorceu-se numa expressão de prazer cruel.

— Terceiro Príncipe! Por que está bloqueando a rua? Por favor, abra caminho. É minha noite com o grão-cã, e eu odiaria ter de apressar minha preparação e decepcioná-lo. Afinal, quando alguém se acostuma a chupar ossos velhos, acaba criando *muita* expectativa para saborear a carne.

O Terceiro Príncipe ficou lívido, embora a curva de sua boca de Buda não sugerisse nada além de desdém. Ele se levantou, com o livro de Baoxiang em mãos, e se curvou antes de subir no cavalo.

Depois que os jovens nobres se foram, a imperatriz voltou sua atenção a Baoxiang. Ele disse a si mesmo que ela não poderia matá-lo à luz do dia no meio da Cidade Imperial, mas seu corpo não acreditava nisso. Ele tremia.

— Fico surpreso que ainda não tenha feito nada.

O sorriso sarcástico da imperatriz desapareceu. Não havia nenhum prazer no que ela desejava fazer a Baoxiang, apenas ódio.

— Já que tenho a satisfação de ver todos fazerem de sua vida um tormento — disse ela —, posso me dar ao luxo de esperar.

O chapéu do uniforme de Baoxiang, com as duas abas longas que quase tocavam as paredes do corredor, projetava sombras distorcidas quando ele passava pelas luzes fracas das lanternas. No interior da ala privativa nos fundos da residência do Terceiro Príncipe, os longos corredores de portas com painéis de papel bifurcavam-se repetidas vezes. A cada junção, os caminhos pareciam conduzir à mesma escuridão. O criado-chefe do Terceiro Príncipe caminhava adiante. Estava frio lá dentro, até mesmo para o fim do outono. Baoxiang passou por baixo de uma lanterna que ofuscou sua visão e, quando a recuperou, lá estava ela. Uma figura, virando o corredor ao final da passagem, já ausente, enquanto o coração de Baoxiang pulsava ao reconhecê-la.

A figura se fora, mas aquelas eram as tranças do irmão, decoradas com contas de jade e ouro; seus ombros largos em seu traje de montaria azul-aço preferido; sua saia com fendas nas laterais que a cada passo revelavam as camadas dos mantos abaixo dela, como a plumagem secreta de um pássaro, visível apenas durante o voo.

Baoxiang não parou para pensar. Ele avançou sobre o fantasma de Esen, derrapando no assoalho com as botas de solado macio. O sentimento o sufocava; a raiva o sufocava; ele não fazia ideia do que faria quando o alcançasse…

O criado do Terceiro Príncipe dirigiu-lhe um olhar assustado quando ele disparou pelo corredor. Baoxiang parou de súbito, ofegante. Não havia nada ali. A perda abrupta de um alvo para os seus sentimentos era desconcertante. O criado indicou uma porta e murmurou:

— A Sala de Cristal.

O Terceiro Príncipe ergueu os olhos num gesto brusco quando a porta se abriu. O livro-caixa jazia na escrivaninha diante dele. Seu lábio superior arqueado curvou-se numa surpresa fingida.

Mas nada daquilo era uma surpresa. Quando Baoxiang chegou à residência do Terceiro Príncipe, não havia nenhum sinal dos jovens nobres impertinentes daquela tarde. O Terceiro Príncipe devia ter se escusado deles, com o livro em mãos. Estava à espera de Baoxiang.

Baoxiang cruzou a soleira elevada. *Aqui estou eu*. Em contraste com o corredor, a luz da Sala de Cristal ofuscava. Baoxiang teve a sensação de atravessar uma membrana pela qual o fantasma não poderia passar. Ainda assim, trouxera consigo a raiva para a claridade, onde ela agora encontrava um novo alvo.

A luminosidade agressiva da Sala de Cristal vibrava na garganta exposta do Terceiro Príncipe, refletindo-se nas contas prateadas de suas tranças. Cada superfície do cômodo era repleta de ornamentos feitos do mais raro dos materiais: vidro. Vasos e jarros que lembravam porcelanas de um tom verde leitoso tinham uma translucidez que os fazia parecer mais frágeis do que qualquer substância sólida deveria ser. As profundezas sangrentas de um relicário carmesim reluziam como se abrigassem uma vida misteriosa. Havia vidros com os desenhos familiares de dragões e fênices, e vidros infinitamente estranhos: esmaltados, esculpidos, cintilantes feito óleo em água, gravados com a cursiva dourada dos canados do oeste. Itens que haviam sido fabricados e trocados gerações antes das conquistas mongóis que haviam destruído tais tradições para sempre.

E em meio a todas aquelas peças preciosas: o Terceiro Príncipe, com seu coração de vidro escondido. O Terceiro Príncipe, que fingia não desejar o que desejava. Que fingia não estremecer diante da rejeição da mãe e das provocações da imperatriz, e que usava a arrogância para esconder o medo: de que nunca passaria de um príncipe destinado ao papel de substituto.

O Terceiro Príncipe fingia, e Baoxiang tinha a própria farsa a encenar. Tinha o mesmo sentimento luminoso e selvagem de controle que tivera ao encarar os amiguinhos do Terceiro Príncipe. Ele era o único ali que sabia como aquilo acabaria.

O piso de nogueira era tão polido que, quando Baoxiang se curvou, seu reflexo se projetava abaixo dele como num céu noturno.

— Este homem indigno veio perguntar se o Terceiro Príncipe terminou o livro que tomou emprestado.

A atenção do Terceiro Príncipe era tão tensa quanto um arame. Ele devia ter se convencido de que reter o livro não passava de uma extensão da intimidação da tarde, por mais que seu corpo vibrasse com a expectativa do que Baoxiang pudesse fazer.

— Deixe-nos — disse ele ao criado.

— Espere lá fora. Não ousarei tomar muito tempo do príncipe — acrescentou Baoxiang, a voz suave.

Um rubor de humilhação tingiu o rosto do Terceiro Príncipe. Longe de extinguir suas expectativas, a vergonha apenas as intensificava. A ideia de que havia alguém parado do lado de fora, à escuta, era inseparável de seu corolário: do que poderia acontecer, naquela sala cheia de vidro, que pudesse gerar barulho.

A porta fechou-se. Baoxiang não se moveu. Poderia aliviar a tensão do Terceiro Príncipe se fosse até o rapaz e fizesse o que havia feito antes. O Terceiro Príncipe talvez nem o golpeasse primeiro desta vez. Mas ele não queria ser apenas uma boca anônima, descartada ao primeiro sinal de negação.

Ele quase riu ao ver o Terceiro Príncipe enfim concluir que Baoxiang não ia se oferecer. Ah, como ele devia odiar Baoxiang por forçá-lo a reconhecer seu desejo vergonhoso! Baoxiang viu, com uma expectativa tão sombria que anulava qualquer medo, que sua crueldade seria recebida com crueldade.

O Terceiro Príncipe levantou-se e deu a volta na mesa, ágil. Suas botas ciciavam no piso conforme o Terceiro Príncipe avançava e Baoxiang recuava, até os ombros de Baoxiang tocarem a parede.

Baoxiang não era baixo. Em um ou dois anos, talvez o Terceiro Príncipe ficasse mais alto. Por ora, no entanto, tinham a mesma altura. Os olhos do Terceiro Príncipe brilhavam com a fome de infligir dor. Ele arrancou o chapéu de Baoxiang e pousou a mão de leve sobre o coque do outro.

— Por que usa o cabelo desse jeito?

Depois de adotar suas túnicas extravagantes, Baoxiang manteve o cabelo preso em tranças por muito tempo. Isso sequer lhe parecera algo que *podia* ser mudado. Foi só depois de adulto que ele percebeu que as leis só valiam para um lado: elas proibiam os nanren de usar tranças. Mesmo assim, ele não teve coragem de tentar usar um coque até o pai se ausentar. Ele se lembrava de como se sentira inseguro ao prender o cabelo no topo da cabeça pela primeira vez. Porém, quando saiu de casa e olhos o fulminaram com choque e desprezo, sentiu sua insegurança se transformar num orgulho perverso. Outros homens sempre pensaram que ele desonrava as tranças de um guerreiro, mas a ideia de que ele sequer almejava aquele precioso *status* — que ele nem respeitava, nem se importava com isso — os enfurecia ainda mais.

Com frieza, ele respondeu:

— Por que esconder este belo rosto atrás de cabelo?

O Terceiro Príncipe abriu um sorriso sem graça. Mesmo quando Baoxiang estava descansado e com saúde, seus traços eram mongóis demais para o gosto nanren, e nanren demais para o gosto mongol. Mas os dois sabiam que sua aparência não era a questão ali. O Terceiro Príncipe envolveu o coque de Baoxiang com os dedos. Então, num único movimento controlado, empurrou a cabeça de Baoxiang contra a parede. Baoxiang conteve um som de dor quando seu pescoço arqueou, e ficou na ponta dos pés.

— Olhe só para você — disse o Terceiro Príncipe, a voz suave. Ele não era um guerreiro de verdade como Esen fora, era apenas um príncipe imperial delicado, mas o gesto ainda lhe era fácil. Ele enterrou os dedos debaixo do grampo de cabelo de Baoxiang e o puxou com mais força. — É tão fraco e amedrontado. Não consegue sequer lutar. Quando o empurraram, você simplesmente caiu, prostrado. — Seu olhar traçou a linha da garganta de Baoxiang com o pomo e a barba rala por fazer. — Quantas vezes já se prostrou e depois recebeu elogios de outros homens sobre a sua boca, eu me pergunto?

O Terceiro Príncipe estava quase arrancando o couro cabeludo de Baoxiang. Mas saber que era *ele*, Baoxiang, quem controlava as reações do Terceiro Príncipe transformava a dor numa satisfação tão selvagem que beirava o divertimento.

Ele não sabia lutar, mas isso não fazia dele o mais fraco na sala. Ou o mais apavorado.

No ouvido do Terceiro Príncipe, ele disse:

— Gostaria de ouvir no que eu estava pensando quando caí? — A lembrança de antes já estava quase emergindo. Agora ele a retorcia, com a sabedoria amarga de que a distorção seria ainda mais crível do que a verdade. — Meu irmão mais velho tinha amigos iguaizinhos aos seus. Quando eu era jovem, era fascinado por eles. Costumava segui-los para vê-los treinar e suar, e se despir para se lavarem depois. Eles ainda não eram homens, mas tinham corpos de homens. Quando eu ficava sozinho, pensava em como aqueles corpos eram diferentes dos meus, e em como eles faziam eu me sentir. Então, quando aqueles mesmos rapazes me encontram sozinho na floresta certo dia, eu já sabia o que queria.

Baoxiang saiu da ponta dos pés quando o Terceiro Príncipe afrouxou a mão. O impulso sádico dava-lhe à voz a mesma característica de quando ele falava com seus verdadeiros amantes, como se seu desejo por crueldade fosse um substituto perfeito para o desejo em si.

— E eles sabiam o que eu queria, sem que eu precisasse sequer pedir. Eles só abriram as roupas. E eu me ajoelhei para eles.

Por um momento, a lembrança recuperou sua verdadeira forma. Baoxiang encolhido sobre a terra úmida, seus gritos e súplicas incitando-os a bater com mais força, chutar com mais força. Ainda maior que a lembrança da dor era a lembrança da vergonha: da impotência, da humilhação. Agora, ao manipulá-la numa fantasia que despejava no ouvido do Terceiro Príncipe, ele tinha a sensação de transmitir essas emoções de modo tão íntimo quanto um beijo. Ao redor deles, o cristal captava e refletia a luz das lanternas num arco-íris trepidante ao redor do cômodo.

A garganta do Terceiro Príncipe estalou quando ele engoliu em seco. A mão no cabelo de Baoxiang deslizou até sua nuca a agarrou-a num comando silencioso. *Abaixe-se.*

Era prazeroso demais para recusar. Em vez disso, Baoxiang colocou a mão entre seus corpos e desatou o cinto adornado com turquesas que cingia a sobrecasaca sem mangas do Terceiro Príncipe. Estavam tão próximos que ele podia distinguir os fios de papel prateado que desenhavam os dragões imperiais de cinco garras no damasco pesado. Sob o casaco, o manto do Terceiro Príncipe era um brocado de prata com laços negros trançados ao redor da cintura e um fecho lateral de três botões de nó.

O Terceiro Príncipe estremeceu e virou o rosto quando Baoxiang o tocou.

Baoxiang sabia como era ser jovem e atormentado pelo desejo. Ele tivera uma ampla gama de canais para lidar com as próprias urgências naquela idade, e satisfazê-las fora uma parte comum e prazerosa da vida. Ele só conseguia imaginar o quão intensas deviam ser essas urgências para alguém que nunca tivera nenhuma oportunidade. Ele moveu a mão com firmeza. Seria desigual, um pouco frustrante, como sempre era com alguém que não era você mesmo. Mas era precisamente essa frustração que enchia um jovem corpo inexperiente de uma perplexidade extática: que aquilo era *real.*

Tudo que Baoxiang podia ver do rosto do Terceiro Príncipe era uma orelha e a bochecha barbada. Mas a bochecha estava escura e o pescoço tremia de tensão. Ele parecia enraizado ao chão pela humilhação: de ser forçado a suportar a inegável masculinidade de Baoxiang conforme seus corpos se tocavam; de saber que seu criado estava ouvindo do outro lado da porta enquanto ele era destruído por dentro. Seu sofrimento enchia Baoxiang de um deleite vil. Fosse lá o que Baoxiang tivesse sido antes, era ali que seu prazer vivia agora: na crueldade de forçar alguém a encarar a parte mais vulnerável de si mesmo, onde poderia ser destruído.

Vez ou outra, quando Baoxiang ainda era um garoto magricela e desajeitado, Esen o levava a um dos bordéis em Anyang. Esen nunca fora muito afeito às cortesãs — ele afirmava não ter paciência e educação para apreciar seus jogos de sedução —, mas sabia do que Baoxiang gostava. Típico de Esen, Baoxiang pensou perversamente. Ele podia sentir o fantasma na escuridão atrás da porta, observando. Esen conhecia as preferências de Baoxiang, mas nunca tivera coragem de ser honesto consigo mesmo a respeito das próprias.

Esses tolos com seus desejos ocultos. A única coisa que sua negação fazia era abrir uma porta para que alguém os entendesse melhor do que eles mesmos se entendiam. Alguém que poderia usar esse entendimento para feri-los.

O Terceiro Príncipe gozou em silêncio. Baoxiang sentiu uma onda de triunfo, e ficou brevemente tentado a provocá-lo ainda mais. Em vez disso, limpou a mão nas calças de linho do Terceiro Príncipe e afastou-se da parede. Por mais que estivesse ansioso para garantir proteção contra os planos da imperatriz, seria melhor deixar que o Terceiro Príncipe pensasse no encontro — deixar que as partes mais intensas resfriassem até que pudessem ser manipuladas. Depois disso, seria seguro fazer aquilo outra vez. E, a cada repetição, o Terceiro Príncipe aprenderia: que, se mantivesse Baoxiang a salvo, poderia continuar recebendo o que desejava.

Esse era o principal problema da abordagem, pensou Baoxiang, sombrio. Não poderia ir mais rápido que o pulsar de um coração humano. Ele pegou o livro-caixa sobre a escrivaninha e saiu.

O papel na janela redonda de treliça da sala de estar de Baoxiang era tão velho e amarronzado que, em vez de refletir a luz límpida das lanternas, tinha um brilho tão escuro quanto o de uma fatia de pêssego erguida ao sol. A chuva começara depois que Baoxiang retornou do palácio do Terceiro Príncipe, horas atrás. Agora, o gotejar ritmado fazia com que ele se sentisse gentilmente enclausurado — separado e apartado, em sua implacidez, daqueles na cidade adormecida lá fora.

Um filete de madeira de tília caiu sob seu formão. Era mais artesanato do que arte, o que ele fazia — pelo menos com seu nível baixo de habilidade —, e não lhe trazia a alegria que outrora sentira ao praticar pintura ou caligrafia. Mas havia certa satisfação em ver sua visão se concretizar. A madeira aos poucos ganhava forma sob suas mãos enquanto a chuva seguia seu ritmo. Os baús cheios de taéis de ouro jaziam contra a parede sob as manchas brancas dos fantasmas.

Baoxiang sacudiu a serragem da matriz finalizada e depôs o macete e o formão ao lado de uma pilha de canudos de mensagens feitos de bambu. Sentia-se áspero e exausto. Mas a ideia de voltar para a cama, só para acordar sobressaltado com o som várias vezes por hora, enchia-o de desespero. Quando estava trabalhando, seu sofrimento pelo menos era *útil*.

A superfície entalhada da placa absorveu bem a cola de arroz, depois a tinta. Quando ele alisou o papel sobre a matriz e depois o retirou, um rosto presunçoso familiar o encarou. A semelhança, pensou ele sombriamente, era inegável.

A Torre do Tambor da cidade anunciou a quarta vigília da noite com um estrondo. Seyhan apareceu logo depois; era o mês em que ele se levantava antes do amanhecer para comer e depois passava o resto do dia em jejum até o entardecer, de acordo com as tradições de sua religião.

— Não dormiu nada? — Então, ao ver o cartaz de Baoxiang, Seyhan riu. — Zhang Pote de Arroz! Para que isso?

Os canudos de mensagem na escrivaninha de Baoxiang estavam em pilhas etiquetadas. *Zhang. Zhu. Chen.* Baoxiang pegou o canudo no topo da quarta pilha, *Ouyang*, e jogou-o para Seyhan.

— Ele está a caminho? — Seyhan examinou a mensagem. Os espiões infiltrados de Baoxiang usavam uma cifra para proteger suas comunicações, mas Baoxiang já havia escrito o texto decifrado na margem inferior da folha. Seyhan arregalou os olhos incolores de perplexidade ao terminar. — *Não* está.

A boca de Baoxiang tinha gosto de sangue. Ele se lembrou de Ouyang a marchar sobre o passadiço quebrado, ensanguentado.

— Não. Logo que saiu de Bianliang, ele foi emboscado por aquele rebelde que se intitula o Rei Radiante. Zhu Yuanzhang.

Quão superior a Baoxiang Ouyang sempre se considerara! Por nada além de sua habilidade de manejar uma espada, ele fora alçado da escravidão e levado ao sol do olhar de Esen, que encarara aquele belo espelho e vira o que mais valorizava em si mesmo. Todas as qualidades marciais que Baoxiang nunca tivera; todas as qualidades que ele nunca *quisera* ter. Mas agora Ouyang havia sido derrotado. Fora ferido, contido, e provara a mesma impotência que Baoxiang sentia a cada instante de sua vida. *Veja só seu amado general agora.*

De todas as pessoas que poderia ter amado no mundo, Esen escolhera a única que jamais poderia ter sido qualquer coisa além de sua morte. Ainda assim, ficara chocado com a traição de Ouyang. O gosto de sangue na boca de Baoxiang intensificou-se numa raiva insensata que desejava morder, e morder de novo, até chegar aos ossos. A dor de Esen naquele momento fora *gloriosa*. Pela primeira vez em sua vida de encantos, o irmão enfim entendera o quanto doía ser traído.

Ouyang fora a arma que Baoxiang fincara no coração de Esen. Até mesmo agora, ele estava à disposição de Baoxiang. O general do irmão era bom em uma coisa — e apenas uma coisa —, e era tão previsível quanto um pombo-correio. Baoxiang iria usá-lo e, quando terminasse…

Ah, irmão, continue assistindo! Esse será o melhor espetáculo de todos.

— Zhu Yuanzhang derrotou o General Ouyang? — Seyhan aguçou o olhar. — O senhor sabia que isso ia acontecer.

— Não era óbvio? Zhu Yuanzhang não poderia superar as forças do General Zhang com o que tinha. Então ele olhou ao redor, e lá estava o General Ouyang em Bianliang. Lembre-se, ele já havia cruzado seu caminho. Sabia o que o general queria, e como seu desespero o enfraqueceria.

— Então agora Zhu Yuanzhang e o General Ouyang enfrentarão os Zhang. — O papel da janela agora brilhava com força, banindo os fantasmas. Seyhan parecia perturbado. — Porém, com as habilidades do General Zhang, talvez ele consiga se manter firme contra ambos.

Baoxiang levantou-se e espanou a serragem do uniforme. Levou um momento para processar a pressão nos ouvidos. Silêncio. A chuva finalmente cessara.

— Exato. E é por isso que *você*, meu prezado secretário, produzirá o suficiente destes cartazes para cobrir Pingjiang. Diga a nossos homens por lá que afixem um em cada esquina. Quero que Zhang Pote de Arroz veja seu rosto a cada vez que virar uma rua.

A vasta extensão do Império do Grande Yuan, repleta de exércitos e candidatos ao trono, era tão legível para Baoxiang quanto seria se ele fosse o Imperador de Jade a contemplar o mundo do Céu. Todos os outros jogadores enxergavam apenas o pedaço do tabuleiro mais próximo de onde estavam. Era apenas Baoxiang, com sua rede de contatos construída muito antes de ele ter se tornado o príncipe de Henan, que via tudo. Seu controle era tão afiado quanto uma lâmina recém-amolada. Com um tom cruel, ele disse:

— Esta próxima parte será divertida.

A chuva havia transformado as ruas sem pavimento do distrito de Baoxiang numa lama amarelada e fétida que espirrava de rodas e cascos. A névoa matinal condenava as extremidades das ruas a uma lúgubre distância azul, pontuada aqui e ali pelas chamas de um álamo. Criados sujos de lama e pessoas comuns abriam espaço para o cavalo de Baoxiang sem olhar para cima conforme ele se dirigia ao Ministério.

Sua rota tirava-o das avenidas principais e acompanhava o curso das reservas particulares de água da Cidade Imperial, que corriam num canal de mármore elevado sobre os córregos e as valetas comuns. Conforme ele se aproximava da Cidade Imperial, o caminho ao lado do canal se estreitava e lariços chorosos surgiam em cada lado. O cheiro da chuva iminente pairava no ar. Sobre as copas das árvores que delineavam as muralhas da Cidade Imperial, nuvens escuras agrupavam-se numa faixa estreita de céu azul.

Ele levou um susto quando uma garota atravessou seu caminho. Ela olhou por cima do ombro, viu que o cavalo de Baoxiang se aproximava, gritou e derrubou a cesta que carregava. Caquis espalharam-se pelo caminho.

Baoxiang, que teria atropelado as frutas sem pensar duas vezes, foi forçado a frear quando a idiota de cabeça de melão mergulhou na frente de seu cavalo com um grito de consternação e começou a recolher as frutas.

— Com licença — disse ele, ácido. A garota ergueu a cabeça e sorriu com uma familiaridade deslumbrante. Baoxiang levou um momento de choque para perceber que não era uma estranha no fim das contas: era a criada do gabinete.

— Ah! Saudações ao príncipe de Henan, que tem o costume de assustar esta criada indigna. Suplico ao príncipe que espere. São tantas frutas, e tenho apenas duas mãos. — Ela abriu um sorriso largo, deixando as covinhas à mostra. — A menos que o príncipe esteja disposto a ajudar...

A ideia de que ele, um Príncipe de Sangue, pudesse apear e sujar as mãos em nome de uma *criada* fez um tremor inesperado de divertimento lhe percorrer o corpo.

A moça riu diante da expressão dele. Seus olhos passearam pelo resto de Baoxiang, ternos, e suas covinhas aprofundaram-se.

— Suponho que seria uma pena se o uniforme do príncipe ficasse sujo de lama.

Antes que Baoxiang pudesse formular uma resposta incisiva apropriada, os dois foram surpreendidos por uma garoa. A moça pegou a cesta e correu para debaixo de uma árvore. Espiando através dos galhos curvados, ela chamou Baoxiang:

— Aqui tem espaço para dois!

Baoxiang hesitou, perguntando-se se conseguiria chegar ao Ministério antes que o aguaceiro piorasse, mas seu chapéu cada vez mais amolecido tomou a decisão por ele. Os galhos da árvore pendiam tão perto do chão que ele precisou apear e se agachar para entrar a pé.

A chuva, agora mais forte, caía num círculo ao redor deles, ceifando uma linha escura na coroa de folhas caídas. No ar pairava um forte cheiro resinoso, como o de um arco recém-fabricado.

— Seus pés continuam secos — comentou a moça aos risos —, mas receio que o uniforme do príncipe ficará molhado devido à sela mais tarde. Uma pena para alguém cujo trabalho envolve ficar tanto tempo sentado. Já que é minha culpa o príncipe ter ficado preso na chuva, talvez eu deva lhe oferecer minha capa para que se sente.

Ela tocou a gola da capa, fitando-o por debaixo dos cílios. Com apatia, Baoxiang percebeu que ela estava flertando com ele.

Ela era muito menor que ele. Baoxiang olhou para seu sorriso com covinhas e as curvas que ameaçavam as costuras laterais de seu uniforme. Ela esperava por ele, os lábios partidos e a respiração contida. Em vez de entusiasmo, porém, uma onda de futilidade percorreu-o. Em outro mundo — naquele mundo morto para o qual não havia volta — ele teria se inclinado e a beijado. Abrigados da chuva sob os galhos da árvore, eles teriam caído aos risos e encontrado prazer no corpo um do outro.

Ele se *lembrava* da alegria e da generosidade desse tipo de brincadeira. Mas agora havia apenas sombras onde antes cresciam tais emoções. Ele teve uma visão nítida da tensão angustiada no pescoço do Terceiro Príncipe ao virar o rosto. Baoxiang fizera-lhe aquilo. E, em vez de nutrir um calor reativo no próprio corpo, tudo o que sentira naquele momento fora o desejo pela destruição. Essa era a única capacidade de conexão que lhe restara: de dor e crueldade, dada e recebida. Aquela moça alegre e cheia de vida gostava dele, e a única coisa que isso traria a ela era ruína.

Ele recuou. Era algo tão natural para ele deixar que a expressão se transformasse em desdém.

— Acha que é bela o bastante para chamar a atenção de um príncipe? Se quer bancar a puta em troca de favores especiais, melhor mirar em oficiais de menor escalão! Mesmo que eu gostasse de mulheres, não me sujaria com uma tão barata e ordinária quanto você.

Ele a deixou debaixo da árvore sem olhar para trás. Talvez, depois que tudo tivesse acabado, ela pudesse perceber que ele lhe havia feito uma gentileza.

Foi só depois que ele chegou ao Ministério que lhe ocorreu que era estranho ter encontrado a moça naquele lado da cidade. As criadas não viviam no bairro dos burocratas, e o Mercado da Cabeça de Carneiro, o mais próximo do Ministério, ficava numa direção completamente diferente.

Era uma tarde nebulosa, mas o gabinete do ministro estava aconchegante com suas lanternas e braseiros. Os carpetes que cobriam as paredes faziam com que o cômodo parecesse um *ger* repleto de livros. A atmosfera despertava em Baoxiang um sentimento agridoce. Ali, a milhares de *li* de onde ele crescera como um pária por seus interesses, a cultura mongol do pai coexistia com os valores intelectuais da civilização por ela conquistada. Tal mescla sequer era algo pelo qual ele ansiara. Como se anseia por algo que não se pode imaginar?

O ministro folheava as anotações de Baoxiang no atual livro-caixa das contas principais. Quando estendeu o braço para pegar o selo oficial na caixa que o abrigava em sua escrivaninha, Baoxiang não pôde deixar de dizer:

— Talvez o ministro prefira tirar um tempo para verificar a precisão de meus cálculos. Se houver um erro nas contas principais, mas seu selo estiver carimbado nelas…

O ministro dirigiu-lhe um olhar enrugado de quem acha graça enquanto pressionava o selo no cinábrio, em seguida carimbou a página.

— Não precisa se preocupar com meu pescoço, Wang Baoxiang! Ainda estou para encontrar um erro em seu trabalho. E, se encontrasse um, meu temor seria de que fosse uma falha em minhas próprias capacidades, não nas suas.

Teria sido mais fácil se o ministro fosse uma pessoa mais desagradável. O sentimento antes agridoce de Baoxiang tornou-se acre, como uma panela de açúcar esquecida sobre o fogo.

— Se o ministro não precisa mais de mim… — Ele se levantou. — Começarei a contabilidade do Gabinete de Assuntos Militares.

— Ah, essa bobagem de todo mundo achar que não pode ir embora antes de mim! Quer mesmo ficar debruçado sobre uma escrivaninha até sua juventude murchar? Se o trabalho do dia está feito, vá. Faça disso um hábito! Eu mesmo não ficarei muito mais tempo, de qualquer forma.

Com a imperatriz de olho em sua cabeça, Baoxiang não podia reclamar da perspectiva de voltar para casa antes do cair da noite. Ele se curvou, grato.

— Neste caso, sairei primeiro.

Ele saiu do gabinete. Era a hora do dia que mais detestava: quando as longas sombras enfim superavam sua habilidade de ignorar a perspectiva de mais uma noite insone. O céu acima dos cedros tinha a cor do desespero. Era cedo demais para o despontar das estrelas. Sem o Rio Celestial como teto, ele tinha a sensação nauseante de que seu olhar encontrava o vazio. Não havia nada a que se agarrar; não havia nada para impedi-lo de cair para sempre.

Quando ele chegou à Rua do Portão Pingzhe, fez o cavalo virar na direção do próprio distrito. O ruído dos cascos de outro cavalo passando pelo portão atrás dele fez seu coração saltar. Mas nem estava escuro, e havia testemunhas potenciais nos arredores. A imperatriz não tentaria matá-lo se não pudesse negar seu envolvimento. Se não pudesse, a Senhora Ki ficaria mais do que contente em usar o assassinato de Baoxiang contra ela. Era reconfortante: por mais que a imperatriz o odiasse, ela odiava mais a Senhora Ki.

O cavaleiro atrás de Baoxiang vinha rápido. Ele olhou para trás quando o homem se aproximou. Era um estranho qualquer, de atenção fixa na rua adiante. Mas, por algum motivo, o coração de Baoxiang saltou outra vez.

E não teve tempo de se acalmar: mãos o agarraram por trás e o puxaram.

Baoxiang era um cavaleiro medíocre para os padrões mongóis, mas nem mesmo ele conseguia se lembrar da última vez que caíra de um cavalo. O tombo na lama doeu, mas sua principal agonia veio da incredulidade. Ele não conseguia acreditar que a imperatriz fora estúpida a ponto de agir em público. Não conseguia acreditar que *ele* fora estúpido o suficiente para achar que ela não era. Ele se contorceu feito um besouro esmagado enquanto os dois agressores apeavam e se aproximavam.

Um deles imobilizou-lhe o peito. O temor de Baoxiang cresceu, trazendo consigo uma lembrança. As folhas pontudas de um pinheiro açoitando-lhe a bochecha, e seus próprios gritos desprezíveis enquanto os rapazes o golpeavam. Fora um momento interminável, um em que sua esperança contínua por um fim fora continuamente frustrada. O ataque arrastou-se até... parar.

Esen puxou-o para que ficasse de pé. Parecia furioso a ponto de parecer irreconhecível. Atrás dele, o rosto feminino de Ouyang tinha o mesmo desprezo puro que os agressores de Baoxiang, já não mais presentes.

Baoxiang pendia da mão de Esen, chorando. Encontrava-se num tormento de humilhação: não conseguia parar. Ainda assim, tinha consciência de que uma parte perversa de si mesmo exibia suas lágrimas para Esen como um desafio. Carregava a verdade repulsiva de sua dor e sofrimento e a lançava no rosto do irmão perfeito. Como Esen podia acreditar que a recusa de Baoxiang em ser o que todos queriam que ele fosse era fácil, ou covarde, quando aquele era o preço que ele pagava?

Esen permaneceu em silêncio. Por um momento, Baoxiang permitiu-se acreditar que desta vez, porque estava pedindo isso — porque *precisava* disso —, Esen entenderia.

Então Esen disse, a voz carregada de raiva:

— Recomponha-se.

É claro, pensou Baoxiang, soturno. Foi por isso que Esen fora ríspido. Sua raiva não era direcionada ao que os amigos haviam feito. Era direcionada a Baoxiang, por permitir que eles o fizessem. Agora, com desagrado, ele via que Esen havia esperado todo aquele tempo para falar apenas para resistir à vontade de ele mesmo surrar Baoxiang.

Esen não era o protetor de Baoxiang. Era um jovem guerreiro, como aqueles outros jovens guerreiros. Sentia o mesmo que eles. Atordoado, Baoxiang percebeu: *você também me odeia.*

Agora, esmagado na lama de Cambalique por um assassino sem nome, paralisado pelo medo e pela dor, Baoxiang sentiu a presença de Esen. Em sua mente, o fantasma estava poucos passos adiante na rua, invisível a todos, menos Baoxiang, observando-o com aquele mesmo ódio pétreo. O peso em seu peito era insuportável. Baoxiang era fraco, impotente e medroso, e agora não havia ninguém para salvá-lo. Ele ouvia os próprios arquejos e sabia que estava prestes a morrer.

Feliz agora, irmão? Você sempre desejou que eu deixasse de existir como sou. Agora seu desejo será atendido, e você sequer teve de mover um dedo para isso. O mundo fez isso por você. Colocou-me em meu lugar; deu-me o que eu mereço.

Mãos cobriram sua garganta, e a presença do fantasma ganhou força. Era como se Esen estivesse agachado em seu ombro. O movimento em sua visão periférica poderia ter sido o das pontas de tranças. De uma só vez, o desprendimento de Baoxiang ruiu. Ele mergulhara em gelo e fora engolido por uma imensidão. Que sentimento poderia ser tão terrível, ou tão grande? Só podia ser raiva. Mas, em vez de trazer consigo a onda familiar de prazer selvagem e justificado, essa raiva era terrível e latejante. Era como se estivesse sendo rasgado ao meio. Nas garras daquela dor, ele só conseguia pensar em como jamais conseguiria o que desejava. Jamais machucaria Esen tanto quanto Esen o machucara.

Mas ele não foi estrangulado. Dedos mergulharam em sua boca, e Baoxiang provou o gosto de pele suja. *Antes de o matarem, iam arrancar-lhe a língua.* Seu urro silencioso foi de puro horror.

— ...tenha cuidado, principezinho. — Em meio a um emaranhado de pânico, ele percebeu que lhe falavam. — Se não tiver, cortaremos isto aqui, junto com... — O agressor soltou a língua de Baoxiang e enfiou a mão entre suas pernas, apertando até ele gritar. — ... este passarinho.

O homem soltou-o e levantou-se. Baoxiang encolheu-se feito um camarão, ofegante e trêmulo, enquanto os homens partiam. Ele mal conseguia processar o que havia acabado de acontecer. Se a imperatriz o queria morto, por que deixá-lo sobreviver? Estaria ela apenas brincando com ele? Ou...

Como a maior parte das pessoas em Cambalique, o agressor falara mongol não nativo com um forte sotaque de outro idioma. Mas, agora que Baoxiang pensava a respeito, o outro idioma não fora o familiar han'er, nem nenhuma das outras línguas nanren das Planícies Centrais ou da costa, ou mesmo do extremo sul onde os nanren soavam mais como as pessoas de Cham do que como aquelas de Henan. Baoxiang mesmo não falava esse outro idioma. Mas sabia quem falava.

Seu agressor não era um dos homens da *imperatriz*. Era da Senhora Ki.

E ele também ouvira aquele sotaque de Goryeo em algum outro lugar. Teve um vislumbre de covinhas; um cesto de caquis.

Num instante, tudo fez sentido. O Terceiro Príncipe talvez ainda não conhecesse a própria mente — mas sua mãe conhecia. Ela vira como o Terceiro Príncipe olhava para Baoxiang. Devia ter recebido relatos sobre as visitas de Baoxiang à residência do Terceiro Príncipe. Então ela usara a criada sedutora para verificar se as preferências de Baoxiang eram genuínas ou se ele estava apenas fingindo como parte de uma trama para expor ou chantagear seu filho.

O horror gélido de Baoxiang cresceu. Em retrospecto, ele viu exatamente por quão pouco escapara. Se ele tivesse aceitado as investidas da moça — o que poderia ter feito, porque estava *mesmo* fingindo —, a Senhora Ki não teria lhe mandado um alerta. Ela o teria matado. Ele teria morrido antes que a imperatriz sequer tivesse a chance de tentar.

Ele devia sentir certa satisfação por ter sobrevivido. A dor que irradiava de suas bolas já estava diminuindo e, no que se tratava das agressões que sofrera na vida, aquela não fora tão ruim assim. Mas a raiva terrível e latejante que a presença de Esen evocara o deixara com uma sordidez que lembrava a sensação que se tinha após chorar.

Quando ele se levantou, já estava escuro. O fantasma desaparecera. Um livro-caixa jazia na lama onde caíra de seu uniforme. Estava arruinado — um desperdício do trabalho de vários dias —, mas ele não podia deixá-lo ali. Teria que queimá-lo discretamente mais tarde.

Ele encontrou seu cavalo numa viela, obscurecida por muralhas fechadas, montou com muita dor e cavalgou para casa.

7

TAIZHOU

O barco de pesca balançava no escuro. Sob a luz protegida da lanterna do piloto na proa, Ouyang mal conseguia distinguir as figuras acocoradas da meia dúzia de homens armados de Zhu. O segundo barco, reduzido a um ponto de luz flutuante que poderia estar a um braço ou a um *li* de distância, carregava o restante da equipe. O negrume dava a Ouyang a sensação de estar suspenso no centro de um vazio infinito. Adiante, o quebra-mar da Ilha da Fortaleza erguia-se numa massa indistinta contra o céu nublado; abaixo, a água opaca descia.

Na hospedaria, Zhu explicara seu plano como se fosse completamente razoável.

— Para acessar os túneis por meio das entradas submarinas, vamos precisar de duas coisas. — Quando Zhu se debruçou sobre a tigela de sopa, todos, com exceção de Ouyang, o imitaram inconscientemente. — Em primeiro lugar, se quisermos entrar à noite, a água estará escura feito breu: precisaremos arranjar um jeito de ver onde a boca do túnel se abre sob a superfície. Felizmente, e tenho certeza de que esta possibilidade nunca sequer ocorreu àquela pobre guarnição do Yuan, eu posso produzir uma luz que brilha debaixo d'água. Em segundo lugar, precisamos de alguém que saiba nadar.

Ao fazer essa última observação, ele teve a audácia de olhar para Ouyang. Porém, fosse qual fosse o poder repressor que o olhar fulminante de Ouyang tinha sobre seus homens, ou ele não funcionava com Zhu, ou estava diluído demais pela máscara. Inabalado, Zhu disse:

— Se eu quisesse fazer meu exército atravessar um rio de profundidade maior que a altura de um homem, precisaria de barcas. Mas você não precisa, certo? Daquela vez que enfrentou os Turbantes Vermelhos no rio Yao, em vez de fazer seu exército atravessar a ponte até onde estávamos, você os mandou nadar rio abaixo para emboscar nosso flanco.

Ouyang lembrou-se da água escura e revolta descendo um desfiladeiro em sua direção. Ele afrouxou o maxilar o suficiente para resmungar:

— Eu *tentei* fazê-los nadar.

Se Zhu estava se gabando, teve a delicadeza de disfarçar.

— Então eu tenho uma luz e você sabe nadar. Se me conduzir enquanto eu ilumino nosso caminho, podemos nadar até a parte seca do túnel e armar uma corda submarina na qual os outros podem se segurar e atravessar.

Ouyang não era conservador por natureza; construíra sua carreira como general graças ao sucesso de inumeráveis empreitadas de risco. Mas o que Zhu propunha estava muito além do limiar de qualquer coisa que ele teria considerado. E, mesmo se ignorasse isso...

— Você roubou meu exército. Está me mantendo cativo. E agora está pedindo que eu o *ajude*?

— Se eu fracassar aqui — respondeu Zhu, a voz firme —, você também fracassará.

Ouyang pensou no desespero profundo que o motivara a correr. Não era que não soubesse que suas probabilidades de sucesso eram mínimas. Mas, por pior que fossem, como ele poderia ignorar a oportunidade quando esta era melhor do que qualquer chance de sucesso que Zhu representava? E agora... será que ainda não poderia achar um jeito de correr outra vez? Será que não poderia subjugar Zhu e sua dúzia de homens, roubar um cavalo e retornar a Yingtian? Se fosse mesmo necessário, será que não poderia se lançar ao mar e *nadar*?

Como se soubesse no que Ouyang estava pensando, Zhu disse:

— Isso é mesmo melhor do que minha proposta, general?

Era — para a surpresa de Ouyang — uma escolha. De repente, ele teve a noção horrível de nunca ter precisado escolher antes. Sempre houvera um único caminho. Mas agora uma escolha se apresentava — uma escolha entre dois caminhos com chances astronomicamente ruins de sucesso —, e nessa escolha jazia ou o sucesso ou o fracasso da coisa que mais desejava no mundo. A coisa pela qual fizera tudo.

O pensamento que veio em seguida foi tão terrível quanto esclarecedor: *a coisa pela qual eu faria o que quer que fosse.*

Até mesmo cooperar com alguém que ele odiava tanto quanto Zhu.

Se a melhor chance de recuperar seu exército em Yingtian dependia mesmo do sucesso de Zhu ali em Taizhou, então Ouyang teria de garantir que ele não falharia. Ele *faria* qualquer coisa, mas, mesmo assim, precisou se forçar a dizer as palavras:

— Talvez você não tenha noção do quão impiedoso é o ambiente submarino. Naquela profundidade, qualquer erro resulta em morte. Mesmo um único momento de pânico pode ser fatal. Não há como voltar atrás, e não há chances de resgate se alguma coisa der errado.

Se o próprio Ouyang tivesse persuadido um inimigo a obedecê-lo, não teria hesitado em esfregar o feito em sua cara pelo prazer de humilhá-lo. Ele conseguia imaginar outros homens sendo presunçosos ao triunfarem, ou pior, recebendo cruelmente sua cooperação como algo a que sentiam ter direito. Mas Zhu não foi presunçoso ou cruel. Ele encarou Ouyang com uma seriedade que se parecia surpreendentemente com respeito. Com aquela voz irritantemente fina que o deveria fazer parecer ridículo, ele disse:

— Estou ciente dos riscos. Se não estivesse disposto a arriscar qualquer coisa, como poderia ter esperanças de conquistar o que desejo? Se há uma coisa sobre mim que o general precisa saber, é esta: farei o que for necessário.

Agora, no barco, Ouyang contemplava a água negra no ponto onde ela lambia gentilmente a base da muralha. Haviam finalmente lhe desatado as mãos. Uma curta corda ao redor de sua cintura conectava-o a Zhu, e uma outra muito maior na cintura de Zhu conectava-os ao barco. Ele se sentia como um sacrifício prestes a ser feito. Embora estivesse cooperando ostensivamente por vontade própria, a situação era bastante clara: se ele mudasse de ideia e se recusasse a saltar, eles o empurrariam. E então haveria apenas um caminho a seguir que não resultaria na morte de sua vingança.

Zhu estava ao lado dele. Sua figura trajada numa armadura escura foi abruptamente envolta por um sinistro pneuma de luz pálida e bruxuleante, como se alguém tivesse removido a cobertura de uma lamparina. Seu Mandato. Sob o brilho extraterreno, sua determinação parecia inumana. Aquela expressão despertou uma sensação peculiar em Ouyang, como se reconhecesse algo.

— Última chance para mudar de ideia — disse ele, ríspido.

Sua resposta foi um mergulho. O barco balançou com força, e ele viu a figura luminosa de Zhu se afastar da superfície. Então a corda entre os dois tencionou, e Ouyang lançou-se à água.

A água estava tão gelada que parecia quente. A dor provocou uma onda de calor e vida falsos no corpo de Ouyang, como a febre que fazia os homens se despirem momentos antes de morrerem na neve. Os pequenos músculos entre suas costelas sofriam espasmos. Seus olhos ardiam ferozmente. Ele percebeu Zhu sob a superfície no centro de uma esfera fantasmagórica entalhada na escuridão. A luz não encontrava nada para iluminar, exceto a face da rocha que descia até as profundezas invisíveis abaixo dos dois.

Ouyang aprendera a nadar nos rios repletos de silte de Henan. Água doce era simples. Queria que você afundasse. Para sua desagradável surpresa, o mar era muscular e dinâmico, expandindo-se e contraindo-se em movimentos internos que o carregavam em todas as direções. Resistia quando ele chutava e abria caminho nas profundezas, conduzindo Zhu atrás de si pelo cordão umbilical que os unia. Uma dor aguda perfurou-lhe os ouvidos. Ele não pôde deixar de pensar num homem que uma vez vira ser executado com uma corda apertada ao redor da cabeça. Será que sua cabeça explodiria se fossem fundo demais? Houve um ponto em que até mesmo um corpo tão resistente quanto o de Ouyang começou a gritar alertas: estava se movendo rápido demais, indo fundo demais. Gritava agora enquanto Ouyang o forçava a cruzar o que instintivamente sabia ser o ponto sem volta. Os dois desciam cada vez mais fundo.

Então, finalmente, chegaram à boca do túnel: um negrume mais intenso que resistia à penetração da luz de Zhu. Não havia tempo para hesitação. Ouyang chutou com força para impedir que caíssem, alarmado pelo esforço necessário para compensar o peso de Zhu, e nadou para dentro.

As paredes eram de calcário branco e liso, sem nenhuma protuberância a que ele pudesse se segurar. Ouyang dirigiu-se à parede à direita como fora instruído. A cada impulso para frente, a corda em sua cintura parecia puxá-lo para trás. Seus pulmões ardiam. Cada avanço dava-lhe a sensação de que escavava algo de uma rocha.

Sua sombra projetou-se diante dele sobre o chão branco do túnel. Não fosse pelo esforço tremendo, teria sido como voar. A luz de Zhu atrás dele desabrochava e expandia-se conforme a passagem de Ouyang levantava sedimentos finos em nuvens brilhantes que obscureciam e refletiam a luz em turnos.

À esquerda, a parede achava-se fora do alcance da luz, e Ouyang teve a sensação de uma vasta abertura cavernosa em seu lugar. Bastaria que ele perdesse o contato com a parede à direita e os dois saíram flutuando vazio adentro. Seria o fim de ambos. *Meu corpo, devorado por larvas.* Ouyang lembrou-se dos dois monges que sinistramente conjuraram não só os fantasmas do próprio passado, mas também os futuros de todos os presentes. Aquele era seu futuro; aquele era seu descanso e sua recompensa por tudo que fizera e teria de fazer; e, por um momento, seu anseio por tal destino foi tão agudo quanto a dor em seus pulmões.

Mas aquele futuro não estava ali. Ele continuou chutando.

A luz diminuiu consideravelmente. Retornou quando ele olhou para trás. Zhu ainda estava lá: uma pequena figura escura a flutuar no círculo de luz que conjurava nas nuvens móveis de silte branco.

Então a luz piscou outra vez, agora de modo mais extremo: um lampejo de pura escuridão.

Ouyang impulsionou para frente com esforço renovado, recusando-se a pensar no que aconteceria caso a luz se extinguisse. Ele sabia por experiência que a necessidade dolorosa de respirar era apenas seu corpo reclamando muito antes de chegar ao limite. Porém, para aqueles sem experiência, a dor transformava-se em pânico com muita facilidade: acreditavam que estavam morrendo, muito antes de estarem de fato. Contra sua vontade, ele sentiu uma admiração momentânea e relutante pelo tempo que Zhu conseguira resistir. Mas ele não sabia quanto mais tempo tinham.

Agora, a cada vez que a luz de Zhu piscava, a escuridão durava mais tempo. Os músculos das costelas de Ouyang se contraíam conforme ele nadava. Era difícil dizer o que era o piscar da luz e o que era sua própria visão apagando pela falta de ar.

A luz de Zhu apagou-se, e não voltou.

Os pulmões de Ouyang agiram involuntariamente: deram uma grande inspirada naquela escuridão completa. Foi só quando ele ouviu o som que percebeu que o que respirava era ar e não água. Havia emergido, e seu corpo soubera disso antes dele. De alguma forma, naquele momento de cegueira e afobação, ele teve presença de espírito suficiente para puxar a corda.

Teria Zhu emergido? Tudo que Ouyang conseguia ouvir era a própria respiração ofegante e o martelar de seu coração.

Então, de uma só vez: dor.

Luz.

Ouyang piscou furiosamente, como se a força de vontade por si só pudesse ser suficiente para focar os olhos, que lacrimejavam devido ao sal e ao ataque da luz após a escuridão. Uma figura surgiu em sua visão: uma cabeça escura ao lado da sua.

Zhu tinha os olhos fechados de agonia enquanto puxava o ar para os pulmões. Ouyang não conseguia imaginar como poderia haver qualquer outra coisa no mundo para ele naquele momento além de alívio. Ainda assim, ele tinha a expressão triunfante de um homem que se forçara aos próprios limites sem medo, porque sabia que era forte o bastante para suportar — para sobreviver.

Exaurida, Zhu pendia dos braços de Ouyang, um gato encharcado segurado pelas axilas enquanto ele a carregava pela caverna. Ele a depôs sem cerimônia na pequena praia na outra extremidade. A areia branca tinha um brilho sinistro à luz do Mandato de Zhu.

— Espero que meu serviço tenha atendido a suas expectativas — disse Ouyang, encarando-a com mordacidade. Estava tão completamente molhado, e tão completamente contrariado com a situação, que Zhu teria rido se tivesse fôlego para tanto.

Teria sido tão fácil para Ouyang deixá-la sair flutuando vazio adentro ou, ainda, ajoelhar-se a seu lado e enfiar seu rosto na areia. O brilho assassino contido nos olhos dele fez um arrepio percorrer o corpo de Zhu. Ele *poderia* matá-la, mas, agora que havia apostado suas fichas nela, ao menos enquanto estivessem naquela ilha juntos, não o faria. Ele era sua arma.

— É sempre uma aventura com você, general. — Com esforço, Zhu conseguiu evitar que mordesse a própria língua enquanto os dentes batiam. Ela nunca sentira o rosto doer com tantos tons diferentes de dor; era como se seus músculos convulsionantes estivessem a apenas um passo de se desgrudarem dos ossos. — Quase morri apunhalado, quase morri queimado, quase morri afogado. Estou empolgado para experimentar todas as variações desse tema.

Ela *de fato* quase morrera todas aquelas vezes. Mas não era da parte de quase morrer que ela se lembrava com mais clareza, mas da adrenalina que se seguia: a intoxicação de vida pura que, por um momento, lhe prometia que ela jamais falharia, jamais envelheceria, jamais morreria. *Como estou me sentindo agora.* Ela sabia que estava exausta e com frio, mas o que sentia era quente: o calor do entusiasmo, do sucesso tão próximo que ela podia sentir o gosto.

Ela ergueu o tronco, o que fez sua luz enfraquecer pelo esforço, e puxou a corda ao redor da cintura que a conectava à água. Sentiu uma resistência, o que era um bom sinal; a corda continuava afixada ao barco na outra ponta.

— Esse seu olhar fulminante esquenta? É melhor se sentar.

A expressão venenosa de Ouyang foi sabotada pelo som de esguicho pronunciado que suas roupas fizeram quando ele se sentou. Um tremor em seu maxilar sugeria que o único motivo pelo qual seus dentes não tremiam tanto quanto os de Zhu era porque ele se recusava a permitir que o fizessem. Zhu com frequência sofrera com o frio no monastério, por ter menos massa muscular que Xu Da e os outros noviços, e saber que o pequeno corpo de Ouyang sentia tanto frio quanto o dela lhe deu uma sensação estranha de conexão.

— Tem certeza de que não quer torcer suas roupas? Sabe o que dizem sobre ficar sentado com o cabelo molhado. Vai diminuir seu *Qi* — provocou ela.

Ouyang lançou-lhe um olhar assassino sem se dignar a responder.

— Já o vi só com as roupas de baixo! Não estou sugerindo que fique *pelado*...

Um movimento nas águas paradas chamou a atenção de Zhu. Mas a água em si permaneceu imóvel. Ela já deveria ter imaginado, mas mesmo assim sentiu um arrepio. Os fantasmas de Ouyang emergiram em silêncio, um exército trajado de branco vindo da escuridão profunda. Seus pés deslizavam sobre a areia conforme atravessavam a praia para se acomodar na formação de costume ao redor de Ouyang. No ambiente *yin* daquela caverna subterrânea escura e úmida, iluminada pela luz sobrenatural do Mandato de Zhu, eles pareciam tão substanciais quanto os vivos. Zhu nunca os havia visto assim tão perto, nem com tantos detalhes: eram velhos e jovens, os rostos de olhos vazios voltados para Ouyang como se ele fosse a lua de sua noite perene. Ela mal conseguia distinguir sua figura sentada com rigidez através dos corpos dos fantasmas.

— Eles estão aqui, não é? — perguntou Ouyang, a voz neutra. Ele não olhou para ela. — Posso senti-los às vezes. Ao meu redor. — A água gotejava lentamente das pontas das adagas compridas e pontiagudas de pedra no teto da caverna, como os dentes de um dragão. — Esperando. Que eu termine o que foi começado.

Ele não estava falando do que havia sido começado quando ele matou o príncipe de Henan e roubou-lhe o exército, pensou Zhu ao olhar para aqueles rostos mortos, mas de algo que acontecera muito antes. Quantos anos tinha Ouyang quando compreendeu seu destino pela primeira vez? A julgar por sua aparência feminina, ele devia ter sido mutilado ainda criança. Será que tinha a mesma idade que ela quando compreendeu o próprio destino? Zhu sentiu aquela familiar agitação de ressonância dentro de si. Os dois haviam vivido vidas paralelas e muito distantes, mas agora haviam enfim convergido por meio da intensidade de seus anseios; do desejo mútuo por seus destinos que se encontravam juntos em Dadu.

Bolhas irromperam na superfície, chamando a atenção de Zhu instantaneamente. Ela sentiu um puxão na corda; então uma figura saiu da água com um ruído arquejante. Fragmentos de luz dançaram violentamente ao redor da caverna. Zhu reconheceu o jovem Comandante Lin Ruilin, que se lançou no raso e caiu de joelhos, ofegante. Após alguns momentos, ele conseguiu erguer a cabeça e se orientar na direção da luz de Zhu, como uma planta à procura do sol.

Então, abruptamente, seu alívio desapareceu.

— Onde está o General Xu?

O interior de Zhu foi tomado por um estranho sentimento de suspensão; parecia vir de algum lugar atrás do esterno.

— Quê?

A água gelada deixara o rosto de Lin roxo. Ele parecia um bebê antes da primeira respiração. E um bebê antes da primeira respiração, que nunca chegava a respirar, que estava…

Morto, completou a mente de Zhu, como que distante.

— O General Xu entrou primeiro — explicou Lin, esbaforido. — Só temos uma corda. Como eu poderia sair da água antes dele?

Com os olhos, eles seguiram a corda até o ponto onde ela adentrava a água. Não havia mais bolhas.

— Ele deve ter soltado a corda — disse Ouyang, sem muito interesse. — Esse aí — continuou ele, referindo-se a Lin, porque é claro que não tinha aprendido os nomes de nenhum dos homens de Zhu — deve ter ultrapassado o general no caminho.

Zhu pensou no túnel, cheio de água do chão ao teto. Ela já sentira um bocado de terror existencial, mas o que sentira naquele vazio negro fora primal, e quase que incontrolável: a terrível impotência de ser reduzida a seus últimos momentos de vida.

Mas Xu Da era forte. Ainda estava vivo lá embaixo, à espera dela. Zhu voltou-se para o nó da corda ao redor de sua cintura. Enquanto tentava desatá-lo, pela primeira vez maldisse a ausência de uma mão pela falta de jeito, pela lentidão, quando cada segundo importava.

— Sou o único que pode encontrá-lo. Tenho a luz. Alguém segure esta corda…!

— Segurar enquanto você faz o quê? — esbravejou Ouyang. — Se mata, tentando pescar um cadáver? Considere-se sortudo se ele for o único morto nesta missão. Só é uma pena que tenha sido o melhor homem de todos vocês. — Ele fez uma pausa, então acrescentou: — Era melhor que tivesse sido você.

— *Ele não está morto* — retrucou Zhu, furiosa, sentindo isso nos ossos.

Quando Ouyang abriu a boca para responder, a superfície borbulhou e uma figura emergiu. Na mesma hora Zhu soube, como se fosse uma informação transferida diretamente de corpo a corpo em vez de algo tão lento quanto a observação, que não era Xu Da. Num instante ela reconheceu o arquejo de Yuchun. Então, no instante seguinte, a massa escura que o rapaz arrastava atrás de si.

Ela não podia deixar sua posição; ainda estava ancorando a corda. Mas Lin foi até Yuchun e ajudou-o a carregar o corpo inerte de Xu Da até a praia. Ofegante, Yuchun forçou as palavras:

— Encontrei ele… boiando…

Sob a forte luz branca do Mandato de Zhu, o rosto familiar e belo de Xu Da era tão cinzento quanto argila crua. Zhu, ainda presa à corda, agachou-se ao lado dele. O sentimento de suspensão dentro dela havia se transformado numa imobilidade imensa que lhe pressionava os órgãos e dificultava a respiração. Lin fez um som de engasgo. Mas não havia motivo para isso, porque Xu Da não estava morto. Seu rosto estava tão próximo do dela quanto ficava quando os dois dormiam lado a lado na infância. Num instante ele abriria os olhos como sempre fizera. Zhu sobrevivera a uma perfuração e à mão decepada, e a situação de Xu Da não era tão ruim quanto aquilo. *Ele ficaria bem.*

Alguém a empurrou para o lado com o ombro. Era Ouyang. Ele se ajoelhou acima de Xu Da com uma expressão de desgosto profundo. Então, para a perplexidade de Zhu, segurou a cabeça de Xu Da num gesto impessoal, curvou-se e beijou-o.

De imediato, Zhu convenceu-se de que havia entendido errado. Não era um *beijo*. O horror paralisou-a. A pele de cal de Ouyang, seus olhos sem brilho, não eram os de um humano, mas de um fantasma faminto, e agora ele estava debruçado sobre um homem adormecido e desamparado para devorar-lhe os lábios, devorar-lhe o fígado, refestelar-se nele…

Ouyang soltou Xu Da e endireitou a postura, encarando-o com atenção.

Por um momento, nada aconteceu.

Então Xu Da convulsionou com um terrível gargarejo. Ouyang virou-o de lado enquanto ele sofria espasmos e vomitava na areia. No espasmo seguinte, Xu Da conseguiu rolar e ficar de quatro, e continuou assim, arquejando e vomitando com a cabeça baixa.

Zhu mal notou o puxão na corda quando outro integrante do grupo emergiu. A pesada imobilidade dentro dela havia desaparecido, deixando em seu lugar uma leveza festiva. Xu Da estava bem, como ela sabia que ficaria. Ela lhe deu tapinhas nas costas enquanto ele tossia, apreciando a solidez viva daquele corpo grande e familiar.

Ouyang levantou-se.

— Desde que uma pessoa passe menos tempo submersa na água do que o necessário para ferver um bule de chá, em geral pode-se ressuscitá-la soprando ar em seus pulmões. Se passar mais tempo que isso, não funciona. — Havia um resquício de desgosto em sua voz, como se ele tivesse se rebaixado a fazer algo que considerava muito abaixo de sua posição, como limpar uma latrina. Talvez para os mongóis, que treinavam seus exércitos para atravessar rios no inverno, fosse *mesmo* uma prática rotineira.

Xu Da enfim voltou a se sentar. Enquanto tirava o cabelo dos olhos, resmungou:

— Temos um grande problema.

— Problema? — Na mesma hora, Zhu começou a imaginar cenários na cabeça. Se ele estivesse fraco demais para lutar, ela poderia deixá-lo ali temporariamente, embora nesse caso fosse sentir falta do apoio crítico do amigo contra o destacamento do Yuan que os aguardava lá em cima…

Com a voz carregada de drama, Xu Da disse:

— Sou tão bonito que nem um eunuco resiste ao meu charme.

Ignorando o olhar brutal de Ouyang, ele riu até ter uma crise de tosse, então ficou de pé, afastando a preocupação de Zhu.

— Chega de se preocupar, irmãozinho. Estou bem. Vamos lá.

O grupo, com Ouyang escoltado entre Lin Ruilin e o General Xu — que ainda tossia de tempos em tempos — emergiu do túnel e deparou-se com um vilarejo abandonado. A vegetação densa havia cercado os resquícios de cabanas até que estas parecessem tumores ou fungos. Ouyang não estava *impressionado* com a equipe de Zhu, mas, pensou com relutância, o grupo havia superado suas expectativas. Ele não havia acreditado que seguiriam Zhu naquele mergulho suicida, mas o fizeram. Agora, progrediam com rapidez e em silêncio — como se fossem, de fato, os lutadores de elite que Zhu acreditava serem. Ouyang pensou na afirmação do General Xu sobre sua crença em Zhu. Era como se *todos* eles acreditassem. Ele não conseguia entender.

O vilarejo abandonado, que ficava num terreno ligeiramente elevado em relação ao resto da ilha, nem precisava ser uma montanha para oferecer um excelente ponto de vantagem. A ilha sem árvores era tão pequena — não tinha mais do que três *li* de diâmetro dentro das fortificações que a contornavam nas bordas — que dali podiam distinguir suas principais características com facilidade. As massas negras no centro da ilha eram os depósitos de sal, e a luz flutuante no ponto mais distante deles deveria ser o posto de guarda acima do porto. O denso ar marinho fazia a luz balançar e piscar. Ouyang, cuja trajetória miliar sempre foi em terra firme, achava aquilo desconcertante.

— Fiquem aqui — instruiu Zhu ao grupo. Quando o General Xu resmungou um protesto, ele acrescentou, firme: — Descanse enquanto pode. Vou avaliar a situação no posto de guarda. Precisamos entrar em ação enquanto ainda estiver escuro, e temos apenas algumas horas, então estejam preparados para agir assim que voltarmos. — Zhu havia deixado que o brilho do Mandato se extinguisse quando chegaram à superfície, e na escuridão tudo que Ouyang conseguia ver dele era o formato da cabeça. Mas, de alguma forma, conseguiu sentir um arrepio quando a atenção direta de Zhu se voltou para ele, mesmo antes de ouvi-lo dizer: — Vamos, general.

Felicidade teria sido uma palavra forte demais, mas Ouyang teria ficado contente em se ver livre da companhia de Zhu por um tempo. Além disso, a água salgada deixara seus pés em chamas.

— Tem medo de eu subornar seus homens se me deixar aqui com eles? — perguntou ele, azedo.

— Se você fosse um pouquinho mais jeitoso com as pessoas, talvez eu fosse ficar preocupado. Em grande parte, imaginei que você teria uma perspectiva valiosa sobre as operações do Yuan. Nunca orquestrei um ataque a um destacamento do Yuan antes. Não faço a menor ideia de como eles se organizam. — Ele era um líder tão patético que nem se incomodava em admitir ignorância diante de seus homens.

Sentindo um ódio profundo, Ouyang respondeu:

— Não preciso ser jeitoso com as pessoas para entregá-lo ao Yuan.

Ele sentiu os olhos de Zhu voltados para si. Após um instante, o rapaz disse, com uma gentileza que não era bem gratidão:

— Se você fosse fazer isso, não teria salvado Xu Da porque estava com medo de que eu fosse fracassar sem ele. Vamos.

Ninguém estivera naquela parte da ilha em anos. A vegetação que crescera sobre as estradas cedia sob o peso de Ouyang, cobrindo-o até as coxas a cada passo. As ataduras encharcadas ao redor de seus pés arranhavam-lhe a pele, deixando-a novamente em carne viva a cada passo. Seu único consolo era que Zhu — que claramente tivera o crescimento prejudicado pelo passado como órfão desnutrido — enfrentava a mesma dificuldade. Seu progresso lembrava a Ouyang um cão de caça em meio à vegetação na altura da cintura, a cabecinha emergindo a cada poucos passos para se localizar.

Zhu devia ter ficado tão aliviado quanto Ouyang quando finalmente adentraram uma trilha mais utilizada.

— Lá está — sussurrou Zhu quando passaram pelos depósitos e o posto de guarda surgiu no horizonte.

A estrutura era bem maior do que Ouyang teria esperado de um quartel insular. Em retrospecto, ele percebeu que aquilo provavelmente tinha algo a ver com ataques piratas. Assimilou os detalhes com pessimismo. Estavam vendo a parte traseira de uma torre de três níveis montada nas ameias da muralha perimetral. Tochas no pátio frontal amplo e lanternas atrás das janelas de papel superiores do posto iluminavam a estrutura com um magnífico brilho alaranjado que obliterava a luz das estrelas. A luz piscante ao longo das ameias, e sua gêmea ao longe, era das patrulhas de perímetro: as tochas erguidas dos guardas eclipsadas por canhoneiras conforme eles circulavam pela ilha em direções opostas.

— Satisfaça a minha curiosidade — disse Zhu baixinho. — Quantos homens vamos enfrentar?

Zhu tinha treze homens além do General Xu. Ele enfrentaria três a quatro pelotões de soldados do Yuan. O desespero apertava a garganta de Ouyang. E se ele entregasse mesmo Zhu? O Yuan odiava Ouyang, um traidor, ainda mais do que odiava Zhu. Eles o mandariam para Dadu para ser executado. Ao menos dessa forma ele encontraria o grão-cã, pensou ele com ousadia. Mas ficar sozinho na capital, aprisionado, desarmado...

Isso é mesmo melhor do que minha proposta, general?

— Trinta a quarenta homens — resmungou ele. — A entrada no lado traseiro não estará vigiada, já que eles só esperam ataques no lado do porto. Mas aquelas lanternas lá em cima sugerem que eles trabalham em turnos, talvez porque piratas já tentaram ataques noturnos. Há pelo menos um pelotão em serviço agora. E não vai levar muito tempo para acordarem os outros assim que um alarme soar.

— Quais são nossas chances se simplesmente invadirmos? — perguntou Zhu, imperturbável.

Uma coisa era pedir informações a um inimigo, mas...

— Está pedindo minha *opinião*?

— Por que não? Você é um general experiente. E eu sou...

Ouyang não se conteve:

— ... uma praga sem vergonha neste mundo, completamente desprovida de honra ou experiência, *que nunca lutou uma batalha de verdade na vida.*

Por um breve instante, Ouyang pensou que talvez tivesse tocado num ponto sensível. Então:

— Por que eu teria vergonha de não ter experiência, se posso encontrá-la em outros lugares? Usarei todo recurso disponível, não importa o que qualquer pessoa pense a respeito disso. Olhe para os meus homens. Sei o que você pensou quando os viu pela primeira vez. Pensou que eram camponeses inúteis. E eles *eram*, antes de eu ver o potencial que tinham. Eu lhes dei a oportunidade de concretizar esse potencial. De crescer e se tornar o que nunca lhes foi permitido ser. — Zhu lançou um olhar de soslaio para Ouyang, mostrando os dentes num sorrisinho radiante. — Eles são bons, general. E, mesmo que você não consiga respeitar isso, eu também sou.

— *Não o bastante* — sibilou Ouyang.

— Não? Então me diga por quê.

Ouyang visualizou o desenrolar do ataque em sua mente.

— O elemento surpresa dará a vocês uma vantagem, mas não por muito tempo. Os quartéis abarrotados darão vantagem a eles, não a vocês. Vocês terão de lutar enquanto sobem as escadarias. Seus homens serão atacados e mortos. É bom você ter outro plano — pontuou ele, cruel.

— E se pudéssemos tirá-los da torre e emboscá-los aqui no pátio de entrada? — Ouviu-se um *clique* abafado quando Zhu abriu sua bolsa impermeável e tirou dela um item metálico e redondo que cintilava sob a luz fraca. Em tom neutro, ele disse: — Você deve se lembrar disto.

Ouyang de fato se lembrava. Lembrava muito bem como sua linha de frente explodira graças a uma daquelas singelas bombas. Ele foi tomado pela sensação peculiar de estar simultaneamente enfurecido e aliviado por Zhu ter um plano razoável.

— Não adiantará de nada se você a detonar do lado de fora, porque eles sairão preparados para lidar com um problema. Para que seja uma emboscada, você precisa detoná-la lá dentro — disse, a voz carregada de veneno.

Zhu ergueu a cabeça, considerando e depois rejeitando as janelas de treliça da torre, e então mirou mais alto.

— E quanto ao telhado?

— Consegue lançar a bomba assim tão longe? *Eu* não consigo. E ainda tenho minha mão dominante.

— Suponho que não podemos amarrar uma bomba a uma flecha — refletiu Zhu.

— Mesmo que tivéssemos um arco. E o telhado é curvado, então, mesmo que conseguíssemos lançá-la lá em cima, ela acabaria rolando. Precisamos dar um jeito de levar as bombas ao telhado e mantê-las lá. Bem, general. — Seu sorriso irritante apareceu outra vez. — Espero que esteja usando o tipo de roupa de baixo que eu acho que está usando.

— Agora — disse Zhu quando a patrulha do Yuan passou nas ameias.

Xu Da e Yuchun puxavam a ponta livre da corda que haviam lançado ao redor da canhoneira, e Zhu, na outra ponta, apoiava os pés na face do muro conforme eles a erguiam. A infância passada brincando nos telhados cintilantes do monastério em meio às nuvens a deixara praticamente imune ao medo de altura. Mas era exatamente a familiaridade de estar no ar que deixava Zhu mais consciente de sua nova vulnerabilidade física: de que agora ela tinha apenas uma única mão para estabilizar tanto a si mesma quanto ao item enorme que trazia consigo.

Apesar de sua histórica falta de jeito com o trabalho manual necessário para celebrar os muitos eventos do calendário monástico, Xu Da fizera um bom trabalho com o projeto. A camisa mais interna de Ouyang, como Zhu esperara, era feita com a famosa seda à prova de flechas dos mongóis. Leve e imensamente forte, ela envolvia as hastes penetrantes sem rasgar, fazendo com que a remoção de flechas fosse fácil e limpa. Como material de construção, era uma melhoria infinita em relação ao frágil papel que os monges usavam para fabricar pipas para o ano novo.

A corda, ainda úmida do mergulho, arranhava e esticava-se contra a pedra à medida que Zhu subia dois, depois três *zhang* no muro. Enfim o balestreiro ficou ao alcance. Ela se apoiou no espaço estreito entre as canhoneiras, sinalizou para que Xu Da soltasse sua ponta da corda e então puxou-a e prendeu-a ao redor de uma das canhoneiras para que ela pudesse descer mais tarde sem assistência. Quando sinalizou outra vez, Xu Da saiu para se juntar à posição de emboscada do resto da equipe no pátio de entrada.

Ali nas ameias, o vento era muito mais forte do que no solo. Zhu teve de lutar com a pipa para mantê-la estável enquanto usava uma vareta de incenso para acender os pavios das bombas que pendiam da pipa. Então, em vez de precisar arremessá-la no ar com força como fazia no monastério, ela simplesmente a soltou.

O vento marítimo pegou a pipa tão rápido que a mão de Zhu ardeu conforme o fio corria por ela. Era uma pipa muito mais forte do que qualquer uma que já tivesse empinado, e Zhu sentiu uma onda de euforia: era como se estivesse controlando algo poderosamente vivo. Em poucos instantes a pipa estava pairando firmemente, na altura do telhado, um fantasma pálido contra o céu negro.

Embora ela tivesse deliberadamente cronometrado sua chegada às ameias para quando as patrulhas estivessem mais distantes, um arrepio percorreu-lhe as costas conforme a espera se prolongava. Ficaria ali exposta até que as bombas detonassem. Seu antebraço doía de manejar a pipa. Como os pavios ainda não haviam queimado? De repente, ela foi consumida por dúvidas. E se a água do mar tivesse se infiltrado nas bombas e arruinado a pólvora? Será que ainda funcionariam? Decerto nem *todas* haviam sido arruinadas. Quanto mais tempo passava ali, mais ensurdecedoras ficavam suas dúvidas. O arrepio nas costas intensificou-se.

Então o peso em sua mão desapareceu. Tudo desapareceu; houve apenas um clarão.

A consciência de Zhu fora cortada e recosturada sem qualquer memória do período intermediário. Assim que percebeu que estava a vários *zhang* de distância de onde estivera, encolheu-se numa postura protetiva enquanto pedaços de madeira e alvenaria choviam sobre ela. Qualquer que fosse o som produzido pelos pedaços ao se chocarem contra as ameias de pedra, era anulado pelo crepitar ardente em seus ouvidos. Uma nuvem pálida subiu do telhado estraçalhado do posto de guarda. A luz das lanternas lá dentro subia diretamente num pilar trêmulo, como se uma janela tivesse se aberto para o céu negro.

Zhu se pôs de pé com dificuldade, deixando de lado o fio frouxo que não mais tinha uma pipa presa à outra extremidade. Guardas do Yuan já deixavam a torre num fervor caótico rumo ao pátio da entrada abaixo. Alguns usavam armaduras, mas um número maior havia claramente acabado de acordar e saíam em pânico. Zhu assistiu à cena por tempo suficiente para ver os próprios homens entrarem em ação. Ainda estavam em menor número em relação ao Yuan, mas, com as vantagens da surpresa e da posição ao redor do pátio de entrada, a estratégia seria boa o bastante.

Zhu agarrou a corda ao redor da cintura, pronta para se lançar das ameias. Mesmo que as patrulhas estivessem a uma longa distância inicialmente, já estariam correndo até ela agora, e ela precisava sair do caminho. Mas... a corda estava estranhamente frouxa. Zhu puxou-a para si com um pavor repentino e parou de repente quando viu a ponta queimada. De uma só vez, ela se lembrou de como a corda se esticara sinistramente; a forma como raspara na pedra. Quando a explosão arremessou Zhu para trás, a corda arrebentou. Mesmo que ela amarrasse a parte que ainda estava ao redor de sua cintura a uma canhoneira, não teria corda suficiente para baixá-la por mais do que a extensão de um corpo no muro.

Ela lançou um olhar sombrio para o pátio da entrada. Três *zhang* eram mais do que seis vezes a sua altura, e o pátio era pavimentado. O que aconteceria se ela pulasse sem uma corda? A dor da lesão não era uma preocupação — ela não tinha medo de sofrer. Mas será que poderia sobreviver às lesões de uma queda como aquela? No campo de batalha, já vira homens sangrarem até a morte por conta de fraturas que rompiam a pele, e outros que foram esmagados pelos próprios cavalos caídos. As chances eram pequenas.

No outro lado das ameias, espuma branca chocava-se contra a base do quebra-mar. Ela poderia cair na água. Porém, quando atingisse a superfície negra, continuaria caindo, e desta vez Ouyang não estaria lá para guiá-la. Era uma opção ainda pior.

Então ela ergueu a cabeça e avistou o clarão de uma tocha ao longo das ameias: a patrulha aproximava-se, correndo.

Ouyang, desarmado e esquecido nos fundos do pátio da entrada, observava o desenrolar do caos com uma sensação de interesse furioso e impotente.

Os homens de Zhu lançaram-se no embate. Os homens do Yuan soltaram suas tochas para enfrentar os atacantes inesperados, condenando o alvoroço a uma confusão de sombras. Salvar o General Xu fora a decisão correta: sob sua orientação inabalável, os jovens de Zhu resistiam admiravelmente contra os oponentes bem mais numerosos.

Havia algo acontecendo nas ameias. Ouyang ficou surpreso ao ver dois patrulheiros do Yuan encurralando Zhu com espadas em riste. Por que Zhu ainda estava lá, quando o plano era que descesse imediatamente após a explosão? Zhu ainda tinha consigo um sabre. Mas, com dois contra um, Ouyang não conseguia imaginar que ele pudesse sair vencedor.

Ouyang se pôs em movimento antes mesmo de processar a própria intenção. Ele se lançou ao combate no pátio, pegou por trás o soldado inimigo completamente equipado mais próximo e quebrou-lhe o pescoço, depois roubou-lhe o arco e duas flechas usadas que haviam caído por perto. Após rápida consideração, armou as duas flechas. Seria um tiro absurdo. Os futuros agressores de Zhu moviam-se com tamanha velocidade que mal passavam de borrões na escuridão entre as canhoneiras. Ouyang seguiu a dupla com os olhos, sentindo o coração desacelerar conforme seu foco se aguçava. Estavam a cinco canhoneiras de Zhu. Quatro, três...

Zhu jogou-se do muro.

Ele caiu, e o foco sobrenatural de Ouyang mostrou-lhe cada detalhe: Zhu agitando os membros feito um boneco de pano, a fina faixa branca espiralando no ar atrás dele. Este último detalhe o surpreendeu. Não era a corda com a qual Zhu subira. Antes que ele pudesse identificar o que era a estranha faixa, ou o que poderia ter exigido seu uso, Zhu chegou ao fim de sua extensão. Ele quicou várias vezes, apoiando-se no muro para se endireitar, conforme a corda ou o que quer que fosse — por algum motivo, Ouyang pensou nas ataduras ao redor de seus pés, embora isso não fizesse sentido — se esticava dramaticamente. Porém, por mais que se esticasse, ainda era ao menos dois corpos curta demais para que Zhu alcançasse o chão.

Os patrulheiros haviam chegado ao ponto de lançamento de Zhu, e estavam prestes a se debruçar para puxá-lo para cima quando, de repente, o laço se soltou.

Zhu despencou.

Lá em cima, os patrulheiros assistiram à cena, boquiabertos. A ponta solta do laço pairou no ar, depois foi perdendo altura num movimento tremulante. Zhu devia ter cortado a corda, percebeu Ouyang. Tudo que podia ver de Zhu era uma sombra na base do muro. Então de repente ele se levantou, tão ileso quanto uma formiga caída, e correu para a batalha com o sabre em riste.

Ouyang seguiu-o com os olhos, perplexo pela pura incredibilidade da determinação de Zhu. Teria ele sentido medo ao se lançar das ameias sem nada entre si mesmo e a morte além daquele fino laço? Ouyang lembrou-se do rostinho resoluto de Zhu ao saltar da proa do barco, sabendo que não podia dar uma braçada. Ainda que tivesse sentido medo, havia feito aquilo mesmo assim. Graças à intensidade com que ansiava o que desejava.

Por um instante, Ouyang sentiu agitar-se dentro de si algo que não conseguiu convencer a si mesmo se tratar de ódio.

Uma flecha cantou no ar, arrancando-o do sentimento desconhecido com um sobressalto. Ele havia se movido para salvar Zhu, pensou com um grunhido interno, mas só o fizera para impedi-lo de fracassar. Depois disso, não podia garantir nada. Porque, mesmo com um exército completamente abastecido, Zhu ainda não tinha chance contra o General Zhang. Vencer uma guerra exigia mais do que apenas determinação.

Porém, já que tinha um arco nas mãos, ele atirou nos patrulheiros — uma tarefa trivial, acertar os dois de uma vez, considerando o fato de que estavam ali parados feito idiotas com cabeça de melão. E então, como havia mais flechas caídas no chão, ele as pegou e se fez útil, garantindo que Zhu não fracassasse.

Zhu examinou sua vitória no topo da torre de guarda. O pátio abaixo estava repleto de corpos dos soldados tombados do Yuan. Ela e sua pequena equipe haviam derrotado um destacamento de quarenta homens, e agora ela tinha todo o sal que conseguisse tirar da ilha com as embarcações apreendidas: o suficiente para mantê-los abastecidos pelo tempo que fosse necessário para vencer os Zhang.

E aquilo só lhe custara a vida de dois rapazes. Era uma sensação desagradável, e ainda assim o incômodo em si ensejava uma euforia de como ela era capaz de suportá-lo sem se abalar. Mesmo que soubesse de antemão que a empreitada lhe custaria aqueles dois rapazes, teria feito as mesmas escolhas. Teria dado mais. Teria dado, de bom grado, o que fosse necessário para ter sucesso.

Alguém se aproximava pelas escadas. Era Ouyang, abrindo caminho em meio aos corpos com uma expressão de desgosto brutal. Ele estava desarmado, mas Zhu de repente lembrou-se dos cadáveres flechados do Yuan no pátio. Quem mais poderia ter sido, senão ele? Havia algo de agradável na ideia de que ele a havia ajudado voluntariamente. O que ela lhe dissera em Yingtian fora verdade na época: que ela só precisava do exército de Ouyang, não dele. Agora que o tinha, porém, ele estava se mostrando um belo ativo.

— Parece que você conseguiu o que queria — disse ele, austero. Então franziu o cenho. — Há algo diferente em você.

No mesmo instante, Zhu ficou consciente de seus seios. Fora uma tortura lá em cima nas ameias enquanto ela tentava desatar o manto superior e a camisa de baixo, depois as ataduras ao redor do peito que insistiam em se emaranhar. Cada momento fora uma agonia de frustração ao perceber o quão lenta, lenta, *lenta*, ela era com apenas uma mão. Mesmo quando enfim se desfez das ataduras, não sabia se elas seriam longas o suficiente para salvá-la. Se não fossem fortes o suficiente para suportar-lhe o peso, ou se o nó atrapalhado entre a atadura e a corda arrebentasse antes de impedir-lhe a queda...

Ela não sabia, mesmo ao pular.

Agora, parada diante de Ouyang, seus seios não estavam enfaixados. Ela duvidava que ele os tivesse notado especificamente. Não eram proeminentes, em especial quando disfarçados por camadas de roupas incrustadas de sal. Ainda assim, era interessante que ele tivesse notado *algo*. Ele atentava para os corpos de outros homens de um modo que a maioria dos homens não fazia. Será que desbravava o mundo inconscientemente catalogando todos os corpos que encontrava, diferenciando entre aqueles pelos quais ansiava e aqueles com os quais rejeitava qualquer similaridade?

Zhu sentiu um aperto feroz de compreensão. Durante toda a sua infância como menino, ela fizera o mesmo.

Num tom leve, ela disse:

— Quem diria que água salgada deixaria meu cabelo tão bonito assim! Se você não insistisse em usar essas tranças, notaria você mesmo a diferença...

Ela quase riu quando ele virou a cara fechada.

Através das seteiras com vista para o porto, Zhu podia ver o mar cintilando à luz do amanhecer. As águas tinham o tom de verde leitoso de fontes minerais termais, de nuvens de jade. As ilhas que flutuavam no mar se multiplicavam rumo ao horizonte, e Zhu imaginou-se saltando de uma à outra até chegar ao futuro.

Para as costas esguias de Ouyang, ela disse:

— Sei que você não acredita. Mas consegui o que eu queria, porque sempre consigo. E agora você vai me ver enfrentar os Zhang, e vencer.

8

PINGJIANG

No pagode do jardim, a rainha se encontrava com o pescoço arqueado para oferecer à sua companhia masculina seu perfil mais favorável. A brisa do lago, rescendente a ervas verdes e pés de pato, soprava sobre as muralhas da cidade e adentrava o palácio da família Zhang, onde embaraçava as borlas de pérolas no cabelo da rainha e fazia cintilar em ouro a folhagem das árvores de pistache. Ouro *de verdade*. Insatisfeito com a exibição da natureza, Pote de Arroz mandara pintar todas as folhas com ouro. Os convidados primeiro ficavam atordoados com a beleza, depois com as dores de cabeça que se seguiam. Pavões vagavam pelas folhas caídas. Era como se taéis tivessem chovido das árvores, pensou a rainha. O preço fora mais ou menos esse. Ela se forçou a sorrir.

Seu marido, o rei, relaxava sobre almofadas com os olhos na cortesã que tocava o *zheng* para o entretenimento do meio-dia. Pingjiang, às margens do lago, era mais clara do que a antiga capital Yangzhou, com seus canais profundos e suas ruas pontilhadas pelos famosos bordéis em preto e verde. Aquela luz não tolerava mistérios. Evidenciava o fino fio de cabelo escuro nos pulsos da cortesã, que escapavam de suas mangas, e onde sua maquiagem se acumulava sobre a pele craquelada atrás da orelha. Era de esperar que uma moça de aparência tão mediana tivesse mais motivos para buscar soluções para suas imperfeições.

A rainha, irritada, decidiu enviar a moça de volta para o proprietário de sua casa com uma reclamação. Estava pagando o suficiente pelo entretenimento do marido, não era para receber um serviço tão desleixado em troca. Não que ele se importasse. Zhang Pote de Arroz ficaria satisfeito com os restos da jarra de vinho, desde que lhe assegurassem ser do tipo caro. A rainha continuava a sorrir, imperturbável. Outrora, aquela característica fizera dele útil, e ela se sentira grata por isso. Agora, sua impaciência pelo futuro fazia de sua repulsa por ele quase insuportável.

A rainha fitou o General Zhang, do outro lado da mesa, enquanto um grupo de criadas trazia bandejas de comida. Ele exibia sua expressão costumeira de interesse polido. Seus olhos se encontraram como o toque de duas mãos nuas. Ele não sorriu, mas as curvas tristonhas de suas sobrancelhas se suavizaram.

Pote de Arroz inspecionou as bandejas com um ar de confusão. Os montes de caranguejos de garras roxas do rio deviam lhe parecer ultrajantemente simples. A rainha repousou as pontas dos dedos sobre seu braço para chamar-lhe a atenção. Metade da arte de manter homens de parca educação satisfeitos era oferecer-lhes edificação discreta a respeito das lisonjas que recebiam, de modo que eles soubessem quando deviam ficar satisfeitos.

— Esta mulher indigna pensou que Vossa Majestade apreciaria a oportunidade de provar os caranguejos de água doce da região. A temporada desses animais não é mais longa do que a da flor que desabrocha à noite. Todos os anos, os abastados de Pingjiang tentam garantir dois ou três para comer de uma vez — murmurou ela. A tinta sobre seus lábios sorridentes repuxava de leve. — Mas mesmo os mais ricos raramente obtêm mais de um.

Entendê-lo e respondê-lo não mais exigia da rainha esforço superior a respirar. Ela era a um só tempo marionete e mestre, e sua mente deleitava-se com as ações vazias de seu corpo conforme falava, tocava e era tocada em resposta. Do outro lado da mesa, a insólita calma do General Zhang mascarava o desgosto que ele sentia ao vê-la acariciar o marido. O poder da rainha a extasiava: podia controlar ambos os homens com um único toque.

Pote de Arroz havia se esquecido da tocadora de *zheng*. Seu olhar sobre a rainha era carregado de autocongratulação, como se ela fosse um dos atributos intrínsecos que o levaram à sua merecida grandeza.

— Uma refeição digna de um rei, então — declarou ele com satisfação.

— Quão perceptivo é meu marido! — Ela chamou um criado que viera acompanhando as moças. — Você. Cumpra seu dever.

— Permita este criado indigno, Vossa Majestade — disse o criado, pegando a garra de um caranguejo e a quebrando. A carne lá dentro transbordava um suco branco-jade. Pote de Arroz observou o teste de envenenamento com avidez. Ele amava a cerimônia do sucesso. E a amava ainda mais por não carregar nada do peso da responsabilidade.

A rainha lançou outro olhar furtivo para o General Zhang. Como era grande a exaustão *dele*, por carregar aquele peso, embora se recusasse a se ressentir do irmão por eximir-se. Nos últimos tempos, mal tinham tempo de se encontrar, já que ele andava muito ocupado preparando seu exército para enfrentar Zhu Yuanzhang.

A irritação da rainha era atroz. Zhu Yuanzhang, que inexplicavelmente persistia apesar do que deveria ter sido uma escassez incapacitante de sal. Que desdenhara dela com a crença aparente de que era capaz de controlar aquele animal patético e feroz, o General Ouyang, bem o suficiente para lançar-se contra ela. Bem, ela também conhecia Ouyang. E, apesar de todo o sucesso que obtivera até então, Zhu era apenas um garoto. Ela pensou em sua postura displicente à luz do sol naquela colina, com toda a confiança exagerada de um garoto que acredita que o mundo se adequaria para atendê-lo só por conta de seu desejo. *Quero ser o maior.*

Será um prazer, pensou ela, vê-lo destruído.

O provador de veneno partiu com uma reverência. Madame Zhang arregaçou a manga e usou os *kuàizi* para depositar com elegância as garras mais fartas na tigela de Pote de Arroz.

— Por favor, marido.

Pote de Arroz examinou o jardim dourado enquanto chupava o interior de uma garra. Estava insatisfeito outra vez, como se esse fosse o estado a que retornava a despeito dos prazeres que o distraíam um momento antes.

— Yue anda me importunando a respeito do atraso nos acréscimos a sua residência. — Ele jogou a garra vazia no chão. — Você disse a ela que teria de esperar?

Yue, a mais nova concubina de Pote de Arroz, era mais exigente que uma moça de sua posição tinha o direito de ser. E é claro que Pote de Arroz não fazia ideia de que o dinheiro que alimentava seus caprichos vinha de algum lugar, e tinha utilidades maiores do que dourar árvores e satisfazer suas concubinas.

Essa concubina era um problema. A rainha podia sentir sua presença como uma rachadura na superfície até então lisa e gélida de seu casamento. Mas podia lidar com isso mais tarde. Ela avaliou o nível de irritação de Pote de Arroz. A posição de seus ombros largos, mas suaves, o peito inflado de arrogância.

Era tão fácil ler os corpos dos homens. Tratava-se apenas de uma leve irritação, de modo que ela baixou os olhos. Recatada, sem exigências.

— Por favor, perdoe esta mulher indigna pelos atrasos. Foi necessário equipar o exército do General Zhang para enfrentar Zhu Yuanzhang. Porém, uma vez que o garoto for derrotado, posso priorizar a residência de vossa concubina. Acredito que os novos quartos ficarão lindos com a decoração em mosaico específica que tenho em mente.

A sequência das reações dele foi satisfatoriamente previsível: o suavizar da expressão quando ele se deixou aplacar, seguido de imediato pela postura reflexiva.

— Sempre pedindo mais recursos, irmãozinho! Quão difícil é derrotar um garoto e uma vadia sem bolas? — disse ele em forma de piada, embora estivesse claro que não era uma; o tom fora agressivo demais, lançado contra o irmão, que o absorveu como absorvia tudo que lhe era lançado. Com ar impassível, a rainha pensou no resultado caso Pote de Arroz fosse obrigado a enfrentar qualquer um dos dois. Ele pegou outra garra de caranguejo, sacudiu-a na frente do General Zhang. — Esforce-se mais, irmãozinho, para que eu possa conseguir o Mandato que é nosso por direito. — Por um momento, sua expressão voltou-se para si mesmo, e os sentidos da rainha aguçaram-se diante do toque de perigo verdadeiro. — Não me agrada esperar.

Na fração de segundos antes da resposta do General Zhang, ela percebeu que a culpa dentro dele era tão forte quanto um rio subterrâneo. Uma chama subterrânea: a chama laranja que era direito *dele*, pensou ela, arrepiada, não do irmão e jamais do irmão. Era dele desde que traíra o irmão pela primeira vez na cama dela. A culpa do general fora excitante e agradável na época, um sinal do sucesso dela. Mas agora havia azedado na forma de impaciência fazia muito tempo.

O General Zhang sorriu para disfarçar a culpa, mas a tristeza em sua testa cresceu. Isso também a irritou. *Por que insiste em se agarrar ao inútil? De que ele lhe serve?*

— Espero que os gastos não lhe causem muita inconveniência. Vossa esposa já pensou bem no assunto — disse ele ao irmão.

Pote de Arroz bufou.

— Você lhe dá mais crédito do que ela merece! Essas minhas mulheres me esgotam com tantas demandas. Esposa, reserve fundos suficientes para concluir logo a reforma daquela residência, assim aquela concubina para de me atormentar. E não a esnobe. Sei como vocês mulheres são. Faça com que seja tão bonita quanto a sua, não poupe despesas.

A rainha curvou a cabeça.

— Esta mulher fará conforme seu marido deseja.

Marido por apenas mais algum tempo, pensou ela. Depois que o General Zhang derrotasse Zhu Yuanzhang, seria hora de ele deixar de lado aquela culpa e fazer o que precisava ser feito.

— Esta mulher hesita em incomodar o marido, mas, por favor, permita-lhe suplicar por uma última indulgência. Um convidado vindo do oeste irá nos visitar. Por favor, trate-o bem. Permita-lhe desfrutar de vossa generosidade, sentir vosso status, e mostre-lhe o escopo de nosso sucesso. O esforço valerá a pena. — As folhas douradas roçavam umas contra as outras, produzindo o som das garras de uma pomba arranhando um telhado de chumbo. Ela deixou seu sorriso tocar o General Zhang, prometendo-lhe um pouco de intimidade enquanto o marido estivesse ocupado com o visitante. — Leve o tempo que desejar.

O General Zhang adentrou os aposentos da rainha pela porta do pátio. Atrás dele, ela viu um retângulo do jardim negro ao cair da noite. Feixes de luz das lanternas do Festival do Meio do Outono, nas cores de carpas, brilhavam em cada folha.

Ele tinha uma expressão leve ao se sentar com familiaridade no sofá sob as gaiolas pendentes de vários dos pássaros preferidos da rainha. Zhang Shide não era um homem grande, mas havia uma determinação em sua postura que lhe dava um ar de nobreza, estivesse indo à guerra ou a um encontro secreto. Era apenas por conhecê-lo que ela enxergava a exaustão por trás de sua compostura. Não importava o quanto ela o distraísse com seus encantos, o cansaço nunca se esvaía de todo. Era isso que acontecia quando se tirava a honra de um homem honrável. Agradava-lhe saber que ela fora a responsável por criar aquele desconforto. E agradava-lhe ainda mais saber que ele continuaria a suportá-lo, porque a amava.

— Teria sido melhor para mim vir mais tarde — comentou ele enquanto ela servia o chá. — Assim tão cedo, é arriscado. Mesmo que ele esteja recebendo um visitante.

A crítica irritou-a. Ela depôs o bule sobre a mesa e disse, mal-humorada:

— Você pode ser o general, mas eu lhe asseguro que posso ficar um passo à frente daquele porco estúpido!

Ela se arrependeu na mesma hora. Por mais enfastiada que estivesse do marido, era tolice deixar a frustração escapar. O General Zhang esforçava-se muito para acreditar que podia ter um caso com a cunhada e ainda ser um irmão leal, então críticas explícitas a Pote de Arroz sempre o faziam se sentir culpado. Ela virou o rosto, dizendo a si mesma que era apenas um gesto de descontentamento que o incitaria a aplacá-la, e não porque não queria ver a reprovação do amante. Culpa! Que emoção inútil. Era a culpa que o fazia prevaricar o que precisava ser feito para garantir o futuro dos dois. Será que mesmo agora ele tentava se convencer de que ainda poderia haver um final feliz? Será que acreditava que o marido fútil e egoísta da amante, sensível ao menor dos insultos, estaria disposto a abdicar — *de bom grado* — do trono em favor do irmão com o Mandato? A ideia a fazia querer gritar.

— E pensar que você era tão gentil comigo no começo — disse ele, melancólico, atrás dela. Diante do silêncio da amante, ele continuou: — Sei que está frustrada. As coisas não continuarão assim por muito mais tempo, eu prometo. Quando eu derrotar Zhu Yuanzhang…

Não por muito mais tempo. Tenha paciência. Em breve. Ela já ouvira aquelas palavras milhares de vezes. O remorso de Zhang era sempre genuíno. Mas isso não significava que esperar que ele agisse fosse mais fácil. Irritada, ela pensou em como ele jamais teria sequer traído o irmão e obtido o Mandato para começo de conversa se ela não lhe tivesse forçado a mão. Todos aqueles anos de olhares apaixonados à mesa de jantar do marido! Outro homem teria a visto disposta e aproveitado. Mas Zhang Shide teria passado a eternidade olhando. Teria ficado satisfeito com nada além da própria dor e a ideia de si mesmo como uma boa pessoa.

Se ao menos ela pudesse forçá-lo outra vez! Poderia matar Pote de Arroz e não dar ao General Zhang outra alternativa senão tomar uma atitude e concretizar seu potencial. Mas ela sabia que ele jamais a perdoaria por isso. Em seu pesar, ele redesenharia a história. Lembraria como o irmão arrogante lhe ensinara a arte do contrabando e lhe dera as primeiras oportunidades, e esqueceria o gradual afastamento à medida que Pote de Arroz se provava, repetidas vezes, indigno de admiração. Ele a culparia por arruinar um futuro feliz que jamais teria acontecido. Ele a relegaria ao papel de vilã, a fim de se separar da própria culpa.

E, se ela o perdesse, não teria nada.

Ela voltou a encará-lo e se ajoelhou aos pés dele, segurando-lhe a mão.

— Como ousa uma mulher criticar! Perdoe-me. Fui imprudente. — Teria sido melhor acabar logo com aquilo, mas ela podia esperar até que ele retornasse da batalha contra Zhu. Ela o coroaria seu novo rei. Então, quando ele tomasse Dadu e o trono estivesse diante dele, nem seu irmão, nem sua consciência estariam no caminho.

O marido nunca se dava ao trabalho de visitar seus aposentos, de modo que, em vez dos carpetes luxuosos que ele preferia — uma ameaça a passos vacilantes —, o piso era nu. A pressão da superfície dura contra seus joelhos mal lhe causava dor. Com satisfação, ela pensou que a nudez produzia uma bela imagem, do tipo que homens que se julgavam nobres e cavalheirescos amavam contemplar: as saias da mulher derramadas em cascatas suaves contra a madeira envernizada, como flores de ameixeira caídas; o contorno gracioso de seu corpo curvado em penitência.

O General Zhang franziu os olhos, achando graça, como se soubesse exatamente o que ela estava fazendo, mas ao mesmo tempo incapaz de não gostar do gesto.

— Por que tenho a sensação de que sou eu quem deve pedir perdão?

Após um instante, ele a puxou para o colo. A seda pesada de sua túnica estava gelada e carregava o aroma fresco do ar noturno. Mesmo em momentos como aquele, em que havia tensão entre os dois, ele a tocava como se ela pudesse quebrar. Com ternura. Com reverência. Ela sentia um leve desprezo. O que ele reverenciava? O rosto maquiado dela, parecendo o de uma boneca, era tão falso quanto sua performance de desejo, que escondia seu verdadeiro eu. A gentileza dele era como um desdém por tudo que ela conquistara antes de o conhecer. Se um toque ríspido fosse capaz de quebrá-la, ela teria quebrado muito tempo antes.

Por um momento ele apenas a abraçou. Havia pequeninas folhas vermelhas em seu coque. Deviam ter ficado presas ali quando ele atravessou o jardim, agachado. O cabelo novo em suas têmporas era curto demais para ser preso com o resto, e formava mechas finas longe de sua cabeça. A túnica esquentou entre os dois. Quando ela enfim sentiu o pulsar das intenções de Zhang, recuou bem quando ele virou a cabeça para beijá-la. Sua frustração encheu-a de prazer. Ela adorava negar-lhe as vontades, sabendo o quanto seu desejo aumentava. Mas negar por muito tempo não servia. Ela deslizou para fora do colo do amante com um risinho e o conduziu até a cama.

O General Zhang nunca tinha pressa quando se tratava da questão de chuva e nuvens. Com outro homem, a rainha teria ressentido a lentidão e a necessidade de elogiar-lhe os esforços para satisfazê-la. Não era que não houvesse nada de especial nele. Era um homem comum, com desejos comuns, e o corpo dela o aceitava com a mesma consciência remota que sentia ao se ajoelhar num assoalho duro, ao caminhar ou ao comer algo particularmente quente ou frio. Com ele, porém, era fácil. Ao longo do tempo, ele de alguma forma perdera o caráter intercambiável dos outros homens e se tornara particular. Em vez de precisar reunir detalhes de suas palavras ou de sua postura para decifrar o que ele estava sentindo, ela simplesmente o entendia por completo. Ele era tão familiar quanto uma planta que ela cultivara desde a semente. A performance vinha até ela de modo tão instintivo que já não parecia mais um trabalho. Ela envolveu o corpo esguio e musculoso acima e dentro dela, e sentiu um contentamento suave e expansivo tão relaxante quanto um banho quente. Ali, não havia necessidade de impaciência. Ela estava garantindo seu investimento, e todo momento era bem gasto.

Ficaram deitados juntos depois do ato, os dedos entrelaçados. Sentindo-se ainda terna, ela disse, por impulso:

— Venha ver a lua comigo amanhã à noite, para o festival. Farei com que ele esteja ocupado.

A cama, recuada no fundo do quarto, tinha paredes fragrantes de sândalo em três lados e cortinas de damasco e tule que podiam ser fechadas na frente. Desta vez, os dois só se deram ao trabalho de fechar o tule. A trama cintilante tingia o exterior de laranja, como o mundo vislumbrado através de uma chama.

Ele lhe apertou a mão num gesto de desculpas.

— Não posso.

— Como assim, não pode? — respondeu ela, sentida.

— Já prometi levar minha família até as colinas para a ocasião. Não temos passado muito tempo juntos aqui em Pingjiang. Gostaria de construir algumas memórias com meu filho aqui também.

Sua família. Sua esposa e seu filho. Ela nunca os conhecera; ele sempre movera mundos e fundos para manter os dois lados de sua vida separados. Agora, porém, os dois haviam invadido aquele espaço cálido e confortável, e era como se estivessem lhe roubando algo. Roubando, não — *danificando*. Danificando tudo que lhe custara tanto tempo e esforço para construir com aquele homem. Era mesmo melhor que ele os tivesse mantido longe dela, pensou a rainha com crueldade. Do contrário, teria sido capaz de eliminá-los muito tempo antes. Ela pensou que ele devia saber disso. Sentiu um efêmero e estranho desconforto ao perceber que ele havia visto aquele seu lado e lhe dado crédito suficiente para se precaver.

— Está bem — disse ela, fria.

Ele deveria ter desistido da ideia. Em geral, a forma como o orgasmo esvaziava a cabeça de um homem funcionava a favor dela. Entretanto, para seu descontentamento, ele disse:

— Ele já é quase um homem. Gosto de passar tempo com ele. Gosto dele. — Sua expressão era branda; modestamente atordoada, como a de um homem que não percebera estar à espera de boa sorte até que o mundo já lhe tivesse concedido.

— Mais do que quer passar tempo comigo — sibilou ela.

Ele ficou em silêncio por um instante. Então disse, a voz carregada de dor e honestidade:

— Você pode me pedir qualquer coisa, sabe disso. Mas não me peça para não amar meu filho.

A honestidade dele golpeou-a como um punho cerrado. Ela fizera tudo em seu poder para mantê-lo satisfeito. Fora tudo que ele desejara. Ele a *amava*. Por isso, ela não merecia o direito de fazer com que ele atendesse a seus desejos? A ideia de que o amor de Zhang por ela tinha limites deixava-a desesperada de fúria. No fundo de sua mente flutuava a indesejável lembrança do quanto vinha esperando que ele agisse.

— Qualquer coisa? — Ela fez a incredulidade soar frágil, para machucá-lo. — Quando não me deixa lhe dar o que quero lhe dar? Eu também poderia lhe dar um filho para amar.

A rainha nunca fora descuidada o suficiente para engravidar por acidente, ao contrário de muitas cortesãs. Na juventude, gastara mais do que podia com substâncias contraceptivas e abortivas. Mesmo na época, sabia que era importante se manter livre. Era um investimento em seu futuro. E funcionara: fora sua liberdade que lhe permitira fisgar Pote de Arroz.

Mas aquilo fora havia muito tempo, e a liberdade já servira seu propósito. Agora, já passava do tempo de se atar. Quando o General Zhang fosse imperador, seria o filho *dela* quem ocuparia o trono depois dele. Não o filho da esposa. Os homens sempre afirmavam amar os filhos, mas o sentimento na verdade não passava do orgulho por uma posse. Eles amavam o status que os filhos homens lhes concediam; amavam saber que o nome da família continuaria, e que seriam reverenciados após a morte. Porém, pensou ela com frieza, podia-se substituir um filho homem por outro e, para o pai, isso não faria diferença alguma.

Um espasmo de culpa cruzou o rosto dele.

— Não é tão simples assim.

Ela sentiu uma violência cavernosa. Queria arrancar-lhe a culpa com os dentes e cuspir seus restos macios e ensanguentados no refugo. Apenas homens podiam passar anos agonizando a respeito da moralidade de uma decisão.

Sabiam que a oportunidade ainda existiria quando estivessem prontos. Sabiam que seu potencial jamais se extinguiria, mesmo que o *potencial* fosse tudo que tinham, e nunca sua concretização. Mas as mulheres não tinham o mesmo luxo.

— Não entendo por quê — vociferou ela. Então retraiu a mão, deleitando-se com o silêncio magoado do amante. Ele que se sentisse desconfortável. Que pensasse nela, com o fígado perfurado e sangrando de pesar, enquanto estivesse contemplando a lua. — Então vá. Vá para sua esposa e seu filho preciosos.

Seus ouvidos foram tomados por um irritante som de movimento. Ela levou um tempo para identificá-lo como o próprio sangue. Por fim, o General Zhang vestiu-se e partiu em silêncio.

A rainha balançava no palanquim enquanto atravessava o pátio escurecido. A lua cheia brilhava no céu. A última despedida do General Zhang a deixara ranzinza. A ideia do amante a contemplar a lua com a família fazia seu mau humor se enterrar nas profundezas do estômago, com o sabor único de ressentimento que ela associava apenas a ele. Zhang tinha o privilégio de se agarrar à honra e aos princípios, além do sentimento de culpa, como se eles o redimissem quando suas ações iam de encontro a tudo que ele dizia. Como se fosse ela a errada, por alinhar os pensamentos e princípios às ações. Seus pés doíam mais do que de costume, como se todo o seu corpo tivesse ficado mais sensível.

Alguém vinha do outro lado do pátio. A mais nova concubina do marido, Yue, com um punhado de criados. Usava um colar dramático e caro que Pote de Arroz lhe dera. Seus modos recatados demandavam atenção, com a confiança de uma jovem dama que não se dava conta de que sua moeda de juventude e beleza tinha prazo de validade. As concubinas do marido iam e vinham, e com Yue não seria diferente, mas a rainha sentiu uma pontada atípica de fúria. Era insuportável que a moça ousasse fitá-la e desprezá-la com a negação desdenhosa da juventude, pensando que isso jamais lhe aconteceria. A rainha queria reduzi-la à insignificância, colocá-la em seu lugar, ensiná-la como as coisas deviam ser.

A moça carregava uma tigela cheia. A rainha fez parar o palanquim.

— O que tem aí, irmãzinha?

Yue ergueu os olhos. Algo lhe atravessou o rosto: competitividade, uma avidez pela luta. Mas sua voz era acanhada.

— Esta concubina indigna saúda a rainha. Tomei a liberdade de preparar o mais eficaz tônico de virilidade para nosso marido. Como a senhora decerto deve saber, às vezes os desejos de nosso marido superam sua capacidade. — Sob o recato da voz havia um sorriso subterrâneo de insinuação. *Talvez você não saiba, porque ele não a deseja tanto quanto deseja a mim.*

A rainha concedeu-lhe um sorriso benevolente.

— Que perspicaz! Você tem os melhores interesses de nosso marido no coração. Não foi difícil encontrar os ingredientes?

Com um deleite vingativo, ela viu a moça aceitar o elogio sem questioná-lo, pensando que sua provocação não fora entendida. Era tão jovem e tola, tão confiante nas próprias capacidades e ignorante do que enfrentava. Pensava estar vencendo. A rainha quis rir quando a moça inflou o peito e começou a listar os ingredientes, cada um mais caro e difícil de encontrar do que o anterior.

Quando ela terminou, a rainha disse, ainda sorrindo com aprovação:

— Ossos de tigre? Você não poupou despesas.

Deliciosamente, Yue entendeu isso como um elogio.

— É o mínimo que esta mulher indigna pode fazer.

— Ossos de tigre são cheios de energia quente. Para virilidade, dizem que não há nada melhor — observou a rainha, carregando a voz de doçura. Ela gesticulou, e Yue aproximou-se do palanquim. Ela acariciou a bochecha redonda da moça, sentiu-lhe a maciez firme e suculenta da juventude que a lembrava os melhores cortes de carne. Deleitou-se cruelmente com o queixo erguido de prazer desdenhoso de Yue, não mais recatada nem mesmo na superfície, ao aceitar os elogios ao mesmo tempo que desdenhava daquela que os oferecia. — Porém, irmãzinha, como pode ter esquecido que nosso marido tem gota? E está dando a ele remédios com mais propriedades de aquecimento? — Com os longos dedos pintados, a rainha beliscou o lóbulo da moça com toda a força que conseguiu. — Que espécie de mal está tentando causar a ele, sua garota descuidada e ignorante?

A rainha sentiu o som satisfatório de estalo da carne comprimida entre as unhas, mesmo que não fosse rasgar a pele. Yue gritou. Derrubou o tônico e a tigela espatifou-se nas lajotas. A rainha abaixou-se, vibrando com a sensação da dor da garota. Sentia vontade de rir diante de sua impotência; a forma como tinha de suportá-la. Ela continuou até os dedos começarem a doer. Quando soltou a moça, foi como uma libertação própria: completamente satisfatória. Podia sentir a emoção transformando-lhe o sorriso em sua verdadeira e cruel forma.

Yue afastou-se aos tropeços, segurando a orelha. Com desdém, a rainha notou que seus pés sequer eram muito pequenos. Ela não cambaleava, mas vacilava, desajeitada, feito uma camponesa. Lágrimas escorriam-lhe pelo rosto. Com satisfação, a rainha notou que seus olhos e nariz já estavam avermelhados. A noite da jovem fora arruinada.

— Você deveria me agradecer pela intervenção, irmãzinha. Não ia querer que o provador de nosso marido tivesse apontado a mesma coisa. Para sua sorte, não vejo motivo para informá-lo sobre isso agora — disse ela, ronronando de satisfação. Para os criados da garota, ela vociferou: — Sua senhora é tão imprudente. Limpem essa bagunça.

Enquanto eles corriam para obedecê-la, a rainha disse:

— Nenhum agradecimento? Nosso marido tem soluções mais confiáveis do que um tônico fajuto. — Ela fez uma pausa, depois acrescentou, cheia de desdém: — Ou talvez você não seja tão bela a ponto de motivá-lo a lhe mostrar isso.

Fora a rainha quem arranjara o anel de prata que permitia a Pote de Arroz seguir desfrutando de suas concubinas, apesar dos impactos inevitáveis sobre sua performance resultantes do avançar da idade e do estilo de vida excessivo. Era tolo que os homens medissem seu valor como homens por sua capacidade para aquele ato. Porém, se havia algo que as cortesãs sabiam, era como satisfazer o consumidor.

Com uma rebeldia amarga, Yue disse:

— Acha que ainda o satisfaz tanto que ele ignorará qualquer coisa que a senhora faça?

— Ele deve tudo o que tem a mim. Sou a esposa e você, pobre criança, não passa de uma concubina desprezível. Não sabe que será esquecida em três meses? Escolherei para ele alguém mais bonita do que você como substituta. Continuarei fazendo o que quero, e ele não vai sequer notar quando você se for. — Para os carregadores do palanquim, ela disse: — Continuem.

A rainha, esperando no apartamento afastado que reservava para negócios, permaneceu sentada quando seu convidado entrou. O assoalho de teca refletia as lanternas em tom de pêssego como as nove luas da lenda. Pesados brocados cobriam o sofá num convite sensual. Não fosse pela ausência de música e murmúrios ao longo do corredor, poderia ter sido um quarto no bordel verde e preto de Yangzhou onde a rainha aprendera seu negócio.

Muitos anos antes, Zhang Pote de Arroz, então jovem e apenas um amador no comércio clandestino de sal pelo qual mais tarde seria conhecido, adentrara o bordel sem a menor ideia do que mais poderia ser capaz de fazer. Ela quase se afeiçoara a ele por ser tão perfeitamente útil. Mas quanto tempo fazia, quando ele ainda tinha potencial! Por um instante, ela se perguntou como teriam sido as coisas se tivesse sido um jovem General Zhang a entrar naquela noite, tímido e corado. Mas isso jamais teria acontecido. Ela sentiu uma pontada de crueldade. Zhang Shide preferia o romance, ou pelo menos a ilusão deste, a prazeres adquiridos. E nunca tivera a ambição ou a confiança presunçosa do irmão. Teria sido menos *útil*.

O convidado, Chen Youliang, não corou nem irrompeu como um bruto. A rainha ficou perplexa diante de sua imobilidade monumental. Ele estacou logo após a porta, as mãos dobradas nas mangas do manto negro de estudioso, assimilando o domínio da mulher. E, no centro dele, a própria: a joia do mostruário. Ela viu a si mesma nos olhos dele. Seu cabelo reluzente e penteado na cabeça virada para exibir a curva do pescoço; os dedos entrelaçados, tão esguios quanto talos de cebola branca; e, escondidos nas dobras da barra de suas vestes feito pérolas numa ostra, seus diminutos sapatos secretos.

— Saudações, Vossa Alteza. — Chen falava com uma determinação calma que não era nem particularmente erudita, nem particularmente rude. O tom a surpreendeu. A julgar pela reputação do homem como um conquistador de cidades — de Anfeng, que se tornara a base dos rebeldes Turbantes Vermelhos, e mais recentemente de Wuchang, que ficava a montante do Yingzi, a oeste da capital de Zhu Yuanzhang, ela estava esperando um bruto. — Por mais que me sinta grato por desfrutar da hospitalidade de vosso marido, agrada-me muito mais conhecê-la.

Seu manto de estudioso sugeria que ele havia superado o passado sangrento, mas ela viu como seu corpo robusto ainda era do tipo que esmagava. Sua massa era uma arma; sua suavidade, poderosa e perigosa. Ela ainda não sabia dizer se ele era uma ameaça ou uma oportunidade. O peso de sua presença a perturbava, e ela o absorveu com uma curiosidade voraz e pungente.

— Dou as boas-vindas a um honrado convidado! — exclamou ela, sorrindo. — Wuchang é distante, e a jornada, exaustiva. Por favor, fique à vontade.

Uma criada depôs vinho e pequenos pratos com língua de pato, rabanete refogado e adocicado e coelho apimentado sobre a mesa entre eles, depois retirou-se com um sussurro da porta. O aroma forte e acebolado de coelho, misturado ao do óleo quente das lanternas, fazia o quarto cheirar a pele.

Ele comeu sem exagero.

— Uma recepção íntima para um estranho! Vossa Alteza lisonjeia esta humilde pessoa além do que ela merece.

— Ora, por que tamanha humildade? Um homem deve poder falar sobre suas conquistas. E, pelo que ouço, meu convidado é de fato um homem de muitos feitos.

Ela já estava compreendendo a natureza do homem, então não ficou surpresa quando ele não se inflou de orgulho. Seus olhos negros sobre ela eram brilhantes e firmes. Ela teve a estranha sensação de que ele lhe absorvia o corpo, assim como ela absorvera o dele. Havia nele a faísca esperada de luxúria, mas era controlada. Fria.

— Nem tanto assim. Porém — ele pausou, dando à fala um ar de modéstia —, talvez esta pessoa de parcas conquistas e humildes desejos possa ser de alguma assistência àquelas cuja ambição supera as próprias. Como Vossa Alteza decerto sabe, este homem indigno tem uma… história… com Zhu Yuanzhang. Teria grande prazer em cuidar dele e do general eunuco para Vossa Alteza.

De sua posição afastada na costa, os detalhes daquela ação particular eram obscuros à rainha, mas a forma geral era clara o bastante: Zhu sequestrara o líder simbólico dos Turbantes Vermelhos, o Príncipe Radiante, e vencera a batalha pela liderança contra Chen. Ela se lembrava do arrogante menino-rei que conhecera naquele encontro no topo da colina, tão cheio da confiança de alguém que nunca havia falhado. Que nunca aprendera com o mundo qual era o seu lugar. Ter sido derrotado por ele teria sido de fato uma humilhação.

Talvez Chen desejasse mesmo a vingança. Havia algo em sua superfície serena, e no controle que ela exigia, que indicava uma crueldade oculta do mesmo modo que uma sombra define uma forma. Ele queria derrotar Zhu. Porém, pensou ela, se a oportunidade se apresentasse: ele também o machucaria.

Isso, entretanto, não significava que a vingança era a *única* motivação de Chen.

— É claro que tenho plena confiança na capacidade de Vossa Alteza para colocar Zhu Yuanzhang em seu lugar. Apenas parece-me que Vossa Alteza preferiria concentrar as energias em conquistar a capital, em vez de desperdiçar tempo com aborrecimentos triviais. Por que não me deixa tirar o lixo para Vossa Alteza? E talvez, quando vosso marido for imperador, ele olhará com generosidade para este humilde servo e sua governança no sul — acrescentou ele, a voz mansa.

Ele fazia bem em pintar a si mesmo como um líder que não desejava nada além de vingança e a satisfação do domínio local. Sua sugestão era plausível. Persuasiva. *Use-me. Não sou uma ameaça a você.* Mas a rainha lembrava-se de como Chen escapara da debacle de Bianliang com quase nada. O fato de ter reconstruído uma força suficiente para bater de frente com Zhu e o general eunuco — mesmo que ele precisasse da ajuda dela para financiar a campanha — era prova de competência e determinação incomuns. E onde havia competência e determinação, havia ambição.

Ele não a deixaria ver sua verdadeira extensão, é claro. O controle do homem dava-lhe a imagem mental de uma camada de óleo negro e denso sobre a água, contendo as perturbações na superfície e impedindo que alguém visse o que havia abaixo dela. Ainda assim, ela tinha outras formas de descobrir o verdadeiro caráter de um homem.

Ela o fitou com um olhar cálido, como se já tivesse decidido em favor dele. Deixaria que Chen pensasse que ela havia acreditado nele sem questionar nada. Ele ficaria satisfeito com isso. Os homens podiam solicitar-lhe apoio, mas, em sua experiência, sempre vinham com a expectativa de terem suas vontades atendidas. Como se ela não tivesse nem juízo próprio, nem o poder de se recusar.

— É claro que preciso discutir a questão com meu marido antes da decisão final. Porém, quando se trata de estratégia, em geral compartilhamos das mesmas ideias.

As linhas de expressão compridas e verticais nas bochechas de Chen aprofundaram-se com satisfação. Eles a lembravam o sorriso de um tigre.

— É claro.

Ela continuou:

— No entanto, como meu marido já deve ter se recolhido, receio que a conversa terá de esperar. Porém, ainda temos o resto da noite diante de nós! Talvez lhe agrade ouvir um pouco de música? Tenho a meu serviço alguns músicos cujos talentos estou certa de que concordará estarem além do ordinário. — O brilho carnoso das lanternas era tão íntimo quanto a luz vista através da mão estendida de um amante. A rainha sentiu uma expectativa voluptuosa. Era uma gratificação puramente mental; seu corpo, como de costume, permanecia inabalado. — Ou... talvez haja outras distrações que meu honrado convidado possa apreciar.

O semblante de Chen era obscuro. Por um momento, ela pensou que ele poderia recusar. É claro que uma recusa ainda diria algo sobre seu caráter, embora não tanto quanto a alternativa. Entretanto, após um momento ele se levantou e foi se sentar ao lado dela. Ele a encolhia. Mais uma vez, ela pensou num tigre e sua enorme e paciente imobilidade. Ele não a agarrou de imediato. Em vez disso, tocou-lhe o brinco pendente, incitando-o a um movimento gentil, e disse, com a voz muito calma:

— Seria uma enorme ingratidão de minha parte recusar.

Sem querer, ela pensou no General Zhang. Quão ingrato era *ele*, que, mesmo tendo recebido tanto dela, ainda se sentia no direito de deixá-la de lado sempre que quisesse? Ela sentiu seu interior sibilar. A sensação não se esvaiu mesmo quando ela se voltou para Chen com seu sorriso de porcelana e puxou-o para si em meio aos brocados.

Há muito que se pode dizer sobre um homem por meio da mais íntima das interações. Seus temores e suas fraquezas; aquilo que ele julga ser seu por direito, e aquilo pelo que anseia, mas acredita que jamais conseguirá. Quem ele está tentando ser. Quem ele é. Ela conhecia Pote de Arroz, e conhecia o General Zhang, e agora, ao observar seus corpos moldando-se um ao outro, conhecia Chen.

Chen, ainda mais do que o General Zhang, buscava lhe dar prazer. Ele virava e movia o corpo dela com precisão, descobrindo os lugares, dentro e fora, que o faziam arquejar, lubrificar e contrair. Mas o seu conhecimento de um corpo era o de um açougueiro. Não havia nada de generoso em seu toque, nada de gentil ou adulador. Ela estava certa sobre sua crueldade oculta, pensou. Seu deleite advinha do ato de forçar uma experiência sobre um outro, fosse essa experiência prazer ou dor. Toda a sua fria maquinação estava a serviço de um único desejo fundamental: o controle.

Ele queria que ela acreditasse que ele ficaria satisfeito com o domínio local. Porém, enquanto ele a fodia, ela sentiu o inferno sangrento de sua ambição. Ele ficaria bastante contente em usar-lhe o dinheiro para se fortalecer enquanto ela se exauria contra o exército central do Grande Conselheiro. E, quando ela estivesse cansada, o tigre paciente estaria pronto para aproveitar sua chance de assumir o trono.

Ela era capaz de controlar Pote de Arroz com sua ganância, e o General Zhang com seu amor. Porém, se o desejo de Chen era controle, então ele não poderia *ser* controlado. Ele podia não ter o Mandato do Céu, e talvez ainda precisasse de recursos para mobilizar as forças que havia reunido. Mas ele era perigoso. Era, talvez, o mais perigoso de seus oponentes. E ela sabia que, se ajudasse aquele tigre a se tornar mais forte, ele devoraria o mundo.

Ele baixou os olhos para ela. Como se a enxergasse tanto quanto ela o enxergava, ele disse, a voz suave:

— Sempre pensativa, Vossa Alteza.

Ajoelhado na cama atrás da rainha, o General Zhang penteava-lhe o cabelo. Estavam ambos nus, com exceção dos sapatos de cama da rainha. Ele voltara para ela após o festival, é claro. Era isso que fazia do amor a mais poderosa das ferramentas, mais poderosa até do que a ganância do marido: ele sempre voltava. Havia uma abertura entre as cortinas de tule. Através dela, a rainha vislumbrou a si e ao amante no imperfeito espelho de bronze do outro lado do quarto: corpos enlaçados e mesclados numa única curva que fluía ininterrupta da luz para a escuridão. Quando suas criadas lhe penteavam o cabelo, era uma experiência insípida. O General Zhang penteava com cuidado, mas, de vez em quando, ela sentia uma mecha de cabelo se enroscar em algum calo de suas mãos. Um toque familiar; mãos familiares. Ela trazia dentro de si uma consciência delas, como se fossem as suas próprias: os calos de espada na base dos dedos; as unhas perfeitamente quadradas; a finura ossuda que substituíra a largura da juventude.

— Você gosta disso — disse ele.

Era uma declaração sem sentido. Não tinha nada a ver com ela. Ele poderia arrumar-lhe o cabelo se isso o fizesse feliz. Ela simplesmente pediria que suas criadas desfizessem o penteado mais tarde.

— Posso sentir que está relaxando. Seu pescoço amolece, aqui... — continuou ele. Seus lábios tocaram-lhe o pescoço, antes de ele retomar o ritmo do pente. — Posso sentir que está se virando para encontrar o pente, resistindo a ele do jeito certo. Seu corpo diz que você gosta disso.

Isso é o meu corpo, mas meu corpo não sou eu, pensou ela. *Aquilo que suas mãos sentem em mim, o que o satisfaz, não sou eu. Meu corpo é para você, não é para mim.* Ela residia um centímetro abaixo da superfície do corpo; vestia-o como uma boneca, com uma noção de propriedade e orgulho, talvez, mas sem nunca o ser por completo. Ela se virou e sorriu para ele por cima do ombro, dando-lhe o que ele queria.

Os olhos de Zhang franziram com uma tristeza contida. Ele virou as costas dela com mãos ásperas e gentis e retomou o trabalho. Quando estava quase acabando, murmurou:

— Não a verei de novo antes de partir.

Isso a surpreendeu.

— Pensei que só fosse partir depois de amanhã. — Então, numa explosão de entendimento e despeito: — Ah. Passará o dia com sua esposa.

— Não a recrimine por passar tempo com o marido e o filho que estão indo para a guerra. Zhenjiang não é distante, mas quem sabe quanto tempo ficaremos fora?

Ela podia imaginar sua expressão pesarosa e gentil. Sentiu uma onda de crueldade por isso, como se ela fosse a irracional, a que estava dificultando as coisas.

Quis afastar-se das mãos dele. Mas reprimir seus instintos naturais era ainda mais fácil do que sucumbir a eles.

— Então traga-me uma vitória fácil — disse ela. — Poupe um pouco de energia para quando tivermos de enfrentar e lidar com Chen Youliang. Ele terá de ser abatido o mais rápido possível. — Cheia de rancor, ela acrescentou: — E, se ele for tão habilidoso com seu exército quando é com sua outra arma, é possível que seja mais desafiador do que lidar com aquele menino Zhu Yuanzhang.

Um silêncio satisfatório instaurou-se no quarto, tão pleno que ela podia ouvir o crepitar vítreo dos carvões no braseiro conforme caíam em meio às cinzas.

— Você dormiu com Chen Youliang?

Ele tirou as mãos do cabelo dela. Ela se virou para ele e se alongou, exibindo o corpo para o amante. O corpo que fora virado de um lado para o outro pelas mãos de açougueiro de Chen. Mas será que eram realmente diferentes das mãos do General Zhang?

— Ora, está com ciúmes? Foram só negócios.

— Tenho certeza disso. — Ele recuou. — Mas está me contando porque quer me magoar.

Magoar pressupunha um apego exagerado a ele; era algo reservado a amantes verdadeiros, amantes românticos, jovens, pessoas que eles jamais seriam.

— Alguns homens gostam da ideia de que uma mulher esteve com outros. Pagam a mais para ver uma mulher de quem gostam com outro homem — observou ela, cruel.

— Não precisa falar desse jeito.

Ela ouviu o desgosto dele e o saboreou. Romântico como era, ele devia adorar se esquecer das verdadeiras origens dela, o que ela era, o que sempre fora.

— Como pode saber se nunca sequer experimentou? — disse ela, manhosa.

Por um instante, ela pensou ter conseguido provocar-lhe a fúria. Um homem de pernas cruzadas, nu, numa cama, com a suavidade e a vulnerabilidade do corpo fora de seu auge, a finura macia da pele que mostrava os vazios entre os ossos e os músculos ainda fortes de um jeito que não aparecia nos rapazes, deveria ser ridículo. Mas ele tinha em si certa dignidade. E o olhar que ele lhe lançou foi uma verdadeira penetração.

— Sinto muito por tê-la magoado — disse ele.

Ela recuou. Zhang pensava que a havia *magoado*, como se ela se importasse com ele a ponto de poder se magoar, quando ela estava apenas o usando?

Uma paralisia quente e indefinível percorreu-lhe o corpo. Ela precisava que ele a amasse, e que ele pensasse que ela o amava, então por que com ele isso era tão estranhamente insuportável?

O que quer que Zhang tivesse visto em seu rosto fez ele tomar-lhe a mão e dizer, a voz carregada de ternura:

— Não vamos nos despedir assim.

O que era aquele sentimento quente? Ódio, pensou ela. Ela o odiava. Odiava-o pela preocupação, e odiava-lhe o rosto com todas aquelas emoções de pena, pesar e compreensão, que não tinham nada a ver com a verdade dela.

— Assim como? — Ela riu, a voz aguda aos próprios ouvidos, e arrancou a mão das dele. Foi o mesmo movimento que, em outro tempo e lugar, teria sido irreverente, mas agora era tão cruel quanto seu coração. — Você não me magoou.

Ela o tocou de leve no rosto, provocante, embora seu coração fosse um tumulto pulsante de rancor e raiva. Será que ele olhava para ela e pensava *entendê-la*? Com violência, ela pensou: *Tudo o que você vê foi pensado para que você veja.*

Todas as mãos sobre o corpo dela pensavam ser mãos sobre ela. Não havia diferença entre eles: Pote de Arroz, General Zhang e Chen Youliang. Eram todos peças que ela usaria na hora certa, a serviço dos próprios propósitos. E, quando chegassem ao fim de sua utilidade, ela os descartaria. Alguns antes que outros. Fora isso que ela fizera a vida toda, e nunca falhara. Ela era uma cortesã e uma rainha, e um dia seria uma imperatriz.

Ela se levantou, recusando-se a olhar para ele enquanto vestia o manto.

— É melhor partir agora, ou será visto.

A parada acabou. O General Zhang partira, marchando sob as flâmulas do reino rumo a Zhenjiang. A rainha mal prestava atenção ao marido ao lado na carruagem. Ainda via em sua mente o afastar das bandeiras sob os pilares crescentes de poeira, e uma sensação dolorida como a de uma corda tensionada entre ela e o exército que marchava para longe. Uma sensação estranha, que alimentava um desconforto semelhante à fúria. Não era apego. Era apenas a preocupação de garantir a vitória de Zhang para que ela pudesse executar a etapa seguinte de seu plano.

A carruagem parou com um solavanco. Os dentes da rainha bateram e os ornamentos de seu cabelo balançaram para frente e para trás; o movimento de reacomodação fez um murmúrio desagradável percorrer-lhe o corpo. Sua impaciência com os criados era como uma pepita ardente sob a superfície. A performance deles se refletia *nela*. Quando eles se portavam mal, estavam infligindo sobre ela uma violência que ela precisaria esperar para lhes devolver.

A impaciência de Pote de Arroz não tinha tal comedimento. Era tão sensível que mesmo a menor das frustrações se tornava um espinho insuportável ao qual ele precisava direcionar sua fúria. Ele ergueu a cortina da carruagem e botou a cabeça para fora. Para o desconforto da rainha, ela o viu ficar rígido.

— Marido…

Era como se ela não existisse. Ele abriu a porta com violência e saiu, furioso.

A rainha ordenou que um criado a ajudasse a descer da carruagem. Não sabia o que poderia ter arrancado o marido indolente da inércia quando nada além de um grupo de belas mulheres era capaz de incitá-lo. Ela atravessou a estrada de terra com passos instáveis, mais devagar que os olhos, que já haviam se erguido até a muralha para assimilar o que Pote de Arroz encarava boquiaberto.

A princípio, não pôde sequer entender o que aquilo significava, tamanha era sua surpresa.

Era um pôster em xilogravura, de qualidade surpreendentemente boa, em duas cores. Uma caricatura evidente do próprio Pote de Arroz, feita pelas mãos habilidosas de um artista. Sobre a cabeça de Pote de Arroz estava o chapéu verde de um corno.

O chapéu do pôster irradiava um verde violento e luminoso. A cor nauseante, que saltava da página, alcançou-a e tocou-a com uma noção fria e estranha que ela reconheceu ser a ciência de um perigo mortal. Tantas pessoas sabiam. Criados de confiança, e pessoas a quem mostrara por um bom motivo. Mas nunca, nunca, Pote de Arroz. Ela nunca se preocupara muito. Ele nunca teria se dado ao trabalho de notar. Ele nunca *teria* notado, a menos que a traição lhe fosse esfregada na cara. A menos que se tornasse uma humilhação pública. A menos que alguém fizesse com que ele tivesse de se importar.

A imobilidade durou um único momento. Seu corpo, o corpo que não era ela, tremia de tensão como um animal. Mas aquele corpo havia esquecido que não podia correr.

Pote de Arroz tentou arrancar o pôster, mas a cola era muito forte. Ele soltou um urro de fúria. As unhas deviam estar se quebrando. Por fim, ele conseguiu rasgar uma tira bem no meio do rosto da caricatura.

Ele se virou, brandindo a tira, e seu rosto retorcido e avermelhado parecia o de um demônio. Por um momento, fixou-se nela com um ódio flamejante, até arrastar-se na direção de algo atrás dela.

Ela se virou e viu outro pôster ao longe. Depois outro, e mais outro, como que saltando serelepe de muro a muro, do outro lado da rua e ao longo das vielas, nas laterais de prédios municipais, no alto de uma árvore: o verde luminoso e artificial feito líquen brilhante arrancado dos lugares mais repulsivos do mundo, anunciando aos gritos a humilhação de Pote de Arroz para todos.

Em cada pôster, uma coluna de texto em caligrafia elegante corria ao lado do rosto caricatural e sugestivo de Pote de Arroz: *É em meu irmão que confio com todo o meu coração.*

— Sua vadia. — Pote de Arroz assomou-se sobre a rainha ajoelhada, desajeitada em meio ao grosso tecido de seu traje, que não fora feito para ajoelhar-se. Ele não a arrastara para fora da carruagem até seus aposentos; deixara que caminhasse com um criado a segurar-lhe o cotovelo, mas ela entendera suas intenções a cada passo furioso. O animal amedrontado dentro de si ficara imóvel; enfim aceitara que não podia fugir.

As emoções do marido, assim como sua atenção, eram breves. Mas eram intensas. Distante, ela pensou que ele provavelmente lhe machucaria bastante o corpo, embora ela provavelmente ainda pudesse aplacá-lo. Olhando-o agora, ela não sabia o quanto seria necessário para satisfazê-lo. As veias em seu pescoço e sua testa saltavam; mesmo seus olhos pareciam avermelhados.

— Com meu próprio irmão? — cuspiu ele. — Então é isso que vocês dois vêm fazendo pelas minhas costas? Pensou que eu não notaria? Pensou que eu não *me importaria*?

Ela sabia que ele se importava. Havia apenas uma coisa que Pote de Arroz valorizava de verdade, além de seus prazeres momentâneos, e essa coisa era sua reputação. Ele desejava ser estimado, exigia-o do mundo, e o pôster o havia transformado em alvo de chacota, coisa que não podia ignorar.

O General Zhang não estava lá. Mas, mesmo que estivesse, o que isso teria mudado?

Por um instante, ela se sentiu furiosa consigo mesma por pensar nele ao gritar:

— Não é verdade! Esta mulher indigna jamais envergonharia seu marido.

— Espera que eu acredite nisso? — Pote de Arroz açoitou-lhe as costas com uma vara de bambu. Em meio ao poço de febre que compartilhavam, ela não sentiu o golpe; pareceu ricochetear da superfície de seu corpo. — Uma vez vadia, sempre vadia! E meu irmão, sempre pensando ser melhor do que eu. Ele também ri pelas minhas costas em público?

Ele a golpeou, de novo e de novo. Os impactos provocavam sensações em seu corpo; algo lhe dizia ser dor, e algo nela fazia seu corpo gritar, mesmo que sua mente se mantivesse distante.

— Não, meu marido, eu lhe suplico! Somos inocentes! É uma calúnia. Alguém está tentando nos prejudicar!

Ela se protegeu com as mãos, que eram quase tão diminutas e inúteis quanto os pés, enquanto a vara assobiava e marcava-lhe o corpo, e ouviu a própria voz gritando de um modo tão estranho e irreconhecível quanto quando performava prazer.

— Quem faria tal coisa se não fosse verdade? — O esforço fazia Pote de Arroz arfar e bufar. Mas havia naquilo um prazer, como se ele se deleitasse com o movimento do braço e o baque da vara. Ele a dominava; ele a controlava; e aprazia-se no exercício de seu poder e na catarse de sua fúria por meio de cada golpe. Era o trabalho mais honesto que já fizera.

— Foi Yue! — gritou ela. — Meu marido, ela está tentando deixá-lo com ciúmes. Ela quer nos separar. Quer machucar nós dois; quer o que eu tenho. — Ela se lançou para frente e agarrou a cintura do marido. Pressionou a cabeça contra seu estômago, sua virilha, e sentiu a umidade do suor de suas roupas, sentiu o cheiro de sua fúria. A mente dela estava límpida. Seu corpo era sua armadura, absorvendo os golpes enquanto a protegia da dor. — Ela sabe que não tem prática em satisfazê-lo. Sabe que não pode competir com todos esses anos em que o mantive feliz. Não caia nos truques dela, marido! Você sabe como nós mulheres somos!

Ele olhou para ela. Sua barriga subia e descia sob o rosto da mulher enquanto ela o pressionava contra ele, a maquiagem borrada, tão suplicante quanto um cachorro.

— Então não é verdade. — A voz dele era cruel, cheia de descrença.

— Não!

Ela sempre o julgara estúpido, mas ele era tão astuto e cruel quanto um javali; ela sabia que ele era capaz de matar. Ele a segurou pela garganta, ela ainda ajoelhada, e disse, com a voz carregada de um ódio sutil e venenoso:

— Quem acredita nas palavras de uma vadia?

Ele a estrangulou até ela perceber, distantemente, que havia urinado. Ele soltou um grunhido de desgosto e lançou-a ao chão. Tirou o anel de prata da bolsa antes de desatar o cinto. Quando sua túnica se abriu, ele se lançou sobre ela: penetrando-a com o pênis esponjoso até que estivesse duro o suficiente para receber o anel. Teria sido mais eficaz continuar açoitando-a, mas ele queria machucá-la daquele jeito: colocá-la em seu lugar, como todos os homens inevitavelmente queriam fazer.

Ele lhe torceu a orelha até ela arquear e gritar, então conseguiu estocar dentro dela. É claro que ele não a queria mole: isso não teria doído.

— Como ele ousa tomar o que é meu, quando eu sou o mais velho? Dei a ele tudo o que ele possui. Sem mim, o que ele seria?

Ela tentou desviar o olhar, mas ele lhe segurou a cabeça com os dedos duros e apertou-a até ela gritar.

— Olhe para o seu marido, sua vadia.

Ela encarou o pulsar latejante das veias do rosto dele. Que ele a fodesse, que a fizesse olhar para ele; o que ele não podia fazer era obrigá-la a sentir. Ela estava suspensa dentro de si mesma, um caroço de damasco rodeado pela polpa. Segura, mesmo enquanto seu corpo mijava e sangrava. Ela queria cuspir nele: *Você acha que, se uma coisa dessas pudesse me destruir, teria sobrado algo de mim quando nos conhecemos, para fazer de você o que é agora?*

Ele a deixou lá quando terminou, esparramada como um objeto quebrado. Mas ela não estava no próprio corpo. Simplesmente tinha uma noção de como ele jazia, a cabeça virada para o lado, hematomas na mandíbula. Um de seus sapatos havia saído, exibindo um pé triangular, de aparência completamente exótica: não algo que poderia ter pertencido a uma pessoa. Ela não sentia dor, nem vergonha, nem mesmo quando as criadas entraram — quão conveniente que tivessem esperado até Pote de Arroz sair — e começaram a gritar.

Bem, pensou ela, os olhos secos dentro de sua concha, o tolo era ele. O General Zhang venceria, e retornaria. *E logo, marido: não haverá mais espaço para você.*

9

FRONTEIRA DOS REINOS DE ZHU YUANZHANG E DA FAMÍLIA ZHANG

Chang, o jovem comandante de Zhu, entrou na tenda onde Ouyang era mantido preso e disse:

— O Rei Radiante quer vê-lo.

Por meio de um misterioso processo de convergência com seu líder, Chang era quase tão baixo e feio quanto o próprio Zhu. Trouxera consigo diversos guardas, e todos aguardaram resolutos até Ouyang se levantar de mau grado. Seu corpo estalava como uma corda sob tensão. A impotência do cativeiro contínuo não apenas o deixava louco de fúria e desespero, como também o deixara em tamanho estado de tensão constante que seus ossos pareciam prestes a quebrar.

— Não tente nenhuma gracinha — acrescentou Chang com uma careta.

Do lado de fora, o amanhecer esgueirava-se sobre a planície que jazia entre as tropas de Zhu e Ouyang de um lado e as do General Zhang do outro. Aqueles últimos dias de batalha haviam achatado o que outrora fora um mar de grama rosa e macia, e agora a geada de outono transformara os talos esmagados numa infinidade de ondas prateadas.

Após o retorno da Ilha da Fortaleza, Zhu não passou tempo suficiente em Yingtian para que Ouyang pudesse traçar outro plano de fuga, muito menos implementar um. Com velocidade e eficiência implacáveis, Zhu reunira seus homens e os de Ouyang e os levara ao leste rumo à fronteira entre seu território e o da família Zhang. O objetivo da batalha atual era Zhenjiang, cidade estratégica da família Zhang, que ocupava a interseção do Grande Canal e do Rio Yangzi, do outro lado da planície de grama rosada. Se Zhu conquistasse Zhenjiang, Madame Zhang em sua capital, Pingjiang, que ficava ao sul do Yangzi, perderia contato com suas cidades ao norte do rio. E, sem essas cidades, sua queda seria quase garantida.

Ainda assim, como Ouyang previra: Zhu não estava vencendo. Todas as vitórias anteriores de Zhu haviam sido resultado de ação desmedida, e ele claramente esperava vencer da mesma forma novamente. Mas o General Zhang tinha bastante experiência em lidar com jovens novatos petulantes como Zhu Yuanzhang. Ele batera o pé e estava forçando Zhu a exaurir seus homens — e, por extensão, os de *Ouyang* — em confrontos quase diários que resultavam em progresso mínimo. Na opinião de Ouyang, o General Zhang poderia muito bem se manter firme até Zhu simplesmente se esgotar. Então a questão seria se Zhu recuaria — cedendo a porção leste de seu território para o General Zhang — ou se ficaria ali para ser aniquilado.

Assim que Ouyang percebeu o que estava acontecendo, suas fantasias de fuga atingiram um novo nível de desespero. No entanto, ainda que ele escapasse da tenda onde estava preso, o que faria em seguida? Em Yingtian, seu exército havia acampado do lado de fora da cidade, junto dos cavalos e rebanhos de gado vitais a seu funcionamento. Se Ouyang tivesse sido capaz de voltar para suas tropas lá, teria convencido seus comandantes a depor os de Zhu e retomaria o controle.

Ali na planície de grama rosada, porém, não existia tal separação entre suas tropas e as de Zhu. Em termos de suprimentos e logística, e mesmo do local onde acampavam, os dois exércitos haviam se tornado um só. Tendas e *gers* erguiam-se lado a lado, e a cauda de cometa dos rebanhos e cavalos extras de Ouyang estendia-se até o território de Zhu. Não havia nenhuma forma de desvencilhar fisicamente suas próprias tropas para levá-las até Dadu. O pensamento deixava-o nauseado.

Um estandarte dourado pendia do pico da tenda de comando de Zhu, as pontas inertes voltadas para baixo no ar parado da manhã. Chang ergueu a aba da tenda e entrou, segurando-a para Ouyang — que, ao vislumbrar o interior por cima do ombro de Chang, estacou em choque. Sua mão continuava erguida para receber a aba da tenda. Seu coração pulsou num movimento urgente que o fez tossir.

Zhu, trajado com sua armadura dourada, tinha as costas voltadas para o General Xu, que lhe penteava o cabelo. Talvez estivessem conversando; Ouyang não fazia ideia. Só conseguia encarar. Em conformidade com sua altura, o General Xu tinha mãos grandes que faziam a cabeça de Zhu parecer ridiculamente pequena enquanto ele arrumava o cabelo do outro. Sua destreza praticada era a mesma da de um homem no cumprimento de todas as tarefas ordinárias e masculinas que acompanhavam o trabalho amplo da guerra: limpar armaduras, fazer reparos, preparar flechas.

Mas nenhuma dessas tarefas incluía tocar outro homem intimamente, cuidar de suas necessidades corporais, como se ele não fosse um general, mas um…

As bochechas de Ouyang arderam com uma vergonha tão vicária que ele pensou ser capaz de perder a visão por conta dela. Ele teria recebido *de bom grado* a cegueira. Como o cabelo de Zhu ainda estava crescendo, era mais curto do que o da maior parte dos homens adultos e tinha as pontas estranhamente quadradas. O General Xu torceu o comprimento duas vezes, depois deslizou a presilha de cabelo dourada sobre ele e fixou-o com o grampo de mesmo estilo.

Era pior do que ver duas pessoas trepando, porque *homens não agem dessa forma.* Homens não servem um ao outro, não tocam um ao outro, e ainda assim Zhu e o General Xu deixavam que todos vissem aquilo sem a menor vergonha. Como se nunca lhes tivesse ocorrido que o ato fazia deles objeto de deboche.

Chang olhou ao redor quando Ouyang não pegou a aba da tenda. Então, perplexo, seguiu a direção dos olhos do outro até Zhu e o General Xu.

— Qual é o problema?

Ele não fazia ideia do quão errado era aquilo. Nenhum deles fazia. Zhu mostrou um sorriso casual para o General Xu antes de se afastar. Era um afeto que não poderia ter existido no mundo de Ouyang. Mas ali, no mundo de Zhu — um mundo liderado por um homem cuja aparência não se assemelhava em nada a de como um líder deveria ser —, tudo era diferente. Aquilo não merecia nada além do desprezo de Ouyang. Porém, quando ele viu Zhu sorrir para o general e dar-lhe tapinhas afetuosos no braço, num gesto de gratidão, o que sentiu não foi desprezo, mas uma tristeza desconcertante. Precisou respirar fundo e apertar tanto as mãos que as unhas lhe cortaram as palmas antes que pudesse seguir Chang tenda adentro.

Zhu virou-se quando Ouyang entrou e disse, cortês:

— Obrigado por vir, general. — Como se Ouyang tivesse tido escolha. Por um momento, o olhar de inseto de Zhu, sinistro e indulgente, repousou nos punhos de juntas embranquecidas de Ouyang. — Queria consultá-lo a respeito de uma questão. Como decerto deve ter notado, não estou conseguindo o progresso que esperava na batalha contra o General Zhang. — Pelo menos ele tinha noção o bastante para reconhecer isso, pensou Ouyang, com um desalento carregado de desdém.

— Não há possibilidade de eu conseguir reforços adicionais a curto prazo. Você já lutou ao lado do General Zhang antes, e sabe de suas habilidades. Então, diga-me: quais são as chances de vencermos na situação atual?

Zhu, o Comandante Chang e até mesmo o General Xu: aos olhos de Ouyang, eles não passavam de crianças. Como crianças, ainda não sabiam do que eram capazes — mas, da mesma forma, não faziam ideia do que *não* eram capazes.

— Não há chance — respondeu Ouyang, curto e grosso.

Tambores ressoaram do lado de fora, convocando os homens para a batalha inútil do dia. Era curioso o fato de que Zhu não apenas solicitava a opinião de Ouyang, como também parecia de fato ouvi-la. Por outro lado, tal opinião não parecia tê-lo abalado como deveria, porque ele apenas prosseguiu:

— E se eu lhe pedisse para elaborar novas táticas para mim? Se eu não posso vencer, você poderia?

A ingenuidade da questão era tão estapafúrdia que Ouyang precisou de um momento para se recompor.

— Seu *imbecil* cabeça de melão. Você acha que Madame Zhang teria conseguido uma fração do sucesso que obteve com alguém que não fosse o General Zhang à frente das tropas dela? Não é bem uma surpresa ele ser melhor do que você e seus comandantes juntos. *Mas ele também é melhor do que eu.*

Não era nada além da verdade. A disposição de Ouyang para lançar um número infindável de recrutas em seus problemas havia lhe rendido resultados por muito tempo. Funcionara até deixar de funcionar. Ele nunca se importara o bastante em ser um general bom como o General Zhang. Este não precisava chicotear seu exército para conquistar-lhe a obediência. Conhecia e confiava em seus soldados, e eles lhe davam o sangue, o suor e a dor porque confiavam que ele não os descartaria imprudentemente.

— Posso vencer o General Zhang numa luta individual. Mas eu sempre soube que, se lutasse contra ele como um general, perderia — acrescentou Ouyang, amargo.

Tal fato não o incomodava, porque ele nunca pensou que aquilo aconteceria. Agora, porém, Ouyang não podia separar seu exército do de Zhu. *Ambas* as tropas seriam destroçadas contra o General Zhang, e não restaria nada para levá-los até Dadu. Mas Ouyang não aceitaria isso. Não podia.

Ouyang passara momentos agradáveis com Zhang Shide. Com exceção de sua decisão inexplicável de se dedicar a uma vadia manipuladora e ambiciosa, Ouyang respeitava-o. Gostava dele, até. Mas agora sabia, com uma consciência terrível, que seu respeito era como a chama de uma vela contra o vento uivante de seu desespero. Não havia mais limites para o que estava disposto a fazer.

— Se quer deter um homem de coração bom e nobre como o General Zhang, não detenha seu exército — disse ele. — Detenha o próprio homem. Machuque aquilo que ele ama ainda mais do que aqueles por quem luta.

Um brilho exótico apareceu no rosto pequeno de Zhu: não o de um grilo de estimação amigável, mas o de um louva-deus capaz de matar algo tão grande, rápido e belo quanto um beija-flor.

— E o que seria isso, general?

Havia apenas uma coisa que os homens amavam mais do que seus irmãos ou suas amantes. Uma coisa que continha todos os seus sonhos e desejos para o futuro, suas esperanças e sua honra. Uma coisa que, quando perdida, despedaçava não apenas um futuro, mas uma família.

A sensação quente e viscosa entre os dedos de Ouyang era tão implacável quanto a onda de suas emoções.

— O filho.

— Como pode ter tanta certeza de que o filho dele vai mesmo estar em Zhenjiang? — perguntou Zhu para Ouyang, falando indistintamente enquanto usava os dentes, a mão, um pé e o outro cotovelo numa tentativa de enfiar o que restava dos suprimentos da missão numa enorme bolsa de ombro trançada. Então, em tom de comemoração: — Rá!

— *Não tenho.* — Ouyang observava os movimentos de Zhu com desdém. Estava preparado para a jornada com trajes discretos de estilo nanren, com um chapéu triangular voltado para baixo a fim de esconder-lhe o rosto. Zhu não seria o único homem de uma mão só na região, mas era bastante possível que Ouyang *fosse* o único eunuco. Se os homens do General Zhang percebessem quem exatamente circulava aos arredores de Zhenjiang, o plano (ou eles) estaria ameaçado. — Você perguntou o que eu acho. É isso o que eu acho. O General Zhang gosta de instalar o filho em algum lugar atrás das linhas de frente. Em segurança, mas perto o bastante para que ainda possa chamá-lo à frente para observar certos pontos da campanha. Talvez em um ou dois anos, quando a educação do garoto estiver mais completa, ele o manterá a seu lado o tempo inteiro. Mas agora ele ainda é jovem. Quando visitei Yangzhou na primavera passada, ele não devia ter mais de treze ou catorze anos, se é que sei julgar tais coisas.

Ele soava hostil, como se todo o conceito de garotos na puberdade o ofendesse. Zhu entendia. Ela sabia como era se sentir deslocada em meio aos corpos de meninos em transformação — mesmo que, no caso dela, ela nunca tivesse desejado o que os colegas noviços *tinham*, mas odiado o próprio corpo por mudar numa direção inteiramente diferente. O corpo de Ouyang, porém, não teria mudado de forma alguma. Que tortura devia ser, ver todos conseguirem sem esforço o que você desejava, mas jamais poderia ter!

Quando Zhu ergueu a bolsa abarrotada, Ouyang disse, mordaz:

— Você parece uma formiga carregando um grão de arroz. Talvez seja melhor levar uma carroça puxada por um burro em vez de um cavalo. Seria mais adequado para sua imagem de camponês.

— Ah! Sobre isso. — Ela deveria ter imaginado como ele esperava viajar. — Já que o General Zhang instalou pontos de inspeção nas estradas principais que levam a Zhenjiang, não faz sentido seguirmos esse caminho. Mas há várias trilhas nas colinas que os camponeses usam para irem de seus vilarejos até a cidade para o dia da feira.

— *Não* — disse Ouyang, vendo para onde a conversa caminhava.

— Vamos andando — confirmou Zhu ao mesmo tempo.

Várias horas mais tarde, quando não haviam chegado nem à metade do caminho até Zhenjiang, ela parou e olhou para trás, onde a estranha figura enchapelada de Ouyang caminhava, tensa, pela encosta iluminada pelo luar. Embora àquela altura seus pés já devessem estar recuperados da tentativa de fuga, ainda eram os pés macios e tenros de alguém que nunca caminhara longas distâncias na vida. Ela se lembrou de como estavam magros e pálidos quando os vira na cela de prisão de Ouyang em Yingtian. Ainda assim, levando em consideração que os pés de uma mulher nanren da nobreza teriam sido enfaixados, ela ficara atordoada com o fato de que ainda eram claramente a parte mais masculina de Ouyang.

— Está doendo?

— Doeu quando eu cortei sua mão? — rosnou Ouyang, passando por ela sem parar e sem mancar.

Zhu apressou-se para alcançá-lo.

— Não sei se essas duas coisas são comparáveis. Suas bolhas e a amputação que quase custou minha vida.

A amputação *doera* — objetivamente, fora a pior dor que ela já sentira —, mas ela entregaria de bom grado diversas mãos como preço para conseguir o que desejava.

— Quando passam de um certo ponto, todas as dores são iguais — respondeu ele. — Seja uma bolha, seja uma *amputação que quase lhe custou a vida*, coisa que por acaso eu também entendo. Não há nada de interessante na dor. A única distinção é a intensidade. Quanto maior for, mais ela o anula. Até doer tanto que você desaparece. — Depois de um momento, ele acrescentou, breve: — Isso pode ser uma coisa boa.

Era uma ideia estranha. Zhu não conseguia imaginar querer anular a si mesma. Por um momento, seus pensamentos voltaram-se para aquele garoto morto havia muito que originalmente carregara o nome Zhu Chongba. Deitado na cama, ele expirara junto com seu destino de grandeza, e deixara que ela o tomasse. Ele não fora forte o bastante para tolerar o sofrimento que aquele desejo ensejava. Mas Zhu era.

— Bem, talvez eu esteja cansado. Talvez *meus* pés estejam doendo. Acho que deveríamos descansar um pouco — anunciou ela. A uma pequena distância da trilha, havia uma árvore solitária que protegera a terra do orvalho. — Este parece um bom lugar!

Depois de checar se havia fezes de búfalo no local, ela se jogou no chão. Ouyang, cuja figura era delineada contra a crista escura da colina numa coroa de luar e brilho fantasmagórico, era um retrato da relutância, mas após um momento voltou e acomodou-se ao lado dela, rígido.

O luar mudou, filtrado pelos corpos dos fantasmas de Ouyang, que haviam se reunido ao seu redor quando ele parou de andar. Zhu descalçou as botas e meias, como se só quisesse alongar os dedos, depois deixou de lado as meias quando calçou novamente as botas. Após um momento, sem olhar para ela, Ouyang pegou as meias e calçou-as.

Eles descansaram, ouvindo os trinados das garças-noturnas conforme estas se dirigiam para o rio. Os fantasmas translúcidos reunidos ao redor de Ouyang projetavam sobre ele uma névoa pálida de distância, embora ele estivesse a apenas um braço de Zhu. Isso a fez pensar nas primeiras vezes em que o viu. Ele era tão remoto como a bela lua, por mais que a conexão entre os dois a tivesse atraído de modo tão irresistível quanto a gravidade. Parecia estranho, mas certo, estar sentada ao lado dele agora, como se, após tanto rolar colina abaixo, ela finalmente tivesse chegado ao seu lugar.

Ele quebrou o silêncio, surpreendendo-a.

— Os fantasmas. Os que me seguem. Eles se parecem com as pessoas que eram antes?

Zhu vira o pai e o irmão, transformados em suas versões pós-morte, parados do outro lado de um túmulo iluminado pelo luar. Passara muito tempo sentindo-se ligada ao irmão pelo medo e pelo destino. Agora que havia se tornado sua versão do presente, aquela ligação havia se dissipado. A lembrança daqueles fantasmas era como uma história que alguém lhe contara sobre pessoas que ela nunca conhecera.

— Os seus se parecem com pessoas — respondeu a Ouyang. Talvez fosse melhor não lhe contar a respeito dos perversos monstros distorcidos a quem o descanso fora negado, de modo que ainda perambulavam, vorazes, nos recantos do mundo.

A cabeça de Ouyang estava virada para o outro lado, invisível sob o chapéu. Ele passou tanto tempo em silêncio que ela pensou que aquilo era tudo que ele queria saber. Então, num tom áspero tão terrível que ela não sabia dizer se era algo que ele queria ou não, ele disse:

— Esen-Temur está presente?

Esen-Temur, o príncipe de Henan. Mais de dez anos antes, sentada no telhado verde e curvado do monastério, Zhu maravilhara-se com um jovem nobre mongol cujas tranças balançavam ao vento feito a crina de um cavalo ávido por correr. Sua identidade não significara nada para ela na época. Apenas agora ocorria-lhe olhar para trás e pensar nele como o filho do homem que matara a família de Ouyang. Como aquele que fora o senhor e mestre de Ouyang, até Ouyang traí-lo e matá-lo naquele dia em Bianliang.

Baseando-se apenas nas circunstâncias, Zhu poderia ter acreditado que Ouyang passara a vida toda encarando Esen-Temur como seu inimigo, com seu ódio oculto sob uma camada de servidão. Ainda assim, agora que conhecia Ouyang um pouco melhor, ela não conseguia conceber que as coisas tivessem sido assim. Ouyang não era o tipo de pessoa capaz de fingir de modo convincente por um instante, muito menos por anos. Ele passara uma vida inteira ao lado de Esen-Temur. Os dois haviam viajado juntos, lutado juntos, confiado as próprias vidas um ao outro. A única forma de Ouyang poder ter feito isso era se o sentimento tivesse sido real. Se, até aquele último instante, sua lealdade tivesse sido verdadeira.

Ela ouviu um eco da voz de Xu Da naquele telhado tantos anos antes: *Dizem que ele o adora mais do que o próprio irmão.*

Mas a lembrança mais marcante que Zhu tinha daquele dia não era Esen-Temur em si. Era o fato de o Abade ter proibido Ouyang de acompanhar os outros no salão do templo porque era um eunuco. Esen-Temur fizera um breve protesto.

Talvez adorasse mesmo Ouyang. Mas, no fim das contas, até mesmo ele o deixara para trás, sozinho com sua vergonha.

Zhu olhou para os fantasmas que flutuavam ao redor de Ouyang, que estava sentado com os joelhos colados ao peito, o olho sombrio de um redemoinho. A morte igualava príncipes e camponeses com seus trapos brancos, os cabelos emaranhados ao redor dos ombros como se estivessem de luto por si mesmos. Porém, entre as dezenas de rostos mortos naquela sinistra congregação, nenhum dos que podia ver era mongol.

— Não está — respondeu Zhu. Mesmo para ela, a resposta pareceu insatisfatória, então ela acrescentou: — Mas um deles deve ser seu pai. Se puder me contar como ele era…

Nada na aparência de Ouyang mudou, mas ela teve a estranha convicção de que, por um momento, ele congelou. Então ele ficou de pé, dizendo com firmeza:

— Não. Era só isso que eu precisava saber.

Ela o observou caminhar colina acima, tenso, seguido pelos fantasmas num fluxo lento. Ela se pegou pensando no sangue que havia visto entre os dedos dos punhos cerrados de Ouyang quando ele entrou em sua tenda de comando.

Pode ser uma coisa boa. Sentir tanta dor a ponto de se anular.

ZHENJIANG

Às margens do rio, na movimentada e próspera Zhenjiang, era como se não houvesse guerra alguma. Zhu caminhava, e Ouyang mancava, ao longo da rua principal, contemplando as ricas mansões, as lojas e as casas de chá fervilhantes. O rosto de Ouyang estava escondido pelo chapéu, mas sua postura era tão rígida que era como se ele ainda estivesse usando a armadura. Zhu chamaria menos atenção se tivesse trazido Xu Da ou Yuchun, mas Ouyang era o único que já havia visto o filho do General Zhang. Sequestrar o garoto de treze anos errado por acidente seria lamentável para todos os envolvidos.

Como se tivesse lido os pensamentos de Zhu, Ouyang disse, mordaz:

— Estou interessado em seu plano para localizar um indivíduo neste lugar onde não conhecemos ninguém, e onde nenhum de nós já esteve antes.

— Bem... — começou Zhu, interrompendo alegremente sua avaliação de uma barraca de carne onde um garoto de cerca de treze anos (mas não o que procuravam) fazia um esforço desajeitado para espantar as moscas dos cortes de carne de búfalo com membranas esbranquiçadas.

Ouyang já havia ultrapassado Zhu.

— Não estou de fato interessado. Só vá em frente.

Zhu estava prestes a abrir a bolsa, mas foi distraída por um pôster em xilogravura colado a um muro próximo. Era a caricatura do rosto de um homem sob um chamativo chapéu verde de corno. Era costume do Yuan espalhar pôsteres para criminosos procurados, mas restavam poucas cidades controladas pelo Yuan no sul, e Zhenjiang certamente não era uma delas.

— Hã.

Ouyang voltou e olhou por cima do ombro de Zhu. Depois de um momento, ele disse:

— O artista tem certo talento. É um bom retrato. Aquele é Zhang Pote de Arroz.

— Nunca o conheci. — Zhu memorizou o rosto. — Mas talvez devesse! Bem que se diz que a melhor forma de parecer bonito é ficar do lado de alguém feio.

— Tem certeza de que é você quem vai parecer bonito por comparação?

Zhu fez uma careta de brincadeira.

— Suponho que posso me consolar com a ideia de que sou mais competente, e minha esposa, mais leal. — Ela leu os pequenos caracteres que corriam pela lateral do pôster e riu com um deleite escandalizado. — É o *General Zhang* que está comendo a Madame Zhang? Você disse que ele tinha um coração nobre e bom! Ou ela é mesmo tão linda que até mesmo homens honrados não conseguem resistir? Eu deveria ter me esforçado mais para dar uma olhada naquela vez que a encontrei.

— Mesmo a mais feia das vadias tem seus truques — disse Ouyang, com mais desprezo do que de costume. — Os homens são...

— Tolos, sim, que mal pensam nas consequências para além do prazer imediato. Por outro lado, todas as mulheres que conheci pareciam bastante atentas à questão das consequências — refletiu Zhu. — E, embora o General Zhang pareça ser um homem bem-apessoado, Madame Zhang não me pareceu o tipo que arriscaria a ira de um marido enciumado por coisas tão inúteis como o amor ou a luxúria... *ah*. — A verdade revelou-se. — Quando você disse que eu não era o único que tinha o Mandato, não estava falando do *Pote de Arroz*. Estava falando do General

Zhang. — Ela encarou Ouyang com firmeza, ou ao menos seu chapéu. — Você me deixou presumir.

Os ombros de Ouyang, descobriu ela, eram tão fáceis de ler quanto os de um gato furioso: *Eu o deixei presumir porque você está me mantendo preso contra minha vontade. E, além disso: eu odeio você.*

Fazia sentido que Madame Zhang fosse se aliar ao homem mais forte da família, mesmo que ele não fosse o chefe daquela família — ou seu próprio marido.

— Pote de Arroz sabe? Não sabe, né? — Um homem mesquinho e ciumento talvez se dispusesse a deixar que o irmão fizesse todo o trabalho duro, que se mostrasse competente em campo, mas jamais toleraria que ele fosse escolhido para o trono em seu lugar. — Que escândalo! Todo esse tempo, o pobre Pote de Arroz nunca governou sequer a própria cama, muito menos seu exército ou reino. O que mais me surpreende é ela ainda não o ter deposto e assumido controle total, ao lado do General Zhang.

— Não duvido que seja isso que ela queira. Mas o General Zhang *é* honrado. Ele só se encontra na difícil posição de amar o irmão, e também a esposa do irmão.

— Mesmo tendo o irmão que tem — observou Zhu com ironia. Ela não se sentira tão arrasada assim ao deixar o Zhu Chongba original morrer, mas supunha que ela não era exatamente uma boa pessoa. — Acha que esse pôster é do Yuan? Uma campanha de humilhação pública contra um inimigo parece criativa para eles.

Ouyang deu de ombros.

— Não me parece ser o estilo do Grande Conselheiro, mas mesmo um velho guerreiro pode aprender novos truques. Quem mais poderia ser?

— Bem — disse Zhu, franzindo o cenho. Era verdade que os únicos particularmente interessados em derrubar a família Zhang eram ela e o Yuan, mas algo naquilo a incomodava. — Suponho que deve ser ele.

Haviam chegado àquela hora serena da manhã em que os criados já haviam terminado suas tarefas mais urgentes e estavam pensando em se sentar para tomar uma xícara de chá antes de preparar o almoço. Zhu deixou de lado a questão do estranho pôster, abriu a bolsa e sacudiu uma pequena cabaça sob o chapéu de Ouyang. O objeto vibrava alto.

— Hora da ação!

— Você vai vender... grilos lutadores — declarou ele, a voz carregada de desprezo.

— Você não passava muito tempo com seus soldados, hein? — Zhu riu, depois riu ainda mais porque, embora não pudesse ver o rosto de Ouyang, *sabia* que ele estava revirando os olhos. — O General Zhang não deve ter deixado o filho sem alguns guardas, criados e talvez até mesmo um ou dois tutores, e aposto que estão todos morrendo de tédio. — Ela correu até a mansão mais próxima e bateu no portão frontal. — Apostar em grilos é um ótimo jeito de passar o tempo. Mas Ma Xiuying não é grande fã. Ela acha que é maldade. Quer que eu proíba a prática quando eu vencer. Já que aparentemente vou voltar como um inseto em minha próxima vida, ela acha que estarei fazendo um favor para mim mesmo...

Ela brandiu a cabaça quando um criado abriu o portão frontal.

— Grilos?

— Em quantas casas — disse Ouyang, a voz ameaçadora —, vamos fazer isso?

— Em quantas for necessário — respondeu Zhu, animada, abordando um criado que saía pelo portão frontal da casa seguinte. — Grilos?

Quando chegou a tarde, Ouyang estava com os pés doloridos e fantasiava devastar sozinho toda a cidade de Zhenjiang como um método mais agradável e eficiente de exterminar o alvo. Em toda a sua vida, nunca parara para pensar em quantas casas poderia haver em uma única (grande) cidade, e aparentemente a resposta era: *casas demais*. Sua já reduzida fé no plano de Zhu havia atingido um nível tão perigosamente baixo que, quando Zhu bateu no portão de uma mansão discreta no centro da cidade e vários guardas uniformizados correram para comprar cada um dos grilos, Ouyang precisou de um momento para se dar conta do que havia acontecido.

Quando Zhu retornou da mansão, quase saltitante, Ouyang resmungou:

— Mesmo que esse seja o lugar...

— *Mesmo!*

— ... não acha que o General Zhang terá ordenado que ele fique lá dentro?

Zhu parou diante do par de casas de chá que defrontava a mansão.

— Você não era uma criança muito divertida, né?

Com a firmeza que apavorava batalhões inteiros, Ouyang disse:

— Eu era um escravo.

Zhu, no entanto, não apenas se recusava a ficar apavorado como também tinha uma tendência irritante de nunca deixar Ouyang ter a palavra final.

— Ninguém pode acusar um monastério de não impor disciplina, mas mesmo os monges sabiam da futilidade de tentar manter meninos agitados dentro do templo. Ele vai sair. Só precisamos observar e esperar. Vamos pegar uma mesa.

No entanto, quando Zhu entrou na área aberta da casa de chá mais próxima, o olhar do proprietário dirigiu-se à mão de madeira sem sequer parecer processar a pessoa a que ela estava conectada, e sem nem mesmo uma palavra ele cuspiu diretamente nas botas de Zhu.

Ouyang ficou surpreso pela totalidade da própria fúria. Mas ele *conhecia* aquele olhar. Era o olhar que recebera a vida toda: o que lhe dizia que ele não era sequer uma pessoa aos olhos dos outros, mas uma coisa. Se não estivesse usando o chapéu para ocultar o rosto que tanto ofendia as pessoas com sua recusa em ser uma coisa ou outra, a mesma repulsa teria sido atirada nele. Ouyang mutilara Zhu precisamente porque *queria* que ele fosse rejeitado e rechaçado. Queria que ele sentisse o exato tom de miséria que se experimentava quando se estava abaixo do desprezo do mundo. Mas ele não percebeu que havia dado um passo ameaçador na direção do proprietário até Zhu agarrar-lhe o pulso e puxá-lo para fora.

— Não precisa criar caso!

Para a perplexidade furiosa de Ouyang, Zhu parecia completamente inabalado pela mancha imposta a sua honra e, mais visivelmente, a sua pessoa. Ele arrastou Ouyang até a casa de chá vizinha, declarando em voz alegre:

— Ah, veja! Este lugar é melhor mesmo. Não vão nos chutar para fora quando cair a noite, então vamos poder dormir na mesa até amanhã.

Ouyang não fazia ideia de como Zhu tinha descoberto isso só de olhar. Para ele, todas as casas de chá eram iguais. Eles se acomodaram em uma mesa na área aberta na frente do estabelecimento, que tinha uma vista livre para a mansão do outro lado da rua. Uma proprietária de expressão séria, mas perfeitamente educada, trouxe-lhes uma travessa aceitável de frango frio e fatiado marinado em vinho de arroz. Foi só depois de passarem algum tempo sentados que Ouyang percebeu que todos os outros clientes da casa de chá eram mulheres. Estavam em sua maioria sentadas em grupos, embora algumas estivessem sozinhas, cada uma com uma lanterna diante de si. Uma tocava flauta, enquanto outras jogavam ou conversavam. Agora que Ouyang prestava atenção, notou um homem aproximar-se de um dos grupos. Após um breve diálogo, uma das mulheres pegou sua lanterna e conduziu-o noite adentro. De repente, ele percebeu como Zhu soubera que a casa de chá não fecharia durante a noite.

— São *putas*.

Zhu, que observava um par de guardas que acabara de voltar à mansão com uma jarra de vinho, virou-se para ele.

— São moças adoráveis. Ninguém cuspiu em mim desde que chegamos aqui. Vou ter de deixar uma gorjeta.

A mera menção ao incidente do cuspe fez a fúria de Ouyang retornar com toda força. Ele se viu relembrando todas as vezes que vira pessoas desviarem de Zhu na rua, ali e em Taizhou. A forma como até mesmo vendedores ambulantes hesitavam em servi-lo, encarando-o de esguelha quando o faziam. Ainda assim, as ofensas deslizavam para fora de Zhu tão prontamente quanto a água de uma capa de chuva de palha.

— Como pode não se incomodar em ser tratado desse jeito? Ele sequer o cumprimentou como um humano! Dava para ver no rosto dele: se um cachorro tivesse entrado naquela casa de chá junto com você, ele ainda não teria hesitado em chutar você primeiro.

Na maior parte do tempo, a irreverência de Zhu dava-lhe uma qualidade de filtro, como se ela fosse uma segunda pálpebra com a qual ele cobria suas maquinações internas. Por um momento, porém, o filtro pareceu desaparecer.

— Eu me incomodo sim. Você acha que não? Ninguém gosta de ser odiado. Mas este sou eu. Levei muito tempo para me tornar esta pessoa. Alguém que não apenas pode, mas vai conseguir o que deseja. E, agora que sou quem preciso ser, não vou me esconder para que os outros não me deem as costas ou cuspam em mim. Se o julgamento do mundo é o preço pelo que desejo, então é um preço que estou disposto a pagar. — A flauta da puta tinha um som agudo e estrídulo que tirava Ouyang do sério. Com a voz suave, Zhu continuou: — Estou disposto. E sou forte o bastante para fazer isso. Mas é difícil às vezes. Engolir o insulto e suportar o desprezo do mundo. Acho que você sabe como é isso, general.

Encarando aquele rostinho feio e odiado, Ouyang foi atravessado por uma pontada de estranho reconhecimento. Era como se tivesse encarado as profundezas bronzeadas de um espelho e descoberto que a imagem diante de si não era a de seu corpo odioso, mas de sua pessoa. Não era um sentimento agradável. Quando tudo o que desejava era se livrar de Zhu, a sensação parecia uni-los, como se seus corpos retorcidos estivessem empalados na mesma lança. Ele se afastou da mesa num gesto brusco, sibilando:

— Por que essa vadia sem talento toca tão alto? Por acaso ela acha que são suas habilidades com a flauta que vão impressionar os clientes?

Como digressão, o comentário era completamente transparente, mas, para o alívio de Ouyang, Zhu deixou passar.

— Acho que muitos homens consideram experiência com flautas bastante desejável.

Ele disse aquilo num tom tão sério que, a princípio, Ouyang não entendeu. Então ele se deu conta. A primeira coisa que lhe veio à mente foi a imagem do General Xu com as mãos no cabelo de Zhu; depois, uma variação daquela mesma imagem fez seu corpo corar com tamanha vergonha vicária que o fato de ele não entrar em combustão pareceu um milagre.

— O General Xu é bom com a flauta?

No momento em que ele viu a centelha de curiosidade nos olhos de Zhu, percebeu com uma sensação desoladora que a única pessoa que havia exposto fora ele próprio. Mas tudo que Zhu disse foi:

— Honestamente, acho que Ah-Da não tem uma veia musical. Vamos, coma um pouco mais deste excelente frango. — Ele olhou para o outro lado da rua com uma expressão pensativa. — Viu como aqueles criados saíram para cuidar dos cavalos ali mais adiante? Aposto que amanhã vamos ver o garoto sair para cavalgar.

Ele se levantou e foi até a puta que tocava flauta. A confusão de Ouyang crescia conforme os dois conversavam. Então, dinheiro foi trocado e Zhu retornou, depondo a flauta e dois pequenos potes sobre a mesa.

— Que moça gentil! Tão prestativa. — Zhu abriu um dos potes, cheirou-o e fez uma careta. — Você sabia que, se misturar estes dois tipos de maquiagem, seu rosto vai se encher de bolhas na hora e você vai sofrer uma morte terrível?

— Não sabia — disse Ouyang.

Zhu abriu um sorriso enigmático de Buda.

— Minha esposa me contou. Mulheres sabem todo tipo de coisa. — Ele entregou um *kuàizi* e a faca de seu cinto a Ouyang. — Afie a ponta.

Depois que Ouyang o fez, Zhu encaixou a ponta afiada do *kuàizi* dentro da flauta, pôs a boca na extremidade e experimentou assoprar. A flauta disparou o *kuàizi*, que se enterrou na parede de treliça mais próxima.

— Parece que eu tenho um talento natural para a flauta — disse Zhu, rindo consigo mesmo.

Ele recuperou o *kuàizi* e molhou sua ponta com o conteúdo dos dois potes.

— Acha a ideia cruel? Sei o quanto vocês mongóis gostam de cavalos.

— Para sua sorte — disse Ouyang —, eu não sou mongol.

Os olhos de inseto de Zhu brilharam.

— Ótimo.

O pequeno grupo de montaria que Ouyang vira se reunir diante do portão da mansão acabara de sumir no horizonte quando Zhu trotou até a casa de chá montada num cavalo desconjuntado e uma carruagem acortinada de duas rodas.

— Conseguiu?

— Não — respondeu Ouyang com sua melhor carranca. — De alguma forma, não consegui acertar um cavalo a uma distância de menos de vinte passos, então atravessei a rua totalmente à vista de nosso alvo e sua dupla de guardas, e enfiei um *kuàizi* envenenado na pata dele com minhas próprias mãos. — Após uma noite esparramado sobre uma mesa de casa de chá, ele sentia uma ardência nos olhos e uma sensação desagradável de estar sujo. Suas bolhas latejavam. — Espero que você não tenha pagado muito por aquela coisa.

— Eu com certeza paguei muito — disse Zhu, animado. — Mas, quando se é um rei, sua generosidade deve ser ampla o bastante para acomodar um barco. Vamos.

Eles alcançaram o grupo, que havia parado na saída da cidade. Os três haviam apeado e olhavam consternados para o cavalo envenenado e angustiado. Zhu passou por eles na carruagem e, com o corpo para fora, Ouyang quebrou o pescoço do primeiro guarda por trás. Quando o companheiro se virou, alarmado, Ouyang passou por baixo do braço inerte e acertou-lhe o rosto com o cotovelo. O homem caiu na estrada, onde Ouyang se ajoelhou e quebrou-lhe o pescoço também. Então ele se levantou e avançou sobre o garoto, que fazia sons inúteis e tentava recuar. Com dois golpes rápidos nos pontos de pressão, ele tombou inconsciente.

Zhu apareceu num instante, abrindo a porta da carruagem para que Ouyang pudesse acomodar o corpo inerte do garoto lá dentro.

— Bom trabalho, general. — Ele mergulhou as mãos na sacola e tirou de lá uma bola de tecido. — Agora só precisamos...

Ele continuou falando. Mas, no momento em que Ouyang viu o vestido na mão de Zhu, o mundo desmoronou. Restou apenas o pulsar de sua fúria e vergonha. Como podia ter esperado algo diferente? De alguma forma, havia se deixado levar, quando deveria ter imaginado o que o aguardava. Sua vida toda fora uma lição. Fossem mongóis ou nanren, as pessoas eram todas iguais: queriam humilhá-lo, mesmo quando o usavam.

— General. *General.* Não é para você. É para mim. *Eu vou usar o vestido.*

Foi a urgência na voz de Zhu, como se ele de fato *entendesse* o que Ouyang estava sentindo, que o arrancou de seu torpor. Zhu até mesmo dera um passo à frente, como se tivesse pensado em segurar o braço de Ouyang numa espécie de… o quê? Conforto? Solidariedade? De súbito, Ouyang lembrou-se da ocasião em que Zhu lhe oferecera a oportunidade de mijar com privacidade. Zhu não apenas se dera conta da carência única de Ouyang, como também até (estupidamente) assumira o risco de estender-lhe alguma consideração. Nenhum dos outros homens que ele conhecera, pensou Ouyang, horrorizado, entendera como era ser diferente. Não faziam a menor ideia de como era sofrer com algo que era tão simples para eles que não o valorizavam, ou como era ser desprezado por estranhos por conta de sua aparência.

Com esforço, Ouyang descerrou os punhos. Não precisava olhar para saber que as palmas estavam sangrando.

— Posso nos fazer passar pelo ponto de inspeção do General Zhang. Ninguém precisa… se humilhar.

— Os pontos são ocupados por mais de uma dúzia de soldados. — Zhu já estava se despindo, ficando apenas com as roupas de baixo. — Sei que é bom no que faz, general, mas são muitos homens até para você. — Ele abriu um sorriso torto. — Além disso, eu não me importo. Sei quem eu sou. Usar um vestido não muda isso.

Zhu passou o vestido ao redor do corpo, depois baixou a cabeça a fim de conseguir segurar um dos pares de amarras laterais com os dentes enquanto amarrava o outro ao redor do primeiro, com uma mão. Ele tirou o grampo e a presilha do cabelo de modo que as madeixas caíssem sobre os ombros. Então, ao tirar uma fita da bolsa agora vazia, franziu o cenho.

— É difícil prender o cabelo com uma mão. — Ele estendeu a fita para Ouyang. — Pode amarrar para mim? É só torcer para trás e formar um único coque, como uma mulher casada usaria.

Ouyang hesitou. Tentou, sem sucesso, evitar a lembrança dos dedos fortes do General Xu ao longo da curva da cabeça de Zhu enquanto puxava o cabelo do amigo.

— Não vou *servir* você.

— Não estou ordenando que me sirva — disse Zhu, exasperado. — Estou pedindo que me *ajude*. De quem é a culpa disso, afinal? Assuma a responsabilidade. Você poderia ter me deixado cego de um olho, ou entalhado um insulto em minha testa, mas não: tinha de ser a mão!

— Quando eles checarem a carruagem, não será seu cabelo que nos causará problemas — retrucou Ouyang. — Acha mesmo que alguém vai acreditar que alguém tão feio quanto você pode ser uma mulher?

Zhu revirou os olhos.

— Mulheres feias existem. Que vida peculiar você teve, para só conhecer mulheres bonitas. É isso que dá crescer num palácio. Sou uma mulher perfeitamente plausível. De qualquer forma, não temos tempo para discutir. — Ele entrou na carruagem e apoiou o garoto inconsciente no colo como uma mãe preocupada pelo filho doente, depois fechou as cortinas. — Vamos, ande.

Eles chegaram ao ponto de inspeção, um pequeno bloqueio de madeira no meio da estrada. Como Zhu dissera, havia muitos homens. O General Zhang claramente não tinha a menor intenção de deixar espiões inimigos problemáticos, sabotadores e incitadores transitarem livremente entre a frente de batalha e o território da família Zhang.

— Pare e declare a que veio. — Um soldado foi até Ouyang quando ele se aproximou.

— Minha esposa e eu estamos voltando de uma visita ao médico da cidade com nosso filho doente — explicou Ouyang, rígido, com sua melhor imitação do sotaque sulista de Zhu.

O soldado piscou, confuso, o que fez Ouyang se perguntar se havia soado como um camponês, um monge ou algo totalmente diferente. Mas o homem apenas disse:

— Checaremos o veículo e vocês poderão prosseguir.

Ouyang sentiu uma trepidação crescente conforme o soldado inspecionava a carruagem. Ocorreu-lhe que, quando seus homens exerciam tarefas similares de guarda, tendiam a examinar os peitos das mulheres com mais rigor do que a mera diligência teria julgado necessário. Quais eram as chances de o soldado notar que o peito de Zhu era plano? Ele podia ouvir a voz de Zhu vinda do interior da carruagem, as palavras indistinguíveis. Com um sobressalto de repulsa visceral, Ouyang percebeu que Zhu havia aumentado o timbre da voz já fina até que ela soasse genuinamente feminina. No entanto, isso só fez da performance de Zhu ainda mais risível. Quem em sã consciência pensaria que uma voz de mulher combinava com aquele corpo pequeno e desengonçado, aquele rosto marrom com seu queixo afiado e sua testa grande e ossuda?

Para a imensa surpresa de Ouyang, porém, o soldado voltou, dizendo:

— Podem ir. — Enquanto os outros soldados abriam o bloqueio, ele acrescentou: — Nunca teria imaginado que sua esposa tem idade suficiente para ter um filho daquela idade. Acho que, quando há escassez de mulheres no seu vilarejo, ou você se casa com uma menina de dez anos, ou começa a experimentar as vacas e as putas...

Ouyang mal via a hora de abandonar aquela discussão repulsiva. Por fim o bloqueio foi aberto. Ele abaixou o chapéu num gesto rígido.

— Estamos indo.

Tarde demais, ele percebeu que havia esquecido o sotaque nanren. Uma suspeita tomou o rosto do soldado.

— De onde você disse que era mesmo?

Depois disso, tudo pareceu acontecer muito devagar: o soldado sacou a espada, colocou a ponta sob a aba do chapéu de Ouyang e ergueu-o.

Os dois se encararam. Então o soldado recuou.

— Você é...

Na casa de chá, Zhu tivera razão. Ouyang sabia exatamente como era ter de engolir um insulto. Já o havia feito várias vezes, mesmo quando a sensação era a de encher o estômago com carvão em brasa. Agora, porém, pela primeira vez na vida, ele fez exatamente o que sempre quisera fazer quando alguém recuava diante de seu rosto.

Ele tomou a espada do soldado e lhe perfurou o estômago.

Os outros soldados foram até ele. O General Zhang era exigente com suas tropas, de modo que os homens eram razoavelmente habilidosos. Mas eram apenas homens comuns, enquanto Ouyang treinara a vida toda com um único propósito.

Não levou muito tempo.

Quando ele acabou, lançou a espada sobre a pilha de cadáveres e voltou para a carruagem. Zhu havia saído, uma imagem ridícula com as saias esvoaçantes, e encarava-o boquiaberto. Tardiamente, Ouyang se deu conta de que Zhu só o vira lutar de longe, ou quando ele estava meio-morto de sede após dias na prisão, ou quando prolongava uma luta para brincar com alguém (antes de mutilá-lo). Era uma noção sombriamente intrigante. Até mesmo Zhu, que tinha dele aquela compreensão singular, não sabia do que ele era verdadeiramente capaz.

Ouyang limpou as mãos ensanguentadas nas roupas igualmente ensanguentadas e tomou as rédeas do cavalo.

— Teria sido mais rápido se tivéssemos feito isso logo de cara. Vamos.

— O maior tesouro de um homem são seus filhos — declarou Zhu, seca, ao garoto amarrado à cadeira no meio de sua tenda de comando. Era um menino de aparência comum, o cabelo preso com uma fita de modo infantil e o corpo já adquirindo as proporções alongadas da adolescência. — E que tesouro é você, jovem mestre Zhang! Mas fique tranquilo: não tenho interesse em prolongar esta situação, e desconfio que seu pai ficará igualmente satisfeito com uma solução rápida. Antes que se dê conta, você estará em casa — disse ela, dando-lhe tapinhas no ombro trêmulo. Depois, puxou a fita do cabelo do garoto.

Xu Da foi até eles para pegá-lo.

— Devo enviá-lo agora para o General Zhang?

No mesmo instante Jiao adentrou a tenda com seu jeito ríspido de sempre, carregando um estojo delgado de couro cheio de instrumentos e duas tigelas de tamanhos diferentes.

Xu Da enrijeceu. Ele puxou Zhu para longe de Jiao e do garoto e disse, em voz baixa:

— Será que a fita já não é suficiente?

Embora Xu Da não tivesse ousado fazer uma objeção explícita, sua hesitação era razoável o bastante. A ideia de Zhu era desagradável; por outro lado...

— Se causarmos apenas uma leve preocupação no General Zhang, ele só vai lutar com mais afinco em vez de se render. Isso não nos serve de nada. Agora que o temos na palma da mão, precisamos aproveitar. — Ela pôs a mão sobre a do amigo e apertou-a para dizer-lhe que, mesmo que ela não fosse mudar de ideia, ao menos entendia como ele se sentia a respeito daquilo. — Eu não faria isso se não fosse necessário. Não farei com que seja pior do que precisa.

Jiao Yu, que havia se ajoelhado para tomar o pulso esquerdo do garoto no ponto em que estava amarrado à cadeira, declarou:

— Um rapaz forte e saudável.

Mesmo sabendo que aquele era o único caminho até a vitória, Xu Da jamais poderia ter feito aquilo. Se Zhu *podia*, não era porque não tinha simpatia alguma por uma criança assustada. Teria sido mais fácil se não tivesse, pensou ela ironicamente. Diferentemente de seu antigo rival, Chen Youliang, que esfolava homens vivos por pura satisfação pessoal, ela não tinha interesse na crueldade por si só. Testemunhar sofrimento era desagradável. Distintamente. Mas o motivo pelo qual Zhu era um rei, e o motivo pelo qual um dia seria imperador, era porque ela era forte o bastante para suportar as consequências do que havia feito.

— Prossiga — disse ela para Jiao.

O garoto estava pálido de horror. Quando Jiao amarrou um torniquete à porção superior de seu braço, ele mordeu o lábio até sair sangue, mas não chorou.

Zhu viu a direção fixa do olhar dele. Ela sacudiu a manga para cobrir a mão de madeira e lançou-lhe um sorriso reconfortante.

— Não se preocupe, irmãozinho. Não vamos cortar nenhuma parte sua. — *Por enquanto.* — Não vai doer.

Jiao tirou uma agulha do estojo de couro. Tinha um foco frio e interessado, como se estivesse trabalhando uma peça de metal em sua oficina. Por um breve instante, Zhu perguntou-se se isso poderia ser pior do que o prazer de Chen. Jiao enfiou a agulha na dobra do braço do garoto, posicionou a tigela pequena e afrouxou o torniquete.

— Não olhe — disse Xu Da para o garoto, a voz firme.

Mas o garoto não o escutou: horrorizado, ele observou um filete de sangue jorrar de uma ponta da agulha oca até a tigela.

Quando a tigela pequena se encheu, Jiao entregou-a para Xu Da, depois apertou o torniquete de modo que a agulha gotejasse o sangue mais lentamente na tigela maior. Ele havia marcado o interior da tigela com numerosas linhas horizontais. Conforme observavam, o sangue se aproximava da primeira linha. O garoto soltou um gemido antes de se recompor.

Zhu lembrou-se do assombro de prazer que sentira na primeira vez em que viu as clepsidras de Jiao. Mas aquele era um relógio de sangue, e media os batimentos cardíacos de uma vida. Determinada, ela reprimiu uma sensação crescente de horror. Era a melhor abordagem, com os melhores resultados possíveis, e ela não a desperdiçaria por causa de um estômago fraco.

— Jiao Yu me disse que a maior parte dos jovens saudáveis tolera perder um quarto do sangue sem grandes problemas — explicou ela a Xu Da. — É mais ou menos a quantidade que aquela tigela grande comporta. Envie o mensageiro com a fita e a tigela pequena. Mande-o dizer ao General Zhang que, se ele se render a tempo, o garoto não sofrerá danos permanentes.

Ela se virou para Jiao.

— Quanto tempo?

Jiao pousou os olhos nas linhas da tigela.

— Até a Hora da Cobra. — Ele fez uma pausa, depois acrescentou, a voz fria: — Pode variar um pouco, dependendo das características fisiológicas deste indivíduo em particular.

Para Xu Da, Zhu disse:

— Vá.

Não havia mais grama rosada na planície, apenas terra revirada. Com sua armadura dourada, Zhu avançava triunfante com Xu Da e Ouyang em seu encalço. De seu ângulo agudo, o sol de outono já derretia a geada que se formara durante a noite, produzindo uma névoa branca e ondulante que subia até os peitos dos cavalos e refletia a luz em sua superfície numa camada ardente.

O General Zhang veio se entregar sozinho. Atrás dele, a linha de seu exército era como uma frota num mar de nuvens; o reflexo do sol nas armaduras distantes conjurava chamas de bronze e ouro.

Era a primeira vez que Zhu via o General Zhang de perto. A curva alada de seu cabelo preso num coque lembrava a Zhu uma revoada de gansos; tinha a mesma forma tristonha de suas sobrancelhas grossas. O peso destas dava a seus olhos pretos um ar baixo e retraído de dignidade exaurida.

— Saudações ao meu estimado oponente, o Rei Radiante — disse o General Zhang.

Ele não era bonito, mas a profundidade de seu sentimento — aberto, e ainda assim inviolavelmente íntimo em seus detalhes — atraía o olhar com o mesmo poder que a simetria. Zhu via que ele não estava com raiva ou vergonha da posição a que havia sido forçado, mas resignado. Pesaroso. Dirigindo a voz para além de Zhu, ele acrescentou:

— E saudações a você também, velho amigo. Nunca pensei que nos encontraríamos novamente desta forma.

Para a surpresa de Zhu, Ouyang disse, rígido:

— Peço seu perdão, Zhang Shide.

O General Zhang baixou a cabeça, compreensivo.

— Temos cada um deveres a cumprir. Que homem entre nós não entende isso? Sempre soube que você estava preparado para cumprir seu dever. Não o julgo por isso.

O ar ficava menos abafado conforme a névoa se esvaía. Pássaros gorjeavam nas árvores na beira da planície, onde ela começava seu deslizar gentil nas colinas Zhenjiang.

— Meu filho... Como ele está?

— Ileso — respondeu Zhu. — Paramos o relógio assim que recebemos sua rendição. — Ela fez uma pausa e, porque imaginou que ele ficaria contente, acrescentou: — A coragem do garoto faz jus ao pai.

As palavras de fato o agradaram.

— Eu o subestimei, Zhu Yuanzhang. Quando derrotou o General Ouyang, é claro que lhe atribuí um certo grau de competência militar. Mas agora vejo que você também possui as qualidades que associo mais fortemente à minha própria rainha.

— Qualidades reprováveis? — perguntou Zhu com ironia.

Ele aceitou as palavras com bom-humor.

— Não quis ofender. Refiro-me apenas à qualidade de enxergar oportunidades que outros líderes talvez hesitassem em aproveitar.

— Suspeito que sua rainha e eu temos uma quantia surpreendente de coisas em comum — observou Zhu. — É uma pena que tenhamos começado com o pé esquerdo. Espero que possa facilitar as coisas para nós, general.

— Eu…

O cavalo de Zhu levou um susto quando algo atrás dele foi disparado e, um instante antes de Ouyang se lançar de sua sela e levar o General Zhang para o chão, Zhu viu uma flecha cruzar o céu vazio.

Xu Da já se dirigia para as árvores. Não havia mais flechas. Uma fora suficiente. Zhu acalmou o cavalo e avançou.

Dentro de um círculo de fantasmas, Ouyang tinha o General Zhang sobre o colo. O sangue arterial que escorria pela mandíbula do General Zhang tinha uma cor tão vívida que nem parecia sangue. Zhu pensou na tintura labial vermelha de uma moça; na crista vermelha de um pica-pau. A ponta de uma flecha e uma haste com o comprimento de uma mão projetavam-se da lateral do pescoço de Zhang.

— Bem — disse ela, exasperada. — Isso não veio de *nós*.

— Foi Pote de Arroz — declarou Ouyang, com uma certeza fria, e Zhu lembrou-se de um pôster provocativo; um irmão traído. — Foi vergonha demais para ele. Isto é vingança.

Zhu supunha que Ouyang entendia tanto de vergonha quanto de vingança. Ela encarou o corpo. Parecia já encolhido, como se o último suspiro de espírito e *Qi* do General Zhang tivesse deixado para trás um espaço desmoronado, embora ele portasse a mesma expressão cansada de tristeza.

— É o rosto de alguém que se lembra de todas as tragédias de suas vidas passadas. Acho que esta vida não foi diferente! Ele devia ter se livrado de Pote de Arroz antes.

Na opinião de Zhu, o General Zhang não fora o paradigma de nobreza que Ouyang parecia pensar que ele era. Talvez seu coração não desejasse trair o irmão, mas sua carne certamente desejara o suficiente. Desde a primeira vez que o General Zhang dormira com a esposa do irmão, lançara tanto a si mesmo quanto ao irmão num caminho ao fim do qual um dos dois morreria. Qualquer hesitação adicional após esse ponto não fez dele um homem *bom*. Apenas evidenciou sua relutância em assumir a culpa por ter sido o primeiro a agir.

Ele havia desejado, sem possuir a força necessária para suportar o sofrimento produzido por esse desejo. O custo de não possuir tal força fora a própria vida.

Xu Da retornou, ofegante. Zhu notou uma mancha de sangue em seus lábios, e fez uma nota mental de arranjar lanolina para a rachadura.

— Não consegui pegá-lo. E...

Zhu seguiu o olhar do amigo até o exército do General Zhang e entendeu o que ele queria dizer. Tudo o que os homens podiam ter visto àquela distância era a queda de seu general. É claro que teriam presumido que Zhu havia rompido a negociação e o matado. O que, refletiu ela, não era exatamente uma suposição descabida. Entre ela e Ouyang, os dois de fato tinham uma certa reputação de traidores.

— Mesmo que não tenhamos conseguido a rendição, suponho que não foi em vão. Sem a liderança do General Zhang, devemos ser capazes de forçar uma vitória. Lidere o ataque — instruiu Zhu a Xu Da. — Se puder se aproveitar desta confusão e da ausência de um líder do outro lado, eles ficarão desestabilizados e você conseguirá forçá-los a recuar. Agora!

Ouyang deitou o corpo do General Zhang. Antes de se levantar, tocou o ombro protegido pela armadura e murmurou:

— Fico feliz por você ter morrido sem saber quem o matou.

Teria aquilo importância? Zhu perguntou-se, olhando para os fantasmas de olhos vazios de Ouyang. Morto era morto. Apenas os vivos se importavam. Apenas os vivos sentiam e desejavam. Apenas os vivos se acorrentavam ao passado, e apenas os vivos diziam a si mesmos que era em nome dos mortos que faziam o que faziam.

A bem-treinada égua preta de Ouyang havia ficado por perto mesmo depois que ele saltou da sela. Seus olhos cintilavam como se ela rastreasse os fantasmas errantes de seu mestre. Quando ele voltou para a égua, Zhu disse-lhe:

— O General Xu cuidará do ataque. Tenho outro trabalho para você. Venha comigo.

Quando Ouyang apeou à frente da tenda de comando de Zhu, algo voou na direção de sua cabeça. Ele pegou o objeto por reflexo: um sabre embainhado. Zhu tinha uma expressão neutra, mas Ouyang percebeu que se acostumara a ver humor naquele rosto de inseto, fosse na superfície ou abaixo dela. Sem isso, Zhu pareceu-lhe subitamente assustador.

— Agora que o pai está morto… — começou Zhu.

Ele não precisou elaborar para Ouyang.

— Já sei.

Depois que Zhu terminou de extrair o sangue do garoto, ele foi levado até uma tenda de custódia nas extremidades do acampamento. Ouyang encontrou-o bebericando uma tigela de remédio com uma mão só, os lábios pálidos, mas aparentemente com saúde. A outra mão estava amarrada à estrutura da tenda. Embora o garoto tivesse as feições do pai, estas careciam daquela expressividade móvel que tanto cativava o olho. Sua pele já havia perdido a estranha jovialidade da infância e adquirido uma qualidade oleosa e rugosa.

Ouyang soltou-o em silêncio. Quando o garoto relaxou de alívio, Ouyang pôde ler seus pensamentos: a tortura havia acabado e o pai havia feito um acordo para que ele retornasse; tudo ficaria bem. Ouyang sentiu uma irritação abrupta. O garoto se envolvera naquela situação porque saíra da casa de Zhenjiang contra as instruções do pai. Quisera se divertir e acabara descobrindo que, de fato, havia consequências para suas ações. Onde estava a vergonha por ter desonrado e decepcionado o pai? Onde estava a culpa pelo que havia feito?

Ouyang tinha dez anos quando assumiu a responsabilidade pela honra da família, sabendo que seu sofrimento não seria recompensado com nada além de escárnio e desprezo. Tinha dez anos quando foi forçado a seguir sozinho. Já aquele garoto, mais velho do que Ouyang na época, nunca dera um passo sem que o pai estivesse por perto para ampará-lo. De que adiantava deixar que um garoto vivesse num sonho, protegido da dor e da responsabilidade? A irritação de Ouyang transformou-se numa impaciência selvagem. Era a mesma necessidade que tinha de rasgar uma atadura presa na ferida de um soldado que gemia inutilmente só de pensar na possibilidade da dor. *É claro que dói.* Assim como doía quando um garoto tinha de assumir responsabilidade e se tornar um homem, a menos que quisesse viver para sempre como uma criança. O mundo era injusto e cheio de dor. Todos tinham de aprender em algum momento.

O garoto seguiu Ouyang sem questionamentos até a cerca de bambu que contornava o acampamento. Suas botas eram tão novas que as solas ainda brancas produziam um som esquisito em contato com as folhas caídas e macias. Após percorrerem uma pequena distância, Ouyang parou. O garoto olhou ao redor, à procura dos homens que, presumia ele, haviam sido enviados pelo pai para buscá-lo. Porém ali, dentro do túnel verde e murmurante, não havia nada. Nenhum cavalo se aproximava, nenhum uniforme familiar podia ser visto em meio às árvores. Havia apenas os dois.

— Estimado general. O senhor não vai... me devolver? — A voz do garoto já começara a apresentar as falhas da puberdade. Mesmo que não estivesse prestes a dar um fim no garoto, pensou Ouyang com amargor, aquela postura respeitosa, a postura de uma criança que ainda não aprendera a fazer a distinção crucial entre um homem e um eunuco, não teria durado muito mais tempo.

— Seu pai está morto — disse ele.

Ele viu o momento exato em que as palavras perfuraram o sonho do garoto. Sentiu satisfação por ter dado um fim àquela inocência privilegiada a respeito da crueldade do mundo, como uma pequena vingança.

— Mas ele se rendeu! — O rosto do garoto empalideceu. — Foi você? Você o matou?

Que outra coisa alguém presumiria a respeito de um conhecido traidor?

— Sim — mentiu Ouyang.

Era melhor assim. De que adiantaria dizer ao garoto que o pai fora assassinado pelo tio? Não havia nada que o garoto pudesse fazer a respeito disso antes que Ouyang o matasse. Ele morreria como uma criança desamparada, um gatinho indesejado, e não haveria nenhum significado — nenhuma honra — em sua morte.

Ele estendeu o sabre embainhado para o garoto.

— Tome.

O garoto não se mexeu. Para seu desgosto, Ouyang viu que, em vez de se empertigar com orgulho, o rosto do outro já estava enrugado e choroso.

— Por quê? — choramingou o garoto. — Por que o senhor o mataria? Ele gostava do senhor. Ele o respeitava.

— Foi preciso — respondeu Ouyang com um controle frígido. De certa forma, era verdade. Se o General Zhang tivesse se colocado no caminho de Ouyang, ele o teria decepado independentemente do respeito e afeto que sentia pelo outro. *Como isso poderia me impedir, considerando o que já fiz?* Ele teve a consciência terrível de um tsunami de dor a estremecer na periferia da mente. Viu-se agarrando desesperadamente à repulsa que sentia pelo garoto, como se o sentimento o pudesse salvar. — Foi preciso, assim como você precisa fazer isto. Ou prefere que eu o decepe e me livre de você, como se estivesse descartando o lixo? *Pegue a espada.*

Mas o garoto parecia ter perdido a capacidade de falar. Ele tremia e chorava enquanto Ouyang o encarava com uma expressão cheia de ódio. Será que o garoto não via que ele estava lhe dando a chance de morrer com dignidade? Deveria estar *grato.* Será que pretendia desperdiçar seus últimos instantes de vida mergulhado em medo e desonra, negando-se a assumir o papel de homem?

Ouyang sentiu um desejo selvagem e repentino de esmagar aquele medo até o sentimento escorrer como uma lesma de uma concha quebrada.

— Está envergonhando a si mesmo e à sua família! Não terá a coragem de fazer o que precisa ser feito? Deixará seus ancestrais verem o próprio nome desonrado por um garoto tão patético que foi incapaz de cumprir seu dever? Estou lhe dando a chance de vingar seu pai. *Pare de chorar feito uma criança e tente.*

O vento fez dois colmos de bambu se roçarem, produzindo um rangido irregular que irritou Ouyang.

Devagar, o garoto ergueu a cabeça. Com uma satisfação cruel, Ouyang viu que a humilhação havia funcionado. Ótimo. Não teria sido certo se o filho do General Zhang tivesse morrido como uma criança lamuriosa.

O garoto tomou o sabre, mas suas mãos tremiam com tanta violência que foram necessárias várias tentativas para desembainhá-lo. Ouyang aguardou diante dele: sem armas, sem armadura. A única coisa que sua vulnerabilidade o fazia sentir era um violento desprezo por si mesmo. Estar desarmado não significa nada quando você mesmo é uma arma.

O garoto avançou.

No fim das contas, ele se recompôs de modo admirável. Deu tudo de si naquele último esforço: não para sobreviver, mas para dar orgulho a todos. Para ser o homem que esperavam que ele fosse. E, no fim das contas, foi um bom esforço. O General Zhang havia treinado bem o garoto.

Mas tudo o que Ouyang sabia fazer era matar.

Ele olhou para baixo, com a sensação vaga de ter se ausentado brevemente do próprio corpo. O sabre ensanguentado estava em sua mão. O garoto estava no chão.

Enquanto Ouyang o via se contorcer de dor, de súbito a situação pareceu-lhe esquálida. Era mais difícil enxergar honra e propósito quando as partes humanas pensantes desapareciam e tudo o que restava era a carne. Ele se ajoelhou e deu fim à situação. Outro filho morto de um pai morto.

Se, quando Ouyang deu início à sua busca por vingança, alguém tivesse lhe perguntado se ele se esqueceria do rosto do próprio pai, ele diria que não. Seu pai era o motivo pelo qual fizera tudo aquilo. Ao longo dos anos, porém, seu desejo de vingança permaneceu, mas a memória desapareceu. Zhu havia lhe perguntado como era seu pai, mas Ouyang já não sabia mais.

Somente quando ele foi recolher o corpo que notou o corte na parte interna de seu antebraço esquerdo. O sangue já havia brotado entre as bordas rasgadas de sua manga. Ele o encarou, fascinado. O ferimento quase parecia não ter tido nada a ver com o garoto, como se tivesse simplesmente surgido com a força de seus pensamentos.

A dor atingiu-o de uma só vez. Um grito pungente atravessou-lhe o corpo, da cabeça aos pés. Ele era uma árvore atingida por um raio; seu ser apagou-se naquele clarão de fim de mundo.

Ele retornou a si, uma pulsação de cada vez. Ainda estava ajoelhado no mesmo lugar. A dor fora exatamente o que precisava, mas mesmo isso não fora o suficiente. Se ao menos pudesse ter durado mais tempo.

Ouyang ergueu o garoto nos braços. Ao menos ele poderia descansar ao lado do pai, ali na borda da planície. Com o tempo, a grama voltaria a crescer, e os túmulos gêmeos contemplariam aquele mar cintilante conforme ele se tingisse de rosa para branco e depois rosa de novo, sob o correr incessante das estações.

Contra sua vontade, Ouyang lembrou-se do túmulo solitário naquela outra planície coberta de grama.

Se ao menos pudesse abrir um corte tão profundo que o impediria de se sentir daquele jeito. Se ao menos pudesse se ferir o bastante para que a dor durasse para sempre.

Zhu dispensou o mensageiro que trouxera as últimas notícias — o exército dos Zhang havia recuado após ser subjugado por Xu Da — e removeu a mão de madeira, aliviada. Ela a vinha usando continuamente desde que partira com Ouyang para Zhenjiang, e seu toco doía por conta do confinamento mais prolongado do que de costume.

Assim que a depôs, Ouyang entrou com o sabre embainhado. Ela se viu notando as unhas do outro quando ele o depôs em silêncio sobre a mesa à sua frente. As unhas dele deviam ter o mesmo tamanho que as dela, mas, quando vistas em outra pessoa, de repente pareceram-lhe absurdamente minúsculas. Havia terra debaixo delas. Ouyang matara e já enterrara o garoto Zhang, percebeu ela. Se tivesse dado a tarefa a Xu Da ou Yuchun, eles teriam hesitado. Teriam argumentado que o mero garoto era inofensivo. Foi exatamente por esse motivo que ela mandou Ouyang. Quem saberia melhor do que ele o que podia acontecer quando você não amarrava as pontas soltas e deixava vivo um garoto que acreditava em seu envolvimento na morte do pai?

Os pensamentos de Zhu voltaram-se para sua própria ponta solta, Chen Youliang. Teria sido ele o responsável pelos pôsteres que haviam causado a implosão da família Zhang? Ela sabia que ele vinha tentando se estabelecer em Wuchang, mas, com os recursos de que dispunha no momento, estava a anos de representar uma ameaça para sua fronteira oeste. Ainda assim, Chen tinha uma mente política. Ela podia imaginá-lo usando métodos desonestos para fortalecer sua posição contra os outros atores da região. No entanto, considerando o ressentimento que ele lhe nutria por usurpar a liderança dos Turbantes Vermelhos, por que ele teria orquestrado a morte do General Zhang se isso apenas a aproximava do trono?

Aquele trono, seu objetivo, era tão claro quanto a luz ao fim de um túnel. Por um momento, porém, Zhu sentiu uma inquietação dentro de si, como se houvesse algum movimento que ela não estivesse conseguindo ver nas sombras dos dois lados.

Quando ela voltou a atenção para Ouyang, ocorreu-lhe que ele estava mais sujo de sangue do que ela teria esperado por conta da tarefa de se livrar de uma criança desarmada e desavisada. Após uma inspeção mais cuidadosa, ela descobriu que a fonte do sangue era um longo talho na parte interna de seu antebraço esquerdo. A seda apertada de sua manga em estilo mongol já estava saturada do pulso ao cotovelo.

— Você lutou contra ele? — Teria sido melhor ter pegado o garoto desprevenido.

— Eu lhe fiz a gentileza de deixar que morresse com honra — corrigiu Ouyang. Após um instante, ele acrescentou, rígido: — Ele entendeu. Morreu bravamente. O pai teria ficado orgulhoso.

Será que era mesmo bravura se o motivo para um garoto ter erguido uma espada fosse porque as expectativas de um adulto o fizeram acreditar que não havia outra alternativa?

— A honra sempre me pareceu um conforto gélido para os moribundos — disse ela, seca. — Se eu tivesse escolha, preferiria não morrer. Arregace a manga.

Ouyang olhou o ferimento como se não tivesse lhe ocorrido que aquilo pudesse ser motivo de preocupação.

— Por quê?

— Quer que eu costure isso ou não?

— Você? — Sua surpresa era carregada de desdém. — Se eu quisesse um trabalho grosseiro feito com uma mão só, eu mesmo o faria.

— Não será um trabalho grosseiro — retrucou Zhu, mordaz. — Não é como se monges tivessem criados. Diferentemente de você, passei a maior parte de minha vida remendando minhas próprias roupas. Sei usar uma agulha. *Além disso*, diferentemente de você: tenho experiência em fazer coisas com uma mão só. — Ela arrastou a cadeira da escrivaninha até o centro da tenda. — Sente!

Quando ela voltou com os suprimentos, ficou ligeiramente surpresa ao descobrir que ele havia obedecido. Ela se ajoelhou ao lado de Ouyang, o que o fez emitir um som estrangulado de descrença.

— Nenhum homem que já respeitei se rebaixaria como você faz.

O distanciamento gélido naquele rosto belo e atormentado parecia tão involuntário para ele quanto respirar.

— Não acho que ajudar, ou pedir ajuda, seja o mesmo que se rebaixar — disse ela.

— Já percebi — respondeu ele com desgosto. Após um momento, porém, ele arregaçou a manga, sem se importar com a forma como se prendia ao ferimento.

Era um corte profundo, com gordura amarela visível através do sangue, mas não foi isso que chamou a atenção de Zhu. Foi o bracelete que Ouyang usava no pulso, feito com contas de jade e ouro.

Ouyang usava contas similares nas pontas das tranças. Todos os guerreiros mongóis usavam. Porém, assim que Zhu as viu, soube a quem haviam pertencido.

Ela se lembrou do desespero terrível no rosto de Ouyang quando ela o encontrou em Bianliang antes de ele trair o príncipe de Henan, e da agonia em sua voz quando ele lhe perguntou se Esen-Temur estava entre os fantasmas que o seguiam. Agora, ele carregava uma parte daquele homem morto no pulso, num gesto de intimidade que não era reservado a amigos, nem mesmo a irmãos.

Ele amara Esen-Temur, pensou ela com um arrepio. Ele o amara, mas mesmo isso não fora suficiente para impedi-lo de matá-lo.

Ele não se retraiu quando ela começou a costurar. Sequer fez um comentário desdenhoso sobre o modo como ela precisava segurar a ponta do fio com os dentes enquanto fechava cada ponto, como parte dela havia imaginado que ele fosse fazer. Ela olhou para cima, pensando que encontraria Ouyang rangendo os dentes de dor. Para sua surpresa, porém, a expressão dele se voltara para dentro, aplacada por um estranho alívio.

Naquela mesma manhã, ela vira Ouyang matar uma dúzia de homens sem muito esforço. Agora, de alguma forma, ele lutara contra uma criança e fora ferido. Será que, em algum grau, ele teria desejado que aquilo acontecesse? Em sua mente, Zhu viu seus pés esfolados; seus punhos cerrados com tanta força que o sangue de suas palmas escorria entre seus dedos. *Pode ser uma coisa boa.*

Ele queria aquela dor, percebeu ela, porque era a única coisa que poderia extinguir a agonia do que ele havia feito.

A ressonância que Zhu sempre sentia na presença de Ouyang cresceu até ameaçar a firmeza da mão que segurava a agulha. Ouyang havia matado o homem que amava por iniciativa própria e se lançado numa vida de pesadelo. Em nome do que desejava, ele estivera preparado para fazer qualquer coisa. Para dar não apenas algo, mas tudo.

Assim como eu, pensou Zhu. A onda de reconhecimento foi tão forte que ela estremeceu. Sempre soubera que ela e Ouyang eram semelhantes. Agora, porém, a verdade reverberava não apenas em sua carne, mas nas correntes de seu *Qi*: ali estava a pessoa mais semelhante a ela em todo o mundo.

Ela curvou a cabeça para cortar o fio do último ponto com os dentes. Em vez do cheiro natural da pele de Ouyang, o único cheiro que sentia era o de sangue. Quando ele se levantou para sair, ela disse:

— Espere.

Ela tirou a espada de Ouyang do baú e estendeu-a para ele, equilibrada ao longo de uma palma e um toco. Ele não a pegou de imediato, mas seus olhos a fitaram com um desejo, uma fome desesperada que lembrou a Zhu uma pessoa que olhava não um objeto, mas uma parte deslocada de si mesma.

Ela manteve a espada estendida entre os dois.

— Sei que está determinado a ir até Dadu e enfrentar o Grande Conselheiro sozinho. Mas, se fizer isso, não terá nenhuma garantia de vitória. Você pode muito bem perder, e então tudo o que fez e deu terá sido em vão. Antes de me conhecer, você não tinha outra escolha. Mas agora permita-me oferecer outra opção. — O sangue de Ouyang em seus dedos já estava secando, adquirindo um tom amarronzado que a fazia lembrar menos dos fluidos de um campo de batalha e mais das manchas entre as coxas de Ma naquela época do mês. — Retome o comando de seu exército. Não vou mais mantê-lo cativo e usar suas tropas contra sua vontade: retome-as e lidere-as voluntariamente ao lado das minhas para derrotar Madame Zhang. E, depois disso, marche comigo até Dadu. Lute ao meu lado contra o Grande Conselheiro, e vença.

"Estou fazendo esta oferta a você porque nós queremos a mesma coisa. Porque nós dois a queremos tanto que faremos o que for preciso, suportaremos qualquer sofrimento que for exigido de nós, para conquistá-la."

Enquanto falava, Zhu sentia que estava conjurando não apenas crença, mas uma destilação pura da semelhança entre os dois.

— Então colabore comigo, general. Porque, juntos, ninguém pode nos deter.

As tranças adornadas com contas de Ouyang, que ameaçavam desfazer seus laços em forma de gota, roçaram as laterais de seu rosto voltado para baixo enquanto ele fitava a espada. Após um instante, ele a pegou e a desembainhou. Nas mãos de alguém cuja armadura marcava sua identidade de modo tão pronunciado no campo de batalha, ela parecia inadequada em sua simplicidade: não tinha ornamentos ou inscrições.

Ainda assim, apesar de sua simplicidade, era a espada que Zhu teria reconhecido em qualquer lugar. Ela estendeu a mão direita para tocar a lâmina e passou os dedos ao seu redor, assim como fizera quando Ouyang a apunhalara. Era a espada que havia abrigado dentro de si; era a espada que fizera de Zhu quem ela era. Quando a nota oscilante de semelhança entre os dois surgiu, Ouyang arregalou os olhos. Zhu lembrou-se da forma como, muito antes de ele saber quem ela era, ele havia virado para fitá-la, ajoelhada naquela fileira de noviços com mantos cinza. Ele podia sentir a conexão entre os dois, assim como ela. Diferentemente dela, porém, ele nunca compreendera o que aquilo significava: que, naquele mundo que o odiava, ele não estava sozinho.

— Nossos destinos levam ao mesmo lugar, general. Estão entrelaçados. Você não sente? Sempre estiveram. Porque somos semelhantes. — Era a espada dele que ela segurava, mas a igualdade dos dois pulsava tão intimamente quanto como se ela tivesse lançado a mão fantasma dentro dele e segurado a carne escorregadia e pulsante de seu coração. Os peitos de ambos subiam e desciam em sincronia. Ela lhe perguntou: — Vai me ajudar?

As pupilas dilatadas de Ouyang já haviam engolido por inteiro as manchas âmbar de suas íris. Eram as poças negras dos olhos de um homem morto. Quando Zhu olhou dentro dele, teve a sensação de enxergar tudo, até o ponto onde aquele ser ardente e atormentado se contorcia diante do horror do que havia feito.

— Vou — respondeu ele, a voz rouca.

Mesmo depois que Zhu o soltou, o corpo dela continuou a ecoar com a compreensão da única outra pessoa no mundo que sabia como era desejar algo tanto quanto ela desejava.

Quando ele ergueu a aba da tenda para partir, com sua figura pequena novamente completa pela espada embainhada nas mãos, ela não pôde deixar de perguntar:

— Como ele era?

Ele se virou. Havia uma crueza tão insuportável em sua expressão, como se ele tivesse sido escavado até o núcleo de sua dor, que ela pensou que ele não responderia. Então ele disse, com uma perplexidade triste:

— Nada parecido com você.

10

PINGJIANG

As criadas da rainha achavam-se paralisadas ao seu redor. Ela sabia que aquele quadro de corpos imóveis ficaria gravado para sempre em sua memória, assim como uma estrela cadente que colide com a terra e a transforma em vidro que detém a forma do impacto. Seu próprio choque era indolor. Tudo que tinha era a sensação de ter vivenciado alguma perturbação física aguda, mas inidentificável.

— Como? — questionou ela. Sem pensar, apenas reagindo. — Como?

O eunuco à sua frente mantinha a cabeça abaixada. Era como se a rainha tivesse gritado com árvores mudas. A pergunta fora eviscerada de significado pela própria estupidez, pela própria irrelevância. Porque não importava. Nada importava além do fato que já fora declarado.

De repente, ela se sentiu furiosa. *Como ele ousa?* Como ele ousa cometer um erro, erro este irreparável, e arruinar tudo que ela se esforçara tanto para cultivar? Ela podia ver-lhe os olhos, escuros e defensivos, sob aquela testa franzida. A ideia a fazia querer gritar. Ele vivia na defensiva, incessantemente. Mas ela não queria suas desculpas. Não queria a forma silenciosa com que ele absorvia as palavras cortantes que ela lhe lançava. Da próxima vez que ele fosse a seus aposentos, ela o faria estremecer. Ela o encheria de violência até *machucá-lo*...

Aquele choque indolor, mas perturbador, outra vez.

Não. Aquilo não aconteceria. Ele jamais iria até seus aposentos outra vez. Ela jamais conseguiria castigá-lo por aquele erro específico.

Ela tropeçou, segurando-se na borda da penteadeira antes que caísse. Foi então que entendeu o que estava acontecendo consigo. Não pela sensação em si, mas pelo padrão aprendido: como aquela sensação de desordem interna sempre vinha junto com a visão dos ossos esmagados se movendo sob seus pés, ou como seus membros se enrijeciam no dia seguinte após ser espancada. *Meu corpo dói.*

O General Zhang estava morto. Ela ficou surpresa ao perceber o quanto a notícia a atordoara, com uma violência que se assemelhava a um golpe. Zhang Shide em si fora apenas útil. Fora um homem com a combinação de atributos que ela precisava: corpo forte, mente nobre e um coração infinitamente tolo. Ela poderia ter usado qualquer homem assim. Ele fora o escolhido apenas porque estava *ali*.

Mas ela pensou, violenta e abruptamente, que o havia amado. Era o tipo de pensamento que precisava da confirmação do mundo. Precisava de sua dor, para que ela soubesse que era real e não apenas um desejo. Mas seu conhecimento da disfunção de seu corpo parecia tão distante quanto uma escarpa no horizonte de um deserto frio. Ela não fazia ideia de como transformar tal conhecimento num sentimento.

Debruçada sobre a penteadeira, os dedos cravados no incensário, ela ouviu o marido no corredor. Indo até *lá*, aonde nunca havia ido antes. Era revoltante. Tê-lo em seu santuário interior, violando não apenas seu espaço, mas sua memória…

Uma nova emoção transformou-se em raiva antes que ela pudesse identificá-la. Ela pensava em suas emoções como água a escorrer por um labirinto de canais que levavam ao mesmo lugar: seu poço infinito de raiva. Mas ela era grata pela raiva. Era, ao menos, algo para sentir.

Quando Zhang Pote de Arroz entrou, encontrou a rainha ereta e elegante, com um sorriso no rosto.

Assim que ela viu o rosto do marido, avermelhado de vitória e autocongratulação, soube da verdade muito pior da situação. Qualquer que tivesse sido a causa, não houvera nada de acidental na morte do General Zhang. Fora obra de seu marido.

O sorriso da rainha não vacilou. Era tão separado de seu ser quanto a pintura na superfície de um vaso.

Você o matou.

Era por isso que ele viera. Ele queria que ela soubesse; queria ver sua dor.

Era uma troca que ela teria feito. Permitir que o odiado marido possuísse aquela verdade a respeito dela, em troca de poder sentir o que deveria sentir.

Ela fez uma reverência, dizendo:

— Esta mulher soube da triste notícia. Embora suas palavras sejam decerto indignas demais para confortar seu marido neste momento de pesar, ela ousa oferecer-lhe suas humildes condolências.

Ele estava perto demais. Seu cheiro, de óleos de massagem misturados ao odor amargo dos medicinais, atacou-a. Num lampejo, ela teve um vislumbre do marido a penetrá-la, o tapete de seda amarrotado sob ela graças ao deslizar de seu corpo quando lançado ao chão; depois, viu a cena como que do lado de fora: seu rosto vazio, os braços e pernas brancos e desarticulados, e as criadas assistindo a tudo, impassivas, enquanto ele a punia; enquanto ele a esmagava em pedacinhos.

— Suas *condolências*. — Como ela lhe odiava o rosto, aceso com uma crueldade grosseira. O sentimento excitava-o: a violência que ele julgava capaz de extrair dor da mulher. Ele era tão estúpido que não sabia que porcelana não sangra. — Mas, minha leal esposa, você deveria estar me parabenizando.

Ele lhe segurou o rosto, cravando os dedos em sua mandíbula. Apenas quando se tratava de crueldade, ele era capaz de pensar no futuro. Ou talvez fosse apenas instinto. Ele sabia que o prazer mais agudo não vinha do ato de causar tormento a uma pessoa, mas de senti-la resistir.

Ela lhe negou qualquer reação quando ele abriu a outra mão diante dela. Ela já sabia, é claro, o que haveria lá. Contudo, a sensação de desordem interna intensificou-se. Foi só quando ela viu o triunfo do marido que percebeu que estava tremendo. Ele viera testemunhar sua dor, e agora conseguiu. A vitória do marido encheu-a de uma fúria de frustração. Ele havia roubado o que ela nem sequer podia sentir por si mesma. Ela queria, violentamente, rasgar o âmnio que a separava de seu ser, e cuspir as vísceras de seus sentimentos. Mas nem o desespero nem a raiva eram capazes de cortá-lo; o peso dos dois sentimentos não servia para nada além de fazer seus pulmões arquejarem num reflexo mecânico.

— Ele tinha isso enquanto a comia? Pensava que isso podia ser dele? — A chama laranja do Mandato do Céu erguia-se dos vincos na palma de Pote de Arroz. Ela sempre se surpreendia com sua capacidade de queimar sem produzir ruído. Toda luz fazia barulho, exceto a do sol. — Zhang Shide ousou lançar sua ambição ao topo! Sendo que tudo o que ele era, tudo o que conquistou, devia-se a esta família. A *mim*.

A cena era tão grotesca para ela quanto se ele estivesse segurando o coração ou o fígado do General Zhang na mão. Como é possível *ele* estar vivo? Isso desafiava sua noção das leis naturais do mundo. Ele matara o próprio irmão, o resignado motor do sucesso daquela família. E, por aquela ruína que ele considerava sua vitória, recebera o reconhecimento dos Céus. Aquilo parecia amargo demais para ser possível.

Ao mesmo tempo, ela sabia como havia sido tola em acreditar que um homem bom poderia vencer.

Pote de Arroz virou-lhe o rosto de um lado para o outro, procurando por sua dor, como se ela fosse um objeto sob o escrutínio de um colecionador.

— Eu deveria matá-la também, sua vadia mentirosa.

Ele deslizou a mão para o pescoço dela. Ela sabia qual era a intenção do marido. Sua dor abrira-lhe o apetite, e um glutão comia sem comedimento até não restar mais nada para devorar. Ela se perguntou se seu corpo experimentava o medo, e se ele podia senti-lo. Dentro daquele receptáculo, ela estava fria e imóvel: não sentia nada.

Após um momento, ele disse:

— Você tem sorte por eu ser uma pessoa generosa. Eu a perdoarei, por ora. Mas, depois que eu derrotar Zhu Yuanzhang, conquistar Dadu e me tornar Imperador, você terá de provar que ainda é digna de ser uma de minhas concubinas. — Ele a apertou de leve, de modo que o sangue ficasse preso na cabeça dela, depois a soltou.

Talvez apenas inconscientemente ele soubesse que precisava dela. Zhu Yuanzhang marchava para iniciar um cerco a Pingjiang, e eles não tinham mais um general. Apesar dos desafios evidentes da situação, ela pensava que o marido ainda poderia conquistar o trono se ela se dispusesse a ajudá-lo. Mas a ideia a enchia de desgosto.

Quando ele partiu, desta vez ela não desabou. Parecia mais um fracasso. Ela nunca dera nada de verdadeiro a Zhang Shide e, agora que ele estava morto, ela não lhe podia dar nem sequer o seu pesar. Por um momento, ela foi tomada pela estranha ideia de que não era nem uma pessoa, mas um fantasma que se apossara de um corpo que encontrara enquanto vagava. Talvez fosse apenas por Zhang Shide ter possuído o Mandato do Céu, que lhe permitia ver o mundo espiritual, que ele havia sido capaz de *vê-la*.

Ela via as criadas em sua visão periférica. Elas lhe conheciam a frieza melhor do que ninguém, mas ela podia ver que nem elas acreditavam que ela não sentia nada. Pensavam que ela só vinha reprimindo a verdadeira reação para contrariar Pote de Arroz. Esperavam que ela chorasse.

Num acesso de raiva, ela agarrou uma garrafa da penteadeira e espatifou-a no chão. O pico de prazer, selvagem e imediato, a fez cambalear. Ela pegou garrafas de vidro, caixas de madrepérola e frascos de porcelana de valor inestimável e os lançou ao chão num frenesi de destruição. Regalou-se com o ato, assim como

Pote de Arroz: deleitou-se com o espirrar de líquido e pontas de faca, com a nuvem cintilante de flocos de pérola e óleo perfumado. Ela quebrou e quebrou, até sua mão ficar vazia.

Ela se deixou ficar em meio aos destroços, as costelas arfando feito um fole contra a seda inflexível que a envolvia. As criadas estavam encolhidas de medo. Vê-las encheu-a de ódio: que *aquilo* as chocasse, quando haviam observado a mesma violência ser infligida contra ela com um interesse vazio.

Ela se sentou e pegou o espelho de mão. Sua maquiagem estava borrada em manchas grandes e feias ao longo da mandíbula, a pele avermelhada. Hematomas do dia seguinte. Ela sentiu aquela urgência selvagem outra vez: espalhar sua raiva pelo mundo. Dirigindo-se mais ao espelho do que às criadas, ela disse:

— Venham me arrumar.

Ela engoliu o pulsar silencioso do temor das criadas: do que aconteceria quando pressionassem lentamente os sapatos de solas macias naquele campo cintilante. Sapatos desprezíveis, com pés desprezíveis. Pensar naqueles pés grandes, com ossos longos e dedos móveis, a enchia de desgosto.

Contrariando o prazer crescente veio um pensamento, involuntário: *ele me odeia quando eu fico assim.*

Sua mão tremeu com tanta força que ela não pôde mais encarar o próprio rosto no espelho. Ela foi abruptamente tomada por uma fúria tão aniquiladora do próprio corpo, de sua existência *inquestionável* e da inútil incapacidade de controlá-lo que, se soubesse que poderia ter destruído o mundo que o continha com um pensamento, ela o teria feito.

Ela depôs o pesado espelho de metal sobre a mesa com tanta força que ele quicou. Para as criadas ela disse, com a voz doce:

— Se demorarem demais, farei vocês rastejarem.

Dias se passaram. Ela tinha uma vaga noção do corpo se movendo ao longo deles. Sorria, dançava e era comida. Dentro da impecável pele de cerâmica que o mundo via, porém, seu ser tinha apenas a consciência desinteressada de um fantasma.

Até agora.

Ela leu a carta outra vez, seguindo os traços finos da caligrafia que evocava o retorcer elegante dos juncos ao vento. A letra pareceu-lhe familiar, mesmo antes de ela encontrar a cortês reapresentação do escritor. Ela se lembrava dele. O Senhor Wang Baoxiang, o estudioso de olhos frios com quem fizera negócios muitas vezes antes, quando ele administrava o abastado domínio do príncipe de Henan. Agora era ele o príncipe.

Ela podia sentir os fios do universo os unindo de forma tão caprichosa quanto a caligrafia de Baoxiang. Foram as ações dela que removeram Esen-Temur e permitiram que seu irmão assumisse o título. E agora lá estava ele com uma oferta, num momento em que ela precisava de uma. Como ele devia ser bem-informado, para saber o que havia ocorrido ao General Zhang mesmo estando tão longe em Dadu.

Uma pessoa normal teria sofrido. Wang Baoxiang tomou-lhe a perda, transformou-a numa anotação num livro-caixa e reformulou-a por meio de um raciocínio limpo de algo negativo para algo positivo. Em vez disso, ela se viu recebendo de bom grado a lógica do ato, aceitando dentro de si aquilo de que tentara se convencer. *Não importa que ele tenha morrido, e que eu não possa sentir pesar.*

Se o que Wang Baoxiang afirmava era verdade...

Ela pensou, fria: *eu faria negócios com ele outra vez.*

11

CAMBALIQUE

Baoxiang jazia preso a um estado de temor. Correntes de ar agitavam as colchas. O papel da janela vibrava contra a treliça com a mesma violência com que seu coração palpitava contra as costelas. Lá fora soavam trovões, mas foi o outro som que o acordou. Aquele som era o gatilho em seus sonhos, sempre pronto para ejetá-lo de volta ao estado desperto, suado e apavorado. A frustração exausta dava-lhe náuseas. Era sua própria mente que lhe recusava o sono, como se estivesse sempre evitando algo insuportável dentro de si, mas ele não conseguia imaginar o que poderia ser pior do que aquele tormento de desassossego.

Os trovões aproximavam-se. Até então, não havia sinal de neve na seca Cambalique, mas suas tempestades não poupavam fúria. Já se passara muito tempo desde que Baoxiang superara seu medo de trovões, mas cada estrondo espalhava uma vibração residual por seu corpo, como o zunido dos alertas de tempestade em metal.

Certa vez, o pai tentara arrancar-lhe o medo à força. Era uma daquelas primeiras lembranças que se erguiam sozinhas como um leixão, desconectadas de qualquer coisa antes ou depois. Ele não sabia ao certo quantos anos tinha. Idade suficiente, ele sabia, para não dever ter medo.

O selante de alcatrão de bétula entre as tábuas do assoalho da residência do pai escorria com o calor do verão. Entediado, Baoxiang jazia de bruços e raspava a substância com as unhas. Ela exalava um cheiro de metal queimado como uma faca recém-amolada. De vez em quando, ele se deparava com uma formiga presa. Resgatava todas, mesmo que nenhuma se revelasse viva. Torcia para que Esen chegasse logo. Assim, haveria alguém com quem ficar entediado. Mas os passeios a cavalo de Esen sempre levavam uma eternidade, e tudo que Baoxiang podia fazer era esperar.

O primeiro estalo de trovão pegou-o de surpresa. Baoxiang sempre achara os trovões particularmente perturbadores. Eram opressivos. Mesmo com as mãos sobre as orelhas, o som se infiltrava em sua pele e nas solas de seus pés e borbulhava até ele querer gritar. Quando os trovões ganharam força, porém, o desconforto de Baoxiang foi eclipsado por uma sensação terrível de catástrofe. *Esen* estava lá fora naquela tempestade. Não havia abrigo nas estradas planas, nos largos campos abertos e nas pastagens da propriedade. Esen seria atingido por um raio no caminho para casa; seria morto. Quanto mais Baoxiang pensava nisso, mais real a ideia se tornava. A cada estrondo, ele sabia que Esen havia morrido. Baoxiang soluçava de agonia. Ter Esen arrancado de si não era uma ausência abstrata, como a da mãe de Baoxiang ou do homem cujo nome e sangue ele carregava. Era uma ausência em *si*, um espaço escavado e sangrento onde antes havia algo vital, e ele sabia que jamais sobreviveria àquilo.

O pai encontrou-o chorando histericamente no chão. Chaghan ficou assustado. Reprovava a cena. Mas não sentia repulsa ou desprezo — ainda não. Na época, ainda pensava que Baoxiang tinha conserto.

— Baoxiang! O que é isso? Levante-se.

Mas ele não conseguiu obedecer. Em seu frenesi de sofrimento, tudo o que podia fazer era gritar e arranhar o assoalho numa tentativa de escapar da fonte de terror. Teve uma vaga noção de ser erguido pelo colarinho e conduzido, aos tropeços, pela residência até o pátio varrido pelo vento.

— Ouça! —gritou Chaghan para ser ouvido. O pátio era um terror dilacerante de luz e barulho, e Baoxiang debatia-se e chorava sob a mão de ferro do pai. — É apenas um som! Que motivo tem para sentir medo? Levante-se, e aprenda a dominar seu medo!

Anos mais tarde, muito depois de Chaghan ter desistido dele e os dois se situarem em oposição mútua, Baoxiang perguntou-se se alguma vez já lhe fora possível ser o que o pai queria. Agora, lembrando-se da frustração de Chaghan enquanto ele gritava até perder os sentidos, ele sabia que nunca fora possível. Seu medo fora irracional, mas fora real porque ele o *sentia*. Como não podia ser uma parte de si, uma verdade sua? Mesmo quando era uma criança sem palavras para se expressar, seu eu mais profundo exigira que aqueles que proclamavam se importar com ele deveriam entender o que era verdadeiro para ele. E, se não pudessem — se não *quisessem* —, então ele não se fragmentaria por sua aprovação.

Agora, parecia-lhe inexplicável como uma criança ainda em formação podia nutrir uma recusa tão insistente em deixar que elementos de si mesma fossem extirpados como defeituosos e indesejáveis. Ainda assim, pensou, com um orgulho cruel e atordoado: até mesmo naquela época fora ele mesmo.

Em meio ao som da tempestade, Baoxiang distinguiu vozes no portão da frente, depois um fluxo repentino de pessoas a entrar e sair da casa. Ele já estava vestido quando Seyhan bateu à porta e entrou com uma lanterna molhada da chuva. Baoxiang nunca sabia se eram os ângulos dramáticos do rosto de Seyhan que tornavam suas expressões tão legíveis, ou se seu povo usava o rosto com uma transparência incontida, mas ele viu na mesma hora que Seyhan estava perturbado. Sem preâmbulos, o secretário disse:

— Há uma mensagem de Madame Zhang. — Então, diante do gesto impaciente de Baoxiang à espera de um pergaminho, ele acrescentou: — Não. Venha ver.

Uma criada bem-vestida achava-se no salão principal da residência, o rosto voltado para baixo em reverência. Fantasmas agitavam-se nas sombras atrás dela.

Baoxiang ignorou os fantasmas.

— Sua senhora enviou uma resposta?

Quando ela não respondeu, Seyhan murmurou baixinho:

— Ela não fala.

O envio de uma mensageira muda, que não poderia ser subornada ou forçada a revelar mais segredos do que havia sido autorizada a transmitir, mostrava que Madame Zhang mantinha o costumeiro controle perspicaz sobre seus negócios. Baoxiang lembrou-se de quando a conhecera, anos antes. Apesar da reputação dela, ele achara difícil acreditar que a mulher ao lado de Zhang Pote de Arroz fosse qualquer coisa além de uma concha brilhante — até o momento em que o marido deixou a sala e ela se virou para ele com a animação ágil de uma flor seca que voltava à vida numa xícara de chá. Mas mesmo então ele reconhecera que o que via não era menos performático do que o rosto que ela usava diante do marido. Ela estava apenas dando a Baoxiang o que ele queria.

Com a cabeça ainda curvada, a criada entregou uma carta. Baoxiang leu-a em voz alta com uma sensação crescente de vitória:

— "A Rainha do Sal agradece o príncipe de Henan pela digníssima carta e oferta de assistência. Sob a condição de que ele possa apresentar provas de possuir o Mandato do Céu, ela ficará muito grata em aceitar a oferta." — Tudo o que ele precisava fazer era mostrar a chama à garota muda? Muito fácil. Mas a carta continuava: — "Muitos que não possuem de fato o Mandato afirmam possui-lo. Além disso, as pessoas iludem-se facilmente com o que veem. Assim, enviei alguém incapaz de iludir-se dessa forma. Se o príncipe de Henan de fato possui a dádiva que afirma possuir, será capaz de confirmar em uma carta um fato particular sobre minha criada que não poderá ser descoberto de nenhuma outra forma."

A garota ergueu a cabeça. Não havia como confundir os olhos fechados com um momento de repouso. O ferimento que rasgava suas pálpebras era tão recente que ainda havia uma crosta de exsudato sob os cílios inferiores. Baoxiang viu, perturbado, que um líquido fresco escorria pelo rosto da criada, deixando nele um rastro rosado. Ela chorava: em silêncio, às cegas.

— Sua futura aliada é uma senhora cruel — disse Seyhan.

A movimentação lenta na escuridão atrás da garota era tão lânguida quanto as roupas de um cadáver afogado na corrente. O fantasma aproximou-se, atraído pela atenção de Baoxiang, e, como se pudesse sentir sua presença, a criada da rainha abriu a boca — aquele terrível vazio sem língua — e emitiu um uivado gorgolejante de pesar que fez os pelos dos braços de Baoxiang se arrepiarem.

Nenhum historiador já havia registrado a outra estranha habilidade do Mandato do Céu. Os Imperadores não falavam dela. Baoxiang não havia contado sequer a Seyhan. Mas Madame Zhang sabia. Sabia, porque o General Zhang devia ter tido aquela habilidade assim como Baoxiang; assim como Zhu Yuanzhang; assim como todos que os Céus julgavam capazes de ocupar o trono, mesmo que apenas um pudesse alcançá-lo.

— Ela tinha uma gêmea — disse ele, breve.

De uma só vez, o sofrimento da garota causou-lhe repulsa. Ele havia buscado algo em Madame Zhang. Agora o tinha. Isso custara apenas as vidas daquelas duas criadas? Não havia nada mais fácil. Ele passara a vida toda se esforçando para preservar alguma verdade de si contra a resistência da família. Sempre fora muito difícil, como se ele fosse um salmão a saltar contra a correnteza por anos a fio. Mas, agora que ele se rendera; agora que parara de lutar; agora que se permitira se tornar o que sempre pensaram dele: era tudo fácil. Era fácil ser cruel, destruir, encher o mundo de sofrimento em nome do que ele desejava. Era tão fácil que parecia ser o destino.

Entretanto, quando Baoxiang olhou para as duas garotas, o rosto intacto da irmã morta não mais um espelho do da irmã viva, seu triunfo escureceu e afundou, como se estivesse sendo levado por uma rede carregada de pedras para águas profundas. Era uma sensação familiar e desesperadora de pavor. Ele sabia disso porque era a única coisa que trazia de volta consigo quando despertava daqueles sonhos imemoráveis: a consciência de que algo terrível já acontecera e que, tendo acontecido, jamais poderia ser desfeito.

Quando Baoxiang abriu caminho até o palácio do Terceiro Príncipe após o trabalho, a tempestade só havia piorado. Desta vez, o Terceiro Príncipe não estava na Sala de Cristal. Baoxiang encontrou-o numa sala de treinamento nos fundos do palácio. Mas o Terceiro Príncipe não estava praticando esgrima: estava deitado de bruços no sofá encostado da parede dos fundos, os pés cobertos por meias e cruzados. Quando Baoxiang entrou, ele enfiou alguma coisa debaixo da almofada do sofá e se pôs de pé num pulo, cheio de culpa, depois relaxou quando viu de quem se tratava.

— Estava lendo? — perguntou Baoxiang, surpreso.

O Terceiro Príncipe corou violentamente.

— Ler? Estou certo de que *você* lê. Pode-se encontrar numa página coisas melhores do que palavras.

Baoxiang tinha uma boa ideia do tipo de entretenimento impresso que circulava nos grupos de rapazes. Porém, da mesma forma que Esen fora capaz de distinguir um veado de um cavalo no horizonte, Baoxiang sabia a diferença entre pornografia barata e um livro propriamente dito. Um guerreiro que lia sozinho por prazer! Até mesmo o conceito era bizarro. Baoxiang pensou no Terceiro Príncipe recolhendo-se com os livros quando os amigos se afastavam dele, a solidão de seu querer não reconhecido e não realizado tão repulsiva para eles quanto seus desejos teriam sido.

De súbito, Baoxiang desejou não ter visto o livro. Ele já sabia tudo que precisava saber a respeito do Terceiro Príncipe. Seu plano não precisava de *empatia*. Não precisava daquela complexa rede de emoções que atraía aquele garoto ferido e o jovem Baoxiang, que entendia.

— Eu estava a fim de prazeres baratos — comentou o Terceiro Príncipe. — Mas que sorte a minha! O universo trouxe à minha porta algo ainda mais barato. Que espécie de diversão teremos nesta noite chuvosa, príncipe de Henan? — Seu olhar encontrou as espadas e lanças de treino cegas na parede; depois, sobre a mesa ao lado do sofá, sua própria espada com um dragão incrustado de turquesas engolindo o cabo. — Mesmo um inútil como você sabe empunhar uma espada, não?

Baoxiang já vira muitos guerreiros treinando ao longo dos anos. Por mais que se deleitassem com a violência e o esforço, ele achava que seu maior prazer era a intimidade de tocar e ser tocado. Se ele não ditasse o tom daquele encontro, o Terceiro Príncipe iria esmagá-lo na parede ou no chão enquanto dizia a si mesmo que o contato físico não passava do vínculo ordinário entre irmãos. Faria com que fosse justificável, negável. E era exatamente isso que Baoxiang não podia deixar que fosse.

Ele tirou o manto superior encharcado de chuva pela cabeça e o deixou cair. A túnica que usava por baixo, sendo uma peça sua, tinha uma qualidade melhor. Não chegou a se amontoar, mas ficou como que erguida ao redor de seus tornozelos onde ele a deixou cair.

O Terceiro Príncipe ficou boquiaberto ao ver Baoxiang com as roupas de baixo. Recompondo-se, ele disse, incrédulo:

— O *que* está fazendo?

Baoxiang não respondeu. Quando ele abriu a camisa de baixo, a surpresa do Terceiro Príncipe deu lugar a uma voracidade inconsequente. Será que sabia que estava se inclinando para frente, o corpo inteiro sinalizando desejo? Com o torso nu, Baoxiang parou, a pele arrepiada de frio e expectativa. Ele também queria aquilo, mesmo que não fosse o que o Terceiro Príncipe queria. Ele desfez as amarras das calças de baixo e deixou-as cair.

O Terceiro Príncipe ofegava enquanto observava. Apenas um garoto podia achar erótica a nudez comum. O fato inegável da masculinidade de Baoxiang fez com que ele se sentisse estranhamente poderoso. Seu peito esguio, com poucos pelos ao redor dos mamilos, seus flancos angulares e seu pênis macio — tudo que ele pensava ser neutro — excitavam o Terceiro Príncipe.

A crueldade de Baoxiang coalesceu. Era como o fogo soturno e quase invisível que ardia no carvão negro num braseiro. Desta vez, não daria nada de graça. Era hora de o Terceiro Príncipe admitir que o que estava acontecendo ali era vontade *dele*.

— Se o Terceiro Príncipe tem instruções, terá de fornecê-las — disse ele, a voz sedosa.

— Como *ousa*… — respondeu o Terceiro Príncipe, a voz contida.

Como era grande a diferença entre ter algo feito a você e ter de pedir por isso! Porém, enquanto estremecia entre vergonha, raiva e vergonha ainda mais profunda, o

Terceiro Príncipe não conseguia tirar os olhos da figura nua de Baoxiang. Como era estranho ser um objeto de desejo, refletiu Baoxiang. Seu corpo tinha o poder de ferir, quando antes fora apenas um convite para ser ferido. Ele podia senti-lo pressionando a vergonha do Terceiro Príncipe, como uma faca contra uma tela de gaze. Era assim que uma cortesã se sentia quando um rapaz a procurava, hesitante e envergonhado dos desejos do corpo que eram inexprimíveis senão através de gestos atrapalhados?

Ardendo de vergonha, o Terceiro Príncipe incitou Baoxiang com os olhos. Mas ele era apenas uma criança, e Baoxiang passara a vida toda lutando contra a própria vontade. Como que num gesto de generosidade, ele disse:

— Qualquer coisa que o Terceiro Príncipe precisar.

A tempestade lá fora havia escurecido a sala de treinamento. Isso fez Baoxiang pensar naqueles momentos ternos em que se via o corpo de um amante à meia-luz. Agora, porém, ele via uma pessoa vestida, mas esfolada: despida até exibir a brilhante vulnerabilidade do que jamais poderia ser visto. O Terceiro Príncipe gaguejou:

— E-eu...

Baoxiang olhou para baixo, para si mesmo, e sentiu o olhar do Terceiro Príncipe fazer o mesmo. Ele não se curvou ou deixou uma mão tocar a genitália ou as nádegas, o que teria sido evidentemente ridículo, mas deixou que seu olhar oferecesse seu corpo e todas as suas possibilidades.

Ele nunca tivera aquele tipo de atenção sobre si antes. Em geral, suas interações com os outros envolviam a encenação de papéis familiares: ele como o filho desgraçado, o estudioso patético ou uma bicha; seu oponente como o rigoroso patriarca, o irmão repreensivo ou o guerreiro dominante. Mas o Terceiro Príncipe havia se esquecido de interpretar seu papel. Aquele era seu ser nu e cru, pressionado contra o escudo invisível da performance de Baoxiang. A chuva atingia o telhado em ondas. Correntes de ar gelavam a sala.

— Quero...

Despido até os ossos de seu desejo, o Terceiro Príncipe era tão jovem. Seu rosto estava carregado de cor. Baoxiang viu-o à beira do abismo, e incitou-o a cair. Seu desejo por aquela queda derramava-se sobre ele, assim como o desejo sexual derramava-se sobre o Terceiro Príncipe. A vibração de uma conexão atraía um para o outro, que poderia realizar o que desejavam.

— Terceiro Príncipe! — Os dois pularam com o chamado de um criado do outro lado da porta. — Terceiro Príncipe, a tempestade derrubou uma árvore sobre os estábulos...

O feitiço fora quebrado. Mesmo que o Terceiro Príncipe não precisasse mesmo capturar um cavalo, ele se pôs de pé num pulo com uma expressão atarantada e saiu porta afora.

Baoxiang ficou sozinho, nu e furioso. Chegara tão *perto*. Parecia sua sina ser abandonado em nome de cavalos. Com uma sensação desesperadora, lembrou-se da última vez em que Esen o deixara. Livros em chamas; um cavalo a relinchar. E um traidor entrando pela porta, quando Baoxiang enfim percebeu o que ele queria.

Dizia-se que o afogamento, o método de execução honrado para aristocratas mongóis, era uma morte desagradável. Quando as sombras crescentes dentro de Baoxiang encheram-lhe os pulmões no lugar de ar e sua raiva deu lugar a pânico, ele pôde ver por que podia ser tão desagradável. De quantas outras tentativas precisaria para garantir a proteção do Terceiro Príncipe, e quanto mais tempo isso levaria? A imperatriz podia não ter pressa, mas ela não esperaria muito mais tempo para conseguir sua gratificação. Ele estava sufocando, e não tinha *tempo*.

— Ainda aqui? — O ministro deu uma espiada dentro do gabinete de Baoxiang, que levou um susto ao perceber como escurecera. Com exceção da única lanterna no cômodo, havia apenas o brilho vermelho e fraco do braseiro, além de uns poucos feixes de luz das lanternas mais fortes no corredor, que se dobravam e se retorciam ao longo da montanha íngreme de livros-caixa sobre a escrivaninha.

O ambiente estava estranhamente silencioso para o meio da tarde. Agora que os dias estavam curtos, muitos funcionários do Ministério saíam mais cedo, com pressa para retornar a suas famílias e casas aconchegantes. Mesmo Baoxiang teria preferido sair antes que escurecesse, por medo da imperatriz, se não tivesse os próprios motivos para ficar.

— Menina! Traga alguns daqueles petiscos que sobraram em meu gabinete — gritou o ministro ao adentrar a sala, mancando.

Um instante depois entrou uma criada, que fez uma reverência silenciosa e depôs uma bandeja com feijões-mungo fritos na borda da escrivaninha de Baoxiang.

O ministro fitou a criada enquanto ela saía.

— Tão sem graça! É uma pena que aquela outra moça tenha precisado voltar ao interior para cuidar dos pais. Ela tinha um charme, não acha?

Então o ministro notara os flertes da criada com Baoxiang. Apesar da aparência gentil, era um velho de olhar aguçado.

— Não me lembro bem — respondeu Baoxiang, em tom evasivo.

— Um rapaz deve mesmo é prestar atenção às belas moças ao seu redor, em vez de trabalhar o tempo todo — opinou o ministro. — Não pense que não notei! Você tem sido o último a sair do gabinete todas as noites, desde a última quinzena ou até antes.

O aroma de cebola silvestre e óleo velho das frituras fazia revirar o estômago maldormido de Baoxiang.

— O ministro não deveria desperdiçar tempo prestando atenção a um oficial tão desprezível.

Em vez de responder, o ministro pegou um petisco e comeu-o com um prazer evidente. Já que nenhuma outra questão parecia iminente, Baoxiang retornou à sua tarefa. Mesmo esmorecido pela exaustão, ainda tinha certo prazer em formar cada caractere nítido. Acabara de recuperar a concentração quando o ministro a interrompeu outra vez.

— Ficou sabendo que o Grande Conselheiro teve uma reunião particular com o grão-cã? Ele conseguiu persuadi-lo a permitir que ele reconquiste a costa leste. Planeja marchar sobre Pingjiang assim que o exército estiver pronto.

Baoxiang relembrou o vislumbre que tivera do Grande Conselheiro durante a visita de um dignatário estrangeiro alguns dias antes. Com sua armadura cerimonial de laca preta, cada lamela delineada em ouro como escamas de dragão, o Grande Conselheiro parecia tão distinto quanto os cãs de outrora. Qualquer um que se inquietasse com o futuro do Grande Yuan precisava apenas fitar o Grande Conselheiro para que seu coração se enchesse de certeza: de que a família Zhang e os outros rebeldes do sul seriam esmagados, e o império retornaria à sua integridade e glória.

— Imagino que a Senhora Ki não gostou muito disso.

— De fato! Estamos diante de tempos muito interessantes, até a poeira baixar entre eles. Só podemos torcer para que o Grande Conselheiro consiga uma vitória rápida, para que a Senhora Ki não tenha muito tempo para causar problemas enquanto ele estiver longe da capital. Mas aqueles comerciantes Zhang são fortes, isso eu reconheço! É possível que resistam por mais tempo do que gostaríamos. Suponho que teremos de aguardar para ver.

No entanto, sem o General Zhang, Madame Zhang não era mais tão forte quanto o ministro presumia. Antes, poderia ter sido párea para o Grande Conselheiro. Mas não agora, a menos que algo mudasse.

Uma onda de emoção correu do cérebro de Baoxiang diretamente para a mão que segurava o pincel, e o traço seguinte saiu errado.

O ministro observou Baoxiang riscar o caractere com a tinta preta e reescrevê-lo.

— Sabe, Wang Baoxiang: mesmo entre aqueles que nascem com certos talentos, são poucos os que têm sorte o bastante para encontrar a combinação perfeita entre ocupação e aptidão. Fico feliz por você ser um desses.

Outra onda ameaçou-o. Baoxiang ergueu o pincel antes que manchasse o papel.

— Ah, então o ministro deveria ter conhecido meu irmão, o príncipe de Henan anterior a mim! Ele *sim* era alguém adequado para a própria carreira. Não havia maior guerreiro em todo o Grande Yuan. Mesmo pessoas que nunca o conheceram lamentaram sua morte, como a perda de tudo que era bom e digno neste mundo.

Por algum motivo, um som de toques em bambu — um vendedor ambulante de chá à procura de clientes — de repente o sobressaltou, lançando-o num estado de consciência que fez seu coração pulsar com força, como se ele tivesse adormecido no meio da frase e acordado suando frio.

— Esen-Temur era muito conhecido por seus talentos. Mas você acredita mesmo que não é nada em comparação? O que vejo quando olho para você é um jovem cheio de um potencial que não vejo há anos, que finalmente encontrou um lugar onde seus talentos particulares se encaixam.

— Não diga que também não pensou de mim o mesmo que os outros quando me viu pela primeira vez — retorquiu Baoxiang, rude. Por reflexo, ele se viu exagerando a entonação afetada de sua fala. Era aquela velha provocação, a velha insistência em ser visto, mesmo quando tudo que vinha disso era dor. — O ministro escolheu ignorar minha aparência — e minhas *predileções* — porque eu tenho os talentos que o senhor valoriza. Mas Esen era um guerreiro. Não valorizava o trabalho intelectual. Não havia nada que ele pudesse enxergar em mim além de meus defeitos. Para ele e todos iguais a ele, o que sou eu senão inteiramente desprezível?

Houve uma longa pausa. As longas sobrancelhas grisalhas do ministro, quando unidas, sombreavam-lhe os olhos como dois leques de folhas de palmeira. Por fim, ele disse:

— Meu filho é um guerreiro, comandante de um dos batalhões do Grande Conselheiro. Não tenho dúvidas de que ele teria encontrado em seu irmão uma alma irmã, se o tivesse conhecido. E é verdade: seus feitos como guerreiro de fato me dão bastante orgulho. Mas gosto de acreditar que ele não teria me dado menos orgulho se tivesse nascido com alguma deficiência, incapaz de andar ou cavalgar um dia na vida. O simples fato de tê-lo já é orgulho o bastante, para carregar meu nome e orar por meu espírito quando eu partir.

"Seu irmão pode ter sido um guerreiro. Mas ainda era seu irmão. Tenho certeza de que ele..."

Baoxiang foi tomado por uma fúria tão repentina que, por um momento, sua visão ficou preta.

— De que ele *o quê*? — cuspiu ele. Tivera uma mente tão aberta quanto o ministro, e Baoxiang havia apenas escolhido ignorar aquele lado do irmão o tempo todo? — Não. Eu o odiava, e ele odiava a mim. Éramos duas pessoas para as quais o entendimento era impossível.

O ministro foi sábio o bastante para não continuar. Enfim, ele se levantou, grunhindo diante da própria rigidez, segurou o ombro de Baoxiang e disse apenas:

— Vá para casa, Wang Baoxiang.

Ele saiu mancando pelo corredor. Baoxiang ouviu portas sendo abertas e fechadas e as vozes distantes dos criados conforme levavam a carruagem até a frente do Ministério. Então o ministro partiu, e o silêncio caiu sobre o prédio, tão completamente quanto neve.

A cada dia, era esse o momento pelo qual Baoxiang esperava: quando enfim ficava sozinho no Ministério. Enquanto caminhava até o gabinete do ministro, viu a própria figura enchapelada projetada contra as janelas do corredor, como a de um vilão num teatro de sombras. Ele foi até a estante para onde fora tantas vezes antes e tirou de lá o livro-mestre de contabilidade relevante. De volta à própria escrivaninha, pegou o livro gêmeo, já parcialmente preenchido na noite anterior, e retomou a tarefa paciente de cópia.

Baoxiang acompanhava o ministro nas filas idênticas de oficiais que ladeavam a praça em frente ao Salão do Grande Brilho. Diferentemente de Henan, onde os invernos eram de ar seco e céu limpo, uma mistura de terra e fumaça de carvão manchava o céu de Cambalique como pasta de feijão amarelo a escurecer uma tigela esvaziada. Acima, o grão-cã aguardava a chegada de um emissário estrangeiro, com a Senhora Ki a seu lado. Era o momento dela. Para a cerimônia anual de pagamento de tributos de Goryeo, ela trajava a jaqueta de laços curtos e as saias em forma de xícara de seu povo. Parecia magnífica e de outro mundo. Era impossível saber se ela sentia alguma ambivalência pelo fato de seu poder pessoal derivar da submissão de seu país ao Grande Yuan. O pagamento de tributos de Goryeo concedia-lhe a preferência do grão-cã, mas o custo disso eram o empobrecimento e a humilhação do próprio povo.

A procissão dos tributos abria caminho pela praça. Primeiro, os imponentes blocos de sal branco, seguidos por baús de ouro e ginseng; cavalos e aves de caça; têxteis; carroças de cevada comum e trigo mais luxuoso; e, enfim, o longo trem de criadas e jovens eunucos bem limpos com os trajes brancos, semelhantes a roupas de baixo, habituais do povo de Goryeo. Outrora, a Senhora Ki fora parte daqueles tributos: uma garota arrancada da família e relegada a uma terra estranha onde não tinha nem parentes, nem status, nem uma língua, apenas sua determinação para salvá-la. Agora, elegante, ornamentada e mãe de um príncipe, ela contemplava os tributos com um distanciamento.

O emissário de Goryeo, que tinha tanto sangue mongol quanto Baoxiang — ou, possivelmente, mais — ajoelhou-se aos pés da escadaria.

— Dez mil anos ao grão-cã!

Por mais vasto que parecessem os tributos de Goryeo, Baoxiang sabia que não eram substitutos reais de tudo que o Grande Yuan havia perdido para os Zhang. Quando o Grande Conselheiro reconquistasse a costa leste de Madame Zhang, e os costumeiros volumes enormes de sal e grãos voltassem a passar pelo Grande Canal até Cambalique, a significância dos tributos de Goryeo voltaria a ser o que sempre fora: um símbolo. O momento de poder da Senhora Ki chegaria ao fim.

— Estamos muito satisfeitos com este presente do rei de Goryeo — proclamou o grão-cã. Ele se virou para a Senhora Ki e acrescentou, indulgente: — Devemos enviar um presente como retribuição, para reconhecer a generosidade de sua terra natal?

Parada na colunata com o Grande Conselheiro e o Terceiro Príncipe, a imperatriz deu um passo à frente antes que a Senhora Ki pudesse responder. Contra a notável pedra branca do salão, seu chapéu imponente e sua túnica de camélias tinham a aparência de uma mancha de sangue.

— Por favor, Senhora Ki, não se incomode! Tomei a liberdade de organizar um presente para o rei de Goryeo em nome de meu marido, o grão-cã. Tenho a imodéstia de acreditar que ele será bem recebido.

A Senhora Ki poderia ter sido um dos dragões que cobria as balaustradas, tamanha era sua imobilidade enquanto avaliava aquela reviravolta inesperada. A imperatriz ocupava o topo da hierarquia entre as mulheres do palácio. Embora sua atitude fosse bastante irregular, considerando a conexão da Senhora Ki com Goryeo, organizar presentes para dignatários estrangeiros estava tecnicamente entre as atribuições da imperatriz. A Senhora Ki poderia fazer um escândalo e torcer para que o grão-cã desconsiderasse as regras do harém para repreender a imperatriz, ou poderia ceder e torcer para se igualar à imperatriz naquele jogo, fosse qual fosse. Por fim, ela disse, fria:

— Minha irmã, a imperatriz, pensa em tudo.

A imperatriz abriu um sorriso cruel. Mas ele não pareceu ter sido dirigido à Senhora Ki. Baoxiang sentiu uma inquietação nebulosa e repentina.

— O que poderia ser mais apropriado ao rei de Goryeo do que um presente pessoal que lhe tocará o coração? Felizmente, já que ele foi criado nesta mesma corte, seus gostos são bem conhecidos por todos nós.

Mesmo um provinciano como Baoxiang sabia o que ela queria dizer. Os príncipes herdeiros dos estados vassalos do Grande Yuan eram criados em Cambalique até ascenderem aos tronos nativos, de modo que, durante anos, o atual rei de Goryeo havia sido um membro da comitiva imperial na Caçada de Primavera do grão-cã. Baoxiang lembrava-se de um príncipe coquete que contornara a aparência medíocre ao ostentar os mais elegantes estilos da corte, e cuja guarda de honra consistia em uma dúzia de rapazes estranhamente belos de Goryeo. Ele era exatamente o tipo de homem que Cambalique condenava entre os seus, mas ficava mais do que satisfeita em permitir no trono de uma nação subordinada.

— Cheguei a considerar um presente mais tradicional, como um arco ou um cavalo — comentou a imperatriz —, mas então lembrei-me do *quanto* ele aprecia belos itens de natureza intelectual. Arte, literatura, caligrafia... tudo isso está entre seus interesses. — A inquietação de Baoxiang transformou-se num pavor gélido, mas não havia para onde correr. — Acredito que o senhor e ele têm muito em comum — a imperatriz lançou a voz para a multidão, onde o encontrou como uma flecha —, vice-ministro da Receita.

Baoxiang congelou, e um lampejo pálido percorreu-lhe a lateral da visão. Não eram fantasmas, mas os rostos desapaixonados dos oficiais na fileira oposta ao se virarem para encará-lo. *Cedo demais.* Foi tudo em que conseguiu pensar em meio ao horror, conforme os eunucos da imperatriz saíam das alas e posicionavam uma mesa baixa de caligrafia ao pé da escadaria. Ele não estava pronto. Não tivera tempo suficiente. Nas sombras da colunata, o rosto do Terceiro Príncipe era ilegível.

— O senhor é conhecido por seu talento artístico, vice-ministro, não é? — perguntou a imperatriz, a voz sedosa. — Tenho certeza de que não lhe será difícil produzir uma caligrafia adequada ao rei de Goryeo. Por favor: já preparei tudo.

A mesa distante, equipada com tinta e pincéis, parecia ser o único objeto na praça. Baoxiang sempre imaginara que a imperatriz se livraria dele de uma forma vil e indireta. Mas, ah! Ela tinha poesia na alma, afinal. Ele humilhara o irmão diante do grão-cã, e agora ela lhe faria o mesmo antes de encontrar algum defeito em seu trabalho — algum insulto à dignidade do grão-cã — que resultaria em seu exílio ou execução.

Era este o sonho do qual ele não conseguia acordar. Os eunucos foram até ele, a despeito de seus protestos, e conduziram-no ao longo da praça até a mesa. Então ele ajoelhou, trêmulo, com o pincel na mão.

— Rápido! — A imperatriz bebericava-lhe o medo feito vinho. Ele nunca a vira tão satisfeita. — Não aborreça o grão-cã.

Baoxiang estava tonto de terror. Sua garganta havia fechado. Suas palmas suavam. Mas, quando ele procurou a raiva, ela veio. Foi uma saturação que lhe varreu o medo e o tremor. Será que a imperatriz pensava que ele desistiria antes de começar e se condenaria a um erro, em vez de lutar com toda a força de seus talentos? Será que pensava que ele havia desafiado o mundo em nome de algo no qual *sequer era bom*?

Quando o pincel tocou a página, a caligrafia fluiu para fora dele num fluxo de tamanha fúria e sensação que era como se seu próprio Mandato estivesse se derramando no papel. Naqueles caracteres angulares e retorcidos estava sua verdade nua — seu coração sombrio, sua determinação mais sombria —, mas nenhum dos presentes dominava suficientemente a arte da caligrafia para ser capaz de lê-los com tal profundidade. Tudo o que viam era a aparência superficial de seu trabalho.

Perfeito.

Com um triunfo selvagem, ele ascendeu ao segundo patamar da escadaria e ajoelhou-se com a cabeça baixa, erguendo o papel acima da cabeça de modo que aqueles lá em cima o pudessem ver.

— Dez mil anos ao grão-cã!

Durante a silenciosa avaliação que se seguiu, ele imaginou o rosto da imperatriz azedando ao perceber que ele havia desviado de sua armadilha. Não precisou esperar muito por um veredito. Com claro desinteresse, o grão-cã disse:

— Uma bela obra. Bom trabalho, vice-ministro.

O grão-cã já estava gesticulando para que Baoxiang se retirasse quando a imperatriz repousou a mão sobre o braço do marido.

— Então, meu grão-cã — disse ela, a voz doce —, ele não deve ser recompensado? — Sem pausar, ela exclamou: — O grão-cã honra o vice-ministro da Receita com um copo de vinho!

Baoxiang sobressaltou-se. Um eunuco já subia as escadas com um copo de jade de vinho sobre a bandeja. Enquanto se recompunha e retomava o controle, ele percebeu que sua impressão inicial da imperatriz estivera correta. Por que perder tempo com a poesia da humilhação, quando se podia ir diretamente à morte? Ela havia de fato preparado tudo. Ele sabia o que havia naquele copo, além da honra do vinho cerimonial. Sua morte. E seria tão lenta que, quando finalmente chegasse, ninguém a conectaria à imperatriz.

Ela sorriu para ele, cheia de graça.

O olhar do Terceiro Príncipe alternou entre Baoxiang e a imperatriz, depois desviou-se. De repente, Baoxiang foi tomado pela raiva. Sua onda sombria agarrou-o; segurou-o feito uma joia inânime dentro daquela parede de obsidiana pura que se erguia cada vez mais com sua promessa de devastação pura. Seu medo era uma faísca brilhante, bem lá embaixo; ele sequer podia senti-lo. O Terceiro Príncipe viu o que a imperatriz pretendia com aquele copo de vinho. Não lhe custaria nada intervir, já que ele já era seu inimigo. Ainda assim, sem nenhuma razão além do medo do que sua ação diria sobre si mesmo, ele deixaria Baoxiang morrer.

O Terceiro Príncipe tinha uma *escolha*, e estava escolhendo dar-lhe as costas. Mas Baoxiang nunca tivera uma escolha. Sempre tivera de ser ele mesmo.

Quando pegou o copo, deixou que a caligrafia saísse voando livremente. Como que direcionada por sua fúria, o vento carregou-a e lançou-a contra as canelas do Terceiro Príncipe. A violência dos pensamentos de Baoxiang parecia capaz de transcender o ar, transmitida tão diretamente quanto o som através de ossos.

Olhe para mim. Veja-me.

O Terceiro Príncipe pegou o papel voluntarioso. Quando seus olhos enfim encontraram Baoxiang, estavam cheios de ressentimento. O Terceiro Príncipe sabia que virar as costas e deixar Baoxiang desaparecer, como se nunca tivesse existido, não poria um fim a seus desejos inconvenientes, mas ele se permitira a fantasia. A recusa de Baoxiang em cooperar fazia da situação algo irremediável. Seus olhares roçaram-se, ódio contra ódio, e a raiva de Baoxiang subiu num desafio furioso. *Reconheça-me, se não for tão medroso.*

Ele ergueu o copo de jade.

— Dez mil anos ao grão-cã!

No rosto largo do Terceiro Príncipe, com suas bochechas altas de Buda e sua boca cruel, a rendição parecia-se com pesar. Ele desceu os degraus em poucos passos. Os dedos de Baoxiang arderam com o golpe; o copo, cujo conteúdo foi despejado num laço claro, inscreveu um longo e elegante arco sobre a escadaria antes de beijar o mármore e explodir numa nuvem cintilante.

— Mas o que...! — bradou a imperatriz.

O escárnio do Terceiro Príncipe já estava de volta a seu lugar quando ele se virou para a imperatriz.

— Estou certo de que a imperatriz não teve a intenção de insultar o rei de Goryeo ao oferecer-lhe um presente com um erro tão imprudente. — Com um movimento brutal, ele abriu o pergaminho com a caligrafia de Baoxiang para exibi-lo a todos. — Como pode isto ser qualquer coisa senão lixo, quando o caractere errado foi escrito!

A imperatriz ficou tão vermelha quanto seu chapéu. De súbito, Baoxiang lembrou-se do Terceiro Príncipe lendo os caracteres em seus livros-caixa. Esen nunca se dera ao trabalho de aprender qualquer escrita além da mongol, e, agora, num clarão de compreensão, ele viu que a imperatriz e o grão-cã também não. Apenas o Terceiro Príncipe, altivo numa postura de vitória aparentemente cruel sobre ele, sabia que o trabalho de Baoxiang estava perfeito.

O Terceiro Príncipe disse algo numa língua estrangeira que provocou um murmúrio de choque na delegação de Goryeo, depois voltou a falar num mongol desdenhoso.

— Não me diga que Vossa Majestade acreditou na reputação de brilhante estudioso do vice-ministro! Ele deixa a desejar nesta arena, assim como em todas as outras. Olhe para ele! Basta um olhar para saber que ele é incapaz de carregar a honra de nosso Grande Yuan. Questiono vosso julgamento, imperatriz. E, mesmo em sua premissa, vossa ideia de presente era menos do que adequada. — Ele desafivelou o cinto num gesto ágil e estendeu a espada turquesa embainhada sobre as palmas para o grão-cã. — Somos uma nação de guerreiros, e o rei de Goryeo cresceu nesta corte. É tão habilidoso com uma espada quanto qualquer governante deve ser. Decerto, este é um presente mais apropriado do que tinta inútil num papel. — Ele não olhou para Baoxiang.

Após um instante angustiantemente longo, o grão-cã assentiu com um aceno brusco.

A imperatriz explodiu, furiosa:

— Então que o punam por sua incompetência! Grão-cã, vossos oficiais desonram-no com sua imprudência. Que ele seja banido!

— Por que recompensar um insulto com uma punição tão fácil? — zombou o Terceiro Príncipe. — Fora do Grande Yuan, um degenerado como o vice-ministro claramente se deleitaria na companhia de seus iguais. Se Vossa Majestade deseja puni-lo, deve fazê-lo de modo apropriado. Trinta golpes com um pesado bambu, aqui na praça do Salão do Grande Brilho, de modo que todos possam testemunhar o que significa desonrar o grão-cã com fraqueza e incompetência.

Era bem-feito. O Terceiro Príncipe dava à imperatriz um gosto suficiente do sofrimento de Baoxiang para satisfazê-la, enquanto ao mesmo tempo se certificava de que o açoite fosse um espetáculo tão público que ela não teria nenhuma oportunidade de açoitá-lo "acidentalmente" até a morte.

Ainda assim... mesmo um açoite não letal pelos habilidosos funcionários do grão-cã provavelmente seria tão doloroso quanto uma morte por envenenamento. O medo de Baoxiang, até então submerso sob a raiva, rompeu suas amarras. A julgar pelo desprezo nos rostos acima dele, Baoxiang sabia que eles o enxergavam. Porém, mesmo trêmulo, sentindo um azedume inundar-lhe a boca, uma parte mais profunda de si vibrava com uma expectativa perversa. Que o rebaixassem, que lhe arrancassem a humanidade com dor e medo, que o pintassem com humilhação, desgraça e vergonha.

Então pensem no tipo de pessoa que sou, quando for eu o ocupante do trono e todos vocês estiverem prostrados a meus pés.

A imperatriz vociferou:

— Então que seja. Façam-no gritar.

Baoxiang jazia reclinado num langor entorpecido na banheira redonda de bambu que viera com a casa. Folhas e hastes medicinais flutuavam ao seu redor.

O açoite trouxera à praça uma multidão entusiasmada. Fora o espetáculo perfeito para satisfazer a imperatriz, e Baoxiang sequer precisara performar para concedê-lo a ela. Mesmo que o quisesse, não teria conseguido. Seus pensamentos esvaíram-se ao primeiro golpe do bambu. No lugar de uma performance, ele ofereceu a verdade de sua dor, e a imperatriz, com sua boca tingida de escarlate, refestelou-se nela com tanta voracidade quanto o fantasma faminto de um viajante noturno. Foi um alívio quando a dor, tendo se elevado à agonia, enfim passou para um plano fora da realidade: seu ser foi tão açoitado que se dissolveu mesmo enquanto sua carne suportava e prosseguia, separada dele, aos gritos.

Após o açoite, os remédios que Seyhan lhe enfiou garganta abaixo aplacaram misericordiosamente a dor. Com ela, porém, foi-se também toda a clareza. Baoxiang fora outrora uma águia capaz de enxergar cada fio num brocado disposto seis *li* abaixo, mas uma nuvem o havia consumido. Mesmo o gume sombrio de sua raiva havia se espalhado e esvanecido até ficar tão suave quanto o crepúsculo. Ele tinha uma vaga lembrança de entrar em pânico quando os remédios começaram a agir, e de como resistira numa recusa desesperada a se deixar derrubar. Mas agora estava tudo no passado. Ele flutuava.

O Terceiro Príncipe entrou. Baoxiang observou o fato sem surpresa.

— Aí está você — disse ele, displicente.

No lugar dos brincos de lápis-lazúli de costume, o Terceiro Príncipe usava penas de guarda-rios azuis com ganchos de prata. Algo na cor deixou Baoxiang à deriva. Ele tinha a noção de que ela lhe deveria ter causado dor, mas tudo o que sentia era uma agitação nebulosa, como se os remédios lhe tivessem entorpecido o coração assim como o corpo.

— Vejo que saiu inteiro. — Sob o verniz de escárnio, o Terceiro Príncipe parecia desconfortavelmente inseguro. Baoxiang lembrou-se de seu momento de rendição: seu pesar ao enfim abrir mão do sonho de ser o que deveria ser. As manchas no alto de suas bochechas eram um misto de rosa e branco, como a parte superior de um braço exposto ao frio.

— Não graças a você.

O Terceiro Príncipe riu, incrédulo.

— É *inteiramente* graças a mim.

— Da próxima vez que quiser dar à imperatriz ideias de como me punir, tenho algumas sugestões.

— Está reclamando de trinta golpes? Você nem chegou ao trigésimo. — O Terceiro Príncipe havia removido as botas do lado de fora do banheiro. Seus pés descalços eram grandes como os de um cachorrinho sobre o piso ripado. O banheiro tinha apenas três paredes — havia uma tela pendente de feixes de bambu no lugar da quarta, como era comum em residências mais antigas —, mas um batalhão de braseiros combatia o frio. — Estava atordoado demais para se lembrar? O Ministro da Receita levou cinco por você. Disse que você era responsabilidade dele. E digo mais: ele os levou sem dar um pio! Dá para ver que ele é pai de um guerreiro.

Baoxiang viu o rosto enrugado do ministro; seu corpo trajado de branco debruçado sobre o banco. Baoxiang não lhe pedira para fazer aquilo. Jamais lhe *pedira* para ser gentil. Sua nova consciência suavizada transformou suas emoções originais, fossem quais fossem, num lento e indolor desabrochar de sentimento.

— Suponho que poderia ter feito com que o jogassem na masmorra — refletiu o Terceiro Príncipe. — Mas, uma vez lá dentro, não há como sair. Meu pai não concede perdão. Você teria acabado como aquele traidor manji que está lá desde antes de eu nascer. Você é metade manji, poderia ter feito amizade com ele! Ou talvez não. Tal pai, tal filho, certo? Se ele for parecido com aquela vadiazinha azeda de um eunuco, imagino que ele não seria boa companhia. — Ele abriu um sorriso provocador. — Embora eu tenha certeza de que seu irmão teria discordado.

Isso *sim* teria sido um choque, sob circunstâncias normais. Os mortos voltando à vida. Baoxiang tinha a sensação de estar assistindo a uma peça de teatro. Ainda usava os cabelos presos em rabichos quando o General Ouyang pai foi derrotado e enviado a Cambalique, onde — *supostamente* — encontrara seu fim nas mãos do grão-cã. Foram as repercussões daquela morte que moldaram toda a sua vida, assim como a vida de todos ao seu redor.

Ele percebeu que estava rindo: um riso leve e terrível. O som jorrava para fora dele como o fluxo incontrolável de um fluido corporal. Quando ele jogou a cabeça para trás, não havia dor alguma, apenas pressão, onde a borda da banheira machucava-lhe o pescoço sob os cabelos molhados. *Tudo poderia ter sido diferente.* Ofegante, ele disse:

— Mas isso também é bom. Visando ao final. Fará com que seja ainda melhor.

Ele era uma esponja; suas pupilas pareciam-lhe dilatadas o suficiente para engolir o mundo. Em tom acusatório, o Terceiro Príncipe disse:

— Está *delirando.*

— Seyhan me deu um negócio. Funciona direitinho. Não sinto *nada.* É maravilhoso. É terrível. — Mas, se não pudesse sentir, se não pudesse sentir a raiva afiada como uma navalha e a violência em direção a seu destino, onde estaria? *Perdido*, pensou.

— Seyhan? Seu homem semu lá fora? — O Terceiro Príncipe ficou tenso. — Ele...

Baoxiang jogou a cabeça para trás. Viu os olhos do Terceiro Príncipe pousarem em seu peito, nas moedas vermelho-escuras de seus mamilos.

— Não se preocupe! Ele não se importa com o que eu faço. Estrangeiros são diferentes. Se eu estivesse em sua terra natal, ele me odiaria tanto quanto qualquer pessoa. Mas servir a mim aqui não lhe fere o orgulho. Aos olhos dele, somos todos tão depravados quanto os outros. — Pensar nos estrangeiros o fez acrescentar: — Não sabia que você falava o idioma de sua mãe. Era o que estava falando, não era? Quando me salvou. Você não é tão estúpido quanto parece.

— As pessoas pensam muitas coisas a meu respeito — disse o Terceiro Príncipe —, mas não pensam de fato que sou estúpido. Só você.

— Mesmo assim, aí está você, ainda vestido.

A garganta do Terceiro Príncipe moveu-se. Após um momento, ele abriu as roupas, as mãos trêmulas sobre cada uma das três camadas. Seu peito era mais pálido do que o de Baoxiang, e tinha as mesmas manchas rosadas que as bochechas. Seus músculos tinham a superfície plana e esticada da juventude sobre os pontos protuberantes de sua figura crescente: esterno, costelas, quadris. Um corpo forte, mas muito vulnerável em seu estado de desejo exposto. As mulheres podiam ocultar seus desejos, mas os homens não tinham como escondê-los. O Terceiro Príncipe fora despido e reduzido à honestidade. À verdade. As penas de guarda-rios deslizaram entre suas tranças quando ele desviou os olhos dos de Baoxiang. Com mais um novo desabrochar de sentimento, Baoxiang entendeu que ninguém nunca o havia visto daquela forma antes. Ele era o primeiro.

— Eu não queria salvá-lo — disse o Terceiro Príncipe, a voz baixa.

Ele ainda pensava naquilo como uma fraqueza, embora tivesse encontrado a coragem de admitir o que desejava. Muitas pessoas jamais o faziam.

— Você é mais corajoso do que ele — falou Baoxiang, a voz distante.

Um arrepio percorreu a pele exposta de Baoxiang quando ele se levantou, derrubando água, e se virou. Seu desabrochar interno o enchera de uma terna lassitude. Seu corpo latejava intensamente, sem dor.

O Terceiro Príncipe entrou na banheira atrás dele. A carne de Baoxiang, arrepiada de frio, desejava instintivamente aquela outra proximidade, aquele calor, aquele outro corpo. Em vez de dor, havia apenas sensação; seu pulsar interno era tão doce quanto a excitação.

A mão trêmula do Terceiro Príncipe roçou uma das nádegas de Baoxiang. Parou ali, como se aquele único toque já fosse proibido demais. O sangue de Baoxiang pulsava sob o toque. Ele se sentia suavizado, receptivo, incapaz de causar mágoa.

— Nunca vi um homem ganhar hematomas com tanta facilidade. É como se você fosse diferente do resto de nós. É tão magro; não consegue parar de mexer as mãos e balançar os quadris, como se estivesse desesperado por nosso toque. — O Terceiro Príncipe ofegava ao tomar a si mesmo nas mãos. — Você tem um pau, mas sequer consegue fazê-lo subir? Ou também é diferente nesse ponto, de modo que só consegue sentir prazer como uma mulher, deitado de costas, com um homem... dentro de você...

Os nós de seus dedos roçaram a lombar de Baoxiang enquanto a mão se movia freneticamente no espaço estreito entre os dois corpos. Entre corpos que não eram de fato diferentes — ou, pelo menos, não da forma como o Terceiro Príncipe imaginava. Baoxiang não sabia como era para os homens que desejavam outros homens, mas sabia que não havia nada de intrínseco a seu corpo que lhe daria prazer ao ser comido, presumindo que o Terceiro Príncipe reunisse a coragem para fazê-lo. Seria apenas mais uma humilhação dolorosa. Mas, naquele sonho onde nem a dor nem o medo existiam, pela primeira vez o pensamento não o incomodou.

O Terceiro Príncipe gozou com um arquejo. O fluido quente espirrou nas costas de Baoxiang, depois escorreu entre suas nádegas. Não havia como confundir qualquer parte daquilo com a sensação de se estar com uma mulher, pensou ele languidamente. Nada numa voz masculina ou no cheiro penetrante de flor de pera do sêmen. Ainda assim, mesmo na ausência de sua excitação, a familiaridade básica do gozo de outra pessoa o deixou flutuando de saciedade.

Enquanto flutuava, seus olhos pousaram sobre a densa superfície da água. Estava tão cativado pela peculiaridade do próprio reflexo — o rosto pálido com seus olhos emoldurados por hematomas e as íris devoradas pelas pupilas; o cabelo molhado colado ao peito — que levou um longo tempo para notar o fantasma.

O rosto barbado de Esen balançava na água. Estava com a túnica azul-aço. Suas sobrancelhas voltadas para baixo davam às pálpebras superiores uma curva suave de asa de ganso; sua boca seguia a linha descendente do bigode. Baoxiang encarou o rosto. Cada um de seus detalhes era familiar, mas ele não conseguia ler sua expressão. Sabia que, sob a superfície daquele oceano sereno dentro de si, uma tempestade devia estar rugindo. Ele não conseguia senti-la. Precisava falar com o fantasma, precisava chamá-lo — maldizê-lo —, mas o remédio lhe roubara a violência, o separara de seu eu pulsante, arrancara tudo o que era. Estar perdido era tão insuportável que ele sentiu vontade de chorar. Mas não podia.

O Terceiro Príncipe saiu da banheira, provocando ondas na superfície. Baoxiang voltou a mergulhar na água enquanto o Terceiro Príncipe se vestia, saindo em seguida. A presença do fantasma vibrava como um eco numa sala vazia, mas, muito tempo após a água parar, o único reflexo nela era o do próprio Baoxiang.

Baoxiang recusava-se a ingerir mais dos remédios de Seyhan. A dor era suportável apenas no sentido de que ele a tolerava, enquanto o tempo todo se sentia tão malévolo quanto um *vison*. No trabalho, via-se desafiando mentalmente os outros a comentar sobre a almofada na qual se sentava, só para que pudesse ter o prazer de incinerá-los com uma resposta. Melhor ainda se fosse alguém que tivesse *testemunhado* seu açoite. Mas qualquer oficial que tivesse chegado tão longe já aprendera a manter as provocações dentro dos corredores de sua confiança, então a irritação de Baoxiang não podia se alimentar com nada além de si mesma. Mesmo enquanto seu corpo latejava, porém, a parte de si que já havia vivido o momento de sua vingança mil vezes em ruminação selvagem podia apreciar o fato de que ter se tornado duas vezes mais cruel do que antes tornava tudo mais fácil.

A cidade pulsava com tanta fúria quanto os hematomas de Baoxiang. Ele tivera o próprio papel na organização das forças do príncipe de Henan para as campanhas no sul, mas o que via em Cambalique, conforme o Grande Conselheiro se preparava para mobilizar o exército central, tinha uma escala inteiramente diferente. As ruas estavam tomadas de soldados montados, soldados a pé, criados, comerciantes e mercadores semu que conduziam fileiras de cavalos vindos diretamente da estepe. Um rio de oficiais corria entre os ministérios e secretarias nos quadrantes sul e leste da cidade, e os mercados explodiam com cada provisão que a família de um soldado recrutado podia comprar para garantir-lhe a sobrevivência.

O Ministério da Receita estava igualmente frenético. Pedidos de requisição entravam aos montes, assim como recibos e pedidos de reembolso, e cada um desses tinha de ser aprovado. Baoxiang passou dias inteiros sobre a almofada num estado de fúria transcendente, carimbando documentos enquanto um lacaio qualquer o apressava, pronto para levá-los ao próximo compromisso.

E, em meio a todo esse caos, uma oportunidade crescia. Baoxiang podia senti-la como a ponta de uma agulha de acupuntura contra pele inflamada: uma consciência que não era ainda dor ou alívio, mas em breve seria ambos.

O ministro abriu um sorriso melancólico quando Baoxiang adentrou seu gabinete, rígido. Atrás de uma montanha obscurante de papelada, ele estava sentado na própria almofada. Um chá medicinal de odor desagradável fumegava sobre a escrivaninha. Até mesmo cinco golpes eram suficientes para lembrar um homem da natureza carnosa e animal de seu corpo por semanas a fio.

— Indo para casa, vice-ministro?

A visão da dor do ministro incitou uma memória desconfortável daquelas nuvens suaves de sentimento que haviam desabrochado em Baoxiang sob a influência dos remédios de Seyhan. Mas ele estivera fora de si no momento. Agora que *voltara* a si, tão afiado quanto uma lâmina, bastava um momento para extirpar aquele falso sentimento e deixar que as sombras voltassem para seu lugar de antes.

Baoxiang repousou uma mão frouxa sobre o monte de livros-caixa. Era tão grande que ele vivenciou um momento de verdadeiro espanto.

— Isso é muito trabalho para o senhor, ministro. Precisa delegar.

— Eu o faria, não houvesse a obrigatoriedade de que seja conduzido pelas mãos do próprio ministro. — O homem suspirou. — Infelizmente, não tenho mãos nem horas suficientes no dia.

— As regras não levam em consideração o fato de que aquele de quem se espera tal cumprimento é humano. Se tentar fazer tudo e adoecer com o excesso de trabalho, só piorará as coisas — apontou Baoxiang. Estava nitidamente ciente de que aquele era o momento. Havia ganhado a confiança do ministro; tornara-se indispensável. Tudo estava no lugar. O oceano negro feito gergelim inundara cada câmara de seu ser; não havia lugar para hesitação. — Deixe-me ajudar com as autorizações. Posso cuidar delas durante a noite e trazê-las de volta amanhã pela manhã, e ninguém saberá.

O ministro suspirou outra vez.

— Você está certo. — Por um momento, ele repousou a mão na caixa entalhada de árvore-da-imperatriz, num gesto possessivo, depois empurrou-a.

Dentro dela, o selo do ministro repousava sobre veludo. Seu cabo estava liso pelo uso, a face de marfim manchada de vermelho com cinábrio. Como a autorização suprema para todas as questões financeiras no Grande Yuan, o selo jamais podia se separar do ministro. Jamais poderia ser usado por ninguém além do detentor do cargo, sob pena de morte. Com um pequeno sorriso, o ministro disse:

— Só não o perca.

Baoxiang fechou a tampa. Quando ergueu os olhos, porém, sua segurança morreu na boca. Uma criada aguardava nas sombras atrás do ministro. Atrás do cabelo desgrenhado, a esclera negra dos olhos fitava-o sem nada ver. Aquele rostinho bonito não tinha mais covinhas de prazer.

Voltou ao interior para cuidar dos pais. Baoxiang percebeu que havia se permitido acreditar nisso. Recusara-se a saber o que já sabia. Ao descobrir as preferências sexuais de Baoxiang — ou ao menos o que ele lhe dissera sobre elas — a criada risonha havia, por associação, descoberto coisas demais sobre as do Terceiro Príncipe. É claro que a Senhora Ki a havia assassinado.

Baoxiang havia concebido sua rejeição como uma gentileza, mas, em vez disso, ele a matara. Pensou na garota cega e sem língua e sua gêmea. Tantos mortos. Tantos fantasmas. E tantos ainda por vir.

— Wang Baoxiang? — O ministro olhava-o com preocupação.

Baoxiang relaxou os dedos antes apertados sobre a caixa.

— Não o perderei — prometeu ele. — Sei como é importante.

12

EXTERIOR DE PINGJIANG

— E ainda dizem que Pingjiang é a joia das joias! — exclamou Zhu. — Nunca vi uma cidade se parecer tanto com um monte de bosta.

Iluminadas pela luz alaranjada das tochas, as muralhas de pedra da capital de Madame Zhang estavam cobertas com uma camada de reboco recente de lama do lago. As redes que pendiam das ameias lembravam uma árvore frutífera envolta por tramas para manter os morcegos longe.

— A lama e as redes ajudam a dissipar a força dos projéteis por toda a estrutura, reduzindo os danos à pedra — explicou Jiao, montado num cavalo ao lado dela. — Muralhas revestidas de pedra e um núcleo de terra comprimida, somadas a essas preparações adicionais, são altamente resistentes à balística tradicional. É por isso que os mongóis usam armas incendiárias.

— Usamos mesmo — confirmou Ouyang, a voz fria.

Agora que Zhu lhe devolvera o comando das próprias tropas, ele voltara a ser aquele general prepotente e intocável numa armadura de placas espelhadas com brilho sombrio. As abas de couro debaixo das bordas do capacete cercavam-lhe quase todo o rosto, à exceção de uma faixa em forma de lua, como se o que ele quisesse que vissem fosse a armadura em vez de si mesmo. No entanto, pensou Zhu, com o resquício de um arrepio de reconhecimento: ela o havia visto. Ele voltara a vestir sua concha, mas não havia como voltar a vê-lo como aquela figura mítica e ameaçadora que outrora a encarara do outro lado do campo de batalha. Ele era uma pessoa como ela. Estava ao lado dela. Ouyang continuou:

— Outra opção é subjugar a população local, conduzi-la até as muralhas para absorver as defesas da cidade e depois encher os fossos com seus corpos. Essa tática funciona muito bem.

Zhu estremeceu.

— Que tipo de governo é esse em que não há ninguém para governar?

Um brilho sutil iluminava o lado inferior das nuvens noturnas atrás de Pingjiang: era o exército original de Zhu, liderado por Xu Da, que se aproximava da cidade pelo flanco leste mais distante, enquanto as tropas de Ouyang se aproximavam pelo oeste mais próximo. Nas semanas que se seguiram ao assassinato do General Zhang, Zhu e Ouyang usaram uma série de movimentos coordenados de pinça para varrer o território de Madame Zhang e conquistar uma cidade após a outra. Zhu tinha bastante consciência do risco extraordinário que estava assumindo ao reinstalar Ouyang no comando. Se a qualquer momento ele decidisse partir com suas tropas, ela não teria como impedi-lo. Agora, porém, a série de vitórias que haviam conseguido constituíam prova extasiante de conceito: de que, juntos, os dois eram imbatíveis.

Madame Zhang, que enfim não teve mais para onde recuar, recolhera-se em Pingjiang e fechara a cidade em preparação para um cerco. Zhu sabia que ela esperava resistir até que o Grande Conselheiro do Yuan chegasse ao sul. Se, ao chegar, ele encontrasse seu alvo original trancafiado — mas Zhu e Ouyang acampados do lado de fora —, seria bem provável que ele aproveitasse a oportunidade para esmagá-los em vez disso, mesmo que isso significasse ter de lidar com Madame Zhang posteriormente.

Mas, se havia uma coisa na qual um exército mongol era bom, pensou Zhu com satisfação, era em romper a concha de cidades nanren. Com a ajuda de Ouyang, ela se veria em posse de Pingjiang muito antes do Grande Conselheiro chegar perto do sul.

— Ou podemos fazer um túnel — disse Ouyang.

— Um túnel ao lado de um lago? Não seja estúpido.

Havia uma acidez adicional no desdém de Jiao que Zhu reconhecia muito bem: a de um homem que falava com seu inferior natural. Com alguém que não era um homem. Jiao era ousado o bastante para, desde que descobrira o segredo de Zhu, não hesitar em demonstrar diretamente sua fundamental falta de respeito pelas habilidades dela. A cada vez que Zhu provava que ele estava errado, ela tinha a sensação de que tudo o que fizera foi criar uma exceção. Ele nunca mudava o modo de pensar.

— Ah, poupe-me. Os engenheiros do Yuan conseguiram — respondeu Ouyang, com um tom gélido. — Se bem que eram homens semu da Corásmia e de Khorasan. O conhecimento técnico dos povos dos canados a oeste é certamente superior.

Um fluxo de morcegos passou por eles, guinchando, a caminho do lago.

— Não disse que era impossível — retrucou Jiao, rígido. — Suponho que esses engenheiros usavam escoras de madeira na superfície de escavação, com reforços de tijolo para as seções concluídas... depois, sim, precisariam de capacidade de drenagem para manter o solo seco... mas as exigências do trabalho seriam extremas...

— Felizmente para a questão do trabalho, meus homens são recrutas. Diferentemente dos homens *dele* — Ouyang não se dignou a olhar para Zhu —, estão bastante acostumados a um tratamento duro. Se ordená-los a cavar, eles cavarão.

— Um único túnel não será suficiente — observou Zhu. — Precisaremos de vários, ou não conseguiremos infiltrar homens o bastante simultaneamente para assumir o controle. E precisaremos de uma justificativa crível para o fato de nossas tropas estarem paradas do lado de fora sem atacar. Talvez, se pudermos fazer com que seu exército *pareça* estar construindo dispositivos de cerco... — Ela se virou para Ouyang e perguntou: — Quanto tempo demora para montar catapultas como as que você usou aquela vez em Bianliang?

Quando um lampejo de dor cruzou o rosto de Ouyang, agora ela sabia por quê: ele estava se lembrando da morte de Esen-Temur. Os avambraços de couro que ele usava sobre os antebraços cobriam o ferimento causado pelo filho do General Zhang, mas ela percebeu o modo como ele flexionou a mão esquerda para apertar a ferida em busca de alívio. Após um instante ele disse, com aquele tom sinistro de distanciamento que sinalizava que ele havia conseguido se anular:

— Quinze dias, se os materiais já estiverem disponíveis. Pode-se estender o prazo para um mês inteiro, considerando incompetência e falta de experiência.

Zhu não se importava com os métodos que Ouyang usava para controlar suas emoções, desde que funcionassem. Animada, ela disse:

— Então vamos abraçar minha incompetência. Engenheiro Jiao! Não poupe esforços nesta empreitada. Quero esses túneis finalizados em um mês.

Os três haviam ido avaliar o estado de Pingjiang com antecedência, o que resultou num longo caminho de volta até o ponto onde se encontrava o exército de Ouyang, que avançava aos poucos rumo à cidade às margens do lago Tai. Ainda estavam a certa distância do acampamento quando a trilha que estavam seguindo convergiu com outra e levou-os a um mensageiro que cavalgava na mesma direção.

— É uma mensagem do General Xu? — perguntou Zhu com sua voz autoritária, incitando o cavalo a se aproximar do mensageiro. — Como já estamos aqui, pode nos dar a mensagem diretamente.

Ao chegar mais perto do mensageiro, Zhu teve um vislumbre de seu rosto chocado quando ele reconheceu quem o chamava. Antes que ela tivesse chance de reagir, ele já havia feito o cavalo dar meia-volta. Num outro instante, ele voltou a desaparecer na escuridão a galope.

— Ora! — exclamou Zhu, examinando a trilha conforme o ruído dos cascos desaparecia. Sob a luz do dia, Ouyang provavelmente poderia tê-lo alcançado, mas, nas condições do momento, até mesmo sua habilidade superior de montaria parecia ter poucas chances de prevalecer. Ela prosseguiu, a voz carregada de ironia: — Qual é a possibilidade de ele ser *de fato* um mensageiro do General Xu, mas que de repente percebeu que se esqueceu de trazer a mensagem e agora está prestes a se jogar no lago Tai de tanta vergonha?

Ou, o que era mais provável: havia um espião no acampamento de Ouyang. Zhu esquadrinhou o breve vislumbre que teve do mensageiro à procura de pistas. O cavalo estava agitado. Estariam suas roupas sujas de terra também, graças aos dias na estrada?

Se Zhu estivesse certa, então se tratava de um mensageiro de longas distâncias. Isso excluía Madame Zhang da lista de possíveis responsáveis, mesmo que naquele momento ela fosse a maior interessada em saber o que Zhu e Ouyang estavam tramando. Seria então um espião do Yuan? Zhu não gostava da ideia de que o Grande Conselheiro pudesse saber mais a respeito deles do que o inverso, eles saberem mais sobre ele. E, se o Grande Conselheiro descobrisse sobre a rapidez com que planejavam conquistar Pingjiang, dificilmente se ateria ao plano de tentar reconquistar a costa leste. Ficaria em Dadu e se prepararia para defender a cidade de Zhu e Ouyang quando os dois chegassem.

Ele podia até, se tivesse tempo de vantagem suficiente, conseguir chamar alguns aliados para auxiliá-lo.

Não, pensou Zhu. Ela não permitiria que isso acontecesse, especialmente se isso significasse que nem mesmo ela e Ouyang juntos poderiam ser fortes o suficiente para conquistar a capital. Se o Grande Conselheiro houvesse de fato implantado um espião para descobrir-lhes os planos, então ela não tinha escolha senão encontrá-lo.

O exército de Ouyang, agora firmemente estabelecido à entrada oeste de Pingjiang, fervilhava de atividade. Enquanto cavalgava com Geng e Chu para verificar o progresso das catapultas que serviriam como distração, Ouyang teve de desviar o cavalo de tantas carroças puxadas por burros e homens com cestos de terra nas cabeças que, se alguém lhe tivesse dito que Zhu havia ordenado a seus homens que construíssem uma cidade em vez de abrir túneis debaixo de uma, ele teria acreditado. Para tornar a situação ainda mais insuportável, os homens queimavam bambu verde nas fogueiras feitas para cozinhar — outra ideia de Zhu — a fim de ocultar as atividades das tropas de observadores em Pingjiang. O fato de que a tática funcionava com perfeição era exatamente o que fazia dela um pesadelo: a fumaça, comprimida por uma camada de ar úmido do lago, criava uma cobertura sufocante que fazia todos os olhos aguarem e narizes escorrerem como se fossem moleques de rua descalços no inverno.

Desde que fora levado como prisioneiro por Zhu, todo o foco de Ouyang fora recuperar seu exército. Agora que o conseguira, tudo que outrora julgara normal tinha a qualidade perturbadora de um delírio febril. Seus homens com os uniformes do Yuan; os *ger* intercalados com as tendas; os cavalos — tudo pertencia ao mundo que ele deixara para trás. Cada momento de familiaridade provocava uma cascata de memórias. Em seu desespero para escapar, ele passara a deixar os avambraços de lado para que pudesse enterrar as unhas diretamente na ferida. No entanto, mesmo esse método era menos efetivo do que fora antes. Ele havia atrapalhado o processo de cura do ferimento tantas vezes que, embora o tecido rosado e rugoso da cicatriz estivesse mais feio do que nunca, com seu corte que chorava em vermelho, a ferida estava ficando insensível ao repetido abuso. Em algum lugar no fundo de sua mente, ele sabia que, ao rasgar cada vez mais fundo para conseguir o que precisava, estava arriscando muito mais do que apenas se machucar. Mas não conseguia parar.

— Foi uma boa colheita a deste ano — observou Geng quando uma fila de carruagens de suprimentos passou por eles. — Finalmente, um ano bom depois de cinco ruins.

O interesse de Geng na agricultura qualificava-o oficialmente como o homem mais entediante que Ouyang já conhecera. Ele supunha que um braço-direito entediante era pelo menos melhor do que um dissimulado e ardiloso, como fora Shao, ou mesmo um cuja presença o irritava sem motivo específico, como Chu.

Sua atenção vagou enquanto Geng palestrava sobre o rendimento das colheitas, a importância da irrigação e suas esperanças de que ao menos um novo imperador fosse aplacar os Céus o suficiente para pôr um fim aos incessantes desastres naturais que vinham fazendo das vidas das pessoas comuns uma miséria.

— Estamos certos de que esse imperador é Zhu Yuanzhang? — interrompeu Chu. — Eu nem sempre concordava com Shao Ge, mas ao menos conseguia imaginá-lo no trono. Zhu Yuanzhang é... bem, ele pode ter o Mandato, mas é do tamanho de um inseto! A voz dele é mais aguda que a do meu primo de catorze anos, e não consigo nem olhar para o corpo deformado dele. — Seu rosto redondo brilhava de preocupação. — Será que alguém assim pode mesmo vencer?

Ocorreu a Ouyang que, se ele de fato quisesse o trono para si, Chu poderia ter listado exatamente as mesmas preocupações a respeito de sua adequação para o cargo. Isso o fez pensar na seriedade radiante no rosto pequeno e feio de Zhu ao oferecer-lhe a espada de volta, insistindo na semelhança entre os dois.

Somos semelhantes. Ouyang passara a vida inteira acreditando ser o único que sentia e respirava como ele. Não havia ninguém que entendesse como era ser ele, ou que pudesse sequer imaginar, caso se importasse o suficiente para tentar. Mesmo Esen, que passara uma vida inteira ao lado de Ouyang, não fora capaz de enxergar além da superfície e ver seu verdadeiro eu. Ainda assim, Zhu entendia.

Ouyang não se olhava no espelho desde a adolescência. No entanto, ao se ver diante de Zhu naquela ocasião, ele foi atingido pela constatação de que Zhu era a imagem espelhada da qual havia fugido. Tudo que ele achava tão insuportável em Zhu — a pequeneza repulsiva que lhes punha os olhos no mesmo nível; a voz leve e a incompletude física — os tornava iguais. Zhu estendera-lhe a espada e dissera-lhe que seus destinos estavam entrelaçados porque os dois eram semelhantes.

E Ouyang soubera, com uma certeza arrepiante que era tão forte quanto seu desejo pelo que buscava, que aquilo era verdade.

— Zhu Yuanzhang pode não ser o retrato da realeza, mas, a julgar por suas vitórias, eu diria que ele provou ser capaz de vencer — disse ele a Chu, exasperado. — Saiba que só estou cooperando com ele porque acredito que é nossa melhor chance de conquistar nossos objetivos. Se em algum momento deixar de ser o caso, eu lhe garanto: iremos sozinhos.

Enquanto cavalgava de mal humor, Ouyang refletia sobre Chu. Por mais desagradável que Shao tivesse sido, sua ambição pelo trono sempre fora um motivo claro para ter se juntado a Ouyang. A motivação de Geng era igualmente aparente. Como ele lhes dizia com detalhes excruciantes, tudo o que queria era um retorno à estabilidade para que pudesse ir para casa e cultivar seu precioso painço (ou seja lá o que ele cultivava). Mas o que Chu queria? Até onde Ouyang refletira sobre as motivações de Chu, presumira que o homem acreditava na causa da liberdade nanren. Agora, porém, não conseguia deixar de pensar se as dúvidas de Chu em relação a Zhu eram mesmo sobre sua capacidade. Será que Chu desejava o trono para si?

Não que isso importasse. Toda a questão de quem conquistaria o trono estava além do objetivo de Ouyang — o objetivo pelo qual ansiava como uma lâmina posicionada sobre a pele. *Juntos, nada pode nos deter.* Ele se permitira acreditar nisso, e ligara seu destino ao de Zhu, e agora tudo o que precisava fazer era seguir em frente por mais algum tempo. Em breve, ele e Zhu conquistariam Pingjiang. Em breve, conquistariam Dadu. Em breve, Ouyang faria com que tudo o que fizera valesse a pena e, então, finalmente, a dor teria fim.

No túnel, Ouyang esforçava-se ao máximo para não pensar na forma como o teto sob sua cabeça afundava entre os apoios de madeira, feito pele de tofu pendurada em varetas para secar. Tanto ele como Zhu — diferentemente de quase todos os outros que comandavam — conseguiam ficar completamente eretos dentro dos túneis, mas só por pouco: uma coroa de argila amarela havia se formado no coque de Zhu por raspar o teto.

Eles haviam descido durante o intervalo entre os turnos de trabalho noturno, de modo que, com exceção dos dois, o túnel estava vazio. No lugar onde estavam, no ponto mais distante da entrada, as paredes ainda eram de terra em vez de tijolo, úmida e marcada pela pá. Em vez da estagnação sepulcral que Ouyang esperava, o ar do túnel tinha um frescor surpreendentemente intenso e profundo, como a fragrância de musgo esmagado em uma primeira cavalgada na floresta após a chuva.

Zhu havia iluminado o caminho com o Mandato. Agora, ao erguer a mão fantasma brilhante para tocar a parede vazia ao final do túnel, a luz mais forte de sua mão interferia com a corona difusa de seu corpo e projetava um jogo de sombras ao longo das paredes. O cérebro de Ouyang protestou.

— Quase lá — disse Zhu com satisfação. Ele falava baixinho. O túnel havia chegado à borda externa da muralha de Pingjiang, e, embora ninguém soubesse com quanta clareza uma voz podia subir através do solo, nenhum deles queria descobrir. Uma semana antes, o colapso de um dos túneis os deixara convencidos de que haviam sido descobertos por várias horas. No fim das contas, porém, tiveram sorte. Em vez de subir em direção à cidade, a maior parte do som pareceu ter sido expelida pela boca do túnel como ar de um fole. Pingjiang continuara adormecida, e Zhu, com certa relutância, desviara recursos para resgatar os homens que ficaram presos. — Um tremor misterioso é uma coisa, mas vinte homens gritando por ajuda é algo que nem mesmo Zhang Pote de Arroz atribuiria à natureza.

Os dedos fantasmas de Zhu moveram-se como carne quando ele tocou a parede.

— Incrível, não é? — murmurou. — Nosso sucesso está do outro lado. Só mais algumas semanas e estaremos em Dadu. Teremos tudo que desejávamos.

Certa vez, um viajante dissera a Ouyang que, bem ao norte da antiga capital mongol nas estepes, Caracórum, acima do gelo azul do Mar Interior do Norte na borda do mundo, o céu noturno dançava com o sopro dos dragões celestiais. Seria isso o mesmo que a luz que Zhu despejava na escuridão? A expressão no rosto pequeno de Zhu murchara enquanto ele sonhava com o próprio futuro. Era uma visão que jamais seria qualquer coisa além de perversamente repulsiva. Por um momento, porém, ali sob o brilho cintilante e sobrenatural de seu Mandato, a intensidade de seu desejo atraiu o olhar de Ouyang com tanta força quanto a beleza atrairia.

Embora fossem semelhantes, Ouyang sabia que aquele era o abismo que os separava: Zhu podia acalentar sua ideia do futuro, enquanto para Ouyang não passava da esperança de um fim. Num tom melancólico, ele disse:

— Deve ser mesmo agradável. Imaginar-se tão poderoso a ponto de fazer com que todos que o menosprezavam e pisoteavam sua cabeça com desprezo se ajoelhem a seus pés.

Ele tinha uma vaga lembrança da satisfação que sentira ao perpetrar uma vingança mesquinha contra aqueles que o haviam insultado. Se o que Zhu buscava fosse aquela mesma satisfação, mas amplificada para se adequar à escala de todo o mundo que jazia sob o Céu, então não era de se espantar que ele se deleitasse com a ideia.

— É por isso que acha que eu quero poder? — questionou Zhu, encarando-o com curiosidade.

— Não é isso que todos querem? — Ouyang tinha bastante certeza de que era essa a motivação de Shao. Provavelmente também a de Madame Zhang, considerando suas origens de cortesã comum.

A água que gotejava do teto mapeava os contornos do pequeno espaço ao redor dos dois. Após um instante, Zhu disse, pensativo:

— Passei a maior parte de minha vida ouvindo que não era nada. O mundo, sem jamais enxergar meu valor, teria me descartado sem remorso. Tenho certeza de que sabe qual é a sensação. Embora pudesse se agarrar à sua vingança, quando o mundo o tratou como uma coisa, você não sonhou ser uma pessoa, como eu sonhei? Você e eu, general: negaram-nos a chance de viver livremente, que dirá a de sermos grandes e termos nossos nomes lembrados, simplesmente por sermos o que somos. — O confinamento do túnel fazia com que Zhu parecesse estar falando diretamente ao ouvido de Ouyang enquanto murmurava. — Ninguém ergueria um dedo para mudar o mundo por nós. Para criar um lugar para nós. Que outra escolha já tivemos, senão a de fazer isso por conta própria?

Era desconcertante ser incluído na visão de Zhu, como se Ouyang estivesse cooperando com ele não apenas para chegar ao fim, mas para construir uma espécie de futuro contínuo. Desde que conhecera o próprio destino, Ouyang olhava adiante e via que o mundo acabava com sua vingança, porque ele mesmo acabava. Para ele, nunca houvera um futuro. Havia apenas o piscar do nada que seria enfim um alívio da dor, ainda que breve, antes que tudo recomeçasse em sua vida seguinte. Sem um futuro, o que ele tinha agora não era exatamente uma vida, mas uma morte suspensa. Às vezes, ele pensava que, no momento da morte de Esen, ele já o havia seguido através da barreira entre mundos, e o único motivo pelo qual Zhu podia vê-lo agora era porque ele podia ver fantasmas.

Porém, pensou Ouyang, Zhu *podia* vê-lo. Era como se Zhu estivesse do outro lado daquela barreira ardente, a mão fantasma brilhante estendida. Como se Ouyang pudesse ser capaz de tomá-la com a própria mão morta e retornar ao mundo dos vivos — ao mundo novo de Zhu, que existia após o fim.

Será que ele sequer desejava aquele mundo? Ouyang não conseguia imaginar que tipo de mundo degradado e invertido este teria de ser para ter lugar para alguém como ele. E, mesmo que *quisesse* se juntar a Zhu em tal mundo, será que conseguiria? Quanto esforço mais isso exigiria, quando ele já estava dando tudo de si só para seguir em frente?

Ele não sabia. Mas, parado ali no subsolo gotejante, com vida invisível a rastejar pelo solo em compostagem ao redor de si, pela primeira vez ele se perguntou se poderia ser possível continuar após o fim.

A boca do túnel ficava na periferia do acampamento. Zhu, com Ouyang atrás de si, emergiu em meio a uma fumaça tão densa quanto um nevoeiro. Ela aprisionava a luz das tochas, transformando-a em correntes brilhantes que serpenteavam ao redor das sombras sobrejacentes de montes de terra e estruturas de madeira. Alguns homens corriam entre uma tarefa e outra, e suas silhuetas oscilavam indistintamente através da penumbra.

Estavam retornando ao centro do acampamento quando o olhar distraído de Zhu se fixou a um contorno indistinto na neblina. Dois homens montados a cavalo engajados numa conversa, talvez, embora fosse difícil ter certeza àquela distância. Não havia nada de muito suspeito na cena. O exército de Ouyang era grande o bastante para que fosse em geral mais conveniente cavalgar de uma parte do acampamento até outra, e não havia um toque de recolher que impedisse os homens de perambular pela área entre os turnos de trabalho. Mas os instintos de Zhu foram acionados. Sua mente se voltou imediatamente para o mensageiro do Grande Conselheiro. Como ela o impedira de entregar a mensagem daquela primeira vez, não poderia ele tentar de novo? Agora, lá estavam dois homens, reunidos durante o período silencioso entre turnos, nas margens desertas do acampamento — exatamente como o mensageiro e seu contato ficariam.

Zhu agarrou o pequeno pulso de Ouyang e puxou-o para trás de uma pilha de baldes. Quando ele lhe lançou um olhar fulminante de indignação pela audácia, ela apontou para os homens com a cabeça e moveu os lábios sem fazer som: *espião*.

Embora ainda estivesse furioso, ele logo entendeu. Quando ela saiu de trás dos baldes e disparou em direção a um monte de terra que ficava a um arremesso de pedra mais perto do alvo, ele seguiu em seu encalço. A fumaça era uma espada de dois gumes. Embora sua densidade ajudasse a mascarar a aproximação, Zhu sabia que precisariam estar quase em cima dos homens se quisessem ter uma chance de identificar o espião.

Após várias corridas entre esconderijos, Zhu e Ouyang chegaram ao abrigo de uma pequena pilha de rochas que não ficava a mais de dez *chi* dos homens.

Daquela curta distância, parecia provável que pudessem distinguir seus rostos. Zhu sentiu uma ponta afiada da armadura de Ouyang enterrar-se em seu ombro ao esticar o pescoço para espiar por cima das rochas. A fumaça não apenas reduzia a visibilidade, como também abafava os sons: mesmo estando tão perto, tudo o que conseguia ouvir era o murmúrio de vozes, incapaz de distinguir que idioma estavam falando. Para a decepção de Zhu, os rostos de ambos os homens se achavam nebulosos demais para identificação. Ela semicerrou os olhos, determinada. Se houvesse apenas uma turbulência para dispersar a fumaça...

Quando aconteceu, ela poderia ter jurado que nem ela nem Ouyang haviam feito um som. Um dos cavalos dos homens levou um susto. Foi tão repentino que pareceu ter acontecido do nada. O cavaleiro exclamou ao tentar recuperar o controle do animal. Os movimentos do par agitaram a fumaça, e foi apenas então que Zhu viu o que o cavalo havia percebido: as formas brancas que flutuavam em meio à fumaça, quase tão invisíveis quanto o cair da neve contra um céu brilhante de madrepérola. Ela poderia ter soltado um xingamento de frustração. Os fantasmas de Ouyang.

Ainda pior: não foi apenas o cavalo que levou um susto. Zhu viu o outro homem virar a cabeça ao esquadrinhar a fumaça. Alguns cavalos se assustavam *mesmo* com qualquer coisa — Zhu, que crescera com os plácidos búfalos do monastério, tinha pouca fé no bom senso dos cavalos —, mas o homem claramente não estava disposto a apostar que ainda estavam sozinhos. Ele disparou. O trotar abafado do cavalo avançou campo adentro e, um instante depois, os dois também desapareceram.

O cavaleiro restante enfim retomou o controle do cavalo. Ele ficou ali, sem saber o que fazer, xingando baixinho, então chegou a alguma decisão e incitou o cavalo a um meio galope. Zhu apressou-se a recuar atrás das rochas quando ele se aproximou. Ela acabara de se dar conta de que Ouyang não estava mais lá quando uma movimentação ao seu lado acabou em um baque. O cavalo, agora sem cavaleiro, desapareceu fumaça adentro.

— Sei que você não consegue se conter, mas teria sido mais útil se o homem ainda estivesse vivo!

Ouyang estava agachado ao lado do corpo caído. Para o pesar de Zhu, ela viu que era o mensageiro que haviam visto antes, não o espião.

— Se você tem algum problema com o jeito como eu faço as coisas, da próxima vez se jogue *você* na frente do cavalo. — Ele vasculhou as roupas do homem e encontrou um pedaço de papel. — Pelo menos agora temos isto.

Zhu pegou o bilhete, conjurou o Mandato para ter uma iluminação melhor e examinou a elegante caligrafia. Era a escrita mongol, que ela aprendera nos tempos de monastério, mas agora, por alguma razão, não conseguia distinguir nenhuma palavra familiar.

— Sim, tão útil!

— Me dê isso aqui, camponês. — Ouyang agarrou a carta em meio aos protestos de Zhu.

— Não é que eu não *saiba* ler… — Depois, ao ver que Ouyang encarava o papel, exclamou, sentindo-se vingada: — Viu só!

— Deve ser uma cifra — disse ele, sem qualquer graciosidade.

Uma cifra, na escrita mongol. Fazia sentido, se o espião estivesse trabalhando para o Grande Conselheiro. Mas…

— Se é do Yuan, por que você não consegue decifrar?

— Não é do Yuan. Nunca vi nada do tipo antes. Deve ser de outra pessoa.

As rugas na testa de Ouyang aumentaram enquanto ele examinava a caligrafia fluida, como que à procura de um reconhecimento elusivo. Por fim, porém, ele balançou a cabeça, derrotado, e devolveu o bilhete a Zhu.

Ela ruminou sobre a questão enquanto os dois voltavam para o acampamento. Se o espião não estava trabalhando para o Yuan, então para quem trabalhava? Ela voltou a sentir aquele desconforto que sentira em Zhenjiang. Era mais forte agora: uma sensação de que todos aqueles indícios de movimento nas sombras — um pôster, um assassinato, e agora um espião — apontavam para *alguém*. Alguém que os conhecia e os observava, mas que eles não conheciam. Ela não gostava nem um pouco da sensação.

Zhu deixou Ouyang em seu *ger*. Então, em vez de se dirigir para a própria tenda de comando, fez um breve desvio à parte do acampamento onde ficavam as poucas dúzias de homens instaladas diante de seu próprio exército. Na mais odorífera das tendas, ela encontrou Jiao já acordado (ou talvez ainda sem ter dormido) e mexendo numa variedade de panelas duvidosas sobre um braseiro. Zhu invadiu a tenda e enfiou o bilhete sob o nariz de Jiao.

— Trouxe um presentinho divertido para você.

Não havia nada que Jiao apreciasse mais do que mostrar a todos como era inteligente, e, consequentemente, nada mais capaz de enlouquecê-lo do que um problema que não conseguia resolver. Ela pôde praticamente ouvir o estalar do interesse do homem ao perceber para que estava olhando. Se havia alguém capaz de desvendar uma cifra, era ele.

— Veja se consegue descobrir alguma coisa e me avise.

— Que Buda nos preserve! — exclamou Zhu quando Xu Da foi tomado por um acesso de tosse, enfiando-lhe um copo na cara. — Está morrendo? Beba alguma coisa.

Xu Da encarou-a com olhos marejados e cheios de reprovação.

— Como vocês *vivem* deste jeito?

Zhu deixara de notar a fumaça, mesmo estando sentada ao lado de uma fogueira que a expelia diretamente em seu rosto. Depois de passar a maior parte do mês imersa na fumaça, ela agora lhe parecia uma parte natural do ambiente, como incenso num monastério.

— A diferença é que incenso *tem um cheiro delicioso.* — Xu Da e um punhado dos comandantes de Zhu haviam deixado sua posição a leste para se juntar a Zhu e Ouyang em uma reunião. — Esta fumaça, por sua vez, é feita de bambu e esterco seco de cavalo.

— Mas pense em como estamos ficando deliciosos! — exclamou Zhu. — Melhor até que o presunto de Jinhua: homens defumados de Zhenjiang...

Xu Da finalmente havia parado de tossir ao final da reunião — durante a qual receberam uma atualização de Jiao sobre os túneis; tiveram uma discussão acalorada sobre usar ou não as catapultas (funcionais) de disfarce durante o ataque; e refinaram o plano de atravessar várias centenas de homens pelos túneis o mais rápido possível —, mas ele ainda lançou um olhar sombrio para Zhu ao se levantar.

— É melhor conseguirmos agir logo, porque, se eu tiver de voltar aqui outra vez, vou quebrar alguma coisa. Enfim, estou indo...

Uma dupla de guardas emergiu da fumaça e assustou Zhu com saudações.

— Informamos o Rei Radiante que apreendemos uma pessoa não autorizada que se aproximava do acampamento com uma mensagem. Por favor, aguardamos vossas ordens!

Zhu sentiu uma onda de entusiasmo. Após perder o espião naquela noite, ela pedira a Ouyang que reforçasse a segurança do acampamento com aquele exato resultado em mente. Com um mensageiro vivo nas mãos, conseguiriam persuadi-lo — por bem ou nem tanto — a revelar a identidade do espião. Era um pouco estranho que o mensageiro tivesse escolhido se aproximar durante o dia, quando as chances de ser pego eram maiores, mas talvez a escolha fosse relacionada ao horário da reunião. Se o espião fosse um dos soldados regulares de Ouyang, faria sentido que ele tivesse escolhido um horário de encontro em que todos os principais membros do acampamento estariam ocupados.

Zhu levantou-se e ordenou, firme:

— Levem-no para minha tenda.

Os guardas fizeram outra saudação.

— Obedecemos às ordens do Rei Radiante! O Rei Radiante também deseja a mensagem? É… — o guarda hesitou — … grande.

Nas margens do acampamento, o mensageiro havia sido separado de sua mensagem. Zhu, Ouyang e Xu Da encararam o carrinho de mão e a enorme jarra de terracota amarrada a ele. A jarra era tão grande quanto uma pessoa, e tinha uma tampa frouxa semelhante a um chapéu de palha usado em viagens. Um forte odor penetrava a fumaça.

— É uma mensagem ou um estoque de repolho em conserva para o inverno? — disse Ouyang, com o desdém de alguém que nunca se rebaixara a comer um vegetal.

— Não sei! — O mensageiro, que aparentava ser um camponês local, protestou. — Eu não o conhecia. Ele só me pagou, disse que vocês estavam esperando a mensagem, então eu vim…

Quando Xu Da tocou a tampa, o cheiro de porco curado da pólvora de repente cruzou a mente de Zhu.

— Não encoste! Alguém traga o Engenheiro Jiao. Pode ser uma bomba.

Quando Jiao chegou, deu seu veredito:

— Com uma tampa frouxa desse jeito, não é, não. — Como sempre, sua opinião veio com um ar de soberba. — E, com esse volume, também não deve ser veneno.

— Certo, coloquem-na no chão — instruiu Zhu, sentindo-se ligeiramente tola. Então, quando o guarda entrou em ação: — Espere, não desse jeito…!

Mas o guarda já havia cortado a corda, sem considerar que um item pesado como aquele poderia ter lasseado as amarras no decorrer de uma longa jornada. A corda partiu-se com um estalo que lembrava o de um arco ao ser disparado; uma das rodas do carrinho saiu do chão à medida que a jarra considerava suas opções e todos os outros consideravam se deveriam pegá-la ou ser esmagados na tentativa. Antes que pudessem tomar uma decisão, a jarra decidiu resolver as coisas por conta própria e lançou-se heroicamente ao chão, despejando todo o seu conteúdo.

Não era uma mensagem do autor da cifra. Era uma mensagem que queria ser lida.

Ali, espalhadas sobre o chão numa onda de salmoura: mãos. Mãos decepadas de homens, mulheres e crianças, jogadas a seus pés como estrelas-do-mar encalhadas na praia.

Um dos guardas vomitou, o que fez todos ao seu redor considerarem visivelmente fazer o mesmo. Zhu os afastou. O cheiro de salmoura, quando separado do que buscava conservar, era aceitável, mas isso sem o acréscimo do vômito.

— São mãos amputadas, não arrancadas de cadáveres. Repare na descoloração ao redor dos cortes, que podemos interpretar como uma indicação de sangramento... — afirmou Jiao, com o olhar frio de um clínico.

Um único braço despontava do emaranhado de mãos. Com uma expressão poderosa de repulsa, Ouyang usou a ponta da espada para puxá-lo até a superfície. Era o antebraço de um homem, cortado abaixo do cotovelo no mesmo ponto em que o braço de Zhu terminava, a pele gravada com caracteres que se abriam sem cor na carne morta feito brânquias.

Respeitosas saudações de Chen Youliang em Nanchang.

Nanchang, a cidade mais ao sul nos territórios de Zhu. Por um momento, ela ficou atordoada demais para processar a mensagem. Enquanto voltava toda a sua atenção para os Zhang, seu antigo inimigo Chen havia partido de Wuchang, no oeste, e conquistado sua cidade. Fizera *aquilo* com sua gente, e agora queria que ela soubesse.

Mas como ele sequer conseguira tal feito? Mesmo que Chen viesse fortalecendo suas tropas, não havia chegado nem perto de representar qualquer tipo de ameaça a Zhu. Ela tivera certeza disso; do contrário, jamais teria lhe voltado as costas. Ele não devia ter tido a capacidade de sequer confrontá-la, muito menos de *vencê-la*.

Fosse lá como Chen houvesse conseguido, pensou Zhu, taciturna, o fato era inegável. Ela estava prestes a conquistar Pingjiang, mas agora não tinha escolha senão recuar para lidar com Chen — antes que ele lidasse com ela. Agora, tudo que ela havia logrado desde a morte do General Zhang havia sido em vão.

Esse era exatamente o tipo de coisa que acontece, pensou ela, com profunda agravação, quando não se amarra as pontas soltas.

Era como se Zhu soubesse exatamente como ele reagiria, pensou Ouyang, furioso, ao chegar à tenda de comando de Zhu e encontrá-la recém-rodeada por múltiplos anéis de guardas. Não eram os homens de Ouyang, mas os de Zhu, que este devia ter convocado do acampamento do General Xu logo depois de receber a mensagem de Chen. O Comandante Chang estendeu a espada embainhada na horizontal para bloquear a entrada de Ouyang.

— General. Antes de entrar, terei de pedir que me dê sua espada. Ordens do Rei Radiante. — Ouyang fuzilou-o com os olhos, mas Chang apenas o encarou com serenidade e disse: — Por favor, não dificulte as coisas para mim.

Zhu estava de pé lá dentro, claramente à sua espera, quando Ouyang entrou e vociferou:

— *Diga que não vai recuar.*

— Que outra escolha eu tenho? — perguntou Zhu, contundente. Pelo menos, pensou Ouyang com um espasmo de agonia, ele o poupara de qualquer baboseira apaziguadora. — Não posso conquistar e manter Pingjiang aqui no leste, marchar rumo ao norte para conquistar Dadu *e* defender minha retaguarda de Chen Youliang. Preciso lidar com Chen primeiro.

— Não precisa! É Dadu que importa. Dadu é o nosso objetivo, não é? Precisamos tomar Pingjiang rápido, e em seguida marchar sobre Dadu. *Depois*, quando você tiver o trono, pode voltar e recuperar as cidades tomadas por Chen Youliang!

Numa parte distante de sua mente, Ouyang sabia que, uma vez que Chen tomasse as cidades, não haveria nada além de cinzas e cadáveres para Zhu reconquistar, mas isso não importava; nada importava, senão *prosseguir*.

— Vamos chegar a Dadu — assegurou Zhu, com uma força tão gentil que era como se estivesse tentando incutir sua realidade diretamente na pele de Ouyang. Este, ao encarar aquele pequeno rosto mandibular que estava na mesma altura que o seu, sentiu necessidade de recuar. — Vamos chegar lá, eu prometo. Chen Youliang me atacou com uma frota, então precisaremos de uma frota para enfrentá-lo com sucesso. Vamos arranjar uma. Vamos destruí-lo. Então vamos voltar para cá e tomar Pingjiang, e *depois* vamos para Dadu. Se for necessário, general, vou prendê-lo outra vez, usar seu exército sem seu consentimento e fazer tudo isso sozinho. Mas preferiria ter sua cooperação. Sei que entende que somos mais fortes juntos. Ainda sou sua maior chance de conseguir o que quer. *Então vamos fazer isso juntos.*

Mas, mesmo que isso fosse verdade e Zhu de fato representasse uma probabilidade maior de sucesso do que Ouyang jamais teria sozinho, de que importava isso diante da dor que ele sequer conseguia suportar?

Como se pudesse ler sua mente, Zhu disse:

— Aguente só mais um pouco, general.

Era verdade; Zhu ainda era sua melhor chance, pensou Ouyang, atormentado. Também era verdade que, assim que ele chegasse ao fim, todo o sofrimento e a dor e tudo que ele havia sacrificado teria valido a pena. Mas continuar esperando...

Com uma angústia que lhe forçou a voz a um timbre agudo de desespero absoluto, como se ela tivesse sido arrancada de suas entranhas sem qualquer consciência moderadora, ele disse:

— *Não consigo.*

Ele estremeceu ao ouvir o som da própria voz, mas, para sua surpresa, Zhu não.

— Consegue. Mas não precisa fazer isso sozinho. Arregace a manga.

Ouyang encarou-o sem compreender. Zhu havia costurado a ferida em seu braço, mas ele não sabia o que isso poderia ter a ver com a situação presente ou a dor em que se encontrava. Diante de sua hesitação, Zhu ofereceu um sorriso torto.

— Já vi a ferida antes, general.

Com relutância, Ouyang arregaçou a manga esquerda. O bracelete com as contas de Esen em seu pulso; debaixo dele, o corte rosado com sua fissura úmida de um vermelho mais escuro no meio atravessava-lhe quase todo o antebraço. Enquanto Zhu o inspecionava com uma curiosidade intensa e peculiar, Ouyang de repente percebeu: Zhu *sabia* o que ele fazia a si mesmo a fim de continuar. De uma só vez ele entendeu, com uma expectativa tão ávida quanto o desejo, o que Zhu pretendia fazer. Ele dobraria os dedos sobre a cicatriz de Ouyang, talvez pressionando-a de leve por um momento. Então afundaria as unhas no corte. Rasgaria, arranharia e dilaceraria, até Ouyang sofrer.

Porém, se isso *funcionasse*, o próprio Ouyang já o teria feito. Já o fizera muitas vezes; a ferida não respondia mais. E, por mais que tremesse de expectativa, sabia com pesar que não seria suficiente.

Zhu fez um gesto com a cabeça, como se, ao avaliar a situação da ferida de Ouyang, tivesse decidido um plano de ação. Então tomou a mão de Ouyang, que ficou brevemente surpreso ao constatar que as mãos de ambos tinham o mesmo tamanho. Era como segurar a própria mão. Então Zhu ergueu a mão de Ouyang e levou dois de seus dedos à boca.

Era a coisa mais bizarra que Ouyang já havia vivenciado. Ele não fazia ideia do que estava acontecendo. Zhu tinha uma aparência de dureza — era só ângulos e linhas —, mas sua boca era macia, a língua quiescente sob e contra as pontas dos dedos de Ouyang. Sem chupar, sem lamber. Apenas contendo-o. Seu olhar era franco. Uma sensação vaga de ridículo pairava ao lado de uma solenidade mais forte, ritualesca, à qual Ouyang não sabia como reagir.

Com uma peculiar onda de calor, Ouyang lembrou-se da última vez em que estivera dentro de Zhu: a intimidade de seus corpos unidos pela espada; seus rostos juntos na mesma altura; a forma como os olhos escuros de Zhu ficaram fixos nos dele. A imobilidade do momento, tal como este agora.

Sem deixar de encará-lo, Zhu mordeu.

Ouyang emitiu algum som; não fazia ideia de qual. O mundo reduziu-se primeiro a seus dedos, depois dissolveu-se. Ele nunca sentira uma chama como aquela: a dor concentrada que simultaneamente abraçava a totalidade de seu ser. De alguma forma, Zhu soubera exatamente como desfazê-lo. Nenhuma sensação jamais lhe fora tão bem-vinda.

Ele tinha a consciência distante de que seu corpo ainda ocupava o mesmo espaço onde o deixara. Ainda estava na mesma posição. Teria sido uma representação melhor de como se sentia, pensou ele, aturdido, se ele tivesse caído de joelhos e repousado o rosto nas botas de Zhu e as agarrado numa gratidão ofegante e desamparada pela dádiva daquela dor perfeita.

Ele ouviu o sibilar da própria respiração. Deveria ter sido uma humilhação, ser levado assim àquele estado de necessidade e contenção, mas sua capacidade de reação emocional já havia, felizmente, desaparecido. Sua única opção era se deixar ali, entregue àquela vermelhidão extasiante enquanto Zhu aliviava sua dor, seus pensamentos, e, por fim, seu próprio ser.

Quando Ouyang partiu, Zhu retornou à sua escrivaninha. O gosto metálico do sangue do general permanecia em sua língua.

Ainda conseguia ver a volúpia com que ele se entregara à dor conforme ela o percorria como uma tempestade interna. Seus olhos haviam se dilatado, os lábios abertos numa agonia não vocalizada, enquanto ele a encarava. Teria sido assim que ela o fitara quando ele a cortou com a espada? Sua boca fora inundada pelo gosto de Ouyang enquanto os tremores involuntários dele se transformavam em espasmos internos mais profundos e agudos. Ela pôde sentir a forma como ele se manteve imóvel, mesmo quando a dor cresceu. E, quando ela chegou ao ápice, Zhu o manteve ali, naquela fronteira nítida e brilhante: onde agonia e alívio se mesclavam em um só sentimento.

Aquilo seria suficiente para impedi-lo de partir. Ela vira o momento em que a dor física temporariamente eclipsara sua angústia, permitindo que ele deixasse de lado o impulso desesperado de correr sozinho até o fim. Ela lhe dera o que ele precisava para seguir com o plano — para seguir com ela. E, se ele precisasse daquilo outra vez, ela faria o mesmo.

A ideia encheu-a com uma onda de satisfação, doce e poderosa.

A aba da tenda balançou quando Jiao entrou. Depois da vulnerabilidade do momento que Zhu acabara de compartilhar com Ouyang, o desdém arrogante de Jiao era ainda mais irritante. Ela se perguntou se ele havia cruzado com Ouyang do lado de fora. Considerando o desprezo que Jiao nutria por ela, ele provavelmente adorou a ideia de Ouyang invadir sua tenda para questionar sua autoridade. Ela o encarou com dureza. *Se eu pude dominar* Ouyang, *pense no que eu poderia fazer com alguém como você.*

Jiao sorriu de leve, como que para lembrar-lhe o que ambos sabiam: que ela precisava dele. Ele lhe entregou a mensagem cifrada que ela lhe havia dado.

— Não consigo decifrá-la. Não sem a chave.

Ela não havia acreditado que funcionaria, mas precisava admitir que talvez tivesse tido *esperanças.*

— Não há outro jeito, nem mesmo para um homem excepcional como você?

Uma centelha de ironia atravessou os olhos de Jiao, como se estivesse se deleitando com o dilema de Zhu.

— Peço desculpas por ter decepcionado o Rei Radiante com minha inadequação.

Zhu não gostava da ideia de permitir que o espião continuasse a agir, e gostava menos ainda de ter deixado Jiao a par da situação sem conseguir uma solução em troca. Mas agora não havia nada a fazer além de reforçar a segurança e esperar por outra oportunidade de pegá-lo no flagra.

Ao se dirigir até a saída, Jiao estacou, como que detido por uma curiosidade momentânea.

— Chen Youliang conquistou Nanchang com uma frota. Mas nossas tropas são apenas terrestres. Vossa Majestade, onde vai arranjar uma frota?

A leveza de seu tom não enganou Zhu. Ela sabia o que ele queria mesmo dizer. Será que ela ainda podia vencer? Por um momento, seu desgosto transformou-se em ódio. Estava farta de participar do joguinho de Jiao, no qual ele pedia que ela provasse sua capacidade, repetidas vezes. Mas ela não podia simplesmente dispensá-lo, por mais que quisesse. Seu conhecimento técnico, incluindo suas inovações com armas de fogo, era uma das maiores vantagens de Zhu. Contendo a irritação, ela respondeu:

— Fang Guozhen tem navios.

— Por que esse pirata cooperaria conosco? Ele não tem fama de ter um espírito filantrópico.

Algo no tom dele parecia mais desafiador do que o normal ou era impressão? Por outro lado, Jiao sempre ficava rabugento quando sentia que um enigma havia eludido seu intelecto.

— Qualquer homem sensato cooperará com aquele que o governará no futuro.

O rosto enrugado de barba rala de Jiao nunca fora gentil. Zhu não pensava no pai havia anos, mas o julgamento aniquilador na expressão de Jiao levou-a de volta para o começo: para o lugar onde fora reduzida àquela pequena figura sem valor que a teria matado. Zhu enfureceu-se quando Jiao a olhou como se ela não fosse nada e disse:

— *Aiya*, espero mesmo que você tenha um motivo melhor do que esse.

13

PINGJIANG

A rainha adentrou o salão de banquete bem quando o provador de veneno saiu. Pote de Arroz estava sentado sozinho à mesa extensa com todos os pratos puxados para perto de si, feito uma anêmona-do-mar rodeada pelos detritos de muitas refeições bem-sucedidas. Ele não ergueu a cabeça quando ela se aproximou. Ele estava cutucando a bochecha de uma cabeça de porco inteira e gelatinosa, que ela reconheceu com impaciência em vez de apetite. Como de costume, a rainha teria julgado conveniente aplacar qualquer que fosse a origem do incômodo do marido, mas aquele tempo já estava no passado.

Ela fez uma reverência. Sem erguer o tronco, disse:

— Meu marido deve ser parabenizado pela retirada de Zhu Yuanzhang.

Ela pensou que talvez ele a fizesse continuar ali, curvada em submissão. Porém, após um momento ele lhe lançou um olhar de soslaio, mastigando de boca aberta, e fez um gesto com a cabeça para que ela se sentasse em frente.

Os criados depuseram uma tigela de arroz e um par de *kuàizi* diante dela e, sob suas ordens, uma pequena porção de vegetais refogados que brilhavam com o óleo avermelhado comumente usado em peixes. Não havia dúvidas de que a mistura era saborosa para outras pessoas. Para ela, produzia apenas a costumeira sensação leve de repulsa.

— Zhu Yuanzhang! Ele que ousou se voltar contra mim. Por acaso pensou que havia me derrotado em Zhenjiang? Eu lhe dei uma colher de chá, só isso.

Distraído do que quer que o estivesse atormentando, Pote de Arroz recostou-se no assento e passou os braços pelas costas das cadeiras vizinhas, com os *kuàizi* manchados de vermelho ainda nos dedos. Ele a encarou com uma expressão irreverente que poderia ter sido a de qualquer patriarca benigno, não fosse pela dureza ao redor dos olhos. A dureza que não permitia nenhuma consideração por ninguém além de si mesmo. Era esse desinteresse fundamental que sempre fizera dele uma pessoa tão lenta de se provocar, lenta para reagir. Mas como ela havia subestimado o perigo daquela reação! *Eu lhe dei uma colher de chá.* Os *kuàizi* tremeram nas mãos da rainha, surpreendendo-a. Seus dedos estavam entorpecidos. Sempre haviam sido tão brancos e finos quanto os talos de uma cebolinha, e agora pareciam ser a joia singular do desconhecido. Mas sua mente era tão calma quanto um relógio.

— Não foi fácil como ele achou que seria, foi? Quando ele precisou cavar do lado de fora desta cidade. Ah, estas minhas fortes muralhas! Por acaso ele achou que eu desmoronaria diante da petulância daquele merdinha? — desdenhou ele. Foi só porque ouvia com atenção que ela notou o falhar de sua respiração seguinte, como se a força de seu desdém lhe tivesse provocado uma fração de agonia, mas ele logo se recuperou. — Bastou um gostinho de meu poder e ele voltou correndo para a vadia da mãe dele!

Não era bem uma surpresa para a rainha que ele não fizesse ideia do papel exercido por Chen na retirada de Zhu. Uma pessoa cujo mundo consistia apenas de si mesma sempre acreditaria que a serenidade de sua caminhada era resultado das próprias ações. Com frieza, ela pensou: *nada que você conquistou foi crédito seu.*

Ele soltou sua risada rouca que carregava tanto bom humor quanto a lâmina de uma serra.

— E você, esposa? O que fez? A cidade não está mais sob ameaça, e você tem ficado aí sem fazer merda nenhuma esse tempo todo? Quero tropas prontas para partir rumo a Dadu. Já é tempo de eu tomar o que é meu.

Havia um odor rançoso no ar, como o de tofu firme que se tornara viscoso com o tempo. Ele subiu, pungente, mas Pote de Arroz não pareceu notar. Ela respondeu, fria:

— A maior tropa que conseguirmos reunir dificilmente será suficiente para superar o Grande Conselheiro e seu exército central. Esteja certo de que ele não hesitará em dar o máximo de si para defender Dadu.

Pote de Arroz estapeou as coxas como que bastante animado. No entanto, entre um tapa e outro, o riso escapou-lhe do rosto com uma brusquidão que denotava perigo. Ela voltou os olhos para a mão erguida do marido.

— Por que tenho a impressão de que não acredita em mim? Se eu digo que meus soldados vencerão, eles vencerão. A menos que alguém entre deliberadamente em meu caminho e me sabote. Que me traia — disse ele, a voz suave. — Será que você faria isso outra vez, esposa?

Ela viu o momento em que o lampejo de dor seguinte o atravessou, mais agudo desta vez. Ele baixou a mão e dirigiu a atenção para o próprio corpo. Os primeiros traços de suor brotavam em sua testa.

— Está com problemas de estômago outra vez? — perguntou a rainha.

Ela se virou para os criados que aguardavam à parede, mas ele a interrompeu, irritado:

— Acha que não sei como é uma indigestão? Isto é diferente. Há algo de errado com a comida. — Sua voz subiu ainda mais, agora com um traço de pânico. — Há algo de errado nela! Estou sendo envenenado!

— Não é possível — disse a rainha, a voz calma. Ela ergueu uma mão para deter os guarda-costas do marido, que haviam se precipitado. Para aplacá-los, ela disse com clareza: — Teríamos sido alertados se o provador de veneno tivesse apresentado sintomas. Sem mencionar que eu comi os mesmos pratos e não sinto nada de errado. Marido, por favor, fique calmo. Mandarei chamar o médico.

De repente, Pote de Arroz gritou:

— Ah, é uma invasão de *Qi* frio, estou sentindo lá embaixo. — Ele apalpou a túnica com as mãos trêmulas de medo, livrando-a das amarras e puxando as roupas de baixo brancas. — Está atacando minha fonte de *yang*. Posso senti-la se retraindo, entrando em meu corpo. Se entrar em meu corpo, morrerei!

Quando a rainha se aproximou, viu que sob o abdômen nu e saliente do marido seus genitais estavam pálidos e com uma aparência cérea, como que congelados. O escroto estava tão duro e contraído que havia repuxado a bolsa dos testículos até a entrada do corpo. Ele tremia, grunhia, o rosto pálido e reluzente de suor. Seu sofrimento fez a rainha pensar no macaco de um pedinte que ela vira na rua certa vez, sendo açoitado violentamente pelo dono. Ela se lembrou do prazer distante e cruel de ver seu rostinho franzido de dor e angústia patéticas, seu defecar apavorado que lhe causou repulsa e, ao mesmo tempo, lhe suscitou uma alegria brutal que ansiava por mais entretenimento.

Ela riu, carregando o som com toda a leveza que conseguiu reunir em vez de revelar o prazer sombrio e visceral que sentia ao puni-lo em seu desamparo.

— Ah. Marido, acalme-se! Ah, o número de homens com queixas do tipo que frequentam os bordéis… De verdade, não há nada com o que se preocupar. — Ela puxou para cima as roupas de baixo do marido e fechou-lhe a túnica, murmurando solicitamente, e disse aos guardas: — Vão, todos vocês. Digam ao médico que prepare o remédio para a doença do corrimento e que venha com urgência.

— Quanto tempo levará? — grunhiu ele enquanto ela fechava a porta com força e voltava para a mesa. — A dor só aumenta. Ah, é insuportável!

— É tão ruim assim? — disse ela, com um lampejo de interesse. — É uma pena, é claro, que o médico vá descobrir uma escassez das ervas exatas que procura, e terá de encomendar mais. E, é claro, já que ele está muito ocupado atendendo sua concubina, demorará um pouco até chegar aqui, imagino.

Ele a encarou sem compreender.

— Minha concubina…?

— Ah, pobrezinha! Estava apenas pensando no melhor para você. Quando eu soube que ela estava procurando uma substância para passar naquele anel que você usa, para incrementar suas noites de amor, mandei uma pessoa fazer uma substituiçãozinha. Você acha que as criadas dela ficaram tão envergonhadas que não quiseram informar o médico a região onde os sintomas começaram? Era uma moça bonita, não era? Suponho que ninguém seja bonito ao morrer.

Ela viu o momento, após algum tempo, em que ele percebeu o que ela queria dizer. Num ímpeto furioso, ele saltou do assento em direção a ela, um urso ferido com um urro a se formar na garganta, mas que morreu quando a cor se lhe esvaiu do rosto e ele voltou a afundar na cadeira. Ele se apoiou sobre a mesa, trêmulo, a boca aberta como que para grunhir, mas sem emitir som algum. Sua barriga subia e descia, mas ele parecia incapaz de respirar. A rainha tremia, como se seu corpo se apoiasse em estacas instáveis em vez de pernas, mas ela disse, com desprezo profundo:

— Que pena, marido. Parece que o pote ficou sem arroz.

— Mas eu… tenho o…

— Pensou que isso lhe garantiria o sucesso, mesmo sabendo o que você fez com Zhang Shide? Seu tolo. Você não é o único que possui o Mandato.

Quando lera a oferta pela primeira vez, ela não tivera certeza a respeito de como Wang Baoxiang cumpriria sua promessa de acabar com o cerco de Pingjiang. Ela recordou o encontro com Chen, e a descoberta de seu patrocinador misterioso oculto nas sombras. Wang Baoxiang, pensou ela, vinha planejando havia muito tempo. Então surgira uma oportunidade. Por um momento, ocorreu-lhe que o momento dessa oportunidade — a morte de Zhang Shide — fora perfeito.

A cabeça de Pote de Arroz pendia para baixo enquanto ele arfava. Ela percorreu seu rosto com dedos leves, depois enfiou as pontas das unhas sob seu queixo. Ela as afundou, puxando-o para cima de modo que ele tivesse de erguer a cabeça. Sentiu um desejo de continuar as afundando até atingir-lhe o cérebro. Ele a fitava com os olhos arregalados de pânico; ela não sabia nem se ele ainda conseguia falar.

— Tenho algumas opções de imperadores. Então vou escolher alguém melhor do que você. Eu *vou* levar um exército a Dadu, mas você, Zhang Shicheng, não faz parte do plano.

A respiração de Pote de Arroz saiu num chiado terrível e forçoso. O odor de tofu velho aumentou, junto com o cheiro pungente de medo. O fedor a repugnava. Ela queria remover o marido de seu corpo, queria isolar-se dele, como uma pedra polida que havia sido golpeada, mas ainda reluzia com força sob o sangue.

— Morrer como viveu. Que interessante! Nunca pensei que você e seu irmão tivessem alguma coisa em comum. Mas ele também morreu como viveu. Talvez este seja um jeito mais desconfortável de morrer do que com uma flechada no campo de batalha. Talvez você devesse ter vivido uma vida mais útil.

Porém, enquanto via o marido ofegante, com os lábios ganhando um tom azulado e uma espuma rosada surgindo nos cantos da boca, ela sentiu o horror crescer. Falar dele a fizera pensar nos últimos momentos de Zhang Shide naquele campo de batalha. Se a flecha assassina lhe tivesse perfurado o pulmão, teria ele sofrido como o irmão agora, com cada fôlego apenas acelerando o colapso do pulmão até que ele sufocasse? Teria sido aquele o som de seus últimos suspiros?

Ela percebeu que, antes disso, acreditara que ele teria pensado nela em seus últimos momentos. Precisara acreditar que, apesar das ríspidas palavras que ela lhe dissera na última vez em que o viu, ele morrera sabendo da verdade: que ela havia mentido naquele momento para feri-lo, como sempre fazia, e que ele a teria perdoado. Agora, porém, ao assistir à agonia de Pote de Arroz, ela via a dor roubando-lhe a humanidade. A proximidade da morte reduziu-o a um animal sem fala, sem pensamentos nobres, apenas a consciência minguante de si. Zhang Shide, agonizante no campo de batalha, definitivamente não teria pensado nela.

Ela se imaginara ficando até o fim de Pote de Arroz. Até se deleitara com a ideia. Mas seus pulmões ofegavam, seu coração palpitava com força; suas sensações corporais a sobrepujavam, e ela sentiu um terror agudo diante da noção de que era porosa a elas; seria infiltrada.

Ela tropeçava, naquele corpo disfuncional que fora quebrado para que não pudesse correr. O piso cedia sob seus pés em ângulos acentuados. Ela deu uma guinada violenta, segurando-se, entorpecida, num incensário e depois num braseiro quente, abriu a porta com força e tombou do lado de fora. Sua lombar espasmava: o luto perfurava-lhe os rins, o fígado, o baço. Ela não conseguia suportar a forma como seu corpo a subjugava, avançando implacavelmente por suas barreiras.

Dentro daquela sala, seu marido afogava-se em ar. Em meio ao rugido em seus ouvidos, ela o ouvia arranhar a mesa, como tartarugas sendo cozinhadas vivas numa *wok* tampada: o som prolongava-se.

A dor pressionava-a. Esmagava-a, e ela não passava de pedaços unidos com o fio de seu ser. Cada mensagem de seu corpo tentava dilacerá-la, e tudo o que ela precisava fazer era se entregar. Ela *queria* sentir a dor, porque pessoas que amavam, que haviam sido amadas, a sentiam. Mas, mesmo com os espasmos em seu corpo; mesmo lutando para se entregar; não conseguia. Cada pulsação do desejo de se entregar era respondida com um pulso mais forte de resistência de algum lugar nas profundezas de seu ser. Aleatoriamente, ela pensou numa cortesã que conhecera havia muito tempo, que tentara se matar ao prender a respiração. Mas a determinação da moça nunca fora tão forte quanto o reflexo que a forçava a respirar e a mantinha viva. Ela apenas o superou, por fim, ao se lançar num dos canais que corriam do lado de fora dos bordéis verde-e-pretos de Yangzhou. Ela transformara o reflexo de respirar e inspirar ar e vida em inspirar água e morte.

Finalmente, a rainha percebeu que os sons vindos da sala haviam cessado.

Um bom tempo depois, o médico chegou apressado. Ele a viu estirada no corredor e dirigiu-lhe um olhar de reconhecimento horrorizado ao passar correndo por ela a caminho do salão de banquete. Reconhecimento, em vez de suspeita, porque em sua figura tombada ele vira o que fazia total sentido para a situação: uma mulher, sofrendo. Mas era tudo uma ilusão. Porcelana não tinha vida, e não sentia nem sofria.

Ela se pôs de pé. Os espasmos que lhe haviam assolado o corpo cessaram; sua mente estava calma. Ela voltou ao salão de banquete, onde o médico constatava que havia chegado tarde demais.

14

CAMBALIQUE

Por semanas a fio o aspecto sem textura do céu prometeu neve, mas ela não veio. Toda a Cambalique estava aprendendo como era o desespero de um insone pelo que lhe era negado, mesmo enquanto seguia se exaurindo com as preparações finais para a campanha do Grande Conselheiro. O exército, com suas tropas, suprimentos e máquinas de cerco, reunia-se na planície ao sul até ser a única coisa que se podia ver de uma altura tão grande quanto o quinto andar do pagode do lago na Cidade Imperial, o Palácio da Lua. Flâmulas tremulavam sobre a grama amarelada pelo inverno. Dentro e fora da cidade, os lagos estavam congelados. Era a estação da guerra, quando o frio estendia os dedos para o sul, e, em apenas mais alguns dias: o Grande Yuan marcharia.

Baoxiang contemplava seus baús de dinheiro na sala de estar quando Seyhan entrou, comentando:

— São poucas as pessoas que já vivenciaram literalmente o ditado "Que sua fortuna encha um salão".

Presumidamente, o teto do interior da casa fora outrora um entremeado perfeito de madeiras claras e escuras. Ao longo dos anos, porém, a torção das duas madeiras havia acontecido em ritmos diferentes, e agora o formato inchava como se estivesse sendo visto através da densidade oscilante do oceano.

— Está na hora — disse Baoxiang a Seyhan, que franziu a testa ossuda num gesto de compreensão.

— Gostaria de manter uma reserva, caso Chen Youliang precise de mais?

— Posso ter reerguido um tigre esfomeado, mas não preciso continuar lhe dando comida na boca pelo resto da vida — respondeu Baoxiang, taciturno. — Mande tudo.

O momento da ação, ao chegar naquela tarde, fora tão ordinário quanto as saudações do ministro para Baoxiang no corredor.

— Vice-ministro! Aí está você. — Parecendo profundamente preocupado, o ministro folheou o maço de papéis que carregava e retirou um recibo. — Precisamos pagar este vendedor de selas; na verdade, isso já deveria ter sido feito, mas nós nos esquecemos, e agora ele enviou uma reclamação. Pode enviar um mensageiro com os fundos?

Ninguém mais teria visto o potencial naquele simples pedido. Na verdade, sem os outros elementos que Baoxiang já havia preparado, tal potencial sequer teria existido. Mas era um fio que, se puxado, derrubaria um império, e flutuara para as mãos de Baoxiang com a mesma suavidade com que um filamento de rede de aranha é carregado pela brisa.

Por um momento, ele hesitou. Ainda podia esquecer tudo. O fio flutuaria para longe sem deixar resquícios, e apenas ele saberia de sua existência.

Mas por que faria isso? Sua raiva crescente rasgou-lhe a incerteza dos pensamentos, deixando apenas pura escuridão. O ministro confiara nele, fora gentil com ele, mas onde estivera ele quando Baoxiang fora digno de afeto? Onde estivera ele quando Baoxiang precisara disso? Se uma única pessoa houvesse intervindo enquanto o mundo lhe ensinava suas lições brutais sobre quem valorizava, tudo teria sido diferente. Mas tal pessoa sequer existira. E agora era o mundo todo, e todos que o habitavam, que sofreria as consequências do que havia obrigado Baoxiang a fazer.

Quando ele tomou o papel do ministro, sua mão estava firme.

— Considere feito.

Sentado na borda da cama do Terceiro Príncipe, Baoxiang achava-se nu. Sêmen esfriava em sua coxa. Ele sentiu a mandíbula estalar ao abri-la; sabia que haveria marcas de dedos em seu rosto. No decorrer de alguns encontros desde o episódio na banheira, o Terceiro Príncipe havia aprendido a aceitar o prazer com confiança crescente, mas seu aperto era sempre forte demais: como se o apavorasse a ideia de não conseguir demarcar a diferença entre um guerreiro como ele e um fraco como Baoxiang, mesmo enquanto ele se esfregava no abdômen de Baoxiang ou entre suas coxas unidas.

Em contraste com a grandiosidade imperial do restante do Palácio das Benções Abundantes, o quarto do Terceiro Príncipe era um espaço totalmente pessoal. Era também, pensou Baoxiang, uma bagunça total. As tapeçarias empoeiradas nas paredes pareciam estar penduradas desde o último inverno — ou talvez até mesmo o anterior — sem terem sido retiradas e batidas durante o verão. O piso, bem como todas as superfícies planas, era um transtorno topográfico de livros, tigelas, túnicas tão amarrotadas que pareciam uma tentativa frustrada de dobradura em papel, peças de armadura, cabaças, cordas amarradas com graus variados de aptidão em borlas decorativas para uma espada ou lança, dois chapéus, uma algibeira com olíbano e cravo-da-índia para refrescar as axilas, uma extravagante navalha estrangeira de aço e inúmeras roupas íntimas de aparência suja. Debaixo de tudo isso pairava um odor animal suspeito, como o de uma gola de pele deixada ao sol, que Baoxiang reconheceu com desgosto se tratar do fedor remanescente que os rapazes deixavam em seus lençóis.

— Você tem *criados*. Sabe que o trabalho deles é limpar, não? — Ele apanhou uma camisa de baixo descartada da bagunça e usou-a para esfregar a coxa.

O Terceiro Príncipe jazia estirado e nu em meio às cobertas amarrotadas, com o joelho virado para o lado feito uma garça. Ele ficou tenso quando Baoxiang o encarou: ser visto por um homem, especialmente quando se encontrava num estado vulnerável de languidez pós-coito, era muito diferente de olhar *para* um homem. Mas seu desconforto passou logo. O pau sempre mole de Baoxiang mal ameaçava a hombridade de alguém. O Terceiro Príncipe sorriu e disse, sem malícia:

— É você quem gosta de ficar de joelhos. Se está tão incomodado, limpe você mesmo.

A sola do pé do Terceiro Príncipe, pressionada na lateral do joelho oposto, atraiu o olhar de Baoxiang para a carne debaixo dela. Mesmo no corpo rijo de um homem, essa parte era delicada; sua maciez, afundada pelas pontas dos dedos e pelo calcanhar, dava a impressão de que o próprio corpo se acalentava. Por um momento, Baoxiang teve vontade de repousar a mão ali, maravilhado: que aquela parte do corpo de outro, nunca vista ou tocada e ignorada no curso da vida rotineira, estivesse ao seu alcance.

Era um impulso estúpido. Baoxiang deixou-o de lado e procurou suas roupas no chão. Tudo o que importava era que o Terceiro Príncipe estava onde precisava dele. O resto era supérfluo.

— Você tem o compromisso de sempre com sua mãe amanhã à noite? Não virei, então — disse ele, em tom casual.

— Só venha um pouco mais tarde. Ela costuma me dispensar cedo para responder aos chamados do grão-cã, de qualquer forma. — O Terceiro Príncipe mexia com alguma coisa pequena e redonda que havia encontrado numa tigela. Em tom de deboche, ele continuou: — Sabe como preparam as mulheres para meu pai, vice-ministro? Não se deixe enganar pela aparência elegante de minha mãe! Você devia ver como ela fica animada para ir trepar com o grão-cã, como se não passasse de uma puta. — O deboche era dirigido a si mesmo, mas o ato oscilava com tanta violência quanto um acrobata que já se conformara com a queda iminente. — Se o esforço fosse recompensado com resultados, ela já teria me substituído uma dúzia de vezes a esta altura. Ela deve se sentir tão decepcionada!

A dor do Terceiro Príncipe fez Baoxiang pensar em quanto tempo ele teria levado para acreditar que a aprovação e a aceitação pelas quais ansiava jamais viriam. Ele era mais velho que o Terceiro Príncipe quando se resignou com o mundo como era e matou a parte de si que se agarrava, contra todas as evidências, à crença de que poderia ser amado.

Ele sentiu uma estranha vibração. Mas o único fantasma no quarto era o de sua versão mais jovem, vista no rosto de um outro.

Algo voou em sua direção. Era tarde demais para desviar. Baoxiang exclamou quando a coisa o atingiu na testa:

— Filho de uma tartaruga!

O Terceiro Príncipe abriu um sorriso perverso.

— Cuidado com o pai de quem você insulta.

Baoxiang apanhou o projétil do chão: uma castanha sem casca. Ele não desgostava delas, mas nunca achara que o trabalho de as descascar valia a pena. Um único escorregão levaria uma lasca da casca endurecida pelo calor para dentro da unha, e então seria uma semana de sofrimento. Para Esen, porém, a batalha com a castanha sempre fora metade da diversão. Às vezes, durante o inverno, quando o pai estava fora, eles se reuniam na residência silenciosa com uma grelha sobre o braseiro enquanto a neve caía lá fora. Baoxiang lia, e Esen entregava-lhe castanhas descascadas, uma a uma.

De repente, pensar naquele gosto doce e farinhento o fez querer vomitar. Ele abandonou a castanha e voltou a vasculhar a bagunça à procura das roupas.

O Terceiro Príncipe observou-o se vestir. Acanhado, disse:

— Está tarde. Você poderia... ficar.

Baoxiang nunca pedira a gentileza do ministro. Mas agora lhe ocorria, com certo desgosto, que *havia* pedido a vulnerabilidade do Terceiro Príncipe. Ela lhe fora dada, e agora ele a embalava nos braços como um amante a proteger o coração da pessoa amada.

Mas Baoxiang não era o amante do Terceiro Príncipe, e havia ido até lá por um motivo.

— Fica para a próxima. — Ele fingiu lamentar. — Preciso voltar para o gabinete. Hoje à tarde, o ministro pediu que eu fizesse um pagamento para uma das contas dos fornecedores do Grande Conselheiro. Então mandei um mensageiro com os fundos, mas agora isso está me incomodando; não consigo me lembrar de um contrato aberto para compras com esse vendedor. — Ele podia sentir a Senhora Ki no fim do fio; uma marionete pronta para dançar. — Normalmente, não ficaria preocupado, porque há muitos contratos. Não consigo me lembrar de todos. É só que, com um valor tão alto quanto aquele, eu sinto que... *teria* me lembrado. — Com satisfação, ele viu que o Terceiro Príncipe o observava com uma nova intensidade. — Estou certo de que não é nada. Mas, se eu não checar, passarei a noite toda em claro.

O fio foi puxado.

Ele não voltou para o gabinete, é claro. E passaria a noite em claro de todo modo. Enquanto cavalgava de volta para casa, ele desejou, com fúria, que nevasse, mas o céu recusou-se a conceder-lhe um alívio.

O ministro enfiou a cabeça no gabinete de Baoxiang.

— Aí está você! O grão-cã convocou uma audiência com os ministros. Você vem? O momento é inoportuno, com o Grande Conselheiro ainda aqui e tanta coisa a ser feita. Mas não há jeito. Só podemos torcer para que não demore muito...

Era um único fio solto puxando outros; uma estrutura inteira que começava a se distorcer. Estava tudo como deveria ser. Estava tudo como Baoxiang queria que fosse.

— Algum problema? Não precisa ir, se não quiser — disse o ministro, intrigado.

— Não. — Baoxiang levantou-se, alisando o uniforme. — Eu vou.

Ainda não havia nevado. O céu ansiava por um alívio. Quando cruzaram o arco que levava à praça abaixo do Salão do Grande Brilho, o ministro levou um susto: o amplo espaço já estava cheio das túnicas carmim dos oficiais.

— Não é possível... Estamos atrasados?

Na ausência da neve, a luz transformava o dourado da túnica do grão-cã no tom de chá do xale de um monge. O Grande Conselheiro, em contraste, parecia ainda mais régio do que de costume com sua armadura de escamas de dragão. Arrancado de seus preparativos, ele parecia impaciente. A imperatriz, ao seu lado, estava rígida de cautela. Era claro que nenhum dos dois fazia a menor ideia do motivo pelo qual a Senhora Ki havia convocado aquela reunião. Porque estava claro que fora ela.

— Foi bom o senhor ter vindo, Ministro da Receita — disse a Senhora Ki. Sua cintilante capa de arminho tinha a cor da neve que não caíra. Dos fantasmas e do luto. Abaixo dela, na praça, os oficiais de chapéus pretos achavam-se tão estáticos quanto as linhas de texto numa página. — Talvez o senhor possa nos esclarecer uma questão. Aproxime-se do trono.

O ministro lançou um olhar surpreso para Baoxiang, que o devolveu, saboreando a performance. Enquanto observava o ministro mancar lentamente pelo centro da praça, sua própria culpabilidade era tão sórdida e satisfatória quanto um hematoma. Ao que parecia, não existia ato tão desprezível que lhe furtasse a habilidade de desfrutá-lo.

A Senhora Ki disse, com a voz doce:

— Ministro da Receita. É verdade que, ontem, sob suas instruções, o Ministério da Receita enviou um mensageiro com um valor significante para pagar um vendedor?

Tudo que Baoxiang podia ver do ministro eram suas costas uniformizadas, mas pôde ouvir-lhe a perplexidade quando ele respondeu:

— Nobre consorte, muitos pagamentos do tipo são feitos todos os dias no curso dos negócios do Ministério da Receita.

— O pagamento a que me refiro foi supostamente pela compra de selas. — A Senhora Ki olhou por cima das cabeças dos oficiais reunidos e ordenou: — Venha.

Um mensageiro imperial, com o uniforme ainda sujo de terra e manchado de suor de cavalo, atravessou o corredor central a passos trêmulos. Ele foi seguido por uma corrente de eunucos.

— Talvez o ministro possa nos assegurar a respeito da natureza ordinária deste pagamento em particular — disse a Senhora Ki.

Ela engenhara a performance para conseguir o máximo de suspense dramático: cada eunuco carregava apenas uma pequena bolsa, de modo que, conforme as lançavam aos pés do ministro, a pilha crescia aos poucos a proporções imensas. O último eunuco abriu sua bolsa e virou-a de ponta-cabeça, despejando inúmeros taéis. Não havia como confundir o baque peculiar de ouro puro e macio contra as pedras da praça.

— Pessoalmente — observou a Senhora Ki —, eu teria dito ser uma quantia bem além do ordinário. Isso é ouro suficiente para comprar um reino... ou dois. Imagine quantas selas poderiam ter sido compradas com ele! Porém, o ouro nunca foi para selas, não é? — Ela se voltou para o grão-cã, claramente deleitando-se com a performance. — Grão-cã, esse mensageiro foi interceptado a caminho das aldeias das estepes. O fato de estar carregando tamanha quantidade de ouro deixa bem claro do que isto se trata. O Ministro da Receita vem desviando fundos dos cofres imperiais para comprar apoio para as futuras ações traiçoeiras de seu mestre contra o grão-cã. — Ela sorriu, prolongando o momento: — Esperava algo diferente do Grande Conselheiro, que não ambição pelo trono?

Mesmo antes da Senhora Ki terminar, o grão-cã já estava furioso. Não havia necessidade de convencê-lo: cada palavra dita pela Senhora Ki alimentava seus piores temores a respeito do homem em quem confiava, e cuja indispensabilidade ele tanto ressentia. A Senhora Ki conhecia bem o marido.

O Grande Conselheiro recuperou-se rápido do choque.

— A honrada consorte foi longe demais! — Ele avançou sobre a Senhora Ki. — Espero que ela tenha considerado as consequências de ser incapaz de fornecer provas para mentiras tão ultrajantes. Não sei dizer de onde veio o ouro. Mas posso dizer com confiança que teria sido impossível para qualquer pessoa, mesmo o próprio Ministro da Receita, ter roubado uma quantia tão grande das contas imperiais sem que isso chamasse a atenção. Como tamanho roubo poderia ser escondido, quando todo o sistema do Ministério da Receita foi pensado com o propósito de registrar cada tael gasto? — Ele encarou a Senhora Ki num desafio furioso: — Minha lealdade ao grão-cã é, e sempre foi, inquestionável. Nego veementemente a acusação. É uma calúnia infundada da pior espécie!

— Infundada! Se não se originou das contas imperiais, então de quais bolsos escondidos veio esta fortuna grande o suficiente para adquirir exércitos inteiros? Não existe pessoa com tantos bens no Grande Yuan, Grande Conselheiro! Quanto a provas, de fato, o senhor tem razão; o Ministério da Receita *de fato* registra cada tael gasto.

Os eunucos adentraram mais uma vez a praça, desta vez com os braços cheios de livros. O ministro, ao perceber o que eram, estremeceu.

A Senhora Ki sorriu para ele.

— Sim, ministro. Os livros-mestre do Ministério da Receita. Tenho sua garantia de que o conteúdo desses livros é o registro verdadeiro, auditado por nenhuma mão além da sua?

Após um instante, o ministro declarou, firme:

— Não tenho nada a esconder. Os livros mostrarão a verdade.

— De fato.

Um vento com aroma de neve soprou sobre a praça e virou as folhas dos livros-razão, que os eunucos haviam aberto e disposto em sequência. De alguma forma, sem perceber, Baoxiang começara a sentir tanto frio que era como se, paradoxalmente, estivesse queimando. Mas por que seu corpo reagia de modo tão estranho? Ele não entendia. Aquilo era o que ele desejava, e soubera desde o começo que era a isso que seus planos levariam.

— Devo parabenizá-lo pela natureza precisa de seus registros, ministro — disse a Senhora Ki. — Não levou mais que um instante para contadores habilidosos descobrirem que o sistema forneceu as próprias evidências. Mas, por favor, veja o senhor mesmo.

Os ombros do ministro encolheram-se; então, num ímpeto, o velho homem precipitou-se, como que atraído, e caiu de joelhos ao virar as páginas.

— Acho que concordará, ministro, que há um padrão distinto de dinheiro desviado de compras oficiais e depositado numa reserva especial, cujo saldo por acaso é idêntico ao valor encontrado com o mensageiro — disse a Senhora Ki, a voz leve, quase curiosa. — Há quanto tempo o senhor e o Grande Conselheiro vêm planejando depor meu marido, o grão-cã!

O ministro estava paralisado sobre os livros. Era como se estivesse prostrado ali, suplicando que fosse proclamado inocente. Mas não havia possibilidade disso.

— Aquele é o seu selo, ministro? — vociferou o grão-cã.

O selo que Baoxiang pegara e usara naquelas cópias dos livros-mestre nas quais inserira todas as suas cuidadosas mentiras. Mesmo que o ministro já não soubesse que Baoxiang havia pegado seu selo emprestado, teria percebido quem era o responsável.

Quem mais teria a habilidade de criar uma trilha de papéis que simultaneamente criava e roubava dinheiro?

E fora no bolso de Baoxiang que toda aquela renda não gasta dos domínios do príncipe de Henan se acumulara. A Senhora Ki tinha razão: era uma fortuna suficiente para comprar reinos. Fora mais do que suficiente para comprar a destruição do último verdadeiro defensor do Grande Yuan.

Todos os presentes viam que o grão-cã já havia sido convencido. O ministro também sabia que qualquer contestação seria inútil. Ele respondeu ao grão-cã com dignidade.

— É meu selo.

Nenhum deles teve de ser arrastado para execução. Cada homem depositou os acessórios de seu cargo numa pilha dobrada ao pé da escadaria — o Grande Conselheiro, a espada e a armadura; o ministro, o chapéu e o manto superior — e seguiu os eunucos do grão-cã praça afora.

O ministro parou ao passar por Baoxiang. Embora este nunca tivesse visto o rosto do outro tão franzido, o ministro estava calmo. Com uma sensação cruel e nervosa parecida com ansiar por uma luta, Baoxiang percebeu que não queria calma. Queria culpa. Queria ouvir o ministro dizer a verdade sobre o que ele havia feito. Queria ser nomeado em voz alta como o tipo de pessoa que havia não apenas feito aquelas coisas, mas se deleitado com elas. *Porque eu sou desprezível.*

Sentindo a performance crepitar dentro de si feito um raio em nuvens escuras, ele disse:

— Deveria ter confiado em sua primeira impressão sobre mim. Aquela repulsa que sentiu na primeira vez que pôs os olhos em mim... Por que ignorá-la? Ela dizia a verdade. Sempre fui tão ruim quanto todos dizem que sou. Você só se recusou a acreditar. E é por essa razão que isso lhe aconteceu. Você cometeu um erro.

Para sua imensa insatisfação, porém, o ministro não lhe devolveu a raiva. Seu rosto tinha a sombra de uma emoção grave que Baoxiang deveria ter reconhecido, mas, de alguma forma, não conseguiu.

— Nunca tive dúvidas de que você poderia conquistar o que quer que se propusesse a conquistar, Wang Baoxiang. Não sei qual é o seu objetivo final. Mas espero, para seu bem, que, quando enfim o alcançar, ele se prove ser o que você desejava.

Ele deixou Baoxiang espumando. É claro que seria o que ele desejava. Ele já visualizara o momento de seu triunfo tão infinitamente que este lhe parecia mais real, suas emoções mais puras, do que qualquer coisa que já tivesse vivenciado. Ele se voltou para a Senhora Ki, que ostentava um brilho de vitória no topo da escadaria. Ela não via que um fio havia sido puxado; que o mundo estava se desfazendo. Não via como sua vitória era o começo do fim, e como cada passo que desse dali em diante apenas garantiria a ascensão de Baoxiang ao trono, e seu domínio perverso de dor e sombras que era tudo o que ele já desejara.

As execuções, realizadas no dia seguinte, foram públicas. Baoxiang não compareceu. Ficou sentado em seu gabinete, que escurecia aos poucos, até que fosse bem tarde, encarando o selo ministerial em sua caixa sobre a escrivaninha. Seu selo, agora. Perturbou-o o fato de que o trabalho do Ministério sequer fora interrompido. Quantas vezes teria um ministro sido deposto — traído, substituído — a ponto de o incidente ser tratado com tamanho ar de rotina? Duplas de oficiais, separados pelos chapéus de abas longas, caminhavam pelo corredor; alguém por perto carregava um bule de chá de trigo-sarraceno. Criados esvaziavam cestos de papéis do gabinete do ministro na sala ao lado. Baoxiang sentia que havia algo de errado. Percebeu que estivera esperando por algum tipo de consciência especial do momento. Pela adrenalina da satisfação — da vitória — que sentia ao impor sua vontade ao mundo. Mas a onda causada pelo apocalipse pessoal do ministro não fora maior do que a de uma pedra atirada a um lago escuro. E, no lugar da satisfação, Baoxiang tinha uma sensação desagradável que só podia identificar, inexplicavelmente, como tormento.

Da rua lá fora vinha a entoação decrescente da colisão de varas de bambu. Um som oco e pesaroso. Era apenas o chamado de um vendedor ambulante de massas fritas, mas uma certa qualidade sinistra do som amplificou o tormento de Baoxiang, transformando-o numa angústia estremecedora. Por um momento horrível, ele não soube dizer se estava desperto ou adormecido. Estava à beira de algo inobservável — algo tão terrível que seu eu dos sonhos não podia deixar de observar…

Ainda assim, mesmo com o corpo tremendo, Baoxiang sentiu uma impaciência crescente dentro de si que se aproximava cada vez mais rápido de fúria. Seria essa a mesma impaciência, a mesma raiva, que Esen sentia sempre que testemunhava a fraqueza de Baoxiang? De repente, ele entendeu. Fosse o que fosse aquela patética aflição interna, ele não a suportava. Queria arrancá-la de si em nacos. Nem fazia sentido. Tudo havia corrido perfeitamente, não? Ao apenas se tornar tão desonesto e indigno quanto o mundo já o julgava ser, ele conquistara exatamente o que desejava. Preparara o alicerce para tudo o que estava por vir. Deveria se sentir *glorioso*.

Ele se forçou a sair do gabinete. As nuvens de neve doíam como olhos incapazes de chorar. Olhos incapazes de dormir. Seu tormento e sua raiva apertavam-se cada vez mais, e sua busca desesperada por alívio crescia com eles. Baoxiang estava quase chegando a seu destino quando passou por uma carruagem que seguia na direção oposta. A Senhora Ki, de partida. Seu olhar frio por trás das cortinas presumiu saber para onde ele ia. O que queria. *Desta vez*, pensou ele cruelmente, *você está certa*.

O Terceiro Príncipe aguardava distraído em meio à mobília formal de sua sala de visitas, brincando com um copo de vinho. Traços do perfume da Senhora Ki ainda pairavam no ar. Quando ele notou Baoxiang à soleira, um sorriso rasgou-lhe o rosto barbado e ele exclamou:

— Ah, um fantasma! Soube que o Ministro da Receita foi executado e, ainda assim, aqui está ele, diante de mim.

Por um instante, Baoxiang foi tomado pelo brilho obsceno da cena: o Terceiro Príncipe estava *feliz*. Não lhe parecia possível que tal emoção existisse no mesmo mundo que ele. Ainda assim, a felicidade do Terceiro Príncipe também não era totalmente real. Ele estava feliz porque a mãe estava feliz — porque ela depositava sua exultação e seu triunfo nele, como se o filho fosse um vaso de vidro a ser preenchido. Havia estado naquela mesma sala, transbordando satisfação — a mesma satisfação que Baoxiang, cujas mãos haviam sido responsáveis por aquela vitória, deveria ter sentido.

— Um dia de felicidade dupla, sim! — Ele não conseguiu disfarçar o traço de desdém na voz. Não sabia ao certo se queria isso. Sua raiva era uma enchente escura prestes a devorar as margens. — A Senhora Ki não apenas vê seu inimigo derrubado, como também, em celebração, concede uma única visita ao filho.

A provocação não conseguiu abalar o bom humor do Terceiro Príncipe.

— Nunca a vi tão satisfeita. Você soube? — Ele marchou até Baoxiang, esvaziando o copo. Quando ele o jogou para o lado, o utensílio não quebrou, mas rolou vigorosamente pelo carpete. — Ela requisitou ao grão-cã que mudasse as execuções para morte por fatiamento lento. — Seu sorriso mostrando os dentes brancos tinha um ar infantil: o prazer impessoal de uma criança diante da crueldade, como ao arrancar as asas de uma libélula. — Ela queria ver aquele que se portava com tanto orgulho, que ousava usar aquela armadura negra pelo palácio como se fosse *dele* para governar, ser colocado em seu lugar. Ela disse que os resultados foram ainda mais espetaculares do que ela poderia ter desejado. Os executores são tão habilidosos no corte, sem causar muita perda de sangue, que o Grande Conselheiro passou metade do dia gritando antes de perder a consciência. Aparentemente, foi como assistir a um mestre fatiar um peixe. — Entretido, ele acrescentou: — Talvez ele ainda esteja respirando, se quiser dar uma olhada; não que deva ter sobrado muito dele a esta altura.

Um rosto cruzou de relance as sombras no interior de Baoxiang — talvez o ministro, aos gritos —, mas o instinto arrancou seu olho interno da imagem de modo tão eficiente que nada restou.

— Agora que o Grande Conselheiro se foi, minha mãe disse que me daria o comando do exército central. — Um exército que a Senhora Ki não tinha a menor intenção de usar. O maior dos cargos decorativos, para um príncipe decorativo. Sorrindo, o Terceiro Príncipe disse: — Você pode ter garantido sua própria promoção nesta história, *ministro*, mas parece-me que ainda estou acima de você.

— De fato, eu deveria demonstrar meu respeito ao Terceiro Príncipe em sua nova posição — disse Baoxiang, a voz sedosa de fúria. Para os criados, disse: — Saiam.

Com prazer, o Terceiro Príncipe viu Baoxiang despir-se, depois imitou-o. Mesmo sem os criados, estar nu naquela sala principal tão ampla parecia uma grande exposição. Mas, se o Terceiro Príncipe não se importava, Baoxiang menos ainda. Qualquer que fosse a vulnerabilidade que podia ter sentido fora sugada para dentro do turbilhão de sombras que era seu coração. O Terceiro Príncipe apalpou-se em expectativa. Sua mão de nós largos quase engoliu sua ereção. Sorrindo, ele disse:

— Você sempre fica tão sedento.

Quando ele se aproximou, porém, Baoxiang o parou com uma mão no peito. O calor ávido de sua pele sobressaltou o corpo contraído e permanentemente frio de Baoxiang. Ele sentiu vontade de enfiar os dedos naquela carne macia, afundá-los até o sangue se acumular. Fazer o Terceiro Príncipe gritar como o ministro gritara. Com a mão espalmada, ele disse, num tom agradável:

— Faça direito desta vez.

Baoxiang notou um brilho de incerteza sob o sorriso arrogante do Terceiro Príncipe. Era tão vulnerável quanto a moleira de um bebê; quanto uma abertura numa armadura. Sua crueldade intensificou-se. Por mais inevitável que fosse o momento, ele percebeu que sempre tivera medo dele: da dor; das particularidades da degradação. Mas agora ele a desejava. Ardia por ela: para finalmente chegar ao fundo do poço.

— Você consegue, não consegue? Comer. — Baoxiang fez uma pausa delicada, a lança em riste. — A menos que me comer não seja o que você realmente quer.

Estavam tão próximos quanto duas pessoas unidas pela colisão de espadas. Mas havia uma opacidade nova e invisível entre a superfície dos olhos negros do Terceiro Príncipe e seus pensamentos internos. Ele havia aprendido algo, afinal. Não era tão transparente quanto costumava ser.

— Talvez o que você deseja — continuou Baoxiang, o tom tão lustroso quanto a pele sobre órgãos pulsantes — não seja comer, mas ser comido. Você adora apontar como somos diferentes. Mas, quando está sozinho no escuro, com a mão no seu pau, não sonha em ser o que está curvado, o que é comido? Em seus pensamentos secretos, é tão desprezível que sente prazer na vergonha que é outro homem fazer isso a você. Acha que pode esconder isso para sempre? Está escrito na sua cara. Um dia, eles verão a verdade. Que você é exatamente como eu.

A lança havia penetrado. O rubor frenético do Terceiro Príncipe crescera com a rapidez de um tapa. Ele não estava mais sorrindo. Mas, para a surpresa de Baoxiang, ele não atacou de imediato. Havia uma consciência desconcertante em seus olhos fixos nos de Baoxiang. De alguma forma, Baoxiang sempre esquecia que ele não era estúpido. Fora tão fácil manipulá-lo no começo. Fora como dar corda num brinquedo. Mas ele havia mudado. Estava aprendendo, crescendo, e mesmo agora a pessoa que Baoxiang o julgava ser era apenas o fantasma de um ser futuro: do homem que ele viria a ser.

— Não sabia que íamos ser tão honestos um com o outro. Mas, já que me deu a oportunidade… — O lábio superior do Terceiro Príncipe, cruelmente arqueado, era mais pálido do que o inferior. A barba não chegava até o contorno da boca, mas deixava porções do tamanho de um polegar nos dois lados: extensões macias de pele nua que, fosse o Terceiro Príncipe uma outra pessoa, poderiam ter traços de riso. — Conheci seu irmão, aquela vez em Hichetu. — Com a voz suave, ele continuou: — Seria uma coincidência eu ser exatamente igual a ele?

Enquanto Baoxiang recuava, ele lhe tomou o pulso, torceu-o e derrubou-o de cara no carpete. Baoxiang urrou, e depois novamente quando o Terceiro Príncipe cuspiu na mão e o penetrou. Talvez nunca tivesse feito aquilo antes, mas sabia usar o corpo como uma arma; como se a violência fosse sua herança. Ele se forçou para dentro de Baoxiang com uma série hesitante de estocadas que doíam tanto quanto

Baoxiang havia imaginado. Ele reprimiu outro urro. O Terceiro Príncipe apoiou todo o corpo pesado sobre Baoxiang, depois levou os lábios ao ouvido dele:

— Você o amava? Queria que ele fizesse isso com você?

A fúria de Baoxiang era avassaladora. Era uma fúria receptiva, uma fúria voraz, que fazia suas terminações nervosas entrarem num estado de sensibilidade aguçada. Aquelas eram a dor, a degradação e a humilhação pelas quais viera. Não era o que desejara de Esen — nunca olhara para o próprio irmão com luxúria —, mas o que desejava lhe oferecer. Por Esen, seria comido, rebaixado o máximo possível, seria arruinado para além de qualquer reparo. Este seria seu presente para o irmão perfeito, santimonial e hipócrita venerador do império, e ele desejava isso de todo o coração.

Os ossos de seus quadris pressionavam o piso. Os joelhos do Terceiro Príncipe estavam apoiados nas costas dos joelhos de Baoxiang, como se fossem mesas de apoio. As peles se roçavam e grudavam. Não deveria ser mais confortável para o Terceiro Príncipe do que era para Baoxiang. Sua respiração falhava a cada impacto. Sua agonia corporal era um paroxismo selvagem. Estava sendo comido até o terror sombrio de sua alma, e ele sabia furiosamente que, se ao menos conseguisse encontrar, haveria prazer na dor. Em algum lugar lá dentro estaria a justiça pela qual viera — a satisfação violenta e a alegria perversa e cruel de saber que estava prestes a lançar o mundo inteiro em seu próprio pesadelo de dor e sofrimento. Ele tateava em busca do prazer, apalpando a escuridão à sua procura. Estava na ponta de seus dedos; era escorregadio, elusivo, ameaçava dissolver-se em tormento. Com um último e monumental esforço, ele se forçou a alcançá-lo. Seu alívio trêmulo, de que o que desejara *enfim* o fez se sentir bem, de alguma forma pareceu tão desesperado quanto o terror.

Água escorria de seu rosto pressionado contra o carpete. De que importava o que ele outrora quisera de Esen? Era isso que tinha agora. Era exatamente o que desejava e, quando o resto chegasse ao fim: seria tão bom quanto isso. Faria com que tudo valesse a pena.

A carruagem da Senhora Ki aguardava na ilha rochosa que abrigava o Palácio da Lua. No centro do lago negro congelado e seu emaranhado de pontes de mármore, o pagode erguia-se reluzente na escuridão. Uma carapaça de mosaicos espelhados multiplicava a luz dos cordões de lanternas penduradas ao longo das varandas contíguas: mil novas estrelas para o céu escuro.

A Senhora Ki achava-se no santuário do piso térreo, ajoelhada diante de um Buda dourado que ia do chão ao teto, quando Baoxiang entrou. Sua capa carmim a envolvia com as dobras densas e estáticas de uma cachoeira congelada. Apesar do frio, ela o esperava desde que ele chegara à residência do Terceiro Príncipe — sabendo que, quando a deixasse, ele a encontraria ali. Era difícil acreditar que alguém alguma vez comprara sua performance de flor frágil. Se a força da determinação de uma pessoa pudesse ser medida pelo quanto ela havia avançado, então a ascensão da Senhora Ki de mulher-tributo a consorte do grão-cã sinalizava uma determinação ainda maior que a de Baoxiang.

Ele se ajoelhou ao lado dela, aceitando o amontoado de varetas de incenso acesas do funcionário do santuário. Enquanto ele erguia o incenso e se curvava três vezes, o latejar intenso entre suas pernas dava-lhe a sensação de que o Terceiro Príncipe estava no cômodo com eles.

— Rezando pelo ex-Ministro da Receita? — inquiriu a Senhora Ki após o funcionário se retirar. — Eu teria cuidado, se fosse você. Ser visto prestando homenagens a um traidor tende a levantar suspeitas sobre a lealdade de alguém.

Ele se perguntou se ela sabia que ele havia enquadrado o ministro ou se apenas pensava que ele a havia informado sobre a existência de uma trama. Não sabia dizer. Com frieza, disse:

— A força de minha lealdade, uma vez concedida, pode surpreender aqueles que veem as formas peculiares de seu apego como desonrosas.

A Senhora Ki olhou-o de soslaio. Era estranho vê-la tão de perto. Antes, ele apenas a havia visto de baixo, como se ela fosse uma estátua imponente. Dentro do capuz carmim, seu rosto era um oval frígido, o nariz rosado pelo frio. Seus lábios eram finos e graciosos; seu pescoço lembrava o de um cisne. De rosto e corpo, o Terceiro Príncipe lembrava o pai. Talvez tal semelhança tivesse contribuído para o ódio do grão-cã. Quando diante de uma cópia de sua própria versão jovem, igual em tudo exceto numa questão crucial, a diferença talvez se tornasse a única coisa que se enxergava.

— Não se engane, ministro. Se eu tivesse o poder de forçar o coração de meu filho a ver com clareza, de modo que ele o olhasse com desgosto e repudiasse sua companhia como inadequada para qualquer homem, principalmente para o herdeiro do trono do Grande Yuan, eu o faria. Mas — disse ela, de repente crua —, parece que nem mesmo uma mãe tem esse poder.

O final das palavras lhe havia desnudado o rosto. Num momento de surpresa vazia, Baoxiang pensou: *ela se importa com ele.*

Ao se lembrar das vezes em que a Senhora Ki desdenhara do Terceiro Príncipe para que pudesse cobrir o grão-cã de afeto, ele sentiu sua perspectiva mudar. Como todos os outros, ele havia presumido que a Senhora Ki apenas protegia o Terceiro Príncipe porque ele era seu caminho para o poder. Mas, talvez… talvez ela o protegesse porque ele era seu filho. Talvez, como uma mulher estrangeira sozinha na corte do império da qual sua própria nação jazia subordinada, ela tivesse sido forçada a proteger o filho vulnerável e imperfeito do único modo a seu alcance: cultivando o favorecimento do grão-cã. Talvez ela tivesse medo de demonstrar o quanto se importava, porque sabia que isso seria usado contra ela.

Havia dor no peito de Baoxiang: uma adaga congelada em seu coração, a cortá-lo toda vez que ousava bater. Talvez a Senhora Ki se importasse. Mas que diferença fazia para a tristeza do Terceiro Príncipe se ele não era amado ou simplesmente acreditava não ser? Uma conexão entre duas pessoas existe apenas por conta da crença compartilhada de que ela é real. Não existe uma conexão unilateral. Não existe amor solitário.

O lampejo de abertura da Senhora Ki havia desaparecido.

— Fiquei surpresa quando, ontem, meu filho me transmitiu informações sobre as atividades do antigo ministro. Não sabia se deveria confiar na fonte. Mas, no final, ela se provou extremamente vantajosa. — Não havia qualquer afabilidade em seu tom. — Parece que a conexão que anteriormente pensei ser uma desvantagem para meu filho pode ser útil, afinal.

Baoxiang não precisava de afabilidade, e podia tolerar a repulsa indisfarçada da Senhora Ki por ele. Era tão frio quanto ela. Tudo de que precisava era que ela continuasse a vê-lo como útil.

— Permaneça leal a nós, ministro — disse a Senhora Ki ao se levantar —, e será recompensado quando eu for imperatriz.

Baoxiang continuou no lugar, latejando, enquanto ela saía. Agora que a perda do Grande Conselheiro deixara a imperatriz vulnerável, a Senhora Ki estaria ávida para se livrar da rival. Talvez não fosse capaz de livrar o coração do filho da depravação, mas ela sabia que, se pudesse garantir que ele fosse o único filho na linha de sucessão, ele *teria* de manifestar o Mandato. Se os descendentes de Cublai Cã haviam possuído o Mandato numa sequência ininterrupta desde a fundação do Grande Yuan, que outra possibilidade poderia haver?

Por um momento, Baoxiang sentiu o tremor do Terceiro Príncipe sobre si, dentro de si. Não era apenas o toque de outro corpo sobre o próprio, mas o de outro espírito humano vulnerável, com suas próprias correntes de inseguranças e desejos que o levavam ao sofrimento eterno.

Baoxiang afastou o pensamento. Não sabia por que esse aspecto do encontro havia sido o que viera à tona. Todo o objetivo fora a própria dor e humilhação — sua ruína pessoal — que o haviam transformado naquele ser de total escuridão que finalmente decretaria o fim. Porque não era Baoxiang quem era útil, mas o Terceiro Príncipe e a Senhora Ki que seriam úteis para ele.

Ele se levantou e saiu.

15

YINGTIAN

— Consigo imaginar Chen Youliang pedindo ajuda a Madame Zhang para construir uma frota. Mas por que ela concordaria? — perguntou Ma para Zhu, deitada a seu lado na cama.

Zhu passaria apenas uma noite. Depois de trazer as tropas de volta a Yingtian para descansar e reabastecer, sob a supervisão de Xu Da, ela partiria imediatamente para a base pirata de Fang Guozhen em Qingyuan a fim de garantir uma frota para si. Não era bem o retorno vitorioso com que Ma ousara sonhar. Só de pensar no que Chen havia feito ao povo de Nanchang, sentia-se nauseada. A ideia de um confronto direto entre Zhu e Chen no campo de batalha era ainda pior.

— Era de se esperar que Madame Zhang seria a última pessoa a alimentar um tigre esfomeado, mesmo que ele tivesse prometido não a devorar. E, além disso, ela não sabia que perderia o General Zhang e acabaria cercada. Por que ela teria imaginado que precisaria da ajuda dele? Não faz sentido. Não acha que há algo mais acontecendo?

Com as cabeças apoiadas uma na outra sobre o travesseiro quadrado, sentiam-se aconchegadas e seguras debaixo da coberta. Zhu tinha um cheiro diferente, o que sempre acontecia quando voltava de viagem, mas a familiaridade de sua presença fazia o corpo inteiro de Ma relaxar. Ela não podia deixar de desejar que Zhu não tivesse de partir tão cedo. Não lhe agradara nem um pouco acompanhar Zhu a

Bianliang, mas era quase pior ser a que sempre ficava para trás, à espera, cheia de preocupação.

— Acho que você tem razão. Há algo que não sabemos. — Zhu encarou o dossel acima, a testa franzida em reflexão. — Mas, mesmo que isso seja verdade e haja mais alguém jogando este jogo, será que devemos mesmo nos preocupar? Seja lá quem for, ele não tem um exército, porque sabemos onde estão todos os exércitos. Que tipo de ameaça alguém sem um exército pode representar para mim, que tenho dois?

Ma tivera uma surpresa desagradável ao descobrir que Zhu devolvera a Ouyang o comando de seu exército. Na opinião dela, havia uma grande diferença entre apenas ter objetivos em comum e a confiança necessária para uma cooperação real. A aposta de Zhu parecia estar sendo bem-sucedida até o momento, mas...

— Será que é mesmo uma boa ideia depender tanto do General Ouyang?

— Você não gosta mesmo dele, não é? — disse Zhu, abrindo um sorriso torto. — Se quiser uma boa companhia ou plateia para uma piada, eu concordo; ele não é o seu homem. Mas, quando se trata de matar pessoas... Se ele ficasse em segundo lugar, quem ousaria ser o primeiro? Ele tem sido muito útil. De qualquer forma, não há necessidade de se preocupar. Sei como mantê-lo sob controle. Eu o entendo. Afinal, somos semelhantes.

Ma lembrou-se de Ouyang sozinho em sua cela, com as roupas de baixo brancas, os olhos escurecidos pelo ódio e o cabelo emaranhado sobre o rosto feito um fantasma. Embora fosse alguém que havia feito o que ele considerava ser a pior coisa que se podia fazer, ele não se arrependia. Era alguém que estava disposto a fazer o que quer que fosse preciso para conseguir o que queria, sem se importar com simpatia, moralidade ou a simples conexão entre dois seres humanos. E ele o fazia porque acreditava que no fim tudo valeria a pena, sem se importar com a dor que isso causaria a si ou a qualquer outra pessoa. Arrepiada, ela disse:

— Não sejam tão semelhantes.

QINGYUAN

O mar em Qingyuan era tão amarronzado e sereno quanto um rio, pontuado por um denso conjunto de ilhas de corcunda de dragão que davam a impressão de que uma pessoa poderia saltar de uma à outra sem jamais tocar a água.

A base de Fang Guozhen, no extremo norte de uma extensão de costa repleta de portos que se estendia até os depósitos de sal de Taizhou, era densa e discreta: um abrigo para os navios que enchiam cada um de seus cantos e recantos, e pontilhavam o mar aberto como um festival de pipas.

— Faz você pensar, não? Que, se uma pedra pode reencarnar como uma pessoa por boas ações, então uma pessoa ruim pode voltar como um objeto inanimado — comentou Zhu, enquanto encarava os navios ancorados na água rasa. Os navios encaravam-na de volta com seus olhos ferozes pintados nas proas, prometendo todo tipo de assassinato e saque. — Esses navios carregam pessoas ou as devoram?

— Três mastros, dois deques, capacidade de carga sob a linha de flutuação, com quilha para conferir estabilidade — observou Jiao. — Clássicas embarcações piratas, projetadas para atacar e fugir. Não servem para carregar artilharia pesada ou confrontar diretamente os navios de guerra de Chen Youliang. — De acordo com os relatórios recebidos dos arredores da cidade capturada de Nanchang, as embarcações de três níveis de Chen assomavam-se sobre barcos comuns de rio da mesma forma que o próprio Chen se assomava sobre pessoas normais. Os canhões de seu navio-almirante haviam destruído as muralhas de Nanchang feito grãos de pimenta-preta sob o pilão.

— E daí? — perguntou Yuchun em tom belicoso. — Tamanho não é documento. Se os barcos forem pequenos e rápidos, podemos usar uma estratégia que se beneficie dessas qualidades.

Yuchun, que era apenas uma cabeça mais alto que Zhu e tinha um corpo similarmente franzino, orgulhava-se de ser um dos homens mais rápidos, ainda que menores, em qualquer campo de batalha. Como Xu Da ficara em Yingtian para supervisionar o reabastecimento das tropas, Yuchun assumira a responsabilidade de acompanhar Zhu, Jiao, Ouyang e seus dois comandantes, dizendo:

— Talvez *você* não tenha visto o olhar do eunuco quando ele soube que vocês iam bater em retirada de Pingjiang, mas eu vi. Alguém deveria ficar entre vocês dois caso ele perca a cabeça de novo. E, já que não vejo Jiao Yu se sacrificando por ninguém, acho que essa pessoa deveria ser eu.

Era verdade que a dor de Ouyang estava sempre crescendo dentro dele, assim como o sangue que preenche a cavidade antes ocupada por um dente. Era igualmente verdade que, quanto mais dor ele sentisse, mais se deixava levar pelo instinto em vez da razão. Isso deveria ser motivo de preocupação. Entretanto, pensou Zhu com prazer, agora ela sabia como liberar aquela dor. Ela aprendera como controlá-lo.

Por mais satisfatório que tivesse sido mordê-lo naquela primeira vez, ela logo percebeu que o gesto fora excessivo. A mão de Ouyang ficara inchada como uma bexiga inflamada e continuara daquela forma por dias: impossível de esconder, ainda mais constrangedor de explicar. Depois disso, Zhu se contivera. Agora, enquanto Ouyang contemplava o mar, pensativo, para todos os outros deveria parecer tão imaculadamente intocável quanto de costume. Apenas Zhu sabia que as mangas dele encobriam uma escadaria de marcas que ela fizera. Apenas ela sabia como ele ficava quando suor humano irrompia daquele rosto perfeito de jade, e como ele soava ao se entregar à dor.

E *era* dor. Só porque ele a desejava, refletiu Zhu, não significava que doía menos. O que ela lhe dava era o tipo de dor injuriosa que pessoas comuns não teriam ousado infligir a um conhecido, mesmo que por súplica. O que seriam incapazes de entender era como era bom. Cada uma das reações agonizantes de Ouyang era uma expressão física pura da conexão entre os dois — do desejo mútuo — que os alçava ao futuro. Ao lugar onde acabariam juntos, como estavam destinados.

— Se você tem algum conhecimento até então não demonstrado em estratégia naval, Comandante Chang — dizia Jiao —, agora seria o momento de compartilhá-lo. Usar a palavra "estratégia" não faz com que seja verdade. — Num tom velado, acrescentou: — É interessante que Fang Guozhen ainda não tenha se aliado nem ao Yuan, nem a um de seus inimigos. Eu ficaria surpreso se você fosse o primeiro a abordá-lo.

— Para nossa sorte, sou muito persuasivo — respondeu Zhu, fria. O ceticismo de Jiao a fez se lembrar com nitidez da outra vez que ele duvidara, antes de seu primeiro confronto com Ouyang em Bianliang. Não era um lembrete totalmente desagradável. A ocasião fora, afinal, um sucesso.

A cidade de Qingyuan era bem povoada, apesar da péssima reputação. Era também, para a curiosidade de Zhu e o desgosto visível de Ouyang, tão feminina quanto um convento. De lojistas a órfãos de rua, mercadores a carregadores, além dos piratas que abarrotavam as ruas com os rostos de rugas marcantes e mãos calejadas por cordas: oito em cada dez destes eram mulheres, e Zhu não estava convencida de que os restantes também não eram.

— Ele transformou *a cidade inteira* no próprio harém? — disse Yuchun, maravilhado. — Não acredito que venho desperdiçando minha juventude em acampamentos cheios de homens nojentos quando isto era uma opção.

— Está interessado em se juntar ao harém ou em ter um? — questionou Zhu. — Você não é bonito o suficiente para a primeira opção. Quanto à segunda, odeio informá-lo, mas o melhor jeito de se tornar o tipo de homem que tem um harém, como um rei, por exemplo, é passar bastante tempo em acampamentos cheios de homens nojentos.

— Quem vê pensa! Todos sabem que Ma Xiuying cortaria suas bolas se você arranjasse uma consorte — desdenhou Yuchun, o que, refletiu Zhu, era verdade em espírito se não em anatomia.

No alojamento, ela encarregou o mais próximo dos membros do grupo visivelmente desocupado — Chu, o mais rechonchudo e barbado dos dois comandantes seniores de Ouyang — de enviar uma mensagem de apresentação para a residência de Fang Guozhen, depois desceu a escada frágil ao som do ranger de velas e das aves marinhas, e sentindo o cheiro de penico do canal que levava diretamente até a faixa litorânea. Um único porco enorme chafurdava na água marrom.

A sala de jantar estava explodindo de gente. Porém, quando Zhu se juntou a seus homens, ficou curiosa ao notar que eles eram o único grupo. O resto da clientela era todo composto de mulheres, embora menos abatidas do que as piratas lá fora, e cada uma parecia estar viajando sozinha. Usavam calças e mantos curtos e simples em vez de saias, e comiam em silêncio.

— Este honrável estabelecimento atende muitas peregrinas — observou Zhu quando o proprietário apareceu com macarrão macio de batata doce misturado a inhame em cubos, carne de porco, cebolinha e um molho de feijão doce. — Estão a caminho do Monte Putuo?

Era uma das quatro montanhas budistas sagradas, localizada em uma das ilhas de corcunda do dragão. Aparentemente, quase todo monge que visitava o Monastério de Wuhuang tinha alguma história sobre como quase quebrara o pescoço graças a carregadores de liteira descuidados em uma das montanhas sagradas. Zhu, que já subira com as próprias pernas o equivalente a várias centenas de montanhas na forma de escadarias do monastério — enquanto carregava baldes —, lembrava-se distintamente de não conseguir sentir empatia.

— Essas mulheres? — O proprietário largou as tigelas na mesa, fazendo o macarrão saltar. Era claramente um homem, refletiu Zhu, embora talvez um como a própria Zhu: havia algo diferente no timbre de sua voz. Ouyang, sentado do outro lado da mesa, curvou os lábios com desprezo. — Não são peregrinas, estão aqui para a competição. *Vocês* não são peregrinos?

Era uma suposição justa. Como Zhu não queria que o mundo soubesse que o Rei Radiante buscava uma aliança com Fang Guozhen, o grupo vestia trajes ainda mais simples do que as mulheres. O proprietário explicou:

— Todo ano, Fang Guozhen promove uma comemoração em seu aniversário. O ponto alto é uma competição de luta para mulheres que desejam se juntar às tripulações dele para o ano seguinte. Ele só escolhe as que conseguem provar seu valor. A mulher vencedora ganha o direito de fazer-lhe um pedido. Qualquer coisa que quiser, desde que esteja dentro do poder dele. É um belo prêmio, vindo de alguém tão poderoso quanto Fang Guozhen. As mulheres vêm de longe para competir.

— Não deve ser muito difícil, já que são mulheres — zombou Yuchun.

— Você ficaria surpreso, rapaz. Reserve um tempo para assistir antes de continuar sua jornada; ficará impressionado com as habilidades delas.

— Hoje em dia vemos mulheres em todo tipo de lugar inesperado — disse Jiao, sorrindo de leve quando Zhu lhe lançou um olhar penetrante.

— Já vou avisando que é melhor não as incomodar, a menos que queira sentir na pele do que elas são capazes. Ano passado, um homem foi assassinado por tocar em uma sem permissão. É claro que, se elas o abordarem... — O proprietário riu. — Bem, nesse caso é seu dia de sorte.

Num tom descontraído, Yuchun disse:

— Já que esta mesa é composta por um homem velho, um homem feio, um homem tão chato que já devemos tê-lo perdido duas vezes sem perceber — aparentemente, era uma referência ao outro comandante sênior de Ouyang, Geng — e alguém que não é um homem, acho que tenho minhas chances. — Então, diante do olhar fulminante de Ouyang: — Que foi? Não se ofenda, estou apenas dizendo os fatos.

— Você era um menino tão feio — comentou Zhu. — Tanto seu corpo quanto seu ego cresceram magnificamente. Mas espero que sua outra arma tenha acompanhado, ou as mulheres ficarão decepcionadas.

Chu voltou ao refeitório e entregou a Zhu a resposta de Fang.

Zhu abriu-a, sem deixar de notar que já havia sido aberta e, presumivelmente, lida, depois logo deixou-a de lado para focar o problema muito maior em questão.

— O que ele disse? — Yuchun não notara sua reação.

Zhu esforçou-se ao máximo para fingir tranquilidade ao guardar a carta.

— Como esperado, ele nos receberá para ouvir minha proposta. É tudo de que precisamos a essa altura.

Era tecnicamente verdade. E não era que ela houvesse ido até lá esperando que Fang a recebesse de braços abertos. O que ela *havia* esperado, porém, era que ele a recebesse de imediato, com a cortesia apropriada a seu status de grande potência da região. Em vez disso, tudo o que conseguira fora a oferta insolente de encontrá-lo dali a vários dias, com a implicação de que ela era menos importante do que suas festividades mesquinhas de aniversário. E o que *isso* significava é que ele não iria à reunião disposto a ser persuadido, como Zhu se permitira esperar, muito pelo contrário.

Ela estava ciente do olhar inescrutável de Chu do outro lado da mesa. Ele havia lido a carta, pensou ela sagazmente. Sabia como a resposta fora ruim. Jiao também a observava, de um modo menos inescrutável. Sua expressão era de pura superioridade. *Espero que você tenha um motivo melhor do que esse.*

Porém, mesmo que o desafio fosse maior do que parecera a princípio, pensou Zhu com despeito puro, ela não falharia. Como poderia? Desejava demais para que isso acontecesse.

— O Comandante Sênior Chu viu o recado de Fang Guozhen — comentou Geng. As ripas da persiana de bambu do quarto vazio de Ouyang na hospedaria sacudiram com a brisa gelada. Ainda não nevara em Qingyuan, se é que chegava a nevar, e a faixa costeira marrom e lisa estendia-se com o brilho de bolhas na superfície. — Foi um insulto descarado. Ele não tem a menor intenção de concordar em formar uma aliança com Zhu Yuanzhang.

Ouyang perguntou-se se seria capaz de caminhar sobre aquela superfície brilhante. Talvez afundasse. Zhu não tivera oportunidade de feri-lo desde que deixaram Yingtian, e sua dor era uma nuvem crescente que pressionava cada uma de suas rachaduras por dentro, ameaçando explodi-lo em pedaços. Ele disse a si mesmo: *só mais um pouco. Aguente firme.*

— Está escutando? Zhu Yuanzhang não possui uma frota e nenhuma chance de arranjar uma. Chen Youliang irá destruí-lo. Você prometeu que seguiríamos sozinhos assim que ele deixasse de ser nossa melhor opção.

Ouyang não conseguia parar de pensar em Zhu despejando nele aquele outro tipo de dor. Dor que era pura sensação corporal. Dor que era misericórdia. Dor que lhe esfolava tudo que era insuportável, cada tormento da mente e da memória, até que tudo o que restasse dele fosse uma semente sem polpa suspensa no alívio da agonia perfeita, ardente, sem peso. Por que Geng não podia parar de incomodá-lo e ir embora? Seu desejo era mais intenso do que a pior das fomes. Tudo o que ele queria era que Zhu viesse e lhe entregasse aquele alívio abençoado.

— Ou esqueceu por que está fazendo isto? — questionou Geng.

As palavras conectaram-se como um tapa, exatamente como pretendido.

— Se *esqueci*? — rosnou Ouyang.

Com um esforço monumental, ele conseguiu conter a erupção repentina da memória. De tudo que jamais poderia esquecer. Mesmo na morte, pensou com violência, ele se lembraria.

Geng, sem se deixar intimidar pelo rosnado, apenas esperou. Não deveria haver nenhuma necessidade de precisar se explicar para alguém cujo papel era obedecê-lo sem questionamentos, mas, como Geng não demonstrava qualquer intenção de partir, Ouyang resmungou:

— Quando Zhu Yuanzhang fizer uma oferta, Fang Guozhen mudará de ideia. Zhu Yuanzhang pode ser... — Ele pausou e procurou pela palavra certa, então disse, sentindo-se péssimo. — ... convincente.

— Zhu Yuanzhang — disse Geng com uma paciência artificial — não tem nada a oferecer.

— Ele pensará em algo. Vai dar certo. Para ele, sempre dá. — Se não fossem verdadeiras, as palavras não teriam soado tão amargas. Zhu corria na direção do futuro como se ele fosse mais real do que o presente, e a força pura de sua crença e determinação de alguma forma obrigava o mundo ao seu redor, e todos nele, a abrir caminho. — Além disso, mesmo que partíssemos, e quanto ao Grande Conselheiro? Se marcharmos sozinhos e falharmos...

Ele sentiu um arrepio na espinha ao pensar nisso. Não conseguia imaginar como seria morrer sem conquistar seu objetivo, sabendo que tudo que fizera havia sido em vão.

— Eu não me preocuparia com o Grande Conselheiro — disse Geng com uma serenidade estranha, enquanto a persiana estalava a melodia de um sino dos ventos. — Ele sempre teve muitos inimigos na corte. Duvido que ainda esteja no comando.

— Você *duvida* que ele esteja no comando? — Geng não podia estar falando sério. Queria mesmo que Ouyang fizesse a escolha mais importante de sua vida baseando-se apenas numa suposição? Num tom que ele esperava não deixar margem para qualquer argumento, ele disse: — Eu estava falando sério a respeito de abandonar Zhu Yuanzhang. Farei isso assim que ele não puder me dar o que eu preciso.

Mas, desde que ele consiga arranjar uma frota para si e se provar capaz de enfrentar Chen Youliang, não há motivo algum para fazer isso.

— Entendo.

A expressão no rosto quadrado de Geng era inescrutável. Por um momento, Ouyang perguntou-se no que ele estaria pensando. Estaria mesmo tão preocupado com sua fazenda que desejava chegar a Dadu o mais rápido possível, independentemente do risco? Sua curiosidade fugaz dissolveu-se em impaciência. Aquela era *sua* missão; seu destino; sua dor. Geng e Chu só estavam ali para ajudá-lo a ter sucesso, e eram ainda menos importantes do que Shao fora.

— Esperar é perda de tempo — disse Geng. — Mas suponho que vá mudar de ideia quando ele fracassar.

Zhu estava subindo a escadaria íngreme da hospedaria na direção dos quartos quando colidiu violentamente com o Comandante Sênior Chu, que estava descendo.

— Dois apressados! — brincou Zhu. Depois, quando Chu tentou desviar dela, cheio de desculpas, para pegar o estojo de couro com equipamentos médicos de Zhu, acrescentou: — Não precisa.

Ela deixou de lado sua dignidade real e agachou-se para pegá-lo, junto com um papel avulso que caíra no chão.

— Isto é seu? — Zhu olhou para o papel, curiosa. — Você escreve em mongol?

Ela só ouvira Chu falar em han'er, mesmo com Ouyang, e, embora seu sotaque de Henan tivesse entonações nortistas que soavam estranhas aos ouvidos de Zhu, não deixava de ser um sotaque nanren. Ela percebeu que viera pensando nele como semelhante a seus próprios homens, sendo que, é claro, ele havia passado anos num exército mongol.

De alguma forma, a caligrafia de pessoas comuns nunca lembrava a jeitosa escrita mongol que Zhu aprendera a ler quando era um noviço. Ela leu o bilhete com dificuldade. Era uma lista de requisições. Ela o devolveu.

— Quando se trata de assuntos militares, estou mais acostumado ao mongol. Sequer saberia os caracteres para a maior parte dos equipamentos — explicou Chu, tristonho, dando de ombros. — É isso que acontece quando se é recrutado pelos mongóis aos dezesseis anos. Eu só estava discutindo algumas ideias com o general sobre o que vamos precisar para a marcha final até Dadu. O Rei Radiante deveria informá-lo se tiver pedidos adicionais de equipamento, e me certificarei de providenciá-los quando voltarmos a Yingtian. — Ele se espremeu contra a parede e eles partiram em direções opostas.

Zhu continuou subindo, reflexiva. Chu sabia ler e escrever em mongol. Talvez isso fosse comum a todos os comandantes nanren num exército mongol. Porém: Chu havia lido a resposta de Fang. Estaria apenas curioso ou teria outro motivo para querer saber?

Quando ela e Ouyang encontraram o espião e o mensageiro, o espião ficara assustado ao perceber que o cavalo do mensageiro devia estar reagindo à presença de Ouyang. No exército dele, era bastante conhecido o fato de que havia algo de estranho no general que fazia com que chamas bruxuleassem quando ele passava, e animais rosnassem ou fugissem. Então não era surpreendente que o espião tivesse feito a conexão. O que era *mesmo* surpreendente era que o cavalo do espião não havia reagido. De fato, cavalos acabavam se acostumando ao desfile de fantasmas de Ouyang, disso Zhu sabia. Ele mal conseguiria cavalgar se os animais não se acostumassem. Será que isso significava que o espião era alguém próximo o bastante de Ouyang a ponto de seu cavalo já ter se acostumado com os fantasmas?

Ouyang não tinha amigos. Não tinha um círculo interno de confidentes dentro dos cargos mais altos de seu exército. Até onde Zhu sabia, havia apenas duas pessoas que Ouyang considerava dignas de seu tempo: os dois comandantes nanren que o acompanhavam desde o início de seu plano para trair o príncipe de Henan.

Isso era interessante. Zhu chegou ao piso superior, mas, em vez de se dirigir ao quarto de Ouyang como pretendia, ela foi até o quarto na ponta mais distante do corredor, abriu a porta com um pé e entrou.

Dos três estrados de bambu cortado no chão, apenas o do meio estava ocupado. Yuchun soergueu-se num sobressalto, o cobertor caindo de modo a revelar-lhe o peito nu, depois relaxou quando viu quem era. A mulher nua ao seu lado fulminou Zhu com os olhos e sibilou:

— Como ousa! — Zhu teve a impressão de que ela sabia como matar um homem de muitos jeitos, e estava considerando fortemente a possibilidade de entrar em ação.

— Bem, se é assim que se sente a respeito disso, coloque algo pesado na frente da porta antes de começar. Acha que eu queria ver você praticando *qigong* com meu irmãozinho? — O olhar de Zhu recaiu sobre peças distintas de roupa descartadas no chão. — Espere. Você é uma daquelas *monjas* que praticam artes marciais?

Quando a mulher fez uma careta, Zhu apressou-se em acrescentar:

— Sem ofensa. Adoro monjas! Os monges se acham os mais durões, mas eu lhe garanto: todos nós sabemos que as monjas acabam com eles nesse departamento. E, mesmo que vocês precisem usar preto o tempo todo, é muito bom que as deixem manter o cabelo! Você é muito bonita, sabe. Eu teria dito que é um desperdício você ser uma monja, mas... bem, parece que, assim como alguns monges que conheci em meu tempo, você não se importa em quebrar *aquela* parte dos seus votos.

— Nossa corrente não é celibatária — explicou a mulher, mal-humorada.

— *Obviamente.*

— Imagino que você não veio a Qingyuan para se juntar às tripulações piratas, se já está numa irmandade — observou Zhu. — Veio para conquistar o favor? Como sabe que Fang Guozhen é bom para isso? Ele não seria o primeiro homem a prometer o mundo a uma mulher, para depois chutá-la para fora da cama com uma única moeda de cobre.

A mulher franziu o cenho para Zhu. Como uma típica monja, ela não parecia ter muito senso de humor, o que fazia com que fosse duas vezes mais bizarro ela ter escolhido ir para a cama com Yuchun, dentre todas as pessoas.

— A palavra de Fang Guozhen é sagrada. Uma de minhas irmãs do monastério conquistou o favor quatro anos atrás, e ele cumpriu o prometido. Ela lhe pediu que enfrentasse os piratas de Goryeo responsáveis por atacar seu vilarejo natal quando ela era criança, para que eles jamais voltassem a aterrorizar o litoral sul de Qingyuan, e ele fez isso, embora a tarefa tenha levado um ano e exigido os recursos de toda a frota dele.

— Bom, isso com certeza o coloca na disputa de homem mais honrado do Grande Yuan — disse Zhu, impressionada. — Não que eu saiba quem teriam sido os adversários. Quem é que não quebrou a própria palavra uma ou duas vezes nesta época tempestuosa e viveu para contar a história?

Ela falava levianamente, mas podia sentir que uma ideia se formava. Ficara incomodada com a resposta rude de Fang a suas investidas. Sua reputação como Rei Radiante e a conquista quase total do território de Madame Zhang deveriam ter conquistado o respeito do homem. Sem mencionar que, agora que o General Zhang estava morto, apenas Zhu possuía o Mandato do Céu. Como Fang podia não reconhecer a inevitabilidade de seu sucesso? Mas... ter alguma garantia debaixo da manga não lhe faria mal.

— Irmãzinha, por favor, acredite que eu não diria isso para qualquer mulher que tivesse acabado de conhecer. Mas, como você não parece ser do tipo tímida… — Zhu tirou a bolsa do cinto e ergueu-a sedutoramente. — Quanto quer pelas roupas?

Talvez ela não fosse tão rabugenta quanto Zhu imaginara, porque a monja irrompeu em gargalhadas.

— Não me diga que *você* está de olho naquele favor, rapazinho. Talvez você caiba nas minhas roupas! Mas, se está pensando em entrar na competição, eu reconsideraria. Um disfarce de mulher não enganará Fang Guozhen. Homens já conseguiram se infiltrar na competição antes, mas sempre foram desmascarados. E, por mais honrado que Fang Guozhen seja com os amigos e aqueles a quem dá sua palavra, ele é impiedoso com aqueles que procuram lhe passar a perna.

Mas ela não tentou insistir muito. Além de serem duronas, monjas eram acima de tudo práticas. Por fim, a monja deixou o quarto usando apenas as roupas de baixo brancas e carregando um punhado da prata de Zhu.

— Acho que nunca paguei tanto a uma mulher para satisfazer *outra* pessoa — comentou Zhu, voltando a pendurar a bolsa no cinto.

— A culpa é sua por carregar moedas tão valiosas. — Yuchun, cuja esperança pela continuidade do encontro amoroso havia acabado com a partida da monja, não teve muita empatia.

— Fale o que quiser sobre os mongóis, mas é uma pena que aquela história de dinheiro de papel não tenha funcionado — comentou Zhu. — Era bem mais conveniente em viagens. Se bem que ter uma bolsa monstruosamente pesada em um lado do corpo compensa mesmo a falta de um braço.

Diferente de Zhu e Ouyang, que insistiram em quartos particulares por motivos que nenhum dos dois quis revelar ao mundo, Yuchun dividia o seu com Chu e Geng. Zhu encarou os pertences de Chu no topo do estrado à direita.

— Você se dá bem o bastante com o Comandante Sênior Chu, não é?

— Ele é gente fina. — Yuchun recostou-se em seu ninho de cobertas. — Tem senso de humor, diferentemente daquele chefe frígido dele. E fica com a língua presa quando está bêbado, é hilário. Por quê?

Zhu juntou os trajes da monja e colocou-os debaixo do braço.

— Leve-o para beber em algum lugar em Qingyuan hoje à noite. Depois, no caminho de volta — disse ela —, mate-o.

Zhu achou graça ao descobrir que, de alguma forma, foi Ouyang quem ficou com o melhor quarto da hospedaria. Em vez de um estrado, ele tinha uma cama de três lados encostada à parede e um chão agradável sem rachaduras. Havia até persianas de bambu cortado que estalavam à brisa fresca com cheiro de algas. Quando ela entrou, fechando a porta atrás de si, ele estava de pernas cruzadas sobre a cama, amolando a espada com uma pedra retangular lisa. Zhu havia se acostumado tanto a vê-lo de novo com a armadura que seu retorno aos trajes comuns — nem mesmo o cetim em camadas dos mongóis, que nele era um outro tipo de armadura, mas um manto curto e macio em estilo nanren — o fez parecer estranhamente pequeno e vulnerável enquanto se concentrava na tarefa.

Os dois nunca falavam sobre o que Zhu fazia quando ia até ele. Porém, quando ele ergueu a cabeça e viu que ela estava sozinha, sua consciência aguçada e repentina dela foi como uma faísca a saltar para preencher o espaço entre dois corpos.

— Preciso que faça algo por mim — disse Zhu, lançando o bolo de roupas na cama ao lado dele. — A competição de Fang Guozhen. Preciso que você se inscreva, fingindo ser eu, e vença.

Era cruel, ela sabia, pedir-lhe aquilo quando ele estivera à espera de outra coisa. Ouyang portava-se com rigidez mesmo nos melhores momentos, mas ela pôde sentir-lhe a tensão instantaneamente amplificada quando ele pôs os olhos nas roupas. O silêncio estendeu-se. Então ele disse, com um tom assustadoramente neutro:

— Você quer que eu me passe por você, fingindo ser uma mulher, lutando contra mulheres.

De repente, pareceu uma ideia ruim ele estar segurando uma espada. Zhu, talvez melhor do que ninguém, sabia exatamente o quanto estava pedindo dele. Outras pessoas talvez se perguntassem por que ele ficaria tão incomodado com a ideia de ser confundido com uma mulher, já que essencialmente já o viam dessa forma. Para Ouyang, porém, ser visto como uma mulher — sem que ninguém questionasse esse fato — seria admitir que seus orgulhosos esforços de uma vida toda para ser reconhecido como si mesmo haviam sido um fracasso. Seria admitir que o mundo nunca o havia visto verdadeiramente como um homem, mas apenas o tolerava naquele papel com relutância. Ao colocá-lo num vestido, Zhu o estaria forçando para dentro de um molde que ele sempre se recusara a ocupar, porque não era quem ele era. Ela o estaria forçando a habitar sua vergonha, na frente de todos.

— Eu faria isso se pudesse. Você sabe disso, não sabe? — Ela tinha a sensação de estar reunindo cada fragmento da própria sinceridade e os pressionando contra uma parede firme de jade. — Você já me viu fazer isso antes. Eu ficaria feliz em fazer de novo. Mas, mesmo que eu o fizesse, o que eu não consigo fazer é lutar bem o bastante para vencer. E eu *preciso* de uma vitória, general. Preciso desse favor de Fang Guozhen.

"Não estou tentando humilhar você. Estou pedindo porque não há outra escolha. Yuchun tem o tamanho certo, e tem capacidade para vencer, mas ele é..." *masculino demais.* Ela engoliu a observação antes de acabar piorando a situação. "Você é a única opção."

Ouyang tinha os lábios curvados numa repulsa visceral, a recusa evidente em cada linha rígida de seu corpo. Ela disse, porque sabia que aquilo doeria:

— Pensei que você estivesse disposto a fazer o que fosse necessário para vencermos.

Ela o havia apunhalado, e a dor crua que irrompeu em sua superfície era maior do que parecia humanamente suportável. Os nós de seus dedos fechados ao redor do cabo da espada ficaram brancos. Por um momento, Zhu viu-se compartilhando aquela dor enquanto observava o sofrimento de Ouyang: devido ao que ele sabia que precisava ser feito, mesmo que fosse mais uma coisa que ele não queria fazer.

O momento de seu colapso foi quase íntimo demais para ser testemunhado. Ele devia ter imaginado que ela conseguia ver o que estava acontecendo, porque virou de costas. Por fim, ele disse, com a voz rouca:

— Se precisa que eu faça isso... — Ele pareceu congelar diante de um obstáculo interno. Então, num espasmo de auto-ódio que pareceu ser igualmente ódio por ela, Ouyang continuou: — Então *me obrigue.*

A empatia de Zhu fez com que um estranho nó surgisse em seu peito. Aquilo era o mais próximo de um pedido de ajuda a que ele já chegara. Ela apanhou o estojo de couro que havia derrubado nas escadas e abriu-o, revelando o conjunto de agulhas finas feito fios de cabelo.

— No caminho até aqui, perguntei a Jiao Yu como poderia fazer alguém sentir a maior dor possível sem danificar a pessoa. Ele me disse para tentar usar estas agulhas. Acho que ele pensou que eu queria torturar alguém para conseguir uma confissão. — Naturalmente, a ideia não perturbara a consciência de Jiao. — Parece que, se é possível aliviar a dor com acupuntura, você pode usar as técnicas inversas para causar dor. Embora seja necessária muita experiência e habilidade para produzir o ápice da sensação, mesmo aqueles com conhecimento básico dos meridianos podem fazer uma pessoa gritar.

— Eu não vou gritar — disse ele, os olhos fixos nas agulhas.

Era quase mais íntimo ver alguém imaginando o próprio gozo, pensou Zhu, do que ver essa pessoa no momento de fato. Era como vê-la trêmula no ápice da vida, ousando se permitir o êxtase do desejo, mesmo que o objeto de seu anseio ainda lhe pudesse ser negado.

— Abra suas roupas — disse ela com a voz branda.

Ele não havia pensado no que seria necessário para que aquilo acontecesse. Ela viu quando ele se deu conta: viu como a perspectiva da humilhação lhe coloria o desejo sem oferecer a misericórdia de apagá-lo.

Após um longo tempo, ele depôs a espada sobre a cama e se levantou. Não olhou para Zhu ao desatar grosseiramente os mantos internos e externos e abrir a camisa de baixo, deixando-a cair.

Ele estava tão tenso que os tendões se projetavam nas laterais da garganta lisa, onde não havia nem o pomo de um homem, nem a sombra de uma barba. Zhu soube de imediato — como que por instinto — que ela era a única pessoa que já o havia visto daquela forma. A imensidão da entrega de Ouyang encheu-a de um assombro que fez sua respiração falhar. Ela já havia visto a gordura, o sangue e o músculo dentro dele, mas aquela era a verdadeira violação, e ela rompera um limite entre os dois que jamais seria recuperado.

O que Ouyang escondia sob os trajes masculinos era o mesmo que Zhu escondia sobre os próprios. Não era uma igualdade do tipo que se podia ver num espelho, mas uma igualdade de substância: que os dois desviavam daquilo que o mundo acreditava que seus corpos deveriam ser, de acordo com os papéis que desempenhavam dentro dele. Zhu tinha a sensação de que a semelhança entre eles os unia com tanta força que seus corações e pulmões pulsavam como um só. Se eles se tocassem, como isso poderia ser o toque ordinário de dois corpos? Seria uma fusão de seres: a transcendência da aceitação perfeita, porque eles entendiam os sentimentos e a existência física um do outro. Porque eram iguais.

Ela segurou a ponta da primeira agulha sobre a pele de Ouyang. Antes mesmo de tocá-lo, a proximidade da mão de Zhu fez com que os pelos quase invisíveis ali se eriçassem na direção dela. O tremor que ela sentiu em resposta pareceu um eco na carne: seu reconhecimento da semelhança.

Zhu sabia sobre a semelhança entre os dois, mas ele não. Ela foi tomada por uma urgência doce e poderosa que nunca sentira antes: a de abrir as roupas e mostrar-se para ele, para que ele pudesse entender por que ela entendia como era ser ele. De alguma forma, ela sabia que o gesto seria mais profundo do que meramente se revelar.

Seria como entregar a si mesma. Compartilhar a si mesma, na completude de seu ser, com a única pessoa que conhecera que poderia entender.

Antes que ela pudesse ceder à urgência, ele disse, desesperado.

— *Faça.*

Como se tivessem sido arrastados juntos por uma onda, a distância de um pelo entre os dois foi eliminada e a agulha entrou sem resistência.

Ouyang achava-se na fileira de competidoras. Estacas de bambu com o dobro da altura de uma pessoa, com suas pontas arqueadas para suspender decorações em forma de globo trançadas e adornadas com laços que balançavam e cintilavam à brisa marítima, haviam sido fincadas para delinear um oval na terra arenosa de Qingyuan. O tempo frio não abalou o interesse local na competição. A multidão era uma massa cacofônica que se empurrava e se acotovelava em busca de um lugar: vendedores ambulantes de comida, crianças aos gritos, cachorros, galinhas, alguns homens e mais mulheres do que Ouyang já vira na vida. Estavam lá para assistir a um espetáculo.

Ele usava um manto preto de gola de cetim com um cinto sobre uma saia esvoaçante e transparente com uma fenda; calças pretas leves enfiadas em botas altas e macias; e um meio-véu preto. O cabelo estava solto, com exceção de um pequeno nó com laço para que não entrasse nos olhos. Farrapos torcidos haviam transformado o formato de seu peito em algo no qual ele não suportava pensar.

Ouyang não poderia ter feito nada daquilo se Zhu não tivesse usado as agulhas nele. A princípio, ficara decepcionado com as inserções indolores; porém, quando Zhu posicionou a última agulha, ele se acendeu como um raio por dentro. Não gritou. Isso não fora uma questão de força de vontade: ele simplesmente esquecera como. Esquecera que talvez quisesse gritar. A dor, intensificada pela humilhação da exposição, foi uma sensação puramente opressiva. A certo ponto, ele se deu conta de que estava arfando e tremendo de quatro aos pés de Zhu, com as gotas de seu suor escurecendo o assoalho não polido. Deixara o orgulho para trás, a capacidade de se importar. Não sabia por que era Zhu quem podia fazer aquilo, ou por que não poderia ter sido mais ninguém além dele. Mas, por tudo que Zhu lhe dava, Ouyang teria ficado ajoelhado para sempre.

Mesmo agora, enquanto aguardava na areia da competição, seus nervos continuavam a crepitar com resquícios do raio: uma agonia gloriosa e melodiosa que tornava tudo, por um instante, suportável.

Acima deles, Fang Guozhen esparramava-se em seu trono pirata. Era gordo: masculino e magnífico, o corpo aumentado a proporções ainda maiores por um peitoral de prata trabalhado e ombreiras adornadas com pelagem animal. Uma fivela de cinto em forma de cabeça de leão, tão grande quanto os dois punhos de Ouyang, repousava sobre o monte de seu abdômen. Abaixo dela, a aba da virilha de sua armadura balançava entre as calças largas. O cabelo solto era tão desgrenhado quanto o de um bandido. Em qualquer outro homem, aquelas mesmas postura e armadura teriam sido ostentação vazia. Mas para Ouyang, que conhecia guerreiros, o poder do corpo de Fang era tão perceptível quanto a gravidade. Fang podia fingir desleixo com facilidade, porque conseguia provar seu valor onde importava.

— Que comecem os jogos! — declarou Fang com languidez.

A primeira oponente de Ouyang curvou-se numa saudação do outro lado da arena oval. Tinha mais ou menos a mesma idade de Madame Zhang — velha para uma mulher — e duas espadas curtas do tipo que Ouyang costumava desprezar. Agora, porém, com sua espada na mão esquerda e a direita imóvel num molde de cera que a fazia parecer de madeira, ele se sentia em desvantagem por dentro e por fora. Ele não se deu ao trabalho de devolver a saudação.

A mulher fez uma careta diante da grosseria.

— Se é assim que deseja — disse ela, atacando em seguida.

Ouyang caiu para trás, mas ela não lhe deu tempo para se recompor: de imediato, avançou sobre ele com uma sequência bizarramente imprevisível de golpes. Ele não havia se dado conta de como dependia de poder intuir a intenção do oponente antes que um movimento fosse feito. Mas ele nunca havia lutado com uma mulher, e, para seu desprazer, era *diferente*. Ela era tão pequena e rápida que ele mal a conseguia encontrar, e havia algo em sua flexibilidade elástica que sempre o confundia. Ele se lançou no ar para evitar uma sequência de golpes baixos, deixando um pedaço da saia rasgada atrás de si, e ficou irritado ao aterrissar sem equilíbrio. Ele nunca lutara com ninguém como ela, exceto…

Zhu, percebeu ele, surpreso; mesmo assim, ele lutara com Zhu apenas uma vez: talvez estivesse imaginando a semelhança.

— Não quero machucá-la, irmãzinha — disse-lhe a adversária ao pé do ouvido quando voltaram a ficar próximos. — Mas vim até aqui para conquistar o favor. Quer mesmo ser escolhida para a tripulação? Nesse caso, seria melhor poupar sua energia para poder mostrar serviço contra as outras moças…

Ouyang arremessou-a com a força extra do desgosto, e ela se levantou da areia com um rosnado.

— Ah, é assim que vai ser? Uma jovem arrogante que precisa de uma lição?

A raiva deu asas à mulher: sua espada esquerda arranhou-o no ombro, depois a direita passou perto o bastante para esvoaçar-lhe o véu. Ouviu-se um som de onda, embora aquele mar marrom e sereno mal fosse capaz de uma marola. Ele percebeu que era a multidão que vibrava.

— Você se move de qualquer jeito, como se estivesse cortando madeira — debochou a mulher. — Tem esse corpinho ligeiro, mas não faz ideia de como usá-lo. Seu *shifu* era um homem? Você teria mais sucesso se não lutasse como se pensasse que é mais forte do que é...

Mas Ouyang já estava atacando outra vez. Mulheres lutavam *mesmo* de modo diferente, mas ele não teria sido o melhor espadachim do Yuan se não tivesse sido capaz de se adaptar. A adversária arregalou os olhos ao erguer as duas espadas num gesto desesperado para bloquear a espada de Ouyang.

Ele sentiu uma satisfação silenciosa e abrasiva ao descer a espada e sentir a mulher tremer e fraquejar. Todos aqueles anos de treinamento em que ele se forçara a fazer tudo que homens inteiros com corpos maiores e membros mais longos faziam; todas aquelas repetições que haviam apurado sua eficiência e extraído toda a força possível de um corpo inferior: por causa de tudo aquilo, ele não estava fingindo ser forte. Ele *era* forte. E, mesmo canhoto, era mais forte do que ela.

Ela se desvencilhou com um grito rouco de esforço. A força de Ouyang não apenas a surpreendera; levantara suas suspeitas. Quando passaram um pelo outro, ela disparou:

— Como pode uma pessoa com tanto talento ser tão tímida a ponto de precisar de um véu? — Ela atacou outra vez, e errou. — Ou você usa um véu porque tem algo a esconder? Nunca lutei com uma mulher tão forte quanto você. Você não luta como uma mulher, e não disse uma só palavra. — Ela zombou. — Deixe-me dizer uma coisa sobre o último homem que entrou nesta competição. Fang Guozhen fez ele comer o...

Ouyang *poderia* ter evitado o chute que antecipou. Simplesmente escolheu não o fazer. Deixou-a acertar o lugar onde mirara: o espaço entre suas pernas. Doeu, é claro — o tecido da cicatriz era sensível —, mas não o abalou como ela havia esperado. E foi a oportunidade de que precisava. Ele prendeu a perna esticada da mulher entre as coxas, agarrou-lhe o braço repentinamente mole pelo pulso, então virou-lhe o corpo e enfiou-lhe o rosto na areia.

Ela gritava de fúria, ainda resistindo apesar do joelho de Ouyang em suas costas. Ele se pegou saboreando a oportunidade de puni-la por ousar pensar que sabia alguma coisa sobre ele. Queria esfregá-la até fazê-la sumir feito uma mancha. Ele *não era* um homem — seu corpo e tudo no modo como outras pessoas respondiam a ele deixavam isso bastante claro — e não era mais forte do que ela por ser um. Ele era mais forte porque havia se imposto sob a opressão do desprezo do mundo e trabalhado mais do que qualquer homem já precisara trabalhar.

Ele torceu o braço da mulher com mais força, deliciando-se com seus movimentos cada vez mais fracos. Foi um esforço parar quando ela finalmente ficou inerte. Ele se agachou e lhe disse ao ouvido, com uma repulsa cruel:

— Fang Guozhen fez ele comer as próprias bolas? Espero que ele tenha gostado do sabor. Mas isso não vai acontecer *comigo*.

Ele estava tão absorto no próprio ódio que mal notou as outras adversárias. Uma mulher após a outra, todas elas menos fortes e menos determinadas do que ele. Então, viu-se ofegante na arena, a mão esquerda dolorida graças ao esforço atípico de segurar uma espada, e percebeu: o sol estava no horizonte. A competição havia acabado.

Uma ficha de madeira veio girando pelo ar. Ouyang apanhou-a automaticamente e, quando ergueu os olhos, viu que Fang o observava na plataforma.

— Meus parabéns a esta destemida competidora! Nunca acreditei de fato que um impedimento físico pudesse ser um obstáculo para o brilhantismo. Não testemunho uma performance tão marcante assim há anos. — Seus olhos estavam pesados de interesse prolongado. — Venha falar comigo quando desejar, minha campeã. Mal vejo a hora de conceder seu pedido.

Ouyang ficou chocado ao perceber a implicação daquele olhar prolongado. Ao longo dos anos, fora o objeto de inúmeras provocações sexuais, mas nenhum dos homens que debochara, especulara e falara de suas fantasias em voz alta perto dele havia de fato *acreditado* que ele era uma mulher. Ele nunca fora despido pelo olhar de um homem antes, mesmo que o que estivesse sendo despido fosse apenas um fragmento da imaginação desse homem. Por algum motivo, isso fez Ouyang se dar conta da robustez do corpo de Fang; da enorme diferença em relação a seu próprio corpo; da intenção que o prendia como uma ameaça.

Ele cerrou o punho esquerdo ao redor da ficha com força suficiente para cortar. Não foi o bastante para apagar a sensação peculiar dentro dele, uma inquietação que devia ser apenas dor residual da cicatriz, mas que parecia se originar numa parte dele que não existia e jamais existiria. Incomodado, ele pensou: *eu teria feito qualquer coisa.*

Mas isso não seria necessário. Ele já fizera sua parte. O que quer que viesse em seguida, caberia a Zhu.

— O Rei Radiante! Ninguém me avisou que você seria um camarãozinho — disse Fang ao assimilar o espetáculo da figura de Zhu com o manto dourado e a mão de ouro. Mas ele a fizera ficar abaixo, como se fosse ele o rei. Atrás da cadeira semelhante a um trono, uma janela circular com papel branco puro transmitia a luz inalterada do inverno frio de Qingyuan. Seu manto, cuja gola era feita com a pelagem prateada de uma zibelina, esticava-se sobre a barriga poderosa; suas pernas estavam abertas como que para abranger todo o cômodo ao redor. A população de Qingyuan era prova suficiente de que sua ousadia tinha admiradores. Mas seu olhar de divertimento era tão frio quanto a janela, e mantinha Zhu do lado de fora. — Então você quer que eu o ajude, com base no fato de que você será o vencedor? Mas por que devo acreditar que será você? Não faltam homens fortes e ambiciosos com os olhos no trono do Grande Yuan.

— É verdade — concordou Zhu. — Mas apenas eu sou qualificado. De todos esses que disputariam o trono, diga-me: quem mais tem o Mandato do Céu? A prova de meu futuro sucesso é incontestável.

Fang sorriu, mas era deboche.

— Mas você o tem mesmo, Zhu Yuanzhang? É fato que histórias sobre o Mandato divino do Rei Radiante têm chegado até lugares distantes como Qingyuan. Mas é muito fácil manipular histórias em benefício de quem as conta. Em períodos nebulosos como o nosso, adoto uma política de nunca confiar no que ouço de longe. Deixe-me ver essa suposta prova.

Zhu estendeu a mão dourada com a palma esculpida voltada para cima e deixou que o esplendor do Mandato se erguesse: uma luz branca que era mais branca que o papel da janela, tão branca quanto o olho do sol no Céu. Era a luz que plantara a convicção nos corações de centenas de milhares de outros homens. Agora, revelava as partículas de poeira nas faixas de seda jaspe que separavam o saguão de recepção de Fang de suas outras câmaras, e transformava-as em estrelas; iluminava a substância do ar salgado da costa até o cômodo estar envolto numa brancura cintilante feito neblina, ou leite, ou o *Qi* jorrado de um corpo nos fluidos que criavam a vida. Era uma imagem que ela já havia visto incontáveis vezes, mas, ainda assim, seu coração sempre vibrava.

— Tem como negar isso, Fang Guozhen?

— Parece que não posso negar que você tem o Mandato. — O entusiasmo da vitória de Zhu foi abruptamente esmagado quando ele continuou: — Mas o que posso negar é que isso seja prova de alguma coisa. Branco? — Fang ergueu as sobrancelhas. — Espero que não tenha sido você quem escolheu uma cor tão agourenta! Seu truquezinho de luz não é especial, Zhu Yuanzhang, e nem você. Decerto não pensa ser o único com o Mandato. Ou ninguém lhe contou a respeito do General Zhang?

Será que Madame Zhang e o General Zhang haviam abordado Fang e recebido uma recusa? Zhu franziu o cenho. Ela não sabia disso. Não gostou da sugestão de que Fang costumava negar alianças.

— O General Zhang está morto. Parece que não se pode mesmo confiar em tudo que se ouve de longe.

— É mesmo? — Fang estava evidentemente despreocupado. — Que pena. Gente fina. Estava apostando nele. Mas o outro com certeza continua firme e forte.

Zhu havia caído na armadilha.

— Que outro? — perguntou ela, receosa.

— Ah! Aquela sim era uma cor boa! Fortuita, próspera, dramática. Um clássico atemporal. — Ele se recostou na cadeira, uma afronta deliberada à formalidade de Zhu, e disse, sorridente: — Vermelho.

Vermelho fora a cor do antigo Mandato detido pelos Turbantes Vermelhos. Zhu ficou abruptamente aliviada. Por um momento, ela havia se perguntado se Fang estaria falando da mão invisível que surgia das sombras para puxar um fio aqui, um fio ali, sem qualquer propósito discernível. Mas, se aquele Mandato fora vermelho…

Zhu lembrou-se da criança sinistra que fora o Príncipe Radiante, despejando sua luz vermelha feito sangue sobre um palco.

— Esse Mandato já se extinguiu há muito. Eu o exterminei.

— É mesmo? Bem, se é esse o caso, você não fez um trabalho muito bom. Eu o vi mês passado. Seu portador veio até mim, assim como você, e tentou me convencer a formar uma aliança.

De uma só vez Zhu soube. Ela viu mãos decepadas; uma mensagem escrita à faca em pele humana.

— É isso mesmo — disse Fang ao ler a expressão dela. — É para derrotar Chen Youliang que você precisa de minha frota, não é? Para sua sorte, recusei a oferta dele, assim como recusei a dos Zhang. Ficarei de fora desta. Não me importa quem derrotará o Yuan, e sinceramente não sei se será um de vocês. Se existiam três Mandatos, quem garante que não existem mais? Vocês que se entendam. Tenho certeza de que posso ser útil a quem quer que acabar no trono.

Zhu sentia-se como se estivesse tentando incutir-lhe a crença a fogo.

— *Serei eu.*

Mas Fang apenas estendeu as mãos.

— Será? Volte a me procurar se acontecer. Então conversaremos.

As bordas da ficha de madeira enterraram-se dentro do punho cerrado de Zhu. Ela pensou em como havia forçado Ouyang àquele lugar de humilhação nua e trêmula só para que pudesse obrigá-lo a fazer algo que ele não queria fazer. Entretanto, mesmo antes de entrar no quarto do eunuco, ela já sabia que ele o faria. Em nome do que desejava, ele faria qualquer coisa.

Assim como ela.

— Se eu vencer — disse-lhe Zhu —, serei o imperador. É *você* quem me procurará. — Fang ainda estava sorrindo quando notou a ficha. Ao ver o que era, o sorriso desapareceu com uma rapidez satisfatória. Em alto e bom som, Zhu disse: — Este é o meu pedido.

— Era você? — Fang não falava e agia com casualidade agora; todo o seu foco estava nela. Zhu sentiu um arrepio diante da iminência do perigo físico. — A lutadora canhota com o véu? Como chegou assim tão longe sem ser descoberta? Outros homens já tentaram antes, mas as mulheres em geral os desmascaram. — As cortinas que iam do teto ao chão nos cantos do cômodo balançaram pesadamente, menos aconchegantes e mais sufocantes. — Como vocês todos bem sabem, a competição é apenas para mulheres. Tenho orgulho em honrar os pedidos que me são feitos. Mas não aceito que abusem de minha hospitalidade. — Em sua raiva, Fang falava macio. — Não serei feito de tolo. — Ele se inclinou para frente a fim de apanhar sua espada na mesa.

O manto de Zhu estava amarrado com um laço em vez do pesado cinto dourado de costume. Ela havia se preparado para a contingência sem se permitir perder muito tempo com detalhes. Em sua opinião, aquilo não era tão diferente de matar um menino inocente ou torturar um: não era algo que ela queria ou com o que sentiria prazer, mas algo que era forte o bastante para fazer. Ela nunca não seria forte o bastante, pensou ela, implacável. Era por isso que jamais seria derrotada.

Ela desatou o laço, deixando que sua túnica de rei se abrisse e revelasse o que ela deixara deliberadamente nu por baixo.

— Eu competi legitimamente.

Fang parou com a mão na espada. Zhu foi incapaz de decifrá-lo. Então, bem quando pensou ter cometido um erro, ele rugiu com uma risada atordoada:

— É *por isso* que você é um camarãozinho, com uma voz dessas! Pensei que talvez fosse porque você tinha quinze anos. Ah, sim! Gosto muito mais disso.

A surpresa de Fang tomou a forma de uma expressão de interesse profundo. Era um olhar intenso, mas com um aspecto que Zhu nunca sentira ser direcionado a si mesma: desejo masculino. Parecia errado, como se o mundo estivesse sendo invertido. Sem interromper o contato visual, Fang disse a quaisquer criados que estivessem do outro lado das cortinas:

— Ninguém entra!

A Zhu, ele disse:

— Não precisava cobrir o rosto, embora eu entenda por que você talvez seja tímida em relação a sua aparência. Nunca me interessei por mulheres bonitas e inúteis. Gosto de mulheres que consigam me acompanhar. — O interesse dele cresceu. — Você tem o corpo de uma mulher. Mas tem o Mandato, e anda e fala como um homem. O quanto de você é mesmo uma mulher?

Por um momento, Zhu viu a si mesma através dos olhos de Fang. Seu olhar reduziu-a a carne contra a vontade dela; a fez encarar a realidade de seu rosto feio de grilo marrom, seu corpo com quadris pronunciados e pernas esguias, seus seios pequenos. Ela não imaginara quão desagradável a sensação seria.

Fang desatou a própria túnica e livrou-se dela. Estava nu por baixo dos trajes, como se passasse o dia pronto para se aproveitar dos corpos de mulheres que o cercavam constantemente. O sorriso presunçoso havia retornado, mas havia um desafio em seus olhos. Zhu assimilou seu corpo grande e grosseiro, onde a suavidade de uma vida luxuosa mascarava, mas não ocultava, a solidez utilitária de sua envergadura, a largura poderosa de suas coxas ao se afastarem sobre a cadeira, seu interesse físico crescente.

Fang podia ver Zhu de uma certa forma, mas ela não era o que ele pensava. De uma só vez, teve a sensação de ter se libertado da pressão do olhar dele com uma ressurgência de si mesma. Ninguém poderia transformá-la em nada além do que ela era, pensou com determinação. Nada em sua aparência, em seus trajes ou suas atitudes a mudaria.

Ela saiu de dentro da túnica aninhada a seus pés. A rigidez do brocado dourado fazia com que o tecido continuasse meio erguido feito uma concha vazia: a carcaça abandonada de uma cigarra. Seus pés nus encolheram-se ao tocar a pedra fria. Era apenas uma gota de sofrimento numa xícara cujo menisco acentuava-se quanto mais era enchida, de modo que sua capacidade fosse infinita. *Sou forte o bastante para suportar qualquer coisa.*

— Não se preocupe — disse-lhe Zhu. — Posso ser mulher o suficiente para você.

Já caía a noite quando Zhu retornou à hospedaria. Seu triunfo mais do que superava a estranha e, objetivamente, meio desagradável pontada que sentia entre as pernas. Fang rira com amigável surpresa quando Zhu se levantou da cama onde (por fim) haviam acabado e ele viu o borrão de sangue em meio às manchas maiores onde ele ejaculara.

— Não me diga que era virgem!

Zhu ignorou o comentário.

— Então posso usar sua frota — disse ela, breve e seca, enquanto se vestia.

Fang relaxava nos lençóis amassados, imperturbado. Sua confiança expansiva fora traduzida na forma de generosidade na questão de chuva e nuvens. Zhu não tinha dúvidas de que as mulheres com quem ele costumava dormir achavam a coisa toda prazerosa. Embora pessoalmente ela tivesse achado aquilo tão excitante quanto limpar os dentes, o ato não fora completamente desinteressante: sempre se podia aprender alguma coisa sobre uma pessoa num momento de intimidade física, fosse este o de treinar ou foder. *Ou causar dor.*

— Ah, Zhu Yuanzhang. Você tem a distinção de ser a foda mais cara de minha vida. Mas, sim, sou um homem de palavra. Você pode usar minha frota.

— Você também tem a distinção de ser a única pessoa que já comeu um futuro imperador — observou Zhu. — Quando eu estiver no trono, venha me fazer um pedido. Eu me certificarei de concedê-lo.

— Generosa — disse Fang, achando graça. — E se meu pedido for comê-la de novo?

— Peça o que quiser. Mas pense bem — disse Zhu, sorrindo para ele enquanto caminhava vestida com sua túnica dourada. — Não sou tão honrado a ponto de não ordenar que você seja transformado em eunuco depois disso. Isso *sim* seria uma distinção: o imperador como a última foda da sua vida. Deixarei que pondere se isso valeria a pena.

Assim que Zhu voltou para o próprio quarto, chamou um criado e pediu uma tigela de água morna para se lavar. Estava satisfeita com quão bem as coisas terminaram. Com os navios e as tripulações de Fang para carregar as tropas de Zhu e Ouyang, ela teria chance contra Chen. Enquanto isso, Madame Zhang desgastaria o próprio exército contra o Grande Conselheiro, enfraquecendo-o no processo. Quando Zhu acabasse com Chen e marchasse para Dadu, que obstáculo restaria entre ela e o trono? A expectativa carregou-a na direção daquele futuro momento de vitória que parecia mais real do que qualquer coisa que estivesse sentindo no momento.

Alguém havia entrado pela porta aberta enquanto ela estava absorta em pensamentos. Quando Zhu ergueu a cabeça, teve uma surpresa: em vez do criado que estava esperando, deparou-se com Ouyang.

Ele estava tremendo. Essa foi a primeira coisa que Zhu notou, mesmo antes de sua mente informar que nunca o vira tão furioso. Os punhos cerrados estavam pálidos devido à pressão.

Ah. Zhu quase havia se esquecido de sua decisão unilateral de se livrar do comandante de Ouyang, Chu. Ela sentiu um sobressalto de culpa ao pensar em como havia acabado de passar por um refeitório cheio de mulheres — estavam muito mais amigáveis agora que a competição acabara —, mas não vira sinal de Yuchun. Estaria ele enfurnado em seu quarto, limpando a espada e refletindo sobre o que Zhu o forçara a fazer? Ele sempre fora um menino insensível, endurecido pela vida da mesma forma que a própria Zhu, mas mesmo ele não teria achado trivial assassinar um membro desavisado do próprio grupo, espião ou não.

Ouyang estava certo em ficar irritado por não ter sido consultado, mas ela foi pega de surpresa pela intensidade da reação dele. Zhu não imaginara que ele se importava tanto com qualquer um de seus dois homens de confiança.

— O espião era o Comandante Sênior Chu — explicou ela. — Era ele quem enviava aquelas anotações cifradas. Eu não podia deixar que ele revelasse nossos planos, especialmente quando partíssemos para Dadu.

— O Comandante Sênior… — repetiu ele, as sílabas perdendo o sentido em sua boca enquanto seus olhos a fulminavam com um desdém furioso.

Ela sentiu a pele arrepiar diante da intensidade do olhar, ao mesmo tempo que percebeu: *isso não é sobre Chu.*

Quando ele lançou um objeto nela, Zhu desviou, apesar de a mensagem amassada já estar caindo entre os dois. Zhu sequer precisou olhar para saber o que ele havia descoberto a seu respeito. Mesmo sem acreditar que aquilo estava acontecendo, ela sabia. Nenhuma outra coisa poderia tê-lo feito reagir daquela forma.

— *Eu deveria ter imaginado.* — A voz rouca mal soava humana.

Ela já havia sentido o desdém de Ouyang antes, mas ao menos aquele desdém havia reconhecido o que ela era. Agora, esse desdém era do tipo que ela apenas vira Ouyang direcionar a outros: um desdém que a despia de tudo e fazia dela um objeto.

Gaivotas trinavam lá fora. Zhu nunca o vira tão frio.

— Meus olhos me avisaram, mas eu os ignorei. Eu me *fiz* acreditar em você, mesmo que a verdade estivesse exposta na sua aparência, no seu comportamento. Era tão óbvio. Você estava tão disposta a rebaixar-se pelos homens, servi-los, ajoelhar-se diante deles. Deixou Fang Guozhen comer você? Deixou, não foi? — Sua garganta movia-se com violência, como se ele mal conseguisse forçar as palavras para fora. — Como eu pude ser estúpido o bastante a ponto de acreditar, sabendo que um homem de verdade preferiria morrer a ser como você?

Ele se aproximou; estava tão perto quanto outrora estiveram. Mas agora não havia nenhuma promessa naquela proximidade, apenas uma ameaça. Ela o sentia catalogando-lhe as partes, comparando-as, reduzindo-a ao formato específico de sua carne. E não era apenas ela que Ouyang recontextualizava à luz daquela nova informação, mas tudo que ela fizera. Tudo que ela fizera a *ele*. Ela viu o momento em que um novo desejo violento nasceu em Ouyang: apagar o fato de que ela o vira em seus momentos mais vulneráveis. Para ele, essa teria sido a parte mais insuportável de tudo: que ele havia se colocado à mercê exatamente daquilo que ele mais desprezava, ressentia e buscava contrariar.

— Você deve ter gargalhado quando me viu lá fora vestido de mulher! Gostou de me rebaixar ao seu nível? Gostou de arrancar meu orgulho de mim? Eu me humilhei na sua frente. Deixei que você me *visse*. Você me pediu que eu cedesse tudo, e eu cedi, porque acreditei em você quando você disse que poderia me dar o que eu queria. Eu acreditei em você, porque você vivia me dizendo que me entendia, que somos iguais, que queremos a mesma coisa. — Era estranho ouvir passos percorrendo normalmente o corredor. Os sons de animação continuavam reverberando do refeitório lá embaixo. Ainda assim, tudo estava se desfazendo. Ouyang gritou-lhe numa agonia assassina: — *Mas você não é nada parecida comigo.*

A igualdade entre os dois fora algo precioso. Agora, ele a esmagava com um martelo, e isso doía mais do que ela teria pensado ser possível. Num instante, Zhu passara de alguém que Ouyang respeitava a alguém que ele pensava nem sequer merecer o direito de existir. Ela queria arquejar de dor. Nada que havia feito, ou sido, importava diante da única coisa que ele não conseguia perdoar: ser uma mulher.

Ele estava preso na própria realidade terrível, e ela sabia que não o podia alcançar lá. Mesmo assim, tentou. Sua voz soou estranha aos próprios ouvidos:

— O que você descobriu não tem nada a ver com quem eu sou. A única coisa que mudou em mim desde ontem é que agora eu tenho tudo de que preciso para vencer. Fang Guozhen me deu os navios dele! Só precisamos continuar juntos, seguir com o plano…

— Nada a ver com você? — interrompeu ele. — O que você escondeu de mim é como seu fracasso está escrito nas estrelas desde o começo! Por alguma razão, você se iludiu com a ideia de que vai conquistar o trono. Mas será que não entende? — Seus olhos tinham um brilho selvagem. — *Você não é um homem.* Nunca será capaz de me dar o que eu quero. Jamais poderia ter sido.

Ele continuou, ríspido, incrédulo:

— Imperador? Você? — riu. — Você é só mais uma vadia.

A criada apareceu atrás de Ouyang com uma tigela de água. A violência pura do susto dele fez Zhu pensar que, se ele estivesse armado, teria rasgado a moça bem onde estava. Ela gritou quando ele se virou em sua direção, e derrubou a tigela com um estrondo.

Ouyang rosnou e, ao sair, empurrou Yuchun, que havia aparecido atrás da criada na soleira, ofegante. Ele virou a cabeça para acompanhar os passos de Ouyang.

— Ouvi gritos…

Zhu tremia. Percebeu que estivera tremendo o tempo todo, como se a conexão vibrante entre os dois houvesse enfim sido abalada e os tivesse reduzido a pedacinhos. Ela se abrira à única pessoa que poderia tê-la entendido por completo. E ele se aproximara daquele lugar tão tenro e vulnerável e a machucara.

Eles estavam a caminho da vitória. Estavam prestes a vencer *juntos*. Mas agora…

Então essa é a sensação de ser traído.

Ela mal conseguia respirar de dor. Mas ela era Zhu Yuanzhang, e era forte o bastante para aguentar qualquer coisa.

Com a mão ainda trêmula, ela apanhou a mensagem do piso molhado antes que a tinta borrasse. Tinha a caligrafia da pessoa que ela imaginara. Havia apenas um homem entre eles que lhe conhecia o segredo, e que sabia que isso afastaria Ouyang dela definitivamente.

— Esqueça-o. Encontre Jiao Yu — disse ela a Yuchun.

Jiao sempre escolhia o lado vencedor. Era o motivo pelo qual se aliara a ela desde o começo. Com uma compreensão violenta, ela pensou: *o que mudou?* Jiao claramente duvidara dela antes de chegarem a Qingyuan, mas ela provara que ele estava errado. Garantira a frota de que precisava. Como ela e Ouyang poderiam não ser o lado vencedor?

De uma só vez, Zhu lembrou-se da mão invisível. Ela avançou até seus pertences e apanhou a mensagem do espião, encarando suas palavras sem sentido com o coração pesado. Jiao dissera-lhe que não fora capaz de decifrar o código.

Yuchun voltou. Soou muito jovem ao dizer:

— Jiao Yu se foi.

— Assim como o General Ouyang — disse ela, entorpecida. — Ele voltou a Yingtian para recuperar seu exército. Não tenho guardas no lugar para impedi-lo de fazer isso. Ele marchará para Dadu sem nós. Enfrentaremos Chen Youliang sozinhos.

Ela mal ouviu a perplexidade de Yuchun. Ainda tinha os navios de Fang, mas Yuchun sabia tão bem quanto ela o que o abandono de Ouyang implicava nas chances de vitória contra Chen.

Jiao havia decifrado o código, e dentro dele encontrara a mão invisível: a pessoa que Zhu não conhecia e não podia ver; a pessoa na qual Jiao apostara todas as fichas como aquela que tomaria o trono de Zhu.

16

CAMBALIQUE

Novas lanternas brancas, instaladas especialmente para a noite do Festival de Inverno, iluminavam com força a textura de gelo nebuloso do papel da janela no salão de banquete do grão-cã. Os ministros estavam acomodados em mesas baixas individuais ao longo do perímetro do cômodo, com copos de vinho quente dispostos diante de si. Baoxiang, sentado em meio a eles, tinha uma sensação poderosa de irrealidade.

Após o início seco da estação, nevara de repente em Cambalique. A capital fora transformada, embora nem todas as mudanças houvessem sido obra da natureza. Os esforços da Senhora Ki para extirpar os apoiadores do Grande Conselheiro do exército central haviam reduzido drasticamente as tropas, e a escassez de grãos e sal havia provocado um êxodo de cidadãos comuns. Todo dia, ao cavalgar até o Ministério, Baoxiang via mais evidências de diminuição. Os fios que puxara agora corriam pelo traje em encolhimento, destruindo-o fileira por fileira. No entanto, por dentro, o mundo protegido do grão-cã na Cidade do Palácio era como o interior de uma lanterna: a refração da luz era tão interminável nas próprias superfícies que era impossível enxergar o que acontecia lá fora. A corte do Grande Yuan saboreava um banquete, sem ter a menor ideia de que sua própria destruição era iminente.

— Ministros! — O ar seco de inverno dera mais cor às bochechas permanentemente rosadas do grão-cã. O soberano, refletiu Baoxiang, era a contradição mais forte possível da suposição de que bochechas rosadas indicavam um temperamento naturalmente alegre. — Como recompensa pela lealdade contínua a nós, o grão-cã e o império do Grande Yuan: concedo-lhes um copo de vinho. Bebam!

Quantos dos ministros eram de fato leais àquele homem obtuso? Decerto não mais que uns poucos. Baoxiang ergueu o copo em sintonia com os outros.

— Dez mil anos ao grão-cã!

Na mesa mais próxima às plataformas, o Terceiro Príncipe entornou o vinho com um desinteresse arrogante. Mas ele não depôs o copo de imediato. Baoxiang teve a consciência curiosa de conhecer o Terceiro Príncipe tão intimamente que podia ver, apenas pela nuance de uma mão inclinada, que o rapaz estava considerando deixar o copo rolar pelo chão. Se ganhar a aprovação do pai era impossível, ele escolheria o desprezo em vez disso.

O Terceiro Príncipe depôs o copo. Até mesmo buscar aquela forma inferior de reconhecimento fora demais para ele. Mas, por algum motivo, Baoxiang foi incapaz de sentir seu escárnio costumeiro pelo temor do Terceiro Príncipe.

— Sejam recompensados, e comam — declarou a Senhora Ki ao lado do grão-cã, conforme criados traziam tigelas com *dumplings* brancos e macios recheados numa sopa de gengibre adocicada.

Era óbvio que a morte do Grande Conselheiro transformara a Senhora Ki em imperatriz na prática. Seria apenas uma questão de tempo até ela persuadir o grão-cã a oficializar o título. A nova elevação da Senhora Ki claramente caía-lhe bem: ela reluzia à luz das lanternas feito um sincelo em degelo.

Para variar, a imperatriz não usava o batom de costume. Sem ele, ficava pálida e apagada. Devia ter sido uma agonia para ela sentir o próprio poder — o próprio título — escorrer-lhe pelos dedos como a clara de um ovo. Ela não tocou os *dumplings*. Ao menos tinha a opção de não comer. Baoxiang, que também estava sem apetite, teve de se forçar a executar a performance obrigatória de gratidão. Mesmo antes de morder o *dumpling*, o recheio espalhou-se em sua boca: gergelim preto granuloso, livre de seu tenro envoltório, como uma inevitabilidade.

Assim que os ministros terminaram, a imperatriz levantou-se impacientemente para partir — então parou, fez uma expressão atônita e desabou.

Um murmúrio percorreu o cômodo. Era mais interesse do que alarme. Mesmo Baoxiang, que preferia deixar que os outros cuidassem dos corpos, sabia que não estavam olhando para um cadáver. Teria sido uma surpresa se estivessem. Com o tempo a favor da Senhora Ki, ela não tinha nada a ganhar com um assassinato imprudente.

Um rápido olhar à Senhora Ki confirmava sua surpresa genuína, seguida por maquinações agilmente veladas. Baoxiang permitiu-se um breve sorriso de diversão. Então a Senhora Ki não era a única que sabia jogar pela atenção do grão-cã.

O médico do palácio chegou um pouco rápido demais para plausibilidade. Ainda assim, interpretou bem seu papel: fingiu preocupação ao tomar o pulso da imperatriz desmaiada, depois chocou-se diante da constatação. Disparou para sussurrar ao ouvido do grão-cã. As amas da imperatriz agruparam-se ao redor dela e ajudaram-na a ficar de pé. Ela ficou ali parada, pálida e oscilante. Sorrindo.

Os ministros arquejaram quando o grão-cã se pôs de pé num salto e bradou:

— O Céu abençoou a imperatriz!

Baoxiang não se deu ao trabalho de se juntar ao alvoroço celebratório rumo à plataforma. Observou o Terceiro Príncipe do outro lado do cômodo. Ele também não havia se levantado. Baoxiang sentiu uma pontada de dor diante da expressão abalada do rapaz. Ele sabia como era ver seus piores e mais longevos temores se concretizarem. Por um momento, viu-se no topo daquela colina outra vez: o pai caído lá embaixo; Esen a encará-lo com ódio e condenação puros. A princípio, Baoxiang não fora capaz de acreditar. Apesar de tudo que havia se passado entre eles, ainda parecia impossível: que Esen pudesse ter acreditado que ele *tivera* a intenção.

Mas Esen acreditara mesmo nisso. A constatação de Baoxiang fora como se a cor tivesse se esvaído do mundo. Fora, pensou ele, como devia ser a morte.

Do outro lado do cômodo, o Terceiro Príncipe lançou um olhar desamparado para a mãe. Mas a Senhora Ki não deu atenção nem devolveu consolo. Seu rosto estava rígido feito gelo.

Seyhan estava lá fora quando Baoxiang se desvencilhou do abalo. Seus olhos claros brilharam com interesse quando ele disse:

— Pode ser uma menina.

— Você apostaria sua cabeça nisso? — Eles avançaram na privacidade do bosque de romãs do grão-cã. A neve cobria as cascas amarronzadas e retorcidas das frutas velhas que pendiam abertas feito cadáveres, as sementes havia muito ausentes. Quanta sorte tivera a imperatriz, que lhe acontecesse a única coisa que a poderia salvar! O sabor do gergelim preto persistia na boca de Baoxiang. Deveria ter sido doce, mas, em vez disso, deixou-o lutando contra a náusea. — Eu não apostaria. E a Senhora Ki também não. Ela não ficará de braços cruzados.

Quando voltaram as cabeças para o salão de banquete, uma figura emergiu. O jorrar da luz das lanternas iluminou os dragões em sua túnica com um fogo prateado contra a escuridão do jardim. Quando o Terceiro Príncipe passou por eles debaixo dos pés de romã, encarou-os sem parecer perceber quem eram e seguiu caminho.

Havia algo pesado emaranhado no peito de Baoxiang. Ele acompanhou os reflexos minguantes da túnica do Terceiro Príncipe conforme se afastava das lanternas.

— Espere aqui — disse ele a Seyhan.

O Terceiro Príncipe não havia ido muito longe. Baoxiang encontrou-o em um dos pagodes de lados abertos do jardim. Longe das luzes e do clamor do salão, o lugar era frio e parado. Baoxiang tremia. Seu manto superior de ministro era um parco substituto para um casaco de pele. A lua crescente brilhava nos telhados do palácio cobertos de neve. No lado oposto das muralhas da Cidade Imperial, copas prateadas formavam uma ondulação rútila e distante, como ondas a quebrar numa costa escura.

O Terceiro Príncipe não olhava a paisagem. Encarava o punho direito. Deveria estar avermelhado de frio, mas o luar roubara-lhe o pulsar vital da pele e deixara-a tão pálida quanto os arredores.

— Sabia que eu ainda acreditava que poderia ter sido eu?

Mas ele não acreditava, pensou Baoxiang, com uma dor parecida com a de ser engolido pelo oceano. Se o Terceiro Príncipe *tivesse* acreditado, então ele teria o Mandato. Mas ele apenas esperava. Quantas vezes teria ele se visto daquela forma, sozinho no jardim ou em seu quarto, e aberto a mão na esperança de encontrar ali uma chama? A cada vez, ele devia ter dito a si mesmo que aquilo não aconteceria, e mesmo assim esperava, apesar de tudo, que algum dia a encontraria.

Muito depois de Baoxiang ter deixado de acreditar que as coisas podiam ser diferentes entre ele e Esen, continuara esperando por isso. Às vezes, desistir é tão difícil que só acontece quando o que você possui é esmagado, de modo que os fragmentos escorram por entre os dedos ainda fechados.

— Você viu como ele ficou feliz? — A voz do Terceiro Príncipe falhou. — Todos viram. Ele mal vê a hora de me substituir.

Baoxiang deteve-lhe o punho antes que ele esmurrasse o gradil do pagode. O Terceiro Príncipe levou um susto, depois encarou-o com a mão trêmula sob os dedos de Baoxiang, como se só então houvesse percebido a presença deste.

— Sua mãe cuidará disso. Confie que ela vai dar um jeito — disse Baoxiang, gentil.

— Dar um jeito — repetiu o Terceiro Príncipe. — Sim. Dar um jeito. É isso que ela faz, não é? Ela deu um jeito nos meus irmãos e na mãe deles, e no Grande Conselheiro, e com certeza dará um jeito na imperatriz. Mas sabe no que ela não pode dar um jeito? Em mim. — Seu tom distante e sem vida era familiar. Era o som de alguém que se afogava dentro de si, já longe demais do alcance de qualquer pessoa. — De todos os filhos que o Céu poderia ter dado a ela, foi a mim que ela teve! Ela me odeia. Ela me odeia tanto quanto ele. A única diferença é que ela precisa de mim. Não fosse por isso, melhor seria se eu já tivesse me matado.

Baoxiang lembrou-se do cuidado escondido sob a fachada de pedra polida da Senhora Ki. Num ambiente como o palácio, onde vidas eram perdidas pelo deslize de um momento, ele conseguia entender por que ela julgava ser mais seguro esconder seu apego de um marido ciumento ou de uma rival ambiciosa. Mas ela o escondera até mesmo da única pessoa que verdadeiramente precisava dele. Talvez, na mente dela, isso fosse amor. Mas como poderia ser assim para o Terceiro Príncipe, que sequer tinha ideia da existência desse sentimento?

O coração de Baoxiang doía. Ele não sabia se era por si mesmo ou pelo Terceiro Príncipe.

— Ayushiridara.

Ele nunca dissera o nome do Terceiro Príncipe antes. Perguntou-se quantas pessoas já o teriam feito. Ele viu a surpresa penetrar o distanciamento do Terceiro Príncipe, chamá-lo de volta para longe daquele lugar sombrio e opressivo, ao virar-lhe o rosto em sua direção com as pontas dos dedos. O Terceiro Príncipe, nascido no palácio, nascido naquele papel, nunca vivera fora de nenhuma dessas constrições. Baoxiang teve a sensação de que, ao dizer-lhe o nome, estava conjurando sua existência como pessoa pela primeira vez. Deixou que seu toque se demorasse por mais um momento, então beijou-o.

Seus lábios estavam frios devido ao ar do jardim. Um calor emergiu no ponto de contato. Um sussurro estranho de barba roçou os lábios de Baoxiang. Ele se sentiu violado pelo próprio impulso. Pertencia a outra pessoa: à pessoa que fora antes de ser engolido pelas sombras. Ao tipo de pessoa que, ao se deparar com a dor de outra, não a usava instintivamente para causar mais dor, mas em vez disso dizia: *eu entendo.*

Baoxiang levou a mão à nuca do Terceiro Príncipe e abriu aquela boca ferida e surpresa com a própria. Para ele, beijar era sempre diferente de foder. Quando fodia, era fácil demais acidentalmente deslizar para dentro de si mesmo — transformar a outra pessoa, se não exatamente num objeto, então em algo remoto o suficiente para que sua pessoa se tornasse irrelevante quando comparada ao prazer dele. Mas o rosto de alguém colado no seu — a insistência dos lábios e da boca de um outro sobre os próprios — era uma asserção que ele nunca fora capaz de negar. Baoxiang beijava o Terceiro Príncipe, e sabia por que o impulso tomara aquela forma particular. Era a antítese da rejeição. Era a criação recíproca de ambos como duas pessoas vivas uma para a outra, presentes, cada uma concretizada pelo encontro da individualidade de outra pessoa com a sua própria.

O Terceiro Príncipe respondeu desajeitado, mas com vontade, quando Baoxiang lhe abriu mais a boca. A concentração focada dos dois ganhou uma gravidade própria, adensando os movimentos de suas bocas numa intimidade lenta e profunda de consumo mútuo. Baoxiang tinha um sentimento transbordante de excesso: que poderiam continuar tomando um do outro sem jamais se esgotarem. Ele segurava a nuca do Terceiro Príncipe como se ela fosse a única coisa que os mantinha juntos. Sua boca queimava com a pressão, com a intensidade de seu testemunho silencioso: *eu o entendo.*

Não parecia um ardil, ou uma performance, confortar e aplacar o Terceiro Príncipe. Parecia verdadeiro. Uma verdade desperta não do desejo, mas da conexão. Ainda assim, enquanto Baoxiang beijava o Terceiro Príncipe, enquanto o segurava e fingia que não sentia o gosto de suas lágrimas, ele sabia que o conforto era uma mentira.

Uma faixa do Rio Celestial começava a aparecer sobre as copas das árvores. Mas não havia brilho no futuro. Nenhum motivo para conforto. A imperatriz jamais teria um filho com o Mandato; mas, pelo mesmo motivo, o Terceiro Príncipe jamais o conquistaria. Quando Baoxiang soltou o Terceiro Príncipe e recuou, teve uma visão de si mesmo com a mão estendida: uma chama negra a apagar a lua e as estrelas, a cidade com suas muralhas prateadas e todo traço de luz, até que não restasse nada além do vazio.

Não havia mais qualquer separação entre ele e aquelas sombras que outrora haviam sido um refúgio, mas agora eram o sentimento singularmente mais terrível que Baoxiang já tivera. Era como o inverso sombrio do sol; sempre que tentava olhá-lo, tinha a sensação de afastar-se incontrolavelmente dele, como nos sonhos de que não se lembrava. Tudo que sabia era que, uma vez que o libertasse, não seria apenas o mundo que inundaria e se afogaria, mas ele também.

— Então você se juntou a nós nesta linda aventura, ministro! — exclamou a Senhora Ki, com uma fúria que Baoxiang entendeu ser dirigida a um alvo inteiramente diferente, quando os dois se cruzaram no caminho entre as fontes termais dos homens e das mulheres. — Espero que aproveite mais do que a maioria de nós costuma aproveitar.

A excursão da família imperial às fontes termais, localizada nas colinas a vinte *li* de distância de Cambalique, fora ideia da imperatriz — supostamente para o bem de sua gravidez. Agora que ela tinha as graças e a preferência do grão-cã, não hesitara em usar seu poder para forçar as outras casas imperiais a se juntarem à excursão como testemunhas de seu tratamento especial. Não era de se admirar que a Senhora Ki estivesse furiosa.

Meio mês de humilhação nas mãos da imperatriz havia abalado a Senhora Ki. Apesar da luz rósea filtrada pelo para-sol de seda carregado pela criada, sua pele polida de pedra branca fora substituída por um aspecto abatido e cinzento. De repente, ela parecia exatamente tão velha quanto alguém que dera à luz uma única prole defeituosa e não conseguira produzir outra nos dezoito longos anos desde então. Era a aparência, pensou Baoxiang, do desespero.

— Aproveitando ou não, quando o filho da Senhora Ki, o Terceiro Príncipe, teve a delicadeza de estender um convite a este humilde oficial, como ele poderia recusar? — Baoxiang mostrou-lhe seu sorriso mais insosso. — Talvez o Terceiro Príncipe esteja pensando em aprender as técnicas de pintura de paisagem para a qual tenho algum talento. Seja lá do que ele precise, tenho certeza de que posso ser útil.

Quando a Senhora Ki o fitou, Baoxiang foi tomado por um horror inexplicável: um desejo, totalmente contrário ao que ele havia planejado conquistar ali, de que ela não dissesse nada. Mas enfim a Senhora Ki voltou-se para seu séquito:

— O odor destas termas é deveras desagradável. Tragam chá e uma bolsa de ervas fragrantes que eu possa levar ao nariz enquanto me banho. Levem tudo diretamente à área de banho. — Quando todos os criados, exceto a que segurava o para-sol, saíram, ela disse: — Deseja oferecer um serviço específico, ministro?

— Talvez um adequado a um problema específico — disse Baoxiang, olhando de relance para a criada do para-sol.

— Ela é confiável — respondeu a Senhora Ki, fria. — Fale abertamente, mas seja breve. Não fica bem para uma consorte ser vista dando atenção a um homem. Mesmo um homem como você.

O estranho horror de Baoxiang havia passado. Embora estivessem no meio do inverno, os jardineiros do grão-cã haviam trazido feixes cortados de galhos de ameixeiras que haviam sido forçadas a florescer em ambientes internos diante de braseiros, e os disposto em arranjos de aparência natural ao longo do local para criar a ilusão de um bosque primaveril. Parecia que nem mesmo os mortos podiam descansar quando em serviço ao Grande Yuan. Ele disse:

— Se não for detida, a imperatriz terá um herdeiro para substituir o Terceiro Príncipe. Nem eu nem a senhora desejamos que isso aconteça. Permita-me oferecer assistência. Tenho acesso mais imediato à cidade externa do que a senhora, e menos olhos voltados para mim.

Era uma aposta na confiança que ele havia conquistado. Por fim, a Senhora Ki disse com compostura:

— Se for para a imperatriz ter a gestação interrompida, isso deve parecer ter causas naturais. Se houver qualquer dúvida a respeito do contrário, eu serei a suspeita.

A carta que Baoxiang vinha esperando havia chegado naquela manhã.

— Tenho os recursos. Ninguém saberá — respondeu Baoxiang, frio.

— Nem mesmo o Terceiro Príncipe — alertou a Senhora Ki. Quando ela se virou, ele viu sua ruga de preocupação: pedra amaciada por um sentimento verdadeiro, por apenas um instante. — Mantenha-o em segurança, ministro.

Algo estava errado. Algo terrível estava acontecendo, mas igualmente havia algo de errado com seus olhos, porque ele não enxergava...

Com um sobressalto de desorientação, Baoxiang percebeu que estava acordado. Tinha um arquejo entalado na garganta. Estava escuro no quarto do Terceiro Príncipe; era por isso que ele não enxergava. Estava de frente para as costas do rapaz adormecido, mas toda a sua atenção voltou-se para o que estava atrás. Esen estava ali.

Não havia nenhuma indicação externa de quem era a presença espectral, mas Baoxiang já estava bem familiarizado com aquela sensação em seu corpo. Ela sempre fora única a Esen, como se as emoções e interações de uma vida toda houvessem sido destiladas naquela única resposta autônoma. Era o reconhecimento que emergia de uma parte de si mesmo oculta sob a razão. Ele simplesmente sabia.

A presença de Esen era tão forte que ele só podia estar muito perto. Talvez até mesmo parado ao pé da cama. Perto o bastante para tocar o ombro descoberto de Baoxiang que jazia fora das cobertas. O frio varreu Baoxiang como ondas de horror. O quarto estava silencioso o bastante para que ele pudesse ouvir o farfalhar de seus pelos ao roçar lentamente os lençóis.

Ele mal conseguia distinguir as linhas do corpo do Terceiro Príncipe debaixo das cobertas. Tinha consciência de uma dor interna, mais fraca do que da última vez. Fora uma cópula surpreendentemente terna, quando os dois voltaram das fontes termais juntos. Baoxiang pretendera partir logo depois para seu compromisso seguinte. Não imaginara que cairia no sono — sequer havia considerado a possibilidade. Agora estava tarde, e ele estava atrasado.

Ele precisava partir. O compromisso esperava-o. Mas ele se viu relutante a arrancar-se do calor da cama. A apenas um braço de distância na escuridão estava aquela outra pessoa, alguém que abrigara em seus braços e dentro de si. Ele sentiu uma repentina dor de solidão. Não era apenas a distância de um braço que os separava. A mente do Terceiro Príncipe estava muito longe, num lugar distante que Baoxiang jamais poderia alcançar. Ele estaria sozinho na escuridão, não fosse por um fantasma.

Ainda assim, ele podia chamar o Terceiro Príncipe, tirá-lo daquele lugar distante. Podia dizer-lhe o nome e trazê-lo de volta. O Terceiro Príncipe abriria os olhos e estaria ali outra vez. Simples assim. E Baoxiang podia fazer isso. Tinha a capacidade. Ainda podia escolher outro caminho. Ainda podia, pensou ele, parar.

Porém, quando a reprovação e a condenação familiares do fantasma o esmagaram, Baoxiang sentiu as próprias sombras emergirem, como um chamado e uma resposta dos quais jamais poderia se livrar. Era a mesma onda violenta que o levara tão longe, que o carregaria até o final; mas, quando se deixou ser varrido por ela, foi simultaneamente tomado por uma sensação horrível de alienação: de que ele não apenas reconhecia as sombras, como também nunca havia sabido ao certo o que elas eram.

Ele se forçou a sair da cama, tremendo de fúria pelo fantasma. Não importava que a euforia de sua raiva houvesse passado. As sombras estavam dentro dele; ele já havia se deixado ser consumido. Não conseguia se imaginar sem elas. Sem elas, não seria nada.

Em seus sonhos, ele fugia, mas naquele pesadelo desperto que era sua vida, vivia se virando na direção do fantasma que não conseguia ver.

Ele o esperava quando Baoxiang emergiu da residência do Terceiro Príncipe. Baoxiang conseguia senti-lo ao seu lado enquanto cavalgava. Estava tão perto atrás da cortina de neve que, se desejasse, poderia ter dado um único passo através daquela fina barreira para se permitir ser visto. A necessidade de Baoxiang de *ver* Esen era tão profunda que era quase erótica. Ele chamaria Esen de volta, para fora daquele lugar inalcançável, quanto tivesse o poder, pensou com fúria. Com todo o poder investido pelo Céu sobre ele, forçaria Esen a se mostrar e testemunhar o que Baoxiang faria.

Seu passe de ministro para os portões conduziu-o pela muralha da Cidade Imperial, depois pela muralha externa de Cambalique e pelos subúrbios. As residências luxuosas espaçavam-se cada vez mais conforme ele cavalgava, cada uma delas uma ilha iluminada na escuridão. Quando ele encontrou a residência anônima pela qual procurava, a porta se abriu à sua batida.

Ela estivera à espera dele. Seu sorriso receptivo tinha a mesma perfeição de cerâmica da qual ele se lembrava da última vez que a vira.

No idioma sulista da mulher, Baoxiang disse:

— Saudações, esposa.

A beleza de Madame Zhang sempre existira independentemente de seus traços físicos. Era seu controle — como ela mostrava o que era a beleza — que criava a ilusão da perfeição. Então, apesar dos anos desde a última vez que Baoxiang a vira, ela ainda era bela. Suas bochechas estavam mais rechonchudas, e sua pele se devia mais ao pó do que à natureza. Mas seus pulsos ficaram à vista dentro das mangas com bordas de ouro, e seu pescoço era a haste curvada de uma flor. Mesmo parada, a luz da lanterna dava-lhe movimento ao se refletir nas joias que pendiam em seu cabelo e na pele polvilhada de pérola. Uma única mecha de cabelo corria-lhe pela linha do pescoço como a carícia de um amante.

Era uma encenação para um homem que gostava de mulheres. Normalmente, Baoxiang teria sentido um lampejo de calor em resposta — uma consciência involuntária de potencial, mesmo que ele não tivesse qualquer intenção de concretizá-lo. Mas, em vez disso, vivenciou um desconcerto que beirava a repulsa. A encenação dela dirigia-se a uma versão antiga de Baoxiang: uma sem o Mandato, que nunca fora comida por um homem, que era capaz de outras emoções além daquele tormento sombrio. Era como ser amarrado face a face com o próprio cadáver. Era grotesco.

— Será que esta mulher deveria ficar preocupada com a saúde do marido? Ele está muito magro — ronronou ela.

Ele lhe tomou a mão quando ela a estendeu, com força o suficiente para beirar a crueldade.

— Não.

A expressão no rosto dela não mudou, fosse por dor ou entendimento. Era como se ela não o pudesse sentir.

— Não? Ouvi dizer que você deixou o mundo acreditar no contrário ultimamente, mas lembro-me de você como um rapaz com os interesses costumeiros de um homem. Por que não se permite desfrutar de mim, agora que somos casados?

Ao que parecia, era como se ela não quisesse nada além de ser comida por ele na mobília utilitária daquela casa alugada, na frente de criados que assistiriam à cena estupidamente. Mas havia algo de terrível na forma como ela se portava nas mãos dele — uma ausência de maleabilidade ou reatividade ou calor humano ordinário — que sugeria o contrário. Baoxiang sentiu um arrepio. Ele havia feito isso com ela. Havia semeado o ciúme do marido e causado a morte do amante. Arrancara-lhe toda a esperança e poder para que, mesmo quando ela pensasse ter se voltado para ele por escolha própria, isso não fosse mais uma escolha do que a da água ao tomar o caminho colina abaixo.

De uma só vez, o verniz dela o repeliu. Ele precisava ver a verdade; precisava extrair dela a evidência do que havia feito. Ele lhe soltou a mão e disse, ríspido:

— Não precisa fingir, não para mim. Sei que amava o General Zhang.

Por um instante, ele viu mesmo o pesar. Mas era como se estivesse vislumbrando uma grande tempestade submarina que curvava as algas e arrancava a areia do leito oceânico ao se mover pela água, tudo sem perturbar a superfície.

— Amor! — exclamou ela. Seu ser que ria levemente de fúria parecia existir completamente separado do corpo com sua saturação salgada de luto e pesar. — Como aquilo poderia ter sido amor, se apenas um de nós o sentia?

Ela ergueu a mão outra vez e tocou-lhe o rosto com as unhas. Sua raiva era a raiva desmembradora de um leopardo que se comprazia na dor do outro, porque não conseguia sentir a própria.

— Mas talvez meu marido tenha razão, e o novo casal deva aprimorar sua harmonia buscando entender um ao outro. Então diga-me, Wang Baoxiang. Posso sentir quando um homem tem poder. Sei que não o tinha quando me visitou todas aquelas vezes como um administrador de província sem ambições maiores do que fazer seu trabalho direito. — As pontas pintadas de suas unhas enterraram-se, e seu desejo de machucá-lo parecia atuação e verdade ao mesmo tempo. Ela continuou: — Qual foi a decisão que tomou que lhe rendeu o Mandato do Céu?

Teria sido sequer uma decisão? Lembrar-se dela lançou-o de volta à realidade daquela dor: o tipo de dor que só sabia devolver mágoa por mágoa, quando o instinto tomava o lugar da razão. Ele estava sozinho no *ger* de Esen, vendo seus livros queimarem no fogo. O cavalo relinchava ao fundo. Ele se lembrou da terrível e singular pureza do que estava desejando no momento em que os fantasmas apareceram. O desejo que estivera alojado em seu coração como um caco de gelo, rasgando-o enquanto ele continuava a bater.

De que Esen devia morrer.

Quando o traidor de Ouyang entrou, não houve nenhum sentimento de que ele poderia parar. Aquela primeira vez que as sombras o haviam arrastado — muito antes de terem se tornado aquele poço inescapável de tormento e horror — fora o mais puro sentimento de alívio que ele já sentira em toda a vida.

— Você me disse que quer destruir o Grande Yuan — disse ela. — Tomar o trono, governar. Mas é isso mesmo que deseja?

Algo o havia golpeado no peito. Ele não sabia o que era, apenas que era uma agonia. Era tão doloroso que o deixou temporariamente incapaz de pensar.

O que quer que seu rosto demonstrasse, ela sorriu. Era um sorriso tão afiado quanto suas unhas.

— Que bom que estamos de acordo. Mas não peçamos a verdade um do outro, meu marido. Acho que nenhum de nós dois a suportaria.

Ela gesticulou para um criado, que deixou o cômodo.

— Devo oferecer meus cumprimentos. Sua estratégia de usar Chen Youliang para interromper o cerco de Zhu Yuanzhang funcionou perfeitamente. Meu exército está pronto e à espera de suas ordens para se juntar a nós.

O criado retornou com um único pacote sobre uma bandeja. Madame Zhang pegou-o, sem exatamente oferecê-lo a Baoxiang.

— Quanto ao restante de seu plano, aqui está o que você pediu. Mas está certo de que é a fórmula que deseja? Pode ser perigosa se não for administrada corretamente.

Baoxiang tirou o pacote dos dedos dela. Embora a agonia tivesse diminuído, ele se sentia o casco de uma pessoa.

— Não se preocupe — disse ele. — Eu sei.

— Você é mesmo útil, não é, ministro?

A sacada do último piso do pagode oferecia uma vista para o lago, com seu rufo rígido de juncos congelados. As pontes de mármore desenhavam arco-íris brancos entre as ilhotas cobertas de neve. Um pássaro desconhecido cantou. O lugar era alto o suficiente para que Baoxiang pudesse discernir os telhados da residência do Terceiro Príncipe perto da muralha oeste da Cidade Imperial, e além dela a extensão de Cambalique em si. Com suas árvores e casas igualmente cobertas pela neve, parecia menos uma miniatura de brinquedo do que uma ruína.

— Testei o remédio — continuou a Senhora Ki. Quando ela o encarou, foi uma avaliação, e ele viu que ela também o testava: se ele se ofenderia ou não diante de sua recusa em aceitar-lhe a ajuda sem questionamentos. Baoxiang manteve-se firme, deixando que ela visse que não estava ofendido. Ele já sabia que ela não era de confiar cegamente. Ainda sentia o sabor de seus dedos masculinos na boca.

Por fim, a Senhora Ki sorriu. Ele havia passado no teste.

— De fato, funcionou muito bem. Tanto no gosto quanto na aparência, minha provadora julgou-o indistinguível de chá normal. Qual foi a sua fonte?

— Uma cortesã que conheço. — Ao contemplar Cambalique, Baoxiang teve uma visão não de ruínas que afundavam na terra, mas da terra a subir num abraço ctônico: até os troncos das árvores, às Torres do Sino e do Tambor e às muralhas do complexo, até que mesmo as telhas de seus telhados se encontrassem sepultadas. — Uma amiga.

— As pessoas elogiam mesmo as cortesãs de Cambalique! Se bem que, pelo que ouço, elas carecem do verdadeiro refinamento daquelas de Lin'an. — Com um tom reflexivo, ela acrescentou: — Nunca conheci uma mulher dessas. Mas, a julgar pela eficiência do remédio, parece que sua amiga conhece bem o próprio negócio.

Sua curiosidade ingênua sobre o assunto surpreendeu Baoxiang, até ocorrer-lhe que uma consorte passava toda a vida adulta dentro das muralhas da Cidade Imperial. Com exceção de excursões na companhia do grão-cã, a Senhora Ki não tinha mais liberdade para viajar até os arredores de Cambalique, ou para o mundo além da cidade, do que um prisioneiro.

— Agora que tenho as ferramentas, cuidarei da imperatriz. Quanto antes, melhor; parecerá mais natural dessa forma. — A Senhora Ki deixou a sacada e desceu a escadaria interna até o oratório no piso térreo. Seus passos rápidos e firmes pareciam a Baoxiang chocantemente masculinos. Sua mente já havia se reacostumado aos passos diminutos e oscilantes de Madame Zhang: graciosos, mas com aquele toque de hesitação que permitia ao observador uma consciência agradável de sua fragilidade. A Senhora Ki ajoelhou-se brevemente diante do oratório e, com Baoxiang em seu encalço, disse: — Mas antes disso, ministro, conto com um ato adicional de assistência.

Através da porta aberta, Baoxiang viu que os eunucos da Senhora Ki se aproximavam do templo com uma carga pesada entre eles. Não a levaram para dentro, é claro: até mesmo a Senhora Ki tinha escrúpulos, ela não violaria a santidade de um templo com a presença de eunucos ou uma mulher a sangrar.

— Como pode ver, o remédio provocou uma pequena bagunça. — A Senhora Ki levantou-se. — Partirei primeiro. Confio que você pode cuidar disso.

A dama de companhia da Senhora Ki não estava morta, o que Baoxiang supunha ter sido o objetivo do teste. Uma mordaça de pano havia sido inserida em seu rosto inchado de lágrimas. Não fora um pássaro que ele ouvira no topo do templo, mas os gritos abafados de sofrimento da mulher. A saia de seu uniforme rosa-pálido mostrava bem o sangue.

Pobre moça tola. Ele podia imaginar a alegria inocente da moça ao revelar a gravidez para uma terna e empática Senhora Ki. Ela teria contado sobre seu plano de se casar com o amante, um guarda, depois que os dois deixassem o palácio; sobre suas esperanças de ter mais filhos, de prosperidade, de viver feliz para sempre. Baoxiang sentiu as entranhas se revirarem ao pensar nisso. Quem ousava imaginar um final feliz? Apenas alguém que houvesse passado a vida inteira sendo tratado com ternura excessiva, de modo que nunca houvesse precisado aprender como o mundo funcionava.

O nó em seu estômago não era desprezo, mas dor. Ele presumira que a Senhora Ki testaria o remédio, mas não imaginara que o teste teria aquele rosto: de pesar, luto e sofrimento. Não sabia por que aquilo doía tanto agora, quando ele havia incutido aquele mesmo sofrimento em tantos outros rostos antes.

Baoxiang ainda estava ajoelhado quando Seyhan deu a volta na garota caída à porta e entrou. Ele olhou ao redor com curiosidade, sem nada da transformação normal que acontecia quando as pessoas entravam num templo e seus corpos ganhavam o peso da reverência e do respeito. Por um momento, Seyhan voltou a ser um estranho, um estrangeiro: alguém que adorava de outro modo, e existia fora da ordem normal do mundo que Baoxiang conhecia.

Mas isso, é claro, era o motivo de ele ser tão útil.

— Leve a moça até minha esposa. Certifique-se de que ela seja bem cuidada.

Seyhan olhou de relance para a moça aos prantos em seu vestido manchado de sangue.

— De alguma forma, imagino que não foi isso que a Senhora Ki lhe pediu.

— Se ela descobrir que eu a desobedeci, mandará matar a nós dois. — Baoxiang tirou a poeira da túnica ao se levantar. — Então tome cuidado.

— Sempre tomo. — Nos olhos pálidos do secretário havia um vislumbre daquela crueldade que silenciosa e eficientemente havia apagado tantos seres humanos sob as ordens de Baoxiang. — Presumo que tenha seus motivos.

Baoxiang viu um desfile de rostos: a moça alegre, as criadas gêmeas de Madame Zhang, o ministro. Ele não os havia matado com as próprias mãos. Não havia sequer tocado neles. Ainda assim, ele era o responsável. Era o que ele havia feito e, independentemente de como se sentia a respeito disso, aquilo jamais poderia ser desfeito.

— Talvez eu só esteja sendo gentil — disse ele, amargo.

Esen caminhava para longe dele por um longo corredor, mas era um dos corredores da residência do Terceiro Príncipe, então Baoxiang sabia que estava sonhando. Sem ter consciência do próprio corpo, ele tinha a sensação de ser pequeno, como se aquilo se passasse muito tempo atrás. Ainda assim, ao mesmo tempo, ele sabia que não era Esen em carne e osso que via, mas seu fantasma.

Esen recuava para as sombras. Baoxiang sabia que, se virasse o corredor, o irmão desapareceria. Correu atrás dele, gritando o que já sabia ser em vão: "Irmão, espere!" Seu desespero aumentou. Ele não conseguia alcançá-lo; suas pernas não eram longas o bastante, ele não era forte o bastante. Teve uma sensação terrível no estômago de que havia decepcionado Esen de alguma forma. "Sinto muito. Não foi minha intenção! Eu não queria ser mau. Eu me esforçarei mais da próxima vez. Não o decepcionarei. Por favor, não me deixe para trás."

Esen se virou. Era sua versão adulta e barbada, trajando a armadura cerimonial com uma capa preta de bordas cobertas de pelo presa aos ombros. Era sua aparência perfeitamente normal, e mesmo assim Baoxiang foi tomado por um horror refluente. Algo que outrora fora tão familiar fora invisivelmente transformado em uma substância diferente, algo desconhecido e desconhecível, e ele sabia que não havia como fazê-lo voltar a ser o que fora.

Embora a barba e as tranças de Esen fossem pretas, seus olhos tinham rugas nos cantos mesmo quando ele não estava sorrindo. Marcas de vulnerabilidade humana comum, deixadas pelo sol. Ele olhava por cima da cabeça de Baoxiang, como se houvesse algo ao longe que precisava alcançar, algo mais importante do que Baoxiang.

Baoxiang foi tomado por um sentimento insuportável de autoaversão. Ele sabia o que merecia por ter sido uma má pessoa. Mesmo para si mesmo, suas tentativas desesperadas de se agarrar a Esen pareciam pegajosas, carentes, indignas e indesejadas. Ele precisava explicar por que fizera o que fizera, e ver o rosto de Esen se suavizar de compreensão, mesmo sabendo que isso era impossível. Chorar seria a pior coisa. Esen odiava isso, assim como odiava tudo em Baoxiang. Teria preferido não ter tido irmão algum a ter o irmão que tinha e, não importava o quanto Baoxiang tentasse, tudo que fazia ou sentia só alimentava mais o ódio de Esen.

Então Esen olhou para ele. Sério, disse:

— Eu não o odeio, Baoxiang.

Baoxiang acordou, preso a um paroxismo de prantos. Estava num vasto local desconhecido no qual não havia nada além de escuridão. Embora tivesse sido um sonho, de alguma forma ele sabia que fora completamente real. Conjurara o fantasma de Esen em seu sonho. Não fora a memória ou os delírios do sonho, mas o próprio Esen que lhe falara. Baoxiang chorava tanto que não conseguia respirar. Havia uma dor insuportável em seu peito, e ele teve a sensação de que a dor duraria para sempre naquele lugar sombrio.

Baoxiang forçou-se a despertar com um arquejo. Seu rosto estava seco. Encontrava-se deitado ao lado do Terceiro Príncipe no quarto envolto pelas sombras. Soube instantaneamente que fora um sonho dentro de um sonho. Como se uma cortina tivesse sido arrancada de sua consciência, ele de repente viu a fragilidade e a falta de lógica no que seu eu do sonho havia acreditado com tanto fervor. Esen não estivera ali. Não houvera nada de real em nada daquilo.

Ele ainda sentia que não conseguia respirar. Não fora real, e mesmo assim as falsas emoções do sonho o haviam seguido até o mundo como assombrações. A vontade de chorar quase o fez sufocar de fúria diante da irracionalidade da situação. Por que não conseguia se controlar? Ele tinha consciência da verdade. Esen o odiara. Por que sua mente conjuraria a fantasia doentia do oposto, para depois fazer com que ele não apenas acreditasse nela, mas também a *desejasse*? Ele ergueu o tronco, ofegante.

O Terceiro Príncipe moveu-se sem acordar e estendeu um braço no espaço onde Baoxiang estivera. Teria isso sido suficiente para detê-lo, perguntou-se Baoxiang, se tivesse acontecido na noite em que fora encontrar Madame Zhang? Não que importasse agora. Ele estremeceu em espasmos secos com os braços ao redor dos joelhos unidos. O que estava feito jamais poderia ser desfeito.

Lá fora, ouvia-se o trotar vago de cascos que se aproximavam. O som deveria ter sido o motivo real de seu despertar. Parecia adequado que acontecesse naquele momento, no curso frio entre a terceira e a quarta vigílias. Era a hora da noite em que bebês nasciam e pessoas morriam, quando a escuridão parecia interminável e a ideia da manhã era uma fantasia cruel na qual nem mesmo uma criança era capaz de acreditar.

Enfim ele conseguiu se vestir e se esgueirou pelo corredor longo e frio. Talvez fosse até o mesmo corredor do sonho. O fantasma seguiu-o, mas ele não olhou para trás.

Foi até a sala de visitas e aguardou que o mensageiro acordasse a casa e lhes informasse: a imperatriz estava morta.

A Senhora Ki já estava ajoelhada na neve nos degraus do Salão do Grande Brilho quando Baoxiang e o Terceiro Príncipe chegaram. Ela havia sido despida, ficando apenas com as roupas de baixo brancas, e seu cabelo escorria solto sobre os ombros. Embora a neve tivesse parado algum tempo antes, havia ainda uma sensação de brancura no ar: de um resíduo, suspenso na imobilidade. O ar opaco dava a sensação de que não existia nenhum outro prédio além daquele; de que não havia muralhas; de que não havia cidade além, porque o mundo inteiro fora apagado, com exceção daquele vazio que fora seu coração. As colunas vermelhas do salão criavam longas manchas sangrentas acima.

Apesar do choque de sua situação, a Senhora Ki mantivera a compostura. Diminuta em comparação aos arredores, ela dava a impressão de uma delicadeza pálida de jade que estava prestes a desmaiar na neve. Cada linha angustiada de seu corpo fluía na direção do grão-cã, com seu olhar fulminante de fúria no topo dos degraus, numa súplica silenciosa para que ele se lembrasse de seu afeto e entendesse: ela era inocente.

O Terceiro Príncipe abriu caminho pela multidão de oficiais e correu pelo pátio coberto de neve para se lançar ao lado da mãe. A Senhora Ki não chegou a olhá-lo, mas Baoxiang viu a rigidez súbita de seus ombros. Ela não queria o Terceiro Príncipe ali. Não acreditava que ele não pudesse transformar uma situação ruim em algo pior.

— Para trás, Terceiro Príncipe! — gritou o grão-cã, fazendo um gesto enfurecido, como se o estivesse afastando fisicamente. Após uma pausa incerta, como se aguardasse qualquer reconhecimento de sua presença por parte da Senhora Ki, o Terceiro Príncipe levantou-se e recuou alguns passos. Tudo nele irradiava dor. A morte da imperatriz poderia tê-lo reafirmado como único descendente homem do grão-cã, e ainda assim sua natureza indesejada não havia mudado. Parado sozinho na vasta brancura entre a mãe suplicante e a multidão vestida de carmim, ele parecia à deriva.

Uma ondulação distante chamou a atenção de Baoxiang. Tudo nele se virou na direção do som como a orelha de um cavalo. Era um som nos limites externos de sua audição, uma irregularidade assombrosa sutil demais para ser identificada. Fosse o que fosse, não era um som comum, como o do bambu de um vendedor ambulante, que apenas o lembrava do som do sonho. Algo em sua pele e seus ossos trêmulos sabia: *era* o som. E, naquela mesma onda de certeza, ele soube que, se prestasse atenção ao som direito — se conseguisse descobrir o que era —, algo insuportavelmente terrível aconteceria.

— Está tudo pronto. — Seyhan havia aberto caminho pelos oficiais até Baoxiang. — Mas por que ela matou a imperatriz? Pensei que ela fosse causar um aborto discreto.

Distraído, Baoxiang respondeu:

— Ela pensou que era isso que estava fazendo.

— O remédio não funcionou? Funcionou bem o bastante naquela criada.

Acima, o grão-cã bradou:

— Esta consorte dependeu tanto de minha beneficência e preferência que ousou conduzir este grave desserviço à nossa majestade e ao Grande Yuan!

— A imperatriz nunca esteve grávida — disse Baoxiang. — Ela mentiu. Era a única coisa que podia fazer para impedir que o grão-cã lhe arrancasse a posição de imperatriz, concedendo-a à Senhora Ki. Quanto ao remédio: funciona bem o bastante para a finalidade indicada. Mas as mulheres que o usam rotineiramente sabem de seus perigos. Se o remédio não encontrar um feto no qual agir, volta-se para o corpo.

Ele não conseguia bloquear o som. Tinha a sensação distante de que era música, mas ao mesmo tempo era vazio: era música feita sem mãos humanas; música que jamais fora tocada por alguém que respirasse. Pela primeira vez desde a infância, ele desejou se agachar e tapar os ouvidos com as mãos, e gritar até espantar o horror que o tinha tomado. Ondas de medo percorreram-lhe o corpo. Estava molhado de suor, como se fosse ele quem houvesse sido envenenado. Algo dentro de si parecia prestes a se quebrar.

— Essa porra de som! Está me enlouquecendo! — explodiu ele.

Aos prantos, a Senhora Ki arrancava os cabelos. Talvez nenhuma mulher na história do Grande Yuan houvesse chorado de modo tão belo. O frio apenas aumentava seu charme, conferindo-lhe a fragilidade hipnotizante de um sincelo. Não era apenas uma performance primorosa. Era a performance da vida da única mulher que, de todas as mulheres entre os quatro oceanos, fora capaz de conquistar e reter a atenção do Filho do Céu. Com orgulho delicado e desolador, ela disse:

— Esta mulher indigna será leal ao grão-cã até sua morte. Ela nunca lhe desejou sequer um momento de sofrimento! Se é mesmo o destino desta mulher sucumbir a essas acusações falsas, então ela ficará feliz em aceitar sua punição como a última forma de servir seu amado marido, o grão-cã, nesta vida.

Seyhan franziu o cenho.

— Que som?

— Acusações falsas? — questionou o grão-cã. — Não estava ardendo de ciúmes pela condição da imperatriz, Senhora Ki?

— Como esta mulher poderia sentir qualquer coisa senão alegria ao saber que sua irmã, a imperatriz, carregava dentro de seu ventre o sangue do próprio grão-cã? — clamou a Senhora Ki. — Rezei pela saúde da imperatriz e da criança por nascer, e rezei que fosse um filho para que o grão-cã pudesse escolher seu sucessor. Meu maior desejo nunca foi o sucesso do fruto de meu próprio ventre, mas sempre o que quer que vá garantir a prosperidade e o reinado sem fim de nosso Grande Yuan!

— Esse som de estalo — insistiu Baoxiang. — Não está ouvindo? Bem longe. *Ouça.*

A inadequação era insuportável. Aquele som pertencia a seus sonhos, onde Baoxiang podia se manter a salvo dele. O fato de que o ouvia *ali*, solto no mundo, dava-lhe a sensação catastrófica de que havia sido virado do avesso. Tudo que estivera antes contido agora jorrava, e na bagunça resultante não havia separação entre sonho e realidade; entre suas entranhas e o exterior; entre as sombras e si próprio. Ele sentiu uma desorientação nauseante. Ofegava de pânico.

O Terceiro Príncipe estremeceu ao ouvir o discurso da Senhora Ki. Apesar do que sabia em seu coração, era mais significativo ouvi-lo dito em voz alta pela pessoa que mais amava no mundo. Antes, o Terceiro Príncipe esperara sem acreditar. Agora, qualquer um que tivesse o cuidado de olhar teria visto o momento em que essa esperança foi extinta.

Mas o rosto do grão-cã havia se suavizado, tamanho era o poder da performance da Senhora Ki. E talvez num outro dia o ato a tivesse salvado.

Uma ondulação agitou os oficiais de chapéus pretos conforme uma delicada figura feminina abria caminho entre eles. Não estavam exatamente lhe dando passagem, mas recuando de horror e nojo. Como a Senhora Ki, a dama de companhia trajava apenas as roupas de baixo. Mas as peças não eram mais brancas. As enormes manchas marrons de sangue seco haviam lhe endurecido tanto a saia cuja barra roçava a neve como a respiração forçosa de Baoxiang.

— Qual é o problema? — Seyhan segurou-o pelo braço, preocupado, mas confuso. — Está tudo indo de acordo com o plano. Está doente?

A dama de companhia da Senhora Ki atravessou o pátio e ajoelhou-se a um braço de distância da Senhora Ki. Ela não olhou para a antiga senhora.

— Esta insignificante criada ousa aparecer na presença do grão-cã para testemunhar contra a consorte imperial Senhora Ki. Sem me informar de suas intenções e contra minha vontade, ela secretamente me deu um remédio, disfarçado de um chá comum, que fez a criança em meu ventre se dissolver neste sangue que o grão-cã vê diante de si!

O grão-cã recuou quando ela abriu a saia com a horrível mancha. Seu amolecimento momentâneo foi bruscamente interrompido. Ele se dirigiu à Senhora Ki, furioso:

— Isso é verdade? Foi esse o remédio que deu à imperatriz, que a matou?

Um vento crescente espalhou neve solta pela praça. Baoxiang girava naquela brancura vazia feito um viajante cambaleante que havia perdido o horizonte e, com ele, toda noção do que estava em cima ou embaixo. De repente, sentiu-se desesperado para que a Senhora Ki o fitasse. Se ao menos ela o fitasse com toda a acusação e o ódio que ele merecia, então isso seria algo contra o que se orientar. Seria uma tabuleta a conduzi-lo de volta para o eu que, muito tempo antes, queimara com fogo negro diante da ideia de ver o mundo se desfazer.

Mas a Senhora Ki não tinha tempo para ele. Sua preocupação voltava-se única e urgentemente para a própria sobrevivência.

— Grão-cã, desconsidere as palavras imprudentes dessa criada! Tantas crianças são perdidas no começo da gravidez por causas naturais. As mulheres sabem disso. Da mesma forma, os médicos do grão-cã sabem disso! O coração enlutado dessa criada busca uma causa para a perda da criança, mesmo que não haja uma. Sem conseguir atribuir culpa a qualquer outra coisa, ela simplesmente aponta o dedo para mim por rancor. — A performance de delicadeza da Senhora Ki estava cedendo; ela era uma pedra branca a sangrar determinação pura para sobreviver. — Nem mesmo as evidências confirmam suas afirmações! Se eu tivesse dado o mesmo remédio tanto à criada quanto à imperatriz, por que uma perderia a criança enquanto a outra...

Ela disfarçou a constatação rápido, mas não o suficiente. Uma expressão de amargura sarcástica tomou o rosto do grão-cã. Pela primeira vez, seus traços lembraram os do Terceiro Príncipe.

— Vasculhem os aposentos da consorte.

Não levou muito tempo para que os eunucos retornassem. Se ao menos a Senhora Ki tivesse se livrado da evidência — por outro lado, quem o teria feito, quando a arma era tão útil? Quando os eunucos depuseram uma gama de pacotinhos de papel diante da dama de companhia, ela disse com convicção:

— Aquele.

Outros eunucos haviam trazido uma bandeja com um bule de chá e uma única xícara.

— Se for mesmo apenas chá — disse o grão-cã —, então não haverá perigo para qualquer um que o consumir. Não é mesmo, Senhora Ki?

A Senhora Ki ergueu a cabeça, orgulhosa até o fim, enquanto o principal eunuco do grão-cã fazia o chá, levando-lhe a xícara fumegante em seguida. Ela sabia que, embora tivesse perdido, havia jogado tão bem quanto qualquer mulher poderia ter feito.

Quando ela estendeu a mão para a xícara, porém, o grão-cã disse com frieza:

— Você não. — Seus olhos detiveram-se na Senhora Ki, sombrios de ódio, enquanto instruía o eunuco: — Dê a xícara ao Terceiro Príncipe.

Foi chocante ver a Senhora Ki quebrar. Sua performance de uma vida toda estilhaçou-se num instante, e a verdade debaixo dela era a única traição que o grão-cã jamais poderia perdoar: de que ela amava o filho mais do que a ele.

— Não! — gritou ela.

O eunuco correu até o Terceiro Príncipe e ofereceu-lhe a xícara. O Terceiro Príncipe hesitou, alternando os olhos entre os pais.

Mesmo com a respiração a arranhar-lhe os ouvidos, Baoxiang ainda ouvia o som. Vinha de todas as direções; esmagava-o como o oceano, e ele sabia que estava afundando.

Desde o momento na Caçada de Primavera do grão-cã em que vira pela primeira vez aquele rapaz infeliz e desesperado a observá-lo do outro lado das mesas de banquete com fascínio e repulsa, Baoxiang soubera o que ele faria e qual seria o resultado.

Ele via isso com clareza agora, como se fosse outro poder do Mandato: o Terceiro Príncipe dando as costas para a mãe ao apanhar a xícara da bandeja. O protesto da Senhora Ki viera tarde demais. Ela mesma cuidara para que o Terceiro Príncipe não pudesse mais imaginar, muito menos acreditar, que ela poderia ter se arriscado por ele; que tudo que havia feito fora por ele.

Na visão de Baoxiang, o Terceiro Príncipe ergueu a xícara numa saudação sarcástica ao grão-cã e bebeu.

O mundo virara um borrão, como se as sombras de Baoxiang estivessem forçando a própria saída pelos olhos dele. De alguma forma, seu corpo moveu-se sem seu controle consciente. Ele avançou e cambaleou pela neve feito uma marionete quebrada, impulsionado por um único instinto irracional: escapar da morte do Terceiro Príncipe.

Escapar do que fizera e que jamais poderia ser desfeito.

Baoxiang parou de súbito no corredor externo. Os altos muros de pedra mergulhavam toda a passagem em sombras frígidas. O movimento de pés e cascos revirava a camada superior de neve, mas abaixo havia apenas areia branca, que era tão indistinguível da neve quanto ossos branqueados. Da praça veio um grito fino e agudo: o lamento da dor de uma mãe que parecia uma das fitas lançadas ao ar pelos dançarinos de Goryeo, desdobrando-se até o Céu.

O mundo girava. Baoxiang teve a sensação terrível de não saber se estava desperto ou adormecido. Estava nas garras de um pesadelo; havia sido engolido pelo sonho que se recusava a sonhar. Tudo que acontecera antes estava acontecendo outra vez, e não havia como fugir disso. Ele estava sonhando, mas o sonho era uma memória: porque ele partira antes.

Ele se lembrou da onda de sentimento vitorioso que o afastara de Esen e Ouyang, ao longo da ponte de mármore branco e no salão arruinado dos imperadores de Bianliang. *Adeus, irmão.* Com o peso estranho da armadura ao seu redor, sentiu ter se transformado na versão mais forte e mais perfeitamente cruel de si mesmo: uma faca de obsidiana que praticamente rasgava a carne antes de fazer contato. Seu corpo inteiro vibrava com um entusiasmo selvagem. Jamais se cansaria da expressão no rosto de Esen quando ele revelou sua colaboração invisível na traição de Ouyang. Esen *sofrera.* Isso atingira Baoxiang com uma corrente de prazer puro: ele fizera aquilo; fizera Esen sentir aquilo. Ele soubera, mesmo enquanto tudo acontecia, que aquilo fora tudo o que desejara; que era um momento para saborear para sempre.

Ele havia quase cruzado o salão quando a sentiu. Uma consciência puramente corporal: uma sensação alarmante de saber que havia deixado passar algo terrível e crucial — algo tão importante que fez o mundo parar de horror. *Esen ia morrer.*

O impacto da constatação fez Baoxiang cambalear. Matar Esen fora o único propósito de tudo o que havia feito. Fora o objetivo em cuja direção sua raiva o havia motivado. Ele vislumbrara a satisfação da morte do irmão repetidas vezes, com o sabor cruelmente feliz de sangue na boca. Ainda assim, de alguma forma, mesmo tendo feito tudo isso, ele nunca havia de fato compreendido o que aquilo *significaria.*

Uma onda de urgência fez Baoxiang voltar pelo caminho por onde havia vindo. Não havia mais nada no mundo além da urgência desesperada que o motivava. Cada fibra de seu corpo lutava contra a lentidão de um pesadelo enquanto ele buscava aos tropeços a única coisa que ainda existia: aquelas enormes portas duplas que se abriam para o céu branco, e a vastidão vermelho-sangue sob ele. Ele tinha de cruzar aquelas portas; tinha de alcançar Esen. Para quê, ele não sabia.

Mas ele não as cruzou.

Parado diante das portas, um tique-taque sinistro e melodioso passeou pelo ar. Sinos de vento de bambu agitaram-se na abóbada do salão arruinado. Os sinos eram tão antigos que seu som era seco, oco, fragmentado. As notas vinham em grupos aleatórios, crescendo e diminuindo, como as ondas de um lago num dia tempestuoso de primavera. Os sinos não paravam, tocados pelo ar invisível, enquanto Baoxiang contemplava a paisagem imóvel do que havia forjado.

Esen já havia morrido uma vez. Havia morrido naquela tempestade de verão na infância, quando o pai detivera Baoxiang no pátio enquanto ele chorava de medo e sofrimento. Baoxiang ainda conseguia sentir o quão absolutas e opressivas aquelas emoções haviam sido. Ele não apenas acreditara nelas, mas vivenciara sua realidade em cada aspecto de si mesmo: fora o fim do mundo.

No dia seguinte, ele se esgueirou para dentro do quarto de Esen e o encontrou ali, dormindo. Devia ter entrado depois da tempestade. Mesmo adormecido, ele irradiava energia — uma vida pura, que pulsava em segurança dentro de seu corpo inteiro e ileso. Baoxiang subiu na cama e sentou-se ao lado do irmão, observando-o dormir com uma perplexidade lacrimosa que beirava a adoração.

— Baoxiang. — Esen abriu um sorriso sonolento ao acordar. — Qual é o problema?

Ele não sabia que havia morrido e sido ressuscitado; que isso fora um milagre.

Mas não haveria um milagre desta vez.

Baoxiang olhou para Ouyang, que embalava o corpo de Esen, a bandeira carmim a se espalhar pelo mármore. Os sinos tocavam, e seu som fantasmagórico tornava tudo irreal. O mundo sempre tivera Esen. Quaisquer que fossem os sentimentos de Baoxiang em relação a ele, Esen sempre estivera *ali*. Ele não conseguia conceber como poderia ser diferente. Ainda assim, aquele resultado que desejara, com todo o poder de sua fúria e dor, havia se concretizado mesmo que devesse ter sido impossível.

Os sinos mesclaram-se às lamúrias da Senhora Ki, e o som pressionou-o em ondas latejantes. Baoxiang era uma mancha na superfície de um sol negro, uma trama na superfície de uma emoção tão imensa que ele sabia que jamais a conseguiria conter. Lembrou-se de estar deitado na escuridão com o Terceiro Príncipe, sentindo o calor da vida de seu corpo adormecido, e como ele pensara em parar. Mas não parara. E agora o Terceiro Príncipe estava morto, e o que estava feito jamais poderia ser desfeito.

Ele tremia incontrolavelmente. Era o fantasma que o havia incitado, quando ele poderia ter parado. O fantasma que, soube de súbito, o observava agora. A emoção sombria dentro dele cresceu perigosamente, então ele se viu desmoronando com sua força. Estava explodindo, dissolvendo, sendo dilacerado pela imensidão de sua raiva. Era a coisa mais agonizante que já sentira, e era *tudo por causa do fantasma*. Tudo o que fizera, e a torrente de sofrimento e dor que ele havia jorrado no mundo: tudo isso era o que o fantasma o forçara a fazer. Ele era apenas raiva; não havia mais nada no mundo além daquela raiva; e ele se ouviu gritando:

— Odeio você. Odeio você, odeio você, *odeio você*.

Mas não era verdade. Nunca fora verdade.

Aquelas sombras transbordantes eram o apocalipse de si mesmo — era a pior sensação do mundo —, mas não eram raiva. Não eram vingança, e não eram ódio. Nunca haviam sido nenhuma dessas coisas. O que ele pensara ser raiva era apenas uma ponta afiada arrancada das profundezas pela enormidade oculta do verdadeiro sentimento: algo tão carnoso e insuportavelmente doloroso quanto o interior de um dente.

Ele não odiara Esen. Ele o amara, mesmo quando Esen o machucara. Amara Esen, mesmo enquanto Esen o odiara. Era por causa desse amor que sua dor tinha o tamanho do mundo: inconcebível, exceto dentro dele.

Estava caído na neve contra a muralha. Virou a cabeça para a pedra gélida e chorou convulsivamente, e o negrume que lhe engolia a visão parecia jorrar daquela parte carnosa de si mesmo que sangrava sem fim: sangue sombrio, sangue ruim, escuridão e ruína.

Teve a sensação de que o fantasma se acomodava na mesma posição no outro lado da muralha, pressionando a pedra até encostar a bochecha na de Baoxiang. A frieza da morte ao toque era uma agonia ardente, e de alguma forma ele sabia que era o tipo de dor que jamais se entorpeceria, mas continuaria sem fim.

Ele jamais teria feito nada daquilo, não fosse pelo fantasma. Ele não teria traído e matado pessoas com as quais se importava; não teria sequer o Mandato. Mas que outra escolha tinha, quando essa era a única forma de fazer Esen entender a escala de sua dor?

Quando você a sentir, saberá.

17

LAGO POYANG, PRÓXIMO A NANCHANG

As margens do estreito rio exibiam uma vegetação densa de juncos brancos que se misturavam à névoa, o que passava a impressão de que estavam navegando pela mais pura brancura. A frota de Zhu viajava em uma fila única. A brisa soprava o suficiente para permitir que os navios prosseguissem viagem sem precisar recorrer aos remos. As velas pregadas com lanternas rangiam enquanto as tripulações de mulheres piratas de Fang faziam breves ajustes. Os próprios homens e a artilharia de Zhu abarrotavam o convés central e o inferior. A capitânia de mastro branco dela, a maior embarcação da frota, seguia à frente da fileira atrás de um pequeno palhabote que a guiava em frente com as lanternas na popa.

Foram necessários nove dias para que Zhu levasse sua frota ao longo do Rio Yangzi saindo de Yingtian. Suas batedoras a informaram que a frota de Chen já se encontrava posicionada dentro do lago Poyang — que conectava a agora capitulada Nanchang e a passagem principal do Yangzi —, onde ele estava à sua espera. Estava claro que ele desejava que Zhu entrasse no lago pelo Yangzi, o que a forçaria a encontrá-lo cara a cara. Mas agora que as forças de Zhu estavam tão reduzidas devido à deserção de Ouyang, ela sabia que enfrentar Chen não passaria de uma missão suicida.

Não, o único jeito de ela vencer Chen era se aproximando por uma direção inesperada. Foi essa a razão que levou Zhu a espremer sua frota por um dos minúsculos e obscuros afluentes do lago. Minúsculo em demasia, de fato. O trajeto teria sido inavegável para embarcações maiores do que os navios piratas de Zhu. Até mesmo para eles aquilo era arriscado. Bancos de areia roçavam ameaçadoramente sob a superfície esverdeada. Os navios de Zhu eram pequenos, mas não eram fluviais de fundo chato. Se uma quilha de um navio alto-mar encalhasse em um banco de areia, todos os navios que estivessem atrás ficariam encurralados. Mas *caso* conseguissem passar, Zhu pensou com severidade, conseguiriam o elemento surpresa vital ao surgir no lago pelo flanco de Chen.

Mas agora, enquanto navegavam pela névoa, Zhu não conseguia evitar a sensação de inquietação. No momento, ela portava um gancho em vez da mão falsa, já que era mais útil a bordo, e cutucava distraidamente a ponta afiada enquanto ponderava. Chen era do tipo que arquitetava planos. Em Anfeng, quando Zhu declarara estar ao lado dele em sua empreitada contra o Ministro da Direita Guo, seu rival, ele não lhe desacreditara. E, ainda assim, havia levado Xu Da como refém para garantir sua cooperação. Não havia dado qualquer margem para imprevistos. Então caso ele estivesse *mesmo* ciente da existência deste afluente... Mesmo que não parecesse largo o bastante para ser usado como uma passagem até o lago, ele não teria considerado essa suposição um fato inquestionável. Teria feito algo para garantir que assim fosse.

Ao longo das semanas anteriores, a fúria pura que Zhu sentia por Ouyang por sua traição havia esmaecido para um incômodo maçante. Mas, agora que levava em consideração o cenário atual, sua frustração se inflamou. Ouyang havia lhe colocado naquela posição difícil, quando, na verdade, poderiam ter permanecido juntos e unido forças para derrotar Chen. Mas o que fora feito não poderia ser desfeito. Concentrando-se por um momento, ela se desprendeu do passado e de suas emoções desagradáveis para focar o presente. Talvez fosse ser trabalhoso, mas jamais havia se deparado com um problema irresolúvel. Jamais havia fracassado, e não o faria agora. Não por causa de Ouyang. Nem por causa de Chen. Não fracassaria por causa de ninguém.

Ela se dirigiu a Yuchun no convés central:

— Prepare a artilharia e mantenha os olhos nas margens. Vamos precisar responder imediatamente se houver um ataque.

As margens ainda estavam próximas, mas a brisa mudara: dava a sensação de que, em algum lugar à frente, havia uma ampla vastidão. Um rufar abafado vindo do palhabote os alertou quando passavam por uma série de bancos de areia rasos. A névoa se adensou até que Zhu, a observar da balaustrada do castelo de proa, mal conseguia distinguir a lanterna na popa do palhabote. A temperatura despencou.

Xu Da, trêmulo no balaústre ao seu lado, comentou:

— O lago tem condições climáticas próprias.

No mesmo instante que Zhu abriu a boca para dar uma resposta, um sinalizador penetrante soou à frente.

O corpo dela se contraiu de prontidão. Esse era o ataque pelo qual estava esperando; só que, quando se virou para ordenar uma resposta, percebeu que não era aquilo. Não houve mais explosões, nem o retinir de aço ou gritos de homens. Havia apenas um silêncio horripilante.

Depois, lá em cima, em meio ao nevoeiro: o florescer translúcido de luz vermelha. Era isso o que o sinalizador fora: o acender de um sinal de emergência.

— Parem os navios! — gritou Zhu. Sua mente estava em polvorosa. Será que o palhabote havia encalhado? Aquilo decerto seria uma má notícia, mas talvez estivessem próximos o bastante do lago para que pudessem deslocá-lo de volta à água na maré seguinte. — Enviem o recado para os demais. Parem!

Enquanto Zhu fazia seu alerta, ficou surpresa por sentir o estômago se revirar de apreensão. Não estava com medo, não até onde sabia. Mas havia algo no frio persistente que arrepiava os pelos de seus braços e arrematava-lhe o calor interior, que parecia fazer seu corpo acreditar estar preocupado.

Lanternas piscaram e mulheres gritaram. As velas da frota rangeram e balançaram, e cada um dos barcos foi perdendo impulso e se deteve aos poucos no meio do rio. Aguardaram, balançando com suavidade. Não havia nada à frente a não ser o vazio.

— Há algo estranho com a temperatura baixa — afirmou Xu Da, inquieto. — Não é?

O frio se precipitou sobre eles em ondas de terror enquanto encaravam o vazio. E então, de repente, uma silhueta surgiu.

Sem qualquer ponto de referência ao redor, Zhu precisou de um momento desnorteante para perceber que não se tratava de um navio, mas de um dos esquifes que usavam para atracar.

O esquife parecia voar através da brancura como um pássaro. Uma única figura sombria estava de pé no interior. Aquela imagem era tão perturbadora que Zhu teria acreditado que sua frota havia acidentalmente deixado as terras humanas para trás e adentrado no primeiro círculo do Inferno.

— É um dos nossos, não é? — perguntou Xu Da, estreitando os olhos enquanto encarava a figura. Conforme o esquife se aproximava, era possível ver que o fundo carregava um amontoado escuro. — Mas para que essa carga?

— Não é carga — respondeu Zhu, soturna. — São corpos.

A voz abafada do timoneiro solitário lhes chegou através da névoa. A cada remada do timão, seus chamados em pânico ficavam cada vez mais claros.

— Não se aproximem! Não ultrapassem a fronteira! Todos morreram quando a atravessaram!

— Não havia nada — esclareceu o timoneiro, depois de o terem trazido a bordo. — *Nada*. Nenhum sinal ou aviso. Simplesmente caíram, sem fazer qualquer ruído. Nove em cada dez de nós estavam mortos. Assim que recobramos o controle do barco, o comandante nos mandou voltar para avisá-los. — Ele falava com um tremor tenso de medo e choque. — Quatro de nós partimos. E então aconteceu de novo enquanto cruzávamos a mesma fronteira na água. Era como se os espíritos tivessem fugido dos corpos dos três. Eles despencaram, e restou apenas eu…

Sua aparência acometida pelo horror lembrou a Zhu um rosto inexpressivo pressionado contra um véu de tecido branco.

— Guarde essa informação por enquanto — ordenou Zhu com firmeza a Yuchun. A presença do perigo, da incerteza de sua forma, percorreu sua pele com um presságio gélido enquanto ela e Xu Da se dirigiam à proa. O navio oscilava de leve sob seus pés, inerte contra a corrente.

— Não há *nada*… — disse Xu Da, depois interrompeu-se abruptamente e desembainhou a espada quando um lampejo de cor apareceu em meio à névoa.

Foi apenas por um instante, e desapareceu assim que a névoa se revolveu mais uma vez, mas Zhu vira a lança ereta no banco de areia à frente: uma vela vermelha circundava o mastro, e uma única mão negra fora empalada na ponta, como se estivesse acenando. Ao seu lado, Xu Da praguejou.

— *Chen Youliang.*

O pressentimento de Zhu se intensificou. Aquela era a marca de Chen, mas qual seria a mensagem?

Estava frio. Um frio mortal, parecido com picadas afiadas nos ossos. E de repente Zhu deu-se conta. O que pensavam ser o frio do lago ao ar livre não era nada disso. Já havia se deparado com esse frio particular e aterrorizante. Por instinto, ergueu a mão e permitiu que o Mandato se espalhasse. Em vez de ser refletido pela névoa, como aconteceria a uma fonte de luz natural, ele se entranhou em seu âmago e encontrou o que residia lá dentro.

Talvez a um *li* de distância à frente, fantasmas pairavam sobre as águas. Suas formas pálidas ocupavam toda a margem, como a linha de frente de um exército sobrenatural. Zhu os encarou com uma aversão silenciosa. Aqueles fantasmas eram os mesmos da prisão subterrânea em Bianliang que a haviam contemplado, repletos de ódio e determinação. Não eram fantasmas comuns; eram espíritos famintos.

Espíritos que matavam. Espíritos que *devoravam.*

O palhabote de Zhu havia ultrapassado a fronteira espectral e, naquele único instante de contato, os fantasmas haviam consumido o *Qi* de seus homens e os matado. Teriam sabido que estavam morrendo enquanto suas forças vitais disparavam em direção às bocas de monstros que não conseguiam ver?

A água sob os fantasmas estava opaca demais para ver o que Chen havia ancorado ao leito fluvial, mas uns poucos retalhos de um tecido vermelho familiar ondulavam logo abaixo da superfície.

— *Qual é o problema?* — questionou Xu Da, vasculhando, inutilmente, as várias direções a que o olhar de Zhu se dirigia.

— Você se lembra do que dizem sobre enterrar uma pessoa sem que o cadáver esteja intacto, cujo corpo foi profanado?

Profanado. Assim como seu próprio corpo; assim como o corpo de Ouyang; eram de todos esses corpos mutilados que as pessoas se afastavam, por medo do que poderiam vir a se tornar na morte. Mas, para uma vida que valia a pena ser vivida, Zhu sempre estivera disposta a renunciar a seu descanso na morte.

— Seus espíritos não conseguem chegar a Diyu. Eles se tornam espíritos famintos que perambulam a terra até a reencarnação, em busca de vingança contra os vivos.

— É isso que você está vendo ali? Espíritos famintos?

Xu Da era um dos poucos a quem Zhu havia contado sobre os poderes do Mandato. Era possível ver o tremor que lhe percorria o corpo.

— As pessoas falam sobre esse tipo de coisa, mas jamais pensei que... E o responsável foi *Chen Youliang*?

— Ele também possui o Mandato.

Ela deixara de escanteio o que Fang lhe contara depois da traição de Ouyang — não parecera útil se demorar acerca de como o Céu havia considerado seu poderoso oponente igualmente digno do trono —, mas agora tudo aquilo voltou com força.

— Ele consegue ver o que eu vejo, e foi assim que tramou uma maneira de usar isso contra nós.

Apesar de tudo, ela ainda conseguia apreciar a esperteza por trás do plano.

— Ele afogou corpos profanados neste local para formar uma barricada de espíritos vingativos. Qualquer um que entre em contato com um deles terá sua força vital drenada e morrerá no mesmo instante. Os homens que sobreviveram tiveram a sorte de passar através das lacunas entre os fantasmas.

— Corpos profanados? De nosso povo em Nanchang?

A suposição horrorizada de Xu Da estava estampada no rosto: aquela onda de mãos em salmoura, e as mulheres e crianças de quem haviam sido tiradas.

Mas aqueles retalhos de tecido vermelho submerso revelavam a verdadeira história. A frequência com que Zhu vira aquele mesmo turbante espalhado pelo campo de batalha; o lampejo do fulgor em meio à carnificina.

— Para que arrastar os corpos de civis assassinados por aí quando havia alternativas mais fáceis? — Ela não tinha certeza de que não teria feito o mesmo. — Ele matou os próprios homens.

Xu Da empalideceu. Havia mandado muitos homens para morrer em batalha, mas até Zhu conseguia compreender como a questão era completamente diferente quando se tratava de honrar ou não os mortos. Prosseguiu:

— Ele sabe que sou capaz de ver a barricada. Quer que retornemos e entremos pelo lago através da entrada principal, para que sejamos forçados a enfrentá-lo cara a cara.

Xu Da lançou-lhe um olhar revelador.

— Eu sei. É isso o que ele *quer* que eu faça — disse Zhu.

Sua determinação parecia um punho fechado em seu interior. Ouyang havia perdido a fé nela; havia lhe traído e abandonado. Mas, sem se dar conta, havia deixado algo que permitiria que Zhu vencesse caso fosse forte o bastante para usá-lo.

— Não farei isso. Vamos atravessar.

— *Atravessar*? Mas, se a cada dez homens, nove perecerem... então quais as chances de vencermos?

— Serão apenas nove a cada dez caso eles consigam ser mortos. Mas há um tipo de pessoa que *não* pode ser assassinada.

Quando Xu Da a olhou, confuso, Zhu respondeu:

— Alguém que já está morto.

Ouyang havia mostrado não apenas que era possível reviver homens afogados, como também a maneira de o fazer. Caso afogassem seus homens para que estivessem mortos quando cruzassem a barricada espiritual, poderiam usar a técnica do eunuco para revivê-los do outro lado. E se conseguissem transportar a frota inteira, e assim frustrar as expectativas de Chen, eles entrariam no lago com o fator surpresa completamente intacto.

— Precisaremos de um número mínimo de tripulação acordada em cada navio para conduzi-los e realizar as ressurreições. Já que sou capaz de ver espíritos, estarei presente com cada grupo para guiá-los através das lacunas na barricada o melhor que conseguir e assim minimizar as baixas — acrescentou Zhu.

Xu Da havia empalidecido mais do que de costume. Ultimamente andava bastante pálido. Precisava de descanso, assim como todos os outros. Havia dias em que até Zhu se sentia cansada o bastante para se tornar um vegetal seco. Mas eles eram jovens. Depois que ela tivesse êxito, teriam toda a vida pela frente para descansar.

— Irmãozinho — falou Xu Da, por fim. — Seguirei suas ordens não importa o que aconteça, você sabe disso. Mas ser afogado... Aqueles são homens comuns. Ficarão aterrorizados diante de uma coisa dessas, e com razão. Eu sei bem como é a sensação de se afogar. É parecida com a morte.

Ele agarrou a balaustrada enquanto estendia o olhar para além da barricada invisível.

— *É* a própria morte.

— Não uma morte permanente! — retrucou Zhu, indignada. — Eles sentirão medo e desolação, mas, de qualquer forma, não é exatamente com isso que se deparam toda vez que seguem você até o campo de batalha? Medo e sofrimento? Considerando que a alternativa é mergulhar de cabeça em uma chacina garantida, eles deveriam se sentir gratos por ter uma opção melhor.

Um tremor visceral percorreu o corpo de Xu Da, como se estivesse se recordando da sensação da dita opção melhor. Mas tudo o que falou foi:

— Se tem certeza de que esse é o caminho correto, então farei o que for preciso para apoiá-lo.

Ele se dirigiu ao convés e pediu a Zhu:

— Explique a eles.

Quando Zhu o fez, houve um burburinho de desaprovação.

— Entendo que sintam medo. Vocês não acreditam que seja possível. Mas é. Observem — falou, com calma.

Com as mãos atrás das costas, Xu Da exibia uma imagem de tranquilidade imponente frente aos homens enquanto alguém trazia um balde cheio d'água. Zhu pensava que apenas ela era capaz de ver o medo e o terror sob aquela fachada relaxada. Aquela seria uma experiência ainda mais intensa para ele do que para os homens a quem atribuíra o pavor. Eles podiam até imaginar o terror, mas Xu Da o *conhecia*. E mais uma vez se oferecia de bom grado por ela. Zhu considerou revogar a demonstração por completo, para poupá-lo. Mas essa era a maneira correta de tratar da questão, e a ideia de ceder a desagradava. Um exército que se submetia voluntariamente ao medo e ao desconforto por confiar nela era melhor do que um forçado a capitular na mira de uma espada.

— Faça o que deve ser feito, irmãozinho. Você não é tão belo quanto o eunuco, mas não acho que estou em posição de escolher — falou Xu Da em voz baixa, para que os homens não a ouvissem. Ele esboçou um sorriso amarelo, e ela se recordou de quando Xu Da lhe contou, antes de investirem contra Ouyang daquela vez em Jining, tanto tempo atrás: *Dez mil anos de vidas passadas me trouxeram até o seu lado para apoiar você. Acredite que minha força basta.*

Zhu reprimiu com ferocidade o desconforto. Se Xu Da poderia se manter forte por ela, então ela possuía força o bastante para deixá-lo seguir adiante.

Xu Da se ajoelhou e declarou:

— Este general seguirá as ordens do Rei Radiante até a morte.

Não foi necessário que ninguém mantivesse a cabeça dele submersa. Uma onda de fascínio estarrecido perpassou os homens enquanto compreendiam quanta força de vontade e coragem devia ter custado ao general para forçar o próprio corpo a inspirar, indo contra todos os seus instintos naturais. Zhu teve a sensação de que seus próprios pulmões se contraíam de solidariedade incômoda, como se ela que estivesse respirando água em vez de ar. *É parecida com a morte.* Xu Da estava em agonia, disso ela não duvidava, mas ao menos duraria apenas alguns instantes.

Zhu conseguia ver como a demonstração de Xu Da havia arrebatado os homens. Agora era sua vez de agir. Ela estava profundamente ciente de que arruinaria tudo caso hesitasse nem que fosse por um mero segundo. Com uma voz comedida, ela pediu a Yuchun, que não havia conseguido manter uma expressão impassível apesar de suas ordens:

— Retire-o dali.

Por um momento, quase não suportou vê-lo morto mais uma vez. Mas Xu Da *não* estava morto da outra vez, pensou ela com firmeza, assim como não estava agora.

Zhu pressionou os lábios nos de Xu Da e soprou *Qi* para dentro do corpo dele. Em sua mente, via a imagem de suas energias circulando juntas em seu interior. Parecia um elo apropriado para a fraternidade que não era de sangue, mas de uma vida compartilhada. Conseguia sentir que ele não estava morto, embora o rosto estivesse gelado e azul por haver permanecido submerso. O espírito dele parecia estar a meros centímetros da superfície, como se Xu Da estivesse se esforçando para agarrar-lhe a mão de certa distância. Mas, para seu espanto crescente, o corpo dele permaneceu imóvel. Zhu expirou até que seus pulmões doessem. Quanto tempo demorara para que o sopro de Ouyang restituísse-lhe a vida? De certo não fora tanto tempo assim. Sob seus lábios, a boca dele esquentava, mas teve a terrível impressão de que era apenas porque estava transferindo-lhe seu próprio calor corporal. O *Qi* do amigo estava esmaecendo, escapando. Todos observavam, e aquilo não estava funcionando. Zhu soprou até ficar tonta pelo esforço, e tudo em que ela conseguia pensar era: *vai funcionar, porque preciso que funcione. Porque sei que jamais falharei.*

Então, sob suas mãos e sua boca, houve um movimento que chegava a ser menos do que um arrepio. Era um espírito que retornava ao corpo, a fusão entre energia e carne, e Zhu teve clareza o bastante para deixar-se animar quando Xu Da ofegou e voltou à vida. Ao redor deles, as vozes dos homens se ergueram em exclamações animadas e incrédulas: haviam testemunhado um milagre.

Xu Da tossiu de maneira deplorável, encolhendo-se onde estava deitado no convés. Zhu desejava permitir que descansasse, mas sabia que precisava continuar com a performance: *Viram só? Ele está bem.* Sob os olhares de um público, ela não conseguiu sustentar o horror e a dor dele. Tudo que conseguiu fazer foi ajudá-lo a ficar de pé e sentir-lhe o peso trêmulo contra o próprio ombro. Era difícil conceber a secura anormal do corpo de alguém que havia se afogado.

Xu Da estava ciente do que ela precisava dele. Foi apenas por Zhu estar tocando-lhe que conseguia perceber o tamanho do esforço que ele fez para anunciar à multidão:

— Vocês têm a coragem para demonstrar lealdade ao Rei Radiante?

Os homens concordaram aos berros. Apenas quando se dispersaram foi que Xu Da se permitiu desmoronar contra Zhu. Ela cambaleou sob o peso dele, e ambos desabaram no convés. Após um instante, Xu Da reprimiu a tosse durante o tempo necessário para conseguir dizer:

— Longe de mim criticá-lo, mas você bem que poderia refinar sua técnica. Foi ainda pior do que da outra vez.

Zhu agarrou-lhe a mão. Estava tremendo violentamente, mas lá estava ele, vivo e de volta ao seu lado. Xu Da havia cruzado o desconhecido terreno da morte por sua causa, e ela faria com que aquele ato não fosse em vão.

— General, faça isso mais uma vez, por mim — pediu.

A capitânia de Zhu deslizou em direção à barricada fantasmagórica. Zhu estava de pé no castelo de proa, e as piratas se enfileiravam às suas costas como se ela fosse Guan Yin projetando uma sombra com diversos braços. A vida daquelas mulheres dependia de Zhu conduzi-las pelas lacunas entre os espíritos. E, mais do que isso, sua própria vitória dependia daquilo. Caso cometesse um erro e perdesse mulheres demais, perderia a capacidade de manobrar os navios. Perderia a capacidade de trazer seus homens de volta à vida. E isso seria, sem dúvidas, o fim.

No porão sob seus pés, cadáveres de homens flutuavam, conservados em água gelada. O movimento do navio na água era lento e árduo devido ao peso das vidas em suspensão em seu interior. Xu Da havia conduzido os homens até um dos muitos compartimentos fechados sob a linha d'água, o que garantia que o navio não afundaria mesmo se trincasse. As mulheres haviam pregado a escotilha no lugar. Depois encheram o compartimento de água. Se Xu Da não tivesse estado lá… talvez, nos outros navios, os homens tivessem gritado e resistido conforme a água se elevava naquele espaço escuro. Mas, em sua capitânia, a presença de Xu Da os mantivera calmos. Haviam simplesmente assumido um silêncio contínuo. Mas Zhu sabia que não era o tipo de quietude em que nada acontecia. Era um silêncio no qual as vidas se esvaíam. O que fora mesmo que Ouyang dissera? *Se passar mais tempo do que o necessário para ferver um bule de chá, não funcionará.*

O frio dos espíritos os enclausurou conforme o navio se aproximava do limite. Viu-os aguardando enquanto a camada exterior da luz de Zhu adentrava a névoa:

olhos sem vida e bocas vorazes. Ocorreu-lhe que, embora no passado parecesse ser imune a aflições sobrenaturais, não sabia se era imune *àquilo*. Se por um acaso roçasse em um dos espíritos, também cairia morta no mesmo instante? O navio velejava tão tranquila e silenciosamente através da névoa que era como se estivesse sendo puxado por uma linha invisível. Não havia pontos de referência externos aos quais comparar a velocidade com que seguiam, então parecera-lhe lento, muito embora Zhu soubesse que estavam se movimentando mais rápido do que um homem correndo. Os fantasmas assomaram-se; estavam tentando *alcançá-la* conforme o navio finado se lançava ao próprio destino, e tudo que Zhu conseguia fazer era se encolher enquanto imergia nas fendas daqueles horrores famintos e ávidos.

E então ela os ultrapassara. Às suas costas, era possível ouvir o farfalhar de corpos enquanto as mulheres se remexiam para permanecer exatamente atrás dela e, em seguida, uma — alarmante — cascata de batidas. Zhu sentiu o coração apertar. O navio estivera se movendo rápido demais, e humanos respondiam muito lentamente. As mulheres mais atrás da fileira não tiveram tempo de tomar a posição correta.

Ela se virou. A princípio, tudo que via eram mulheres mortas esparramadas à esquerda e à direita de onde estiveram em pé momentos atrás. Mas ao respirar mais uma vez viu, quem sabe, metade delas ainda de pé. Isso era o suficiente; tinha que ser. E agora cada batida do coração de Zhu correspondia a uma batida perdida pelos homens flutuando sob os conveses, mortos, mas ainda ancorados a este mundo.

— Comecem a bombear! — gritou.

Levados até o convés e lá dispostos, os homens compunham uma visão horrenda. O acinzentado de seus rostos, paralisados de terror, lembraram-lhe os barris de partes do corpo em salmoura de Chen. Zhu atirou-se no cadáver mais próximo. Ao seu redor, as mulheres ajoelharam-se e sopraram dentro da boca de cada homem. Jamais, em toda sua vida, Zhu ficara tão satisfeita de ouvir o som de tosse e vômito. Assim que um homem conseguia levantar-se e ficar sentado, ele era deixado de lado para que mais corpos fossem trazidos e dispostos.

— Este aqui não vai voltar — gritou alguém.

Zhu respondeu, com um gélido embrulho no estômago:

— Passe para o próximo.

Os corpos enfileirados abaixo dela já não eram mais indivíduos que conhecia, mas tarefas que aguardavam serem completadas. Seus pulmões ardiam, tamanho o esforço; suas roupas ficaram empapadas por conta dos corpos ensopados dos homens. Quanto tempo poderiam se dispor a perder por causa de um único soldado que, por qualquer motivo que fosse, não retornaria, quando havia tantos à espera e o tempo estava se esgotando?

Havia tantos homens, e tão poucas mulheres restavam desde que aquela missão começara. Zhu não desejava se demorar naquilo que estivera óbvio desde antes de o plano ter iniciado: que jamais seria possível reviver todos.

Cadáveres e mais cadáveres passavam sob seus lábios, todos pertencentes a homens que poderiam muito bem voltar a morrer na batalha que se seguiria. Então ela se virou para o próximo corpo, mas não havia mais nenhum. Atordoada de exaustão, Zhu ergueu o olhar e viu homens curvados por toda a extensão do convés, com a cabeça entre os joelhos enquanto tossiam, vomitavam e grunhiam. Viu também os corpos estirados entre eles. Havia tantos corpos. Os olhos dela vagueavam, procurando sem qualquer intenção consciente; ela não sabia o que buscava até que, em um intenso rompante de alívio, encontrou-o.

Zhu apressou-se até onde Xu Da se sentava sob a vela de genoa. A cabeça dele estava recostada no mastro enquanto se esforçava para respirar. Com uma inquietação disforme, ela notou um filete de sangue na boca dele.

— Você está sangrando.

Xu Da limpou a boca com a mão trêmula.

— Mordi a língua quando afundei. Devo confessar que não fica mais fácil.

— Essa foi a última vez — garantiu Zhu, com veemência. — Você conseguiu. Morreu por mim três vezes, e isso é mais do que se poderia pedir. Não precisa passar por isso de novo.

Xu Da riu, sem fôlego, e se ergueu com apenas um leve cambaleio. Ele olhou ao redor, para os homens que aos poucos se punham de pé, e meneou a cabeça, incrédulo.

— Funcionou. Mais ninguém teria pensado nisso, muito menos exigido tanto de seus homens. Mas é fato que eles foram resilientes o suficiente. Acho que você já sabia que seriam.

À frente, o lago os convidava com toda sua extensão. Uma cordilheira coberta de neve se fazia presente no horizonte: a frota de Chen, voltada para a entrada principal do lago. Zhu não possuía qualquer vantagem a não ser o elemento surpresa, a velocidade e a destreza. *Pequenos e rápidos*, pensou no que Yuchun dissera. Aquilo tinha que bastar.

Xu Da, ciente de seus pensamentos, como sempre, declarou *com* determinação:

— E será. Agora temos uma chance. E vamos à luta com tudo que temos.

O tambor da capitânia de mastro branco de Zhu havia se tornado a pulsação da frota, alicerçando os corações dos homens ao seu próprio ritmo e incitando os ligeiros navios piratas sob remos e velas a completarem esse último percurso, que os faria surgir no flanco de Chen como se tivessem aparecido do nada. Havia vento suficiente nas velas para que cada remada os impulsionasse com tal facilidade que era como se não estivessem apenas deslizando pela superfície do lago, mas planando sobre ele. Zhu jamais havia experimentado esse tipo de agilidade descomedida antes. As velas de papel, marcadas pelas lanternas, estalaram ruidosamente acima deles, e as tábuas sob seus pés grunhiam feito um búfalo irritado. A amargura da deserção de Ouyang e da traição de Jiao foi desmanchada pela frieza refrescante das ondas que respigavam na proa. Apesar do desafio que enfrentavam, a sensação de alegria de Zhu se intensificava. Caso as pessoas duvidassem de sua capacidade; caso se recusassem em acreditar, provaria que estavam erradas, assim como provara todas as outras vezes. Ela provaria que estavam erradas, e venceria.

A frota de Chen se assomava à frente, ainda mais imponente. Uma coisa era estar ciente do tamanho dos navios dele; outra completamente diferente era vê-los. Os navios de cascos com laca vermelha, repletos de escotilhas semelhantes às aberturas para respiração na carapaça de um besouro, erguiam-se sobre a água tal qual as muralhas de uma cidade. Conveses ascendiam em direção a uma cobertura de torres de arqueiros trajando armaduras de ferro. Ainda mais ao alto, bandeiras vermelhas tremulavam entre as velas cor de marfim, como se fossem pedaços de carne pendendo de esqueletos.

Conforme se aproximavam, Zhu gritou mais alto do que o som do percussionista:

— Preparar para atacar!

Entusiasmada, ouviu o ritmo do instrumento encurtar e se aprofundar de acordo com suas ordens. Em resposta, seus navios recolheram os remos. Eram como águias recolhendo as asas para dar um mergulho. Eles investiram, propelidos por nada além da força do ar; a água abria caminho sob as proas aguçadas. Zhu fundira-se ao próprio navio: a tensão das velas era a mesma de seus pulmões ao respirar; e o choque galopante das ondas contra o casco ressoava em seu coração conforme avançavam em direção ao alvo. A formação se espalhou conforme cada um de seus navios avistava e mirava em seus alvos individuais dentro da frota de Chen.

O alvo de sua capitânia se agigantou no horizonte, e Zhu se firmou enquanto o convés do navio virava bruscamente para exibir a lateral larga. No momento em que voltou a se equilibrar, ela gritou para os homens:

— Atirem!

As tábuas do convés rangeram conforme os trabucos lançavam mísseis incendiários. O casco de laterais planas e as aletas estendidas do navio de Chen eram tão gigantes que teria sido impossível errar o alvo. Zhu conseguia apenas imaginar quantos dos homens dele deviam estar em pânico enquanto eram bombardeados sem aviso. Não conseguia ver as silhuetas individuais, mas conseguia ver o rebuliço enquanto os homens se atrapalhavam para formar a defesa. As grandes velas do navio de Chen estavam mudando de configuração conforme a tripulação se esforçava para girar o gigante de madeira para encarar o ataque, mas era tarde demais. Os projéteis de Zhu, com suas caudas de cometa, colidiram com mastros e deceparam as cordas. A vela do mastro principal pegou fogo feito um pinheiro atingido por um raio de verão; ainda que o salpicar do lago impedisse Zhu de sentir qualquer odor que não fosse a água, estava entusiasmada com a ideia de seu fedor pungente de piche. Os homens dela comemoraram em vitória. Que Chen os ouça, pensou com satisfação. Que absorva o triunfo dela, enquanto sua própria frota queima.

Zhu esperava com tanta determinação que o incêndio se alastrasse que demorou mais tempo do que deveria para perceber que nada estava acontecendo. Seus homens também notaram. As exclamações vitoriosas esmaeceram à medida que se davam conta do que deveria ser impossível: o navio de Chen não estava pegando fogo. Conseguiam ver as figuras minúsculas de seus homens em um frenesi para apagar e controlar as chamas. Estavam afrouxando velas chamuscadas dos mastros e cortando cordas emaranhadas. Agora Zhu via, tarde demais, com desespero e incredulidade, que o convés superior havia sido coberto com alguma espécie de forro grosso. Chen havia adivinhado que ela faria uso de fogo, e se precavido. Quando os mísseis banhados em piche de Zhu atingiram o convés superior, os homens os haviam acondicionado com o forro e os contido antes que tivessem a chance de tocar na madeira. Tudo o que Zhu conseguira com o ataque fora queimar algumas velas e cordas facilmente substituíveis.

Com um olhar pesaroso, Zhu concluiu que o mesmo havia acontecido com os demais navios. Sob uma nuvem de fumaça que se levantava, a frota de Chen permanecia intacta. Mas não havia tempo para se decepcionar. Não vencera de primeira, mas o ataque havia aberto uma brecha; e, se ela não aproveitasse a oportunidade,

Chen se recuperaria o bastante para desferir um contra-ataque. Caso o fizesse, Zhu pensou com severidade, com toda certeza ela seria derrotada.

— Peguem as armas de curto alcance! — ordenou para o convés principal. — Coloquem as armas de pólvora à frente e uma fileira de homens com baldes de combustível em suas retaguardas, e atrás deles os arqueiros. Vamos nos aproximar e atacar!

A figura alta de Xu Da cruzou a movimentação ensandecida no convés principal, liderando as fileiras de soldados. No tombadilho, Yuchun estava preparando os canhões: versões maiores das armas de pólvora portáteis que Jiao desenvolvera. A capitânia de Zhu moveu-se à frente, e ela gritou:

— Agora!

O estrondo das armas foi ensurdecedor. Os homens de Zhu atiraram diretamente contra o navio de Chen, e ela viu a tripulação exposta no convés superior tropeçando e caindo. Buracos enormes apareceram no casco quando ela gritou mais uma vez, com a voz rouca:

— De novo!

Mais uma saraivada zuniu, encobrindo ambas as embarcações em uma nuvem de lascas de madeira e fumaça preta rançosa. Zhu mal conseguia ver além de sua própria proa. Os ouvidos zumbiam tão alto que o mundo parecia ter sido enchido de lã.

E então algo emergiu da fumaça. Zhu mal teve tempo de erguer — e erguer e erguer — o olhar, antes que uma muralha vermelha feito sangue e repleta de escotilhas colidisse contra eles. Seus homens, que haviam se agarrado à balaustrada da capitânia, foram imediatamente atravessados pelas pontas de lanças que se projetaram para fora das escotilhas. De um ponto mais elevado, um projétil despencou e atingiu o convés superior de Zhu com um impacto que a fez sair voando pelos ares. Quando ela se firmou, tossindo e coberta de serragem, viu, horrorizada, que o projétil era um arpão. Ele havia penetrado o convés por completo, e se aferrava a ele com uma corda esticada que levava ao navio de Chen. Mesmo enquanto ela meio cambaleava, meio engatinhava em direção à corda para parti-la com seu sabre, mais arpões foram lançados. Um homem gritou quando foi pregado contra o piso de tábuas. Ela viu Xu Da correr na direção dele, não para salvá-lo, pois ele já se fora, mas para cortar a corda. Entretanto, havia arpões demais, e eles haviam se cravado na capitânia feito as garras de um tigre à presa. Tudo o que o ataque de Zhu fizera fora enfurecer a besta. E a criatura havia ignorado os ferimentos e avançado.

Agora não eram apenas os arpões que relampejavam pelos céus, mas uma torrente de líquido. O cheiro de enxofre se infiltrou no odor forte de pólvora de suas próprias armas. Era algum tipo de líquido inflamável, concluiu Zhu, horrorizada. Os homens de Chen estavam enchendo o navio com ele e, quando estivesse suficientemente saturado, eles ateariam fogo e os observariam queimar.

Outro arpão sibilou pelo ar e atingiu a parte superior do mastro principal de Zhu. Conforme dirigia o olhar ao mastro, ela notou a longa verga que continha uma das armas inutilizadas do navio: um foguete gigante. O objeto, que sob circunstâncias normais pendia bem acima do nível da água, estava menos para um único explosivo e mais para uma porção de centenas de explosivos menores, unidos como se fosse um cacho de banana. A ideia é que ele poderia ser aceso para cuspir fogo diretamente nas velas de navios próximos conforme eles se aproximassem.

A embarcação de Chen era tão alta que, em vez de se encontrar perto das velas, o foguete estava pressionado contra a balaustrada da lateral do convés superior. Mas talvez isso fosse o bastante. Sem perder mais um segundo sequer, Zhu agarrou a alça de um balde de combustível com os dentes, correu até o mastro e, coordenando o movimento do gancho e da mão, subiu o cordame com dificuldade até chegar ao longo fusível do foguete.

Apesar de ser um pavio comprido, queimava bem rápido. A centelha que Zhu produziu disparou até a base do foguete e desapareceu ali dentro. Por um instante, nada aconteceu.

Então o foguete explodiu. E, depois que começou, não parou mais. Emitiu um som dilacerante tão alto que Zhu poderia ter acreditado que o próprio Céu havia se partido ao meio. A cada estouro, o foguete atirava borbotões de estilhaços de chamas por toda a balaustrada do convés superior e na direção dos homens de Chen, que estavam parados segurando baldes de líquido que derramavam no navio de Zhu. Enquanto os homens gritavam e caíam, os baldes tombavam e encharcavam o forro grosso que cobria os conveses. Depois, enquanto o foguete cuspia outro estouro, o forro encharcado pegou fogo. Um mastro ali próximo seguiu o exemplo quase de imediato, como se o calor irradiado pelo forro em chamas fora tão intenso que causara uma combustão sem contato. Era exatamente isso que Zhu desejava desde o início. Agora, o navio de Chen estava de fato queimando.

Em seguida, em um acesso de horror, ela percebeu: a menos que conseguisse libertar sua capitânia, ela também queimaria.

Zhu meio desceu, meio caiu aos tropeços do mastro. Aterrissou perto de um arpão e se afobou para tentar cortar-lhe a corda. Quando lançou um olhar de pânico pelo convés, viu Xu Da fazendo o mesmo. O navio de Chen estremeceu feito um animal moribundo enquanto um verdadeiro inferno se formava em seu interior. A embarcação de Zhu ainda não havia se libertado de suas amarras quando a de Chen começou a se inclinar para trás. Enquanto envergava, foi aos poucos erguendo o navio de Zhu para fora da água. Agarrando-se com desespero ao cabrestante enquanto o convés empinava na vertical, ela percebeu que estava olhando diretamente para as entranhas dilaceradas do navio de Chen. Chamas se erguiam do casco vermelho partido, roçando na capitânia de Zhu. Em instantes o fogo alcançaria os resíduos do líquido que Chen despejava nele…

Com uma série de estalos, as amarras remanescentes se romperam, e o navio de Zhu afundou. Ele se chocou com a superfície do lago, deixando um rastro de cordas emaranhadas, parecidas com intestinos, enquanto Zhu gritava:

— Desçam até os remos! Precisamos fugir antes que ele afunde!

Eles conseguiram se desvencilhar no momento em que o navio de Chen começou a afundar de verdade. Zhu se dobrou sobre a balaustrada, ofegante. Estivera tão preocupada com os problemas da própria capitânia durante toda a batalha que não tivera a oportunidade de se pôr a par do que estava acontecendo com o restante de sua frota. Agora que finalmente dava uma olhada em volta para avaliar a situação, foi tomada pelo desespero.

Assim como o oponente de sua capitânia, uma porção dos navios de Chen estava afundando. Mas um vasto e preocupante número deles havia obtido êxito em perfurar as embarcações menores com arpões e espalhar a morte entre eles, para em seguida os soltar enquanto pegavam fogo. E agora esses monstros estavam tomando formação mais uma vez. Com uma solenidade mortal e pesada, a frota reunida de Chen girou para encarar os navios dispersos de Zhu. As bandeiras lívidas se alastravam pelo céu escurecido feito o aviso de uma tempestade.

Xu Da se jogou contra a balaustrada ao seu lado. Estava ainda mais ofegante do que ela.

— Precisamos passar por aquela barreira e escapar deste lago maldito…

O percussionista de Zhu passou por eles, rastejando, e voltou a seu lugar na proa. Algo rolou aos pés de Zhu: uma das baquetas dele. Ela o arremessou para o sujeito enquanto falava com Xu Da:

— Tentar passar por aquela barreira é que *vai* nos trazer a derrota.

Xu Da lançou-lhe um olhar abatido.

— Já fomos derrotados!

— Não fomos, não. Não até que eu diga que perdemos. Enquanto não desistirmos, *sempre haverá um jeito.*

— Existe uma linha muito tênue entre determinação e negação.

Mas havia um trecho pálido de água no horizonte. E isso significava terreno raso, e raso significava que os navios de Chen seriam incapazes de segui-los. Se conseguisse reunir sua frota ali, pensou Zhu, ao menos viveriam para enfrentar a próxima batalha. Ela instruiu o percussionista:

— Diga aos outros para baterem em retirada para aquela área rasa, para nos reagruparmos.

Virou-se para Xu Da.

— Não teremos perdido até que eu diga que sim. E esse é o tipo de coisa que jamais direi.

A frota de Zhu se reagrupou e ficou flutuando, inquieta, na parte rasa. Ao longe, nas águas escuras, se encontrava o bloqueio composto pelos enormes navios de Chen. Zhu não duvidava de que ele teria paciência para esperar até que ela fraquejasse; e, se não ela, então seus homens. O moral já havia sido prejudicado pela partida de Ouyang, e a decisão mais difícil de todas sempre seria não fazer nada. Talvez fosse mais fácil convencê-los a se atirarem em um ataque contra Chen, por mais que fosse uma missão suicida, do que mantê-los à espera em meio a dúvidas e medo.

A barreira era bastante sólida. Conforme o sol se punha por trás dos navios de Chen, ele os transformava numa massa ameaçadora e contínua. Zhu encarou-os, e, de repente, surgiu-lhe um pensamento: não era apenas sólida, mas sólida *demais.* Ao fazer uma formação tão estreita, Chen estava garantindo que Zhu não teria nenhuma chance de penetrá-la. Mas, ao mesmo tempo, não estaria ele também se deixando vulnerável? Tirando os navios em cada extremidade da barreira, nenhum dos outros tinha espaço para se movimentar. Caso se vissem sob ameaça, não teriam escolha a não ser ficarem parados e aguentar a investida.

Zhu viu, em meio à imundície de destroços se chocando contra o casco de sua capitânia, o gargalo quebrado de uma garrafa de óleo, e uma mancha colorida.

Fogo vindo de cima não havia conseguido destruir os navios de Chen. Mas talvez se atacasse por baixo...

Xu Da reagiu ao olhar questionador de Zhu com uma expressão de extrema dúvida.

— Você quer fazer o quê?

— Mostre aos demais como fazer. — Zhu empurrou o rolo de pergaminho em sua direção. Já haviam usado a maior parte da reserva de papel de vela para arrumar um enorme buraco causado por um arpão no convés principal, mas havia o suficiente para o que ela tinha em mente. — As lanternas de flor de lótus que costumávamos fazer no monastério para o Mês dos Fantasmas. Sei que você sempre tentou me convencer a fazer as suas, mas já que isso não é mais uma opção, espero que você ainda lembre de *alguma* coisa.

— Como se já não tivéssemos visto fantasmas o suficiente... — murmurou Xu Da. — Além disso, já faz anos!

— Memória muscular é fácil de recuperar — retrucou Zhu, com antipatia. — Se é que você se deu ao trabalho de desenvolver alguma, para início de conversa. Se não, acho que você vai ter que se virar com os princípios básicos.

Quando a lua baixou, a equipe de Zhu havia se esgueirado para dentro da água. Cada homem, que permanecia boiando por causa de balões inflados ao redor da cintura, levava duas jarras de óleo de cozinha. Suas cabeças escuras e perfis baixos na água os deixariam invisíveis para os sentinelas de Chen. Eles disparariam em direção ao bloqueio, espalhariam o líquido para formar uma camada oleosa ao redor dos navios mais ao meio, depois se apressariam para retornar sem serem vistos.

Xu Da, ao lado de Zhu perto da balaustrada à frente do convés superior, contou baixinho, até que por fim os membros da equipe voltaram e foram erguidos pelas laterais da embarcação, tremendo de frio.

— As lanternas — pediu Zhu.

Os homens com as lanternas acesas se aproximaram da balaustrada e as jogaram na água.

Ao contrário dos nadadores, Chen conseguiria ver os objetos se aproximando. Mas, por sorte, pensaria que estavam sendo abordados por uma flotilha de esquifes iluminados, e se prepararia para um ataque. Ele não notaria que o que estava se aproximando era uma centena de fusíveis, todos queimando até a base de papel, que logo entraria em contato com a camada de óleo que agora circundava seus navios.

Não notaria nada e, mesmo quando notasse, seria incapaz de se mover, e então seria tarde demais.

O aglomerado de luzinhas prosseguiu em meio à escuridão enquanto a maré as arrastava para longe da área rasa e as levava para as águas mais profundas, onde a frota de Chen se encontrava. Prestaram bastante atenção e ouviram os gritos distantes dos sentinelas de Chen conforme detectavam as lanternas. Os pavios já deviam estar chegando ao fim a esta altura; seria apenas uma questão de tempo antes que o óleo pegasse fogo. Zhu estava tão concentrada naquela pequena fileira de lanternas que sua visão começou a ficar meio turva.

— O que está acontecendo? — sussurrou Xu Da.

Zhu percebeu, com um terrível embrulho no estômago, que não era sua visão que estava ficando turva. As *lanternas* estavam se mexendo. Elas estavam se apagando. Mas por quê? Havia no ar uma umidade que anunciava uma tempestade, embora ainda não estivesse chovendo. Não havia qualquer vento para apagar as chamas. Durante os anos que passou no monastério, Zhu vira inúmeras lanternas de lótus flutuantes pegarem fogo na água quando as velas estavam chegando ao fim da queima. Fogo e papel compunham uma equação simples; queimar papel com óleo deveria ser ainda mais fácil. A menos que…

— Não fizemos as lanternas com papel comum — concluiu Zhu, sentindo um aperto no coração. — Fizemos com papel para velas. Fang Guozhen deve tê-lo tratado para resistir ao fogo.

Xu Da praguejou conforme as últimas luzes se apagavam ao longe. Um suspiro perpassou o navio, como a última expiração de um pavio que se extinguiu.

— Então acabou.

— Não — insistiu Zhu, por instinto. E, mesmo enquanto dizia essas palavras, já tinha resolvido a questão. — Precisamos fazer com que os esquifes cheguem até lá, para que alguém ateie fogo manualmente com um balde de combustível e uma tocha. Mas precisamos ser rápidos. Chen já deve estar percebendo que aquelas luzes não foram um ataque. Assim que ele retirar uma das lanternas da água, saberá o que tentamos fazer, e retirará sua frota de perto da camada de óleo.

— A pessoa a bordo do esquife teria que estar *no meio* da camada de óleo para acendê-la — alertou Xu Da. — Mas esses barcos são ainda mais inflamáveis do que aqueles navios. O sujeito vai queimar feito uma fogueira.

— O esquife vai pegar fogo, mas a pessoa não — afirmou Zhu. — Não se ela mergulhar sob a superfície em chamas e nadar para longe do alcance do óleo, onde estará a salvo. Depois poderá nadar de volta para cá como os outros fizeram. Deve haver um homem por aqui que tenha sido criado por uma família de pescadores ou coisa assim, e que consiga nadar. Encontre-o e traga-o até aqui, *agora*. Mas se não conseguir encontrar alguém...

Eles teriam que forçar um homem a partir em uma missão suicida, pensou Zhu com severidade.

— Não se preocupe! Sei que a maioria de nós, nanren, cresceu cercado de terra, mas havia uma porção de lagos e vilarejos pesqueiros. Não é possível que apenas os bárbaros sejam capazes de nadar. — Xu Da apertou-lhe o ombro e disparou até o meio do navio. — Deixe comigo.

Para o alívio de Zhu, Xu Da pareceu não ter tido dificuldade para encontrar alguém: um esquife estava sendo baixado do paredão lateral da capitânia em menos da metade do tempo que levaria para ferver um bule de chá. Mesmo quando o barco se encontrava a apenas uns poucos zhang de distância, Zhu mal conseguia distingui-lo em meio à água escura, e não conseguia ver qualquer parte do homem agachado em seu interior enquanto ele remava em direção à frota de Chen. Em instantes, a silhueta do esquife havia se misturado à escuridão por completo. Zhu conseguia apenas prender a respiração de expectativa, e supor sua trajetória. Conseguia sentir que todos faziam a mesma coisa, com os olhos se esforçando para enxergar na escuridão.

Depois, onde o horizonte estaria, caso não estivesse sendo bloqueado pelo breu da enorme frota de Chen, houve o lampejo em arco de uma tocha sendo atirada.

Sem emitir qualquer som, um fogo azul, em vez de amarelo, jorrou da superfície do lago. Espalhou-se sombriamente pela superfície, atingiu os navios e os cercou. Por um momento, o fogo estava tão escuro e transparente que não parecia nada perigoso. E então, aos poucos, ficou mais vívido. Tornou-se vermelho, depois laranja, e então amarelo, enquanto subia pelos cascos dos navios de Chen e começava a se alimentar. Esgueirou-se para dentro das escotilhas e dos conveses, e em seguida para as velas. E Chen, diferentemente do experiente pirata Fang, não havia tratado o papel para vela *dele* contra o fogo. Sua cordilheira de navios parecia uma cadeia montanhosa em chamas. Embarcações nas laterais da flotilha estavam se afastando em pânico, talvez na esperança de que, caso se distanciassem do pior do incêndio, poderiam ao menos poupar as próprias vidas.

A frota de Chen havia sido lançada ao caos. O plano funcionara perfeitamente. Zhu olhou ao redor, em busca de Xu Da, para que pudesse instruí-lo a liderar o próximo passo. Em seguida, quando ele não parecia estar por perto, ela estreitou os olhos em vão para o meio do navio, onde tinha visto-o pela última vez. Ela agarrou um homem que vinha correndo daquela direção.

— Onde está o general?

Mas, mesmo enquanto dizia aquelas palavras, ela já sabia a resposta.

Em vez de perder tempo à procura de alguém que conseguisse nadar, em vez de forçar o homem mais próximo a entrar no esquife sob a mira de uma espada, Xu Da havia se lançado nas águas escuras para dar vida à erupção daquele inferno ensurdecedor que agora alçava metade do caminho ao Céu e era refletido na água como se, ao mesmo tempo, estivesse tentando alcançar o Inferno.

Xu Da não sabia nadar, mas Zhu se sentia estranhamente calma. Ele estava por aí em algum lugar sob as chamas, na escuridão segura e acolhedora. Sabia que seria capaz de encontrá-lo, porque todas as vezes em que ela o perdia ele sempre retornava ao seu lado. Xu Da ficaria bem, e ela teria sua vitória.

Os estrondos e os rangidos dos navios de Chen que capitulavam faziam um contraste grave ao rugido das chamas que se espalhava sobre a água. Zhu gritou, elevando a voz acima do pandemônio:

— Repassem a mensagem para os demais navios: deixem as águas rasas e ataquem!

Destroços se chocavam contra o casco da capitânia de Zhu enquanto a tripulação guiava a embarcação ao longo do campo de destruição. Exceto por uma porção de navios que havia se afastado debilmente, tudo o que restava da frota de Chen eram escombros e carcaças chamuscadas. A chuva tamborilou em bandeiras e tambores, tábuas e cestos, e nos corpos carbonizados. Até onde a luz incolor do Mandato de Zhu conseguia penetrar na escuridão, a água parecia uma placa oleosa e agitada de silhuetas que mal se distinguiam umas das outras, como se fosse uma superfície congelada recém-fraturada pelo degelo de primavera.

Mais cedo, haviam visto a capitânia de Chen afundando no epicentro do incêndio, pressionada de ambos os lados por navios naufragados em chamas. Era um final demasiadamente abstrato para um inimigo tão perseverante quanto Chen. Zhu desejava poder ter visto seu rosto conforme o navio dele afundava e ele se dava conta de que ela vencera. Ele costumava ser uma força influente em sua vida, embora, na maior parte do tempo, invisível como o destino ou a gravidade. Mas ele fora engolido pela natureza sem sequer proferir suas últimas palavras.

Em vez de se sentir triunfante, Zhu sentiu um estranho vazio. Perguntou-se se teria visto o espírito dele flutuando sobre as águas, tão solitário e faminto quanto o de seus homens profanados.

— Embarquem e procurem por prisioneiros — ordenou à tripulação enquanto seu navio se aproximava de uma das embarcações naufragadas de Chen.

A chuva agora caía com mais força conforme a tempestade por fim se fazia presente. O casco de sua capitânia emitia baques ao encostar no navio naufragado conforme ambas oscilavam sobre a maré agitada. Ela instruiu aos homens que não haviam se dirigido à outra embarcação:

— Peguem os esquifes e procurem pelo General Xu.

O fato de haver tantos destroços era um alívio. Não importava se Xu Da não conseguiria nadar depois de voltar à superfície após mergulhar sob as chamas. Em sua mente, Zhu viu-o agarrando-se a um pedaço de madeira flutuante, talvez um mastro quebrado. Conseguia perceber, pelo rosto de seus homens, que eles pensavam que Xu Da estivesse morto. Mas não estava, foi o que Zhu pensou com ferocidade. Não estava, porque, se estivesse, ela teria sabido.

O navio foi esvaziado. Costumava ser um ambiente tão abarrotado que era estranho estar sozinha. A chuva parecia uma pancada interminável de prata, e isso lhe causava uma estranha sensação de ter cumprido o dever, que advinha de estar tão molhada quanto possível. Ela tentou manter o equilíbrio enquanto o convés oscilava com mais intensidade. Aprendera que navios jamais ficavam imóveis. Era um lugar de constante barulho, vibração e movimento que piratas pareciam entender menos pelos olhos ou ouvidos, e mais pela sensação. Talvez Zhu já estivesse começando a adquirir essa habilidade, já que, embora não conseguisse determinar com precisão o que a havia alertado, ela soube, de repente, que algo naquela paisagem rangente, chuvosa e em constante mudança tinha se alterado.

Ela se virou rapidamente.

Alguém se aproximava do centro do navio. Uma figura monstruosa e de armadura, trajando um elmo escuro e alado, pingando água como se tivesse saído por inteiro de um submundo inundado.

Porque ele tinha mesmo, foi o que Zhu pensou, chegando a uma conclusão aterrorizante. Ele havia rastejado para fora de um navio naufragado, para fora da água que o salvara de ser aniquilado pelo inferno de Zhu.

Até onde se lembrava, Chen costumava usar o manto de um erudito. Mas ele já fora um senhor da guerra uma vez. Quando Zhu ainda era uma criança no monastério, Chen já era um adulto, já liderava homens em batalhas e incendiava cidades até sobrarem apenas cinzas. De alguma forma, havia se esquecido disso. Todos haviam se esquecido. Foram iludidos por sua fluidez ministerial em Anfeng, e sua imobilidade monumental. Falharam em reconhecer quanta força física ele teria de possuir para mover aquele enorme volume corpulento de tal maneira que parecesse estar *de fato* se movendo com fluidez. Chen jamais havia deixado o passado para trás. Sempre estivera em seu interior. E agora havia vindo à tona mais uma vez. Aquele era Chen, o carniceiro do campo de batalha, oculto no vago brilho sangrento de seu Mandato do Céu.

E por cima do ombro…

Chen carregava um fardo encharcado com tanta facilidade quanto se estivesse carregando ninguém.

Zhu notou que jamais vira Chen furioso de verdade. E agora ele estava, mas a fúria o deixava ainda mais controlado: queimava em seu interior com o mesmo poder contido que o brilho vermelho feito brasa que ele emitia.

— Há quanto tempo, Zhu Chongba.

Em Anfeng, Zhu havia sobrevivido ao passar despercebida a Chen. Mas agora ele estava focado nela, e não haveria nada que ofuscasse sua atenção. Não havia onde se esconder. Ela era o Rei Radiante, e agora estava encarando a pessoa que deveria ter caçado e assassinado quando tivera a chance.

Chen deixou o corpo de Xu Da despencar no convés feito uma saca de argila. Algo se contraiu de forma horrível no peito de Zhu quando viu quão azul e imóvel ele estava. Mas então Chen posicionou a bota em cima de Xu Da e pisoteou-o até que ele se mexeu e soltou um grito rouco. E, contra sua vontade, já que Zhu havia se alertado para não se deixar levar no instante em que vira o fardo de Chen e compreendera suas intenções, algo dentro dela também gritou.

— Isso mesmo! Bom garoto — disse Chen. — Ainda está vivo o bastante para ser útil.

Chen falou em voz alta para ser ouvido em meio à forte chuva.

— Você já me causou problemas o suficiente, Zhu Chongba. Mas é aqui que isso tudo acaba, a menos que queira ver seu irmão morrer.

As lanternas do navio haviam se apagado. Agora apenas eles mesmos se iluminavam: o brilho sangrento de Chen, que fazia seu rosto ficar tão vermelho e belicoso quanto uma estátua de Guan Yu; e o próprio esplendor pálido de Zhu, que deixava a chuva prateada e cintilante. Sua luz não era forte o bastante para detectar qualquer cor no rosto de Xu Da enquanto ele se debatia debilmente no convés. Ela se forçou a deixar o próprio coração de lado enquanto se dirigia a Chen:

— Qual é o preço que você estabelece pela vida de meu irmão?

— Você acha que isso aqui é um mercado, para que possa pechinchar? — perguntou Chen com frieza. — O preço é tudo que você possui. Isso deve ser o bastante para compensar as perdas que você tão generosamente me infringiu, e para garantir minha futura vitória contra Madame Zhang.

— E pensar que Madame Zhang achava que poderia comprar sua lealdade com o apoio dela! — Mesmo enquanto falava, Zhu vasculhava avidamente os arredores em busca de algo que pudesse usar para obter alguma vantagem. — Você não era nada; e assim teria permanecido se ela não tivesse comprado-lhe esta frota.

Tinha seu sabre, mas de que adiantaria aquela pequena lâmina contra alguém tão colossal quanto Chen? Mas se ela não lutasse, se fugisse... O que aconteceria a Xu Da? A sensação desnorteante e desvairada que tomara conta de suas entranhas era algo completamente novo. Será que fora assim que General Zhang se sentira quando Zhu tirara-lhe o filho e tratara-o com dureza? Mal conseguia pensar em meio à agitação em seu interior. *Todo problema tem uma solução.* Mas não conseguia encontrar a solução, onde quer que ela estivesse.

— Por acaso existe alguém a quem você não trairia, Chen Youliang?

Chen exibiu um sorriso astuto e sem traços de humor.

— O apoio de Madame Zhang? Acha mesmo que ela é a única pessoa abastada que está de olho em você? Esse é o problema de se receber títulos grandiosos. Há mais pessoas que ouviram falar do Rei Radiante e seus desejos insolentes do que as que você conhece. Quem me respaldou ficou feliz de me financiar para acabar com sua campanha de grandeza.

A chuva violenta levantou uma saraivada de espuma branca no convés.

— Fiquei mais do que feliz em aceitar a oferta.

Mas se ele não foi financiado por Madame Zhang...

Antes que Zhu conseguisse concluir o pensamento, Chen colocou Xu Da de joelhos ao agarrar seu coque desgrenhado. Xu Da sempre fora o homem mais robusto que Zhu conhecia. Agora seu coração se contraía de desespero ao vê-lo pendendo das mãos de Chen, trêmulo e desamparado.

— Aqui acaba sua campanha, Zhu Chongba. Renda-se.

Ela não conseguia *pensar.* Na escuridão encharcada que se adensava, sentia como se tivesse mergulhado em um mundo de pesadelos, uma realidade anterior à época das civilizações, repleta de cinzas e corpos, que se perpetuava através da violência e da brutalidade, sem qualquer margem para mudanças. Ou talvez não fosse o passado, pensou Zhu com uma terrível apreensão, mas o futuro.

— Quanta hesitação! Precisa que eu seja mais claro?

Chen largou o coque de Xu Da e sacou uma faca. Enquanto o amigo de Zhu balançava de um lado para o outro de joelhos, Chen agarrou-lhe a mão frouxa e a cortou. Xu Da não gritou, como se até mesmo esse único esforço lhe custasse caro, mas seu grunhido desesperado atravessou o peito de Zhu. Um dedo caiu, um retalho branco sobre as tábuas escuras, que foi imediatamente lavado pela chuva.

— Quantos dedos dele você concederá antes de decidir se render? Sei que você conseguiu se virar com cinco, mas deve haver um número mínimo para viver uma vida confortável. *Decida-se* — exigiu Chen. Sua faca surgiu mais uma vez, para pontuar a ordem.

O sofrimento de Xu Da fez com que Zhu fosse tomada por ondas de agonia. Poderia acabar com sua dor, caso se rendesse. Mas, se fizesse isso, será que ainda conseguiria vencer?

Pensou em Ouyang correndo, com os pés sangrando, em direção ao exército que ela lhe roubara. Ele havia ultrapassado todos os limites humanos de dor e resistência, mas, ao final, até mesmo ele havia desmoronado. Havia um certo tipo de impossibilidade que poderia ser superada com determinação. Por outro lado, também havia aquilo que era verdadeiramente impossível. Zhu sabia que tipo estaria enfrentando caso se rendesse a Chen. Se Xu Da não significasse nada para ela, não teria pensado duas vezes antes de agir.

Zhu sempre soube que poderia perder o amigo. Toda vez que ele liderara suas forças em batalha, ela havia se deparado com essa possibilidade. Considerara aquilo como uma escolha consciente. Considerara-se pronta. Apenas naquele momento, frente àquela realidade, é que percebeu que jamais havia acreditado de verdade que aquilo aconteceria.

Alguém que ela amava estava sendo destroçado, e aquilo a estava destruindo também. Ele estava lhe escapando por entre os dedos, sendo devorado pela dor, e Zhu era incapaz de suportar aquilo. Em uma mão, sustentava Xu Da; na outra, sustentava seu destino. Mesmo quando era puxada em direções distintas, mesmo quando era partida ao meio, não era capaz de renunciar a nenhuma das opções. Ouviu-se fazendo um som tão desagradável quanto o que Xu Da emitira.

— Mas que situação mais interessante! Um monge contra o outro. Quem vai ceder primeiro? — Por mais que Chen quisesse que Zhu se rendesse, deleitava-se em sua raiva com a oportunidade de ser cruel. — Talvez fiquemos sem dedos primeiro, mas há sempre outras partes do corpo que podem substituí-los. Eu sei que você é capaz de ser impiedoso, Zhu Chongba. Todos sabemos o que você fez ao nosso Primeiro Ministro, sem falar àquele pobre garotinho. Mas isto é diferente, não é mesmo? Veja o rosto de seu irmão. Os olhos dele estão implorando para salvá-lo, não estão? Você vai mesmo...

O convés se inclinou com violência. Zhu caiu de joelhos. Até mesmo Chen cambaleou. E, no momento em que as mãos dele vacilaram, Zhu viu Xu Da se recompor.

Farpas não era a palavra mais apropriada para descrever os escombros que abarrotavam o convés de sua capitânia. Se aqueles pedaços de madeira com pontas irregulares fossem farpas, seriam objetos de gigantes, pois eram do tamanho de braços ou até mesmo mais compridos, arrancados dos pisos de madeira maciça graças aos arpões de Chen. Os olhos de Xu Da encontraram os de Zhu. Estavam lúcidos sob o cabelo grudado no rosto. Ela não conseguia imaginar o tamanho do esforço que fora exigido para que Xu Da se recobrasse da dor.

Ele não hesitou. Sabia que possuía apenas um único instante. Com a mão boa, ele apanhou uma lasca de madeira, e os olhos de Zhu foram capturados pela determinação do punho de Xu Da, cujas juntas dos dedos estavam esbranquiçadas pela tensão. Ele tinha que usar toda sua força de vontade para superar o instinto de sobrevivência do próprio corpo, da mesma forma que uma vez se forçara a respirar debaixo d'água por causa dela, para apunhalar o próprio peito com a madeira.

Xu Da ainda a encarava. Mas quando abriu a boca, como se para chamar-lhe, a chuva que escorria por seu queixo repentinamente saiu do mesmo tom vermelho de uma azaleia ou de uma camélia; era o vermelho mais nítido e vivo que Zhu já vira.

Algo estava acontecendo em sua garganta, como se a vermelhidão também a estivesse sufocando. A mão de Xu Da largou a farpa. Ela se projetava de seu peito, tal qual uma violação hedionda, e Zhu foi tomada pelo impulso insensato de arrancá-la dali e atirá-la ao mar. Não conseguia suportar que aquilo o estivesse matando, dilacerando seu adorado corpo, arrancando-lhe a vida como se o fio vermelho do destino estivesse sendo rebobinado de volta para seu carretel.

A cabeça de Xu Da pendeu, e ele caiu. Mas, mesmo enquanto despencava e ficava prostrado, imóvel, Zhu sabia que ele não estava morto. Ela *sabia*. Também já fora empalada no passado, e Xu Da a salvara, então ela seria capaz de salvá-lo de volta. Era assim que as coisas funcionavam. Ela já estava tropeçando pelo convés, indo em sua direção, quando Chen rugiu de fúria, desembainhou a espada e investiu em sua direção.

Chen parecia uma montanha a caminho de esmagar uma formiga. Se fosse capturada, Zhu não duraria mais do que o tempo que alguém levaria para bater palmas. Mas agora que ele não tinha mais Xu Da, ela estava livre para fazer o que não fora capaz de fazer antes: correr.

A configuração da capitânia tornara-se algo familiar desde que haviam deixado Yingtian, mas agora, com o convés arruinado, as cordas emaranhadas e as velas tombadas, causava uma nova estranheza. Zhu virou de costas para Chen e se jogou em meio ao caos. A terrível imagem da lasca no peito de Xu Da não a deixava em paz. Qualquer que fosse o método para derrotar Chen, ela precisava encontrá-lo logo. Enquanto corria, conseguia sentir os arquejos atormentados de Xu Da dentro do próprio corpo. Havia pouquíssimo tempo. Mas, por menor que ele fosse, teria que ser o bastante. Teria que ser.

Estava na metade do convés, com Chen em seu encalço, quando uma das ondas quebrando contra a balaustrada atingiu ambos e os jogou em direções opostas. Era a oportunidade de que Zhu precisava. Em vez de pôr-se de pé e ficar à vista, permaneceu abaixada, rastejando por entre os escombros. Uma vaga vastidão de velas estalava de forma ensurdecedora acima dela. A sobrecarga auditiva e visual dificultaria que Chen a encontrasse, mas ainda havia o problema principal: Zhu poderia correr, mas não poderia fugir. Para onde se poderia ir dentro de um navio? Zhu estava consciente disso, assim como Chen.

— Zhu Chongba! — gritou Chen por cima do ruído.

De seu esconderijo temporário atrás do cabrestante, era possível vê-lo próximo à balaustrada. O brilho vermelho que emanava evidenciava os ângulos agudos de seu corpo enquanto mergulhava o restante de seu volume em uma escuridão disforme. O elmo alado virava para um lado e para o outro enquanto ele a rastreava.

— Por que está fugindo? Nunca quis destruir você. Foi quem me financiou que nos colocou um contra o outro. Mas não há motivo para que as coisas permaneçam assim. Em vez de se opor, junte-se a mim! Acha mesmo que alguém seria páreo para nós, caso unissemos nossas forças, com todo o nosso poderio?

Zhu reconheceu o velho e familiar encanto do carisma de Chen. Ele não fora o líder da rebelião dos Turbantes Vermelhos, mas o movimento sempre parecera girar em torno dele. Ele era alguém que ocupava seu lugar no mundo com uma solidez tão monumental que eram os demais que se viam obrigados a abrir-lhe espaço. No início, fora isso que Zhu admirara nele.

— Seu irmão se sacrificou por você, mas ele não precisava, não é mesmo? Você teria deixado-o morrer. Eu conheço você! Não fui eu que vi seu potencial enquanto você mostrava ao mundo aquela faceta de monge inofensivo? Eu conseguia ver sua disposição para fazer o que fosse preciso para conquistar o que queria. Um semelhante reconhece o outro, e nós somos semelhantes, eu e você. *Nós* é que deveríamos ser uma família. Junte-se a mim, Zhu Chongba! Deixe-me ser sua família, não de sangue, mas de natureza. Alce-me ao trono e eu lhe nomearei meu filho e herdeiro. Meu mundo será o seu mundo. E, quando eu me for, eu o deixarei para você. É isso que você quer, não é? Junte-se a mim, e poderá ter tudo.

Por um terrível instante, aquilo fez sentido. Zhu sempre reconhecera em Chen um futuro possível para si mesma: alguém de uma crueldade tão brutal que estaria disposto a fazer qualquer coisa, sacrificar qualquer pessoa, para realizar um desejo tão imenso quanto o próprio mundo.

Chen estava mais próximo agora. Zhu conseguia ver as botas dele avançando em sua direção. A força da chuva ao atingir o convés fazia respingar água até a altura dos joelhos e, onde Chen pisava, ela adquiria um tom de rubi, como se ele estivesse trajando a névoa de mil corpos pulverizados.

— Mostre-se, Zhu Chongba. Eu sou aquele que se assemelha a você. Sou seu destino. Sou seu futuro. Erga-se e me aceite!

E, ainda assim, o desejo de Zhu não era o mesmo de Chen. Ele pensava que a entendia, mas não era o caso. Como ele poderia entender, quando sequer sabia quem ela era? Tudo o que ele compreendia de seu desejo era o que parecia visto de fora: o desejo de um homem. Chen estava oferecendo-lhe o mesmo que ele desejava para si, que era tudo aquilo que imaginava que um homem iria querer: o mundo na palma das mãos, pronto para ser usufruído a seu bel-prazer, concedido por aqueles que lhe eram iguais.

Mas, mesmo se Zhu houvesse confiado que Chen manteria sua promessa, não era aquele mundo que ela desejava.

Um pequeno conjunto de tubos de metal frouxos se chocava contra seus pés a cada vez que o convés oscilava. Os tubos de fogo de Jiao. Zhu agarrou um que escorregava para baixo. A cacofonia do navio abafava os sons de sua respiração ofegante. Conseguia sentir a si mesma respirando, mas, ao mesmo tempo, estava sufocando: sufocando junto com Xu Da, que permanecia moribundo onde eles o haviam abandonado.

Zhu ainda não havia se decidido quando Xu Da tomara as rédeas da situação. A terrível verdade era que ela não sabia o que teria escolhido.

Mas Chen não poderia afirmar que sabia, qualquer que tivesse sido essa decisão, *porque ela não era semelhante a ele.*

Ela pôs o tubo debaixo da dobra do braço direito. Já havia sido disparado, então não era sequer uma arma. Era apenas um tubo vazio. Zhu colocou a mão esquerda sobre a abertura mais próxima.

A única coisa mais veloz que um pensamento era a luz. No instante em que o desejo de Zhu tomara forma, sua luz já havia disparado através do tubo e pintado um círculo vívido em um emaranhado de velas atrás de Chen. Enquanto ele se virava, Zhu pôs-se de pé e, com toda sua força, golpeara o tubo de metal na cabeça dele.

Foi possível ouvir o estrondo mesmo sob a chuva. O impacto fora tão pesado que era como se tivesse afundado um machado num pedaço de madeira. Chen cambaleou. Se não estivesse trajando um elmo, aquilo teria esmagado seu crânio. Mas Zhu já sabia que aquele único golpe não seria o suficiente. Sem hesitar, ela atirou o tubo para longe, desembainhou o sabre e mirou na faixa de pele exposta na nuca dele, entre o elmo e o colarinho de metal…

…no mesmo instante em que Chen girou e deteve a lâmina ao erguer o antebraço coberto pela armadura, arreganhando os dentes em uma careta de fúria e dor. Ele empurrou a espada para o lado como se todo o peso de Zhu que a sustentava não fosse mais do que o de um mosquito, investiu com o ombro para dentro da abertura criada pelo braço estendido dela e a acertou com as costas do punho.

Aquilo poderia muito bem ter sido o tiro de um canhão. A visão de Zhu mudou de perspectiva sem qualquer aviso. Ela estava deitada de costas, arfando. Algo zumbia em seu interior: não era bem uma dor, mas o choque de uma sensação intensa demais para que seu corpo a processasse. Chen se pôs acima dela. Zhu não poderia rolar para longe, já que ele pisoteou sua mão esquerda, que segurava o sabre. Desta vez, o corpo dela de fato *reconheceu* a dor. Zhu gritou enquanto sua mão era esmagada. Chen chutou o sabre para fora do caminho. Depois, com o mesmo movimento cruel e eficiente, deu-lhe um pontapé.

Zhu assistira ao próprio pai morrer aos chutes e percebeu, horrorizada, que ela seguiria o mesmo caminho. Suas costelas estavam quebrando. Mais um pouco e seus órgãos é que se partiriam e seriam triturados. Estava sendo consumida pela dor, perdendo-se naquele vazio que Ouyang sempre buscara, e não havia nada que ela pudesse fazer.

E então, de maneira abrupta, não havia mais uma superfície sólida debaixo de si. Com um reflexo impensado, Zhu agitou o gancho enquanto caía. A ponta se cravou no convés e impediu que ela despencasse pelo piso inclinado de forma íngreme. Enquanto se segurava ali, o vento ganhou força e distorceu os gritos de dor distante de uma mulher. Demorou muito tempo para perceber que eram seus.

Chen havia caído junto com o convés. Quando o navio voltou a se curvar na direção oposta, Chen retornou, escorregando junto com uma torrente de água. Ele aterrissou a uma pequena distância dela e tentou se pôr de pé. Mas agora estava mais lento, com o corpanzil mais pesado do que ágil.

Zhu se impulsionou para ficar de joelhos, depois se levantou. Seu corpo tremia tanto que mal conseguia ficar na vertical. Ela envolveu as costelas quebradas com o braço esquerdo, o com a mão esmagada, e cambaleou para longe quando Chen partiu atrás dela. Eles foram arremessados e caíram quando o convés empinou para um lado, depois para o outro, como se fossem dois navios tentando bordejar.

Um trecho do convés perto do mastro principal estava de um tom mais claro do que o resto das tábuas escuras. O primeiro pensamento na mente turva de Zhu foi de que era uma vela tombada, até se lembrar do papel para velas que haviam afixado sobre o buraco no piso. Embora a vela parecesse estar sobre uma superfície sólida, abaixo dela havia apenas uma treliça trançada às pressas usando bambu leve. A treliça devia ser forte o bastante para sustentar seu peso, pensou Zhu de maneira desconexa. Se ela pudesse atrair Chen para lá enquanto ele a perseguia…

Ela foi aos tropeços em direção à treliça coberta pela vela, que estremeceu sob seus pés, mas continuou firme. Zhu não ousou olhar por cima do ombro. Conseguia sentir a presença de Chen se aproximando, como se seu Mandato fosse um tamborilar ameaçador sob a chuva. O zunido ficou mais e mais forte até que Zhu mal conseguia acreditar que ele não estava perto o bastante para agarrá-la.

No instante seguinte, a treliça tremeu de tal maneira que Zhu perdeu o equilíbrio. O grito surpreso de Chen ecoou em seus ouvidos. O corpo dela protestava, mas não havia tempo a perder sentindo dor. Ela se atirou, meio rastejando, até onde Chen estava se esforçando para retirar as pernas de um matagal de bambu quebrado e papel rasgado, e com o que lhe restava de força ela cravou o gancho na dobra exposta da cintura de Chen.

Ele rugiu enquanto Zhu arrastava a ponta do gancho ao longo de seu corpo. Ela conseguia *sentir* a carne cedendo feito o movimento de uma faca sem fio atravessando a carne...

O gancho parou abruptamente quando Chen segurou-o com força. Zhu puxou, mas o gancho não se moveu. Chen a agarrava como se a mão fosse de ferro. Ela se endireitou e puxou novamente, e desta vez a força desesperada do ato separou seu cotoco da junta do gancho e a fez sair voando pelo convés sólido do outro lado da treliça. Ela aterrissou de qualquer jeito, ofegante. Só podia torcer para que houvesse ferido Chen o suficiente para detê-lo. Sangue jorrava da lateral do corpo dele. Enquanto ela observava, o sujeito arrancou o gancho e o atirou de lado com um rosnado. As bordas de sua ferida se abriam em um tom de amarelo através do tecido rasgado. Mas não havia intestinos espiralando para fora. Com um horror exaurido, Zhu percebeu que não conseguira atingir fundo o bastante. Chen, mais ainda do que Fang Guozhen, possuía a gordura que era tão útil a homens em campos de batalha, por lhes conceder peso, poder e, o mais crucial naquele momento específico, proteção.

A tentativa fracassada de Zhu havia lhe custado o que restava de suas energias. Estava exausta demais para ficar de pé, que dirá correr. Não conseguia nem ao menos rastejar direito com uma mão estraçalhada e um cotoco inútil. Tudo o que conseguia fazer era resvalar vagarosamente pelo convés usando os cotovelos enquanto arfava. Pelas vibrações no piso, sentiu que Chen havia conseguido se libertar do buraco. E agora estava vindo atrás dela.

Com a mesma facilidade de um tigre apanhando um peixe de um rio, Chen agarrou Zhu pelo tornozelo e a virou de costas. Quando se sentou em seu peito, o ar escapou dela com um som sibilante. O peso dele estava deslocando-lhe as costelas quebradas; estava sendo esmagada até a morte. Não havia necessidade real de que lhe cingisse o pescoço, mas ele o fez mesmo assim. Zhu tinha a vaga lembrança de se sentir frustrada pela ideia da morte abstrata de Chen. Queria ter tido a satisfação de assistir a seus últimos momentos. Agora parecia que Chen não queria apenas fazer o mesmo com ela: queria senti-los também. Dentro do elmo alado, o rosto dele parecia o de um demônio dos Infernos: exibia o sorriso presunçoso, sangrento e cruel de alguém que sempre soube que venceria.

— Até nunca mais, Zhu Chongba.

Zhu se engasgou e arfou. Sua mão esquerda arruinada batucou contra o casco rígido da armadura dele. O cotoco de seu braço direito encurtado, que balançava debilmente sob o rosto de Chen, não conseguia fazer nem isso. O que aconteceu em seguida não foi intencional. Nem ao menos foi feito com plena consciência. Mas como se o completo desespero que precedia a morte houvesse feito seu corpo recuperar cada memória de si mesmo, a mão direita dela se impulsionou para frente. Sua mão, feita de luz. O Mandato do Céu de Zhu sempre fora uma chama branca tênue que mal era visível durante o dia. Mas agora a mão fantasma que enfiara no rosto de Chen estava *vívida*. Dentro de instantes, sua claridade já havia aumentado dez vezes. Quando aumentou em cem, estava incandescente. Era o próprio sol.

Chen gritou e se afastou, agarrando o próprio rosto. Sua pele repleta de bolhas já estava escorrendo do tecido conjuntivo abaixo. A escuridão oca onde os olhos dele costumavam ficar fez Zhu pensar como, muito tempo atrás, Chen removera a língua de um homem antes de fazê-la assisti-lo morrer.

— *Meu nome não é Zhu Chongba* — grunhiu ela.

Chen não era seu destino. Não era seu futuro. Ela era Zhu Yuanzhang, e esse fora o nome que escolhera para si e que simbolizava seu futuro: o fim do Yuan, e o início da criação de um mundo feito à *sua* imagem, em vez de algo que lhe seria entregue de mão beijada.

No instante seguinte, o convés plano havia se tornado um penhasco propriamente dito, e eles estavam deslizando por ele aos tropeços. Zhu atirou ambos os braços e conseguiu impedir sua queda ao enlaçar os cotovelos sobre um botaló saliente. As mãos de Chen, que se agitavam às cegas, não encontraram nada, a não ser o ar. Zhu olhou para baixo, seguindo sua silhueta enorme e encouraçada enquanto ele colidia contra botalós e cordames soltos. Ele aterrissou pesadamente lá embaixo, freado pela balaustrada lateral.

Em seguida, o navio empinou mais um pouco. Chen passou por cima da balaustrada com a mesma guinada abrupta de ser atirado do flanco de um cavalo. Zhu viu-o atingir as águas escuras. E então sumira.

Zhu se atirou e escorregou pelo convés até o local onde deixara Xu Da. Ela era uma marionete de sombras em que os gravetos haviam sido quebrados: as diferentes partes de seu corpo estavam ou rígidas demais ou descontroladamente frouxas. Enquanto enfrentara Chen, tudo o mais no mundo havia sido deixado de lado, exceto pela clara e evidente urgência de sobreviver. Mas agora o desespero que recobrava oferecia a mesma sensação de ter um dos relógios de sangue de Jiao instalado em seu interior. Cada momento que se passava era uma gota de sangue em uma tigela de tamanho desconhecido. Mas, mesmo enquanto o sangue ia se acumulando cada vez mais, uma parte mais profunda dela recusava o temor que surgia com ele. Xu Da ficaria bem. Como poderia não ficar quando já sobrevivera a bandidos e a campos de batalha e retornara três vezes depois de se afogar por ela? Por fim, ela viu sua silhueta arrasada e encharcada, e se atirou em cima dele.

Quando viu que ele estava vivo, conseguiu acreditar que sua vontade havia feito com que assim fosse. O rosto dele estava tão pálido quanto uma galinha cozida, mas ela sabia que era apenas a maneira com que sua luz banhava tudo. A estaca em seu peito era ainda mais horrenda do que ela se lembrava, mas ao menos o que ensopava a roupa ao redor dali era água, não sangue. Ela devia ter ficado em pior estado depois de ter sido empalada por Ouyang. Metade do sangue em seu corpo havia escapado por aquele ferimento, e ela havia sobrevivido.

— Por quê? — perguntou Zhu com a voz rouca. — Por que você se ofereceu para ir, para início de conversa, seu melão desmiolado? Qualquer outra pessoa poderia ter ido! Não precisava ter sido você.

Sua mão esquerda, a que Chen havia esmagado, já se encontrava terrivelmente inchada e inútil, então ela afagou o rosto de Xu Da com a mão fantasma. Era um toque que nem ao menos era um toque, mas de que importava quando sua vontade era grande o bastante para fazer o universo se curvar perante seus desejos? Fora sua vontade que havia derrotado Chen; fora sua vontade que havia mantido Xu Da vivo até que pudesse estar a seu lado; e agora seria sua vontade que suspenderia a própria morte, porque era isso o que Zhu desejava.

Talvez Xu Da tivesse conseguido sentir seu toque no fim das contas, porque ele se ergueu e sussurrou:

— Você voltou. Sabia que você… venceria.

— Eu venci — disse a ele com determinação, tentando não notar o sangue que foi imediatamente lavado pela chuva quando apareceu na boca de Xu Da. — Acabou. Chen Youliang está morto. Há médicos nos outros navios, então descanse até que tragamos eles aqui! Vamos deixá-lo novinho em folha já, já.

Teve a impressão de que Xu Da riu, muito embora não houvesse nada que indicasse isso em seu terrível sorriso forçado.

— Que pena que aquele maldito do Jiao Yu não está aqui. — Ele falava devagar, tomando fôlego entre as palavras, e Zhu quase teve que levar o ouvido até a bochecha dele para decifrar o que dizia. Mas, mesmo tão perto, não conseguia sentir calor irradiando do corpo dele. — Nem mesmo ele teria conseguido me consertar.

— Que bobagem! — Zhu não fazia ideia de por que sua própria voz soava tão estranha. Não havia motivo para se preocupar, porque aquele não era o fim da linha para eles. Ela teria sabido, se fosse o caso. — Não seja dramático. Tenho certeza de que essa é a sensação, mas você não vai morrer. Como isso poderia acontecer? Todas as moças rebeldes em Yingtian estão esperando por você. Precisa se casar com pelo menos uma delas, ter uma dúzia de filhos e dar alguns deles para mim. Quem mais vai me dar um herdeiro?

— Eu fui até o esquife — sussurrou Xu Da — porque eu sabia que era melhor que eu fosse, em vez de alguém com uma vida toda pela frente.

Por um momento, não conseguia compreender o que ele estava dizendo, porque não fazia sentido algum.

— Eu já… já estava… — Ele se esforçou por um instante, depois falou, sem fôlego: — Morrendo. Eu sabia que estava, desde a Ilha da Fortaleza. Desde a primeira vez que o eunuco me trouxe de volta.

Havia uma paralisia terrível dentro de Zhu, como se seu coração houvesse se esquecido como bater. *A Ilha da Fortaleza*. Mas se ele estivera morrendo desde então…

Ela esteve tão satisfeita com o sucesso daquela batalha. Havia se parabenizado por aquilo ter lhe custado tão pouco: apenas duas vidas com as quais ela não se importava. Havia dito a si mesma que teria ficado feliz em pagar um preço maior. De repente, lembrou-se de todas as vezes que Xu Da tossira sangue, tranquilizara-a e fingira estar bem, para que ela jamais precisasse saber o quanto havia pagado.

Se ele estivera morrendo desde a Ilha da Fortaleza, então nada disso era por causa de Chen.

Zhu pensou com um horror gélido e cristalino: *era por minha causa.*

Ela conseguiu colocar a mão arruinada debaixo dele, para que pudesse aninhar a cabeça de Xu Da em seu pulso. Com a mão fantasma, tocou as bochechas pálidas e frias dele, e as rugas de agonia sob seus olhos e ao longo da testa, enquanto lhe dizia com uma ferocidade que parecia distorcer o mundo ao redor da sua mais pura força de vontade:

— Eu o proíbo de morrer. *Não vou permitir que isso aconteça.*

Desta vez, Xu Da conseguiu exibir um sorriso sincero, e, de alguma forma, aquela era a pior coisa que Zhu já havia visto.

— Às vezes, nem mesmo as ordens de um imperador podem ser seguidas. Qual o problema, irmãozinho? Este é o meu destino. Eu sabia desde o início que daria minha vida por você, aquele que desafiava o próprio destino. Aquele que pode mudar o mundo. Pensei que você já soubesse disso. — Xu Da ofegou, e Zhu viu os olhos dele ficarem desfocados com um terror voltado para o próprio âmago. — Eu só... queria... que não precisasse doer tanto...

As forças dele pareciam ter lhe abandonado, e Xu Da começou a ofegar pesadamente, como fosse tanto a tarefa mais difícil quanto a única coisa que conseguia fazer.

— Não! — gritou Zhu.

Essa nova ambiguidade dele era aterrorizante. Era como se seu espírito, a parte dele que estava conectada a ela, já estivesse partindo. Zhu sentiu uma vontade desesperada de adentrar em seu interior, agarrar o espírito de Xu Da e forçá-lo a ficar em seu lugar de direito. Por um momento desvairado, acreditou que conseguiria. Se conseguia ver espíritos, por que não poderia se apoderar de um? Talvez esse fosse um poder exclusivamente dela, diferente de todos que já haviam vivido: desafiar o Céu e prevenir a morte em si, com apenas a mais pura força de sua vontade.

Algo horrível estava fazendo-a desmoronar. Pressionou a testa na de Xu Da, como se aquela pressão pudesse mantê-lo ali. Desde o início, quando Zhu ainda não era ela mesma, ele estivera ao seu lado. Não conseguia imaginar um mundo sem ele. Observá-lo definhar sob seu toque era como sentir que a terra firme estava sendo consumida sob seus pés por uma maré mais poderosa e maior do que ela mesma. Mesmo enquanto gritava e se debatia, já sabia que a força que o estava arrancando dela era a fria inevitabilidade do destino. Mas Zhu já desafiara o destino antes.

— O Céu não pode tirar você de mim. Eu me recuso. *Eu me recuso.*

Sempre fora tão fácil se afastar do sofrimento dos outros. Zhu vira Chen Youliang esfolar um homem ainda vivo, e ela enviara os próprios homens para morrer aos gritos no campo de batalha. Mesmo a inocência de um menino não a impedira de extirpá-lo quando ele ficou em seu caminho. A dor deles sempre fora algo a ser *observado.*

Ela jamais acreditou que testemunhar a dor do outro seria mais insuportável do que qualquer coisa produzida em seu próprio corpo. Mas o que sentia agora era a dor da pessoa que estivera mais tempo ao seu lado; que a aceitara e a protegera desde o início. Era a dor de alguém que ela amava. Aquilo estava perfurando seu coração indefeso, destruindo-a ao mesmo tempo que destruía Xu Da. Mas se ela sustentasse a dor dele em seu próprio corpo, se sentisse o que ele sentisse, isso não significaria que estavam ambos resistindo contra aquilo? Não estaria compartilhando com ele sua força de vontade de viver por ser resiliente o suficiente para duas pessoas, para mil delas? Resiliente o suficiente para desafiar o mundo?

Ela o amparou contra o sacolejo do navio, conforme uma onda atrás da outra os atingia. Sua pequena bolha de luz em meio à escuridão foi penetrada por intermináveis camadas de água que caíam, e tudo o que Zhu conseguia fazer era protegê-lo com seu próprio corpo trêmulo e curvado. Não soube quando exatamente aconteceu de fato, quando sua vontade simplesmente falhara. Os olhos de Xu Da ainda estavam abertos, mas agora, quando o sangue que se acumulava em sua boca era lavado pela água, não voltava a surgir. O corpo que segurava já não era um que era capaz de ver, de se esforçar para respirar ou de conter um espírito em seu interior.

Era isso que lhe fora concedido em troca do que desejava. Zhu sabia que, caso erguesse o olhar, Xu Da estaria bem ali: afastado dela, do outro lado da cascata de chuva. Em uma voz tão rouca que parecia irreconhecível para ela mesma, Zhu lhe fez uma promessa:

— *Vou garantir que isto não tenha sido em vão.*

18

FORA DE DADU

O exército de Ouyang acampava nos limites das terras aráveis devastadas pelo inverno que cercavam os arredores da cidade. Era o ponto mais ao norte em que ele já estivera. Dadu era mais seca do que esperava: a neve não chegava além da altura do tornozelo. Era ideal para travar uma guerra. Esse foi um pensamento que lhe surgiu sem qualquer inflexão: não havia prazer ou avidez; fora apenas uma observação. Por trás da linha de frente do exército de defesa central, ficavam os subúrbios de Dadu, com suas diversas mansões e bordéis. A muralha exterior da cidade acomodava tudo aquilo em sua enorme sombra. Ali dentro ficava a muralha da Cidade Imperial, e dentro *dessa* muralha ficava a do palácio propriamente dito. Agora, apenas isto se punha entre Ouyang e seu destino: um exército e três muralhas. *Só mais um pouco.*

O vento que soprava pela aba de feltro enrolada de seu *ger* era de um frio mordaz. Em outro momento de sua vida, talvez tivesse se importado com a temperatura baixa. Talvez tivesse até reclamado. Mas tudo isso parecia distante. Estaria seu corpo sequer presente? Habitava seu próprio mundo, e era um em que a dor não deixava espaço para mais nada adentrar. Já não havia mais qualquer maneira de amenizar a situação. Nada o separava de sua memória, de si mesmo e da dor. A pior das dores o atingia em ondas. A ascensão de cada crista era tão lancinante que não conseguia imaginar como seria possível seguir em frente, mas o alívio apático do declínio a seguir era, de alguma forma, ainda pior: um extermínio falso, quando o que mais desejava era o verdadeiro.

Seu exército estava em frangalhos e exausto depois da longa e apressada marcha que saíra de Yingtian. Alguma coisa — Ouyang não tinha certeza do que, e ele já não se importava mais em descobrir — havia acontecido a Chu em Qingyuan, mas ao menos ainda havia Geng, da cabeça quadrada, tão confiável que chegava a ser maçante, para manter as coisas em ordem. Ouyang tivera a nítida impressão de que seu exército não havia ficado contente de vê-lo retornar sozinho de Qingyuan, e menos ainda ao tomar conhecimento do fato de que marchariam por conta própria até Dadu, embora ele não se importasse com a felicidade dos recrutas. Seus comandantes obedeciam Geng, e Geng o obedecia. Os recrutas eram açoitados e forçados a obedecer, tal qual um único organismo impulsionado pelas necessidades de Ouyang.

E seu exército estava sendo bem-sucedido. Havia estraçalhado cada batalhão do exército central de Dadu que se punha entre eles e a capital. Embora tenham sofrido baixas substanciais, não haviam sido nem de perto a quantidade que Ouyang esperara. Ficara surpreso pela incompetência da defesa do exército central, o que parecia divergir do que sabia sobre a liderança do Grande Conselheiro. Era quase como se *não houvesse* um líder.

Ouyang lembrou-se de maneira vaga de Geng dar a entender que o Grande Conselheiro se desentendera com as políticas da corte. Talvez esse palpite inusitado estivesse correto, afinal de contas. Mas, qualquer que fosse a verdade sobre a situação, o que importava era que ele nem ao menos necessitara de Zhu para descobrir. Jamais precisara. Ele estava se saindo bem, e agora se encontrava muito próximo de alcançar seu objetivo. Em breve, vingar-se-ia daquele que inscrevera os destinos dele e de Esen na trama do mundo e roubara-lhes a escolha de como viver e morrer. E com o assassinato do grão-cã, que seria o último ato da vida de Ouyang, tudo de terrível que já fizera — tudo que sofrera, e toda a sua dor — valeriam de alguma coisa.

— Ainda não pediu que dessem uma olhada nisso? Acho que você precisa de uns pontos.

Era Geng, adentrando brandamente pelo limiar de madeira do *ger*.

Ouyang seguiu o olhar de Geng até suas próprias mãos, e ficou surpreso ao ver uma quantidade de cortes escorrendo filetes de sangue. Não conseguia pensar em que momento durante o mais recente combate poderiam ter sido infligidos. Suas mãos, odiosas, pequenas e delgadas, pareciam-lhe ainda mais estranhas do que de costume. Não conseguia sentir qualquer dor nelas. Haveria mais cortes parecidos em outras partes de seu corpo que não notara e não conseguia sentir? Ele se perguntou: estaria se desintegrando na vida real, assim como estava no âmago de seu flamejante mundo interior?

— Não é nada.

Não importava que seu corpo estivesse se desintegrando, contanto que aguentasse tempo o bastante para fazer o que precisava ser feito. Mas sua nova dormência o fez ansiar pelo retorno de sensações físicas, para que ao menos tivesse uma alternativa a sua agonia emocional incessante. Tinha uma imagem mental violenta, quase lasciva, de talhar sua própria carne para obter alívio. Mas, mesmo enquanto essa imagem lhe surgia, sabia que já era tarde demais para sentir qualquer conforto. Agora, havia apenas o fim.

— Isto aqui deve durar apenas mais alguns dias antes de eles baterem em retirada e retornarem a Dadu — ponderou Geng. — Então teremos que dar início ao cerco. Levando em consideração que nosso número está reduzido, talvez não sejamos capazes de bolar um ataque forte o bastante para de fato penetrar as muralhas. Pode ser que demore.

Ouyang não tinha a menor vontade de lidar com um cerco, muito menos um longo. Embora soubesse que havia grande possibilidade de precisar de uma manobra como aquela, mal conseguia suportar a ideia de esperar tanto tempo.

— Talvez não precisemos sitiá-los. E se posicionarmos uma equipe previamente lá dentro para abrir os portões para nós? — sugeriu Geng, parecendo pressentir sua aversão.

Por mais que Ouyang não conseguisse imaginar nada melhor do que evitar um cerco…

— Seria uma perda de tempo e esforço. Os guardas dos portões estarão em alerta para algo exatamente assim. Não tem como conseguirmos infiltrar uma equipe lá dentro.

— Não necessariamente. Tenho um contato em Dadu. Se eu o recompensá-lo bem o suficiente, talvez ele possa facilitar a passagem de um esquadrão pela muralha. Mas teria que ser um grupo pequeno. Apenas um grupo pequeno de homens. Não sei se seria o bastante. Mas se quiser tentar… precisaríamos fazer isso logo. Enquanto Dadu ainda está aberta do lado de fora.

Pareceu estranho a Ouyang que Geng, que era de Henan, conheceria alguém em Dadu. Mas, ao mesmo tempo, parecia apropriado que o universo estivesse simplesmente se curvando para levá-lo ao sucesso. Havia uma sensação crescente de inevitabilidade que não lhe trazia qualquer prazer, apenas a impressão de um desfecho.

— Fale com seu contato — pediu. — Reúna um esquadrão. Não vamos mais desperdiçar tempo.

Ouyang e Geng se aproximaram a pé dos portões centrais da muralha exterior sul de Dadu. Tinham um jumento de carga, cujos alforjes transportavam suas espadas e armaduras, bem como uma fileira de cabras que lhes dava uma razão legítima para entrar. Uma cidade que estava resistindo a um exército invasor ainda precisava comer, afinal de contas. O grupo de oito homens havia sido dividido em pares. Usando a autorização de entrada do contato de Geng, que os qualificava como mercadores, cada dupla entraria em Dadu por um portão diferente, de modo que, caso um grupo fosse detido, ao menos os demais poderiam seguir em frente para depois se reagruparem do lado de dentro.

O portão emanava um brilho sob as luzes bruxuleantes das tochas. O crepúsculo que caía transformava a própria muralha em uma silhueta escura tão vasta que parecia engolir o céu. A muralha era de terra batida escarpada, tão sólida quanto uma montanha. Era a maior cidade murada que Ouyang já vira, e vê-la de perto renovou sua impressão de quão oportuna havia sido a intervenção de Geng. Durante a fundação do Grande Yuan, um exército mongol havia realizado um cerco ao redor de uma cidade nanren específica durante três anos antes de conseguir tomar posse dela. E se houvessem precisado de três anos para privar Dadu de suprimentos e levá-los a se entregarem? Ouyang poderia ter feito isso, caso fosse necessário, mas ele tinha a certeza lúgubre de que teria perdido a cabeça durante o processo.

Haviam deixado para entrar mais tarde durante o dia, com base na crença de que guardas cansados estariam mais dispostos a permitir sua entrada sem realizar um escrutínio cuidadoso. Mas agora, enquanto Geng e Ouyang se moviam em direção à frente da fila de mercadores, com mensageiros e soldados do Yuan esperando receber permissão para entrar, Ouyang teve uma desagradável surpresa ao ver que o guarda dos portões estava checando os documentos com rigor, comparando-os a uma lista que presumia ser um uma declaração de autorizações. Ele e Geng não conseguiriam passar com os documentos roubados; mesmo assim, retirar-se naquele instante, bem diante do campo de visão dos guardas, também seria suspeito. Com uma sensação inoportuna de aflição, Ouyang avaliou os doze guardas fortemente armados nos arredores. Se apanhasse a espada do alforje, será que conseguiria derrubar um número suficiente deles, rápido o bastante para disparar em direção à cidade e desaparecer? Ficaria sem seu esquadrão, sem equipamentos, nem armadura. Estaria só com a própria espada. Mas talvez isso bastasse. Tudo de que precisaria era obter acesso ao grão-cã, uma única vez, para que bastasse.

Chegando à frente da fila, o guarda tomou a autorização que Geng ofereceu. Ele percorreu a lista, depois voltou o olhar para o sujeito com severidade.

Ouyang zanzou em direção ao jumento. A ordem exata dos guardas que mataria passou por sua mente como um sonho que já havia vivido.

— Não conhece as regras? — questionou o guarda, irritado. Mas, para a surpresa de Ouyang, em vez de denunciá-los por conta do documento falso ou roubado, ele o devolveu. — Sei que alguns dos outros portões não são tão meticulosos, mas as regras são claras: todo mercador precisa da própria autorização. Duas pessoas, duas autorizações.

— Duas… ah! Mas aquele ali não é um mercador. — Ouyang ficou paralisado com a mão na aba do alforje enquanto Geng abaixava a voz e murmurava: — É apenas um escravo que me ajuda com os animais. Não preciso de um documento separado para ele, preciso? Veja como é jovem. Ele vai ficar ao meu lado dentro da cidade.

O guarda estreitou os olhos para Ouyang em meio ao crepúsculo. Houve uma época em que um olhar como aquele poderia ter despertado sua fúria. Agora, ele apenas sabia, com uma indiferença enfadonha, exatamente o que o guarda via.

— Estradas longas e solitárias precisam de uma companhia, hein?

De alguma forma, apesar de sua insipidez crônica, Geng conseguiu mostrar um sorriso malicioso.

— Ele é obediente na mesma medida em que é bonito.

Exibindo um sorriso similar, o guarda permitiu que passassem. Ouyang nem ao menos conseguia se sentir aliviado quando adentraram a cidade. O fato de o documento ser autêntico era conveniente. O primo de Geng, ou quem quer que fosse seu contato, era, ao que parecia, alguma espécie de oficial. Mas mesmo se tivessem sido parados por terem roubado uma autorização… Bom, teria sido uma pena para Geng quando Ouyang tivesse matado os guardas e partido sozinho. Mas ao menos, até onde importava a seu destino, teria dado certo. Como poderia não dar?

Ele e Geng se apressaram pelas ruas planejadas até a casa no distrito oeste da cidade, que o contato de Geng havia apontado como o lugar onde o esquadrão poderia se reagrupar até que fosse a hora de agir. Quando Ouyang entrou na residência, algo soou uma nota familiar em seu cérebro. Era uma sensação estranha, como se alguém que conhecia tivesse acabado de sair de um cômodo. Não tinha certeza do que causara aquela sensação. Talvez um odor persistente de perfume. Mas deve ter sido coincidência, porque ele não possuía qualquer conexão com Dadu. E, quando inspirou mais uma vez, o que quer que aquilo fosse havia sumido.

Ao anoitecer, o restante do grupo havia se reunido na residência e vestido as armaduras. Ouyang era o único cuja armadura não correspondia ao equipamento padrão do Yuan que os demais soldados em Dadu trajavam. Mas, mesmo que houvesse um conjunto de armadura simples em campo que lhe servisse, ele o teria recusado. Poderia ser arriscado demais usar seu peitoral espelhado característico nas ruas, especialmente em conjunto com seus atributos físicos distintos, mas, no fim das contas, quando fosse importante, ele queria ser reconhecido.

O grupo se dividiu do lado de fora: os homens encarregados do plano de sabotagem se esgueiraram em direção ao portão oeste, enquanto Ouyang, Geng e sua equipe se dirigiram para a Cidade Imperial.

O contato de Geng havia lhe deixado a par de tudo muito bem. Seguiram-no ao longo do canal coberto de gelo que passava por várias áreas residenciais antes de ele adentrar uma faixa arborizada da cidade. O breu da floresta era tão inquietante que Ouyang precisava erguer o olhar para além dos lariços para checar se as estrelas continuavam no lugar. Quando o fez, percebeu qual era a origem da escuridão: a sombra de mais uma imensa muralha. Agora Geng os conduzia pelo canal em si — a corrente veloz de água sob a superfície gélida se erguia até as coxas dos demais, mas para Ouyang chegava até a cintura — e eles vadearam em direção à muralha, até se depararem com a abertura de um túnel.

— Costumava ter uma grade para impedir o acesso, mas meu contato conseguiu removê-la. Este túnel nos levará até a Cidade Imperial. Depois disso, haverá apenas mais uma muralha para cruzar — falou Geng em voz baixa.

Um aroma pungente e terroso os cercou conforme se agachavam para entrar. Ouyang precisou de um momento para se lembrar de onde conhecia aquele cheiro:

os túneis debaixo de Pingjiang. Sua aliança com a pessoa que se autodeclarava ser Zhu Yuanzhang já se assemelhava mais aos eventos de um sonho, envolvendo uma pessoa que jamais existira. Recordou-se vagamente da desolação cortante de ter sido *enganado* quando ousara ter a esperança de viver um final diferente. Mas agora aquilo já não o feria, ou sequer sentia qualquer outra coisa. Quem quer que Zhu fosse, ela era irrelevante para o futuro de Ouyang.

O túnel os levou até um lago coberto de gelo. Ao contrário do canal, esse gelo era espesso o suficiente para que ficassem de pé nele. Rapidamente cruzaram a superfície escura e congelada, sobre um fosso igualmente congelado, e subiram o declive ao pé da muralha da Cidade do Palácio.

Encharcados e trêmulos, aconchegaram-se uns aos outros em um círculo para preservar o calor corporal conforme esperavam. O ar seco de Dadu estava tão parado que o hálito deles formou uma névoa que se assentou sobre suas cabeças e refletiu a luz das estrelas. A Torre do Sino da cidade externa soou uma batida noturna, depois mais uma. E então, finalmente, aquilo pelo qual estavam esperando: não os sinos, mas os tambores de emergência. Sinais de flores-de-fogo desabrocharam bem acima da muralha oeste. Uma torrente de murmúrios na cidade externa se adensou em uma cascata de ruídos de pânico conforme a população despertava e se dava conta do que havia acontecido: os portões haviam sido penetrados.

Um clamor similar estava explodindo dentro da Cidade do Palácio. Conforme mais e mais tochas se acendiam dentro das muralhas, ela se transformou em uma ilha reluzente de tal fulgor que as estrelas lá em cima desapareceram sob o véu de uma falsa aurora. Por fim, o portão principal foi escancarado e uma horda a cavalo irrompeu de lá. Eram as tropas particulares do grão-cã, apressando-se para auxiliar na contenção do fluxo do exército de Ouyang conforme ele inundava Dadu.

— Agora! — ordenou Ouyang, assim que a massa sumira de vista. Seu esquadrão atirou os arpéus sobre a muralha.

Depois da escuridão da Cidade Imperial, o esplendor da Cidade do Palácio quase o cegou enquanto se arremessavam na areia branca e gelada em seu interior. Dois guardas do palácio que ali restavam avistaram-nos no longo corredor e repassaram um alerta aos gritos. Mas Ouyang já os estava dilacerando. Seu esquadrão o acompanhava às pressas conforme seguiam por um corredor, depois por outro, sempre se dirigindo ao coração da cidade, em direção ao brilho crescente, até que Ouyang atravessou uma arcada imponente e chegou a uma praça larga. Um salão iluminado se erguia noite adentro. Conhecia, intelectualmente, a magnificência que repousava no coração do Grande Yuan, mas ainda mal conseguia conceber a magnitude dele, e o quanto cintilava, adornado por joias, mesmo à noite.

Na praça, já não enfrentavam mais pares de guardas do palácio, mas multidões deles. Ouyang colidiu contra eles. Tinha a sensação de estar se locomovendo por uma massa de carne da mesma forma que vadeara o gelo quebradiço do canal. Sua espada encontrou corpos à esquerda e à direita, em um ritmo constante conforme avançavam, um passo atrás do outro.

Quando alcançou a escadaria de mármore que levava até o salão, uma nova torrente de guardas vinha em sua direção. Ele os encarou, correndo de encontro a eles. Era para esse tipo de dança que fora feito: esta compressão de corpos e sangue. Tinha a vaga noção de que Geng estava à sua esquerda, mantendo-se firme. Algo se chocou contra a perna de Ouyang e, mesmo em seu estado de torpor, sabia que o golpe havia encontrado a carne em vez da armadura, mas não se importou, porque aquilo não o retardou. Conseguia identificar as enormes portas escancaradas do salão, as tochas queimando em seu interior enquanto mais guardas irrompiam na colunata acima. Para Ouyang, não se tratava de pessoas, e sim de obstáculos passageiros. Como poderiam tê-lo impedido? Ali em cima estava seu destino.

Os últimos guardas pereceram por sua espada quando Ouyang adentrou o salão. O espaço vasto estava tão densamente preenchido com galhos cortados de flores brancas que o grão-cã, em suas vestes brilhantes no trono no outro extremo do salão, parecia-se com um único tael de ouro que caíra de uma algibeira na neve.

Se os galhos tinham perfume, Ouyang não conseguiu senti-lo sobre o cheiro de sangue.

Ele se dirigiu a Geng, às suas costas:

— Bloqueie a porta.

Enquanto Ouyang mancava em direção ao trono, sentiu um colapso interno, como se cada muro que havia deliberadamente erguido estivesse desmoronando. Este era o futuro, e estava acontecendo agora; este era o momento que ele estava predestinado a viver. Algo estava terrivelmente errado com sua perna, mas isso mal tinha importância. Ele estava onde precisava estar. Lembrava-se de como descer daquela ponte de mármore em direção a Esen parecera-lhe dez mil anos. Sua passagem pelo salão parecia-se com aquilo mais uma vez. O grão-cã o encarava, horrorizado.

Ouyang pensou no que o sujeito devia estar vendo: seu passado e sua morte em uma única figura incontrolável, vindo em sua direção com uma horda de fantasmas.

Era tão fácil desconsiderar a débil resistência do grão-cã, as suas súplicas insignificantes. Estava dizendo algo sobre o pai de Ouyang, então ao menos desvendara quem ele era e por que estava fazendo aquilo, mas era tão irrelevante quanto o resto de sua fala.

Ouyang empurrou o grão-cã de volta para o trono e se inclinou sobre ele. Nada poderia pará-lo agora. Encostou a ponta da espada no peito do sujeito e, devagar e com muito cuidado, empurrou-a adiante. O grão-cã ainda não estava morto, mas parou abruptamente de falar. Ouyang não estava interessado em sua dor, mas fazia questão de presenciar o exato momento em que o sujeito morresse.

Matar alguém assim era uma experiência diferente: era tanto um ato de intimidade quanto de carnificina. Era surpreendente como a carne e o tecido resistiam a uma velocidade baixa, e sua espada estava sem fio depois de partir tantos corpos. Os olhos torturados e aterrorizados do grão-cã encontraram os seus conforme a espada adentrava, mais e mais profundamente. Não era possível que doesse tanto assim, pensou Ouyang com desdém; este machucadinho, esta dor passageira. Como poderia se comparar a tudo pelo que passara?

Ouyang se inclinou; pôs todo o peso do corpo na espada. As mãos do grão-cã se ergueram em um espasmo para agarrá-lo, depois caíram. Ouyang continuou empurrando, tomado por uma mania súbita de empregar cada pedacinho de si nesse único esforço. *Para acabar com tudo.* Perfurou o corpo do grão-cã até sua espada chocar-se com o encosto do trono e se quebrar.

Acabou ali.

Mas enquanto Ouyang se inclinava, ofegando sobre o corpo do sujeito, percebeu que o momento lhe havia escapado. Havia apenas dois estados: a vida ou a morte, e a última era, em si, apenas um momento transitório. Conseguira se vingar, pensou com uma indiferença vazia, mas aquele ato não poderia ser mantido em sua posse.

Ouyang vira homens cuja metade da cabeça desaparecera, cujo crânio estourara e cérebro fora exposto, e embora seus corpos ainda respirassem e o coração ainda batesse já não possuíam consciência ou sentiam dor. Entendeu que, naquele instante, era nesse estado em que se encontrava. Não era um lugar de triunfo, ou mesmo de alívio, mas simplesmente do cessar de todo pensamento, esperança ou sentimento. Não estava decepcionado. Era isso que desejara.

Sua jornada violenta até o salão havia afrouxado suas tranças, o que lhe fez recordar-se do cabelo perpetuamente desgrenhado de Esen. As mechas caíram ao redor de seu rosto e ergueram uma tenda para ele e o cadáver que refletia tudo o que lhe restava de futuro.

Não conseguia ver os fantasmas, mas conseguia imaginá-los de pé ao seu redor e do grão-cã, em um círculo de rostos brancos e olhos pretos e cheios de expectativa feito o vazio. Ouyang disse-lhes:

— Acabou.

Tudo, tudo que acontecera entre a morte do pai e aquele instante: com a morte do grão-cã, havia tudo valido a pena. Ele desvencilhou a espada quebrada e deu um passo para longe do corpo tombado. Uma poça escura estava se espalhando sob o trono. Era o sangue do grão-cã, mas misturado a uma grande porção do de Ouyang. Com uma sensação de receptividade, sentiu uma tontura crescente causada pelas feridas que não percebera ter sofrido. Mais um instante e ele partiria, e permitiria que tudo acabasse.

Mas, enquanto permanecia ali de pé, sentiu um repentino baque de desnorteamento: como se, sem se dar conta, já houvesse se retirado de encontro à sua morte.

Não, não era isso. Ainda estava em frente ao trono, e a brisa que o arrebatava era por causa da porta que, quando entrara, havia sido barrada, mas que agora estava aberta.

Por que Geng abrira a porta? A praça do lado de fora estivera radiante com a luz das tochas, mas tudo que Ouyang via agora eram sombras, como se uma escuridão impenetrável houvesse tomado o mundo. Era uma muralha de escuridão, densa e espiralada, que se infiltrava no salão em volta da figura delgada e de chapéu preto conforme adentrava no cômodo.

— Meus parabéns, general — disse Wang Baoxiang em mongol. — Depois de todos esses anos, você enfim conseguiu. Matou o grão-cã. Mas, ah! Você ficou desfigurado. Mal consigo reconhecê-lo.

Ouyang soltou uma risada entrecortada de surpresa.

— Senhor Wang. Eu deveria ter suspeitado. — Pensara que jamais falaria mongol novamente, mas, conforme as palavras saíam em uma resposta automática, pareciam corretas: a linguagem do passado deles, do passado morto. — Fazendo as marionetes dançarem, como sempre. Por acaso fiz exatamente o que você queria?

Antes, teria se importado ao descobrir-se uma peça nos joguinhos do Senhor Wang. Mas, agora, não sentia nada. Estava preso em uma versão estendida daquele momento de indiferença antes da morte violenta — o animal cuja garganta fora estraçalhada, ou a pessoa atravessada por uma lança — quando, ao saber que já não mais se recuperaria, o corpo consolava o espírito em seu interior ao acabar com sua dor. Ouyang sabia, de maneira abstrata, que devia ter existido uma época — antes de terem-no castrado, antes de seu destino ter sido firmado neste caminho — em que sua vida fora igual a de qualquer outra pessoa, com tanta dor quanto os desconfortos mundanos e costumeiros da existência. Mas agora parecia que esta era a primeira vez na vida em que estava verdadeiramente sem qualquer aflição. Parecia que estava flutuando.

— Senhor Wang? Não, não é ele — falou o sujeito, com uma crueldade familiar. — Chame-me pelo meu título verdadeiro, general, já que foi você que tão gentilmente me concedeu-o para começo de conversa: príncipe de Henan.

Por mais terrível que Ouyang sabia que se encontrava, pensou que fosse Senhor Wang — não o príncipe de Henan, *jamais* o príncipe de Henan, para alguém cuja própria substância difamava aquele título — que se tornava mais irreconhecível. Em Henan, a aparência do Senhor Wang em momento algum fora qualquer coisa menos que refinada enquanto se esgueirava por aí em suas vestes ridículas. Agora, estava trajando um uniforme imperial sem cor, e parecia uma sombra de seu antigo eu. O rosto, afundado feito uma caveira, ostentava a expressão ressentida de alguém cuja única capacidade remanescente era sentir-se atormentado.

— Você fez muito bem, general. Quando me aliei a Madame Zhang para tomar Dadu, já sabia que as forças dela não seriam o suficiente para superar o exército central. Eu precisava de outra pessoa para destruir as defesas da cidade. Alguém que não pararia até conquistar esse objetivo, ainda que fosse preciso mandar o exército inteiro para o abate. Então planejei de antemão para que eu tivesse essa pessoa. Tenho certeza de que você jamais se deu ao trabalho de se perguntar por que trilhar sua jornada foi muito mais fácil do que deveria ter sido. Por que não morreu na prisão em Bianliang ou perdeu na batalha contra o General Zhang, ou por que os portões de Dadu se abriram para você — disse o Senhor Wang.

— Comandante Sênior Geng — concluiu Ouyang, devagar. — Ele era seu agente. Você o estava mandando aquelas mensagens cifradas.

Percebeu que Geng havia lhe dito, diversas vezes, exatamente o que ele queria. Geng se importava com sua fazenda e sua família em Henan, e tudo o que desejava era voltar para lá. A pessoa que ele queria no trono era aquela que ele sabia que poderia restaurar a estabilidade e a funcionalidade do Grande Yuan, da mesma forma que havia administrado toda a província de Henan. Geng havia lhe dito. Mas Ouyang não o escutara.

Tudo foi fazendo sentido, mas ele já não se importava mais. Agora que estava tudo acabado, ansiava apenas por aquilo que estava por vir. Com esforço, derrubou o corpo do grão-cã ao chão para que o trono manchado de sangue ficasse vazio.

— Foi para isso que você veio? Eu não quero. Pode ficar para você.

Viu uma emoção avassaladora perpassar o Senhor Wang, como se fosse uma mistura de dor e avidez. Ele não se moveu para tomar o trono. Por algum motivo, sua atenção estava completamente concentrada em Ouyang. Apesar de sua indiferença, Ouyang sentiu um lampejo de inquietação.

Depois de um longo momento de escrutínio perturbador, o Senhor Wang falou:

— Esen me odiava. Tentei odiá-lo também, mas, não importava o quanto eu tentasse, não conseguia. Era como se houvesse algo em meu sangue, em meus ossos: ele era meu irmão, então eu deveria amá-lo. Idolatrá-lo. Você não faz ideia do quanto dói amar alguém e não receber nem ao menos indiferença de volta, mas ódio. Ele também machucou você, não foi? Ele o machucou, e nunca se deu conta. Este é o problema do meu irmão, general: ele jamais entendeu as pessoas. Então não morra agora. Você é a última coisa no mundo que importava para ele, tirando o Grande Yuan, e, com sua ajuda, vou fazê-lo entender o significado da dor.

Por mais apático que estivesse, Ouyang ficou com os pelos eriçados. O Senhor Wang faria Esen entender? Jamais ouvira tamanha intensidade irracional na voz de alguém antes. *Exceto em minha própria.*

— Esen está morto — falou, apreensivo.

— Está, não é verdade? Você se certificou disso quando o matou. Ele está morto — concordou o Senhor Wang, baixinho —, mas não partiu. Você já conheceu muitas pessoas com o Mandato, não conheceu, General Ouyang? A esta altura, deve saber o que conseguimos ver. Desde que ele morreu, Esen tem se deleitado em me torturar. Ele tem me observado, me seguido, arruinado o meu sono. Mas, se os mortos são capazes de machucar os vivos, então os vivos podem machucar os mortos.

Conforme a voz do Senhor Wang se erguia em um grito que transparecia sua agonia, Ouyang teve a repentina sensação de estar presenciando a loucura.

— Você esteve lá, não esteve, Esen? Observe bem, irmão! Este foi o espetáculo que orquestrei só para você.

O Senhor Wang estava despejando a própria dor no mundo em um esforço desesperado de que ela ressoasse, mas Ouyang não estava interessado. Tudo o que queria era o fim. Ele mancou até o sujeito, sentindo uma curiosidade distante em relação a como seu corpo se locomovia de forma atrapalhada, como se enfim partes vitais em demasia houvessem sido danificadas, e empurrou a espada quebrada na mão do Senhor Wang.

— Se quer me matar, então vá em frente.

O Senhor Wang olhou para a espada. Sua mão tinha a suavidade e a delicadeza da mão de um erudito, e, mesmo assim, o cabo se apequenava nela. Ouyang pensou que devia ser uma afronta vê-lo sustentando aquele pedaço quebrado e mutilado de si. Mas de que valia aquele objeto agora que já cumprira sua função? Não mais do que o restante dele mesmo valia.

— Esta foi a espada que tomou a vida de meu irmão, não foi? Talvez você pense que ela irá acabar com nossos destinos entrelaçados se eu o matar com isto, depois que você a usou para matar Esen. Mas mal o machucaria dar-lhe o que você quer — ponderou o Senhor Wang.

Encontravam-se no momento após o fim, quando nada mais deveria ser de importância, mas, de alguma forma, havia algo errado. Um calafrio de apreensão premonitória percorreu Ouyang enquanto o Senhor Wang erguia a voz:

— Tragam-no! — Para Ouyang, disse: — Tudo que você fez foi para vingar seu nobre pai, que morreu como um herói pelas mãos do grão-cã. Você se ajoelhou, deixou-se ser humilhado e desgraçado perante os olhos do mundo, e até mesmo matou a pessoa que amava, tudo para que pudesse fazer o que era necessário para honrar a memória de seu pai: matar aquele que o matara.

Os soldados que atravessaram a porta empurraram entre eles a figura hesitante e cambaleante de um velho arruinado de cabelos grisalhos e barba longa.

— General Ouyang — cumprimentou o Senhor Wang, com prazer.

Com uma confusão crescente, Ouyang percebeu que o Senhor Wang não se dirigia a ele.

— Os boatos da sua necessidade de vingança foram exagerados, ao que me parece. Em vez de aceitar a morte de um herói, ouvi dizer que você se ajoelhou e pediu pela misericórdia do grão-cã. Ele o poupou, e jogou-lhe em um calabouço. Não é irônico? Seu filho veio até aqui para vingá-lo, tendo cometido atos abomináveis de traição por esse motivo. Ele chegou até mesmo a matar o grão-cã. Mas esse tempo todo você esteve vivo! — Cada palavra era uma performance: não para o velho a quem se dirigia, ou para Ouyang, mas para a plateia que nenhum dos dois conseguia ver. — Bem, seu sofrimento não foi em vão. Você não é velho demais para começar uma nova família. Não deixe que seu nome termine aqui. Vá, seja livre.

Ouyang mal conseguia compreender o que estava acontecendo — o que *não* poderia estar acontecendo —, mas toda a dor já havia retornado ao mundo num turbilhão.

— Pai — ouviu-se murmurar, miseravelmente.

O velho ergueu a cabeça com um resquício roto da soberba de um general e encarou-o, sem o reconhecer. Era um olhar de desgosto confuso, o olhar esmagador que alguém direcionaria a um escravo, a uma coisa.

— Você... — Ele se esforçou por um momento, como se não conseguisse se lembrar direito de como falar. Depois falou, de maneira vaga, já se retirando aos tropeços: — Você não é meu filho.

Ouyang olhou-o. Sentiu repentinamente tanto frio que seus dentes batiam. *Eu fiz tudo isso por você.* Toda sua dor anterior tornara-se nada comparada ao que sentia naquele momento. Estava com frio, mas, ao mesmo tempo, sendo queimado vivo. *Fiz tudo por nada. Vinguei-me por nada. Eu matei...*

Eu matei...

O mundo girava e girava, e ele não conseguia manter o equilíbrio; não conseguia se orientar. Estava tudo se desfazendo.

— Então, general. Valeu a pena? Valeu a pena a vida de meu irmão? — perguntou o Senhor Wang, como que de uma grande distância.

Ouyang não conseguia respirar; estava arfando.

— Você possuía tudo que importava, mas não conseguia acreditar. Ele o amava, e você o amava. Mas você precisava se apegar a esta jornada que pensava ser seu destino. Você o matou, mesmo não tendo significado coisa alguma. Não foi o destino que o amaldiçoou, general. Foi *você mesmo.* O tanto que você me desprezou por sentir tanto medo! E, mesmo assim, quem sentia medo demais de ser quem era e de reclamar o que lhe fora dado foi você. — O Senhor Wang exibia um olhar frenético e arrebatado, como se o tormento de Ouyang fosse a melhor coisa que já provara. Encontrara a essência da dor dele e estava se fartando até não poder mais. — Bom, general. Talvez em suas próximas vidas, ou nas que vierem depois dessas, ou daqui a mil anos, vocês se encontrem mais uma vez e o mundo será diferente. Talvez, da próxima vez, você consiga ter coragem.

Houve um impacto em suas costas, e Ouyang sabia o que era e o que significava: que aquele era o fim. Não haveria mudanças, exonerações ou justificativas. Havia apenas o que ele fizera, que jamais havia significado coisa alguma.

Estava queimando, e era o tipo de dor difusa e infinita que ele sabia que continuaria para sempre, mesmo após a morte, ao longo de mais mil anos de sofrimento.

Esen, pensou. *Espere por mim.*

Apunhalar ambas as laterais da armadura de Ouyang devia ter custado toda a força de Geng. O peitoril espelhado e cintilante que lhe era característico havia florescido ao redor da lâmina que se projetava de seu peito, com suas dezenas de beiradas retorcidas salpicadas de carmim. Ouyang grunhiu de agonia.

O som preencheu Baoxiang com uma sensação transcendente de êxito. Ouyang era a última coisa que restava no mundo que Esen amara além do próprio Grande Yuan, e este era o momento de seu aniquilamento. Era muito mais do que sua morte, que, de qualquer forma, era o que Ouyang desejava. Ao exibir-lhe o pai, Baoxiang arrancara cada justificativa das ações de Ouyang e desprovera toda sua patética vida de significado e, com isso, destruíra-o.

Ouyang não baixou o olhar para a lâmina que lhe escapava pelo peito. Já lidara com a morte vezes o suficiente; sabia qual era a sensação. Seu rosto estava vulnerável de desolação. Baoxiang ficou repentinamente furioso. Ouyang ousava mesmo se sentir daquela forma? Ele possuíra tudo que importava no mundo, tudo que Baoxiang jamais teve, e nunca dera valor a nada daquilo. Havia colocado tudo a perder por conta de uma falácia honrosa. Baoxiang foi tomado por uma selvageria que o fez ofegar como uma ave de rapina prestes a destroçar uma refeição. Então Ouyang estava sofrendo ao morrer? *Ótimo.* Queria que Ouyang sofresse tanto quanto ele.

Quero que você veja.

Os olhos de Ouyang estavam fixos no rosto de Baoxiang. Sua expressão devastada transformou-se em algo mais profundo, mais estranho, que fez os pelos de Baoxiang se eriçarem. Em seus olhos, havia algo animalesco, esquisito e incognoscível, conforme a morte se assentava suave e irreversivelmente, tornando-o inumano. Seu rosto odiável com a testa e a mandíbula desdenhosamente delicadas, as sobrancelhas de mulher, finas feito uma pena, contorcidas em uma expressão de agonia silenciosa.

O uivo interno de Baoxiang se afiou até que pareceu se tornar um só com a lâmina brilhante e ensanguentada que escapava do peito de Ouyang. *Veja, irmão!*

Nem ao menos se dera conta dos passos que deu para encurtar a distância entre os dois. Apenas a ponta da espada contra seu esterno o deteve. Sentiu o ímpeto momentâneo de pressionar com mais força, para receber um reconhecimento físico da enormidade monstruosa de sua própria dor. Dor essa que ele finalmente pudera devolver àquele que a causara.

Dói vê-lo sofrer? Dói o bastante?

A acusação escapou-lhe, fora de controle.

— *Ele o amou.*

Por um instante, ouviu o eco de uma criança se atrapalhando para alcançar o objeto de sua devoção. *Vou tentar mais da próxima vez. Por favor, não me deixe.* Ele recuou por conta da lembrança. O ódio que sentia por si mesmo era tão intenso que doía; ele a engoliu por inteiro.

Um lampejo de humanidade voltou aos olhos de Ouyang, feito uma consciência escorando-se contra a escuridão. Não era compaixão, mas compreensão. Era o último fiapo débil de trepidação de uma irmandade que compartilhavam, em meio ao ódio, ao ressentimento e aos ciúmes, que surgira pelo amor a Esen. Enquanto Baoxiang ofegava, respirando no lugar de Ouyang, que já não era mais capaz, deu-se conta da terrível finalidade daquele momento: Ouyang era a única pessoa no mundo que sabia como era ser amado por Esen. Quando morresse, aquela compreensão se esvairia junto com ele. Seria destruída, e aquilo jamais poderia ser desfeito.

Geng retorceu a espada com um guincho metálico. Baoxiang se sobressaltou com violência. Por um instante, houvera apenas ele e Ouyang. A interjeição de Geng dava a impressão de que alguém havia se intrometido entre os dois e partido aquela frágil compreensão antes que Baoxiang estivesse pronto para renunciar a ela.

Ouyang permaneceu ali, balançando. Era pequeno, menor do que jamais parecera; mesmo com o peso de sua armadura, Baoxiang poderia tê-lo carregado nos braços. Mas a conexão entre eles se fora, e Ouyang era apenas mais um fragmento do mundo se dissipando enquanto desmoronava perante a força dos desejos de Baoxiang.

Ouyang tombou, e Baoxiang não o segurou.

Ele aterrissou desalinhado, feito uma boneca quebrada. Seu rosto belo, sangrento e encardido encarava além de Baoxiang, encarava o teto distante. Por um instante, a umidade em seus olhos brilhou como se ele ainda estivesse vivo.

Sua careta medonha de dor havia desaparecido. O último resquício de sentimento estampado em seu rosto, a marca da poeira antes que o vento o carregasse para longe, era o do pior sofrimento do mundo.

Baoxiang percebeu que ainda estava segurando a espada quebrada de Ouyang. As marcas de dedos no cabo de couro não se encaixavam nas mãos grandes de Baoxiang. Desde que eram crianças, Ouyang havia pairado ameaçadoramente sobre a vida dele. Sempre fora ele ao lado de Esen, superior sem o menor esforço, com um rosto que imitava o desprezo de Esen. Mesmo quando se encontraram já adultos, Baoxiang tinha a impressão de que Ouyang era tudo que ele não era. Mas agora, na morte, o espírito de guerreiro repleto de fúria de Ouyang e sua capacidade incônscia de causar violência haviam sumido; já não havia mais nada que contradissesse o fato de que aquele corpo pequeno, amarrotado e incompleto estava sendo lentamente engolido pela poça de escuridão que se espalhava ao redor dele.

— Deixem-me sozinho.

A porta que se fechava mergulhou nas trevas o salão e os corpos capitulados. Pétalas brancas tremeluziam feito fantasmas nos galhos partidos no ar que se aquietava. Sua descida era refletida pelas paredes de prata trabalhada. Lá em cima, o teto de prata cintilava feito as estrelas vistas através de uma tempestade anunciada.

Este era o momento pelo qual Baoxiang esperara, e ele sentiu a ânsia da liberdade que estava por vir. Era por isto que fizera tudo que fizera: para que toda a sua dor fosse recompensada.

O salão, com as imensas pilastras com dragões entalhados, estava vazio, exceto pela presença dos mortos bruxuleantes. Conforme Baoxiang subia até o trono, ele sabia que um daqueles mortos o observava. Esen estava lá no salão, separado dele por nada mais que uma sombra, um filamento de membrana entre os dois mundos, pronto para ser convocado. Ser forçado a se mostrar.

Este poder devia ser a sensação de matar alguém com as próprias mãos, pensou Baoxiang. Era selvagem; íntimo. Quando Baoxiang era apenas um homem, fora incapaz de fazer o universo se curvar diante de sua vontade. Fora incapaz de fazer Esen se mostrar. Mas agora ele possuía poder. Era uma escuridão voluptuosa: o poder da destruição, expandindo-se em seu interior enquanto ele encarava, trêmulo, o trono. Os dragões sinuosos de ouro já não brilhavam mais. Sujos de sangue, eles fraquejavam contra a escuridão.

Baoxiang se sentou. Sua pele parecia pequena demais para conter a dor crescente e selvagem de seu sucesso. Estava tremendo com uma violência febril.

Fizera com que se tornasse tudo aquilo que achavam que era: tudo o que temiam, odiavam, evitavam e lutavam para deter. Envergonhava os próprios ancestrais a cada vez que respirava e a cada coisa que fazia. E agora ele era o centro do mundo. Era o Filho dos Céus, mas não o sol que nutria vida. Era o eclipse que sugava toda a luz e a vida do mundo. Era a Lua devorando o Sol, e era sua sombra veloz que roubava a vida do mundo abaixo. Era o grão-cã de sangue corrompido, o grão-cã que se ajoelhou, foi sodomizado, espancado e censurado, o grão-cã da fraqueza, da covardice, da deslealdade, da crueldade, da vergonha e do medo. Tudo de bom, nobre e honrável havia encontrado seu fim nele.

A escuridão o consumia. Sugava toda a luz do salão até que as sombras recaíssem sobre a carnificina sangrenta a seus pés. Engolia o corpo do grão-cã, os corpos dos guardas, o corpo de Ouyang. Uma escuridão vazia, exceto por sua presença.

Sua avidez atingiu um ápice mais doce e doloroso do que poderia ter imaginado, demasiado para que a mente humana contivesse. Era uma sensação desnorteante; uma sensação prolongada e expansiva de se ver à distância.

— Esen! Eu sei que você está aqui. Venha agora e observe quão merecedor sou do seu ódio! Será que superei suas expectativas?

Sua alegria era uma sede pura pelo equilíbrio vindouro: que sua própria dor encontraria a de Esen em algum equilíbrio cósmico que o libertaria.

— Esen! — chamou-o de novo.

Uma rajada de vento, densa com o cheiro de uma neve desconhecida, se infiltrou pela fresta das imponentes portas e fez as flores brancas estremecerem e dançarem.

— Esen! Eu sei que você esteve me observando esse tempo todo!

De repente, o vazio, os ecos de sua própria voz, produziram um aperto em seu peito. A sensação o comprimiu até que o mundo girou, e ele caiu ao se pôr de pé numa tentativa desesperada de se orientar.

Onde estava Esen? Sentira-o durante meses, vira-o tantas vezes de esguelha, então por que agora se ausentava? Não conseguia entender o que estava acontecendo. Como poderia não estar ali para testemunhar o momento triunfal de Baoxiang?

Ele aguçou os sentidos. Sentia agonia de tanta consciência, esperando pela *sensação* da presença de Esen, que era a coisa mais familiar que Baoxiang conhecia. Mas tudo o que sentiu foi o desconforto do vazio. Estava se esforçando, ansiando, e, ainda assim, nada acontecia.

— Venha e veja o que você me obrigou a fazer, Esen! Venha! Você ousa desobedecer sendo que eu comando tudo sob os Céus?

Mas, mesmo assim, não houve nada.

Ficou parado ali, ofegando. Ele estava se desprendendo, dissolvendo.

— Eu fiz isso por você. — Ele era o grão-cã, mas agora falava sem qualquer autoridade; não passava de uma mera súplica desamparada e desconsolada. — Onde você está?

No entanto, mesmo enquanto dizia aquelas palavras, ele já sabia.

Esen nunca estivera ali.

Se o que viu fora mesmo o fantasma de Esen, por que ele estivera vestindo uma armadura? Por que se parecera com quem era quando vivo? Deveria ter sido um espectro em farrapos brancos horrendos, como o restante deles.

Baoxiang sempre soubera, mesmo contra a própria vontade.

Esen jamais estivera ali, mas Baoxiang continuara a vê-lo porque ele era uma parte indelével da trama do mundo. Andara vendo as marcas deixadas por alguém que persistia, pois era lembrado, procurado e desejado por uma pessoa que não conseguia imaginar uma vida sem ele.

Fora tudo fruto de sua imaginação, pensou Baoxiang, estremecendo. Estivera falando com o vazio. Fizera tudo o que fizera por alguém que sequer estava ali.

De um sonho dentro de um sonho, ouviu Esen dizer:

— Eu não odeio você.

Lembrava-se agora, como se tivesse sido muitas vidas atrás. Fora naquele inverno quando Esen e Ouyang haviam derrotado os Turbantes Vermelhos, antes da Caçada de Primavera que mudara tudo entre eles para sempre. Baoxiang estivera em seu escritório, trabalhando em assistência aos plebeus por conta das enchentes, quando Esen apareceu. A curiosidade que ele sentiu enquanto olhava ao redor fez Baoxiang pensar, impiedoso, que devia ser a primeira vez que ele colocava os pés em um ambiente burocrático.

— Irmão! Aí está você.

— Onde mais eu estaria? — indagou Baoxiang, com acidez.

— Bem. Não sei. Mas não deve fazer bem que passe todas as horas da sua vida aqui. Os plebeus podem esperar pelo... pelo...

Ele se interrompeu, parecendo estar num impasse.

— Pelo...? — perguntou Baoxiang, com fascínio, se perguntando se Esen fazia a menor ideia do que ele passava os dias fazendo.

— Pelo que quer que você faça com os plebeus — completou Esen, dando de ombros. — Será que é tão urgente assim? Você pode fazer um intervalo.

E, contra os protestos de Baoxiang, arrancou-o para fora do escritório e o fez montar num cavalo.

Cavalgaram até o oeste, para os pântanos, onde Essen gostava de caçar. Embora Baoxiang estivesse perfeitamente contente em sua mesa, e ele desdenhasse por completo do conceito de perseguir animais para se entreter, viu-se feliz de satisfazer Esen dessa vez. Os cascos velozes dos cavalos levantaram água lamacenta e fétida; cisnes alçaram voo dos juncos, em rompante após rompante enquanto eles passavam. Ao redor deles havia a vastidão da propriedade do príncipe de Henan, expandindo-se a perder de vista. Baoxiang teve a vontade súbita de registrar em tinta a liberdade melancólica daquela paisagem: o céu cinzento da cor do aço; as garças-brancas disparando sobre as montanhas escuras no longínquo horizonte a oeste. Sabia, até o último tael, quanta destruição as chuvas excessivas haviam causado à propriedade do príncipe. E, ainda assim, aquela inundação do mundo era bela.

Esen apertou o passo, suas vestes da cor de um martim-pescador já manchadas de lama e água. Quando estavam apenas os dois juntos, pensou Baoxiang, podiam ser livres daquela forma. Não havia a pressão para ser quem não eram; não havia qualquer expectativa. O pai não estava presente para julgá-los. Enquanto Baoxiang observava, Esen retirou o arco do estojo de couro na lateral do corpo e atirou casualmente em um cisne que se erguia. Quando errou, Baoxiang sentiu uma onda de afeição: era como assistir a um cão de caça tropeçando em si mesmo por conta da animação. De sua posição bem na retaguarda, ele tinha mais tempo para desenhar, contemplar e relaxar.

Esen comemorou quando o cisne caiu, e inclinou-se sem esforço de sua cela para apanhar o animal da água que lhe chegava aos joelhos. Estava corado, com os olhos reluzentes e com o cabelo despenteado enquanto dava meia-volta com o cavalo e galopava de volta: pingando e rindo.

Eles se detiveram para descansar em solo mais firme.

— Você seria um arqueiro e tanto se você se dedicasse — ponderou Esen quando ambos haviam recuperado o fôlego. — Nosso pai quer se orgulhar de você. Não entendo por que não tenta quando nem ao menos seria tão difícil assim para você.

Baoxiang quisera apenas passar um tempo com o irmão, sem se envolver em uma briga. Ele se arrependeu por Esen ter lhes trazido o mundo exterior.

— Talvez. — As nuvens pesadas e mais acinzentadas no céu sobre as montanhas prometiam mais chuva e inundações. Baoxiang pensou no desespero dos plebeus que viviam na propriedade e a enriqueciam. Ele era o único que se importava em amparar tal sentimento. Era o único que construía valas, estradas e vilarejos, que trazia ordem ao mundo daquelas terras, e garantia que tudo estivesse funcionando. Gostava do que fazia, mesmo que ninguém mais considerasse aquilo importante. — Mas não é o que quero fazer.

— Você sempre fez o que queria, independentemente do que o resto de nós pensava.

De perfil, montado em seu belo cavalo, Esen era a imagem perfeita de um nobre.

— Não precisa deixar de falar o que pensa. Sou egoísta. Uma desgraça — retorquiu Baoxiang, amargurado.

— Eu só acho que seria mais fácil não agir como você age. Não só por sua causa, mas por todos nós. Acho que você está desperdiçando seu potencial. — Mas, assim que Baoxiang estava começando a se sentir na defensiva e colérico, Esen continuou: — Mas dá para ver o quanto você quer ser do seu próprio jeito. Ver você se esforçando tanto… sei como isso lhe é importante. E daí se não entendo? Talvez eu não precise entender.

Depois que Esen morreu, essa era a imagem de que Baoxiang se recordava. O vento agitando as mechas soltas de suas tranças ao longo do rosto; o pelo farfalhando na gola daquela veste azul; os vincos nos cantos dos olhos quando sorria.

— Somos pessoas diferentes. Escolhemos caminhos diferentes e desejamos coisas diferentes. Mas você sempre será meu irmão.

A lamúria do sonho de Baoxiang o dominou. Ele caiu de joelhos no salão do trono, e desta vez estava chorando de verdade no mundo sombrio que ele mesmo criara. Mesmo naquela época, quando a cascata de acontecimentos que levaram à morte de Esen já se dera início, ele o amara. E à sua própria maneira fraturada e frustrada, Esen havia amado-o de volta. Mesmo quando ambos haviam desejado sentir apenas ódio, foram incapazes disso. Por causa de sua história conjunta; pelo fato de serem irmãos.

Baoxiang estava sofrendo mais do que acreditava ser possível. Sua fúria protetora havia se esvaído. A dor em seu interior mudava constantemente, para que ele jamais conseguisse se acostumar a ela. Era algo físico; estava em seu corpo; era parte dele. Era insuportável. Seu sofrimento era tão vasto quanto o próprio mundo.

Conseguia sentir a escuridão vertendo dele enquanto perdia o controle. Estava inundando o mundo e a si mesmo. Havia obtido o trono e a vingança contra os mortos, mas nada disso importava, porque Esen partira, e não havia nada que pudesse fazer para trazê-lo de volta.

PARTE TRÊS

19

YINGTIAN

Zhu não trajava o branco do luto enquanto estava com seus comandantes no salão do trono em Yingtian. Não era necessário. O luto estava estampado em todo o seu corpo, assim como nos de seus comandantes, de rostos abatidos pelo pesar e pela derrota. Xu Da fora amado, e não apenas por ela. Os aposentos repletos de rostos familiares pareciam equivocados sem ele. Toda vez que ela percebia sua ausência, pegava-se pensando que Xu Da havia meramente saído para dar uma volta. Estava por aí em uma de suas costumeiras rondas e, quando fosse atrás dele, ele se viraria para ela com aquele sorriso fácil e acolhedor...

E então Zhu se lembrava, e Xu Da morria mais uma vez. Não conseguia parar de visualizá-lo limpando o sangue da boca com mais uma desculpa em que se permitira acreditar. Um lábio cortado; a língua mordida. Se tivesse ponderado sobre a situação de maneira adequada, teria sabido. Mas não quisera saber.

Xu Da havia seguido-lhe por aquele túnel inundado mesmo ciente de que poderia morrer. E ele *havia* morrido, mesmo que esse fato houvesse sido adiado durante meses. *Eu o matei*, pensou Zhu, miserável. Havia destruído o futuro de Xu Da por conta do que desejava. Havia roubado-lhe de alegrias e prazeres. Ainda era capaz de sentir a dor dele em seu interior, como se presenciar o último de seus sofrimentos houvesse impregnado aquele momento na composição de seu próprio ser. Cada pulsação era tão brutal quanto fora naquele instante, uma espécie de agonia completamente diferente do desagradável incômodo em suas costelas e mão. Era tão terrível que a fazia tremer e suar. Seu coração acelerava em rompantes aleatórios de terror.

Era isso que Ouyang viera sentindo o tempo todo em que o conhecera. Essa era sua dor, seu desespero. Zhu pensara que entendia, mas como poderia ter entendido o inimaginável? Lembrou-se da primeira vez que viu fantasmas. Fora um momento como aquele: um conhecimento novo e horrendo revelado apenas a ela, enquanto todos os demais permaneciam ignorantes. Aquilo fora um passo dado para dentro de um mundo sombrio e depravado que sempre obscurecia o verdadeiro, e do qual não se podia voltar. Zhu ousara desejar o mundo. Mas como poderia o corpo humano — a pele humana, a alma humana — sustentar a agonia que era o preço daquele desejo, e sobreviver?

Percebeu que aquela era a verdadeira provação de sua força. A questão jamais fora sua capacidade de ser impiedosa. A questão era se era capaz de suportar *isto.* Jamais imaginara ter a capacidade de sentir tanto. De sofrer tanto. Jamais imaginara ter que conter a dor em seu interior, e continuar contendo-a, mesmo que apenas um único instante fosse insuportável.

Mas era preciso que assim fosse, para fazer com que tudo valesse a pena.

— De acordo com os últimos relatos vindos do norte, há cerca de dez dias, a besta em pele de humano — alertava Yuchun, referindo-se a Ouyang, a quem parecia incapaz de conceder perdão pela traição mesmo em sua próxima vida — estava a cem *li* de Dadu. Os olheiros disseram que estava avançando com perseverança contra o exército central de Yuan, embora com perdas substanciais.

O progresso para além do esperado de Ouyang era surpreendente, levando em consideração o que todos disseram sobre as habilidades de general do Grande Conselheiro. Quando Zhu comentou isso, Yuchun respondeu:

— Ao que parece, não houve qualquer aparição do Grande Conselheiro do lado do Yuan, mas nossas fontes não conseguiram confirmar se ele ainda estava no comando.

Que estranho. Será que algo acontecera a ele? Zhu não conseguia evitar pensar na outra notícia que recebera ao voltar a Yingtian: contrariando todas as expectativas, o Grande Conselheiro falhara em lançar sua campanha contra Madame Zhang. Não haveria momento mais oportuno para adiar a execução dos Zhang.

E havia também o que Chen a contara durante o embate entre eles: Madame Zhang não o financiara. Será que aquela pessoa era a mão invisível que parecia estar movendo as peças a partir das sombras? Estaria ela ligada ao desaparecimento do

Grande Conselheiro? Zhu não gostava sequer de pensar naquilo. Tinha a sensação irrequieta e obscura de que havia um projeto maior. Mas encontrar-se ao sul significava que as informações eram datadas e incompletas. Ela pensou, frustrada: *não consigo ver.*

— Supondo que aquele eunuco conseguiu dar continuidade a seu ímpeto, a esta altura já deve ter forçado o Yuan a ceder uma derrota em campo. Há boas chances de terem montado cerco dentro de Dadu — continuou Yuchun.

— Mas os relatos dizem que houve grandes perdas. Se for o caso, ele não possui o contingente para realizar um ataque devastador às muralhas — observou Zhu. — Se ele estiver preso do lado de fora, tentando derrotar Dadu pela fome... o Yuan convocará seus aliados para auxiliarem a quebrar o cerco.

— E *quem* eles poderiam chamar? Não há mais ninguém. Não agora que o príncipe de Henan se foi e todos os outros leais a ele se dispersaram.

— Eles não possuem mais aliados do lado de *dentro* das fronteiras — apontou Zhu. — Mas existem do lado de fora. Os estados vassalos. O Yuan irá convocar o auxílio de Goryeo.

Ouyang tivera sorte de não ter de enfrentar o Grande Conselheiro cara a cara, então havia chegado mais longe do que se esperava. Mas essa sorte se esgotaria quando Goryeo entrasse na briga. Yuchun, seguindo a mesma linha de raciocínio, comentou, com uma nítida falta de remorso:

— Será o fim dele.

— Não — discordou Zhu. — Não será. Vamos ajudá-lo.

Houve uma pausa.

— Ajudar aquela escória degenerada *que nos traiu e nos deixou à nossa própria sorte*?

Não era como se aquela ideia não ofendesse Zhu. A rejeição cruel de Ouyang lhe magoara. Mas havia apenas uma única maneira de fazer com que aquela dor, com que todas as outras dores, valessem a pena. E não era ao permitir que Ouyang fracassasse.

— Ele nos abandonou em um momento crucial, é verdade. Mas, independentemente do que isso nos custou, o que eu quero não mudou. Por isso, vamos ajudá-lo na investida contra Dadu. Faremos isso quer ele reconheça nossa existência ou não. Não me importo se ele amaldiçoar meus ancestrais ou cuspir em mim enquanto isso. O que importa é que ele chegue lá dentro, se livre do restante das defesas sem destruir *toda* Dadu e mate o grão-cã. E então... — Zhu projetou-lhes sua determinação com toda a ferocidade que tinha: — Então eu terei o que desejo.

Pelos rostos deles, conseguia ver que a seguiriam, mesmo quando o Comandante Li falou, incerto:

— Ainda há a questão com Goryeo. Se o Yuan os convocar agora, chegarão a Dadu ao mesmo tempo que nós. Mesmo *se* nos coordenássemos bem com o General Ouyang, seria um desafio enfrentá-los quando já tivemos nossas próprias baixas contra Chen Youliang.

— Goryeo não será um problema. — Zhu virou-se para Yuchun. — Terei que incomodá-lo e pedir que organize as provisões e comece a liderar nosso exército para o norte.

Yuchun parecia taciturno, e abruptamente mais velho. Ambos sabiam o que aquele pedido realmente era: que ele ocupasse o lugar de Xu Da.

— Onde *você* estará?

Com um acesso de dor, Zhu se lembrou de estar a cavalo ao lado de Xu Da enquanto olhavam de cima para a terra dourada que se expandia debaixo deles em direção ao mar leste. Em algum lugar do outro lado daquelas águas ficava o reino peninsular de Goryeo, e ela pensara: *Um dia, tudo isso será meu*. Mal conseguia compreender como conseguira sentir tamanha alegria inconsequente com suas ambições. Elas ainda se mantinham acesas, mas agora era como uma chama impregnada de desespero. *Precisava* que elas se cumprissem, mais do que havia apenas desejado para si. Tinha que vencer, porque fora por isso que Xu Da morrera. Precisava fazer com que não tivesse sido em vão.

— É hora de um encontro de reis.

Quando Ma entrou nos aposentos, encontrou Zhu sentada à cama. Era inquietante vê-la completamente absorta em pensamentos, quando antes Zhu jamais estivera desocupada.

Ma acomodou-se ao seu lado. As saias de seu manto branco de luto sobrepunham-se às vestes douradas de Zhu. Ela tomou-lhe a mão com gentileza, porque sabia que o ferimento entre seus ossos ainda doía.

— Acabaram de me informar. Seu navio está pronto. Você poderá partir para Goryeo amanhã de manhã.

Perder Xu Da havia mudado Zhu. Ela, que causara tantas perdas a outrem, e que parecia jamais ter sonhado que o mesmo poderia lhe acontecer, agora exibia a própria dor e o pesar de maneira clara. A pele sobre seus olhos havia caído de leve, como se a gravidade da desolação houvesse enfim conquistado sua infindável e resiliente jovialidade. Conferia-lhe um olhar mais velho, mais caído. Vê-la assim era desolador. Ma pensou que talvez devesse se sentir grata que Zhu *era* capaz de sentir emoções humanas comuns, como o luto. Mas agora era uma agonia ver a pessoa que amava sofrendo, e saber que era incapaz de confortá-la.

— Yingzi —cumprimentou-a Zhu. Não apertou a mão de Ma como normalmente faria, mas reacomodou suas mãos para que os dedos se enlaçassem. Duas mãos pequenas que se beijavam. — Estamos tão perto. Dá para sentir? Imagine só: depois que eu lidar com Goryeo, haverá apenas mais uma marcha. Mais um ataque. E então, acabou. Chega de sacrifícios. Chega de dor e sofrimento. Enfim possuirei meu novo mundo. Tudo pelo qual passamos não terá sido em vão.

Zhu sempre falara do futuro com alegria, mas agora havia um tom desesperado que Ma pensou ser inquietantemente familiar. Precisou de um momento para perceber que a lembrava do General Ouyang.

— Você virá comigo, Yingzi? Também foi por isto que você sofreu. Assim que resolvermos as coisas em Goryeo, iremos diretamente a Dadu para nos encontrarmos com o exército de lá. Gostaria que você estivesse comigo quando eu subir ao trono. — Zhu ergueu o olhar das mãos delas para oferecer-lhe a sombra de um sorriso comum. — Minha imperatriz.

Ma jamais duvidara do sucesso de Zhu. E como poderia o futuro de Zhu não ser magnífico se era um mundo em que todos poderiam ser como eram? Ainda se lembrava de sua própria frustração enclausurada de ter sido posta em um caminho que jamais escolhera para si mesma, até que Zhu tomara-lhe a mão e levara-a à luz. Agora, Ma conseguia ver o futuro com tanta clareza que ele já parecia real: Zhu tomando as mãos do mundo inteiro, como fizera com Ma, e libertando a todos.

Contudo, Ma não conseguia deixar de lado a ideia de toda aquela dor e de todo aquele sofrimento, de todas aquelas pessoas que já haviam se sacrificado pelo sonho de Zhu. Não apenas Xu Da, mas as incontáveis outras vidas cujos términos não afetaram Zhu da mesma forma. Homens enviados para morrer em batalha; homens e mulheres comuns, mortos e torturados quando suas cidades foram tomadas; uma criança que Ma segurara nos próprios braços certa vez.

Deu-se conta de estar se lembrando de Ouyang mais uma vez. O que ele fizera em prol do que queria causara-lhe uma aparente infinitude de agonia. E, ainda assim, pensou ela com um calafrio, ele jamais se arrependera.

— Alguma vez você já se perguntou se poderia não valer a pena? — questionou Ma, baixinho.

Zhu olhou para ela. Parecia surpresa, como se Ma estivesse propondo um enigma paradoxal.

— Como poderia uma coisa dessas? Se ser imperador significa possuir o mundo, então o valor é infinito. Vale absolutamente tudo.

Talvez assim fosse. Mas se cada morte também pudesse ser considerada o fim do mundo único de cada pessoa…

Então não seria essa dor infinita também?

SONGDO, CAPITAL DE GORYEO

Estava nevando em Songdo quando a embarcação atracou depois de uma semana de viagem que levara Zhu e Ma primeiro à foz do Rio Yangzi, depois ao longo do Mar Leste. A neve caía mais densa do que Zhu já havia visto, amontoando-se contra as construções simples de madeira da pequena cidade e mascarando a paisagem ao redor. Goryeo pertencia aos mongóis tanto quanto a terra nativa de Zhu pertencera, mas seu exotismo era inescapável: presente não apenas nas vestimentas de formato esquisito que escondiam os corpos que se apressavam pelas ruas, mas também no próprio sabor do ar frio e impregnado pelo cheiro de pinho. Uma solidão terrível a preencheu. Juntos, ela e Xu Da haviam visto tanto do mundo… Mas agora ele havia partido sem ela, e os desejos imerecidos de Zhu haviam condenado seu carma o suficiente para que mesmo mil anos de vidas seguintes não bastassem para vê-lo mais uma vez. Tudo que podia fazer era seguir em direção à vitória, que estava tão próxima que poderia esticar a língua e prová-la. Com uma dor ferrenha, pensou: *não será em vão.*

Quando Zhu chegou ao palácio, não era capaz de dizer se sua simplicidade era parte do estilo de Goryeo ou se o Grande Yuan havia escoado toda a riqueza do reino para seu uso pessoal. Talvez ambos. Servos do palácio passavam às pressas por ela com braços apinhados de lenha — no restante do Grande Yuan, teria sido carvão — e Zhu flagrou seus olhares de soslaio curiosos. Suas roupas não anunciavam sua exoticidade apenas para eles, como para si mesma também. Estava usando um dos vestidos régios de brocado sulista de Ma, com um manto de pele sobre os ombros.

Ma trançara e amontoara o cabelo ao alto e acrescentara um acessório de cabelo quase tão grande quanto sua cabeça, e sua mão de madeira estava cuidadosamente escondida dentro da manga. Zhu soubera que precisaria se disfarçar, já que Songdo estava infestada de pessoas leais ao Grande Yuan. Se qualquer uma delas ouvisse dizer que Zhu Yuanzhang firmara um acordo com o rei, sabe-se lá o quanto o pressionariam a voltar atrás em sua palavra. Se não conseguisse manter discrição em sua visita, o acordo acabaria sendo desvendado antes de sequer sair de lá.

Até o ano passado, Bayan-Temur, como fora conhecido na época, vivera na corte imperial do Grande Yuan como um príncipe feito de refém. Agora ele era o Rei Gongmin de Goryeo. Conforme Zhu adentrava a sala do trono com um olhar baixo o suficiente que ainda lhe permitia observar os aposentos, viu um homem robusto em um manto da cor de um grão de pimenta assado. Ele ostentava extravagantes ornamentos de ouro no peito e nos ombros, e a saia era pregada em estilo mongol. Mas, em vez das tranças mongóis, o cabelo do rei estava preso com ouro em um coque alto do mesmo estilo que Zhu costumava usar. Suas feições roliças estavam arrumadas com tamanho requinte que beirava a feminilidade. Zhu não conseguiu conter sua diversão amargurada. Para alguém que sentia tanta repulsa pelo feminino quanto Ouyang, era irônico que seria uma dupla de reis emasculados que o salvariam.

Ela se ajoelhou. Provavelmente era um dos gestos menos belos que a corte de Gongmin já vira, uma vez que dar conta das saias volumosas de Ma se revelou ser algo muito mais difícil do que parecia.

— Meus mais respeitosos cumprimentos ao rei de Goryeo — murmurou Zhu em um sotaque mongol pesado. — Poderia esta humilde mulher rogar por uma audiência particular...?

Conseguia sentir que o impulso inicial dele era rejeitá-la. Mas então, aparentemente recordando-se dos taels de ouro que aquela mulher estrangeira havia deliberadamente distribuído nas mãos de seus serviçais, o rei fez um gesto como quem pincela o ar para que se retirassem dos aposentos. Quando o último criado fechou as portas, Gongmin ordenou, com um desdém nítido:

— Fale.

Zhu pensou com ironia que, mesmo se estivesse com vestes masculinas, ainda assim não teria parecido bonita o bastante para chamar-lhe a atenção sem aquele indício de ressentimento: que ele estava sendo forçado a olhar para algo que o entediava e o aborrecia.

Ela se ergueu. Despir-se de sua modéstia foi tão agradável quanto atirar de lado a armadura depois de um longo dia marchando; conseguia sentir os ombros se endireitando.

— Esperamos que o rei de Goryeo possa se encontrar com o Rei Radiante de igual para igual. Viajamos uma bela distância para encontrar Vossa Majestade.

Zhu ficou satisfeita com a maneira com que Gongmin ficou chocado.

— É *você* que está se rebelando contra o Grande Yuan? — Zhu observou enquanto ele se digladiava com os dois fatos que ela dispusera à sua frente: primeiro, que Zhu Yuanzhang estava em Goryeo, e segundo, que ela não era o que todos achavam que era. — Mas você é uma… você *é* uma mulher?

Ele parecia profundamente indignado por ser incapaz de conciliar a ambiguidade de Zhu: sua postura e sua ousadia masculinas, o rosto mal-apessoado, o belo vestido — e, é claro, tudo que ouvira falar sobre as impressionantes conquistas de Zhu Yuanzhang, o Rei Radiante.

— Ou você é um eunuco, como aquele outro? Quantos eunucos traidores um império é capaz de produzir? Uma vez me encontrei com o outro, durante uma das caçadas do grão-cã. — O rei gesticulou de maneira vaga na direção do rosto de Zhu. — Ele era parecido. Daria para pensar que se tratava de uma mulher, mas sempre havia algo errado nele que você jamais conseguia apontar ao certo.

— Poucos poderiam reivindicar a mesma beleza do General Ouyang — falou Zhu, deleitando-se com a maneira com que sua recusa em oferecer uma resposta clara aprofundava o desgosto dele. Era prazeroso forçá-lo a lhe confrontar como ela era.

— Bem — disse Gongmin, recuperando a compostura. — Que surpresa. Se soubéssemos quem estava vindo, não teríamos aceitado seu pedido por uma audiência. Como poderíamos ser vistos recebendo os inimigos do Grande Yuan? — Ele falava em mongol com o mesmo sotaque de Dadu que Ma tinha. — Seria melhor para todos nós que você fosse embora.

Sem dúvida o rei pensava em todos aqueles espiões do Grande Yuan. Estava prestes a interromper a audiência quando Zhu acrescentou às pressas:

— Já que mencionou o General Ouyang, suponho que Vossa Majestade recebeu a mensagem do Grande Yuan sobre as adversidades presentes?

Ele havia se inclinado para a frente, como que para chamar os criados. Zhu viu sua postura mudar para uma pensativa, embora continuasse sendo pouco amigável. Mas ela não precisava de sua amizade para o que queria. Nem ao menos precisava de seu respeito.

— Eu tenho a intenção de juntar o meu exército ao do General Ouyang do lado de fora de Dadu. O Grande Yuan *irá* ruir contra nós dois. Mas isso contanto que Goryeo não vá em seu auxílio, o que tenho certeza de que já lhe solicitaram. Estou pedindo que, em vez de responder ao chamado de Yuan, o senhor se alie a mim. Para que não haja mal-entendido: não estou pedindo auxílio militar de suas tropas. Tudo que peço é que não responda ao chamado. E em troca de não fazer nada, quando Dadu capitular e eu me sentar ao trono, irei recompensá-lo com o que Goryeo mais deseja.

Era nítido que ele ouvia com atenção, embora seu rosto estivesse inexpressivo.

— Seu país deve ter sofrido bastante durante todos esses anos, sendo forçado a pagar tributos, a mandar príncipes para o cativeiro e envergonhar-se ao ser vassalo de um senhor estrangeiro! Eu acabarei com tudo isso. — Em um ímpeto triunfante, ela declarou: — Eu darei liberdade a Goryeo.

Na mesa baixa diante do trono, havia fatias em conserva de raiz de lótus tingidas de rosa e amarelo, assim como em sua cor branca original, dispostas em um contêiner feito de uma parte de um caule de bambu laqueado. Gongmin pegou uma fatia com um par de *kuàizi* de aço e a comeu. Havia um aspecto deliberado naquele gesto que Zhu não conseguiu compreender. Quando ele terminou, falou devagar:

— Quem poderia recusar a oferta de receber algo em troca de nada? Você veio até aqui sabendo que eu não poderia recusar. E assim teria sido o caso, se a situação fosse como você acredita ser. Mas suponho que o seu centro de operações seja bem distante de Dadu, e leva tempo para que as notícias sigam viagem.

A neve grossa de Songdo tornava a cidade incomumente silenciosa, como se os espaços entre os objetos ficassem mais vastos e mais vazios quanto mais ao norte se dirigia. Zhu teve a sensação abrupta e vertiginosa de distanciamento, como se tivesse ido longe demais e perdido todo senso de direção para retornar à casa. Ou talvez a distância fosse em seu interior, porque, quando Gongmin se ergueu do trono e desceu os degraus para observá-la mais de perto, a voz dele parecia chegar-lhe de uma imensa longitude.

— Ah, agora estou vendo você. Não é um eunuco afinal. Apenas uma menininha feia com sonhos de grandeza. É difícil acreditar que chegou tão longe assim! Mas mesmo que alguém como você pudesse governar, pelo menos no tocante ao trono do Grande Yuan, você chegou tarde. Dadu capitulou há uma semana. O joguinho acabou. Alguém já venceu.

A noite caía sobre o jardim do palácio, assim como a neve. Zhu percebeu o silêncio em seus ouvidos como uma pressão abafada. As pesadas dobras de seu vestido sangravam sua cor no crepúsculo. Naquela longínqua terra que uma vez sonhara em governar, ela era um único grão de luz ajoelhado na neve enquanto o céu noturno baixava ao seu redor. Seu toque a sorvia e engolia por inteiro.

Ouyang estava morto. O grão-cã estava morto. Madame Zhang era a nova imperatriz. E aquele que se movera em meio à escuridão desconhecida, dentro daquela sombra que a tudo tocava, tinha um nome. Um nome que já não poderia mais ser pronunciado sem se seguir a pena da morte, quando quem o carregara era o grão-cã, mas Zhu pensou nele de qualquer forma:

Wang Baoxiang.

O príncipe de Henan. Não o amado de Ouyang, mas seu irmão mais novo. Zhu tinha apenas uma vaga lembrança daquele irmão no dia em que vira o séquito do príncipe de Henan do telhado do monastério. Um erudito em meio a guerreiros. Mas naquela época ele não era a escuridão. Zhu recordava-se de um jovem desengonçado em vestes tão ostensivas que a fizeram evocar o lampejo de uma borboleta. Fora ele que estivera ainda mais abaixo nas graças do mundo — aquele que fora amado ainda menos pelos próprios pai e irmão — do que aquele eunuco desprezado. Agora, tantos anos depois, era ele que estivera na capital o tempo todo durante a batalha pelo trono. Havia ludibriado a todos, incluindo Zhu. Ninguém previra aquilo.

O grão-cã podia ter mudado, mas o compromisso do Rei Gongmin com o Grande Yuan, não. Recusara todas as súplicas de Zhu para unirem suas forças em um ataque contra Dadu. Se o que ela lhe oferecia era algo em troca de nada, ela sabia que ele teria ficado feliz em concordar. Mas, quando o assunto era arriscar a si mesmo ou sua posição, ele jamais aceitaria, ainda que pelo bem do próprio povo. Não que Zhu esperasse mais dele. Caso fosse um homem de caráter exímio, o Yuan jamais teria permitido que tomasse o trono de Goryeo para início de conversa.

Agora, o exército dela, que marchava por conta própria até Dadu, não seria o bastante para tomar a cidade. Wang Baoxiang controlava o exército central do Yuan — ou o que restava dele depois dos esforços de Ouyang —, assim como as tropas de Madame Zhang. Com a liderança apropriada que lhes faltara quando Ouyang deparara-se com eles, aquelas forças combinadas seriam capazes de defender Dadu. E agora haviam-se esgotado as alternativas para que Zhu virasse o jogo a seu favor. Não havia mais aliados a quem procurar. Não havia mais vantagens a ganhar.

Mas não poderia desistir. Gongmin estava errado. Wang Baoxiang podia estar sentado no trono, mas, enquanto Zhu tivesse a vontade e o desejo de seguir adiante, ele não venceria. Com desespero, sabia que continuaria indo em direção à grandeza enquanto respirasse. Continuaria mesmo que não possuísse o suficiente para vencer. Mesmo que, ao olhar para a frente, tudo que pudesse ver era seu exército atirando-se num massacre.

Quando Ouyang marchara até Dadu, ele estivera em uma situação parecida. Mas havia conseguido, contra todas as expectativas. Fizera tudo que se propusera a fazer. Havia encontrado seu destino e seu fim, e, com isso, fizera com que todo seu sofrimento — sua dor, suas traições, seus sacrifícios — não fossem em vão.

Zhu pensou com uma determinação que a fez estremecer: *assim como eu farei.*

Enquanto se ajoelhava ali, seu punho se fechou sobre as saias que lhe cobriam as coxas, e aos poucos se deu conta de uma figura encoberta pela neve que caía. Um fantasma era um complemento apropriado para aquele pátio inerte de inverno. Suas roupas maltrapilhas derramavam-se na neve, e o cabelo embaraçado era da mesma cor que os galhos encharcados dos salgueiros encurvados. A figura ia ficando mais nítida, como se a neve estivesse minguando, e então Zhu deu-se conta com um sobressalto: não mais nítida porque havia menos neve, mas porque ela vinha em sua direção.

Não havia vivalma naquele jardim escuro e silencioso, exceto por Zhu, e ela teve a sensação de que o fantasma se punha acima dela e observava sua ruína enquanto a água escura se fechava sobre sua cabeça.

Exceto que…

Os pés calçados de branco do fantasma estavam *na* neve, não sobre ela. Por mais que mais neve tenha apagado seu rastro quando caiu, por um instante aquelas pegadas haviam existido. Não era um fantasma, mas uma mulher. Enquanto se aproximava, ela tirava o cabelo do rosto para revelar feições ossudas desconhecidas. Talvez os traços acentuados daqueles ossos já tivessem sido elegantes e soberbos, mas, agora, tudo que Zhu via era o crânio sob a pele.

— Zhu Yuanzhang — disse a mulher, olhando-a de cima. — Aquela conhecida como o Rei Radiante, que não deseja nada, a não ser o trono do Grande Yuan.

O aspecto devastado de sua voz em uma pessoa viva produzia um pavor pior do que o horror dos fantasmas, porque aquela era uma pessoa que se sentia como Zhu; como Ouyang. Era alguém que ardia de sofrimento, dor e raiva por conta do que perdeu; alguém que perdera o mundo e continuara na escuridão como uma casca cinzenta.

— Para que um grande desejo seja conquistado, o sofrimento deve ser igual ou maior. Então diga-me, irmãzinha: o que está preparada para fazer por aquilo que deseja?

Enquanto Zhu ficava ali ajoelhada naquele mundo de neve, escuridão e dor, sentiu uma explosão descontrolada de esperança. *Qualquer coisa*, prometeu. Qualquer que fosse a solução que a permitisse vencer, ela sabia que valeria a pena, não importava quão terrível parecesse no momento. *Sou capaz de aguentar tudo.*

A mulher viu a resposta em seu rosto.

— Você é mesmo tão forte assim? — murmurou.

Uma aura de ferocidade, como o véu sangrento sobre um eclipse lunar, caiu sobre seu semblante branco feito gelo. Se seus dentes estivessem visíveis naquele momento, Zhu teria acreditado que eram tão afiados quanto os de um fantasma sedento por um fígado.

— Eu já fui forte assim. Era a consorte preferida do falecido grão-cã, e meu filho era o Terceiro Príncipe do Grande Yuan. O que eu não teria feito pela única criança de minha carne! Mantive-o seguro durante mais de dezoito anos. Mas então cometi um erro. Confiei na última pessoa em quem deveria ter confiado. O rei se recusou a ajudá-la, Zhu Yuanzhang. Mas, por causa do que Wang Baoxiang fez com meu filho — disse a Senhora Ki —, eu irei.

20

CIDADE DO PALÁCIO, DADU

Não havia chicotes, mas a voz do supervisor eunuco praticamente agia feito um quando ele vociferava:

— Mexam-se, escravas!

Zhu, na fileira de escravas maltrapilhas, atravessou o arco de pedra do portão e adentrou a Cidade do Palácio. Conforme ela e as demais escravas eram levadas até Dadu, haviam ficado espantadas pela destruição que Ouyang causara na área rural em volta. Troncos de árvores carbonizados pontuavam os escombros de vilas e bordéis devastados, e nos campos, vistosas ervas daninhas primaveris se entrelaçavam com a safra ressecada não colhida da última estação. Era a selvageria de alguém que não se importava com o rastro de destruição que deixava para trás, porque tudo o que importava era um único instante, de conquista e aniquilação correlatas, que estava à frente. E ele enfim encontrara aquele momento, ali na Cidade do Palácio.

Monges viajavam mais do que a maioria das pessoas, e muitos dos que visitavam ou regressavam ao Monastério Wuhuang haviam comentado sobre a reluzente capital mongol. Haviam descrito uma cidade cujas muralhas e edificações de ouro luziam de vitalidade em contraste com o pano de fundo de colinas ressequidas. Mas o que Zhu viu foi um mundo que parecia ter perdido toda cor e esplendor; que esmaecia ainda mais conforme os olhos desciam das nuvens escuras que se agitavam debaixo do Céu. As bandeiras que tremulavam sobre as muralhas não eram do azul-celeste que Zhu conhecia das batalhas, mas tinham o tom de um lago envolto pela floresta ao crepúsculo, como se a noite houvesse enfim chegado ao céu do Grande Yuan. As muralhas eram de fato douradas, assim como os edifícios, e os pátios pavimentados com o mais puro mármore. E, ainda assim, nada possuía brilho. Quando Zhu esfregou os dedos numa balaustrada outrora branca, eles voltaram escurecidos. A fuligem da guerra, formando uma pátina sobre tudo o que tocava. Wang Baoxiang, que emergira das sombras para tomar o trono antes dela, não acabara com o Grande Yuan. Ele o continuara: um mundo sepultado nas cinzas de sua própria destruição.

As coisas não precisavam ter sido assim, pensou Zhu com pesar. Se Ouyang houvesse ficado ao seu lado — se ao menos houvesse conseguido superar o ódio por si mesmo para acreditar nela, para confiar nela —, ele poderia ter vivido. Juntos, poderiam ter dado à luz um novo mundo, em vez deste, onde a luz havia sido transmutada em escuridão, e a dor em eterno sofrimento.

As escravas seguiam em frente a duras penas, de cabeça baixa. O cabelo de Zhu estava solto, o vestido desbotado, manchado e esfarrapado, a mão de madeira pendendo na lateral do corpo. Sabia que era uma figura familiar naquele local sombrio e desesperador. Mais uma mulher arrasada da cidade capitulada de Nanchang. Mais uma mulher que fora estuprada pelos homens de Chen Youliang, mutilada e tornada uma piada obscena de Zhu Yuanzhang, seu rival de uma mão só, depois vendida como escrava com o rosto feito uma máscara de mágoa e dor. Zhu nem ao menos precisou fingir para fazer o disfarce parecer convincente. Simplesmente exibiu a própria dor. Exibiu a penúria às claras e viu as outras escravas recuarem com uma hostilidade ainda maior do que demonstraram diante de seu desfiguramento. Conseguia entender o porquê. Entrar em contato com a dor de outrem era arriscar senti-la por conta própria, a menos que você rompesse a conexão ao odiar o outro. Quando o maior desejo da maioria das pessoas era evitar a dor, é natural que prefeririam odiá-la.

Conforme as escravas seguiam o supervisor ao longo de corredores altos e sombreados de azul na Cidade do Palácio, Zhu ouviu uma gritaria ao longe. De repente, o supervisor berrou:

— Abaixem-se!

As escravas zanzaram, incertas, até que o sujeito agarrou a mulher à frente da fileira, chutou-lhe a perna, o que fez com que ela soltasse um grito ao cair de joelhos, e, com um movimento enérgico das mãos, a obrigou a fazer uma reverência com a cabeça.

— Querem morrer? Se não, *abaixem-se* sempre que o grão-cã se aproximar!

O tom dele não tolerava qualquer objeção. O restante rapidamente afundou na areia branca e fria do corredor. Conforme o barulho aumentava gradativamente, uma liteira alta passou às pressas; tudo o que Zhu viu foi uma quantidade tão grande de pernas se mexendo abaixo dela que quase parecia uma centopeia.

Quando as escravas se ergueram e voltaram a fazer fileira, a liteira havia chegado à grande praça do outro lado da arcada ao final do corredor. Ela se deteve ao pé dos degraus que levavam a um salão imenso com um teto repleto de joias e cercado por pilastras. Zhu conseguia apenas distinguir a figura que desembarcava da liteira. Ao contrário de seus predecessores, ele vestia roupas escuras; os dragões dourados que anunciavam sua posição percorriam a superfície como se fossem constelações à meia-noite.

Prendendo a respiração, Zhu encarou Wang Baoxiang, o grão-cã. Havia uma sensação enorme em seu interior, que não era raiva ou ódio, mas apenas um simples reconhecimento. Eis a pessoa que possuía tudo o que ela queria.

A pessoa que se punha entre ela e seus desejos.

Ele desceu e, por um instante, perdeu-se em meio a uma multidão de eunucos, serviçais e guardas.

— Não posso lhe dar um exército — dissera o fantasma branco que era a Senhora Ki. — Mas se você, assim como falou, está pronta para fazer qualquer coisa, então posso lhe dar outra maneira de vencer. Wang Baoxiang é, no momento, a única pessoa em Cambalique que possui o Mandato do Céu. Embora também fosse o caso do grão-cã anterior, isso não é a regra, mas um erro do sistema. Normalmente, antes mesmo de ascender ao trono, o grão-cã já estabeleceu sua linhagem de sucessores com um herdeiro legítimo que também possui o Mandato. Mas, caso o grão-cã venha a falecer sem reconhecer um sucessor, não há dúvidas de que os ministros e o exército aceitariam sua substituição por outro indivíduo que o Céu considerou qualificado. Ainda mais se ele possuir um exército de prontidão do lado de fora.

A Senhora Ki observou Zhu onde ela se encontrava ajoelhada.

— O Filho do Céu sempre foi um homem. Mudar isso parece uma violação da ordem em que o nosso mundo repousa. Mas talvez faça sentido que a pessoa que acabe com o Grande Yuan também destrua o mundo da maneira como ele existiu. Um novo mundo para um novo governante. E eu não tenho nenhum apego ao velho mundo, já que negou um lugar a meu filho nele e o deixou morrer nas mãos do próprio pai, que o considerou indigno de continuar seu legado, simplesmente pelo fato de ele ser quem era.

Uma brisa movimentou o jardim, fazendo com que a neve dos galhos do salgueiro caísse ao chão em uma cascata de explosões suaves e contidas.

— Você não é um homem, Zhu Yuanzhang. Ainda assim, você é digno?

Zhu deixou a dor e o pesar de lado e agarrou aquela parte essencial de si mesma — a parte que jamais poderia ser extinta. Com a lembrança da intensidade do momento em que desejou tornar-se si mesma e, pela primeira vez, em que realmente reivindicou a própria vida e o próprio destino como seu, disse:

— Sou.

— Então entre no palácio com minha ajuda. Assassine Wang Baoxiang, erga-se, proclame-se e tome o trono de dentro.

Do outro lado daquele vasto pátio, Zhu viu o escuro círculo de servos subindo os degraus com a mancha dourada abrigada em meio a eles. Apesar dos assassinatos e traições que haviam produzido a abundância de fantasmas que permaneciam nas sombras gélidas daqueles corredores poderosos, havia um bom motivo pelo qual pouquíssimos daqueles fantasmas eram os de governantes regentes.

O grão-cã poderia ser a única pessoa no centro do mundo, mas ele jamais estava sozinho.

Escravas realizavam os trabalhos na Cidade do Palácio que nem mesmo a criada de mais baixa categoria teria feito. Uma supervisora as levou ao longo das várias residências, onde esvaziaram penicos em baldes que pendiam das varas em seus ombros, depois levaram os baldes para o lado de fora das muralhas da Cidade do Palácio, onde as carroças de dejeto noturno aguardavam. A questão não era que o trabalho em si era insuportável, pensou Zhu. Ela já fizera pior em outra época — limpar a latrina do monastério com uma pá permanecia uma lembrança vívida, mesmo passados todos esses anos —, assim como provavelmente todas as escravas em suas vidas anteriores. Não, o verdadeiro tormento para uma escrava era saber que já não lhes restava nada mais além de trabalho. Trabalhariam até se despedaçarem e, quando isso acontecesse, ninguém se importaria, pois de nada valiam.

Zhu logo concluiu que as escravas eram praticamente invisíveis para os demais funcionários do palácio. Havia as criadas de categoria inferior, que esfregavam roupas sujas e corriam de lá para cá com cestos de carvão. Havia as criadas da cozinha e as prendadas, que eram vistas aos montes, curvadas sobre bordados. Havia supervisoras, damas de companhia, governantas e eunucos que faziam de tudo, desde carregar liteiras até auxiliar os médicos imperiais. Parecia haver pessoas de todos os cantos do império, falando todos os idiomas entre os quatro oceanos, embora houvesse uma preponderância daqueles vindos de Goryeo e outros estados vassalos que, ao que parecia, foram enviados ao Grande Yuan como tributo. A Cidade do Palácio, ponderou Zhu, era realmente uma cidade. No momento, o único membro do harém imperial era a imperatriz, mas no futuro haveria dezenas de consortes, cada qual com sua própria criadagem: todos esses milhares de funcionários seriam necessários, e mais um pouco.

Coletar dejetos noturnos fora apenas a primeira tarefa do dia. Depois disso, as escravas haviam descartado baldes de cinzas de carvão dos inúmeros braseiros das residências e restos de comida das cozinhas, e agora estavam fazendo fila no poço para se revezarem puxando baldes de água para ser distribuída. Zhu surpreendeu-se com a intensidade de sua exaustão. *Acostumada demais com a vida cômoda de um rei*, pensou com ironia.

— Continuem trabalhando! — gritou a criada supervisora enquanto a escrava diante de Zhu se afastava do poço arrastando os pés com sua carga de dois baldes cheios.

Não era fácil fazer com uma mão o que se deveria fazer com duas, mas era executável. O poço tinha um sistema simples de roldana para erguer baldes. Zhu enganchou seu primeiro balde na extremidade da corda e o jogou ali dentro para que se enchesse, depois o ergueu ao topo e pisou na extremidade enrolada da corda da roldana para manter o balde erguido enquanto o retirava do gancho com a mão esquerda.

Tinha acabado de pegar na alça do balde, mas não o desvencilhado, quando chegou o chamado:

— Aí vem o grão-cã! Escravas, abaixem-se!

Aconteceu tudo de uma vez. Enquanto as escravas viravam-se em sincronia em direção à estrada, Zhu foi atingida nas costas pelo movimento da vara da mulher atrás dela. Quando deu um tranco à frente com uma exclamação, o pé que usava de âncora ergueu-se da corda da roldana; o balde despencou de debaixo da mão esquerda com tal força que quase a arrastou consigo; e o braço direito, que havia se atirado ao alto para fazer contrapeso, foi puxado com força pela polia, passando por dentro das voltas do amarrilho.

Houve um baque, e o balde parou de súbito, quicando, a meio caminho do poço.

Zhu ergueu o olhar, ofegante, para onde sua mão de madeira, enredada em um emaranhado de corda, estava presa entre a roldana e o balde suspenso. A sensação que tinha era de que seu braço havia sido arrancado da junta. Ela puxou a mão com força, depois mais uma vez, com uma urgência crescente por ela estar ali emperrada. Estava acostumada a ser a única pessoa de pé enquanto os demais ao seu redor se curvavam, mas agora essa era a última coisa que queria. *Se não querem morrer, então abaixem-se.*

Ela puxou com mais força. Suas costas, voltadas para a estrada, formigavam como se estivessem contra um colchão de alfinetes. Conseguia *sentir* a escuridão se aproximando, correndo em sua direção como um ser voraz de muitas pernas. Quão irônico seria ser espancada até a morte enquanto uma escrava por se recusar a se curvar diante daquele que havia lhe tirado o trono? Ela torceu e repuxou com tudo que tinha. Precisava *se soltar*...

A força com que se soltou a catapultou do poço. Ela tropeçou e caiu apoiada em um joelho ao lado da estrada, com a cabeça abaixada justo quando a procissão do grão-cã passava sem se deter. Já havia terminado. O coração de Zhu continuou a martelar. O toco repousava sobre seu joelho direito dobrado, dando espasmos dolorosos e deixando pender uma atadura acolchoada parcialmente afrouxada. Em vez de soltar a mão em si, em meio ao desespero, havia arrancado o toco do punho de madeira apertado que unia os dois.

Percebeu, tarde demais, que uma sombra se projetava por cima dela. A princípio, não fazia ideia de por que haveria dez pares de pés calçados de eunucos diante de seus olhos abaixados. O grão-cã já não havia passado?

Acima, uma mulher falou:

— *Você.*

Zhu conhecia aquela voz. Lembrava-se de ter visto sua dona através de uma cortina de gaze em uma carruagem sobre uma planície onde dois exércitos se punham de lados opostos. Parecia que havia ocorrido séculos atrás. Ela sentiu-se ser preenchida por uma premonição gélida.

— Você, escrava — Madame Zhang repetiu.

Um eunuco veio às pressas e deu um chute na canela de Zhu, o que a fez ofegar.

— *Você*, sua inútil.

Que escolha ela tinha? O presságio de Zhu se aguçou até que teve a impressão de estar sobre o fio de uma lâmina. Ergueu a cabeça, mantendo os olhos baixos por respeito. Madame Zhang, bem acima dela, era apenas a sensação de uma silhueta régia em frente ao difuso sol nortenho.

— Escrava. O que aconteceu com sua mão?

A melhor história era aquela que continha a maior quantidade de verdade. Zhu manteve os olhos fixos na estrada enquanto murmurava:

— Esta reles escrava ousa responder à imperatriz: antes de ser escrava, esta mulher era de Nanchang. A imperatriz, com seu vasto conhecimento, de certo ouviu dizer que a cidade e seu povo capitularam quando Chen Youliang tomou-os de Zhu Yuanzhang.

— Zhu Yuanzhang! — disse Madame Zhang com uma satisfação nítida, como se Zhu houvesse confirmado o que ela já estivera pensando quando viu a mulher ajoelhada sem uma das mãos.

Zhu deu-se conta de que Madame Zhang jamais suspeitara de sua identidade. Uma onda de alívio tão intenso a perpassou que seu corpo quase ficou molenga. Ela não suspeitara porque quem é que veria um rei em uma escrava, um homem em uma mulher? O que chamara a atenção de Madame Zhang não passava do espectro de seu antigo rival. Naquele instante, ela disse:

— Aquele rapaz tolo. Deveria ter se rendido a mim quando teve a chance. Sua ganância e sua ambição traíram aqueles cujos corpos ele utilizou para construir este reino! Olhe só para você, ajoelhada diante de mim: uma escrava arruinada.

— Ele jamais pensou em nós. Deixou-nos sofrer em prol do que desejava. Minha mão, meu corpo. Meu irmão mais velho…

Surpreendeu-se ao ouvir a própria voz falhar. Por um instante, ela era a pessoa que fingia ser, aquela mulher mutilada e sofrida cuja família fora-lhe arrancada pelo desejo de Zhu Yuanzhang, que daria e faria qualquer coisa para que ele se realizasse.

Zhu Yuanzhang o matou. Eu o matei.

Eu o fiz sofrer pelo que eu desejei.

Supunha-se que uma escrava deveria ser um objeto invisível e mudo. Mas a dor de Zhu, que se espalhava pelo mundo, proclamava-a enquanto uma pessoa. O eunuco deu um passo abrupto em sua direção e disse:

— Sua imunda desprezível, como ousa falar livremente diante da imperatriz…!

Madame Zhang ergueu uma mão e o silenciou. Seus protetores de unha, encrustados de joias, cintilaram.

— Quão grande é sua dor!

Ela aparentava sentir um divertimento levemente enojado enquanto observava Zhu, como se seu sofrimento fosse uma aura poluente. Mas, sob aquela atuação, Zhu sentiu algo mais agudo: um interesse que beirava a fome. *Inveja,* percebeu ela com um sobressalto. Mas que tipo de pessoa invejava a penúria de outra?

— Tenho certeza de que já sonhou com como seria se Zhu Yuanzhang pudesse sentir uma fração de sua dor — ponderou Madame Zhang. — Sonhos de vingança ou de justiça, embora talvez ambas sejam a mesma coisa. Sabia que ele está a caminho daqui neste mesmo instante? Um tolo seguindo os planos de um tolo, para avançar contra as muralhas de Dadu, determinado a causar a própria ruína.

Ouvi-la falar de Zhu Yuanzhang deu a Zhu a sensação horripilante de estar em dois lugares ao mesmo tempo. Era como se tivesse sido artificialmente separada em duas metades, cada uma reduzida a algo menos do que a si própria, mas que o mundo era capaz de entender e lhe acomodar um papel. Homem e mulher, rei e escrava. Digna e desprezível.

Madame Zhang fez um gesto descuidado para a dama de companhia mais próxima de sua liteira e ordenou, para a surpresa e o estarrecimento de Zhu:

— Traga-a conosco. Limpe-a e coloque-a no uniforme de uma criada.

Seu sorriso leve sugeria que aquilo não passava de um capricho para seu próprio entretenimento, mas Zhu ainda conseguia sentir a ânsia por uma dor indireta, como se estar próxima dos sentimentos em carne e osso de Zhu talvez dessem vida a uma boneca de porcelana oca.

— Zhu Yuanzhang está a caminho. E, já que você foi alguém que tanto sofreu pelos desejos dele — declarou Madame Zhang —, será um prazer permitir que você assista-o receber o próprio destino.

Zhu jamais estivera dentro de um aviário e, mesmo enquanto rei, não havia lhe ocorrido que aquilo fosse algo a ser almejado. Era visível que o aviário de Madame Zhang era um motivo de orgulho. Tratava-se menos de uma jaula e mais de um jardim cercado. Os fios finamente entrelaçados da rede de contenção mal eram visíveis onde se erguiam sobre as árvores de primavera que desabrochavam.

Trilhas de seixos bem polidos se entremeavam ao longo dos densos arbustos. E havia pássaros por toda parte. Pássaros tão pequenos quanto xícaras de chá; pássaros que desfilavam em pernas mais longas do que as de Zhu; pássaros com cristas e coroas; pássaros com plumagem ornamentada. Deviam ter custado uma fortuna. Os únicos que Zhu reconhecia eram os faisões (deliciosos) e os pombos (igualmente deliciosos, mas mais úteis se deixados vivos para entregar mensagens). Não que Zhu pensasse que os pombos meticulosamente cruzados de Madame Zhang já houvessem transmitido mensagens em suas vidas. Eles eram cintilantes e extravagantes, ostentavam franjas e babados; era de espantar que ainda fossem capazes de voar.

Madame Zhang, tão rica e caprichosamente trajada e adornada quanto seus pássaros, estava próxima aos poleiros de madeira em meio a um grupo de criadas vestidas em tons sóbrios.

— Pegue-o, depressa! — falava Madame Zhang, impaciente, enquanto uma criada hesitante colocava a mão dentro de uma das caixas. Houve pânico esvoaçante; a criada puxou a mão de volta; um minúsculo pássaro da cor de um crisântemo levantou voo, em liberdade, feito uma flecha. As demais gritaram e se abaixaram quando Madame Zhang berrou: — Suas mulas em pele de cordeiro!

Zhu, que estivera varrendo uma trilha ali por perto, atirou a mão ao alto em um instinto impensado.

— Não o solte! — Madame Zhang veio às pressas em sua direção.

Zhu encarou o pássaro. Ele a encarou de volta com olhos feito grãos de pimenta. O coraçãozinho tamborilava feito chuva contra a palma de sua mão. Havia agarrado-o com o mesmo reflexo que teria usado para defender-se do golpe iminente de uma lâmina.

Quando Madame Zhang lançou-lhe um olhar avaliador, Zhu sentiu uma pontada de preocupação. Se alguém no palácio era capaz de reconhecer os traços da masculinidade de Zhu, esse alguém seria uma cortesã: alguém que lia o corpo dos homens para sobreviver.

Mas tudo que Madame Zhang disse foi:

— Que alegria! Um grilo de um braço só ainda consegue se fazer útil. — Apenas seus lábios se moveram enquanto ela sorria, como se houvesse aprendido a não craquelar a maquiagem com expressões desnecessárias. — Mais útil do que comida de pássaro, quero dizer. Agora, abra a asa dele e a segure, assim…

Tesouras douradas trituraram ao longo das penas espalhadas.

— Ótimo — murmurou Madame Zhang. Seu rosto de porcelana exibia uma intensidade quase erótica. — Pronto. Agora está perfeito.

Ela tomou o pássaro recém-incapacitado de voar em um dos dedos. Ele se debateu na superfície metálica do protetor de unha dela em um esforço para manter-se de pé. Seu minúsculo bico ofegava de horror.

Madame Zhang afagou as costas do pássaro com uma unha.

— Sabia que cada um desses pássaros foi dado a mim pelo próprio grão-cã? Ele possui um gosto incomumente requintado para um mongol. Todos esses belos objetos são um símbolo de sua enorme estima. — Pensativa, acrescentou: — Talvez eu dê este aqui como um presente de boas-vindas para a nova consorte de Goryeo quando ela chegar. Ouvi dizer que é uma menina doce e obediente. Um doce pássaro para uma doce menina. Sim, ambos combinam. Ela precisará que algo a mantenha entretida, já que o grão-cã não terá qualquer interesse por ela.

Flagrando uma mudança no olhar de Zu, ela soltou uma risada leve.

— Não pelo motivo que deve estar imaginando! Apesar dos modos, garanto que ele sabe satisfazer mulheres. Mas eu não diria que possui gosto pela doçura. — Seu sorriso se curvou como o de um gato satisfeito. Ela foi para dentro com passos leves e delicados, onde as criadas estavam arrumando com primor uma mesa circular para duas pessoas, e chamou: — Venha, grilinha. Não há necessidade de desperdiçá-la do lado de fora quando já tenho tão poucas criadas úteis. O grão-cã visitará esta noite, então você pode auxiliar minhas damas de companhia a me deixarem do jeito que ele gosta.

Madame Zhang estava pronta e aguardando, tão imaculada quanto os talheres sobre a mesa, quando, pouco depois do pôr do sol na hora do Galo, o chefe dos eunucos do grão-cã entrou na residência com um rompante, como se fosse o proprietário.

— O grão-cã se aproxima!

Enquanto Zhu e as outras criadas se prostravam, Madame Zhang se ergueu e efetuou uma cortesia graciosa conforme o grão-cã adentrava os aposentos em meio ao círculo protetor de guardas vestidos de preto.

Apenas quando viu Wang Baoxiang de perto foi que Zhu entendeu o comentário de Madame Zhang quanto aos seus modos. Aquela postura, em homens comuns, teria feito com que o mundo o olhasse com desprezo e o considerasse como nada. No Filho do Céu, trajado de poder, era chocante. Era uma conturbação tão profunda que Zhu sentiu uma adrenalina inesperada, como sentira da primeira vez que pusera os olhos na ambiguidade de Ouyang.

Em vez de pisar firme, o grão-cã deslizava. Suas mãos, de dedos pálidos e longos, tremulavam. Sua postura e seus gestos eram como os de uma mulher, mas executados por um corpo que era monotonamente masculino, exceto por sua magreza acentuada. Sua afeminação era, talvez, uma parte genuína de sua natureza, pensou Zhu, mas, ao mesmo tempo, aquilo *era* uma performance. Era uma performance que fizera com que todos na corte o deixassem passar despercebido. Estivera entre eles o tempo todo, com sede de sangue em seu coração e uma ambição que superava a deles, mas ninguém havia acreditado que aquelas qualidades pudessem existir em alguém que se parecia com ele, que agia feito ele. Ninguém conseguiu prever o que aconteceria.

Embora a luminosidade dos aposentos não devesse ser o suficiente para tal, Zhu sentiu uma sombra cair sobre si quando o grão-cã passou. De súbito, pensou nas bandeiras esvoaçando sobre a cidade outrora reluzente, um azul tão escuro que era quase preto.

Preto para um governante cujo Mandato era uma chama que projetava sombras em vez de luz.

A sombra roçou as bordas da esfera de claridade dentro de Zhu. Dois Mandatos, parecidos, e ainda assim opostos, cantavam juntos como se fossem vidro quebrado. O grão-cã contraiu-se e, de cenho franzido, esquadrinhou o cômodo com o olhar. Ninguém ao seu redor reconhecera a ameaça que ele representava, por causa de quem ele era. Mas agora, enquanto seu olhar passava alheio às outras criadas, com Zhu ajoelhada entre elas usando o mesmíssimo uniforme, ela pensou: *ninguém conseguiu prever seus movimentos. Mas você também não consegue prever os meus.*

Zhu estava a apenas alguns passos dele. Talvez fosse o mais próximo que fosse chegar. E, ainda assim, os guarda-costas, com as espadas embainhadas nas mãos, de prontidão para sacá-las, formavam uma muralha ao seu redor. Mesmo que Zhu houvesse furtado as tesouras de Madame Zhang, ou uma faca da cozinha e a escondido sob a manga, a pequena distância entre os dois poderia bem medir mil *li*.

O grão-cã sentou-se para comer com Madame Zhang. Não havia nada de espontâneo naquela interação, desde o provador de veneno, que experimentara as comidas, até as frases cordiais do grão-cã e a bajulação e o charme feminino de Madame Zhang. Zhu se perguntou se fora assim que agira com seus próprios homens. Havia um aspecto impessoal em sua própria performance, como se tudo que houvesse mudado fossem os atores. O grão-cã também não parecia contente por estar em sua companhia. Era apenas uma encenação de prazer. Era como se ambos estivessem encenando uma peça: não para os servos ou guardas ao redor, que eram tão inferiores que mal existiam, mas um para o outro.

Zhu sentiu-se inquieta enquanto os observava. Havia sacrificado tanto, aguentado tanto, pelo que desejava. E agora, ali diante de si, estavam as duas pessoas que haviam feito o mesmo e conquistado seus maiores desejos. Haviam chegado o mais alto que um homem e uma mulher poderiam chegar.

E ainda assim, embora os perscrutasse em cada detalhe, não conseguiu encontrar um resquício do que deveria estar sob aquelas atuações insípidas: a satisfação de enfim terem feito tudo valer a pena.

Zhu estava com as outras criadas de Madame Zhu na parte de trás do Salão do Grande Brilho enquanto a procissão de Goryeo andava em fila até o estrado distante para apresentarem seus tributos. A distância reduzia Madame Zhang e o grão-cã a fantoches contra uma tela. Suas pequenas figuras eram indistintas em meio às sombras. Apesar de as portas estarem abertas para a luz do sol primaveril e das numerosas lanternas, o salão parecia mergulhado em uma melancolia persistente.

Os reflexos da multidão se moviam nas paredes de prata trabalhada. As imagens não eram da mesma nitidez das de espelhos de bronze cuidadosamente polidos, mas silhuetas embaçadas e oscilantes, pálidas e sombrias. Zhu teve a perturbadora impressão de que não se tratava de uma parede afinal, mas de uma carcaça, e as formas borradas não eram reflexos, mas a vista de um lugar diferente que todos eles um dia visitariam: um mundo de espíritos em vez de pessoas.

Havia algo profundamente desconcertante naquele salão. Zhu não tinha certeza do que esperava sentir quando enfim foi até ali. Conforme percorria a Cidade do Palácio, estivera bastante consciente de como Ouyang havia se deslocado por ali antes dela. Seus próprios passos se acomodaram sobre os rastros fantasmagóricos dos dele; seu corpo se encaixara nos buracos invisíveis que a passagem do corpo dele deixara pelo local. Agora havia alcançado o fim dele. O trono dourado onde Wang Baoxiang se sentava fora onde Ouyang havia assassinado o grão-cã anterior. Era ali que havia conquistado sua vingança. Tomara inúmeras vidas, traíra seu amado, traíra e ferira Zhu, mas havia conseguido; fizera nada ser em vão.

Em algum lugar sob os pés da multidão estavam os últimos vestígios daquele corpo que ele tanto odiara. Seu sangue devia ter se infiltrado nos azulejos, depois lavado aos esfregões, mas devia ter deixado uma mancha: uma marca sutil, mas indelével, ali no centro do mundo, de quem ele fora.

Deveria ter sido um alívio saber que ao menos a dor dele chegara ao fim. Mas, enquanto Zhu estava naquele salão onde Ouyang morrera, a sensação que se entranhava nela não era alívio. Aquilo umedecia as solas de seus pés, gelava seus rins e roçava sua pele com um toque leve e frio.

Medo.

O medo crescia, tão intenso quanto inexplicável. O corpo de Zhu queria fugir. Ele insistia que havia algo terrível naquele salão, algo que não poderia ser enfrentado e superado. Algo que atraía um igual para outro igual, mas, em vez da ressonância familiar, límpida e vibrante, estimulava uma sensação tão grotesca que todos os nervos de Zhu se retraíam de horror. Jamais havia sentido algo parecido.

Mas mesmo enquanto vasculhava a multidão, trêmula, não conseguiu achar a origem daquilo.

A procissão de tributos havia sido concluída. Tudo o que restava da delegação de Goryeo era uma única mulher em um vestido volumoso em formato de sino, uma capa rigidamente plissada do mesmo material cingindo sua cabeça feito um véu. A mulher fez uma mesura diante do trono.

A voz do grão-cã percorreu até a outra extremidade do salão de maneira vaga.

— Erga-se, leal princesa.

A princesa de Goryeo se levantou e removeu a capa. Seguindo a vontade do Grande Yuan, os líderes de Goryeo possuíam mais sangue das estepes nas veias do que a meia-casta de Wang Baoxiang. A princesa, que não teria se encaixado nos padrões de beleza dos nanren puros, era bela aos olhos mongóis. Um burburinho de apreço perpassou os servos do palácio. Suas feições suaves eram a pura essência de delicadeza íntegra; a doçura de seu olhar era apenas acentuada pelas sombras no interior de seu desalento ambivalente.

A Senhora Ki soubera, é claro. *O grão-cã jamais está sozinho.*

Então como?

No jardim, o crepúsculo havia se fechado sobre Zhu e a Senhora Ki feito uma lâmpada tremeluzente. *Há apenas uma única exceção. O único momento em que o grão-cã fica sozinho com alguém, sem os guarda-costas, é quando ele convoca uma das consortes para passar a noite em seus aposentos particulares.*

— Esta é a última vez — dissera Zhu, voltando ao navio atracado no porto de Songdo. — A última vez, Yingzi, eu prometo. Mas preciso de sua ajuda.

Zhu lembrava-se de como o rosto de Ma havia perdido a cor quando lhe contou os detalhes. Ela ficara em silêncio por tanto tempo que Zhu de fato não sabia o que responderia.

Quando Ma enfim falou, foi em um tom de desolação que Zhu jamais ouvira antes.

— Não me peça para ajudar você, Zhu Yuanzhang.

O coração de Zhu fez um movimento brusco. Havia uma estranha pressão em sua cabeça que dificultava com que pensasse. Mas, antes que pudesse reagir, Ma se pronunciou mais uma vez, em voz mais baixa:

— Não me peça.

Zhu foi subitamente tomada por uma sensação de distanciamento: que elas haviam chegado tão demasiadamente longe de onde haviam começado, haviam percorrido um caminho longo demais para que dois corações pudessem aguentar. A pequena cabana escura se comprimiu ao redor delas com o cheiro do mar. O olhar de Ma era tão sincero que Zhu sempre sentia que o mero ato de encará-la era o bastante para seus corações se entrelaçarem. Agora, aqueles olhos escuros exibiam pesar e dor, mas também compreensão. Ma tomou-lhe a mão e entrelaçou seus dedos: um gesto familiar e carinhoso.

— Eu ajudarei você. Mas não me peça. Não me ordene, não me force. — Zhu não fazia ideia de por que essa distinção era importante, mas em seguida sua doce esposa continuou, com o máximo de obstinação que Zhu já ouvira vindo dela: — Deixe-me escolher.

Agora, no Salão do Grande Brilho, não havia mais nada que Zhu pudesse fazer para mudar o que já estava em curso. Tudo que poderia fazer, pensou, angustiada, era testemunhar aquela dor. Fizera Xu Da sofrer e o destruíra, e aquilo havia lhe machucado mais do que achava ser possível. Mas isto era um tipo diferente de sofrimento e destruição. Não era a destruição do corpo, mas das qualidades de gentileza, compaixão e ternura que constituíam o próprio espírito da pessoa por quem Zhu possuía mais estima.

— Esta mulher saúda Vossa Majestade, o grão-cã do Império do Grande Yuan — disse Ma Xiuying, a única que seria capaz de chegar perto o bastante do grão-cã para matá-lo.

21

— Saudações à imperatriz.

Ma, inclinada em reverência, acolhia a estranheza de seus trajes de Goryeo enquanto eles se ajustavam a si. Davam forma a seu corpo e seus pensamentos, jamais deixando espaço para que se esquecesse de quem deveria ser. Estava corada de pavor. Era a mesma sensação de andar por uma floresta, à espera de um único graveto se partir sob seus pés para alertar os caçadores à espreita. Ser desmascarada levaria à morte delas, assim como qualquer outro erro. Um olhar torto; um inimigo feito. Às suas costas, ouviu o farfalhar de seu pequeno séquito de criadas de Goryeo se curvarem em reverências similares.

Ma sentiu a pressão de ser obrigada a esperar por um instante a mais do que era confortável, antes de Madame Zhang se pronunciar de forma elegante:

— Nossos cumprimentos à Senhora Shin, a nova consorte de Goryeo. Levante-se.

As acomodações espaçosas e de janelas largas de Madame Zhang eram ricas e estranhas. Ma pode ter sido uma rainha, mas o novo esplendor de Zhu jamais poderia competir com a riqueza colhida de todo um império. Cada geração acrescentara seus próprios toques de luxo àqueles cômodos, até que, assim como madrepérolas, os olhos se extasiaram ao absorver toda daquela magnificência. O toque pessoal de Madame Zhang parecia ser as gaiolas douradas penduradas em cada viga. Por baixo do incenso perfumado havia o leve odor pungente de dejetos de pássaros.

Em sua cadeira alta à frente dos aposentos, Madame Zhang parecia tão impecável quanto um vaso. Mas ela era mais velha do que Ma esperava — possuía pelo menos uma década a mais do que seu marido — e menos bela do que sua performance minuciosamente calculada levava os olhos a acreditarem.

Ma sabia que deveria prestar total atenção a Madame Zhang, a quem seu futuro conforto pertencia. Mas mal conseguia desviar os olhos de Zhu ao lado dela.

Zhu, em um uniforme de criada, com o cabelo em uma trança desajeitada: uma raposa transmutada. Aquilo dava a Ma a sensação curiosa de vislumbrar uma verdade de outro mundo sob a superfície aparentemente comum que mais ninguém era capaz de adentrar.

Mas aquilo não era parte do plano. Teria Zhu se colocado perto de Madame Zhang de propósito ou teria sido obrigada a improvisar às pressas? Ma tentou reconfortar-se. Se nem ao menos ela conseguia reconhecer Zhu direito naquele disfarce feminino, não havia chances de que Madame Zhang pudesse adivinhar quem ela realmente era. E, ainda assim… Ma reconheceu aquela sensação inquietante de incerteza que deslizava sob seus pés. Era exatamente a mesma coisa que acontecera em Bianliang.

Zhu ficara eufórica pela aventura, recordava-se Ma, enquanto ela mesma ficara aterrorizada. Zhu nem ao menos parecera compreender o medo e o desconforto de Ma. Agora estava claramente diferente, depois do que havia acontecido com Xu Da. Compreendia a dor. Mas Ma não conseguia evitar se perguntar, com inquietação, se aquela dor iria apenas aumentar a persistência unidirecional de seu ímpeto em direção ao que desejava, assim como acontecera com Ouyang. Havia rogado a Zhu, embora não tivesse certeza de no que resultara. *Não se torne tão igual a ele.*

— Seu han'er é bom para alguém de Goryeo. — A avaliação de Madame Zhang perfurava Ma feito a ponta de uma agulha. — Suponho que, de onde você é, seja considerada bonita. Como o gosto de cada povo é diferente!

Sua risadinha fez a pele de Ma se eriçar; parecia o roçar de garras na sua garganta. Madame Zhang colocou a mão dentro da gaiola que Zhu lhe ofereceu e retirou um pequeno pássaro amarelo. Ma foi capturada por seus pequeninos olhos escuros e seu corpo macio e trêmulo nas pequenas mãos brancas de Madame Zhang.

— Você gosta de pássaros, Senhora Shin? Este aqui é um raro pássaro canoro da região perto de Yangzhou, onde eu costumava morar. Um presente pessoal do grão-cã. Olhe ao redor. Tudo isto veio da generosidade dele. — Ma compreende ao que estava sendo verdadeiramente apresentada: o quanto o grão-cã valorizava Madame Zhang pelo que fizera por ele. — Permita-me conceder isto a você como sinal de boas-vindas.

Madame Zhang sorria, mas Ma sentiu o perigo. *Um olhar torto; um inimigo feito.* Ao menos era realista que uma nova consorte estaria tremendo de medo.

Com os olhos tão abaixados que tudo o que conseguia ver era o luxuoso piso acarpetado à sua frente, ela perguntou:

— Como esta consorte indigna poderia ousar aceitar um presente que o grão-cã concedeu à própria imperatriz?

— Indigna? Por que você diria uma coisa dessas, Senhora Shin, quando você deve ser tão prendada por ter prevalecido sobre todas as outras princesas de Goryeo que devem ter competido pela honra de ser enviada para se tornar consorte do grão-cã? Ou talvez... — falou Madame Zhang com deliberação vagarosa — ... você não considere isso uma honra.

Ma não ousou responder. Pensou que fosse vomitar de terror. Será que havia punição para uma concubina intransigente?

— Pobre irmãzinha! — De repente, Madame Zhang sorriu. Não havia qualquer benevolência real em seu rosto, mas as garras ameaçadoras haviam se retraído. Ma quase soltou um arquejo de alívio. — É claro que você acha tudo aterrorizante! Mas fique tranquila: ganhar a atenção de um homem é uma arte que precisa ser aprendida e praticada. Não acontece por acaso. Você poderá viver uma vida tranquila e confortável sem ser convocada aos aposentos dele mais do que uma ou duas vezes, se for isso o que deseja.

Uma criada havia trazido uma bandeja de chá e quitutes à mesa. Madame Zhang desceu de sua cadeira com a ajuda de Zhu e gesticulou para que Ma se juntasse a ela.

Enquanto Ma se servia de uma guloseima, Madame Zhang puxou conversa:

— Já que você é estrangeira, eu me pergunto se você já ouviu falar de Bolud-Temur de Shanxi. Era o pai da imperatriz anterior. Que tolo inconsequente! Assim que ouviu dizer que fora meu marido quem se apossara do trono, tentou organizar uma rebelião entre as tribos das estepes a oeste. Um esforço patético! Ele foi derrotado rapidamente. Logo chegará aqui para ser executado em público. Você e eu com certeza iremos assistir juntas. E então, a única ponta solta que restará no reinado do grão-cã será aquele mosquitinho, Zhu Yuanzhang. Estou certa de que meu marido planejou um final ainda mais espetacular para ele.

De súbito, a guloseima estava tão seca que Ma não achou que seria possível engoli-la. Zhu, de pé diretamente atrás do ombro de Madame Zhang, estava tão calma e inexpressiva que parecia que, naquele momento, ela e Zhu Yuanzhang eram duas pessoas diferentes. Ma sabia que aquilo era apenas porque Zhu não poderia reagir, mas sentiu-se atravessada pelo abandono, como se, naquele instante, estivesse completamente sozinha.

— Ser ambicioso apenas por ser é um ato que deve ser punido. Só há harmonia quando todos sabem quais são seus lugares. Assim como existe ordem no império de maneira mais ampla, a ordem também deve ser mantida no palácio que reflete a vontade do Céu. Sim — disse Madame Zhang, dando uma mordida delicada no bolo sem borrar o batom ou revelar os dentes —, enquanto cada uma de nós souber o seu lugar, prevejo que nós duas seremos bastante felizes aqui.

A princesa de Goryeo o aguardava em sua suíte.

Ele sempre sentira prazer em estender sua presença para além do corpo físico. O farfalhar das vestes, o perfume, o abano do leque: tudo aquilo se impondo sobre aqueles a quem enojava, não importa o quanto eles recuassem para proteger a si mesmos. E agora que ele era o grão-cã, que deleite sua presença ter sido engrandecida! Ah, ele ainda os enojava. Isso estava claro. Mas agora, quando a presença dele os alcançava, levava-os a encostar a testa ao chão. A própria imagem dele instilava horror. Olhavam para o centro do mundo, onde o sol deveria estar, mas em vez disso se deparavam com um vácuo escuro e repulsivo que atraía tudo de bom em sua direção até que nada mais restasse, além de desespero.

A princesa se curvou em uma reverência quando ele entrou.

— Levante-se.

Ele se sentou à mesa. Já não precisava mais pensar no gesto de um homem comum de puxar a cadeira, ou até mesmo no de ordenar que o fizessem por ele. Ele era o Yuan, e tudo se movia ao seu redor. Simplesmente sentou-se, e o mundo se reordenou à sua vontade.

Sua visita à nova consorte não passava de uma cortesia, uma que ele não tinha a intenção de repetir. A princesa estava sentada de cabeça baixa enquanto o provador de veneno provava rapidamente os pratos dispostos entre eles. Ela ainda estava trajando suas vestes nativas: camadas volumosas de saias e uma jaqueta curta de brocado afivelado com um laço, em tons de pêssego e verde, que eram adequadamente do tom pastel de um membro de posição inferior do harém imperial. Era um pouco mais velha do que ele teria presumido durante a entrega dos tributos. Uma mulher jovem, em vez de uma menina. Era até mesmo bonita o bastante, com aquela aparência típica das estepes, com um rosto largo que qualquer homem mongol comum teria considerado desejável. Era de espantar que ainda não tivesse se casado quando o chamado chegou.

A maior parte da mesa estava ocupada por uma travessa que continha um bolinho frito amarelo e grosso amarrado com longos talos de cebolinha, pedaços de lula com entalhes em padrão quadriculado que haviam se enrolado no formato de flores enquanto eram cozidos e pequenos polvos de cabeça roxa. Ao que parecia, eram especialidades de Goryeo. Houve uma época em que teria ficado intrigado para provar. Mas, agora, percebera que não havia apenas se esquecido de como era sentir fome, mas sequer sabia mais como a fome era. Quando a princesa se ergueu para servi-lo, ele dispensou o ato gesticulando com os dedos.

— Não estamos com fome.

A cabeça dela estava abaixada, mas ainda assim ele flagrou o lampejo familiar de atenção para o modo como ele usava as mãos. Sentiu uma pulsação equivalente a ódio. Aquilo lhe vinha de maneira tão instintiva, como se fosse uma ânsia primordial mais forte do que o medo: catalogar cada um de seus movimentos, cada sílaba, o volume preciso e a postura de seu corpo; tudo se desviava de como deveria ser.

A cabeça baixa da princesa não era modéstia, percebeu com raiva. Ela o evitava. Era sua, e mesmo assim ousava pensar que poderia deixar de se contaminar? Sua crueldade despertou. Queria arrancar-lhe a compostura e revelar sua verdadeira repulsa. Queria-a descoberta, para que, quando a forçasse a encará-lo, ele pudesse ver o momento de sua ruína.

Ele dobrou os dedos com delicadeza ao redor do copo de vinho, sentindo como aquilo chamava a atenção dela, sabendo como aquilo dilataria sua repulsa. Nenhum deles conseguia resistir a imaginar o que mais ele agarrara — que tipo de *serviço* ele devia ter prestado — com aquele mesmo toque.

— Diga-me, Senhora Shin: que conflito de clã sua família perdeu para que você viesse parar aqui? Com certeza esse deve ser o caso. Qualquer família com o poder de proteger suas inocentes filhas das depravações do líder do Grande Yuan teria feito isso. Você deve ter chorado tanto quando soube qual seria seu destino! Ser enviada para dar prazer a *alguém como eu*.

Amava como frases comuns poderiam se tornar perversas em sua boca. O pronome de uma pessoa comum onde era para estar o de um governante. Seu próprio ser era um erro no âmago do mundo, transformando um império em uma imitação de si mesmo.

— Tenho certeza de que lhe contaram o que fiz para chegar aonde cheguei. Por baixo de quem me deitei, e a tamanha falta de vergonha com que fiz isso. Talvez tenham até mesmo especulado se gostei. Se me prostrei para o Terceiro Príncipe, ou para qualquer outra pessoa que pedisse, porque o que eu realmente desejava era a humilhação, e não o trono.

Ela estava se controlando, mas, para o deleite dele, conseguia sentir que estava causando-lhe uma reação. A compostura da moça não passava de uma fina camada tal qual a que mantinha água dentro de um copo.

— Então, agora que você enfim está aqui: sou mesmo tudo o que você esperava? — Ele estava repleto de uma ânsia selvagem de encontrar a repulsa dela e espremê-la de seu corpo como se fosse o pus de uma espinha. — Ou talvez seja o contrário, e minha reputação não passa de calúnias. Talvez você esteja vendo diante de si um homem digno de ser desejado. Talvez você aprecie meu toque, e me deixe adentrar entre suas pernas, e até mesmo implore para que eu a use para meu próprio prazer. Seria esse o caso?

Ele estendeu a mão sobre a mesa e ergueu o queixo dela com um dedo.

— *Olhe para mim.*

Os olhos dela encontraram os seus. Era um olhar luminoso, tão transparente e trêmulo quanto uma poça de água. Ele sentiu um abalo. Não pelo que estava ali, mas pelo que não estava. Seu primeiro pensamento foi de que ela simplesmente estivera conseguindo disfarçar a repulsa. E ainda assim o nojo era uma dessas emoções que sempre vinha à tona, porque aqueles que a continham jamais desejavam de verdade esconder o que sentiam. Era um conforto útil demais um para o outro — que todos sabiam como *eles* deveriam ser, e que não se assemelhava a ele.

A princesa respondeu em voz baixa:

— Conheço o caráter do grão-cã. Vim até aqui por vontade própria.

Sua fúria crescente mesclou-se à incredulidade. Não sabia por que ela havia se provado imune à sua afeminação, mas ousar pensar que o *conhecia*? Ele existia fora dos confins da imaginação de uma garotinha superprotegida. O rosto dela era tão inocente... Ele conseguia imaginar o tipo de vida que ela tivera: mimada e querida; nunca tendo sido destratada na vida. Sem dúvidas, ela ainda presumia que cada pessoa que conhecia possuía uma gentileza inerente e acreditava que o mundo era um lugar bom e justo, ausente de crueldade e pessoas como ele.

— Por vontade própria? — vociferou o grão-cã. — O que significa que você *não* me conhece.

Pôs-se de pé abruptamente, contendo o impulso de atacá-la.

— Irei me retirar.

Afinal, de que lhe servia uma consorte? Nada mais do que uma decoração viva para o palácio, uma com a qual não precisava se preocupar se não desejasse. Se não a convocasse para passar uma noite com ele, jamais voltaria a vê-la de novo.

Conseguia sentir aquele olhar impossível e desprovido de desgosto queimando entre suas omoplatas enquanto se retirava.

Ma fora uma rainha, então palácios não lhe eram inteiramente estranhos, mas era inusitado estar confinada em um deles. Saber que jamais poderia ultrapassar as muralhas, mesmo se quisesse. Caso fosse mesmo uma consorte, aquilo teria sido todo o seu mundo.

Era, ao menos superficialmente, um mundo belo. A Cidade do Palácio era mais monumental do que qualquer outro lugar em que Ma já havia vivido, com edifícios que se assomavam feito a escarpa de um penhasco e corredores de areia branca com paredes tão altas que o céu era reduzido a uma única faixa de ravina lá em cima. Mas escondidos atrás das residências e praças, jardins proviam um panorama humano reconfortante. Pagodes tinham vista para frondosas flores de primavera; pontes requintadas de mármore formavam arco-íris sobre lagos densos de botões de lótus rosa. Era prazer o bastante para satisfazer todo um harém. Mas já que os únicos membros no momento eram a imperatriz e Ma, e a imperatriz preferia ser carregada direto aos seus destinos em vez de dar uma caminhada, por enquanto, os jardins eram apenas de Ma. E aquilo criava uma fantasia serena, de que aquilo era tudo o que havia. Que o momento da crise não estava se aproximando, quando Yuchun chegaria para atirar o exército pequeno demais de Zhu contra as muralhas exteriores da cidade. Quando Ma teria que colocar o dedo na balança ao fazer o que fora trazida para fazer.

Ela notou um papel amassado a seus pés. Quando o pegou, viu que continha apenas umas poucas palavras. Poesia, desprovida de sentido enquanto apenas um fragmento. Ao final dele, o autor havia pressionado o pincel com tanta força por conta da frustração que as cerdas haviam se separado e deixado um guincho visual. Foi apenas naquele instante que viu que as bolas de papel eram tão numerosas quanto os frutos caídos de uma árvore, atirados de um pagode de jardim aberto cercado por uma fileira de eunucos e servos inertes. Em seu interior, um homem com um coque alto preso com ouro dormia com a cabeça recostada em braços trajando preto.

Pensara que o grão-cã estivesse adormecido. Mas, no instante em que seus olhos repousaram nele, o sujeito se sentou. Ma viu um lampejo momentâneo naquele rosto fino, ainda mais exaurido do que quando ele a visitara, como se qualquer sono que houvesse tido o tivesse cansado mais do que revigorado. Seus olhos avermelhados a encontraram, de pé ali com um papel em mãos.

Ma rapidamente largou-o com uma reverência. Quando ele viera até ela naquela noite, não se parecera em nada com o que esperava. Havia imaginado alguém como Chen Youliang: alguém fundamentalmente inalcançável, cujo poder mantinha as pessoas a uma distância da qual podia esmagá-las ou controlá-las. Mas aquele grão-cã se portava como uma arma. Lembrou-se de seus dedos finos e inquietos, que eram mais adequados para segurar um pincel do que um arco; o farfalhar da barra de suas roupas; da insinuação sedosa de sua fala. Era um homem feminino, e isso a fazia querer observá-lo de canto de olho para que pudesse ver como aquelas qualidades se pareciam sem o constrangimento corrosivo dele. Sabia, por instinto, que o que a atraía devia enojar os outros. Durante o encontro de ambos, ele tentara provocar aquela repulsa nela. Por qualquer motivo que fosse, fora isso que o grão-cã quisera.

Ficara confuso sem entender por que sua provocação não funcionara, pensou Ma, já que devia ter funcionado com todos que conhecia.

Agora ele deslizava pelos degraus e ficou parado diante dela. Quando não lhe permitiu que erguesse a cabeça, ela sentiu um rebuliço de perigo.

— Senhora Shin. Você irá somar sua censura às de meus servos, de que poesia não é um passatempo adequado para um grão-cã? Como aqueles enfadonhos insistem que eu adote atividades mais apropriadas! Veja bem, durante a primavera, um grão-cã deveria estar caçando cisnes. Embora, caso tivessem se atrevido a recolher os papéis que descartei, tarefa que você parece ter tomado para si, ao menos poderiam se certificar de que o produto de meu trabalho mal merece ser chamado de "poesia".

Ma abriu a boca — a amargura daquela autocensura exigia uma resposta —, mas o grão-cã falou primeiro, exclamando com profundo sarcasmo:

— Ah, mas a nobre consorte poderia me dar uma avaliação bem instruída sobre meus versos! Esqueci-me de que, se existe um campo em que as mulheres são bem versadas, é esse. Com certeza condeno meus próprios talentos com severidade demais. Talvez não haja tão fina composição produzida pelas mãos de um líder desde aquele pobre desgraçado humilhado, o Imperador Huizong. Ou será que você busca comentar sobre minha caligrafia exuberante? Dizem que é possível avaliar o coração de um homem pela energia que ele imbui em uma página. Será que a maneira com que *eu uso meu pincel* confirma o que você sabe sobre meu caráter?

Descontente, percebeu que ele não a havia perdoado pelo seu último encontro.

O corpo esbelto e tenso do grão-cã tinha um aspecto febril que parecia tanto venenoso quanto envenenador, arrematado com a avidez de seu próprio contágio alastrante. Pela primeira vez, Ma sentiu medo quando ele falou, com a voz baixa:

— Talvez você queira mesmo me ver.

Ele chamou o chefe dos eunucos e disse-lhe umas poucas palavras que o fizeram sair correndo. O grão-cã o seguiu a um passo mais polido e falou por sobre o ombro:

— Estava esperando por um momento auspicioso para dar início. Venha, nobre consorte.

O sujeito a levou para a praça principal do lado de fora do Grande Salão. Antes mesmo de Ma se dar conta do que a nova e estranha construção no centro da praça era, seus pés se prenderam ao chão; ouviu-se emitindo um gemido primitivo de protesto.

O grão-cã dirigiu-lhe o olhar. Seu divertimento era inteiramente cruel.

— A menos que Goryeo seja comandada com menos percalços do que eu achava, não imagino que houvesse falta de execuções no seu próprio palácio real. Será que o fazem de maneira privada? Aqui, preferimos torná-las um exemplo para os que ousam desafiar nosso comando. — Ele continuou percorrendo a praça, não dando qualquer consideração à possibilidade de que Ma não o seguiria, porque que escolha ela tinha? Ele acrescentou: — Não que pensemos que Zhu Yuanzhang irá aceitar.

Servos do palácio corriam de um lado ao outro ao redor da construção. Um caldeirão de ferro, de circunferência mais larga do que os dois braços esticados de Ma, repousava acima de uma pilha de lenha. Acima do caldeirão havia um enorme vaporizador de bambu. Era grande o bastante para acomodar um homem, se ele estivesse encolhido de lado. A tampa do vaporizador já estava fechada com amarras. Eles estavam, como o grão-cã dissera, aguardando para dar início.

O grão-cã não emitiu uma ordem. O mero fato de estar presente fez com que tudo começasse.

Por um instante, a única atividade eram os servos acendendo e alimentando a fogueira. O grão-cã comentou:

— Pode reivindicar um pouco do crédito para você, Senhora Shin. Seu próprio rei me ajudou a derrotar este homem. O nome dele é Bolud-Temur, antigo governador de Shanxi e pai da imperatriz anterior. Acho que teria aceitado qualquer pessoa no trono, menos eu. Seu ressentimento contra mim tem durado um tempo excepcionalmente longo. — Ele ponderou aquilo por um momento. — Embora não mais do que o meu ressentimento contra ele, suponho. O filho dele costumava atormentar minha vida. Eu o exilei, algo que mereceu. E sem dúvidas você ouviu falar do infortúnio que recaiu sobre sua filha. Confesso que isso também foi obra minha. — Um som começava a se fazer presente acima do estalar das chamas. O grão-cã falou, agora com malícia: — Mas para o pai, que ousou se levantar contra mim, reservei esta punição especial.

O som ainda não era um grito. Era uma lamúria inconstante, um pranto de terror existencial ao tomar conhecimento de que o corpo dado por um ancestral estava prestes a se desfazer.

— Pare. *Pare* — implorou Ma.

O grão-cã respondeu a seu rosto úmido com um olhar de desdém.

— Está tentando dar ordem ao grão-cã, consorte? Esta é minha vontade. *Isto é o que eu sou.* — Uma ferocidade estava se condensando dentro dele, uma força tão densa de aversão a si mesmo que parecia prestes a verter-lhe do corpo magro e fazer o próprio ar tremular na escuridão. — Todos que se puseram em meu caminho, todos de quem pude tirar proveito: matei todos, e nem ao menos estive presente para vê-los morrer.

Enquanto falava, o som também se intensificava. Por fim, aquilo se tornou um grito de verdade. Um grito de dor que, embora fosse a de um estranho, ainda pertencia a outro ser humano. Ele se projetava atrás de uma conexão, e Ma estava ali para que pudesse se conectar a alguém. Não conseguia rejeitar, não conseguia recusar, embora desejasse isso com desespero. Algo nela parecia sempre imutavelmente aberto para os outros, como se o Céu a houvesse escolhido como a única pessoa cujo testemunho impotente tornaria real toda a dor e todo o sofrimento do mundo.

— Certifique-se de aproveitar até o final, consorte — disse o grão-cã, em forma de despedida.

Mais tarde, ela se perguntou o que a possuíra. Talvez o grito houvesse desgastado seu autocontrole, até que ela não passasse de um nervo. Mas ela se viu gritando para as costas que se afastavam:

— Mas você se arrepende, não é?

Ele se deteve como se houvesse sido atingido por uma lança. Depois virou-se e saiu pisando duro em sua direção, erguendo a mão veloz para impedir que o chefe dos eunucos a estapeasse pela insolência. A fúria do outro a comprimia até o chão, mas não era medo que lhe queimava por dentro. Era dor, a dor *dele*, para a qual ela estava tão aberta quanto para a do homem moribundo.

— Arrepender-me? Do que eu deveria me arrepender? Graças a tudo que fiz, *eu sou o soberano do mundo.*

Enquanto o grão-cã se assomava sobre ela, trêmulo, Ma se perguntou se ordenaria que fosse executada na mesma hora. Mas depois de um instante ele afrouxou os punhos sem dizer mais uma única palavra e se retirou.

Ma continuava ajoelhada onde ele a deixara quando os gritos de Bolud esmoreceram para um chiado inumano. Depois de mais alguns instantes, até aquilo cessou. O grão-cã havia sentenciado Ma à espera, mas havia certa ironia no fato de que o fim de Bolud viera mais rápido do que o de tantas pessoas que ela conhecera. Limpou os olhos com a mão trêmula, depois pôs-se de pé.

Eu sou o soberano do mundo.

Ele vociferara aquilo como se fosse, por si só, uma prova incontestável. Mas Ma sabia o que vira naquele rosto antes de ele se fechar de fúria: um pesar tão profundo e cortante quanto uma rachadura no interior de uma árvore.

Só era possível sofrer tanto — o suficiente para tornar o mundo um reflexo de sua dor, sua miséria e seu desespero — se você houvesse amado em algum momento.

Ele era o soberano do mundo. Mas não era isso o que queria.

Provavelmente era um mérito, ponderou Zhu, não ser tida como sensível demais para esta tarefa em particular. Estava ajoelhada de frente para a bacia de água medicinal com odor de aspargo e esfregava com delicadeza os pés desnudos de Madame Zhang. O odor era idêntico ao que se poderia esperar caso Zhu houvesse usado a mão de madeira por cinco dias consecutivos sem trocar as ataduras ao redor do cotoco.

— Com mais força, menina. Limpe entre cada dedo — instruiu Madame Zhang, servindo-se de uma xícara fumegante de chá da fertilidade.

Zhu viu, fascinada, que a mulher tinha apenas três dedos em cada pé. Os menores haviam sido dobrados para baixo da sola, dando a cada pé o aspecto enrugado e compacto de um naco de arroz glutinoso cozido a vapor dentro de uma folha de lótus. Talvez fosse isso que quisessem dizer com "pés de lótus". Zhu não via graça nisso. Limpou os pés, enfaixou-os novamente com um uso sensato dos próprios dentes e calçou-os nos sapatos que haviam sido bordados com uma abundância de romãs. Cada um era menor do que o tamanho de sua mão.

Madame Zhang bebericou o chá com um som sibilante de desgosto.

— Por que é que o sabor de iniciar uma gravidez é tão pior do que de terminá-la?

— A imperatriz nunca...? — perguntou Zhu, com curiosidade.

Jamais havia pensado naquilo, mas agora que o fazia, parecia incomum que uma mulher da idade de Madame Zhang não tivesse ao menos um filho.

— Será que todo homem que planta sua semente deveria ter o direito de vê-la dar frutos? — O tom de Madame Zhang era ácido. — Meu antigo marido não merecia o potencial de meu útero. E outros homens não procuram cortesãs atrás de filhos. Nem mesmo...

A mão dela deu um solavanco e fez o chá se derramar por seu colo. A pele delicada de suas coxas estava protegida apenas por uma camada fina de seda; o chá estava escaldante. Mas enquanto outra pessoa teria estremecido, se não gritado, Madame Zhang apenas baixou o olhar. Era como se o espasmo, e o subsequente ferimento, pertencessem a outra pessoa. Ocorreu a Zhu que as pegadas encantadoras e leves de Madame Zhang ficavam irregulares ao fim do dia, e o nítido alívio que tomava sua postura quando quer que ela se sentasse. Mas o rosto de Madame Zhang jamais entregara qualquer indício de desconforto. Zhu presumira que era excelente em esconder a própria dor. Agora tinha a estranha ideia de que ela não sentia nada. Aquilo a causava uma sensação horripilante: que o corpo de uma mulher havia se tornado tão indiferente a seus próprios pensamentos e sensações quanto o de uma boneca.

Madame Zhang invejara-lhe a dor. Zhu pensou no jantar entre ela e o grão-cã, quando se perguntou se Madame Zhang considerava todos os seus homens intercambiáveis. Mas o nome de um determinado homem havia sido reprimido por aquela fissura intransponível entre o interno e o externo. *E outros homens não procuram cortesãs atrás de filhos.*

General Zhang, percebeu Zhu com um sobressalto. Pensara que Madame Zhang estivesse meramente usando-o, assim como fizera com Pote de Arroz antes dele e em seguida com o grão-cã. Teria sido afinal um afeto legítimo?

Madame Zhang já havia deixado o assunto de lado. Inquieta, indagou:

— Onde está o convite do grão-cã para passar a noite com ele? Já deveria ter chegado a esta altura. Você...! — As garras de metal de seus três dedos apontaram para uma criada desafortunada próxima à porta. — Vá ao Escritório de Administração de Assuntos Internos e traga-o para mim.

Enquanto a criada fazia uma reverência e se retirava, Madame Zhang deixou a xícara de chá de lado e abriu a caixa de joias. E então foi a vez de Zhu de deixar de pensar no General Zhang enquanto via o simples bracelete de contas de jade e ouro repousado ao lado daquela profusão de colares e anéis e grampos de cabelo.

Madame Zhang percebeu para onde se dirigia o interesse de Zhu, então apanhou-o.

— Lindo, não é? — Quando ela o vestiu, coube perfeitamente em seu pulso, como se houvesse sido feito para uma mulher, em vez de um homem. — Tomei-o daquele triste e tolo general eunuco. Uma pena que não agrade o grão-cã que eu o use. Ele não gosta de ser lembrado do irmão. — Ela moveu o pulso para lá e para cá, admirando o reflexo da luz no ouro.

Da última vez que Zhu vira o bracelete no pulso de Ouyang, ele estivera nu, trêmulo e a seus pés enquanto ela o feria. E o ajudava. Mas seu auxílio não fora o bastante; fora um analgésico aplicado em uma baixa do campo de batalha que já perdera sangue demais para sobreviver. Ela mudaria o mundo, mas já seria tarde demais para ele. Um sentimento desconhecido estava à espreita em seu peito. Ela o identificou, com dificuldade, como tristeza.

Algo que Madame Zhang dissera a estava incomodando.

— Por que o general eunuco era um tolo? Pensei que ele havia matado o grão-cã e sido bem-sucedido em sua vingança. Ele morreu, mas conseguiu o que queria.

— Ah, então você ouviu falar dele! O famoso general eunuco. — Quando Madame Zhang exibiu um olhar astuto repleto de crueldade, Zhu subitamente se sentiu apreensiva. — Suponho que não deveria me surpreender que servos e plebeus contem a história dele entre si. Vingança, morte, honra: não é uma delícia? Mas deixe-me contar a verdadeira versão.

"De fato, o General Ouyang invadiu Dadu e assassinou o antigo grão-cã onde ele se sentava no que agora é o trono de meu marido. A vingança por um pai executado… Ah, mas não era o caso. Que execução? O grão-cã jamais havia matado o pai do general. O sujeito estava vivo na prisão imperial esse tempo todo! Não havia dever filial; não havia qualquer honra a ser defendida; não havia morte a ser vingada. O General Ouyang baseou toda sua vida em uma ficção da morte de seu nobre pai, quando, na verdade, o sujeito era um covarde. Implorara por clemência, preferindo passar o restante da vida apodrecendo em indigência em vez de morrer de cabeça erguida.

"Em seguida, meu marido o libertou. Ele nem ao menos estava tão velho assim. Será capaz de começar outra família e ter outros descendentes, filhos verdadeiros, para lembrarem-se dele. Então foi um final bastante feliz para o clã Ouyang." Madame Zhang sorriu enquanto devolvia o bracelete à caixa. "Quero dizer, para todos, exceto para o General Ouyang."

O chão havia desaparecido debaixo de Zhu. Tudo em que conseguia pensar era naquele grito de dor existencial no Salão do Grande Brilho — naqueles temor e medo inexplicáveis, como se algo a comprimisse, zunisse em seu interior, com uma semelhança terrível. Ouyang fizera tudo que fizera pensando que teria valido a pena — que *precisava* valer a pena. Mas no final...

No final...

Enquanto permanecia paralisada pela desagradável conclusão, a porta se abriu e a criada esgueirou-se para dentro. Estava portando uma gaiola dourada com um pombo branco cheio de babados em seu interior. Dobrada quase pela metade de súplica, ela sussurrou:

— O grão-cã está passando a noite com a nova consorte. Ele enviou este presente como um símbolo de sua contínua estima pela imperatriz.

Os protetores de unha de Madame Zhang se fecharam como se fossem garras. Depois de um instante, ela exibiu um fino sorriso.

— Não esperava que fosse escolhê-la tão rápido. Bom! Deixe que tenha esta noite com ela. Quando se livrar de sua curiosidade, ele se dará conta de que ela não possui o que é necessário para satisfazê-lo.

Ela apanhou o bracelete de Ouyang e, com um lampejo de mágoa, colocou-o de volta no pulso.

Madame Zhang era a imperatriz, a mulher mais poderosa do mundo. Mas agora Zhu via alguém que perdera a pessoa amada, mas que não era sequer capaz de lamentar-lhe a morte; alguém que fora forçada a aguardar a conveniência do grão-cã e, enquanto fracassasse em conceber um filho, seria deixada de lado quando quer que ele desejasse.

Quanto ao próprio grão-cã — ele residia no pináculo do mundo enquanto Filho do Céu. E ainda assim projetava uma sombra em tudo ao seu redor, como se fosse uma exalação física de sua infelicidade, dor e desespero.

Ouyang matara sua pessoa amada pelo bem de uma dívida de sangue que não existia.

Os três haviam causado e suportado sofrimentos na busca pelo que desejavam. E, no final, todos haviam conquistado o que haviam se prontificado a fazer. Zhu pensou, com um horror inundante:

Mas nenhum deles fizera com que isso valesse a pena.

Ma emergiu nua da banheira de bambu embutida, com os cabelos escorrendo água, e deixou que as criadas a secassem. O perfume do banho permanecia em sua pele.

Assim que o eunuco do grão-cã havia lhe oferecido a placa de madeira que possuía o nome da Senhora Shin entalhado como se fosse uma lápide, ela soubera que aquela era a vingança dele. Havia ousado ver atrás de sua dor particular. Havia o ferido ao exibir às claras o que ele precisava manter para si mesmo, e, por isso, precisava ser punida.

Não conseguia se livrar da lembrança da terrível punição de Bolud por ousar desafiar o grão-cã. As pétalas na água do banho não haviam sido o bastante para subjugar o cheiro de bambu encharcado da banheira. Há apenas alguns dias, aquele cheiro em particular teria evocado a imagem reconfortante de vaporizadores de comida empilhados em uma panela. Agora a deixava nauseada de horror.

Sabia que, por mais que o ímpeto da dor e do sofrimento do grão-cã fosse-lhe uma parte real, o que ele a mostrara — a crueldade e a capacidade para a ruína — também era igualmente verdadeiro. Ele arruinara Bolud. E agora desejava arruiná-la também.

Mas para arruinar o tipo de mulher que era dada como um presente de um homem para o outro, não era necessário que houvesse uma execução. Tudo que seria preciso fazer era destruir a única coisa que o mundo mais valorizava nela.

As criadas massagearam o corpo seco de Ma, depois o alisaram com uma pedra-pomes. Elas apararam seus pelos pubianos e removeram o pelo de suas axilas e antebraços com uma pasta cáustica. Polvilharam sua pele com um pó luminoso de madrepérola moída, tingiram suas unhas com o suco de pétalas vermelhas trituradas e esfregaram-lhe os dentes com carvão. Pintaram-lhe os lábios e o rosto, e escovaram-lhe o cabelo para que pendesse feito seda nas costas, como o de uma menina. Mas não a vestiram.

Ma pensou em como o palácio se moldava em função das necessidades do grão-cã. Cadeiras apareciam quando ele se sentava; portas eram abertas quando se aproximava; a comida era disposta antes mesmo de ele formular a ideia de comer. E então, quando mulheres eram enroladas nuas em carpetes e levadas aos seus aposentos, a questão não era apenas o proteger contra assassinatos. Era para que lhe fosse conveniente. Seria entregue-lhe um objeto do qual poderia fazer uso, sem precisar enunciar uma única palavra.

Mas, quando Ma tomou sua decisão, ela já sabia o que teria que fazer.

Dirigiu-se aos eunucos:

— Levem-me até ele.

22

Desenrolada, a consorte estava quieta enquanto os eunucos se retiravam e as portas se fechavam atrás deles. Para sua surpresa, ela exibia sua nudez sem pudor visível. Ela jamais se portava como deveria, e ele não conseguia compreender. Aquilo provocava-lhe o ódio. Ela tinha o olhar arregalado de uma menina inocente e um comportamento afável, padecera-se pela morte de um estranho — e mesmo agora, quando era óbvio que deveria sentir medo, não sentia.

Sua raiva se renovou. Como ela ousara expô-lo ao próprio pesar e arrependimento como se aquilo importasse? A única coisa que importava no momento era o que ele era, e *isto* era o que ele era: a escuridão no centro do mundo, um mundo composto de infelicidade, dor e desespero alastrante. E jamais seria de qualquer outra forma, porque a cada ato, a cada fôlego, ele o refazia à sua imagem.

— Suba na cama. Deite-se de costas — disse-lhe, com frieza.

Deixou que seu olhar a tornasse um objeto. Era sua para ser possuída, usada e descartada. Mais tarde, ela seria exatamente igual a todos aqueles que se afastavam com medo e horror. Ele era o grão-cã, e nada no mundo poderia resistir à ruína que provocava.

A consorte deitou-se. Contra a manta com estampa de faisão da cama, o corpo dela era completamente diferente da perfeição requintada da imperatriz. Lembrava estranhamente os corpos das meninas com as quais costumava se deitar antes de tudo aquilo ter acontecido — meninas que riam, pouco incomodadas com as próprias coxas roliças e as curvas dos quadris e com a pele bronzeada pelo sol que a alta sociedade não considerava belo. Para ele, aquela rebeldia era feminina. Desejável.

Seu corpo já estava respondendo àquele desejo. Mas não era nada mais do que uma resposta mecânica, desprovida de qualquer prazer ou emoção que outrora lhe trouxera. Fazia-o sentir-se morto em seu próprio corpo. Sabia que a apatia era culpa sua. Havia tomado uma parte de si, reservada para alegria e ternura, usara-a como uma arma e, ao fazer isso, danificara-a de forma irreparável.

Estivera evitando olhá-la no rosto. Mas conseguia sentir-lhe os olhos em si enquanto ele se ajoelhava entre suas pernas e desfazia o laço do roupão bordado com crisântemos, que era a única coisa que ele trajava. A recusa dela em recuar alimentou sua raiva.

— Não está com medo, Senhora Shin? Teria alguém lhe dito que alguns dos outros grão-cãs não se deitavam com consortes novas e relutantes e simplesmente as dispensavam se chorassem? Que infortúnio o seu que minha trajetória singular ao trono me privou de qualquer cavalheirismo. Eu sei como é deitar-me e ser tomado por um homem. Não importa o quão desagradável for a sensação no momento, eu lhe garanto: você vai sobreviver. — Qualquer resquício de fingimento que ele havia conseguido manter em outro contexto havia se esvaído; era possível sentir sua selvageria exposta a ela, feito os dentes de um crânio. — Não serei clemente, não importa o quanto você chore.

Houve um suave farfalhar no corredor, e, enojado, percebeu que eram os eunucos com os ouvidos pressionados contra as portas de treliça. Incapaz de ouvir as exatas palavras trocadas entre eles, talvez, mas torcendo pela emoção indireta de ouvi-lo tomar a virgindade de uma mulher.

— Não espero clemência — respondeu ela. Para sua surpresa, não havia qualquer indício de autocomiseração ou dever honroso em sua voz. Sob aquela suavidade, ele sentiu a firmeza. — Você se deu ao trabalho de me ensinar quem você é. Que é alguém que mata, tortura, trai e não consegue evitar perpetuar a crueldade e a dor. Alguém que faz o imperdoável, para que se torne merecedor de ódio.

A vaga tensão que sentiu em resposta não era dor, mas um simples reconhecimento da verdade. Desviou o olhar, sabendo que ela ainda conseguia ver seu desprezo.

— Você irá me odiar ainda mais depois disto.

Ela o surpreendeu ao tomar-lhe a mão e colocá-la sobre o próprio seio. Aquela quentura se erguia e descia enquanto sua mão era pressionada ali, como se fosse ela que não o permitisse escapar. Sua raiva ressurgiu. Ele não queria uma *performance*. Queria arrancar a verdade sórdida de dentro dela, da mesma forma que ela a arrancara dele. Queria seu ódio com uma ferocidade que parecia indistinguível do desespero.

Encostou o corpo contra o dela e sibilou:

— Não finja que é isto o que você quer.

Seu corpo era a promessa da ruína; seu corpo era uma ferramenta que lhe entregaria o momento em que ela enfim recuaria de medo e aversão.

— Não quero — concordou ela e, mesmo enquanto o grão-cã absorvia aquela resposta, ela mudou algum ângulo interior e ele caiu. Afundou onde ela era macia e vulnerável, onde era possível penetrá-la e quebrá-la. Seu corpo sobre o dela, seu corpo dentro do dela, e ele foi tomado por um desespero gélido e inerte, porque isso era tudo o que já fizera, e tudo o que merecia fazer: quebrar e arruinar.

O peito dela subia e descia debaixo dele, assim como fizera contra sua mão. O rosto estava tão próximo do dele quanto um beijo. Era possível sentir que o olhava. Ela jamais desviara o olhar. E, como se fosse incapaz de testemunhar sua própria monstruosidade estampada no rosto dela, ele devolveu o olhar.

Os cílios eram grossos e os olhos, escuros. Estavam bem abertos para ele. Jamais sequer tentara se proteger. O que ele via nela era a misericórdia que ele mesmo havia se recusado a demonstrar. Aquilo a tornava bela: luminosa e vulnerável, repleta de tristeza e pena, mas não ódio. Ela não estremeceu, e não estava com medo.

Ela o sustentou em seu interior, e sussurrou uma promessa impossível:

— Você não pode me arruinar.

Colocou os braços ao redor dele, e sua ternura era como uma força além do que ele conseguia imaginar, e o conteve sem fraquejar.

Em vez disso, foi ele que se partiu, que se dissolveu ao toque de outra pessoa contra e em volta dele, uma pessoa que não recuou de seu toque, embora ele o merecesse, embora houvesse deixado o mundo do jeito que estava e derramado toda sua mágoa e veneno nele. Embora fosse isto que ele fosse.

O grão-cã estava adormecido.

Ele não a machucara. Mas Ma não conseguiu evitar pensar no prazer que Zhu sempre a oferecera, em um ato que jamais parecera destrutivo, mas criativo. Ma havia há muito tempo perdido o que o mundo mais valorizava em uma mulher. Mas perder aquilo não a arruinara. Em vez disso, ela adentrou a nova realidade criada por Zhu e encontrou uma maneira diferente de ser. Novos caminhos, novas escolhas. Aquela realidade, com tamanho para duas pessoas, não passava de uma semente. Mas era por isso que estava fazendo aquilo, pensou Ma com um furor que era tanto amor quanto tristeza. Se Zhu conquistasse o que desejava, então aquela semente se tornaria o mundo.

O grão-cã despertou. Por um instante, pareceu ficar chocado, como se o próprio ato de acordar o machucasse. Era a mesma expressão que exibiu quando Ma o interrompera no pagode. Não parecia ter sido acordado, mas arrancado do sono, e a violência daquele ato deixava olheiras sob os olhos e encovava-lhe o rosto. Lembrou-se da tensão febril do corpo dele sobre o seu, a magreza dele que parecia algo desgastado ao limite.

— Senhora Shin — murmurou o grão-cã.

Havia nele uma nova vulnerabilidade. Aquilo fez Ma pensar em uma criança pequena que se enraivecia com um desejo assassino de machucar o pai ou a mãe que o havia frustrado, e que depois se agarrava a esse mesmo pai ou mãe com berros histéricos de culpa, porque seu desejo fora genuíno, e de alívio por não ter sido forte o bastante para que o realizasse.

O grão-cã chamara a Senhora Shin para seus aposentos. Tivera a intenção de estilhaçar uma menina virgem e superprotegida com aquele nome, uma menina que jamais teria se aventurado para além das expectativas. Em vez disso, ele encontrara Ma: uma mulher que já vivera e perdera, amara e fora amada. Como se fosse a mãe de uma criança, ela estivera a salvo dele, e representava-lhe segurança.

Ele não poderia machucá-la, porque não fazia a menor ideia de quem ela era.

De súbito, não conseguia suportar ficar ao lado dele por nem mais um instante além do necessário.

— O grão-cã possui mais alguma exigência desta consorte?

Viu o momento em que ele despertou por completo, porque a vulnerabilidade desapareceu de vista sob uma máscara de controle.

— Antes que você se retire, entendo que seja uma tradição presentear uma consorte por sua primeira noite com o grão-cã.

Com um rompante terrível, Ma lembrou-se do que fora ali fazer. Sentiu uma estranha premonição de tristeza. *Você não pode me machucar, mas eu posso machucá-lo.*

— Entre — ordenou ele, sem erguer a voz. Nem ao menos parecia que estava ciente de que o chefe dos eunucos aguardava do lado de fora, como se não lhe ocorrera que ele poderia não estar ali para servi-lo.

Ele sentou-se, indiferente à própria nudez, e examinou a travessa de joias que o eunuco lhe apresentou. Devia estar observando Ma ao mesmo tempo, porque quando o olhar dela repousou nos grampos de cabelo, com certa ironia, ele disse:

— Como nem sempre fui um grão-cã e estive acima de qualquer repreensão, sei que convém que um homem leve em consideração as preferências de uma mulher ao escolher um presente.

Seus finos dedos traçaram as pontas afiadas dos adereços com correntes cintilantes que terminavam em pérolas, corais, lápis-lazúli e turmalina, e então se detiveram em um estonteante grampo de ouro. A haste, de extremidade curvada em vez de afiada como os demais, era mais grossa do que um pincel de escrita. No topo havia um único fio longo e rígido de ouro que fora curvado em volta e por cima de si mesmo para criar a escultura brilhante de uma fênix. Enquanto o grão-cã o estudava, a sombra da autocensura cruzou seu rosto.

— Este aqui pertencia à Senhora Ki, sua compatriota. Embora ela não fosse parecida com você, era a favorita de meu antecessor. A mãe de… — Um espasmo de dor lhe perpassou. Com esforço, desvencilhou-se do que quer que fosse aquela lembrança, e entregou-lhe o grampo. — Use-o da próxima vez para me agradar. — E então sua voz esfriou e tornou-se brusca. — Eunucos, devolvam sua senhora à residência dela.

Enquanto os eunucos enrolavam o carpete em volta dela e bloqueavam a visão do restante do quarto, Ma fechou os dedos ao redor do grampo. Com a extremidade arredondada, ninguém jamais pensaria que poderia ser uma arma, mas caía em sua mão feito uma faca.

— Todas as noites — sibilou Madame Zhang. Sua unha, arrastando de cima a baixo a coluna de anotações datadas bem-organizadas no Registro de Assuntos Internos, pressionou com tanta força que o papel embaixo dela amassou e se rasgou — ele anda dizendo que está *ocupado demais* para me visitar e ter uma refeição comigo. Mas está passando todas as noites com ela? Aquela vaca de rosto chato?

Ela atirou o registro longe.

Zhu estava tão chocada por aquela reviravolta quanto Madame Zhang. Se houvesse permanecido uma escrava invisível, como fora seu plano original, teria sido capaz de arquitetar encontros ao acaso com as criadas de Ma para ficar a par do que acontecia. Mas, desde que se tornou um membro da criadagem vigiada de perto de Madame Zhang, não tivera tal oportunidade.

O plano original também fora que Ma dormisse com o grão-cã apenas uma vez, para obter a arma que, em sua ignorância, ele a concederia.

Ma aguardaria que o exército de Zhu chegasse a Dadu e apenas então providenciaria para ser convocada mais uma vez, momento em que usaria a arma para acabar com tudo. Então o que acontecera nos aposentos particulares do grão-cã naquela primeira noite para que ele voltasse a chamar Ma repetidamente? O estômago de Zhu queimava com uma culpa desconhecida. Todos os dias em que ela permanecia alheia dentro da residência de Madame Zhang, Ma estivera aguentando o toque do grão-cã. Quão terrível seria? Quanto ela estaria sofrendo?

Fora Ma quem tentara alertá-la, antes mesmo de Zhu ter descoberto o terrível final de Ouyang, a insensibilidade de Madame Zhang e a sombra escura que o grão-cã projetava no mundo.

Alguma vez você já se perguntou se poderia não valer a pena?

Sempre tivera certeza, mas agora não sabia. Aquilo a preenchia de um horror sem fim.

— Nem ao menos a vi desde que chegou — vociferou Madame Zhang. — Ela está me evitando. Será que pensa que é boa demais para prestar cortesias à imperatriz? Convoque-a para que venha prestar seu respeito!

Ma apareceu pouco depois. Para o alívio de Zhu, parecia estar passando mal pelo nervosismo, mas, fora isso, sã e salva. Os olhos dela, virados para baixo de modéstia enquanto adentrava a presença da imperatriz, deram uma olhadinha na direção de Zhu. Era como o roçar secreto entre os mindinhos de dois amantes proibidos enquanto passavam na rua. Zhu sentiu uma nova onda de dor quando percebeu que seu alívio era porque estivera esperando ver Ma coberta de ferimentos, seguindo a reputação de crueldade do grão-cã. O palácio inteiro ouvira falar da ordem de que Bolud-Temur fosse cozido a vapor vivo. A única coisa boa era que Ma estava vestindo um grampo de cabelo dourado que só poderia ter sido o presente pela primeira noite com o grão-cã. Então aquilo funcionara.

Ma disse, em um han'er passável com sotaque mongol:

— Esta indigna consorte, Senhora Shin, oferece seus mais respeitosos cumprimentos à ilustre imperatriz.

Ela se abaixou em uma reverência apaziguadora de um joelho só. Mas, quando o topo de sua cabeça ficou completamente visível, Madame Zhang inspirou fundo.

— Ele lhe deu o grampo de fênix?

O farfalhar desconfortável dos uniformes das criadas foi bastante audível no silêncio repentino. Num primeiro momento, Zhu não percebera *o que* era o grampo dourado que Ma usava. Mas sabia o que o grampo de fênix era. Significava que era a favorita do grão-cã. E ele o dera para Ma, não para Madame Zhang.

Foi *por isso* que Ma parecera tão nervosa ao entrar, percebeu Zhu. Era por isso que jamais visitava Madame Zhang, embora a cortesia exigisse isso. Ela sabia que aquele grampo seria interpretado como um desafio à imperatriz. Mas também não poderia ter deixado de usá-lo após recebê-lo do próprio grão-cã. Deixar de lado o símbolo das boas graças do grão-cã seria um insulto que ninguém, nem mesmo uma favorita, se arriscaria a cometer.

Madame Zhang ergueu-se abruptamente; os enfeites em seu cabelo balançaram ameaçadoramente como um pássaro erguendo a plumagem de guerra. A força do movimento deve ter causado uma dor lancinante em seus pés. Zhu teve a ideia desagradável de que, em vez de sentir dor física, Madame Zhang tomou aquilo como uma amplificação de sua fúria.

Madame Zhang abaixou-se até onde Ma estava ajoelhada, com tanta precisão quanto um peixe carnívoro dando o bote, e arrancou o grampo da cabeça de Ma. Ele se soltou, levando consigo um tufo de cabelo. Ma soltou um grito de dor que atingiu o âmago de Zhu.

— Como ousa!

Madame Zhang atirou o grampo ao chão. Por um instante, ficou parada, ofegando, como se aquilo fosse tudo. Depois, atacou. Zhu assistiu, horrorizada e impotente, enquanto as unhas da mulher se cravavam no rosto e no couro cabeludo de Ma: arrancaram longos filetes de sangue da pele e dilaceraram a bela maciez de seu cabelo. Madame Zhang atacava sucessivamente, um animal arranhando e rasgando sua presa. Ma gritou e ergueu os braços até a cabeça, em um esforço fútil de se proteger. Sangue das costas esfoladas de suas mãos mancharam as mangas de sua jaqueta de cetim com laço e o linho branco por baixo.

Houve uma época em que, caso fosse necessário para o que desejava, Zhu pensou que seria capaz de assistir com indiferença enquanto Ma gritava de dor. Provavelmente teria se orgulhado da própria força, que permitia que aguentasse o que precisava ser feito. Mas isso fora antes de assistir Xu Da morrer em meio à agonia, o que havia cavado novos sulcos de pesar e dor em seu interior. E agora, enquanto testemunhava Ma sofrer, sua dor encontrou aquelas reentrâncias e se espalhou espontaneamente. Havia sido remoldada por seu sofrimento, e como resultado sentia muito mais dor do que jamais sentira.

E se já não valesse a pena? Será que teria pagado um preço tão alto apenas para acabar se afastando do que desejava em vez de causar mais dor? Zhu pensou no Zhu Chongba original renunciando a seu destino. Ela havia agarrado aquele futuro abandonado, resistido a cada tentativa do mundo de arrancá-lo dela, e como resultado de seu sofrimento havia se tornado a pessoa que poderia reivindicá-lo por direito como seu. Sentiu um puxão de pura angústia. Como poderia desistir do desejo por aquele futuro: sua grandiosidade e seu novo mundo? Aquele desejo era uma estrela flamejante em seu interior; o esplendor que a preenchia; seu próprio ser. Sem ele, o que restaria dela?

Ma despencou, chorando, e colou a testa contra o chão em completa torpeza.

— Misericórdia, imperatriz, tenha misericórdia desta mulher indigna!

Madame Zhang olhou-a de cima, ofegando e cambaleando com seus pequeninos pés. O brilho em seu olhar não diminuíra.

— Indigna? Sim, indigna de se dirigir a mim, indigna de estar em minha presença! — Apanhou um leque de cabo longo e espancou as costas e os ombros servis de Ma. — Você não merece chorar!

Os demais servos de Madame Zhang observavam, impassíveis. Sabiam que essa era a ordem natural das coisas, como se a vida dentro do palácio não fosse nada além de um simulacro da natureza cruel. Mas cada golpe no corpo soluçante de Ma parecia atingir o coração de Zhu.

Haveria um futuro em que Zhu não se tornava o imperador?

Será que eu conseguiria renunciar a isso?

Quando Ma partira, Madame Zhang disse, satisfeita:

— Vamos ver o quanto ela o agradará com um rosto desses.

Os pássaros, alarmados pela violência, estavam tão quietos quanto os criados. O grampo de fênix dourado estava no chão com um tufo de cabelo. O adereço causara tanto sofrimento a Ma. Mas Zhu percebeu que ainda precisava que ela o tivesse.

— Imperatriz, se o grão-cã descobrir que você pegou o grampo de fênix…

Ela deixou que o espectro da punição do grão-cã pairasse no ar de forma ameaçadora. Aparentemente, nem mesmo uma imperatriz ousava testar seu poder contra o grão-cã, porque, por fim, Madame Zhang concordou, com uma indignação aguda:

— Certo! Devolva-o a ela. — Quando deu as costas, a porção de seu perfil parecia com a brancura interior de um fragmento de porcelana que poderia cortar um dedo descuidado até o osso. — Vamos ver se ela é tola o bastante de usá-lo na minha frente de novo.

Zhu flagrou a liteira de Ma à vista no canto noroeste das muralhas. Aquela seção da Cidade do Palácio, desprovido das praças ao ar livre que caracterizavam a área ao redor do Salão do Grande Brilho, se assemelhavam mais a um complexo residencial comum. Numerosas residências de consortes se entrelaçavam, compactadas, com pequenos pátios floridos. Mas, já que no momento Ma era a única consorte morando ali, o lugar tinha um ar de abandono. Os pátios eram pequenos demais para receber luz do sol, e as flores de primavera decadentes e à deriva haviam se agarrado aos cantos feito uma neve esquecida.

Acima da liteira, Ma estava curvada com o cabelo embaraçado ao longo do rosto feito uma mulher de luto. Zhu se apressou até a cauda de cometa da liteira, formada pelas criadas de Goryeo, e anunciou em mongol, para o caso de haver qualquer curioso:

— A imperatriz me enviou com um objeto a ser devolvido para sua senhora.

A boca da chefe das criadas abriu-se de surpresa quando reconheceu Zhu. Ela cutucou o ombro do eunuco condutor para sinalizar que parassem.

Ma ergueu o olhar com um sobressalto enquanto a liteira era baixada; e então um de seus olhos se arregalou quando vislumbrou Zhu. O coração de Zhu se retorceu quando viu que a outra pálpebra de Ma já estava bastante inchada.

A surpresa de Ma foi logo ofuscada por preocupação. Nervosa, ela olhou ao redor do pátio, depois sussurrou para as criadas:

— Mantenham nossa privacidade.

Conforme elas se espalhavam em um círculo protetor ao redor da liteira no chão, Ma agarrou com firmeza tanto a mão de carne e osso quanto a de madeira de Zhu. Ela se afastou depois de um momento, pálida e insistente, e disse:

— Não deveríamos…

Zhu mostrou o grampo a Ma.

— Temos alguns instantes.

Mesmo assim, sabia que Ma tinha razão para se sentir apreensiva. Palácios possuíam mais olhos do que uma vieira. Embora Zhu tivesse permissão para o encontro, sabia que qualquer simpatia notada entre ela e a consorte de Goreyo seria o bastante para perder a confiança de Madame Zhang.

No lugar de um beijo, Zhu pressionou os ombros delas um contra o outro. Ver o olho inchado de Ma preencheu-a de uma ternura intensa. Quanto mais catalogava os machucados de Ma, mais intenso se tornava seu afeto. O sentimento crescia em seu interior, até estar esmagando seus órgãos com tanta força que pensou que não sobreviveria. Percebeu que estava ofegando. Ela deixou escapar:

— Desculpe, Yingzi. Toda essa dor, todo esse sofrimento... Eu acreditei que valeria a pena. Você me alertou, mas não lhe dei ouvidos. Desculpe.

Ma ficou muito quieta por um instante. Em seguida, falou:

— Zhu Yuanzhang. Você sabe por que, em Songdo, eu disse para não pedir minha ajuda?

Zhu lembrou-se de ficar confusa quanto à insistência de Ma, mas a emoção sobrepujante que sentia naquela época fora culpa e alívio por Ma concordar em ajudá-la, embora ela não compreendesse completamente o porquê.

— Você pensa que minha dor e meu sofrimento, assim como os de Xu Da, são um preço que nos cobra para se tornar imperador. É por isso que sente que, se não conquistar o trono, ou se conquistar o trono jamais compensar nossa dor, seria tudo um fracasso.

"Mas você não nos *forçou.* Por isso não quis que você me pedisse para ajudar. Será que jamais se perguntou por que Xu Da nunca lhe pediu que parasse, mesmo quando ele tinha dúvidas quanto a seus métodos? Ele não queria arriscar que você o mandasse continuar. Queria continuar por vontade própria, mesmo quando sabia que isso o levaria à morte.

"Nosso sofrimento não é um pagamento. É um presente. Nós o demos a você para que conquistasse seu destino. E seu destino não é apenas o trono ou a grandeza. É grandeza o bastante para *mudar o mundo.* Que incentivo possuía qualquer um dos homens que se sentaram no trono, ou que se sentariam em seu lugar, para mudar como as coisas são? Mas você entende o que é não ser nada. Você entende o que é ter emoções e sofrer. Você entende o que é ser alguém visto como imprestável por causa de seu sexo ou formato do corpo ou o que fazem ou de quem gostam."

Ouviram um fragmento de risadas quando servos do palácio adentraram a área. O tempo delas se esgotara. Ma estendeu a mão da liteira e tocou o rosto de Zhu com uma delicadeza trágica e dolorosa, e Zhu percebeu, com um sobressalto, que ali havia lágrimas.

— Você consegue mesmo chorar? Esta é a primeira vez que vejo isso acontecer. — Zhu se lembrou da existência do grampo apenas quando Ma o tomou dela. — Não se preocupe comigo. Não pense em minha dor. Eu escolhi meu destino, assim como Xu Da escolheu o dele. Deixe-nos fazer isto por você, para que você possa fazer algo que mais ninguém conseguiria ou faria.

Ma convocou as criadas de volta com um olhar de seu olho bom. Enquanto os eunucos erguiam a liteira, ela falou, com aquela compaixão que recusava covardice; que recusava pena; que era a força mais poderosa do mundo:

— Zhu Yuanzhang, meu marido. Você negou seu destino uma vez. Agora, comprometa-se com ele. Não por medo ou por obrigação, mas porque você o escolheu.

Os olhos do grão-cã se arregalaram quando Ma foi entregue aos seus aposentos particulares naquela noite.

Ma percebeu que ele não era um ator exímio enquanto o observava esquadrinhando seus ferimentos. Os sentimentos dele eram muito profundos; se faziam presentes com tanta nitidez quanto sangue através de gaze. O grão-cã era capaz de esconder dos outros o que sentia apenas porque eles ficavam paralisados demais pela superfície que ele os mostrava. Presumiam que, por serem capazes de ver sua afeminação — algo que qualquer outro homem teria escondido de vergonha —, ele seria incapaz de esconder qualquer coisa.

Agora, via que ele estava furioso, talvez ainda mais do que qualquer outra vez que o vira, mas pensou que talvez fosse a única que conseguia ver aquilo.

— Eu *poderia* executar minha própria imperatriz — comentou ele, com uma serenidade perturbadora. — Mas provavelmente não deveria. O que você consideraria ser uma punição adequada? Gostaria da residência dela? Eu a dou para você.

— Não quero a residência dela! — exclamou Ma. — Isso apenas pioraria as coisas. Além disso, ela é sua imperatriz. Quem não se chatearia se sentisse estar perdendo estima? Convocar-me todas as noites é demais. Se prestasse mais atenção nela, ela não sentiria tantos ciúmes.

Ele exibiu um sorriso torto e a puxou para si.

— Mas eu não gostaria de deixar *você* com ciúmes.

Depois de ele ter se satisfeito, deitaram-se juntos, com a cabeça dele sobre o peito dela.

— Estou falando sério — disse Ma, continuando a conversa de onde haviam parado — sobre os ciúmes da imperatriz. Levando em conta o que ela fez por você, não a deve respeito? Ainda depende do exército dela. — Forçou-se a parecer casual, e acrescentou: — Afinal, ainda há a questão de Zhu Yuanzhang.

— Ah, mas você se esquece — respondeu o grão-cã. — A imperatriz já não é uma governante, mas minha mulher. Ela não controla seu exército. Eu controlo. E se eu lhe demonstrar respeito é porque escolhi fazer isso, não porque lhe devo alguma coisa. Um grão-cã não deve nada a ninguém.

O cabelo escapava do coque alto. A textura era mais suave e rebelde que a própria cascata de cabelo de Ma. As pontas lhe faziam cócegas.

— E não se preocupe com Zhu Yuanzhang. Estive pensando no fato de estar por aí, ousando marchar até mim. — Ma percebeu, tarde demais, que ele pensava que Zhu era a pessoa que estava fisicamente liderando o exército na direção dele. É claro que não estava ciente de que Zhu dera o comando a Chang Yuchun. — Sei bem o que fazer com ele.

O grão-cã ficou em silêncio por um tempo. Quando Ma esticou o pescoço para vislumbrar-lhe o rosto, viu que ele havia adormecido. Parecia dormir apenas deste modo, em sonecas que mais se pareciam com fôlegos roubados do que descanso verdadeiro. Mesmo adormecido, seu corpo estava tenso. Mas, sem a inteligência sarcástica que esfolava todos que ousavam se aproximar demais — sem a performance que usava de escudo de defesa —, ele era tão somente um jovem rapaz. Ficou surpresa com a ideia de que talvez fosse apenas alguns anos mais velho que Zhu.

Ma tocou-lhe as sobrancelhas franzidas. Eram mais finas do que a de muitos homens, mas pareciam mais obra de cuidados pessoais do que a feminilidade natural dos arcos de lua delicados de Ouyang. Mesmo quando seus corpos se enroscavam, Ma estava ciente de como sua mentira era como um véu entre eles, assim como o sono. Era uma mentira que deveria tê-la protegido. Deveria tê-la permitido manter distância. Mas agora se perguntava se alguma vez teria tido a chance de não sentir empatia por alguém que permitira que sua vulnerabilidade a tocasse com uma intimidade maior do que qualquer coisa que seus corpos poderiam fazer.

Ma viu um lampejo dourado na mesinha ao lado da cama. O grampo de fênix repousava onde o grão-cã o havia colocado depois de tirá-lo de seu cabelo. Enquanto observava o grampo, Ma ouviu o eco do grito agonizante de Bolud. Era aquilo que o grão-cã faria com Zhu assim que derrotasse seu exército e a identificasse, caso Ma não o detivesse. E sabia que ele o faria sem qualquer pena ou remorso, ou sem pensar duas vezes.

Não era uma competição, pensou Ma com um sentimento nauseante. Sempre soubera quem escolheria. Quem ela já havia escolhido, muito antes de chegar até lá, muito antes de conhecer este homem, que era o grão-cã. A única coisa que mudava ao longo do tempo era o quanto aquela escolha a machucaria, e o quanto dela mesma aquilo quebraria.

Estava ciente do que mais sabia, e que ele ainda não se dera conta. Embora ele a houvesse convocado todas as noites durante mais de um mês, durante todo aquele tempo ela não tivera suas regras.

Sentiu-o acordar antes mesmo de ele murmurar:

— E pensar que, esse tempo todo, a cura para minha insônia era uma mulher em minha cama.

Ma escondeu a pontada de tristeza.

— Talvez esta mulher em particular.

— Talvez — concordou o grão-cã, entretido. Havia convocado ela cedo, então ainda era noite. Do suave crepúsculo lá de fora ressoava o coro ensurdecedor de estorninhos onde haviam se aglomerado em uma única árvore no pátio. — Falando em mulheres e Zhu Yuanzhang. Eis uma coisa engraçada. O que você acha da ideia de que Zhu Yuanzhang não é um homem, mas uma mulher vestida de homem?

Era como se o mundo, e até mesmo seu próprio corpo, houvesse se partido e desaparecido ao seu redor.

O grão-cã riu de sua expressão. Era uma risada surpreendentemente agradável.

— Pois é, que estranho, não é? Eu não teria dado nenhum crédito, a não ser pelo fato de que essa informação veio de alguém que se provou bastante útil para mim no passado. Ele costumava pertencer ao círculo mais próximo de Zhu Yuanzhang. — Os ouvidos de Ma zumbiam. Sentia-se desnorteada e longe de si mesma enquanto o grão-cã continuava: — Agora ele está aqui no palácio como meu Ministro de Infraestrutura. Um engenheiro chamado Jiao Yu.

As tampas das tigelas e sopeiras da mesa de jantar de Madame Zhang escondiam bem o conteúdo que ia desagradavelmente esfriando. Sem que houvessem sido descobertos, o arranjo feito de pedras preciosas estava tão belo quanto uma hora atrás. Madame Zhang encarou o jogo de talheres e louças vazio, com a compostura tão firmemente contida quanto os pratos. Seus enfeites de cabelo cintilavam na luz derramada pelas lâmpadas. Estava conseguindo manter a dignidade diante dos servos curiosos, mas Zhu sabia o quão furiosa e humilhada ela devia estar: deixada à espera pelo grão-cã, que prometera comparecer naquela noite.

— Ele logo estará aqui — vociferou Madame Zhang quando uma criada enfim se atreveu a dizer que talvez os pratos ficassem mais bem conservados na cozinha. — O grão-cã é muito requisitado. Como poderíamos nos ressentir enquanto ele cuida dos assuntos do império!

Zhu estava admirada que Madame Zhang não se engasgou no próprio vinagre. Ela sugeriu, em um tom discreto:

— Talvez esta criada pudesse ir conferir nos Assuntos Domésticos…

Depois de um instante, Madame Zhang assentiu rigidamente, e Zhu disparou porta afora.

O Escritório de Administração de Assuntos Domésticos ficava a uma longa caminhada do outro lado da Cidade do Palácio. Quando Zhu chegou, o eunuco encarregado de lidar com o cronograma doméstico do grão-cã franziu a testa.

— O escritório do grão-cã informou à imperatriz que ele jantaria com ela esta noite? Mas a Senhora Shin está em seus aposentos desde antes do pôr do sol. — Ele mostrou a Zhu uma caixa plana com os ganchos que continham as placas com os nomes de todas as mulheres do grão-cã; o único que ali estava pertencia à imperatriz. — A nobre consorte recebeu o convite esta manhã. Deve ter havido um erro.

Não fora um erro, percebeu Zhu. Madame Zhang atacara Ma, a favorita do grão-cã, e esta era a sua punição: deixá-la descobrir seu próprio rebaixamento à posição de uma mulher inferior. A lembrança do sofrimento de Ma ainda estava dolorosamente fresca. Mas pensar em Madame Zhang, esperando sozinha enquanto se tornava a piada do palácio, causou-lhe uma fisgada surpreendente.

Apesar dos longos dias de primavera, já estava completamente escuro quando Zhu se apressou de volta à residência da imperatriz. O palácio estava majoritariamente silencioso, mas, quando entrou em uma longa via principal, viu um dos muitos oficiais vestidos de preto do palácio vindo em sua direção.

Havia algo familiar nele. Zhu ficou intrigada conforme ele se aproximava, ainda a uma distância em que ela não conseguia identificar seu rosto, até que, subitamente, a familiaridade se transformou em reconhecimento.

O corpo de Zhu gelou, depois esquentou. Jamais sentira tamanha fúria.

Jiao Yu.

Havia se esquecido completamente dele. Mas é claro que ele estava ali. Zhu poderia ter se chutado. Quando Jiao a traíra, ele havia ido direto para Dadu oferecer seus serviços para a pessoa que ele sabia que tomaria o trono antes de Zhu. E, quando aquela pessoa se tornara o grão-cã, ele havia ficado para colher a recompensa.

Jiao conhecia Zhu, e conhecia Ma. Era a única pessoa que poderia botar tudo a perder. Mas, pensou Zhu rapidamente, ele também não fazia a menor ideia de que estavam ali. Era improvável que cruzasse o caminho de Ma, já que ela passava a maior parte do tempo longe dos olhos do público. E agora que Zhu sabia que ele estava ali, poderia ficar alerta e evitá-lo se o visse à distância. Tudo o que precisava fazer agora era permitir que ele passasse.

Ela deu um passo para a beirada do caminho e ficou sobre um único joelho, com a cabeça abaixada e as mãos dobradas em uma pose respeitosa de criada para oficial. Era um azar que a via estava bem iluminada, mas não poderia dar crédito à ideia de que ele a reconheceria. Jiao se interessava por coisas, não por pessoas, e jamais se rebaixava a olhar para alguém que pensava lhe ser inferior.

Como esperado, o olhar de Jiao passou direto por ela. Ele continuou...

... até que, de repente, parou.

Ele se virou e, quando a luz do archote tocou seu rosto encoberto pelo capuz, Zhu viu o que ele estava olhando. Não era *ela*. Era sua mão.

A mão de madeira que o próprio Jiao fizera.

Não a reconhecera, pensou Zhu com amargura, mas a si mesmo nela. Reconhecera a parte dela que saíra de sua imaginação, que ostentava a marca de suas mãos e ferramentas, e que ele reivindicava como sua criação. Parecia tão invasivo quanto pensar que ele vira e tocara seu corpo inconsciente e nu.

Zhu jamais gostara de Jiao. Agora, em um rompante de compreensão, descobriu que sempre o odiara.

Ele estava parado acima dela enquanto ela permanecia ajoelhada. Não havia como negar aquilo, nem havia para onde fugir. Zhu ergueu a cabeça e o olhou nos olhos.

Mesmo ao suspeitar — ao *saber* — quem havia encontrado, ele recuou. Havia detectado o familiar, mas se deparado com ele distorcido por uma conjuntura desconhecida e transformada em uma depravação do que conhecia. Seus lábios arreganharam os dentes de nojo.

Zhu sabia que não era justo que culpasse Jiao pela morte de Xu Da. Ele já estava morrendo antes mesmo de Jiao separar Ouyang dela. Mas o que Jiao de fato *fizera* fora se recusar a acreditar nela. Ele a havia utilizado como uma arma contra si mesma, e garantido que a última lembrança de Ouyang dela fosse uma falsa crença: que o corpo que habitava representava o todo de quem ela era.

Jiao ousaria negar-lhe o que ela procurava conquistar devido a quem pensava que Zhu era. Ousaria tentar contê-la, mantendo-a onde achava que era seu lugar.

Mas Zhu seria o imperador: não apesar de quem era, mas *por causa* de quem era.

Olhou para Jiao e soube, lá no fundo, de uma forma que jamais sentira antes, que ela sentiria satisfação pela morte dele — em apagá-lo das histórias do mundo, que ela mesma escreveria.

— Jiao Yu — disse, erguendo o olhar para ele —, quando você perdeu a fé em mim, quando você me traiu e usou meu ser como uma arma contra mim mesma, você deveria ter fugido.

23

Jiao Yu arregaçou as saias pretas e correu. Mas não por medo. Ele correu o máximo que conseguia em direção ao epicentro distante da Cidade do Palácio. Em direção ao grão-cã.

Quando Zhu conseguiu se pôr de pé para ir atrás dele, o sujeito já estava virando uma esquina. Era a primeira vez que Zhu corria como uma mulher, e logo lhe ocorreu que o uniforme não fora feito para correr. Suas sapatilhas se encheram de areia; seu vestido esvoaçante a freava feito uma vela. Era como correr em um pesadelo. Enquanto se esforçava, arrancou a mão da junta arredondada no pulso, expondo a lâmina de metal que se projetava da base de seu pulso. A extremidade da lâmina era chata como uma língua em vez de pontuda, mas se o apunhalasse com força o bastante…

Zhu virou a esquina a tempo de ver Jiao entrando calmamente em um atalho entre dois edifícios. Ela parou, ofegante por conta da corrida. O atalho se somava a uma das passagens principais da Cidade do Palácio. Era bem-iluminada e vigiada, e, o mais importante: percorria o trajeto todo até a residência do grão-cã nos fundos do Salão do Grande Brilho. Jiao sabia que ela não poderia persegui-lo naquela rua, por medo de acabar se revelando. Não havia maneira alguma de interceptá-lo ou impedi-lo. Sentia-se tão seguro que havia até mesmo deixado de correr.

Ele pensa que venceu.

A pura arrogância daquele ato renovou a raiva de Zhu. Se fosse capaz de manifestar aquela sensação no mundo, teria estraçalhado-o feito um inseto no asfalto. Seu desejo de ferir Jiao parecia novo, como se esgueirar para dentro de algo escuro, acolhedor e selvagem. Queria arrancar o fígado de Jiao com os dentes.

Havia poupado-o no passado por sua arrogância, mas mesmo naquela época ele jamais se curvara. Jamais reconhecera a legitimidade da liderança dela, preferindo alegar que estava apenas em busca de seus próprios objetivos que, por coincidência, se interseccionavam com os dela. Zhu suportara aquilo durante anos, e agora queria ver o rosto do sujeito se transformar ao dar-se conta de seu fracasso. Para que visse, em seus últimos momentos, o erro que ele havia cometido: que ele não era o mais esperto, afinal de contas.

Furiosa, Zhu pensava enquanto encaixava a mão de volta. Em menos tempo do que levaria para que uma vareta de incenso queimasse, Jiao Yu estaria subindo os degraus até a residência do grão-cã. Era um oficial com uma tarefa urgente; os guardas não lhe negariam acesso, mesmo com o tardar da hora. Não havia como o impedir.

Mas… outra pessoa poderia fazer isso.

Alguém de quem Jiao não havia conhecimento; alguém que já estava na residência do grão-cã. Alguém que era a última camada de defesa de Zhu entre o grão-cã e as mensagens do mundo exterior.

Zhu já estava disparando na direção oposta de Jiao enquanto a ideia ainda estava se formando. Ma poderia impedi-lo de chegar ao grão-cã, mas apenas se Zhu conseguisse alertá-la a tempo.

Não demorou para retornar à residência da imperatriz, mas Zhu estava extremamente ciente do tempo. Tempo, tempo, tempo, escoando a cada passo.

A residência emanava brilho feito uma lanterna. Naquelas salas de estar, Madame Zhang ainda aguardava o grão-cã, que não apareceria. Mas, em vez de voltar lá para dentro, Zhu contornou o lado de fora e se esgueirou para o jardim.

Ali ficava o aviário, e dentro do aviário estavam os presentes de Madame Zhang: aqueles pássaros extraordinários, bem diferentes em aparência de seus ancestrais que carregavam mensagens, mas que ainda se lembravam de que haviam nascido e crescido na residência do grão-cã.

A luz da residência mantivera os pombos acordados. Eles arrulhavam nas caixas de seus ninhos, e pavoneavam, inquietos, na vegetação rasteira. Não havia tempo para ficar pensando, e depois disto não haveria mais nada a ser feito. Tudo que Zhu conseguia fazer era enviar um alerta e confiar que Ma decifraria sua origem — seu *remetente* — e agiria.

Ela escancarou a porta do aviário, e os pássaros levantaram voo em um rompante.

Um barulho abafado despertou Ma de seu sono leve ao lado do grão-cã. Parecia vir do lado de fora da janela. Chuva, porém, não era chuva: um cantarolar periférico e oscilante que se erguia e caía feito o mar. Vozes de homens se erguiam sobre aquele som. Os guardas do pátio.

Ma se levantou, detestando a agora familiar onda de náusea que acompanhava o despertar, e escapuliu para fora do aconchego das cortinas fechadas da cama. A janela circular atrás da mesa do grão-cã não havia sido feita para ser totalmente aberta. Quando abriu uma fresta, uma brisa cortante de ar gélido noturno se infiltrou. Mas o som que recaiu sobre ela era tão suave e pesado quanto pele de animal.

A princípio, tudo o que viu foi um brilho, um movimento. O céu noturno havia sido tomado por um turbilhão branco. Era uma nevasca que circundava e se contorcia, que chamou sua atenção e a levava de lá para cá, de lá para cá, até que o chão sólido sob ela se desestabilizasse. Ma cambaleou e se firmou, enjoada. *Mariposas*, pensou, zonza. O tamanho e a proporção delas parecia errado de alguma forma, mas o que mais poderiam ser além de dezenas de milhares de mariposas atraídas para morrer na luz?

Cordas de arcos vibraram. Ma lembrou-se dos guardas. Estavam nas cumeeiras, com as silhuetas escuras contra aquela massa circundante, atirando. A brancura despencou do céu.

Não eram mariposas. Eram pássaros. Pássaros que outrora cintilavam, tão brancos quanto jade polida, e que ostentavam suas asas curvadas e esticadas, agora estavam cobrindo o pátio com seus corpos ensanguentados, trêmulos e moribundos. Os pássaros de Madame Zhang.

Acontecimentos estranhos nem sempre possuíam significado. Os pássaros poderiam ter escapado por acidente. Entretanto, com o coração pesado, ela pensou que conhecia aquela espécie de estranheza. Havia visto aquilo tantas vezes antes: o que parecia inofensivo e acidental, mas carregava a marca invisível de uma mente — de intenção e desejo.

Que mensagem estaria Zhu enviando que era tão urgente a ponto de forçá-la a avisar a Ma enquanto estava ao lado do grão-cã?

Algo devia ter acontecido que ameaçava estragar o plano, e havia acontecido tão súbita e catastroficamente que Zhu não conseguira encontrar outra solução.

Uma premonição horrível se formou em seu interior. Parecia uma saliência de gelo empurrando-a sobre água gélida. Pensou, devagar: *um engenheiro chamado Jiao Yu.*

Jiao Yu, que já contara ao grão-cã que Zhu Yuanzhang tinha o corpo de uma mulher, e que era a única pessoa no palácio que conseguiria reconhecê-la de vista.

Enquanto estava parada, nua, perto da janela, com a pele formigando de frio e temor, Ma ergueu a mão e tocou no cabelo. Sentiu o ouro sob os dedos.

Parecia que Ma estivera sentada ali durante uma eternidade, com as costas contra a porta dos aposentos do grão-cã, à espera. Não teria conseguido ler uma palavra sequer do livro à sua frente, mesmo se sua vida dependesse disso. Ainda estava nua sob a manta com que cobrira o corpo, e não conseguia impedir que seus dentes batessem de frio e nervosismo. O grão-cã estava adormecido por trás das cortinas fechadas, mas ela não fazia ideia de quanto tempo permaneceria assim. Os batimentos de seu coração estavam lhe despedaçando. Será que ao menos tinha acertado o palpite quanto à mensagem de Zhu? Temia estar errada, e temia ainda mais que não estivesse. Cada momento parecia um espasmo, uma pulsação, uma oração: *por favor, que ele não venha.*

A porta atrás dela permitiu que alguém entrasse.

Por um instante, poderia ter sido outra pessoa. Poderia ter sido outro oficial vindo por conta de outra emergência, algo pelo qual não precisava se responsabilizar.

— Consorte, trago notícias para o grão-cã — disse Jiao Yu.

Ma jamais ouvira Jiao falar mongol antes. Soava como se tivesse aprendido de um livro. Mas seu tom era igual: frio e desdenhoso. Viu-o em sua cabeça: a boca franzida de superioridade sobre uma barba rala; o brilho vívido e traiçoeiro em seus olhos.

Ma forçou-se a falar. Sua voz saiu aguda, pouco natural.

— Prezado ministro, o grão-cã está dormindo.

Não havia jeito, mas viu-se rogando a ele em silêncio. *Por favor, Jiao Yu. Não faça isso. Vá embora.*

A incredulidade de Jiao parecia uma pressão física contra ela.

— Consorte, não acho que esteja entendendo. Eu não viria aos aposentos do grão-cã se a questão não fosse urgente. Acorde-o. — Em han'er, acrescentou em voz baixa: — Quem essa mulher pensa que é?

De alguma forma, Ma permaneceu no lugar. Seu corpo estremecia de revolta. Não queria ser essa pessoa. Não queria se sentir dessa maneira; não queria acreditar que seria capaz de conter a enormidade e a repulsa daqueles sentimentos nem por um instante, que dirá para sempre.

Ainda pior do que a culpa era a vergonha de saber que sua dor era tanto por ela quanto por Jiao. Foi escolha dela. Sabia que, ao matar por Zhu, perderia uma parte de si. *Sabia*, então que direito tinha de sentir pena de si mesma?

Mas aquilo doía mais do que imaginara.

De alguma forma, ela se virou. Deixou que o sujeito visse seu rosto. Aos prantos, disse:

— Eu queria que você tivesse acreditado nela, Jiao Yu.

A mente de Jiao sempre trabalhara mais rápido do que a de qualquer outra pessoa. Em vez de desperdiçar seus últimos momentos aturdido ou tentando sair correndo, ele abriu a boca para chamar o grão-cã com um grito. Mas o fio de ouro — fio que uma vez fora uma fênix, na extremidade de um grampo de cabelo — já estava se apertando ao redor de sua garganta. A boca de Jiao permaneceu aberta. Tudo o que saiu foi um leve guincho. Enquanto a chefe das criadas puxava as extremidades do fio com toda sua força, as demais saíram às pressas das sombras para segurá-lo.

O rosto de Jiao ficou roxo. As veias em sua testa pareciam as raízes nodosas de uma árvore. Era apenas um erudito magricela, então quatro mulheres deveriam ser o bastante para mantê-lo no lugar, mas seu fim iminente deu-lhe uma força renovada surpreendente. Ele atirou a cabeça para trás, tirando sangue do nariz da chefe das criadas, depois atirou-se para um lado, depois para o outro, feito um búfalo tentando se livrar de lobos. Sua boca estava aberta em um rugido silencioso.

Ma apertou a manta contra o corpo, trêmula. Quantas vezes fizera aquilo: vira um homem morrer e implorara para que o fim chegasse logo? A única diferença era que, desta vez, não estava orando em favor do homem. Sentia-se tresloucada de desespero, para que Jiao desistisse. Para que *morresse*. Cada momento a mais era um em que o grão-cã poderia despertar; em que os guardas poderiam se perguntar o que estava acontecendo para que se levasse tanto tempo para enrolar a consorte a fim de retirá-la…

Os pés calçados das mulheres batucaram de leve contra o piso de madeira enquanto eram arrastadas para frente e para trás. Os olhos de Jiao pareciam estar saltando para fora das órbitas. As escleras haviam estourado por toda parte, tingindo-se de vermelho. Ele pendeu para frente, perdeu o embalo contra os esforços conjuntos das mulheres e cambaleou com violência mais uma vez, e todos, numa massa desequilibrada, aterrissaram com um baque ruidoso contra o aparador de madeira. As paredes estremeceram.

— Grão-cã! Está tudo bem aí dentro?

A chefe das criadas cerrou os dentes em uma careta de esforço e puxou. A boca aberta de Jiao se abriu ainda mais. Era o máximo que Ma já havia visto alguém abrir a boca; fissuras se formavam nos cantos. A língua escura e inchada de Jiao surgiu do vazio feito o leito de um lago se erguendo sob a pressão subterrânea.

Em meio ao horror petrificado, Ma conseguiu responder em voz alta:

— Uma de minhas criadas foi descuidada e tropeçou. Eu a punirei mais tarde.

A vida se esvaía de Jiao em etapas convulsivas. No instante em que seus joelhos enfim cederam, as criadas o abaixaram até o chão. Suas narinas estavam dilatadas pelo esforço silencioso. A criada mais alta imediatamente despiu o uniforme e as sapatilhas enquanto as outras arrancavam de Jiao o manto preto ministerial, o chapéu de erudito, as roupas de baixo e as botas, e os ofereciam para que ela vestisse. Assim que estava vestida, ela saiu pela porta com a cabeça inclinada para longe dos guardas. Com os olhos deles igualmente baixados por respeito, com sorte tudo o que veriam seria um perfil ministerial passando em meio às sombras.

Seguraram o fôlego, depois relaxaram ao mesmo tempo, enquanto os guardas murmuravam saudações e os passos da criada continuavam pelo corredor.

Depressa, Ma esboçou com a boca para as demais criadas, enquanto atirava a manta de lado e se deitava no carpete desenrolado. As criadas arrastaram o corpo de Jiao até o seu lado. Depois viraram a extremidade do carpete sobre eles e os enrolaram juntos.

O corpo de Jiao ainda estava quente. Não deveria parecer tão diferente de se deitar ao lado de uma pessoa viva. Mas tudo o que Ma conseguia ver em sua mente era aquela língua escura e demoníaca, projetando mais e mais para fora daquela boca escancarada, e sentiu vontade de gritar.

A chefe das criadas batucou no chão para chamar os eunucos, e Ma ouviu ela sussurrar um aviso ligeiro sobre o peso extra, antes de eles erguerem o carpete com um grunhido suprimido de esforço e saírem à frente da procissão das criadas. Havia três delas, em vez de quatro, mas elas estavam abaixo até mesmo dos móveis do palácio; nenhum dos guardas percebeu que faltava uma. E então estavam do lado de fora, cruzando o palácio em direção à residência de Ma.

Aquele fora o presente de Ma para Zhu. Enquanto ficava ali deitada no carpete, com a pele do cadáver contra a dela, sabia que uma parte essencial de si mesma havia mergulhado com Jiao na escuridão. Como a vida que ela tirara, havia sumido, e jamais seria recobrada.

Zhu se apressou atrás de Madame Zhang enquanto ela subia às pressas até o andar mais alto do Salão da Primavera. Suas costas ardiam. As criadas de Madame Zhang haviam levado uma surra a manhã toda como uma punição coletiva por quem quer que tivesse sido estúpida o bastante para se esquecer de trancar a porta do aviário. Madame Zhang já estava de mau humor por conta da humilhação da noite anterior de ter sido deixada à espera, e sua fúria ao descobrir que seus preciosos pombos haviam escapado e sido mortos a tiros de flecha pelos guardas do grão-cã havia sido... extraordinária.

Uma surra fora um preço pequeno a se pagar. Já que Zhu ainda não fora arrastada para longe pelos guardas do grão-cã — e ainda não havia escutado qualquer boato alarmante sobre o bem-estar da Senhora Shin —, presumiu que Ma havia conseguido, ao menos em parte, resolver a situação com Jiao sem levantar suspeitas. No entanto, ainda estava preocupada. Teria Ma neutralizado Jiao permanentemente como uma ameaça ou teria apenas conseguido barrar sua entrada nos aposentos do grão-cã? Será que o sujeito ainda estava em algum lugar no palácio, pronto para fazer os planos de Zhu irem pelos ares a qualquer momento? Havia tanta coisa que não sabia e que não tinha como descobrir.

Estava frio no topo do Salão da Primavera. Astrolábios imensos haviam sido instalados em cada canto do terraço exposto, assim como um relógio mecânico. Do ponto de vista privilegiado do terceiro andar, Zhu e Madame Zhang conseguiam ver sobre as muralhas tanto da Cidade do Palácio quanto da Cidade Imperial, e vislumbrar a cidade exterior meticulosamente dividida em seções. Em um dia nublado, a muralha exterior de Dadu era bege em vez de dourada. Ao sul, um estandarte de poeira se agitava sobre o horizonte.

— Vejam quão próximo está Zhu Yuanzhang! — disse Madame Zhang, encarando feio a poeira. — Meu marido planeja superar este último obstáculo a seu reinado absoluto com o exército que *eu* o dei, e ainda assim ousa me deixar de lado?

Zhu viu em sua mente o formato familiar de seu próprio exército, com Yuchun na tenda de comando. Pela nuvem de poeira, era difícil dizer exatamente a que distância seu exército estava de se encontrar com as defesas de Dadu.

Dois ou três dias, pensou. Não mais do que quatro. Mais quatro dias para manter tudo em ordem, apesar de Jiao. Teve a desagradável ideia de seu plano ser como uma pilha de rochas equilibradas uma em cima da outra. A pilha estava oscilando no momento, mas, se nada mais a desestabilizasse, poderia se manter firme por tempo suficiente. Porém uma única rajada de vento, ou uma colisão inesperada, e a coisa toda desabaria.

Uma pequena procissão de mulheres serpenteava para dentro de um dos pátios lá embaixo. O coração de Zhu saltou ao reconhecê-la. Queria desesperadamente abraçar Ma; perguntar tudo que lhe havia acontecido. Mas ver seu rosto bastaria. Fingindo um tom casual, comentou:

— Veja. Ali está a Senhora Shin.

— De fato — sibilou Madame Zhang.

Rígida, cambaleou em seus pequeninos pés por um momento, espiando abaixo com a concentração focada de uma águia que observava um coelho. O verdadeiro objeto do ressentimento de Madame Zhang estava fora de alcance, mas eis ali um alvo mais macio e suculento, que implorava para ter o sangue derramado. Ela deu o bote.

Zhu quase precisou correr para acompanhar seu ritmo. A pequeneza dos passos de Madame Zhang e a maneira com que seus pés permaneciam escondidos sob suas vestes esvoaçantes mesmo quando o vento as tocava faziam-na parecer uma fada celestial descendo do Céu. Madame Zhang irrompeu no pátio e avançou até Ma, que se sobressaltou e imediatamente se abaixou em reverência, com os olhos voltados para baixo.

— Senhora Shin — murmurou Madame Zhang. — Ouvi dizer que anda satisfazendo muito bem o grão-cã ultimamente.

Zhu tinha olhos apenas para Ma. Ainda estava linda, ainda sincera em sua vulnerabilidade, mas parecia ter mudado de maneira sutil devido a um novo conhecimento. Um novo sofrimento. Quando Zhu viu que o cabelo de Ma estava preso com flores e um pente simples em vez do grampo de fênix, ela soube.

Mas se Ma havia gastado sua única arma com Jiao… O alívio de Zhu ao vê-la mesclou-se com a sensação fatídica de ter atirado uma escada sobre uma fenda traiçoeira a caminho do cume de uma montanha, apenas para se dar conta de que outra se abria à frente. Ma ainda poderia entrar nos aposentos do grão-cã, e poderia observá-lo dormir enquanto estava vulnerável pelo sono. Mas de que servia qualquer uma dessas coisas sem uma arma?

O coração de Zhu batia rápido. Ainda havia alguns dias. Mais alguns dias para colocar nas mãos de Ma o que ela precisava, antes de Yuchun e seu exército se encontrarem com os oponentes e serem massacrados.

Os olhos de Ma olharam de soslaio para Zhu, repletos de pesar, e Zhu se entristeceu: não por Jiao, jamais; mas pelo que obrigara Ma a fazer. Pelo que obrigaria Ma a fazer novamente, antes que tudo tivesse fim.

— O que foi, Senhora Shin? — murmurou Madame Zhang com uma satisfação malevolente com um leve quê de surpresa, como se não tivesse esperado que tal presente lhe fosse entregue de bandeja. — Por que o grão-cã lhe tomou aquele seu magnífico grampo? Ou talvez você tenha ficado tão ousada que se considerou superior demais para precisar usá-lo.

O estômago de Zhu deu uma cambalhota; é claro que era impossível que Madame Zhang deixasse passar o grampo desaparecido.

— Em seu lugar, eu tomaria mais cuidado. Este grão-cã não lida bem com insultos. Viu o que aconteceu com o pobre Bolud-Temur? Uma mera consorte que ousa fazer o grão-cã perder sua dignidade por recusar seu presente pode acabar descobrindo que o afeto dele não é tão certo quanto pensava. — Madame Zhang exibiu o sorriso nítido e branco de um gato. — Afinal de contas, os homens são volúveis.

Ma manteve a compostura, mas Zhu percebeu a ameaça se assentar. O grão-cã podia até ter deixado de notar um enfeite de cabelo desaparecido, mesmo um feito de ouro sólido, mas não quando Madame Zhang fazia questão de informá-lo. E se as escolhas de Ma fossem ou admitir ter insultado o grão-cã ou confessar ter perdido algo tão valioso quanto o grampo de fênix...

Zhu encarou Ma, aflita. Não queria imaginar o tipo de punição que qualquer uma daquelas transgressões lhe reservava. Ma exibiu a sombra de um sorriso — que Zhu soube imediatamente que era para seu próprio conforto, e que, portanto, não deveria confiar naquilo — mesmo quando Madame Zhang chamou-a, sem paciência:

— Venha, grilinha.

Zhu não tinha escolha a não ser afastar-se, mas não sem antes dar uma última olhadela por cima do ombro. O que quer que acontecesse agora entre Ma e o grão-cã seria apenas entre os dois. Zhu não possuía qualquer poder para intervir.

Embora fosse de manhã e os eunucos logo viessem buscar a Senhora Shin e prepará-lo para seus compromissos, ele se deixou permanecer deitado por trás das cortinas da cama por mais alguns instantes. Ali havia um mundo dentro de um mundo, tão particular quanto uma gota de água agarrada à envergadura de uma folha. Ao seu lado, o corpo da Senhora Shin formava a curva de uma lua em direção às cortinas, e sua cabeça descansava no volume sólido de seu antebraço. Parecia incomumente preocupada. Conseguia sentir os pensamentos se agitando.

— A imperatriz anda lhe incomodando de novo?

Quando ela se virou para encará-lo, ficou surpreso com o quão apreensiva parecia. Ele franziu a testa.

— Então é isso. — Estava irritado consigo mesmo. A serenidade corriqueira da Senhora Shin era tal que não lhe ocorrera que ela poderia temer seu desgosto. — Estava preocupada com o grampo? É verdade, a imperatriz pediu que eu a punisse por não o usar. Ela disse que um grão-cã não poderia tolerar tal insulto vindo de uma reles consorte. Aparentemente isso constitui a mais grave das ameaças à minha reputação.

Quando tudo o que ela fez foi ficar mais tensa, ele falou, com uma impaciência um tanto entretida:

— Ora, vamos! Não é possível que você tenha achado que eu iria espancá-la até a morte por causa de uma trivialidade. Será possível que eu conseguiria estragar ainda mais a minha reputação? Não me importo se você usa o grampo ou não. Foi o que eu disse à imperatriz. Não que ela tenha ficado feliz ao ouvir isso.

Enquanto a aninhava em seus braços, pensou que talvez ela tivesse *mesmo* pensado que ele a teria espancado: ela parecia deveras aflita. Ele tentou reconfortá-la.

— Se a imperatriz está tão determinada a lhe incomodar, vamos para o Palácio de Verão juntos. Farei com que ela fique em Cambalique durante a estação. Não que eu ache que ela irá passar esse tempo refletindo sobre o próprio comportamento, mas ao menos isso nos dará alguns meses de paz.

— Você quer deixar Cambalique? — Ele a surpreendera. — Mas e Zhu Yuanzhang? Está confiante de que irá derrotá-lo assim tão rápido quando ele chegar à cidade?

— Derrotá-lo? Assim até parece que tenho a intenção de enfrentá-lo. — Aquela mera ideia preenchia-o de desprezo. — A maneira menos eficiente de conseguir uma vitória militar é tendo que precisar vencer uma batalha. Fico perfeitamente feliz de trocar a *glória* de uma batalha por uma solução que esmague o inimigo sem que minhas tropas precisem sequer fazer contato. — A brecha de luz entre as cortinas da cama se intensificou. Sua própria ânsia sombria pelos eventos dos próximos dias parecia se fortalecer em contraponto. — A melhor maneira de derrubar um exército é cortando-lhe a cabeça. Nem mesmo as tropas mais organizadas lutarão sem o líder que sustenta a visão pela qual elas lutam. Veja o que aconteceu ao exército dos Zhang quando o General Zhang se foi! Será a mesma coisa com Zhu Yuanzhang. Foi por isso que, na noite antepassada, enviei um pequeno esquadrão para se infiltrar na surdina e capturá-lo de sua tenda de comando. Ontem mesmo ouvi dizer que a equipe teve sucesso. Devem estar trazendo-o até a capital mais tarde ainda hoje. Assim que o exército dele souber das calorosas boas-vindas que lhe ofereci, garanto que irão largar as armas em um piscar de olhos.

— Você capturou Zhu Yuanzhang? — perguntou a Senhora Shin em um tom estranho.

O cômodo estava frio, mas havia uma repentina umidade se acumulando entre seus corpos, como se ela estivesse prestes a começar a suar. Mas era sabido que mulheres esquentavam em certos momentos do mês.

Enquanto baixava a manta para refrescá-los, um pensamento lhe ocorreu.

— Lembra-se daquele boato de que Zhu Yuanzhang era uma mulher disfarçada? Era infundado, afinal de contas. Minha equipe informou que ele possui todas as partes que se espera de um homem... com a exceção de uma mão. Embora tenham dito que é de se surpreender que ele ainda não tenha morrido daquele ferimento em particular, já que mesmo depois desse tempo todo ele não se recuperou por completo e ainda sangrava quando o capturaram. — Ele balançou a cabeça, entretido. — Não faço ideia de por que o Ministro de Infraestrutura disse uma coisa tão ridícula para começo de conversa. Tentei convocá-lo ontem para que se esclarecesse, mas os eunucos não conseguiram localizá-lo. Acham que pode ter deixado a cidade.

— Será que é mesmo necessário executar Zhu Yuanzhang? — A Senhora Shin falava com a voz tão rouca que ele se perguntou se o suor poderia mesmo ser um sinal de doença. — Se você o tem sob controle, também não serviria a seu propósito forçá-lo a anunciar publicamente sua rendição?

Aquilo conjurou-lhe um cenário estranho: que ele *poderia* executar Zhu Yuanzhang, mas escolher não o fazer. Tal ideia não lhe era cabível.

— Não sou misericordioso, Senhora Shin. Você sabe disso.

Uma porção de galhos frondosos de ameixeira fora colocada em um vaso alto azul e branco bem ao lado das cortinas da cama. As folhas angulares eram da cor venosa de trajes oficiais.

— E por que não poderia ser? — Sua súbita insistência, ainda exibindo aquela estranha rouquidão, o surpreendeu. — Por que não pode escolher tornar-se diferente do que você é e ser misericordioso? Não sei quem foram as pessoas do seu passado que o fizeram sentir que você precisava ser assim. Devem ter sido importantes para você, embora tenham lhe machucado. Mas elas já se foram. Você é o grão-cã. Quem neste mundo tem o poder de impedi-lo de ser quem você gostaria de ser?

Ela espalhou a pequena mão sobre a planície protuberante de seu esterno. Sabia como se defender contra força, mas a gentileza daquele toque o penetrou sem resistência: dispersou sua inábil carne e adentrou a escuridão em seu interior, como se houvesse algo ali que valesse a pena ser encontrado.

— Você pode renunciar à dor sem renunciar ao amor.

A pior parte, pensou enquanto a encarava com um tremor de agonia em seu coração, era como ela claramente acreditava, *sim,* no que dizia, mesmo esposando o impossível. Mas havia uma questão que se punha entre querer que as coisas *fossem* diferentes e sugerir que assim fosse: era tarde demais. Havia propositalmente adentrado a escuridão e deixado-se afundar nela, e propelira o mundo inteiro em uma órbita que o continha ao centro. Não havia mais possibilidade de mudanças. Ele já se tornara.

Como se houvesse lido sua mente, ela insistiu:

— É possível. — Como é que a gentileza poderia ser tão forte quanto o quebra-mar? — Eu sei, porque você escolhe ser diferente toda vez que está comigo. Você não me machuca. Você não é cruel comigo.

Mas aquilo não tinha nada a ver com o futuro. Quem era quando estava ao lado dela era alguém do passado. Era uma reanimação temporária de uma pessoa que possuíra um nome — uma pessoa que outrora fora capaz de amar e ser amada. Uma sombra. Uma lembrança.

— Nada disto é real — afirmou ele, com tristeza.

Ela se enrijeceu, e abruptamente ele a sentiu recuar. Não fazia sentido que aquilo lhe atingisse tanto. Percebeu que desejara que ela negasse o que dissera. Apesar de tudo que sabia sobre si mesmo e o mundo, ele ainda ansiava que ela dissesse que era real; que o que ele sentia era real. Esperara pelo impossível, sem se dar conta de que estivera sequer ansiando por isso até o momento em que sentiu tal esperança se fraturar feito uma semente entre duas pedras.

Que tolo era. Ele desvencilhou-se dela e ergueu-se, com desdém.

— Não pense que é amor só porque a chamo todas as noites. Você é um auxílio para o sono conveniente, Senhora Shin. Apenas isso.

Mas o arrastar da exaustão que sentiu tornou até aquilo uma mentira. Acostumara-se a dormir tão bem que uma única noite de sono perturbado agora tinha o poder de deixá-lo em um estado de desalinho prolongado. Ao pensar nisso, sentiu um lampejo de aflição. Não conseguia dizer se era um resquício de um sonho inquietante ou algo entreouvido do qual não conseguia se recordar direito. Não da noite anterior, quando soubera da captura de Zhu Yuanzhang, mas...

— Naquela noite com os pássaros. Por acaso aconteceu algo estranho enquanto eu dormia? Pensei ter ouvido... — Ele vasculhou a própria memória, cada vez mais certo de que *fora* uma lembrança, e não um sonho. — ... *pessoas*. E, quando me levantei no dia seguinte, você havia sumido. E então eu encontrei...

O pé descalço dele encontrando algo viscoso. Quando espiou a sola do pé para verificar o que era, o reconhecimento fora tão nítido quanto um ferimento.

— Sangue.

Ela se encolheu quando voltou a olhá-la, e ele teve a repentina convicção — advinda daquele lugar sombrio em seu interior, que era pior do que tudo, e que pensava o pior de todos a cada instante — que ela estava escondendo algo. Seu rosto, já incomumente lívido, havia empalidecido para uma cor que jamais vira antes. Em voz baixa, perguntou:

— O que aconteceu, Senhora Shin?

Um oceano escuro de pressão afunilou sua visão, pressionando com tanta força seus ouvidos que, a princípio, não conseguiu entender o que ela respondeu. Ela exclamou mais uma vez, desesperada, como se soubesse que estava tentando forçar entendimento a algo que era incapaz de pensar, tal qual uma pedra.

— Estou grávida.

As palavras pairaram entre eles, sem sentido, à deriva.

Sua falta de resposta reacendeu o pânico dela.

— Naquela noite com os pássaros. Tentei voltar a dormir depois de ter me assustado, mas senti dor e percebi que havia começado a sangrar. Depois, quando me levantei, fui tomada pela náusea... e caí. Fiquei com medo de que algo houvesse dado errado, que talvez eu pudesse estar tendo um... Foi por isso que me apressei a ir embora.

Ela continuou, desculpando-se por ter lhe perturbado o sono, mas a única coisa que conseguia pensar, feito um idiota, era que aquilo era impossível. Como poderia ele criar algo quando havia tornado a si mesmo destrutivo? E ainda assim… *aquilo*. Sentiu uma sensação dilacerante do mundo imutável transformando-se ao seu redor; de ser uma âncora arrastada ao longo do leite oceânico em prelúdio, antes de ser arrancada pela tempestade acima. Engasgou-se.

— O que houve com…

A criança. Sua criança. Não era impossível, mas, de alguma forma, era, porque algo havia mudado.

Ela estava dizendo que sangramento durante os primeiros dias era uma peculiaridade, que havia cessado, que o médico havia decretado que tudo ocorria conforme o esperado. Ele não conseguia compreender. Precisava respirar, mas viu-se paralisado em um terror antecipatório de como se pareceria o próximo fôlego que tomaria.

Ambos se assustaram ao ouvirem alguém bater à porta. O chefe dos eunucos falou, do outro lado:

— Estes indignos poderiam entrar para preparar o grão-cã para seus compromissos?

A multidão de servos no corredor se sobressaltou quando ele escancarou a porta por conta própria.

— Sua Majestade! Estávamos prestes a…

Passou por eles, ignorando as súplicas e os pedidos de permissão para acompanhá-lo. O roupão de seus aposentos particulares esvoaçava sem qualquer elegância ao redor dos tornozelos desnudos.

— Peçam às servas da Senhora Shin que a busquem. — Não fazia de ideia de para onde ia; não fazia ideia do que sentia. — Eu preciso… preciso ir.

— Ele não queria ouvir um pio contra ela — esbravejou Madame Zhang enquanto Zhu pintava-lhe as sobrancelhas com um fino pincel de pelo de camelo. Os pássaros nas gaiolas acima delas gorjearam.

Zhu sentiu uma pontada estranha. Lembrava-se de Madame Zhang observando ambos os exércitos, com fogo e voracidade nos olhos. Zhu fora ambiciosa, mas Madame Zhang também o era igualmente. Agora, era a mulher mais poderosa do mundo, e ainda assim fora deixada de lado em sua gaiola dourada, lutando pela posição que lhe seria concedida por um homem volúvel.

— Ele nem ao menos a puniu?

Madame Zhang tremeu de irritação.

— Ele se recusou categoricamente. O que ela é? Um espírito de raposa, para ser capaz de encantá-lo e tirar-lhe qualquer racionalidade? Ela tem o tipo de corpo em que se monta feito uma égua reprodutiva, não alguém com quem se passe todo o seu tempo! Eu deveria convocar um exorcista.

Zhu precisou controlar o alívio por Ma ter escapado da punição, temendo que sua mão tremesse e estragasse a linha que estava desenhando. Enquanto Madame Zhang continuava a reclamar, sua mente voltou-se à questão de seu exército, que se aproximava. Ainda não possuía uma arma para Ma, ou qualquer forma de prover-lhe uma, e agora havia talvez dois dias antes de Yuchun chegar a Dadu e precisarem arquitetar o assassinato. Talvez Ma pudesse implorar ao grão-cã por outro grampo de cabelo, se ele realmente não estivesse zangado com ela — mas como conseguiria encontrar-se com Ma para instruí-la a fazer isso?

Quando Zhu terminou de pintar, Madame Zhang ordenou que lhe trouxessem a caixa de joias, depois pegou o enfeite de cabelo cerimonial mais elaborado em vez dos grampos de jade que costumava usar durante a época da primavera.

— Qual é a ocasião? — perguntou Zhu, surpresa, enquanto tomava o adereço e colocava-o no lugar.

— Posso até não controlar mais o meu exército — respondeu Madame Zhang, amargurada —, mas ao menos ainda recebo relatórios de suas atividades. O grão--cã não se importou de esperar que os exércitos se encontrassem. Ele enviou uma brigada para se infiltrar e capturar Zhu Yuanzhang vivo. Tiveram sucesso na noite passada. O grão-cã planejou que fosse executado publicamente nesta tarde, assim que o sujeito for trazido à cidade.

Chocada, Zhu enfiou o enfeite com força demais. Madame Zhang exclamou quando ele a arranhou. Ergueu uma mão para dar-lhe um tapa, mas então mudou de ideia e mostrou a Zhu um sorriso magnânimo.

— Como é desastrada por causa da sua horrível mutilação! Mas eu a perdoo pela surpresa. Enfim você verá Zhu Yuanzhang receber o que merece.

Zhu mal escutava. Sua mente estava revolta de horror, não apenas com a ideia de que Yuchun fora capturado e estava sendo trazido à capital para o que, sem dúvidas, seria a execução mais espetacular que o grão-cã seria capaz de sonhar.

Mas se a equipe do grão-cã capturara Yuchun e não percebera imediatamente que haviam pegado a pessoa errada…

Conseguia ver em sua mente: Yuchun, ao perceber que sua segurança havia sido violada e que os infiltrados determinados a capturá-lo o haviam confundido com Zhu Yuanzhang, cortara a própria mão direita para que a ilusão continuasse.

Uma onda de tristeza a estarreceu. Estava misturada ao luto turbulento pela morte de Xu Da, tornando-se um denso lodaçal de sofrimento. Ao contrário da própria Zhu, que fora competente, mas nunca espetacular com a espada, Yuchun era o guerreiro mais talentoso de toda uma geração de jovens homens nanren. Zhu mandara-o treinar ela mesma, e vira o quanto ele vivia e respirava pelo prazer de usar todo o potencial de seu corpo. Agora, por ela, havia sacrificado a preciosa mão que empunhava a espada — e, em poucas horas, se sacrificaria por inteiro, e morreria em seu lugar.

Mas…

Em meio ao atordoamento, ocorreu a Zhu que *Yuchun não era ela*. O grão-cã o capturara por presumir que a execução pública abominável de Zhu Yuanzhang daria um golpe fatal no moral do exército que se aproximava de Dadu. Que eles iriam se desintegrar e fugir. Mas, Zhu pensou devagar, aquele pressuposto estava errado. Mesmo se o grão-cã não soubesse que não era Zhu de verdade, o exército *dela* sabia. Sabiam que seu candidato para o trono ainda vivia.

Se Zhu estivesse disposta a deixar Yuchun morrer em seu lugar, seu exército não iria se esfacelar. Ainda seguiria até Dadu de acordo com o plano, e Zhu teria dois dias para encontrar uma arma para Ma. Dois dias para se certificar de que Ma fizesse direito, em vez de se apressar e talvez falhar em sua tentativa de assassinato.

No início da vida de Zhu, ela teria feito aquela escolha sem hesitação. Mas agora hesitou. Pensou na agonia miserável de Xu Da, e no presente de Ma ao matar Jiao. Pensou em Yuchun passando por uma execução angustiante em que o grão-cã o mantinha vivo o bastante para que gritasse por dias a fio. Será que ainda diria que fora por escolha própria, que aquilo era um presente para que ela vencesse?

Enquanto permanecia aflita às costas de Madame Zhang, uma criada veio correndo até a janela circular na divisória que ficava de frente para a mesa de maquiagem de Madame Zhang, onde ela momentaneamente substituiu a imagem da árvore interna, requintadamente podada que chegava até a cintura, que a janela fora projetada para exibir.

— Imperatriz! Acabei de ver a Senhora Shin no jardim.

Madame Zhang lançou um olhar breve e cortante pela janela.

— E isso por acaso é de meu interesse?

Mas a criada, longe de se acuar, estava tremendo com uma euforia contida dada a importância da notícia.

— Ela estava vomitando nos arbustos.

Zhu sobressaltou-se novamente, mas desta vez Madame Zhang não notou: ela pôs-se de pé tão abruptamente que as pérolas penduradas em seu enfeite de cabelo chacoalharam feito granizo.

Tão pavorosa quanto um canhão de fogo, ela disse:

— *Leve-me até ele.*

Madame Zhang subia os degraus de madeira às pressas até o Palácio da Lua, o pagode espelhado que se erguia feito o chifre de um Qilin da ilha no meio do lago da Cidade Imperial. Zhu e as outras criadas se espremeram para seguir em seu encalço. O cheiro de incenso e madeira polida do templo, combinado à queimação nas pernas e nos pulmões de Zhu por causa da escadaria, trouxeram à tona, mais uma vez, seus anos de noviço. Sempre desdenhara da nostalgia, mas ficou repentinamente tomada de pesar. Não pelo Monastério Wuhuang em si, mas porque a outra única pessoa que conhecera aquele lugar havia se esvaído. Agora, as memórias eram apenas suas, armazenadas em seu interior feito sutras dentro do Buda de ouro oco no térreo do templo.

O grão-cã estava do lado de fora da galeria do andar mais alto do pagode. Sua atenção estava voltada ao portão sul principal da muralha externa, por onde o cativo, Zhu Yuanzhang, chegaria. Cinco andares abaixo, o que restava do gelo invernal no lago havia derretido. A área de caça da Cidade Imperial formava um mar de árvores floridas de branco e rosa, um sonho murado e viçoso que fazia um contraste gritante com a paisagem ao redor de Dadu e o exército que preenchia o horizonte ao sul. Algumas pétalas à deriva dançaram em volta do remate de botão de lótus do templo que disparava em direção ao céu. Sinos de ferro tocaram de onde estavam pendurados em cada ponto das cinco camadas de telhados margeados do templo. O coro melodioso juntou-se às pétalas em sua tentativa de alcançar o Céu.

O grão-cã virou-se com a chegada de Madame Zhang, aparentemente indiferente a como ela havia se anunciado com a fúria de uma tempestade.

— Saudações, imperatriz esposa.

O grão-cã era mais alto do que Zhu dera-se conta anteriormente, agora que via os dois juntos. A impressão que teve de sua altura foi intensificada pelas vestes escuras que pareciam engolir em vez de acentuar os dragões dourados estampados ali e a curva ascendente de seu coque alto contido na coleira de ouro. Zhu pensou que qualquer outra pessoa, naquele mesmo corpo, teria feito aquela imagem parecer masculina. Mas Wang Baoxiang claramente não tinha interesse de se apresentar daquela forma. Sua afeminação era tão deliberada quanto uma discussão.

— É verdade? — questionou Madame Zhang, com uma fúria de voz aguda. — A Senhora Shin está grávida?

O grão-cã ergueu as sobrancelhas, sardônico.

— Ao que tudo indica.

— É assim que você me trata depois de eu ter lhe dado tudo? Eu lhe dei meu exército e minha lealdade. *Eu lhe dei o trono.*

— E agradeço por isso. Mas por que você se preocuparia com o que acontece à Senhora Shin? Você é a imperatriz. Eu jamais tirarei o título de você. Não era apenas isso que queria?

Madame Zhang dera-lhe o mundo, e, em troca, o grão-cã retribuíra com exatamente o que ela pedira. Sua indiferença por agora ela se deparar com o vazio parecia a mais profunda crueldade.

O grão-cã, claramente dando o assunto por encerrado, dirigiu-se aos servos:

— Vamos até o Salão do Grande Brilho. Quero dar a Zhu Yuanzhang uma audiência pessoal antes de sua execução. Ele deveria ver o rosto daquele que lhe tomou o trono. — Nem ele nem os servos dirigiram sequer um olhar para Madame Zhang enquanto deixavam a galeria. Zhu ouviu-o acrescentar ao chefe dos eunucos: — Vá na frente e diga à Senhora Shin para se preparar para se juntar a mim. Quero que fique ao meu lado quando eu acabar com tudo.

Naquele instante, Zhu soube o que poderia fazer. Parecia um resplendor irrompendo em seu interior; era uma faísca caindo em um monte de palha, abrasando suas entranhas de tanta animação. Estivera passando todo o tempo pensando em uma arma, quando a oportunidade jamais se relacionara a uma arma para início de conversa. Era uma oportunidade que tinha a ver com si mesma, que era tão invisível para o grão-cã quanto uma agulha vista a partir da ponta, e sobre Ma, a quem o grão-cã confiava e amava tanto que ele desejava que estivesse ao lado dele para compartilhar de sua vitória.

Madame Zhang desabou feito um fantoche abandonado na galeria onde o grão-cã a deixara. Ela se ajoelhou, chorando de raiva e desespero. Aquela era a chance de Zhu escapulir enquanto Madame Zhang estava sendo consumida pelas emoções, e retornar à Cidade do Palácio.

Mas não foi isso o que fez. Um sentimento desconhecido a manteve ali com a mulher aos prantos. Madame Zhang desejara com tanto fervor. Havia se dedicado tanto, mas jamais fora capaz de ver que não conseguiria vencer de verdade enquanto permanecesse em sua gaiola de ouro.

— Deixem a carruagem — instruiu Zhu às outras criadas, com um ar de autoridade que as confundiu, levando-as a acatarem. — Eu a levarei de volta quando ela estiver pronta.

Zhu conseguia sentir o choro de Madame Zhang em seu próprio corpo, da mesma forma que sentira a dor de Xu Da. Era uma sensação desagradável, que ela detestava intensamente, mas não tentou afastá-la. O vento trouxe uma precipitação de novas pétalas, e um tilintar reverberante de sinos.

— Mesmo que fosse o General Zhang no trono, ele também a teria descartado — disse Zhu em voz baixa. — Talvez não tão rápido quanto este grão-cã fez, mas em algum momento. Quando ele se desse conta do óbvio: que nem mesmo todo o chá de fertilidade do mundo poderia conceber um herdeiro em alguém que já está velha demais para gerar filhos.

Abalada, Madame Zhang se virou abruptamente para encarar Zhu.

— O General Zhang possuía o Mandato — continuou —, mas não acho que ele o teria conquistado por conta própria. Ele não era tão ambicioso. Isso apenas aconteceu porque você o forçou a fazê-lo. A parte triste é esta: você jamais percebeu que poderia ter reivindicado o Mandato para si mesma. Sempre procurou um homem para promovê-lo, porque pensou que o Mandato precisava pertencer a um homem. Jamais acreditou que pudesse ser seu. Quando escolheu colocar-se abaixo de um homem, você garantiu que esse seria seu destino, não importa qual fosse o homem no fim das contas.

Ao longe, na planície ao sul, o exército de Zhu agitava suas bandeiras douradas.

Lívida, Madame Zhang indagou:

— Quem é você?

— Você realmente não sabe? Já nos encontramos antes. Você me ofereceu a chance de me render a você, e eu me recusei. Eu sabia que, se me colocasse abaixo de você, uma mulher que se coloca abaixo de um homem, não seria uma vitória.

A boca de Madame Zhang se abriu, depois se fechou com brusquidão. Não conseguia se fazer dizer aquelas palavras.

Enquanto Zhu permanecia ali, acima de sua rival derrotada, foi contagiada pela glória de tornar-se novamente seu verdadeiro eu. Era a adrenalina pura de recobrar seu potencial, e livrar-se da miséria do nada.

— Sim. Sou eu. Diga meu nome. Diga antes que eu tome o trono e você jamais possa dizê-lo novamente.

— *Impossível* — falou Madame Zhang, como se tivesse contido algo para poder dizer aquilo. — Zhu Yuanzhang possui o Mandato do Céu.

— Por que é impossível? Só porque não sou homem? — Zhu estendeu a mão e deixou com o que a luz pálida se acendesse em sua palma. — Eu reivindiquei o Mandato porque acreditei que eu poderia possuí-lo.

Deixou a luz se apagar e manteve a mão estendida, oferecendo a Madame Zhang ajuda para se erguer.

— Deixe-me devolver a oferta que uma vez você me fez. Renda-se e junte-se a mim quando eu tomar o trono.

Mas o olhar no rosto de Madame Zhang estava desvairado enquanto recuperava a raiva.

— Juntar-me a você? — esbravejou ela. — Juntar-me a alguém que não é homem nem mulher… alguém até pior do que um eunuco, só porque você se recusou deliberadamente a tomar o lugar designado a você sob o Céu? Uma pessoa sem lugar não passa de uma besta! Como é que *você* poderia ser digna do trono?

— Eu reivindiquei meu lugar. — Zhu olhou para onde o teto de joias cintilantes do Salão do Grande Brilho se erguia acima das muralhas da Cidade do Palácio. No coração do mundo, onde ela pertencia. — E, se a disposição do mundo se recusa a permitir que esse lugar exista, *eu irei mudá-lo.*

Madame Zhang riu, um som grosseiro e horrível. Por um instante, Zhu viu o horror nela, por baixo da recusa e da negação, e então sumiu quando ela se lançou em Zhu, chiando e arranhando feito um gato.

As unhas de Madame Zhang atingiram a testa de Zhu, mas, quando elas se cravaram, ela já estava virando para o lado, e o ímpeto furioso de Madame Zhang foi demasiado para seus pequeninos pés redirecionarem. Ela passou tropeçando por Zhu e se deteve por um instante, girando os braços, no corrimão, como se pudesse ser capaz de reunir determinação o suficiente para subjugar a própria gravidade.

Ela caiu.

Zhu lançou-se ao corrimão e olhou para baixo. Uma cascata ardente de sangue escorrera de sua testa e adentrara o olho esquerdo, e ela viu o mundo através de um vermelho translúcido. O choque daquela imagem a atingiu tão profundamente quanto o desalento. Nas rochas abaixo das beiradas dos cinco telhados curvados para cima, nenhum dos quais se projetava para fora o suficiente para apanhar uma mulher caindo, jazia um corpo arruinado feito uma boneca quebrada: a maquiagem impecável, os sapatinhos arrancados pelo impacto da queda; os ornamentos do cabelo ainda cintilando, lindos, à luz do sol de primavera.

24

Quando Ma entrou no Salão do Grande Brilho, o grão-cã desceu do trono de dragões dourados, tomou-lhe as mãos enquanto ela fazia uma reverência e disse:

— Levante-se. Fico feliz de ter sua companhia, Senhora Shin.

Ela soubera, pela maneira com que os guardas a revistaram atrás de armas antes de permitir sua entrada, que o encontraria sozinho. Com as enormes portas fechadas, o salão estava quase completamente escuro. Lanternas parecidas com luas provinham focos de luz solitários que não se espalhavam. O olhar do grão-cã voltou-se para as paredes. Na penumbra, a prata trabalhada havia tomado o mais profundo tom de cinza, mas tudo que Ma conseguia ver eram seus próprios reflexos distorcidos. Conseguia entender o grão-cã bem o bastante para saber que ele odiava estar naquele lugar. O que ele via que ela não conseguia? Aquele pensamento a fez estremecer.

— Feliz? Pensei que o grão-cã estivesse bravo comigo. Por causa do...

Não conseguia dizer a palavra. Seu arrependimento era grande demais; fazia seu coração doer. Ele jamais deveria ter sabido da criança. Se não tivesse sido por Jiao, nunca teria sabido. Deveria ter sido um segredo que seu corpo carregaria para além daquele momento terrível, para o futuro em que aquilo não teria nada a ver com ele.

— Não, não estou bravo. Mas confesso que fui pego de surpresa. A ideia de que eu poderia ser um...

Ele agarrou-lhe as mãos como se ela fosse se esvair. As mãos eram seu aspecto mais feminino; os dedos eram tão graciosos que os olhos de Ma sempre eram atraídos para eles, com uma intensidade quase tátil. Mas agora, com as mãos repousadas entre as deles, ficou atônita com o quão maiores eram que as suas. Não conseguiu evitar se lembrar do prazer exorbitante que surgia ao deslizar a mão na de Zhu e sentir a igualdade particular que era a combinação de suas duas palmas pequenas.

— Jamais conheci meu pai de sangue — confessou o grão-cã, olhando para suas mãos unidas. Com o rosto virado para baixo, seu formato nanren era menos aparente; o longo e vasto ângulo de seus olhos com falta de dobra visível nas pálpebras ficava mais pronunciado. Ma nunca o vira usar tranças mongóis, mas, naquele momento, foi capaz de imaginar. — Para todos os efeitos, o príncipe de Henan era meu pai. Foi ele que me adotou, criou e tinha expectativas paternais em relação a mim. Ele jamais esqueceu que eu não era seu filho de verdade, mas que homem não esperaria que um filho que criasse fosse incorporar as qualidades que ele valorizava e lhe trouxesse orgulho quando envelhecesse? Meu irmão havia se saído tão bem, afinal de contas. Suponho que meu pai pensou que poderia repetir o feito. Durante muito tempo, tentei agradá-lo. Mas eu era temeroso demais, chorava com muita facilidade, e todos os meus interesses naturais seguiam na direção oposta à que ele valorizava. Quando fracassei em dar-lhe o que queria, ele se recusou a acreditar que eu estava tentando. Pensou que, se eu *tivesse* tentado, teria sido bem-sucedido, porque foi assim com Esen. Então meu pai me rejeitou.

Os servos o haviam barbeado tão minuciosamente que não havia um fiapo que fosse de barba visível em sua mandíbula. Os brincos de mandala penderam para a frente, clarões de pérola e ouro em formato de lágrima. Lindos, mas masculinos. Ma lembrou-se de seu próprio pai, semu, há muito tempo naquela mesma cidade, usando brincos com sua armadura de general. E, ainda assim, já que todos os seguidores de Zhu eram nanren, as únicas pessoas que Ma conhecia e que usavam brincos eram mulheres. Acima do colarinho de quatro voltas, a garganta do grão-cã estava tão sombreada quanto uma orquídea.

— Passei a rejeitá-lo também. Assim como o meu irmão, por ser o que meu pai desejava, e tudo que ele amava e valorizava. Então a ideia de eu mesmo me tornar pai... Jamais pensei nisso. Eu havia recusado todas as outras maneiras que eles queriam que eu fosse, então eu também devia ter abdicado disso. Mas aí... Você apareceu.

Ele fez carinho com o dedão no dorso da mão de Ma. Então, para o espanto de seu coração partido, ele sorriu. Aquilo não durou: o lábio superior se enroscou em um canino torto, o que o fez perceber que estava *mesmo* sorrindo, então ele se deteve. Ma teve a impressão esmagadora de vergonha, como se ele houvesse sido flagrado sendo tolo. Era uma reação tão vulnerável e humana que fez seu coração dar um sobressalto de malfadada ternura.

— Fiz com que eu me tornasse uma ruína, então achei que era só para isso que eu servia. Pensei que, ao inundar o mundo com minha própria miséria, eu havia desistido do que sempre valorizei antes: a habilidade de criar. Não conseguia escrever, nem pintar. Mas então você me deu este presente, Senhora Shin. O presente de uma nova geração, a esperança de trazer ao mundo algo que não seja dor e desespero. Não consigo mudar o passado e tudo o que fiz, não posso reescrever a história, mas eu tenho o poder de criar um novo futuro. É por isso que eu queria você aqui comigo, para o final. Este será o início de nosso novo começo.

Neste momento, Ma já não conseguia mais conter as lágrimas. Não estava chorando de felicidade, que sabia ser o que ele presumia, mas porque Zhu sempre dissera a mesma coisa. Foi por causa de Zhu que Ma aprendera como novos começos sempre simbolizavam um último e terrível ato. Estava pateticamente grata que agora aquele ato já não lhe dizia respeito. Seu coração se partiu ao vê-lo contendo um sorriso — ao vê-lo surpreso de *precisar* contê-lo, porque a existência de sua própria alegria parecera impossível. Mas, mesmo se ela e Zhu decidissem dar à luz um filho, ele jamais seria o pai. Jamais teria a chance de experimentar o novo futuro que imaginava.

Ele disse algo em um idioma que ela não entendeu. Quando viu sua expressão perplexa, ele corou.

— A pronúncia foi tão ruim assim?

Em vez de repetir, virou o rosto dela para ele e a beijou. Tinha uma qualidade retroativa: um primeiro beijo, tão gentil, de lábios fechados, quando seus corpos já haviam se unido de outras formas. E, ainda assim, a intimidade daquilo a chocou. Era *ele* de uma maneira que a simples intrusão de seu corpo no dela não representara. Conhecia o caráter daquela boca: aqueles finos lábios que rosnavam, comprimidos de prazer amargurado por uma crueldade infligida ou recebida, mas que também continham o potencial para aquele tímido sorriso de canto, em que aparecia o dente torto. Naquele momento, ela o conhecia bem, e sabia que o pressionar caloroso de seus lábios dizia algo que ela não queria ouvir. Os sentimentos dele estavam caindo naquele vão intransponível entre eles, o vazio que ele não fazia ideia de que estava ali, antes que pudessem alcançá-la do outro lado. O beijo era caloroso, mas morto. Era um beijo que fraturava o coração; um beijo sem futuro. Não possuía nada daquela voracidade ébria de boca aberta que Ma compartilhava com Zhu. Nenhum dos sentimentos que, na pequena e curiosa boca de Zhu e no sabor límpido de seus dentes, Ma sempre encontrava mais de si mesma; que, a todo momento de procura e descoberta, estavam se envolvendo mais profundamente naquela conexão e se complementando mais de perto, e se entusiasmando com mais intensidade por uma reciprocidade que crescia cada vez mais.

O grão-cã encostou o nariz no cabelo macio ao lado de sua orelha. Mesmo quando ela se curvou em direção a ele, mesmo quando a intimidade em forma de bolha foi criada pela proximidade de seus rostos, ele estava sozinho ali, como sempre estivera, porque a Senhora Shin não existia.

— Grão-cã!

As bochechas pálidas dele estavam coradas quando ele se afastou. Seus olhos permaneceram em Ma enquanto dizia para os guardas do lado de fora:

— Estão com Zhu Yuanzhang?

— Ainda não, grão-cã. Esta é uma das criadas da Senhora Shin. Ela disse ter vindo entregar o remédio para náusea que a Senhora Shin pediu.

Já estava certo de que Zhu apareceria. Aquele fato tinha a mesma força que a natureza, que o destino; aquela era a inevitável chegada do futuro que Ma *desejara*. Mas ao mesmo tempo ela sabia que aquele mesmo futuro iminente dominaria tudo o mais com seu poder. Arrastaria para longe, com seu esplendor devastador, aquela frágil faísca que acabara de desabrochar na escuridão.

— Senhora Shin? — perguntou o grão-cã, para confirmar.

Não conseguia falar por conta da tristeza. Assentiu, e sentiu o único toque deslizante de suas mãos enquanto elas se desvencilhavam, a breve pressão dos dedos dele contra os dela, que simbolizava uma promessa de retorno.

O grão-cã reassumiu sua posição no trono.

— Deixe-a entrar.

Os guardas haviam feito Zhu bebericar um pouco do remédio na frente deles antes de deixarem-na entrar no salão. Haviam tomado sua mão de madeira. Quando adentrou e permitiu que seus olhos se ajustassem, sabia que encararia o grão-cã com nada além de si mesma. Estava um breu horrível do lado de dentro, a mesma escuridão de um túmulo ou uma sepultura. Na ausência de luz, os ramos decorativos de folhas de primavera nos vasos altos já haviam perdido a vivacidade.

Embora as enormes colunas de madeira com entalhes de dragão que preenchiam o corpo do salão obscurecessem o vazio, havia apenas uma única pessoa de pé entre elas. As saias largas de Goryeo de Ma já não eram dos tons pastéis modestos de uma consorte de categoria inferior, mas um azul profundo e régio com um laço carmim, como se o grão-cã a houvesse instruído que se vestisse de maneira apropriada para a ocasião de seu triunfo. Mas, quando Zhu passou por ela enquanto se dirigia ao trono, viu que o vestido de Ma era a única coisa nela que comemorava. Seu rosto estava pálido. As mãos estavam enterradas na seda rígida de suas saias, como se aquele ato fosse a única coisa que a impedisse de desmoronar. O coração de Zhu se apertou ao ver sua penúria. Mesmo que Ma houvesse sido poupada da necessidade de matar o grão-cã com as próprias mãos, aparentemente a dor da traição a atormentava com a mesma intensidade. *Apenas mais uma coisa, Yingzhi*, pensou Zhu. *Uma última coisa, para acabar com tudo.*

Zhu parou ao pé dos degraus que levavam até o trono e observou o grão-cã enquanto ele estava ali, sentado e lendo. Enquanto criada, ela estava completamente abaixo de seu interesse. Talvez o sujeito houvesse prestado mais atenção a um cachorro se aproximando dele. Foi apenas o tinido vítreo de seus Mandatos se roçando que por fim chamou a atenção do sujeito para o fato de ela estar ali à sua frente. Ele franziu a testa.

Conseguia sentir o crescente desejo punitivo dele. Não apenas ela estava se manifestando fora de hora, mas também havia ousado intrometer-se em sua consciência.

— Você estava à minha espera — falou Zhu.

O pronome simplório, *você*, com a implicação sacrílega de igualdade, pousou entre eles feito uma bola de cuspe. Ele recuou.

— Por acaso essa escória enlouqueceu para se dirigir ao grão-cã dessa forma? Você tem sorte de termos carinho por sua senhora, ou já teríamos lhe açoitado! Entregue o remédio e vá embora.

Zhu deixou a tigela cair. Ela quicou, espalhando seu conteúdo em uma poça que só ficava visível contra a pedra escura ao lado de seu brilho. Era um brilho mais forte do que deveria ter sido, porque o que refletia não era apenas a luz, mas uma multiplicidade de corpos pálidos. Parecia um buraco voltado para um céu claro em algum outro lugar. A tigela em si rolou na direção que Zhu a mandou, parando na parede aos pés de uma figura pálida em particular.

Os trapos brancos esfarrapados de Ouyang eram ainda mais desagradáveis para Zhu, lembrando-lhe do orgulho que ele outrora carregara na magnificência de sua armadura, e suas vestes rigidamente impecáveis por baixo. Ele estava ali de cabeça abaixada, com o cabelo emaranhado cobrindo o rosto. Zhu, lembrando com um calafrio a malícia sangrenta e os espíritos famintos de dentes arreganhados, ficou feliz que não conseguia ver isso. O punho dele ainda estava fechado no cabo de sua espada quebrada, como se não houvesse conseguido soltá-la mesmo na morte.

A dor irradiava daquele fantasma em um uivo mudo. Aquela era a presença atormentadora, enfurecida e desafortunada que ela sentira, mas não vira, na primeira vez que entrara naquele salão. Agora aquela presença horrível a atingia com uma força que a fez querer se encolher para evitar sua voracidade. Sempre possuíra uma conexão com Ouyang por conta de sua semelhança. Mas agora deixara de existir, e se tratava de uma conexão entre ela e algo morto — algo monstruoso — e o horror saturado daquilo a atingia em ondas de náusea.

Zhu voltou a olhar para o grão-cã a tempo de notar quando ele percebera o que ela estivera olhando. *O que ela era capaz de ver.*

Ele a encarou, de frente e intensamente. Observando o vazio de sua manga, onde a mão deveria ter estado; a ousadia que não pertencia a uma criada. Sem um único momento de incredulidade, ele compreendeu quem ela devia ser. Seu rosto de bochechas afundadas estava controlado, mas um rubor de choque tomou-lhe as bochechas e sumiu mais uma vez.

— Zhu Yuanzhang. — O grão-cã disse o nome dela com tal exatidão que Zhu pensou que ele estivesse escrevendo os exatos caracteres pretos no ar. Como se estivesse escrevendo o destino que ela havia consagrado naquele nome que escolhera para si mesma: que ela seria o túmulo do Império Mongol do Grande Yuan, do qual apenas ele restava. — Então Jiao Yu falou mesmo a verdade sobre você. Eu tive minhas dúvidas.

Os dragões dourados no trono se contorceram atrás dele e escancararam as bocas para expelir nuvens de vapor dourado. Os corpos emaranhados eram tão numerosos que Zhu não conseguia distinguir onde um começava e o outro terminava.

— Vim reivindicar o que é meu.

— Veio, é? — Os dedos dele estavam brancos no livro fechado que segurava. Abruptamente, exclamou: — Guardas! Venham!

— Grão-cã! — foi a resposta vaga do lado de fora.

Mas eles não apareceram. Os baques nítidos de punhos e cabos do outro lado daquelas enormes portas foram transformados pelo salão em ecos estrondosos, como se estivessem em uma caverna escura debaixo do mar.

— Grão-cã! Destranque a porta!

Ma ainda estava de pé ao lado da porta que barrara. Zhu observou a confusão inicial do grão-cã aos poucos desabrochar em uma conclusão repleta de ódio por si mesmo.

Ela não se dera conta de que havia qualquer brandura nele até que a viu se extinguir por completo. A escuridão se fez presente.

— Então Goryeo me traiu — disse ele, depois de um longo e terrível momento. — Devo confessar que não pensei que fossem virar a casaca, mesmo que os oferecessem a independência. O rei deles possui um caráter fraco, e muitos de seus nobres acham que suas vidas são perfeitamente confortáveis sob a tutela do Grande Yuan.

— Não foi Goryeo. Apenas uma mulher, que queria ver você morrer.

— Uma... Ah! — Zhu viu o ódio dele por si mesmo aumentar até que pensou que o sobrepujaria, depois, com esforço, ele recobrou o controle. — A Senhora Ki. Não dá para dizer que ela não tinha seus motivos. Então esse foi o meu erro. — A voz dele falhou de tensão enquanto a projetava até o outro lado do salão, para Ma. — Foi uma atuação e tanto! Mas maior do que ela apenas a minha tolice em acreditar que poderia ter sido verdade. Você sequer é de Goryeo? — Mesmo ao dizer aquilo, a mágoa cruzou seu rosto e ele respondeu a própria pergunta. — É claro que não é. Quando falei com você no idioma, você não fez a menor ideia do que eu disse. Quem é você?

— Conheça minha esposa, Ma Xiuying — declarou Zhu. — Não o culpo por se afeiçoar a ela. Ela tem a qualidade de trazer à tona o melhor nas pessoas. Você conseguiu sentir quando estava com ela? Que estava se tornando sua melhor versão?

Ela estendeu a mão esquerda e Ma veio e a pegou. Estava chorando tanto enquanto olhava para o grão-cã que parecia um milagre ainda conseguir respirar.

O rosto do próprio grão-cã estava em tamanha agonia que Zhu poderia ter acreditado que estava morrendo. Depois de um instante, ele se ergueu do trono. Estava tão pálido que mal parecia possível haver sangue o suficiente para que ficasse de pé, mas uma aura de crueldade exalava dele em ondas sombrias.

— Bom, aqui estamos nós. Como planeja acabar comigo, Zhu Yuanzhang? Você não tem armas. Espera que eu me jogue contra o chão para que você possa pisar em meu corpo e tomar o trono? — A fina boca dele se contorceu com ferocidade. — Não sou generoso o bastante para deixar que você consiga com tanta facilidade.

Apesar de toda sua afeminação, o grão-cã era mais alto e mais pesado do que Zhu. Ele devia ser mais forte. E tinha duas mãos. Em um combate corpo a corpo, brutal e sem intermediários, em que cotovelos triturassem narizes, braços fossem usados para envolver e estrangular, e peso fosse usado para esmagar, talvez ele vencesse.

O fantasma estava parado perto da parede, silenciosamente apertando a espada quebrada, enquanto Zhu se aproximava. O frio que sua presença irradiava fazia a carne dela se contrair ao redor dos ossos, mas, quando ela chegou perto o bastante para tocá-lo, sentiu algo pior. Embora o fantasma não houvesse se mexido, ela sentiu uma pontada aguda de sua atenção. Zhu se lembrou das mulheres piratas caindo mortas no convés de seu navio enquanto os fantasmas drenavam-lhes a vida. E agora ela havia chamado a atenção daquela coisa horrenda e voraz que já não era mais *ele*, mas apenas um eco de seu desejo de vingança.

Era um momento preciso entre a vida e a morte como ela jamais havia sentido. Percebeu que estava tremendo com um medo visceral. Se quisesse, aquela criatura que uma vez fora Ouyang poderia matá-la com apenas um toque. Não sabia quanto de memória aquilo retinha da amargura e do ódio com os quais havia partido, se é que tinha alguma.

— General — falou Zhu com cautela. — Aquele ali matou você. Sei que nada pode compensar pelo resto do que lhe aconteceu, pelo que você fez e o que perdeu. Mas você me deixaria ter a vingança ao menos por sua morte?

Ela deixou a mão fantasma aparecer em um lampejo. Aquela mão fantasma, revestida de fogo branco, sempre parecera estar queimando. Mas agora queimava de frio enquanto estendia a mão para a espada do fantasma. E estava tão frio. Era um frio que sugaria sua força vital, que pararia seu coração. Um instinto aterrorizado a disse que, se ela levasse tempo demais, Ouyang ergueria a cabeça. Ele a encararia e depois a devoraria com aqueles dentes afiados...

Ela se afastou, contendo um fôlego trêmulo, e a fantasmagórica espada quebrada veio junto.

Zhu lembrou-se da dor e do nada do momento em que perdera a mão, e como, mais tarde, havia se erguido para a luz e a consciência de si mesma. A espada de Ouyang fora a vingança dele. Havia matado quem ele amava. Mas, para Zhu, era o que a tornava quem era. Havia contido aquela lâmina em seu interior. Seu corpo a conhecia. E agora, da mesma forma que o Mandato traçava a silhueta de sua mão direita ausente, também traçou a espada de Ouyang. O Mandato percorreu as extremidades quebradas e as tornou inteiras novamente, até que Zhu já não estava segurando uma espada fantasmagórica, mas uma feita da mais pura luz.

— Não é real — disse o grão-cã, com um temor afiado, como se estivesse tentando dissuadir a si mesmo do que já sabia: que não precisava ser real para ferir.

Zhu ergueu a espada. A luz era sua arma, assim como si mesma, e possuía o brilho terrível do sol. Para Ma, falou:

— Olhe para longe, Yingzi. Aguente só mais isto por mim. Este último ato acabará com tudo.

O grão-cã não fugiu. Não havia para onde correr. Tudo que conseguiu foi proteger os olhos com o braço enquanto Zhu avançava em sua direção. No dorso da mão levantada, e na porção desprotegida de seu rosto, a pele exposta se avermelhou e criou bolhas enquanto Zhu levava a espada cada vez mais para perto. Luz não possuía peso, mas possuía força, e agora ela punha o grão-cã de joelhos enquanto ele gritava de agonia. Às suas costas, Ma estava aos prantos, mais atormentada do que jamais a ouvira chorar antes.

Zhu sentira uma certa satisfação nefasta em destruir Chen, e certamente em imaginar o que Ma fizera com Jiao. Mas, apesar de sua autodeclarada crueldade, o grão-cã não era como nenhum daqueles homens. Ele era, pensou Zhu em um desagradável momento de clareza, mais parecido com ela mesma. Em vez de ser alguém que o mundo havia alçado ao topo por seu notável mérito, ele havia sido desprezado por ser quem era. A mera ideia de que ele poderia ter tido qualquer ambição pelo trono, sem falar na capacidade de conquistar aquele objetivo, fora considerada motivo de piada. O grão-cã se colocara no trono como uma vingança viva contra aqueles que o teriam negado aquilo.

Fora isto que Zhu lhe dissera: aqueles que haviam concedido presentes a Zhu, assim o fizeram não para que ela pudesse ser o imperador, mas para que ela pudesse ser *ela mesma* enquanto imperador. Porque sabiam que Zhu entendia o que era não ser nada. Porque sabiam que ela poderia mudar o mundo e deixar para trás o passado que pertencia a Chen e a outros homens que sempre haviam acreditado serem dignos o bastante de que os outros lhes dobrassem os joelhos.

Enquanto Zhu levava a espada em direção ao grão-cã, ela conseguia sentir a terrível pressão da fome do fantasma para que ela o matasse. Mas um fantasma não era uma pessoa com desejos reais. Era apenas um eco da mágoa e da vingança que queria ver a si mesmo refletido no mundo ao qual se apegava, porque era apenas isso que conhecia. Não havia vida nem futuro em um fantasma. Pertencia ao passado tanto quanto Chen.

O grão-cã estava em agonia, ajoelhado sob a espada dela. Zhu nem ao menos o tocara, mas conseguia ver como o estava queimando vivo. O fantasma gritou, sem fazer som algum, por sua vingança sangrenta.

Ela parou.

Parecia que tudo havia se detido. Naquele enorme salão, com colunas mais largas do que as maiores árvores que Zhu já vira, ela sentiu a súbita e dolorida sensação da minúscula e singular humanidade de cada um deles: o grão-cã, de joelhos, arfando de agonia; Ma, que havia se virado de costas para desfazer-se em lágrimas; e ela mesma. Mas, se ficassem assim para sempre, nada mudaria; nada jamais poderia mudar.

Zhu dirigiu-se à vastidão:

— Precisa ser assim. Perdoe-me.

O grão-cã se encolheu, preparando-se para o fim. O dorso da mão direita, que estava protegendo-lhe o rosto, já não continha bolhas, mas um amplo trecho vermelho. A manga de suas vestes pretas estava fumegando. O fio de papel de ouro dos dragões que haviam sido bordados ali havia desaparecido em brasa, de forma que não restava nada a não ser a sombra de onde outrora estiveram. Mas agora Zhu virou-se para o outro lado e se dirigiu ao fantasma:

— Perdoe-me, general. Sei o que você teria me feito fazer. Mas como eu poderia criar um novo mundo se meu primeiro ato nele fosse simplesmente uma continuação do antigo? Se isto é para ser um novo começo, preciso escolher uma nova maneira de começar.

Ela deixou a espada e a mão direita se esvaírem. Seu braço mais uma vez terminava naquele estreito cotoco rosado. Era inofensivo e, ainda assim, pensou, seu eu verdadeiro: aquela que escolhera ser. Olhou para o grão-cã de cima:

— Mas, para que possamos começar, não pode haver dois Mandatos no mundo. Aquele que deve permanecer é o meu. Desista do seu.

Mas enquanto ele estava ali, ajoelhado e estremecendo a seus pés, parecia que não o faria. O peito dele subia e descia. Havia agonia em seu rosto, mas não era apenas pela dor física. Com um desespero rouco que parecia quase uma súplica, ele respondeu:

— Não *posso*. Não posso desistir. Como poderia fazer isso se é isso que eu sou?

Ma deixou escapar um lamento de pura angústia, depois veio à frente. Ela se ajoelhou diante dele e tomou-lhe a mão intacta entre as dela. Não parecia um gesto romântico, mas humano, de reconforto. Ma disse-lhe em uma voz baixa e dolorida que fez Zhu sentir como se estivesse bisbilhotando-os:

— O que você sentiu foi real, mesmo que eu não fosse.

Enquanto ele encarava Ma, uma lágrima escorreu pela pele pálida onde seu braço levantado havia protegido os olhos e sobre o triângulo de pele queimada em sua mandíbula. O próprio coração de Zhu se afligia de compreensão. Ela sabia a sensação de ter que renunciar a algo. Lembrou-se daquele momento em que assistiu à agonia de Xu Da, enquanto Chen lhe dizia para se render. Seu destino em uma das mãos, e Xu Da na outra. Seu destino era ela mesma, mas Xu Da era o amado irmão que escolhera para si. E, quando as duas coisas haviam sido postas na balança, parecia que estava sendo dilacerada.

Zhu sempre fora da opinião de que aqueles que renunciavam a seu destino, como o Zhu Chongba original, simplesmente não haviam sido fortes o bastante para carregá-lo. Ela sempre fora forte o bastante. Mas talvez, quando o destino de alguém era seu meio de sobrevivência e a razão para seguir em frente — talvez quando se o segurasse com tanta força quanto ela, e fora isso que o grão-cã fez, o que Ouyang fizera —, desistir daquilo era o ato que exigia a maior das forças. Enquanto observava o grão-cã se debatendo, pensou: poderia ser a coisa mais difícil do mundo.

Nada estava acontecendo. E então veio tudo ao mesmo tempo: uma sombra se ergueu para fora dele, feito teias ao vento — um trapo pendurado ali por um instante, e que depois se dissolveu em nada.

Ele ofegou e caiu para frente, e Ma o pegou nos braços.

Seu destino havia se esvaído. Mas ao renunciar ao dele, pensou Zhu, ele não havia se tornado nada. Havia se despido de seu nome permanentemente para se tornar o grão-cã, e agora o grão-cã se fora. Em seu lugar, havia aquele homem ajoelhado, anônimo, que possuía o potencial de ser qualquer pessoa. E qualquer coisa.

— Vá em frente — disse a ele, com uma ternura estranhamente protetora que dava a sensação de retroceder para aquela pessoa que havia acordado depois do duelo contra Ouyang e visto o braço mutilado repousado acima das cobertas. — Escolha um novo nome para si mesmo, e viva-o como não conseguiu antes, como seu verdadeiro eu. Vá em frente, e encontre um futuro em meio à luz.

Depois ela foi até aquilo que costumava ser Ouyang. Os vinte passos para alcançá-lo pareciam-se com andar de frente para um vendaval de facas gélidas. A conexão distorcida entre eles estava deteriorando-lhe o sangue. Ela falou para a silhueta imóvel:

— Você também precisa desistir, general. Desistir da dor, do sofrimento, da vingança deste mundo e das pessoas nele. Permita que tudo acabe aqui.

Ela deixou sua mão direita reaparecer em um lampejo. Enquanto a estendia para o fantasma, ele enfim ergueu a cabeça. Por um instante, viu aquele rosto faminto e horripilante, mas então a luz o tocou e o tornou mais uma vez aquele rosto belo, pálido e horrível que conhecera. Os olhos dele não eram vazios sombrios, mas os de um humano, como se ela o tivesse invocado *de volta* — sua verdadeira essência — ao dirigir-lhe a palavra. Parecia olhá-la com uma sofreguidão angustiada enquanto ela lhe falava:

— Vou encontrar o túmulo dele e enterrá-los juntos. Você não teve descendentes, mas eu me lembrarei de você. Assim como meus descendentes, e os descendentes deles, eles se lembrarão de você, e rezarão por você, no monumento que construirei em seus nomes. Siga para a sua próxima vida e enfrente o sofrimento. E faça o mesmo na vida depois dessa, e na próxima, e em cada uma perceba que fica mais fácil. Até que, um dia, daqui a mil anos, a força do universo reúna você e Esen-Temur mais uma vez, para um novo recomeço.

Quando ela lhe tocou a bochecha pálida, o rosto dele queimou com uma sensação tão pura que ela não conseguiu dizer se estivera quente ou fria. A terrível assonância da conexão entre ambos foi sanada, retornando àquela ressonância familiar daqueles dois fios que se assemelhavam um ao outro dentre os incontáveis que compunham o tecido do universo. E então ele se esvaiu: soprado para longe feito a cabeça de um dente-de-leão ao vento, para se reformular em algum lugar distante, em um futuro distante, e viver mais uma vez.

O cômodo vibrava com ausência. Aos poucos, Zhu deu-se conta do mundo externo de novo: de golpes e gritos à porta.

Ela subiu os degraus ao trono e ficou lá por um momento, absorvendo os dragões dourados que eram o assento do sol. Seu triunfo estava emudecido pelo pesar, por tudo que havia sido dado e perdido para chegar àquele momento. As perdas e os sacrifícios agora formavam o solo no qual seu novo mundo desabrocharia. À medida que o mundo crescesse, ele apreenderia a amável gentileza daqueles sacrifícios e a incorporaria em sua própria matéria. Tendo isso como base, jamais seria como o velho mundo de violência e dominação. Seria algo novo. Com gratidão, ela pensou: *será a si mesmo.*

O homem ainda ao chão, nas vestes escuras daquele velho mundo, perguntou com ardor:

— Como você irá chamar sua nova era?

Zhu se sentou. O uniforme de criada se repuxou desajeitadamente quando abriu as pernas como um homem, como alguém que se sentava no topo do mundo. Descansou uma mão e um cotoco sobre os joelhos.

— A nova dinastia fundada pelo Imperador Hongwu, a dinastia da luz radiante que brilhará incansavelmente por dez mil anos…

A porta se quebrou. Os guardas entraram aos tropeços e se detiveram, em choque, ao vê-la no trono. Enquanto a luz de sua nova dinastia se derramava, Zhu disse, com um sorriso:

— Irá se chamar Ming.

AGRADECIMENTOS

Todo mundo sabe que escrever uma sequência é difícil, e acabou que escrever uma sequência durante a pandemia se mostrou um verdadeiro pesadelo, então, por favor, recebam os agradecimentos a seguir com uma sinceridade especial.

Agradeço ao meu editor na Tor, Will Hinton, por seu apoio generoso e infalível durante o que foi uma época muito difícil (para mim, para ele, para todo o planeta), e por suas perguntas enganosamente gentis que desvendaram do que esta história realmente se tratava. Também da Tor, agradeço em particular a Oliver Dougherty, Renata Sweeney, Libby Collins e Devi Pillai. Agradeço também às equipes de produção, arte e design, vendas, marketing, relações públicas, contratos e finanças. Agradeço aos preparadores e revisores, e a Jung-Shan Chang pela esplêndida ilustração da capa.

No Reino Unido, agradeço a Bella Pagan e Georgia Summers por respaldarem com tanto afinco a duologia do Imperador Radiante, tanto interna quanto externamente. Não poderia estar mais eufórique quanto à calorosa recepção com a qual estes personagens chineses históricos e *queers* foram recebidos. Agradeço à toda equipe de Pan Macmillan, que deram tanto de si para que ambos os livros se tornassem os objetos físicos (e digitais) maravilhosos que são. Agradeço a Maria Rejt da Mantle, e a Stephen Haskins e Jamie-Lee Nardone da Black Crow PR.

Agradeço a Natalie Naudus por narrar os audiolivros com entusiasmo e bom humor (e por viralizar um TikTok sobre *aquele* momento no livro 1), e à equipe da Macmillan Audio.

Agradeço a Laura Rennert (agente célebre de uma paciência sem fim! Ela não se abala por nada!) e às incríveis pessoas da Andrea Brown Literary Agency, com um agradecimento em particular a Kara Reynolds e Kelli Kane.

Para minha companheira de escrita desde o começo, Vanessa Len: olha só para a gente, vivendo nossos sonhos sentades em casa e chorando! Fico tão feliz de termos conseguido estar em sintonia ao longo deste processo, a ponto de nossas sequências saírem no mesmo mês. Agora ao livro três, tomara que com menos chororô.

Galera da Bunker: eu não teria conseguido sem vocês. Ter uma comunidade faz diferença.

Obrigado aos livreiros, bibliotecários, membros da comunidade literária, comitês de prêmios e jurados, ativistas de literatura *queer* e diversa, e a cada leitor que apoiou e falou sobre esta série: foi tudo para mim ver meus livros, repletos de pessoas *queers* terríveis e homicidas, recebendo amor.

Agradeço a Sapphic Trifecta! Foi sensacional; fico tão feliz que tenhamos nos conhecido pessoalmente.

Por fim, meu mais profundo amor e agradecimento a John e Erica, pelo apoio paciente enquanto os abandonei para viver na China imperial por anos a fio. Fico feliz que foi com vocês que passei 267 dias trancafiade em casa.

Gostaria de reconhecer o povo Wurundjeri, que são os guardiões tradicionais das terras em que escrevi este romance.